全国高等院校教材

主　编　张燕瑾
副主编　杨　栋　汪龙麟

编　委
王　祥　左东岭　李真瑜
李献芳　杨　栋　闵　虹
汪龙麟　张庆民　张燕瑾
　　　　霍现俊

中国古代戏曲专题

（第3版）

高等教育出版社·北京

内容提要

本书是《中国古代戏曲专题》第3版。作者综合多年的教学实践全面修订而成。

全书分史论与作品选两部分。史论部分点、线、面相结合，条理清晰地勾画出中国古代戏曲发展的线索与轮廓，着重对历代名作进行评析，简明扼要，时出新意，其中对戏曲史基本知识和基本概念的介绍，明确精当。作品选部分精心选取历代名剧名出，与史论部分相补充，使读者在掌握系统知识的同时，获得生动而切实的感性认识。第3版在保持原教材知识结构不变的前提下，史论部分论析更为详细；修改补充了重点作家和作品的内容，增写了相关知识点，扩大了知识面；增加了注释条文，补充了相关参考资料和原始文献等内容；修订了部分"参考书目"，为学习者的进一步研究指明了路径。作品选部分增加了有助于理解作家的相关材料，调整了作品篇目，对篇后释文做了修改和增补，并重新校对了原文。

本书适用于高等院校汉语言文学专业教学，也适用于其他专业教学，还适合对中国古代戏曲感兴趣的读者阅读。

图书在版编目（ＣＩＰ）数据

中国古代戏曲专题 / 张燕瑾主编 . -- 3版 . -- 北京：高等教育出版社，2023.12

ISBN 978-7-04-057848-5

Ⅰ . ①中… Ⅱ . ①张… Ⅲ . ①古代戏曲－文学研究－中国－高等学校－教材 Ⅳ . ①I207.37

中国版本图书馆CIP数据核字(2022)第022668号

ZHONGGUO GUDAI XIQU ZHUANTI

策划编辑	肖冬民	责任编辑	肖冬民	特约编辑	何 淼	封面设计	王 鹏
版式设计	张 杰	责任校对	胡美萍	责任印制	朱 琦		

出版发行	高等教育出版社	网　　址	http://www.hep.edu.cn
社　　址	北京市西城区德外大街4号		http://www.hep.com.cn
邮政编码	100120	网上订购	http://www.hepmall.com.cn
印　　刷	唐山市润丰印务有限公司		http://www.hepmall.com
开　　本	787 mm×1092 mm　1/16		http://www.hepmall.cn
印　　张	24.75	版　　次	2002年8月第1版
字　　数	520千字		2023年12月第3版
购书热线	010-58581118	印　　次	2023年12月第1次印刷
咨询电话	400-810-0598	定　　价	48.00元

本书如有缺页、倒页、脱页等质量问题，请到所购图书销售部门联系调换
版权所有　侵权必究
物 料 号　57848-00

第3版前言

中华优秀传统文化是中华民族的根和魂。习近平总书记指出："世世代代的中华儿女培育和发展了独具特色、博大精深的中华文化，为中华民族克服困难、生生不息提供了强大精神支撑。"作为中华优秀传统文化之重要支脉的中国传统戏曲，其所内蕴的道德价值、审美思考，熏陶了一代又一代的中华儿女。正是基于此，我们编写出版了《中国古代戏曲专题》。

《中国古代戏曲专题》原为受教育部师范教育司委托，为中学教师进修高等师范本科（专科起点）所编写的教材，2002年8月出版。2007年8月，本教材经过修订，成为全日制本科教材，出版第2版。时至今日，本教材已经发行十多万册。它为我国中学教师学历提升及师范生学习做出了较大贡献。随着教育形势的变化，为了使这本教材有更广泛的适应性，并反映近年来的一些研究成果，我们又作了一次较大的修订，是为第3版。

本书分史论与作品选两部分。在史论部分中，我们集中阐释戏曲文体的发展演变与作家作品的思想及艺术特征，力求把主要问题讲清楚讲透彻，而不刻意追求面面俱到。我们还特别注意对基本知识和概念术语的阐释，以便学习者能够对中国古代戏曲的特征有更清楚的了解和更深入的把握。还需要说明的是，本教材名为《中国古代戏曲专题》，但我们把近代戏曲也囊括进来了，这样做，一是为了便于与通行的文学史教材接轨（文学史一般都包括近代文学）；二是考虑到文体发展的完整性，因为只有包含近代戏曲，中国戏曲的演变轨迹才算完整，我们也才能为学习者描绘出中国戏曲由古代走向近代的全过程。

在作品选部分，我们既选取了思想性与艺术性俱佳的名篇，同时也兼顾了部分思想性不太突出而艺术上有独到之处、能够说明戏曲发展进程的作品。在选入的作品中，对那些重要而又不容易理解的作品，我们进行了注释；对那些容易理解的作品，则仅选录原作而不加注释。注释部分也仅以帮助读者理解文意为原则，不作引经据典的详考。对所选作品的校改，我们只注底本而不出校记。特别需要说明的是，作品选主要依据某一个权威版本，同时因为版本差异较大，我们也适当参考了其他版本，以便校正；个别字依据上下文意改成现代汉语中的规范用字。

在此次修订中，我们作如下考虑和修订：

——修订的目的，是使本教材既适用于高等院校汉语言文学专业的教学，又适用于其他专业的教学,以及其他社会教育机构的教学。

——保持原教材知识结构不变,这种结构既能梳理出中国古代戏曲发展演变的脉络,又具有开放性和伸缩性;教材可以用于36课时、54课时或者72课时的教学。

——进一步统一了全书的叙述体例和行文风格。

——史论部分的论述和分析更为详细和准确:增写相关知识点,吸纳当下学界最新研究成果;增加注释条文,补充了相关参考资料和原始文献。

——作品选部分,调整了作品篇目,对篇后注释做了适当修改,并重新校对了原文。

原参加本教材编写工作的有:首都师范大学的张燕瑾、左东岭、汪龙麟、张庆民,北京师范大学的李真瑜,河北师范大学的杨栋、霍现俊,沈阳师范大学的王祥,齐鲁师范学院(原山东教育学院)的李献芳,河南财政金融学院(原河南教育学院)的闵虹,共十位同仁。作品选注的撰稿人均已署于篇末,史论部分的撰稿人依次为:张燕瑾,绪论;杨栋,第一、二、三、四、五、六、八章;杨栋、李真瑜,第七、九、十章;汪龙麟、李真瑜,第十二、十三、十四章;汪龙麟,第十一、十五章。史论和作品选注均由张燕瑾最后修改定稿。

受编委会委托,此次修订分工如下:张燕瑾、汪龙麟,史论;汪龙麟,作品选校勘及注释。最后由张燕瑾统一修改定稿。

在本教材编写和两次修订过程中,各编写者所在的学校给予了有力的支持;高等教育出版社编辑提出了许多宝贵的意见,并为本教材的出版付出了心血。在此我们一并对他们表示诚挚的谢意。

我们期待收到广大读者的宝贵意见,以便进一步修改完善本教材,以更好地适应教学的需要。

张燕瑾

2023 年 9 月

目　　录

绪　论

一种文体有一种文体的特点,这些特点是它与其他文体的区别所在,也是其艺术生命所在。这些特点体现在形式上,也体现在这种形式中所积淀、所包蕴的内容和审美心理中。

一

从文体学而言,戏曲文学(drama)是既不同于抒情文学(lyrik)也不同于叙事文学(epik)的第三种文学形式。宗白华对此有一段精彩的论述:

> 抒情文学的目的,是注重表写人的内心的情绪思想的活动,他虽不能不附带着描写些外境事实,但总是以主观情绪为主,客观境界为宾,可以算是纯粹主观的文学。叙事文学的目的是处于客观的地位,描写一件外境事实的变迁,不甚参加主观情绪的色彩,他可算是纯粹客观的文学。这两种文学的起源及进化,当以叙事文学在先,抒情文学在后,而这两种文学结合的产物,乃成戏曲文学。

> 抒情文学的对象是"情",叙事文学的对象是"事",戏曲文学的目的,却是那由外境事实和内心情绪交互影响产生的结果——人的"行为"。所以,戏曲的制作,要同时一方面表写出人的行为,由细微的情绪上的动机,积渐造成为坚决的意志,表现成外界实际的举动;一方面表写那造成这种种情绪变动的因,即外境事实和自己举动的反响。所以,戏曲的目的,不是单独地描写情绪,如抒情文学;也不是单独地描写事实,如叙事文学;他的目的是"表写那些能发生行为的情绪和那能激成行为的事实"。戏曲的中心,就是"行为"的艺术的表现。

> 这样看来,戏曲的艺术是融合抒情文学和叙事文学而加之新组织的,他是文艺中最高的制作,也是最难的制作。(《美学的境界·戏曲在文艺上的地位》)

这是从文体学的角度对戏曲文学作出的分析。[1]但是,戏剧又是表演艺术,戏剧创作的最终完成要靠演员的舞台表演;而且,细而分之,戏曲又只是戏剧中的一个品类。那么,什么是戏曲呢?

"戏曲"一词最早见于元人刘埙(1240—1319)的《水云村稿》卷四《词人吴用章传》:"至咸淳,永嘉戏曲出,泼少年化之,而后淫哇盛,正音歇……",次见于夏庭芝的《青楼集》之《龙楼景丹墀秀》:"(二人)皆金门高之女也,俱有姿色,专工南戏……后有芙蓉秀者,婺州人,戏曲小令不在二美之下,且能杂剧,尤为出类拔萃云。"元末明初陶宗仪(1316—1403后)的《南村辍耕录》也提及"戏曲":"唐有传奇,宋有戏曲、唱诨、词说,金有院本、杂剧、诸宫调。院本、杂剧,其实一也;国朝(元)院本、杂剧始厘而二之。"(卷二五之《院本名目》)"稗官废而传奇作,传奇作而戏曲继。金季国初,乐府犹宋词之流,传奇犹宋戏曲之变,世传谓之杂剧。"(卷二七之《杂剧曲名》)上述文献中提及之"戏曲",或俱指南戏;但《青楼集》中戏曲与南戏、杂剧并提,而与小令对举,似不指南戏,或指宋杂剧中以大曲演故事的艺术形式。[2]但它们均未对什么是戏曲作出回答,只有到了王国维,才给了"戏曲"科学的界定:

> 后代之戏剧,必合言语、动作、歌唱,以演一故事,而后戏剧之意义始全。……现存大曲,皆为叙述体,而非代言体。即有故事,要亦为歌舞戏之一种,未足以当戏曲之名也。(《宋元戏曲史》第四章"宋之乐曲",《宋元戏曲史》一名《宋元戏曲考》,全书同此)
>
> 独元杂剧于科白中叙事,而曲文全为代言。虽宋金时或当已有代言体之戏曲,而就现存者言之,则断自元剧始,不可谓非戏曲之一大进步也。(《宋元戏曲史》第八章"元杂剧之渊源")
>
> 戏曲者,谓以歌舞演故事也。(《戏曲考原》)

王国维没能见到《永乐大典》中的宋元南戏,他把代言体戏曲之产生断为元杂剧,是受史料限制所致,但他对"戏曲"的界定是科学的,已为学界所公认。综合王氏之说,我们可以说,成熟的戏曲是以代言体的言语、动作、歌舞来表演故事的艺术形式。它包括三个方面:代言体,演故事,以言语、动作、歌舞等为表演手段。这些内容,有的前人已经涉及,如明人王骥德(?—1623)已指出戏曲乃"并曲与白而歌舞登场"(《曲律》卷三)。但若从界定的全面、科学来看,对"戏曲"的界定不得不归功于王国维。

王国维的定义当然是准确的,科学的,是总结概括了戏曲史上经典剧作的特征之后得出的结论。但应当说明的是,长期以来人们对戏曲的认识更侧重作为表演手段的歌舞,却忽视了戏剧的核心——故事。如《中国古典戏曲论著集成》凡10册48种论著,绝大多数是论唱词与唱腔的,元代燕南芝庵的《唱论》、周德清的《中原音韵》,明代朱权的《太和正音谱》、何良俊的《曲论》、王世贞的《曲藻》、王骥德的《曲律》、魏良辅的《曲律》、沈宠绥的《弦索辨讹》和《度曲须知》……一直到清代徐大椿的《乐府传声》、刘熙载的《艺概·词曲概》等,所关注、论述的中心均为声律音乐而非戏剧情节。直至近代,吴梅的理论也多为曲论而非戏曲论,各种曲谱之类的著作更是声律之学的专门著作了。当然,元人就已经开始显示出他们初步的戏曲文体意识了。在中国文学艺术史上,文辞与音乐的配合从先秦时期就已经开始。而燕南芝庵、周德清等意识到了戏曲与传统诗词的区别,才另立门类,对戏曲文体进行总结研究。尤其是《中原音韵》,作为中国第一部曲韵专书,完全根据元代大都话的口语音系为标准分韵,为曲家用韵提供了依据,符合戏曲用韵随时而变的特点,故于戏曲发展影响深远;并且符合汉民族语言以北京音为标准音,以北方话为基础方言的历史发展趋势,为今天的"普通话"音系打下了基础。不过,他们的总结对于涉及了音乐、文辞、故事、表演等诸多方面的"戏曲"来说,有些认识是很不全面的。

戏曲的叙事理论,有关诸如情节、结构、冲突、人物等方面,就少得多了。早期论及者当属高明的《琵琶记》中的开场【水调歌头】:

> 秋灯明翠幕,夜案览芸编。今来古往,其间故事几多般。少甚佳人才子,也有神仙幽怪,琐碎不堪观。正是:不关风化体,纵好也徒然。　论传奇,乐人易,动人难。知音君子,这般另做眼儿看。休论插科打诨,也不寻宫数调,只看子孝与妻贤。骅骝方独步,万马敢争先。

高明剧论中所表现出来的士大夫的道德精神、社会责任感和社会承担意识,往往为论者所诟病。因为高明只注意了道德层面,既忽视了民生层面,也忽视了人作为有机生命的感性存在;泯灭了人的本性、个性以及需求,使剧中人物仅仅作为社会道德的载体和工具,只能体现社会规范和准则,却看不到鲜活的生命,明显地体现出程朱理学的影响。就"戏曲"本体特征而言,高明指出:戏剧要有故事,故事之重要性在科诨、宫调之上,故事之内容要关风化,艺术上要动人。这是高明在戏曲学上的贡献。经过晚明那场引起戏曲家广泛参与、具有深远影响的关于戏曲音律与文趣之关系的"汤(显祖)沈(璟)之争",人们对"戏曲"本体特征有了进一步认识,孙鑛提出了"南戏十要":"凡南戏:第一要事佳;第二要关目好;第三要搬出来好;第四要按宫调、协音律;第五要使人易晓;第六要词采;第七要善敷衍,淡处作得浓,闲处作得热闹;第八要各脚色分得匀妥;第九要脱套;第十要合世情,关风化。持此十要以衡传奇,靡不当矣。"[3]孙鑛继承了高明的观点,把故事、关目列为前二要,也更切合戏曲本体,注意了演出中戏剧场面的调剂及脚色分配等问题。此类专论不是很多,倒是戏曲评点中有一些结合具体作品谈及此类问题的,如明代王世贞、李贽、汤显祖,清代毛声山等[4],虽只言片语,也足见其眼界超越了"曲"而走向了"戏"。至金圣叹的《贯华堂第六才子书西厢记》集其大成。《贯华堂第六才子书西厢记》作于清顺治十三年(1656)金圣叹48岁时。在《圣叹外书·读第六才子书西厢记法》中,他论述了作为戏曲的种种艺术手法,其中尤可注意者,一为人物的塑造:"《西厢记》写张生,便真是相府子弟,便真是孔门子弟。异样高才,又异样苦学;异样豪迈,又异样淳厚。"就是说,典范性的戏曲作品应当写出人物性格。二是剧情的发展："《西厢记》正写'惊艳'一篇时,他不知道'借厢'一篇应如何;正写'借厢'一篇时,他不知道'酬韵'一篇应如何。总是写前一篇时,他不知道后一篇应如何。用煞二十分心思,二十分气力,他只顾写前一篇。"就是说,典范性的戏曲作品,情节的发展应当是人物性格的发展和戏曲情境的自然流动,而不是剧作家人为的安排和预设。金圣叹通过对《西厢记》的评点,第一次从审美的高度对戏曲创作规律和创作技巧做了分析总结,对诸如情节、关目、开端、结尾、冲突、人物乃至叙事技巧都发表了高明的见解,形成了全面、深刻、具体的戏剧理论。虽然被指责为"以文律曲",但戏曲文体本来就与其他文体有着血缘关系,理论上的互相借用,也是文学批评中并不鲜见的现象。金圣叹的戏曲理论较之以音律评戏、以文辞评戏,有着明显的进步,更接近戏曲的本体特征。金圣叹的同时代人李渔在金批《西厢记》15年之后,于康熙十年(1671)刊刻了《闲情偶寄》,从纯理论上构建了戏曲学编、导、演的完整框架。《闲情偶寄》之"词曲部"是创作论,分六大部分——结构第一、词采第二、音律第三、宾白第四、科诨第五、格局第六,首重结构;结构部分又分为戒讽刺、立主脑、脱窠臼、密针线、减头绪、戒荒唐、审虚实七个小部分。其"演习部"则是表演、导演理论。李渔既是剧作家,又有家庭戏班,有亲自导演的经验,深通戏曲三昧,故其论述确为行家里手的有得之见。《闲情偶寄》颇负盛名,对后世影响很大。不足的是,李渔着重讲的是编剧的手法技巧,缺乏对戏剧社会功能和剧作家历史使命与社会责任的充分论析,没有意识到剧作家不只是时代的表现者,更是时代的批评者和指导者。而李渔连深刻反映生活都没有做到,他的创作中罕有重大历史题材和现实生活题材,遑论对社会的批评与引导。卖戏为生的商品意识,使他不敢冒犯从达官贵人到市井细民各个阶层,或者说,他要调和不同阶层的审美口味,取悦社会的各个阶层。正如他在《曲部誓词》中所说,他的戏曲活动,只是为"砚田糊口,原非发愤而著书"(《李渔全集·笠翁文集》卷二)。李渔戏曲创作和理论的立足点,不在醒世、传世,而在媚世悦俗,因而缺失了对社会、对人生重大问题的关注,有意识地保持着与儒家社会政教文学传统的距离,在言志、载道之外,以"趣"为戏曲创作和演出的艺术追求,所以李渔的戏曲理论,主要是讲娱人的技巧和手法。他本人及其影响下的剧作家的剧作,也只是在情节、关目上出奇,甚至流于荒诞,未能传达出深沉博大的时代心声。其后孔尚任也对戏曲的故事性作了明确的表述。至此,对"戏曲"本体特征的认识,已臻于全面。可惜这些声音太微弱了,其影响远远抵不过繁多而缜密的声律之学。所以王国维在《宋元戏曲史》中指出元剧之弊:"关目之拙劣,所不问也;思想之卑陋,所不讳也;人物之矛盾,所不顾也。""元剧关目之拙,固不待言。此由当日未尝重视此事,故往往互相蹈袭,或草草为之。"

重抒情、重议论而忽视叙事,非只戏曲一体,古代的叙事诗其实是借事以抒情议论,故事并不是作家着意经营的所在,故中国叙事文学之成熟远较诗歌、散文为晚。在此种"重曲轻事"认识之下的戏曲,表现为:

第一,出现了一批故事性极弱的作品,以歌舞为主,歌舞是目的。如明朱有燉之庆寿剧、牡丹剧等,不是"以歌舞演故事",而是以故事串联歌舞,故事只是歌舞的载体与黏合剂;元代白朴的《梧桐雨》第四折,用辞赋手法描写雨声,铺采摛文,有如酣畅淋漓的抒情长诗。至今京剧角色流派的划分,仍是依据唱腔而不是故事表演的。影响所及,演员演戏曰"唱戏",观众看戏曰"听戏",在欣赏中专注于唱,忽略了戏曲艺术的其他因素。花部兴盛之后,舞台远离了文学,演员技艺成为戏的重要内容,出现了一些情节单纯、只重武打、连唱也被忽视的剧作,如京剧之《三岔口》《雁荡山》等,也同样不符合戏曲本体的真谛,但却表现出中国戏曲独有的形态。

第二,戏曲关目雷同。如元剧之"故辱穷交,逼令进取",明清之"丫头小姐后花园,才子落魄中状元,奉旨成婚大团圆"等故事模式;而京剧之"八大拿"(黄天霸捉拿强盗的八出戏),情节构思竟如出一辙。有的则情节荒诞不经,错漏百出。

第三,改编多于独创。绝大多数剧作有"本事"可寻,历史故事剧特多。花部兴盛之近代,尚有"唐三千,宋八百,演不完的周列国"之说,正史、野史、小说成了戏曲取材之渊薮。

不是说中国古代没有完美的以代言体的歌舞言动演故事的佳作,只是说古人对戏曲本体"重曲轻事"的认识偏差,影响了戏曲叙事技巧的发展,形成了戏曲总体风貌的独特性。[5]

所谓代言体,是与叙事体相对而言的。叙事体是指叙述人站在故事之外讲述故事,即使是亲身经历的故事,也是在故事发生之后的回忆式叙说,当他回忆故事时,已非当事人,而是过来人。叙述人与故事和故事中人物保持一定距离。代言体则是以第一人称的口吻模拟、扮演故事中的人物,让观众目睹故事的进展和人物的活动。从作家来说是代他人立言,剧中所写言语、动作,均为剧中人(即故事中人)基于其身份立场的所言所动。仅仅以歌舞演故事的,不一定是戏曲。那些且歌且舞,一个演员在同一场景中模拟不同人物,或以第三人称口吻说唱故事的歌舞曲艺,并不能算是戏曲。散文、小说是作家向读者和听众讲述故事的,作家可以随时站出来,以故事局外人的身份发表自己的看法,也不是戏曲。诗、词和散曲中有的作品是代言体,作者代主人公(如思妇)立言,但诗、词、散曲文体本身并不要求一定用代言体;这小部分代言之作也属于抒情之作,没有完整的故事,不用于表演,当然不属于戏剧范畴。在代言体的戏剧里,故事的局外人是没有立足之地的。在戏剧中,每一个人物,每一个情节,甚至每一句台词,都体现着作家的倾向性,但又不是作家倾向性的直接表现。可以说戏剧是这样一种独特的艺术形式:剧作家无所不在,却又无处可见。因此,我们在分析戏剧作品的时候,既不能把剧中人的思想当成剧作家的思想,把剧中人当成剧作家思想的传声筒;又不能说剧中人的思想与剧作家毫无关系。这要看剧作家是怎样对待这种思想的。对戏剧作品的理解更需要进行综合的、宏观的把握,从情节和场面中分析研究人物形象和作家作品的倾向性。从演员来说,表演则是以剧中人的身份在观众面前活动,即通过模仿故事中人应有的言语、动作,把故事发生时的情景再现在观众面前。所以剧中人的所言所动,既要符合人物的身份性格,也要符合故事的规定情境,而不能去说去做剧作家任意派给他的言语和动作,也不是演员本人随便想怎么说怎么做就怎么说怎么做的。

言语、动作、歌舞,就是我们平常所说的唱、念、做、打。这几种表演手段的综合运用,就使戏曲区别于只说不唱的话剧、只唱不说的歌剧、只舞不唱也不说的舞剧,以及只有动作表演而无说、唱、舞的哑剧等。尽管部分歌剧有说也有唱,但它的唱是依词而配乐的,先有唱词后谱音乐,乐随词变,不能雷同,其说唱、表演没有程式化;而戏曲,不论是杂剧、南戏、传奇之联曲体,还是花部之板腔体,都是按乐以填词的,即先有唱腔,然后再依腔填词,同一曲牌、板腔的音乐、节奏、旋律具有稳定性。戏曲是一门独特的艺术形式,具有高度综合性的特点。戏曲中各种表现手段的运用,是由剧作家的创作个性和剧情需要以及演员的表演特长决定的,没有固定的比例,可以以说白为主,也可以以唱功为主,还可以以表演动作为主(如某些武戏)。南戏、传奇的某些戏及花部中的某些戏,则更为灵活,如屠隆的《昙花记》共55出,其中有9出只用说白,不填一曲。京剧《三岔口》《雁荡山》没有唱,甚至没有道白,完全是通过舞蹈化、程式化的表演,以及装扮、音乐,显示其为戏曲而非话剧、舞剧等戏剧种类的。

故事是戏曲的重要因素,没有故事的舞蹈和歌曲不是戏曲。故事不仅是多种艺术手段表演的基础,也是表演的目的。戏曲的故事必须有一定的长度才能演出,才能称为"戏"。因此,戏曲比小说更有赖于叙事因素的增强。戏曲的曲词是在诗词的基础上发展起来的,是在抒情手段发展到一定阶段之后才会产生的,这是戏曲对抒情手法发展的依赖。以上两端,便是戏曲晚熟的文学原因。

戏曲中各种合成因素的滥觞,与作为一门综合艺术的戏曲之形成本不是一回事。这正如衣物是由布料和线缝纫而成,我们却不能说布料,甚至说织成布料的纤维、为布料染色的颜料和线便是衣物的雏形。由于人们对这个问题的理解不同,对于戏曲的形成时间,学术界还没有取得统一的认识。从先秦说直到元代说都有。甚至同一学者前后意见也并不一致。我们后面对这个问题的论述,是把戏曲各种因素的发展,与它们在发展中互相吸收融合成雏形的戏曲分别看待的。

二

在西方戏剧的分类中,戏剧一般分为悲剧(tragedy)、喜剧(comedy)、正剧(tragicomedy,严肃的喜剧)三类。对中国古代的戏曲,虽然也有学者持此观点,进行过一些分类工作,但总体来说中国古代的戏曲悲则"哀而不伤",喜则"乐而不淫",悲喜互藏,折中合度,类型化的美学特征并不明显。不同剧作家有不同的创作风格,风格特征倒比类型特征鲜明得多。而且不论哪种风格的剧作,都有一个明显的特点——"大团圆"结尾。李渔在《闲情偶寄·词曲部》中论"格局"之"大收煞"时,谓之"有团圆之趣"。中国古代剧作家即使是对悲剧题材,也要进行喜剧化处理。像《梧桐雨》《桃花扇》那样结局略含悲音的,是极少数。

这种"大团圆"结尾的结构模式形成的原因是多方面的,但主要应当从观众和剧作家两个方面来考察。

从观众方面说,戏曲与诗词文等士大夫雅文学不同,属于市民俗文学的范畴。诗词文,无论言志、抒情或议论等,虽然与社会有着密不可分的关系,但总是作者个人心态情致的表现，是自娱文学，其创作属于个人行为。而戏曲则不然，一部作品能否被搬上舞台演出，在很大程度上要取决于观众的态度，观众不买账，演员的演出就没人看，剧作家和演员的经济生活也便失去了保障。剧作家进行创作已不再是完全的个人行为，他首先要考虑让观众喜欢，所以戏曲属于娱人文学。可以说，戏曲不仅与士大夫雅文学相比，甚至比起小说来，其创作和演出都更受观众的制约。而观众所信奉的生活哲学便是因果报应思想，所谓"善恶到头终有报，只争来早与来迟""善有善报，恶有恶报；不是不报，时候未到"，这不能被简单地视为迷信，这是长期形成并普遍存在的民间心理。中国古代的老百姓善良、勤劳，但他们生活在社会底层，命运往往与他们作对，正如《窦娥冤》里窦娥所说："为善的受贫穷更命短，造恶的享富贵又寿延。"面对灾难和不公时，他们往往无力自救，有冤无处申，找不到能够代表自己的力量。他们寄希望于清官，而封建官府不代表他们的利益；他们也寄希望于鬼神，但鬼神终归是虚幻的。他们是苦难的一群，无助的一群。既然在现实生活中难讨公道，于是舞台上的善得善报、恶得恶果的故事，便成为他们宣泄怨愤的渠道，成为他们精神的安慰。他们不能接受好人的悲剧结局，容不得坏人没有恶报的结果，他们需要舞台上的精神安慰。这是古今舞台实践中都不乏例证的。假如连舞台上这一点正义的呼声都失去了，人民群众生活中的希望也就完全破灭了。

从剧作家方面说，创作不仅要适应观众的心理，还要受剧作家社会责任心的驱使。老百姓看戏的目的是"找乐"，追求心理的愉悦、精神的享受。李渔是深知观众心理的剧作家，他在《风筝误》的剧末诗中说："传奇原为消愁设，费尽杖头歌一阕。何事将钱买哭声？反令变喜成悲咽。惟我填词不卖愁，一夫不笑是吾忧。举世尽成弥勒佛，度人秃笔始堪投。""杖头"指杖头钱，典出《晋书·阮修传》，阮修常以百钱挂杖头，至酒店酤饮。此言花钱看戏原为消愁，而不是买哭声悲咽。因而他自觉地顺应观众心理进行创作。但同时，老百姓又把舞台作为生活的教科书。舞台小天地，天地大舞台，戏曲原与生活有着多种联系。戏剧矛盾冲突的展开、故事情节的推衍，只是揭示社会和人生的种种现象，而结局却要拿出解决的办法，因此戏的结局往往担负着对主题思想画龙点睛的任务，体现着剧作家的创作意图。为善不得好报，谁还为善？作恶不受惩罚，便是诱人作恶。一旦善恶的结局失去了公正，人们心理和道德的准则也便没有了依据。社会的有序运行依靠两个方面的约束，一是法律（浅层次的），二是道德（深层次的）。如果一个社会中法律既没有公正，道德的准则又失衡，人们的行为便无所遵依，便会越轨，给社会带来破坏和不安定。而恶人受惩，好人善报，能使那些在生活中受苦受难的人们的不满得到释放，精神上得到抚慰，怨愤和对抗的情绪得到缓解，戏曲也便成了向民众宣传布道的工具。故李渔说："窃怪传奇一书，昔人以代木铎。[6]因愚夫愚妇识字知书者少，劝使为善，诫使勿恶，其道无由，故设此种文词，借优人说法，与大众齐听，谓善者如此收场，不善者如此结果，使人知所趋避，是药人寿世之方，救苦弭灾之具也。……以之报恩则可，以之报怨则不可；以之劝善惩恶则可，以之欺善作恶则不可。"（《闲情偶寄·词曲部》）

种种因素，造成了戏曲"转愁成喜，破涕为欢"（程世爵《笑林广记·序》）的创作思路。王国维说："吾国人之精神，世间的也，乐天的也，故代表其精神之戏曲、小说，无往而不著此乐天之色彩：始于悲者终于欢，始于离者终于合，始于困者终于亨。非是而欲餍阅者之心，难矣。"（《〈红楼梦〉评论》第三章"《红楼梦》之美学上之价值"）而戏曲的表现尤著于小说。

在结构上，戏曲也与话剧有着明显的差异。话剧的结构是拼图式，即对生活中的一个个不同场景进行描写。"三一律"即指在每一个场景中，地点、时间、行动是一致的：活动地点，通过具体布景进行限制；剧情的发生时间，以一天为限；行动一致即指情节单一。场景与场景之间，没有线索串联，没有时间的衔接，不具备连贯性，话剧情节发展中的大量时间都在场景与场景之间被省略掉了。话剧不想把事件的整个过程展示给观众，而只是让观众观看到事件的关键段落和矛盾集中的部分。这些场景看似独立，但把它们拼接在一起，就能表现同一的思想意蕴。而戏曲的结构则是纵向的，链条式的，它以人物的行踪为线索，以时间先后为顺序，把一个个连续发生的场景连接起来，使情节的演进与生活中事件的过程基本一致，故可谓之串珠式，或曰长蔓结瓜式。在戏曲舞台上，时间、空间的处理极为灵活，人物不下场，只要唱上几段、转上一圈，就可以时移地易。这就是谚语所说的"三五步走遍天下"。戏曲无关紧要之处一带而过，而集中笔墨于场面的描写与心理情绪的刻画。戏剧情节可以穿插变化，单线结构、双线结构，因事而异。同小说及其他叙事性说唱文学一样，戏曲也要尽量让观众看到事件的全过程，看到主人公的某段历史，而戏剧更重视时间发展的连续性和情节演进的流畅性。由于场面变化多，时间变化快，所以戏曲一般不使用布景。戏曲属于戏剧这一大范畴，又有自己鲜明的特色，体现着中华民族的审美和文化心理。

三

我们说戏剧是一门综合艺术，而戏曲体现这方面的特点尤为明显。它把说白、歌唱、动作、舞蹈、音乐、美术等种种因素和谐地组织到一起，融为一个精美的有机整体。它往往是边歌边舞，歌舞合一，人们称之为"载歌载舞"。一颦一笑、举手投足的日常生活动作也舞蹈化了，比如行路，上场下场，那轻盈飘忽的身段动作，加上华美的服饰，真如一条流动的彩带，在舞台上呈现出令人赏心悦目的曲线；而有时一站一立的亮相，又宛如一尊雕像，动静相间，疾徐有致。戏曲极为讲求发音吐字，高度重视声情与词情的相应。戏曲中的有些念白，韵律、节奏十分强烈，使说白向歌唱靠拢，结合得近乎完美无缺。所以齐如山说戏曲演出的根本特点是"有声必歌，无动不舞"（齐如山《国剧艺术汇考》），道白有歌唱的腔韵节奏，动作具有舞蹈的姿态风神。在唱白分工方面，一般说，道白侧重交代情节，勾画环境；而歌唱侧重在抒发人物的内心情感，使中国文艺的抒情特性与叙事艺术实现高度综合，把剧作的文学意义充分凸显出来，取得让人心醉神迷的艺术效果。

固然，戏曲与小说是姊妹艺术，无论在题材上、结构方式上还是在叙事手法上，都有受小说影响的痕迹。例如一些上场诗、下场诗、"自报家门"、"副末开场"，某些独白和叙述性唱词等，虽为代言体，却带有明显的叙述人的色彩。又如描写战争，有些戏中不是在舞台上表现交战双方的直接对抗，而是通过探子之口叙述出来，探子便成了战争过程的叙述人。若从神韵视之,戏曲受诗歌的影响尤为明显:且不说戏曲的曲词押韵有格律,是以诗歌的手法写出来的,广义地说,戏曲唱词就是诗歌的一种;整个戏曲唱念做打,从剧本到演出也深得诗歌的精髓。戏曲重写意,一举手一投足既源于生活又高于生活,追求的是美。整个舞台犹如一幅写意画,戏曲不能用生活的原始状貌来衡量。

表演如此,文辞也如此。王骥德在《曲律》中举了一个用典不分先后的例子:"元人作剧,曲中用事,每不拘时代先后。马东篱《三醉岳阳楼》,赋吕纯阳事也。【寄生草】曲:'这的是烧猪佛印待东坡,抵多少骑驴魏野逢潘阆。'俗子见之,有不訾以为传唐人用宋事耶? 画家谓王摩诘以牡丹、芙蓉、莲花同画一景,画《袁安高卧图》有雪里芭蕉,此不可易与人道也。"(《曲律》卷三)吕纯阳即吕洞宾,唐朝人;佛印、东坡、潘阆都是宋代人。这是用典的"错乱"。凌廷堪《论曲绝句》云:"仲宣忽作中郎婿,裴度曾为白相翁。若使硁硁征史传,元人格律逐飞蓬。"自注:"元人杂剧事实多与史传乖迕,明其为戏也。后人不知,妄生穿凿,陋矣。"(《校礼堂诗集》卷二)三国时的王粲做了东汉蔡邕的女婿(见郑光祖《醉思乡王粲登楼》),唐裴度成了白敏中的岳父(见郑光祖《㑳梅香骗翰林风月》),都与史实不合,但剧作家这样写了,王骥德、凌廷堪非但不以为怪,反而持肯定态度,挑剔者则被视为外行。剧作家不是要表现事实之真,而是追求诗意和抒情效果,为了达到这两个目的,虚构是被允许的。景物描写也如此,写景不是目的,景物只是情感的外化,因此戏曲都毫无例外地要化景物为情思,使景物具有浓郁的感情色彩。戏里的景物不是实景,不能以科学的透视法原理要求,也不能以自然时序衡量,它所追求的是具有诗意的创造性艺术时空,"乾坤万里眼,时序百年心"(杜甫《春日江村五首》其一),剧作家在创作时万里乾坤尽收眼底,百年时序齐聚心头,只要有利于营造氛围,抒写心绪,就可以打破时间和空间的限制,选择景物进行描写。《西厢记》里便有写景"不问四时"的例子。第四本第三折"长亭送别"时春天的槐花与秋天的桂子同在,"晓来"的霜林与夕阳的斜晖并存。这也如王维(王摩诘)画"雪里芭蕉"一样,只要有利于烘托气氛、抒写情思,有违四时也照样可以成就名曲。

剧曲唱诗,道白近歌,动作似舞,写景如画,配以灯光和音乐,服饰和脸谱,整个舞台,整个剧场,都被诗意笼罩。戏与诗通,也与画通,民族艺术的写意特性和美学追求有共同之处。

戏曲以舞台演出为艺术创作的最后完成阶段,从完整的戏曲定义来看,剧本只是戏曲的半成品。从剧本来看,剧作家可以分成本色派、文采派等不同的流派。但是,不管什么流派,剧作家都要接受舞台演出的检验,适合演出、合乎舞台规律的,谓之场上之曲;相反地,仅可阅读,不便搬演的则被称为案头之作。这二者又不是截然分开、互相对立的,戏曲史上不乏案头、场上两擅其美的杰作,如关汉卿、王实甫、汤显祖、洪昇、孔尚任等大家的作品就是。但是,除了作品的文学意义之外,"当行"仍然是衡量戏曲创作成功的关键标准,明人臧晋叔论此颇为详赡:

关汉卿辈争挟长技自见,至躬践排场,面傅粉墨,以为我家生活偶倡优而不辞者……曲本词而不尽取材焉,如六经语,子史语,二藏语,稗官野乘语,无所不供其采掇;而要归断章取义,雅俗兼收,串合无痕,乃悦人耳。此则情词稳称之难。宇内贵贱、妍媸、幽明、离合之故,奚啻千百其状,而填词者必须入习其方言,事肖其本色,境无旁溢,语无外假。此则关目紧凑之难。北曲有十七宫调,而南止九宫,已少其半;至于一曲中有突增数十句者,一句中有衬贴数十字者,尤南所绝无,而北多以是见才,自非精审于字之阴阳、韵之平仄,鲜不劣调;而况以吴侬强效伧父喉吻,焉得不至河汉?此则音律谐叶之难。总之,曲有名家,有行家。名家者,出入乐府,文采烂然,在淹通闳博之士,皆优为之;行家者,随所妆演,无不摹拟曲尽,宛若身当其处,而几忘其事之乌有,能使人快者掀髯,愤者扼腕,悲者掩泣,羡者色飞,是惟优孟衣冠,然后可与于此。故称曲上乘首曰当行。(《元曲选·序二》)

在这一段话里,臧晋叔以北曲杂剧为例,谈了戏曲创作"当行"之三难:情词稳称之难,要雅俗兼收,串合无痕;关目紧凑之难,应紧扣主题和人物性格安排人物语言和戏剧情节;音律谐叶之难,要熟知宫调和音韵。他从语言、结构和音律三个方面提出了对戏曲创作的要求。能做到这三点的剧作家,可称"行家",作品演出才能引人入胜,收到感动人的艺术效果。而要成为行家里手,不在学问的淹通闳博,而在于熟悉舞台演出,像关汉卿那样既具有舞台演出经验,又富有文学才华,可为当行剧作家的榜样。

然而,剧本毕竟是一剧之本,演出是由演员将剧本所结撰的故事及其蕴寓在故事中的内涵,用形体表现出来。赵孟頫云:"若非我辈所作,娼优岂能扮乎?"(《太和正音谱·杂剧十二科》引)"子弟所扮,是我一家风月。"(《元曲选》附录《吴兴赵子昂论曲》)他就深悟到剧本在戏剧中占主导地位的道理。没有剧本,戏曲便无从演出。在古代,戏曲兴衰的标志,主要是戏曲文学创作的繁荣程度。由于科技发展的限制,古代没有录音、录像的可能,声腔和表演所留下的,只是文学记载的观众观听感受,而没有演和唱的具体资料,后人无从闻见,给研究造成极大困难。因此,我们将着眼于戏曲文学来研讨戏曲的发展变化。舞台演出是重要的,应当另有专史。

"最好的艺术理论就是艺术历史。""没有艺术史,任何艺术理论便不能存在。"[7]要理解什么是戏曲,还是应当从多读些作品、读些戏曲史入手。

注 释

[1] 黑格尔在《美学》中就已提出过这样的观点:"戏剧体诗又是史诗的客观原则和抒情诗的主体性原则这二者的统一……因此为着使整部艺术作品达到真正的生动鲜明,就要通过完整的舞台表演。"(第三卷下册,商务印书馆1981年版,第241页。可参见该书"戏剧诗体"部分。)

[2] 参见季国平的《戏曲札记二则》(《文学遗产》1989年第6期)及叶长海的《戏曲考》(《戏剧艺术》1991年第4期)。

[3] 见吕天成的《曲品》卷下。孙镤(1543—1613),字文融,号月锋,有《孙月锋先生全集》。

〔4〕参见秦学人、侯作卿编著的《中国古典编剧理论资料汇辑》,中国戏剧出版社1984年版。

〔5〕本文吸取了林可的《中国戏曲本体论质疑》(未刊稿)的部分观点。

〔6〕铎,铃;木铎,以木为舌的铃。古代宣布政令时,振木铎以召集群众,故以木铎代指宣教工具。

〔7〕参见美国雷纳·韦勒克的《近代文学批评史》第二卷,杨自伍译,上海译文出版社1989年版,第9页、第67页。

参考书目

〔1〕苏国荣.戏曲美学〔M〕.修订版.北京:文化艺术出版社,1999.

〔2〕沈达人.戏曲意象论〔M〕.北京:文化艺术出版社,2014.

第一章

中国戏剧的起源与形成

第一节　先秦时期的戏剧胚胎

一、古剧的起源

"戏曲"包括前述言语、动作、歌舞三种表演要素,而其最根本的要素无疑是装扮表演。据此探讨戏曲或戏剧起源,则可以上溯至先秦上古时期。装扮表演植根于人的模仿本能,而模仿作为人的一种天性,应与人类的起源同始共生。《墨子·耕柱》篇中有"童子之为马,足用而劳"的话,说的是小孩子"戏效为马"的现象。儿童自发的模仿行为实为人类幼年同类行为的缩影。人的模仿本能最先在劳动生存经验的积累传授中得到开发和锻炼,譬如先民对狩猎与战争等基本生存活动的教习演练,就都是靠模仿来进行的。根据字源学的研究,"戲"字从戈,本义为虚拟的战斗演习。人类的早期模仿行为还仅是劳动过程的延伸,当然不是我们今日所说的戏剧,但却是戏剧发生的深在根基。这种模仿行为只有在进一步发展,体现于娱乐性的歌舞和宗教性的祭祀等纯精神活动时,才具有了戏剧的因素。《尚书·舜典》记载黄帝时典乐官夔的自述,有"予击石拊石,百兽率舞"的话。抹去儒家经典的神化色彩,这里其实是对原始猎人披着兽皮或是戴上兽头面具跳舞场面的记载。无论这是狩猎前对于收获与平安的祈祷,还是劳动结束之后的庆典,建立于模仿本能之上的装扮表演的特征是完全可以确认的。

二、巫觋与祭祀

原始宗教是人类早期精神文明的产物,其中最主要的是巫术活动。掌握巫术的人叫巫觋,在楚文化中又叫灵或灵保,都是专司人神之间进行对话与沟通的神职人员。巫为女性,觋为男性,与后世农村跳大神的神婆、神汉相当。巫觋职在"以舞降神"(《说文解字》),一般具有双重身份:一重是代人向神祷告祈福;另一重是代神发言,给人指示或警诫。以后一种身份进行的其实就是代言体的化身表演。

屈原的《楚辞·九歌》中便保留了不少原始巫术仪式的痕迹。《九歌》共十一章,前八章共祭祀了九位神灵,即天神东皇太一、云神云中君、湘水二神湘君和湘夫人、寿命神大司命、生育神少司命、太阳神东君、河神河伯、山神山鬼。这些神灵们衣着华丽(如云中君"华采衣兮若英",大司命"灵衣兮被被,玉佩兮陆离"),而且多具人情(如山鬼"既含睇兮又宜笑",湘夫人"目眇眇兮愁予")。尤其值得提出的是,《九歌》的曲词多是代言体的,歌者一般由灵或灵保担任。可见,《九歌》是由屈原改写的楚国传统祭神之歌,文人的加工可能会过滤掉一些原始歌舞的场面,但我们从中还是不难感受到其时祭祀场面的宏大,而灵保装扮、代言而歌等形式,已显然含有戏曲表演的因素。有人把它看作"一种雏形的歌舞剧"或"成熟的戏剧",虽然有些夸张,但其中含有戏剧的萌芽或胚胎则是能够辨析的。

在原始宗教活动中,与巫术有所不同的是对天地祖宗的祭祀。古代祭祀有用"尸"的传统,尸就是用活人装扮的被祭者。祭祀宗庙,一般从子孙中挑选一个与祖宗相貌最相似的充作尸;祭祀天地百神,或以巫觋兼而为尸,如前述《九歌》代神立言的灵保,实是将巫术杂入了祭祀。但也有以一般人为尸的情况。如《国语·晋语》记载:"晋祀夏郊,以董伯为尸。"

先秦最隆重的祭典有一种叫"蜡"(zhà),是在年终为了酬谢八位农神而举行的祭祀,故又名"八蜡"。《礼记·郊特牲》云:

> 天子大蜡八,伊耆氏始为蜡。……蜡之祭也,主先啬而祭司啬也。祭百种以报啬也。飨农及邮表畷、禽兽,仁之至,义之尽也。古之君子,使之必报之。迎猫,为其食田鼠也;迎虎,为其食田豕也。迎而祭之也。祭坊与水庸,事也。曰:土反其宅,水归其壑,昆虫毋作,草木归其泽。

伊耆氏一般被认为就是神农氏,可见"蜡祭"是农业文明的产物。所祭八神,郑玄注云:"先啬一,司啬二,农三,畷四,猫虎五,坊六,水庸七,昆虫八。"八神是由人装扮的,所以罗泌《路史》称之为"蜡戏",苏轼的《东坡志林》卷三论"八蜡"时,曾指出:"八蜡,三代之戏礼也。……今蜡谓之'祭',盖有尸也。猫虎之尸,谁当为之?置鹿与女,谁当为之?非倡优而谁!"苏轼在此认为蜡祭八位神灵的装扮之"尸"当是"倡优",故称为"戏礼"。也有人认为扮神者是巫师。[1]无论由谁装扮,这种"蜡戏"已带有一定表演性质是无可置疑的。到了春秋时期,这种带有表演性质的"蜡戏"竟形成一个全国性的狂欢节。《孔子家语·观乡射》云:

> 子贡观于蜡。孔子曰:"赐也,乐乎?"对曰:"一国之人皆若狂,赐未知其为乐也。"孔子曰:"百日之劳,一日之乐,一日之泽,非尔所知也。"

一种宗教祭祀仪式能举国若狂,恐怕不是简单的扮神表演所能达到的,也许春秋时期的"蜡戏"已表现出宗教性因素的淡化和娱乐性表演因素(戏剧因素)的加重了。

上古宗教祭祀中还有一种与装扮人物相关的傩祭,是在岁末举行的辟邪驱疫的仪典。傩祭源于原始社会的图腾崇拜,到周代演化成一项风行朝野的盛典。《周礼·夏官司马》载:

> 方相氏,掌蒙熊皮,黄金四目,玄衣朱裳,执戈扬盾,帅百隶而时难(傩),以索室殴疫。大丧,先柩;及墓,入圹,以戈击四隅,殴方良。

又谓:"方相氏狂夫四人。"可见,方相氏是傩祭的主持者,且有四人。对方相氏称名由来,郑玄注云:"'方相'犹言'放想',可畏怖之貌。"[2] 为达到令人"畏怖"的效果,装扮者头蒙熊皮,上开黄色四孔为四目,身着黑衣红裤,一手持戈,一手执盾,极力装扮成驱邪之凶神的样子。"时难(傩)",即应时而傩,据《周礼·夏官司马》,其时有季春、中秋、季冬三傩,为的是"毕春气""达秋气""送寒气"。方相氏除了主持"时傩",祓除人间厉鬼邪气,还主持葬礼,为入土的亡灵驱逐冥间的魑魅魍魉(古代传说中的鬼怪)。慢慢地,方相氏就成了祛邪大神的代名。先秦时民间傩祭同样很盛,并且有很强的观赏性。《论语·乡党》记载,孔子曾穿上朝服恭恭敬敬地去看过他家乡的"乡人傩"。傩祭到唐代单独发展成完备的傩戏,至今在边远地区的民间还保留着这一演出形式。

三、古代的优戏

继原始宗教仪式中的扮演之后,在商周之际的宫廷中出现了一群专供统治贵族娱乐的"优"。"优"又叫优伶、倡优、俳优。伶、倡与优都是宫廷艺人,原来有所分工。优伶、倡优专司器乐演奏和声乐歌唱,而俳优主要以滑稽言行逗笑取乐。优人大都多才多艺,通晓歌舞音乐等,后来往往统称为倡优或优伶。

据传说,夏桀时就有了倡优:"(夏)桀既弃礼义,淫于妇人,求美女积之于后宫,收倡优、侏儒狎徒能为奇伟戏者,聚之于旁,造烂漫之乐……"(刘向《古列女传·孽嬖传·夏桀末喜》)这段记载虽不能据为信史,但优产生很早,却由此得到证明。春秋战国时期,狎优之风已弥漫于各国王宫,齐襄公"优笑在前,贤材在后"(《国语·齐语》),齐桓公也是"近优而远士"(《韩非子·难三》),郑桓公"侏儒、戚施,实御在侧"(《国语·郑语》)。只是这些古史记录中的倡优,大都作为无道昏君的陪衬者出现,记录者对倡优也多持批判态度,颇有"倡优祸国"论的倾向。

对先秦倡优的正面记录也有一些,但多是从讽谏刺奢、匡政爱民角度着眼的。倡优多为侏儒一类生理发育不全的残疾人,他们在充分利用相貌与语言的双重滑稽为君主寻开心的同时,常常机智地寓讽谏于调笑,统治者也乐于愉快地接受他们的意见。司马迁的《史记·滑稽列传》记录了几则先秦名优的故事,这些故事大致可分成两类,一类是纯粹的语言调笑:

优旃者,秦倡侏儒也。……始皇尝议欲大苑囿,东至函谷关,西至雍、陈仓。优旃曰:"善。多纵禽兽于其中;寇从东方来,令麋鹿触之,足矣。"始皇以故辍止。

二世立,又欲漆其城。优旃曰:"善,主上虽无言,臣固将请之。漆城虽于百姓愁费,然佳哉! 漆城荡荡,寇来不能上! 即欲就之,易为漆耳,顾难为荫室。"于是二世笑之,以其故止。

这是一则典型的优谏,采用的是逻辑归谬法,即顺延对方逻辑推演,夸大其中不合理的成分,制造笑料。

另一类是装扮表演的讽谏调笑,如著名的"优孟衣冠":

优孟,故楚之乐人也。……楚相孙叔敖知其贤人也,善待之。病且死,属其子曰:"我死,汝必贫困,若往见优孟,言我孙叔敖之子也。"居数年,其子穷困负薪,逢优孟,与言曰:"我,孙叔敖之子也。父且死时,属我贫困往见优孟。"优孟曰:"若无远有所之。"即为孙叔敖衣冠,抵掌谈语。岁余,像孙叔敖,楚王及左右不能别也。庄王置酒,优孟前为寿,庄王大惊,以为孙叔敖复生也,欲以为相。优孟曰:"请归与妇计之,三日而为相。"庄王许之。三日后,优孟复来。王曰:"妇言谓何?"孟曰:"妇言慎无为,楚相不足为也。如孙叔敖之为楚相,尽忠为廉以治楚,楚王得以霸。今死,其子无立锥之地,贫困负薪以自饮食。必如孙叔敖,不如自杀。"因歌曰:"山居耕田苦,难以得食。起而为吏,身贪鄙者余财,不顾耻辱。身死家室富,又恐受赇枉法,为奸触大罪,身死而家灭。贪吏安可为也! 念为廉吏,奉法守职,竟死不敢为非。廉吏安可为也! 楚相孙叔敖持廉至死,方今妻子穷困负薪而食,不足为也!"于是庄王谢优孟,乃召孙叔敖子,封之寝丘四百户,以奉其祀。后十世不绝。

优孟用"岁余"的时间模拟孙叔敖之行状,以至于"楚王及左右不能别",可见其表演才华之高妙。在表演过程中还伴以歌,也透露出先秦倡优表演中兼有歌舞的信息。尽管这种表演还只是局限于对某一人物的模拟还原,缺少完整的戏剧情境和故事情节,但优孟表演已具有一些戏剧性因素了。所以后人往往把演戏叫作"优孟衣冠",把演员叫作优伶,说明俳优的滑稽表演对后世戏剧有着直接影响。而"插科打诨"的净丑喜剧表演体制,成为任何时代的任何戏曲中都不可或缺的构件,显然与先秦的俳优滑稽传统一脉相承。

以上介绍了先秦装扮表演的几个种类,依时间先后大体是歌舞、宗教和俳优。从中可以看出,它们在不同程度上已经具备了戏剧的基本因素。但这种装扮模仿还处于自发而不是自觉的低级阶段,也缺乏对故事情节的演述。因此,只能算是戏剧的萌芽或胚胎孕育阶段。

第二节　汉唐时期的戏剧雏形

一、汉代百戏

由简单地装扮人物,进而发展到表演故事,是在公元前 2 世纪的西汉之初。有文献记载,汉武帝时期,曾从民间征集了一批杂戏到都城会演,其中多为杂技、杂耍一类的节目,如同后世的魔术、摔跤、举重、武术格斗、气功表演、舞龙舞狮之类。当时这些杂戏被称作"角抵",后来又叫"百戏"。百戏的名称很明确,意思是种类极其杂多的演艺,所以今人多用"汉代百戏"加以称呼。角抵的本义指牛羊等动物的顶角斗架,后来借指摔跤、格斗等对抗性很强的斗力或竞技表演。由于这类斗力竞技节目在与其他杂耍杂艺同台演出中占有重要地位,或者最为激动人心,故可以用来作为代表,引申泛称其他。在广义上角抵与百戏同义。

汉代百戏中不乏装扮表演,有的甚至发展到装扮人物,采用代言体演述故事的水平,如《西京杂记》中的"黄公幻术"故事:

> 有东海人黄公,少时为术,能制蛇御虎。佩赤金刀,以绛缯束发,立兴云雾,坐成山河。及衰老,气力羸惫,饮酒过度,不能复行其术。秦末,有白虎见于东海,黄公乃以赤刀往厌之。术既不行,遂为虎所杀。三辅人俗用以为戏,汉帝亦取以为角抵之戏焉。

三辅即关中地区。这是一个人、虎相搏的角抵戏,原出自陕西民间。演出时至少需要两个演员,一个扮作黄公,头裹红绸子,腰佩赤金刀;另一个扮成老虎(后世戏曲中叫"虎形")。故事主干是人、虎相搏,虽不脱角抵斗力的形式,但结局必须依照情节预设的人被虎吃来表演,而不能再按有力者胜的角抵规则结束。"黄公幻术"已经具备了由演员装扮人物、用代言体演故事的戏剧要素。只是由于情节过于简单,而且没有台词,因此把它看作戏剧的雏形比较合适。

二、魏晋优戏

宫廷的俳优表演在汉之后也有发展。如三国时的《许胡相争》和《辽东妖妇》就是两个有简单情节的俳优小戏。《三国志·蜀书·杜周杜许孟来尹李谯郤传》载:

> 慈、潜并为学士,与孟光、来敏等典掌旧文。值庶事草创,动多疑议。慈、潜更相克伐,谤讟忿争,形于声色,书籍有无,不相通借。时寻楚挞,以相震撼。其矜己妒彼,乃至于此。先主愍其若斯,群僚大会,使倡家假为二子之容,效其讼阋之状,酒酣乐作,以为嬉戏。初以辞义相难,终以刀杖相屈,用感切之。

许慈与胡潜都是蜀汉的学士，但互相嫉妒，常闹矛盾，乃至打架斗殴，刀棒相向。刘备为了调解教育，让两个优伶分别扮作许、胡的模样，模仿他们互相争斗的情景，在宴席上进行演出。这是在滑稽调笑中掺入了角抵戏的格斗成分，显然是优戏受到百戏影响的结果。

《辽东妖妇》是曹魏宫廷中的一个戏剧小品。据《三国志·魏书·三少帝纪》裴松之注，魏废帝曹芳宠幸小优郭怀、袁信，"于广望观上，使怀、信等于观下作《辽东妖妇》，嬉亵过度，道路行人掩目"。这是由男优扮女角，以代言体表演故事。情节内容虽缺乏记述，但从"道路行人掩目"的观众反映来看，可能是一个色情故事。王国维认为，这个节目"盖犹汉世角抵之风也"（《宋元戏曲史》）。《辽东妖妇》上承"优孟衣冠"，中继汉代百戏的"黄公幻术"，由人物扮演而增加故事，故也可看作角抵的余风。

汉代百戏历经魏晋六朝，一直绵延到隋唐，不绝如缕，屡见文献记述。魏明帝不仅极力追攀汉武帝时在长安会演百戏的规模，"备如西京之制"，而且还发明了"水转百戏"（《三国志·魏书·明帝纪》裴松之注）。北魏道武帝拓跋珪于天兴六年（403）"增修百戏"（杜佑《通典》）。北齐后主武平年间（570—576）中有《鱼龙烂漫》等一百多个节目，"名为百戏"。北周宣帝时有人"奏征齐散乐人并会京师为之，盖秦角抵之流者也"（《隋书》卷十五）。散乐也是百戏的一个名称。到隋炀帝杨广时，"总追四方散乐，大集东都"，三万多艺人一下子聚集到洛阳，"绵亘八里，列为戏场"（《隋书》卷十五），可谓登峰造极。百戏是古剧发育的温床，正是众多技艺长期的同台共演缓缓地推动着我国戏曲的前进。唐代戏剧的两大品种——歌舞戏与参军戏，都是在百戏基础上生长起来的。

三、唐代歌舞剧

唐代产生了一些由歌舞结合角抵打斗的情节小戏，其中最有名的有两个。一个是《兰陵王入阵曲》，据《旧唐书·音乐志》及唐段安节的《乐府杂录》等唐人文献的记载，这个节目原出北齐。北齐的兰陵王高长恭，武艺高强，但因为天生容貌清秀，像个少女，不能令敌人畏惧，于是每逢上阵杀敌时，都要戴上一副狰狞的面具。他曾率部与北周军队大战于金墉城下，勇冠三军，所向披靡。北齐人深为他的勇猛壮烈行为所感动，于是"为此舞以效其指挥击刺之容"（《旧唐书·音乐志》）。这个节目又叫"代面"或"大面"。"代面"指兰陵王用"假面"代替本面，"大"与"代"古音相同，这里是同音异写。总起来看，《兰陵王入阵曲》原来可能只是一个戴面具的军舞，到唐代才"亦入歌曲"，变成了一个歌舞剧。其中的"击刺"只是单纯的虚拟表演，还是加入了再现性的格斗对打，则缺乏详细记述。

另一个节目叫《踏谣娘》，其中故事情节的再现性因素十分突出。唐人崔令钦的《教坊记》载：

> 北齐有人，姓苏，䶌鼻，实不仕，而自号为"郎中"。嗜饮，酗酒，每醉辄殴其妻。妻衔怨，诉于邻里。时人弄之：丈夫著妇人衣，徐步入场行歌。每一叠，旁人齐声和之，云："踏谣，和来！踏谣娘苦，和来！"以其且步且歌，故谓之

"踏谣"；以其称冤，故言"苦"。及其夫至，则作殴斗之状，以为笑乐。今则妇人为之，遂不呼"郎中"，但云"阿叔子"。调弄又加典库，全失旧旨。或呼为"谈容娘"，又非。

关于《踏谣娘》的故事，唐人还有起源于隋末说，其名也有谓《踏摇娘》或《谈容娘》的。[3]这个故事出自唐前，得名于女子倾诉悲怨时"且步且歌"、摇动身形的表演形式，当时已形成一个小型的歌舞剧；入唐之后，逐渐成为宫廷歌舞表演的主要节目之一，甚至连皇帝近臣也擅长此道，如唐中宗景龙年间(707—710)，工部尚书张锡即于宴集时"为《谈容娘舞》"(《旧唐书·儒学列传》卷一八九)。几经发展演化，《踏谣娘》的表演已渐渐脱离其初始阶段的表演套路，逐渐变得丰满、复杂，戏剧性愈来愈强，这从上引文献可以看出。《踏谣娘》先是由男演员扮演，后来则改为女演员；结局部分原来只是夫妇"作殴斗之状"，显然是来自角抵百戏结尾打斗的表演模式；后来又增加"典库"这样一个人物调弄其间，突出滑稽调笑的喜剧因素，则又是融合了前代优戏与同时代参军戏的成分。所以崔令钦对此颇为不满。

《踏谣娘》的表演不限于宫廷，民间也颇兴盛，并曾引起过文人的关注，如唐人常非月曾作有《咏谈容娘》诗：

> 举手整花钿，翻身舞锦筵。马围行处匝，人压看场圆。
> 歌要齐声和，情教细语传。不知心大小，容得许多怜。

(《全唐诗》卷二〇三)

从诗作所写看，表演者不仅身态优美，而且细语传情，表演效果不仅赢得"看场圆"的观众的喝彩，也让诗人感叹其"容得许多怜"。由此可见，《踏谣娘》在后来的表演中情感因素日渐加重，直到宋代，仍有诗人借《踏谣娘》以寄诗思，如"江西诗派"作家谢薖(kē)的《寄题云卧庵》诗中即有："虽有水精屏，何由得安眠？章叶踏谣娘，连臂在榻前。"(《谢幼槃文集》)

四、唐代参军戏

参军戏是由两个演员合演的一种滑稽小戏，内容以调笑为主，被调笑者叫"参军"，调笑者叫"苍鹘"。关于参军戏名称的由来，唐人文献说法不一。有的说来自汉代，有的说出自本朝。人们一般认同《太平御览》卷五六九所引《赵书》的记述：

> 石勒参军周延，为馆陶令，断官绢数百匹，下狱，以八议，宥之。后每大会，使俳优着介帻，黄绢单衣。优问："汝为何官在我辈中？"曰："我本为馆陶令。"斗数单衣曰："正坐取是，故入汝辈中。"以为笑。

最初甲优的角色就由周延本人扮演，后来改为优人扮演周延。故事发生的时间是后赵石勒统治时期(南朝东晋时代)。从《赵书》所记看,所谓参军戏,最初与前代的宫廷优戏如《许胡相争》其实并无二致,只是就眼前情景生发的一个即兴表演,后来逐渐发展成一种表演模式,"参军"才成了一个角色的名称,也叫"参军桩"。由于被嘲弄者多为官员,所以参军戏又叫"弄假官戏"。

唐代的参军戏不仅角色与表演有固定程式,就是角色的化妆服饰也达到了程式化水平。据记载,参军一般是"绿衣秉简(官员上朝拿的手板)",苍鹘通常是"鹑衣髽髻"(补丁摞补丁的破衣服和梳在头两边好像"丫"字的发髻)。参军戏原是以讽刺调笑为特点的"科白戏",但唐代也有合以歌舞的。范摅的《云溪友议》卷下曰:"(元稹)廉问浙东……有俳优周季南、季崇及妻刘采春自淮甸而来,善弄陆参军,歌声彻云。"薛能的《吴姬》诗中也有"女儿弦管弄参军"的句子。参军戏是唐代很流行的一种表演艺术,涌现了许多著名演员,如唐明皇时的张野狐、黄幡绰、李仙鹤,中唐时的周季南、刘采春夫妇,以及唐懿宗时的李可及等。甚至还有文人参与其中,给演员撰写剧本。据《乐府杂录》记载,著名文学家陆羽就曾写过"韶州参军"的剧词。参军戏从宫廷流传到民间,其社会普及面与影响力都是空前的,李商隐在《骄儿诗》中写他的小儿子做游戏,能模仿参军戏的表演:"忽复学参军,按声唤苍鹘。"可见当时参军戏深入人心,已达到连妇孺都耳熟能详的程度。

汉唐戏剧在近千年的缓慢生长中,演员与观众队伍不断壮大,装扮人物、表演故事,出于审美娱乐的自觉戏剧意识已十分明确,在民间与宫廷之间互相借鉴、双向促进的途径也已打通。虽然叙事文学的滞后阻碍了戏剧情节的发展,但唐代歌舞戏中融歌舞于扮演故事中的表演形式,标志着作为综合艺术的中国戏曲的雏形终于形成了。

第三节　宋金时期戏曲的成熟

一、戏曲成熟的时间及主要条件

宋金时期,这里特指北宋后期和南宋前期,以及与南宋对峙平行的北方金朝时期,大约从11世纪末到13世纪初的一百多年时间。在这个历史时段内,戏剧的种类主要有宋杂剧、金院本、温州杂剧以及傀儡戏与影戏。它们最初还多是戏剧小品,但经过充分发展,最后都不同程度地超越了戏剧的雏形阶段,成为完形的戏曲。其具体表现为采用歌曲唱戏,提高了戏剧情节的审美品位,同时艺人们创作了大量的剧目与剧本。

宋金戏曲之所以能够成熟,除了前代戏剧遗产的不断累积,还离不开当时所提供的一些重要条件。最根本的一个条件,是宋金城市经济的空前繁荣,市民队伍迅速壮大,对文艺娱乐的社会需求急剧增长导致艺术消费商品化。北宋中后期,在一些大城市中如雨后春笋般涌现的瓦舍勾栏,就是艺术商品化的产物,也是直接锻造戏曲的大熔炉。所谓瓦舍,也叫瓦肆、瓦子,是宋金城市里表演各种技艺的游乐场所。瓦舍中表演不同技艺的看棚,四周围以栅栏,叫"勾栏",其中就有专供杂剧演出的剧场。瓦舍勾栏最突出的特点是,艺人以广大市民群众为消费对象,把表演作为商品论价出售。正是在商品经济的推动下,在瓦舍勾栏中,中国戏曲广泛吸取其他曲艺、技艺的营养,才能够超越漫长的雏形阶段,迅速地跨入它的青春期与成熟期。

二、宋杂剧

(一)杂剧之名的由来

"杂剧"之名,唐代已有,据李德裕的《会昌一品集·故循州司马杜元颖》第二状,唐太和三年(829)十二月,"南蛮军陷成都",事后,时任西川节度使的李德裕具状上报时,言及蛮军"驱掠五万余人,音乐伎巧,无不荡尽。……其中一人是子女锦锦,杂剧丈夫两人,医眼太秦僧一人"。这里所说的"杂剧丈夫",属于"音乐伎巧"类,当是游食民间的演艺之人。唐前史书中多以"杂戏"指称优人扮演故事的娱乐表演,如《周书·宣帝纪》载有宣帝"散乐杂戏、鱼龙烂漫之伎,常在目前",《旧唐书·文宗本纪》还载有太和六年(832)寒食节,因"杂戏人弄孔子"而被斥逐的事件。李德裕所说的"杂剧",当是指"杂戏",因"剧"字与"戏"字,作戏弄、游戏解时其义相通。可见"杂剧"系由"杂戏"转出之词,指的是唐时流行的歌舞小戏和参军戏等。宋代以后,"杂剧"与"杂戏"虽仍通用,但"杂剧"之义已日渐固定并专指有固定演出程式的戏曲了。

(二)宫廷化的北宋杂剧

北宋时期,宫廷宴乐中杂剧表演甚为流行,宋太祖赵匡胤曾在一次宫廷宴会上让乐官"雨中作杂剧"[4],此后的宋室宫廷演出,杂剧已不可或缺,并有确定数额的杂剧演员随时承应,马端临的《文献通考》卷一四七记载:"宋朝戏乐。鼓吹部杂剧员四十二,云韶部杂剧员二十四,钩容直杂剧员四十。亦一时之制也。"流风所及,王公贵族家中的家乐,也多喜演杂剧侑酒佐觞。朱弁的《曲洧旧闻》卷六载,宋祁修《唐书》,一日天大雪,仍秉烛炽炭著述,因问一来自贵官之家的侍婢:"汝太尉遇此天气,亦复何如?"姬答曰:"只是拥炉,命歌舞,间以杂剧,引满大醉而已,如何比得内翰。"宋祁(998—1061)修《唐书》在宋仁宗景祐年间(1034—1038)之前,其时太尉家即演杂剧。这条记载中所演杂剧情况不可确知。从另两条材料中,我们对北宋时期杂剧的演出情况颇可窥知一二:

> 山谷云:"作诗如作杂剧,初时布置,临了须打诨,方是出场。"盖是读秦少游诗,恶其终篇无所归也。(曾慥《类说》卷五七)
>
> 东坡尝宴客,俳优者作技万方,坡终不笑。一优突出,用棒痛打作技者曰:"内翰不笑,汝犹称良优乎?"对曰:"非不笑也。不笑者,所以深笑之也。"坡遂大笑。盖优人用东坡《王者不治夷狄论》云:"非不治也,以不治治之,乃所以深治之也。"见子由五世孙奉新县尉懋说。(《杨万里集笺校》卷一一四)

从第一条材料中我们不仅可见当时文人对杂剧演出的熟稔,从而以作杂剧的技巧比附诗歌写作技巧,且可见出当时的杂剧演出的大致情况——开篇"布置",即对全剧作统一安排;末了以"打诨"作结,强调杂剧的调笑效果。这说明当时的杂剧表演已表现出程式化倾向,而其追求的效果是逗人一笑。第二条材料中的俳优"作技万方"而东坡不笑,只好以互相击打的滑稽动作和化用东坡文中之语终逗东坡一乐。俳优所作之技中是否有杂剧成分不得而知,但其演出目标显然是要逗东坡一笑。

可见,北宋杂剧主要是一些滑稽调笑的小品片段,且多夹杂于歌舞戏之间,个性色彩还不鲜明,但在演出上已有固定模式了。

(三) 民间化的南宋杂剧

到南宋时,杂剧演出已不限于宫廷,日益表现出民间化倾向。与北宋宫廷教坊设杂剧演员若干以备承应不同,南宋宫廷不设教坊,如有杂剧演出,只需到瓦舍中"和雇"艺人承应即可。《宋史》卷一四二载:

> 孝宗隆兴二年天申节,将用乐上寿。上曰:"一岁之间,只两宫诞日外,余无所用。不知作何名色?"大臣皆言:"临时点集,不必置教坊。"上曰:"善。"乾道后,北使每岁两至,亦用乐,但呼市人使之,不置教坊。

市肆艺人入宫演出,不只是自我身价的抬高,也表明南宋时期民间艺人的表演已达到很高水准,得到了宫廷的承认。在临安市肆中,杂剧演出十分繁盛,已呈现出从百艺之中浮凸、独立的趋势。当时人耐得翁说:"散乐,传学教坊十三部,惟以杂剧为正色。"(《都城纪胜·瓦舍众伎》)在教坊十三部类中,唯有杂剧是"正色",说明其时杂剧已成为最受欢迎的表演项目了。

与宫廷化的北宋杂剧相比,具有浓厚民间倾向的南宋杂剧,在表演目标上虽仍"务在滑稽",但在内容上较之北宋的纯粹调笑不同,表演者时常将对现实人生的沉重思考借剧中人物表露出来,有的甚至因此而遭祸殒命。最有名的例子是"秦桧杀优":

> 宋绍兴十五年,赐秦桧第于望仙桥。桧初就第时,诏百官往送酒。中伶人致诵语,有参军者,褒衣诵桧功德。一伶以荷叶交椅从之,诙语杂至。宾欢既洽,参军将就椅,忽坠其幞头,乃总发环为双迭胜。伶问曰:"此何环?"曰:"二胜环。"伶遽曰:"尔但坐太师椅,请取恩泽,二圣环且掉脑后,可也?"一坐失色。桧怒,下伶狱,杖杀之。[5]

秦桧秉国,不思恢复,伶人出语相讥,责其将徽、钦二圣之还置于脑后,可说是其时民间激烈情绪的表露,从而招致杀身之祸。但这类例子在南宋杂剧中只是个案,且因触犯忌讳,除文人笔记中录载其事外,未见剧本流传。

（四）两宋杂剧剧目

尽管两宋时期，无论宫廷还是民间，都十分看重杂剧演艺，但宋杂剧却没有剧本传存下来，这确实是颇为遗憾的事。究其原因，一则是其时杂剧演出，多是即兴表演，无需剧本；二则"务在滑稽"的审美追求，限制了杂剧表演的艺术空间，使得其文化品位始终只是停留在插科打诨、模仿调笑的浅俗层面，能令观者动容，却难得动心。因此宋杂剧不像话本那样，能够吸引有心看客为之记录。此外，其时的文人阶层也多只是如苏轼那样，只观剧消遣，不愿也不屑为之作剧。缺少了文人阶层的参与，高质量的剧本难得出现，即便有，也无人为之记录留存，杂剧在宋代也就只能停留在演出层面而难以获致文学的提升了。

不过，宋末元初人周密，"谈先朝旧事，辄耳谛听"（《武林旧事·序》），在其所著的《武林旧事》卷十中，录载了 280 个剧目，称为"官本"，说明是在宫廷中上演的，但其中可能也有不少出自瓦舍勾栏，因为两宋官方的教坊艺人与市井的勾栏艺人经常是相混杂的。这一剧目清单未必就是宋人所演杂剧的全部，而其情节因无剧本佐证，许多剧目的具体内容我们也无从得知。今人谭正璧的《〈武林旧事〉所录宋官本杂剧段数内容考》一文，考出其中 50 余种剧目内容。[6]据此我们可将两宋时期剧坛上演剧目的主要内容及其题材指向大致分成四大类别：一是神怪传奇，如《郑生遇龙女薄媚》《柳毅大圣乐》《梦巫山彩云归》《二郎熙州》《二郎神变二郎神》《鹘打兔变二郎》《裴航相遇乐》等；二是历史故事，如《霸王剑器》《五柳菊花新》《相如文君》等；三是富贵易妻，如《王崇道休妻》（有说《王宗道休妻》）、《李勉负心》《王魁三乡题》等；四是婚恋爱情，如《莺莺六幺》《崔护六幺》《王子高六幺》《裴少俊伊州》等。此外，还有如《睡爨》《借衫爨》《单背影》《双顶戴》等，从其名目看，情节内容简单，大都是些调笑打趣的小品片段。

（五）宋杂剧的表演体制

宋杂剧的主流多是一些喜剧小品，吴自牧的《梦粱录·妓乐》说："大抵全用故事，务在滑稽，唱念，应对通遍。此本是鉴戒，又隐于谏诤，故从便跣露，谓之'无过虫'耳。"滑稽与讽谏，与古优戏和唐代参军戏一脉相承。在表演模式上，宋杂剧既延续了参军戏一人嘲弄、一人被嘲弄的路子，也融合了唐代歌舞戏的成分，因此有很多发展变化。

首先是上场角色，宋杂剧增加到五个。关于这五个角色的名称与职能，《都城纪胜·瓦舍众伎》说："末泥色主张，引戏色分付，副净色发乔，副末色打诨。又或添一人装孤。"末泥是主演兼领班；引戏是舞台调度兼"装旦"；副净与副末一捧一逗，专门插科打诨；装孤就是装扮官员，是视剧情内容可以增减的一个角色。在宋杂剧的五种角色中，后世戏曲生、旦、净、丑四大行当已初见形态。而装孤与副净、副末三角，又保留着唐代歌舞戏的"弄假妇人"和参军戏角色的遗迹。

此外是每场四段的演出模式。据《梦粱录·妓乐》的记述，宋杂剧演出的程序是"先做寻常熟事一段，名曰艳段；次做正杂剧，通名两段"。艳段是在正戏之前加演的帽儿戏，一般取材于日常生活，情节比较简单。正杂剧的两段，实际是两个不同的故事剧，大多情节比较完整，具有较强的戏剧性。正戏之后，还有一个"散段"，又叫"杂扮""纽元子""拔禾",一般是以庄稼人进城为题制造笑乐的一种小闹剧。宋杂剧一场四段虽非通演一个故事,而且每段都可重新组合或单独演出,但后世戏曲结构的连场形式,如元杂剧一本四折的模式已经于此肇始。内容决定形式,同时形式也召唤内容。宋杂剧的连场演出形式,对戏剧故事的发展具有积极的拉动作用。《东京梦华录·中元节》载:"构肆乐人,自过七夕,便般《目连救母》杂剧,直至十五日止,观者倍增。"《目连救母》是一个佛教故事,在唐代僧人的俗讲中已发展到一定长度。宋杂剧以此为题材,连演八天,反而"观者倍增",恐怕不只是一本同一故事的连场戏,大概还是一部连续剧。宋杂剧中像《目连救母》这样的大型故事剧或者属于个别,但在正杂剧中有一些已经超越了汉唐戏剧小品,发展出有一定长度的情节剧,则是完全可能的。对现存 280 个剧目进行考察比较,就可以得出这个结论。

以曲唱戏是宋杂剧的另一特征。所谓"唱念、应对、通遍",就是把曲唱、道白与表演故事进行全面结合,在一定程度上已进入戏曲综合艺术的阶段。在传存的 280 个剧目中,有近百个标注了所用的曲子,一般都是唐宋流行的曲乐,如【六幺】【梁州】【新水令】【降黄龙】等。其中有两个剧目还采用了宋代独创的大型套曲"诸宫调",已经为元杂剧用套曲唱戏开了先例。

此外,宋杂剧在南宋统治地区与南方的地方戏结合,产生了一些带有地域性的戏曲支派,如川杂剧和温州杂剧。后者发生于 12 世纪中后期,产生了《赵贞女蔡二郎》(《赵贞女》)和《王魁》两部划时代的戏曲作品。今存的《张协状元》可以肯定是 13 世纪初叶温州杂剧的唯一传本,尽管还显得粗糙幼稚,但不可否认是一部初步成熟的成本大戏。不过,元明以后都把温州杂剧改称"南戏",后面有关南戏的章节再加以介绍。

三、金院本

院本,意思是"行院之本"。行院就是戏班,院本的原意指当时戏班演员创作演出的剧本,由此引申,也指按这类剧本进行演出的一种戏剧样式。金院本与宋杂剧在性质上基本相同,其实就是宋杂剧在北方的遗留。陶宗仪的《南村辍耕录》云:"院本、杂剧,其实一也。国朝(元)院本、杂剧始厘而二之。"夏庭芝的《青楼集·志》亦云:"至我朝(元)乃分院本、杂剧而为二。"这里的杂剧,指的是元代大戏北曲杂剧,不是宋杂剧。也就是说,"院本"之名是元人所定,其目的是将金朝的杂剧和元代大戏北曲杂剧区分开来。

院本的主流也是滑稽小戏,表演体制与宋杂剧也没有太大的差别,仅个别名称有所变化。陶宗仪的《南村辍耕录》卷二五中的《院本名目》载:

> 院本则五人。一曰副净,古谓之参军。一曰副末,古谓之苍鹘,鹘能击禽鸟,末可打副净,故云。一曰引戏。一曰末泥。一曰装孤。又谓之"五花爨弄"。或曰:宋徽宗见爨国人来朝,衣装鞋履巾裹,傅粉墨,举动如此,使优人效之以为戏。又有焰段,亦院本之意,但差简耳,取其如火焰,易明而易灭也。

院本表演的五个角色名目与宋杂剧相同,所以又叫"五花爨弄"。"五花爨弄"之名,

"五花"指五个角色。"爨弄"一词,陶宗仪于此强调是北宋末年杂剧艺人模仿爨国人服饰举止而得名。近人李家瑞据南北宋之交的苏汉臣绘《五瑞图》考知,"五花爨弄"实为由五名杂剧角色上场共同表演的具有喜庆气息的舞蹈。[7]又,《院本名目》中有《开山五花爨》,"开山"即开始之意,可见"五花爨弄"多在正式大戏上演前表演,相当于宋杂剧之"艳段"。大约院本上演前都有一段"五花爨弄",所以人们便以之指呼院本,又呼为"焰段"。"焰段"当为宋杂剧"艳段"之别写,陶氏从火焰明灭角度的诠释未免牵强,但也说明艳段大都短小的特点。

和宋杂剧一样,金院本也没有剧本流传。幸赖元末避兵退耕的陶宗仪,因"偶得院本名目",录载于其《南村辍耕录》卷二五,共有713种。与宋杂剧进行比较,院本的类型更为复杂。主要有四:其一是开头艳段部分。《院本名目》中的"诸杂院爨""冲撞引首""拴搐艳段""打略拴搐"等,当都属于正院本上场前的"艳段",然而却分门别类,这与宋杂剧艳段不分类显然不同,说明金院本在表演上的程式化色彩更浓厚了。其二是在表演手段上,金院本和宋杂剧一样,也夹杂歌舞,如《院本名目》中的"和曲院本",可以肯定是用曲子唱戏的。《院本名目》中谓:"其间副净有散说,有道念,有筋斗,有科泛。教坊色长魏、武、刘三人,鼎新编辑。魏长于念诵,武长于筋斗,刘长于科泛,至今乐人皆宗之。"这说明金院本不仅强调唱念做打,且已表现出演艺的专业化倾向。而"至今乐人皆宗之",表明金院本的表演技巧对元杂剧的直接影响。其三,《院本名目》中还有一类叫作"院幺",在另外一些文献中则叫"幺末",其下共录有21个剧目,诸如《海棠轩》《海棠园》《海棠怨》《海棠院》《庆七夕》《再相逢》《风流婿》《女状元春桃记》《红梨花》《玎珰天赐暗姻缘》等。据考证,其所演内容应是以末泥为主角的生旦故事剧,这就打破了以副净与副末为主的滑稽戏模式,故有人认为,院幺或幺末就是元杂剧的前身,或者说是由院本到元杂剧的过渡形态。[8]其四,将金院本名目与宋杂剧剧目比较,除有一些同名者外,更多的是"官本杂剧段数"所没有的,其中尤其是历史人物故事戏居多。值得注意的是,《院本名目》中有关北宋人物的故事甚多,诸如《贺方回》(演北宋词人贺铸事)、《王安石》、《变柳七爨》(演柳永的故事)、《佛印烧猪》(演苏轼的故事)等,这些都是宋杂剧中所没有的。可见金院本的题材范围更为扩大,而其对北宋人物的注重,似乎表露了北方金人对中原文化的浓厚兴趣。

四、傀儡戏与影戏

傀儡戏就是木偶戏,即由人操纵木偶,模仿真人进行戏剧表演。木偶表演起源很早,其发展路径与真人的戏剧表演同步平行。傀儡戏在汉唐阶段还是简单的戏剧雏形,到宋代突然兴盛,跨入了一个空前的繁荣时代,在某些方面甚至超越了真人演剧的水平。当时傀儡戏的种类很多,有悬丝傀儡(提线木偶)、杖头傀儡(托举木偶)、药发傀儡(可能是用火药激发使木偶活动)、水傀儡(以激水使之活动)以及肉傀儡(孙楷第的《傀儡戏考原》中说是大人托小孩于肩头表演)等不同的名目。《梦粱录·妓乐》:"凡傀儡,敷演烟粉、灵怪、铁骑、公案、史书历代君臣将相故事话本,或讲史,或作杂剧,或如崖词。……大抵弄此多虚少实,如巨灵神、姬大仙等也。"这是说傀儡戏广泛采用宋人说唱曲艺的故事情节(崖词又叫陶真,也是说唱故事的一种曲艺),比宋金杂剧反而先行一步,故事情节曲折复杂。傀儡戏本来是模仿真人为戏的,正因为它在戏剧发展史上提前成熟,处于领先水平,因此反过来又成了演员们学习仿效的榜样。肉傀儡其实就是真人模仿木偶戏的表演。

傀儡戏也有以曲唱戏的,金代董解元的《西厢记诸宫调》中有【傀儡儿】两个曲调,就是遗留。有的学者认为宋元南戏和北杂剧直接源于傀儡戏,虽然讲得有些绝对和片面,但宋代傀儡戏对宋元戏曲的成熟具有相当大的促进作用,则是没有疑问的。

影戏,就是皮影戏,与傀儡戏性质相近,只是将刻木为人改为刻纸或皮为人,以线牵引进行表演,于昏夜借灯光投影于薄纱之上,使观众欣赏。影戏为宋人独创,两宋都十分流行。《都城纪胜·瓦舍众伎》:"凡影戏乃京师人初以素纸雕镞(疑为镞),后用彩色装皮为之。其话本与讲史书者颇同,大抵真假相半。公忠者雕以正貌,奸邪者与之丑貌,盖亦寓褒贬于市俗之眼戏也。"影戏也采用当时的话本为剧本,但都是历史剧。值得注意的是,影戏中有一种"乔影戏",或叫"大影戏",反用真人代替皮人进行表演,而且是以曲唱戏。南戏剧本如《张协状元》《杀狗记》中都保留了大影戏的曲调。大影戏与傀儡戏一样,无论在戏剧情节、表演方面还是在合曲歌唱方面,也对宋元戏曲的成熟起了直接推动作用。

本节着重介绍了宋杂剧,其他金院本、傀儡戏、影戏乃至早期南戏的温州杂剧也都属于杂剧的范畴。就其总体外观与内质来看,宋金杂剧虽然未脱滑稽小戏的模式,但其中有一部分已开始合曲唱戏,而且在故事情节上有明显伸展的趋势,甚至有个别节目已接近了戏曲成熟的形态,如《张协状元》。我国戏剧经过北宋末、南宋与金这一百多年的迅速发展,逐渐走向成熟,为即将到来的中国戏曲的繁荣丰收做好了充分准备。

注释

[1] 参见廖奔、刘彦君《中国戏曲发展史》(第一卷),山西教育出版社 2000 年版,第22 页。

[2] 对方相氏之名,宋人王昭禹认为:"方相氏者,以其相视而攻疫者,非一方也。"郑锷也不同意郑玄的看法,认为"殆猖狂之意也,因四方而驱疫,必狂夫为之"(上引均见宋王与之《周礼订义》卷五一引,文渊阁四库全书本)。明人王应电则认为:"方,放也;相,貌。放相者,言其放肆形貌。谨厚之士不肯为,故以狂夫为之。"(《周礼传》卷四上,文渊阁四库全书本)尽管解释在语义上有差异,但都承认方相氏的狂放扮相。

[3] 参见唐杜佑《通典》卷一四六、马端临《文献通考》卷一四七、五代后晋刘昫《旧唐书》卷二九等的记录。

[4] 参见宋曾慥编《类说》卷十五引《晋公谈录》,又见宋孔平仲《谈苑》卷四。

[5] 据明彭大翼《山堂肆考》卷一六九,彭氏所记当是据宋岳珂《桯史》卷七。另,宋张端义《贵耳集》卷下也载有优人借"二圣环"讽谏宋高宗事,然而高宗只是"为之改色"。

[6] 参见谭正璧《话本与古剧》(重订本),上海古籍出版社 1985 年版,第 171—190 页。

[7] 参见李家瑞《苏汉臣五花爨弄图说》(《云南大学学报》1939 年第 4 期)。

[8] 参见胡忌《宋金杂剧考》,中华书局 2008 年版。

参考书目 ··

[1] 王国维. 宋元戏曲史[M]. 北京:中国书籍出版社,2020.

[2] 廖奔,刘彦君. 中国戏曲发展史:第一卷[M]. 太原:山西教育出版社,2000.

[3] 谭正璧. 话本与古剧[M]. 重订本. 上海:上海古籍出版社,1985.

[4] 胡忌. 宋金杂剧考[M]. 订补本. 北京:中华书局,2008.

[5] 景李虎. 宋金杂剧概论[M]. 广州:广东高等教育出版社,2011.

第二章

元杂剧概述

第一节　元杂剧的繁荣与渊源

一、元杂剧的繁荣

元杂剧是在宋金杂剧的基础上发展变化而成的一种新戏曲。它不但标志着中国戏剧史上一个新纪元的来临,而且以其原创性和独特性为中国文学史增添了辉煌的一页,从而成为一代文学最高成就的代表。历代相传的所谓"唐诗、宋词、元曲"之说,就反映了这一历史共识。元曲实际上是一个既包括诗歌类的散曲也包括元杂剧在内的综合概念,由于杂剧是用散曲中的套数来演唱的,所以"元曲"既可用作二者的总称,也可以分别特指其中的一种。如明臧晋叔所编的《元曲选》,收录 100 部杂剧,而没有一首散曲。

在元代不足百年的时间中,究竟产生了多少位剧作家和多少部剧作,已无法确考。据文献的记载,明代中后期的著名曲家李开先、何良俊、汤显祖等都曾收藏过 1 000 种左右的元人杂剧;今天见于前人登录的剧目尚有 700 多种,近人傅惜华所编的《元代杂剧全目》,共收 735 种。这些剧本大部分已经失传,保存至今天的尚不足 1/4,约有 170种。至于剧作家,据元人钟嗣成的《录鬼簿》、明初贾仲明的《录鬼簿续编》和朱权的《太和正音谱》的著录统计,大约有 150 位。这些得到记述的自然都是当时知名的人物,而一般的无名氏剧作家就不知有多少了。

元杂剧还产生了许多大家与名作,其中不乏精品和绝唱。首屈一指的当然非关汉卿莫属,他与马致远、白朴、郑光祖(字德辉)(一说为郑廷玉)并称为"四大元曲家"。他的《窦娥冤》《单刀会》《望江亭》《救风尘》《拜月亭》等剧作,直到今天仍"活"在戏曲舞台上。王实甫剧作不多,且大都平庸无奇,但他的《西厢记》却成为千古绝唱,被认为是元杂剧的压卷之作。当代论者将它与关汉卿的《拜月亭》、白朴的《墙头马上》、郑光祖的《倩女离魂》并称为元曲"四大爱情剧"。还有学者把关汉卿的《单刀会》、白朴的《梧桐雨》、马致远的《汉宫秋》、高文秀的《渑池会》和纪君祥的《赵氏孤儿》并称作"五大历史剧"。

总之,元杂剧以其严谨精粹的艺术结构、丰富多样的题材与风格、生香鲜活的戏曲语言,生动地反映了元代的社会生活,充分表现出一个时代的精神与情感世界,从而造就了中国戏剧史上光耀千古的"黄金时代"。

二、元杂剧的渊源

元末明初的曲论者都把关汉卿列为杂剧创作的第一人,甚至有人径直说他就是创始者。元杂剧作为一种综合性的新戏曲形式,是在一定历史条件下逐步深化形成的,不可能出自某一个人的天才创造。但是,关汉卿创始说也反映了一定的历史事实,那就是"新杂剧"的文人创作确是从关汉卿、白朴等元前期的第二代曲家才开始的,而他们的父师辈如元好问、杨果、杜仁杰等金末元初的第一代曲家,都是只作散曲,不作杂剧。与关、白年纪相当的胡祗遹在《赠宋氏序》一文中说:"近代教坊院本之外,再变而为杂剧。"(《紫山大全集》卷八)元末夏庭芝、陶宗仪等都说金朝时院本和杂剧是混为一体的,如"至我朝(元)乃分院本、杂剧而为二"(夏庭芝《青楼集·志》)。据此可知,元杂剧原来孕育于金院本的旧形式之中,经过无数戏曲艺人的集体创造,到金末元初方从院本中独立出来。关汉卿是踏上剧坛的第一批文人作家的代表,不但是这一新剧形式的创作尝试者,而且是一位最有成绩的改革提高者。出自教坊艺人的新杂剧最终经过关汉卿之手才得以完善成熟,跻身文坛,从这个意义上,不能不说关汉卿是元杂剧之父。

元杂剧与金院本具有直接的血缘关系,可以由下列三个方面的事实得到证明。第一,二者有近50个剧目相同:如院本有《蝴蝶梦》,关汉卿则有《包待制三勘蝴蝶梦》;院本有《张生煮海》,李好古、尚仲贤各有一本《张生煮海》;金院本有《鸳鸯简》,白朴则有《鸳鸯简墙头马上》;等等。逐一对比这些同题材的剧目,我们就可以直观地看出二者存在前后承传的关系。第二,金院本中有"院幺"一类。金末元初散曲家杜仁杰有套数【般涉调·耍孩儿】《庄家不识勾栏》,描述一个庄稼人看戏的情形,其中有"前截儿院本调风月,背后幺末敷演刘耍和"的句子。幺末就是院幺,指以末、旦为主,而与以副净、副末为主的院本演出相区别的一种新型表演体制。这是对从院本中正在分化出来的早期杂剧的称谓。元、明有不少人仍然称成熟的元杂剧为"幺末"或"幺末院本"。旧称的习惯沿用,恰好说明了二者之间前身与变相的关系。第三,元杂剧继承了副净与副末的科诨表演,有不少就是金院本的直接插入。如院本中有一个《双斗医》的节目,王实甫《西厢记》第三本第四折写老夫人为张生寻医治病,有"洁引净扮太医上,《双斗医》科范了"的表演指示语,意思是在这个地方插入院本《双斗医》的表演。刘唐卿《降桑葚》杂剧第二折二净所扮太医进行的插科打诨,则保留着《双斗医》的具体情节。近代学者王国维等曾从元、明杂剧中钩辑出大量这类隐没的院本,可以参看他们的有关研究著作。[1]

元杂剧的音乐歌唱则由新兴的北曲系统构成。所谓"北曲",指宋金之间流行于北方黄河中下游城市的通俗歌曲,主要由民间的市井歌曲与北方少数民族的"胡乐虏曲"

以及部分唐宋以来的旧词调三种成分融会而成。[2]这类俗曲的基本形式是单支牌调的"小令"。组合单曲进行大联唱,叫作"套数",即套曲。套曲最先用于诸宫调等说唱曲艺,元杂剧就是以诸宫调为中介,利用这种套曲来演唱的。

杂剧剧曲的组合规则直接来源于宋金的诸宫调。诸宫调创自宋代勾栏艺人[3],与今日大鼓书相似,是一种说唱故事的曲艺形式。它的独特之处在于,先把同一宫调(调门、调高)的单曲串联为一套,再把不同宫调的套曲缀合为一篇,从而形成一种众多宫调的套联套的大型曲乐结构,以适应长篇故事的说唱。诸宫调传有董解元的《西厢记》(即《董西厢》)、无名氏的《刘知远》、王伯成的《天宝遗事》三个样本,都是金元的作品。其中《董西厢》保存最完整,共用了 17 个宫调。元杂剧所用 9 个宫调的名目不但全同于《董西厢》,而且一本(一篇)戏由 4—5 个不同宫调的套曲串合构成,实际上是诸宫调删繁就简的灵活运用;而一本戏由一个演员独唱的体例,也明显保留着诸宫调说唱曲艺一人表演的痕迹。

元杂剧在当时又叫"传奇",意指剧本多取材于唐人传奇,故事情节都很曲折、新奇。除去已佚或本事不可考的剧作外,从现存剧作和剧目考察,取材于唐传奇的剧作就有 40 种以上。元杂剧作为一种大型的故事剧,还直接受到宋代说话技艺的刺激与影响。"说话"即说书,是一种讲述故事的曲艺。中国有着讲说故事的悠久传统,发展到唐代出现了僧徒宣传佛教经义及传说的"俗讲",由讲佛经逐渐发展到讲述历史与社会故事,到宋代形成了勾栏文艺的一个最发达的品种。宋代多种文献记载,当时的说话有四家,其中最受听众欢迎的是"讲史"和"小说"两家。讲史即历史演义,就是以长篇历史故事为内容的说大书,如说三国、说五代史等。小说则是短篇故事,取材十分广泛。吴自牧的《梦粱录》卷二十《小说讲经史》说:"小说名银字儿,如烟粉、灵怪、传奇、公案、朴刀、杆棒、发发、踪参之事。"元杂剧丰富的故事情节,或直接取材于话本,或以话本为中介,上取唐传奇与汉魏小说等笔记史籍。即使是那些取材于现实生活的剧目,也不同程度地借鉴了说话技艺编织故事、结构情节的经验。

总之,作为一种成熟的综合艺术的元杂剧,是以金院本、诸宫调和宋代说话为三大主要渊源,同时吸收融会了前代戏剧、曲艺等各种文学艺术的营养成分而形成的一种新戏曲。

三、元杂剧繁荣的原因

元杂剧的兴旺发达,除了上述戏曲艺术自身进化的内在因素,实际上离不开元代社会所提供的外在条件。这些外在条件互相联系、渗透,形成一股历史合力,推动着戏剧发展的进程。归纳起来,对元杂剧具有直接影响的外因主要来自以下三个方面。

(一) 政治方面

元蒙贵族乃至最高统治者多喜欢歌舞戏曲,并提倡、支持杂剧创作,这有不少文献能够证明。南宋孟珙的《蒙鞑备录》记蒙古时期,"国王出师,亦从女乐随行"。元末杨维桢的《元宫词》:"开国遗音乐府传,白翎飞上十三弦。大金优谏关卿在,《伊尹扶汤》

进剧编。"明初朱有燉的《元宫词》说:"《尸谏灵公》演传奇,一朝传到九重知。奉宣赍与中书省,诸路都教唱此词。"元代不仅宫廷中上演杂剧,且有庞大的教坊乐队,明初高启作于元顺帝至正十九年(1359)的《听教坊旧妓郭芳卿弟子陈氏歌》中,曾提及元仁宗时的宫中歌舞:"文皇(元仁宗)在御升平日,上苑宸游驾频出。仗中乐部五千人,能唱新声谁第一? 燕国佳人号顺时,姿容歌舞总能奇。"元代的一些地方统治者,对杂剧艺人和作家也优渥有加,元初以白朴为首的真定曲家集团,就是环绕在真定帅史天泽周围,并全靠他资助才得以生存的。元代法律中虽有不少禁止戏曲的条文,如《元史·刑法志》载:"诸民间子弟,不务生业,辄于城市坊镇演唱词话、教习杂戏、聚众淫谑,并禁治之。""诸乱制词曲,为讥议者,流。""诸妄撰词曲,诬人以犯上恶言者,处死。"但这些禁令所针对的,是那些危害社会安定的民间聚众活动,以及讽刺批判封建帝王一类不合元蒙统治者口味的戏剧内容。即因此,在上有所好、下必甚焉的世风中,这些律令也往往流于一纸空文,历史文献中没有发现因编写或演出杂剧而得祸的记载。

由于元蒙统治者的提倡与支持,明清才有元朝"以曲取士"的传说[4]。史实刚好相左,元蒙不但从未进行过戏曲科考,而且在前 80 余年的统治中,就连隋唐以来相沿成习的科举考试制度也都被废止了。恢复科举是元朝后期的事情[5],也并没有以曲取士的记录。其实正是元蒙废除科举以及施行人分四等(蒙古人、色目人、汉人、南人)的民族政策,反而带来了杂剧创作的繁荣。因为这些举措杜绝了读书做官的传统进身之路,造成了文化人的群体失落,于是一部分有才华的知识分子为了谋生不得不转以新兴杂剧的创作为业。钟嗣成的《录鬼簿》中所记大量"门第卑微,职位不振"的所谓前辈"才人",大多是这类转行的失意文人。失意使他们了解社会与民众;结成书会切磋技艺,面敷粉墨参加演出的实践使他们成为杂剧艺术的行家里手。他们投入其中,促使剧本创作和舞台演出无论数量还是质量,都有了空前的提高。

(二) 经济方面

元杂剧的崛起与繁盛,有赖于社会生活的和平安定与城市经济的高度发展。元蒙在早期南下灭金的战争中,作为一个落后的游牧民族,靠的是铁马弓刀,所到之处,玉石俱焚,甚至还有过杀光全部汉人,把农田变为牧场的计划。但随着灭宋统一,从元世祖忽必烈开始自觉地放弃落后的生产方式,注意恢复和发展农业生产,这样在一个较长的历史时段内,出现了相对稳定的社会秩序与经济繁荣局面。《元史·食货志》说"世称元之治以至元、大德为首者",而元杂剧的黄金时期也正好与这一历史时段相对应,绝非巧合。《录鬼簿》中所谓"元贞、大德秀华夷……养人才,编传奇,一时气候云集",所谓"一时人物出元贞",所谓"乐府词章性,传奇么末情,考(都)兴在大德、元贞"等有关元曲家们的挽词,都说明一代戏曲的急剧繁兴正发生于元朝中前期的至元、元贞与大德之间。戏曲不同于诗文、小说,不论是演戏还是看戏,都更依赖经济的发展与社会的稳定。很难设想,一个兵荒马乱、民不聊生或食不果腹、衣不蔽体的社会,人们还会有闲心写戏、演戏和看戏。

此外,元朝经济还有一个突出特点,就是商品经济的"畸形发展"和大城市的"畸形膨胀"。原因是元蒙统治者出于自身利益的考虑,一贯特别重视手工业。据文献记载,每次战争都有大批手工业者和有一技之长的农业人口沦为"匠户",被集中到大城市作坊中分行业地进行管理生产。因此,元朝大城市的规模与商品经济发达的程度,都大大超越了此前的宋金两代。当时来华的意大利人马可·波罗传下的《马可·波罗游记》一书对此记述十分详细,可以参看。城市商品经济的发展,为杂剧的繁荣提供了物质基础。

(三)思想文化方面

任何一种文学艺术的创新与繁荣,都离不开思想文化的开放自由。元蒙继女真金朝之后入主中原,然后统一全国,在思想文化方面带来两种结果。第一种结果是对汉族文化以儒家思想为最高价值的结构内核形成又一次更猛烈的撞击,在一定程度上造成了传统文化的断裂,从而为思想解放提供了一个千载难逢的历史机遇。元曲中呼唤的"愿天下有情的都成了眷属"的婚姻理想与放旷自恣、追求自由与享乐等强烈反传统的内容,都是这一特定时代的产物。第二种结果是造成了异质文化间的融合与交流。表现于元曲方面有两个突出的特征:一是吸收大量北方少数民族的音乐和语言的成分;二是有一批少数民族作家参与了创作,如女真族的李直夫、蒙古族的杨讷(字景贤)等,都是著名的杂剧家。应当说正是在这种不同思想文化的碰撞、断裂、融合、再生的背景下,才有了元杂剧的空前繁荣。

第二节 元杂剧的形式

一、折、楔子和本

折,首先是剧本情节的一个自然段落,可以是一场(一个固定场景)戏,也可以包含多个场次;另外又是剧曲音乐的一个单元,每折由一个有严格程序的套数构成。

楔子,只唱一两支曲子,篇幅比折短小,位置也不固定。楔子一般放在剧本开头,对人物、故事进行简要的介绍或交代,其作用相当于引子或序幕;也有一些放在折与折之间,则是为了剧情的过渡或联络,与后来的过场戏相类。

杂剧剧本的体例十分精严,一般由四折一楔子构成一本,演述一个完整的故事。少数作品也有一本分为五折或六折的,还有用两个楔子的。通常一本就是一部戏,个别情节过长的戏,可写成多本,如王实甫的《西厢记》共五本二十一折,杨讷的《西游记》共六本二十四折,每本戏仍是四折。这很像后世的连台本戏或连续剧。一本戏限定由男主角(正末)或女主角(正旦)一人歌唱,其他配角一般都只能道白而不能唱。由男角主唱的叫末本戏,由女角主唱的叫旦本戏。

二、角色行当

角色与行当同义,是中国戏曲根据剧中人物的性别、身份、年龄、品质与性情等因素综合概括出的各种性格类型。与此对应,演员也根据自己的分工分为不同的行当。元杂剧的角色有旦、末、净、杂四类。旦是女角,除了正旦的女主角,还有小旦、贴旦(可省作贴,一般为丫鬟)、搽旦(不正派的女人)等配角;末是男角,正末为男主角,外末(正末之外的男角)、冲末(开场之末)等为男配角;净类似京剧的花脸,一般为性格刚猛的人物(可扮男,也可扮女),也包括丑角的反派人物。元杂剧中原没有"丑"的行当,明刊版本中的丑是明人参照南戏增改的。杂是上述三类不能包括的杂角,例如,卜儿(老年妇女)、倈儿(小男孩)、孤(官员)、洁(和尚)、驾(皇帝)、邦老(强盗)等。

杂剧剧本通常只在人物第一次出场时写明"旦扮×××"或"末扮×××",以后则只标角色,不注人名。这是在阅读剧本时要预先了解的。

三、曲词

曲词是杂剧的歌唱部分,由正末或正旦演唱,主要用以展示人物心理,抒发情感,有时也用来交代剧情,具有抒情兼叙事的双重功能。因为这种曲词采用的是曲牌体,即由一个个固定的曲调连缀的组歌,而且在剧中占有主导的地位,所以往往指代元杂剧,称为曲、北曲、元曲等。

杂剧剧曲的编排有一定的程序,四折戏用四个套数,每个套数都有固定的宫调。元杂剧共九个宫调,即所谓"五宫四调":仙吕宫、南吕宫、中吕宫、黄钟宫、正宫和大石调、双调、越调、商调。每个宫调都统帅着若干曲牌,每个曲牌都有一定的音乐旋律,与之配合的文辞也有一定的格式,即格律。

曲律与诗词不同,采用中原音韵的新四声。其特征是"平分阴阳"和"入派三声",即平声分化为阴平与阳平两个声调,入声消失,所有入声字都流入平、上、去三声之中。这与今日普通话的声调很相似。曲文押韵也用《中原音韵》所归纳的"东钟""江阳"等 19 部,可以平仄通押。此外曲比诗词韵脚繁密,一般句句押韵,而且每套都要一韵到底,不得换韵。

曲文创作就是在一定的音乐框架中"填词",必须遵守曲牌规定的字数、句数以及平仄格律等定式,这与宋词的写作是相同的。不同的是,曲文与曲乐的配合有一定的灵活性,因此可以随时增添衬字、衬句,也可减字减句。因此杂剧曲文显得灵动活泼,口语性很强,实际上是一种解放了的新诗体。

四、宾白

元杂剧中的道白,称为"宾白"。对此前人有两种解释,一说"唱为主,白为宾,故曰宾白。言其明白易晓也"(徐渭《南词叙录》);一说"两人对说曰宾,一人自说曰白"(阮葵生《茶余客话》)。前一说有字义学根据,较为正确。

杂剧道白的样式很丰富,除了对白、自白之外,还有"带云"(歌唱中附带的说白)、"背云"(旁白)、"内云"(后台人员或角色与台上角色的对话)等。这些都属于口语化的散文白,与此相对,还有韵文白。如上场诗、下场诗以及常见插入的通俗诗词,就都是由人物当场念诵的。可以说后世戏曲的各种道白形式,在元杂剧中已应有尽有。

五、科范

元杂剧的表演"唱、念、做、打"俱全。科范就是做与打的做工表演,一般简称"科",在南戏中则称作"介",或通称科介。徐渭的《南词叙录》说:"相见、作揖、进拜、舞蹈、坐跪之类,身之所行,皆谓之科。"元剧中的科,除了徐渭所说的动作表演外,还有其他两种意思:一是规定某种特殊的情感表演,如"做忖科",即做沉思的样子;"做哭科""做笑科",就是要求进行哭或笑的情感表演。二是指某种特定的舞台音响效果。如《汉宫秋》中的"内做雁叫科"、《窦娥冤》中的"内做风科",就是要求后台根据剧情制造出雁叫或刮风的音响效果。

六、题目正名

元杂剧结尾有"题目正名",用两句或四句对偶句总结全剧内容,交代剧名。它不是情节的组成部分,其功能在于广告宣传,可能在演出结束时由演员在下场前念出和写于戏报上。一般取末句作为剧的全名,取末句中最能代表戏剧内容的几个字作为剧的简名。如关汉卿《窦娥冤》的题目为"秉鉴持衡廉访法 感天动地窦娥冤",末句为全名,最后三个字即简名。

第三节　元杂剧的分期和分类

一、元杂剧的分期

根据元杂剧发展变化的阶段性特征,研究者有不同的时段划分,较具代表性的有三分法和二分法两种。最早提出三分法的是王国维。根据钟嗣成的《录鬼簿》所录"前辈已死""方今已亡""方今"三类曲家的区别,王国维在《宋元戏曲史》中把元杂剧创作切分为三期:蒙古时代(自元太宗取中原以后,到元世祖至元一统之初)、一统时代(自前至元到后至元间)、至正时代(元代末期)。

郑振铎《插图本中国文学史》主张二分法,1949 年以来二分法更为通行,以元成宗大德末年(1307)为界,把元杂剧划为前后两期。前期剧作家都是北方人,创作活动以大都(今北京)为中心,以关汉卿、王实甫、白朴、马致远等著名剧作家为代表,这是元杂剧发展的最辉煌时期。后期从大德末到元末明初,是杂剧走向衰微的时代。其创作中心已转移到南方的杭州,剧作家多为南方人,或是流寓南方的北方人。较有名气者有郑光祖、乔吉、宫大用等。其作品的思想与艺术水平都不及前期剧作家,除少数作品较好外,大多数作品缺少前期作品的抗争精神和生活气息,艺术上也缺少动人的力量。其主要原因有两点:一是科举制度的恢复分散了文人的注意力;二是杂剧四折一楔子与一角主唱的形式日趋僵化,尤其是在南戏先进形式的对比下,更暴露了它的落后性。这种二分法既能够清楚地展示出元杂剧由盛而衰的历史线索,又简便易记,故为多数戏曲史及文学史著作采用。我们认为是可取的。

二、元杂剧的分类

从不同角度观察,我们可以对元杂剧进行不同的分类。有的从曲词风格方面把剧作家分为"本色"与"文采"两派。这一分析方法在批评那些具有典型特征的剧作家作品时颇为合宜。如以关汉卿为本色派的代表,而以王实甫为文采派的典范。但大部分剧作家作品或以文采兼有本色,或于本色中又倾向于文采,依此标准便很难分析。如白朴与马致远的剧作就是如此。

杂剧在本质上属于叙事性文学,从题材类型方面加以划分具有普遍可行性。最早对元剧进行归纳分类的是元人夏庭芝,其在《青楼集·志》中将杂剧分为"驾头、闺怨、鸨儿、花旦、披秉、破衫儿、绿林、公吏、神仙道化、家长里短之类",但驾头、鸨儿、披秉、破衫儿、绿林、公吏、神仙道化等是依据剧中人物的社会阶层划分的,而闺怨、家长里短则是从题材类型角度着眼的,花旦又是杂剧表演行当,这样的分类标准过于混杂。明初藩王朱权的《太和正音谱》中,也列有"杂剧十二科":一曰神仙道化,二曰隐居乐道,三曰披袍秉笏,四曰忠臣烈士,五曰孝义廉节,六曰叱奸骂谗,七曰逐臣孤子,八曰钹刀赶棒,九曰风花雪月,十曰悲欢离合,十一曰烟花粉黛,十二曰神头鬼面。十二科中也有不少交叉,并不严密。今人对此加以整合,一般分为历史剧、婚姻爱情剧、公案剧、英雄传奇剧和家庭问题剧等几个主要题材类型。

注释

[1] 参见王国维《宋元戏曲史》第八章"元杂剧之渊源",《王国维戏曲论文集》,中国戏剧出版社 1984 年版;胡忌《宋金杂剧考》,上海古籍出版社 1956 年版。

[2] 关于"北曲"的渊源,自明以来,学界众说纷纭,主要有三种看法:一是"曲源于词"说,明王骥德的《曲律·论调名第三》谓:"自宋之诗余,及金之变宋而为曲,元又变金而一为北曲,一为南曲。"二是"蕃曲"说,明徐渭的《南词叙录》谓:"今之北曲,盖辽、金北鄙杀伐之音,壮伟狠戾,武夫马上之歌,流入中原,遂为民间之日用。"三是"古曲"说,近人王国维的《宋元戏曲史》第八章"元杂剧之渊源"中,对元代周德清的《中原音韵》所录的 335 章北曲予以综合考察,指出:"然则此三百三十五章,出于古曲者一百有十,殆当全数之三分之一。虽其词字句之数,或与古词不同,当由时代迁移之故;其渊源所自,要不可诬也。"三说均有其合理性,同时也说明被元人采入杂剧的北曲,其渊源多元的倾向,本书观点系综合上述三家之说而成。

[3]《东京梦华录》卷五与《都城纪胜·瓦舍众伎》以及《碧鸡漫志》卷二等宋代文献,都说诸宫调为一个名叫孔三传的艺人所创。他是泽州(今隶属山西晋城)人,在京师瓦舍中卖艺。

[4] 元"以曲取士"说,最早见于明沈德符的《顾曲杂言·杂剧院本》:"元人未灭南宋时,以此定士子优劣,每出一题,任人填曲,如宋宣和画学,出唐诗一句,恣其渲染,选其得画外趣者登高第,于是宋画元曲,千古无匹。元曲有一题而传至四五本者,予皆见之。总只四折,

盖才情有限,北调又无多,且登场虽数人,而唱曲只一人,作者与扮者力限俱尽现矣。"

[5] 元代科举考试自元仁宗延祐二年(1315)第一次开科取士至元惠宗至正二十六年(1366)最后一次取士,其间尚有六年停开科举(1336—1442),实行科举共45年,开科16次,取士共1 200人左右。

参考书目

[1] 叶德均.宋元明讲唱文学[M].北京:商务印书馆,2017.

[2] 邓绍基.元代文学史[M].北京:人民文学出版社,1991.

[3] 李修生,查洪德.辽金元文学研究[M].北京:北京出版社,2001.

第三章

杂剧班头关汉卿

第一节 关汉卿的生平与著作

关汉卿是元杂剧的奠基人，其名不详，汉卿是他的字，号已斋叟，大都（今北京）人。[1]约生于金末，卒于元。钟嗣成的《录鬼簿》将他列为"前辈已死才人"，朱经的《青楼集序》说："我皇元初并海宇，而金之遗民，若杜散人（杜仁杰）、白兰谷（白朴）、关已斋辈，皆不屑仕进。"朱权的《太和正音谱》也称关汉卿"初为杂剧之始"。可见，关汉卿在元代曲家中属于"前辈"，其创作杂剧时代较早，且是由金入元的"遗民"，其年辈应与杜仁杰、白朴相当，生于1225年前后。[2]关汉卿大约活到了元成宗大德年间（1297—1307），其所作令曲【双调·大德歌】其十曰："吹一个，弹一个，唱新行大德歌。"【大德歌】当是大德年间民间流行的小调，据此推算，关汉卿卒年在1302年左右。

根据《录鬼簿》的记载，关汉卿曾做过太医院尹，元末人熊自得的《析津志》把他列入《名宦》传，杨维桢的《周月湖今乐府序》也将关汉卿归入"士大夫"系列，他大概曾一度担任过皇家医院的官员。[3]元朝灭宋统一全国之后，他曾南游杭州，写下一篇散套【南吕·一枝花】《杭州景》。其中有"大元朝新附国，亡宋家旧华夷"的句子，表明时间在1280年前后，他可能已有60岁左右。他是大都玉京书会中最有成就的作家，与很多曲家和演员都有交往。杂剧作家杨显之与关汉卿是"莫逆之交"，两个人常在一起商酌文辞，杨显之为此获得"杨补丁"的称号；费君祥、梁进之也与关汉卿交谊甚深。散曲家如"滑稽挑达（佻佻）"的王和卿，常和关汉卿在一起借词曲调侃。著名演员如被誉为"当今独步"的珠帘秀，关汉卿曾作有【南吕·一枝花】套数相赠，足见两个人感情深厚。而尊杨显之为"伯父"的顺时秀、珠帘秀的弟子赛帘秀、燕山秀等也和关汉卿相识相知。

对于关汉卿的性格与为人，《析津志·名宦》说他"生而倜傥，博学能文，滑稽多智，蕴藉风流，为一时之冠"。《南村辍耕录》则说他"亦高才风流人也"，并记述了他与"滑稽挑达（佻佻）"的王和卿调笑戏谑的佚事。关汉卿的套数【南吕·一枝花】《不伏老》，着力塑造了一个风流浪子的形象，可以视为作者的内心自白。他公然宣称"我是个普天下郎君领袖,盖世界浪子班头",极力夸张自己多才多艺、放荡不羁的浪漫生活,并表示:"你便是落了我牙、歪了我嘴、瘸了我腿、折了我手,天赐与我这几般儿歹症候,尚兀自不肯休。则除是阎王亲自唤,神鬼自来勾,三魂归地府,七魄丧冥幽,天那,那其间才不向烟花路儿上走。"这套曲子宣泄了关汉卿愤世嫉俗的情绪,表达了激烈的反传统精神,展现出不畏环境压力、坚持走自己的人生之路、至死不悔的刚硬倔强的人格与个性。关汉卿是不屈的反抗者,同时又是浪子,是风流才人。[4]

关汉卿不但是一位天才的剧作家,而且还可能身兼戏班班主与策划导演,甚至亲自登台演戏。贾仲明的《录鬼簿续编》概括他的事迹说:"珠玑语唾自然流,金玉词源即便有,玲珑肺腑天生就。风月情忒惯熟,姓名香四大神州。驱梨园领袖,总编修帅首,捻杂剧班头。"臧晋叔的《元曲选·序》则说他"躬践排场,面傅粉墨""偶倡优而不辞"。关汉卿实在是古代戏剧史上少有的集创作、编导和演出于一身的全能戏曲家。全面丰富的舞台活动实践,是他成为第一流"当行"剧作家的主要原因。王国维的《宋元戏曲史》说:"关汉卿一空倚傍,自铸伟词,而其言曲尽人情,字字本色,故当元人第一。"可见,关汉卿是当之无愧的中国戏曲奠基人。

关汉卿一生创作量极大,在古今戏剧作家中称最。仅有记载的杂剧就有 66 种,今存 18 种。这 18 种戏曲按题材类别,大致可分为三种:一是社会问题剧,如《窦娥冤》《鲁斋郎》《蝴蝶梦》等;二是婚姻爱情剧,如《诈妮子》《救风尘》《拜月亭》《望江亭》等;三是历史故事剧,如《单刀会》《西蜀梦》《哭存孝》等。

关汉卿还是一位散曲名家,今存完整套数 13 个,残套 2 个,小令 57 支。

1958 年,在纪念关汉卿戏剧创作 700 年之际,经世界和平理事会提名,关汉卿被列为"世界文化名人"。关汉卿不仅属于中国,也属于世界。

第二节　悲剧典范《窦娥冤》

一、反映现实的杰作

《窦娥冤》是一部取材于现实生活的写实剧。剧中人窦天章做了"肃政廉访使",这个官职是至元二十八年(1291)由元初的"提刑按察司"改置的(见《元史·百官制·肃政廉访司》)。据此,则《窦娥冤》当作于设此官职之后。这个时期政治黑暗、吏治腐朽是有史记载的。比如至元三十一年(1294)十一月,仅京师一地就发现犯赃罪的官吏三百人;稍后的大德七年(1303)又罢免赃污官吏一万八千四百七十三人,审理冤狱五千一百七十六事(见《元史·成宗本纪四》),再加上没有被发现的,以及发现但由于有政治靠山或其他原因未能处理的,赃官、冤狱就更多了,这恐怕是一个骇人听闻的数字。这一时期正是州县官及军官有职权而无俸禄的时期。《元史》卷一六八《陈祐传》记中统元年(1260)官吏无给俸多贪暴;同卷《陈天祥传》记至元十三年(1276)官吏无给俸。灭宋之后江南官吏无给俸达十年之久,程钜夫的《雪楼集》卷十《吏治五事·给江南官吏俸钱》直言这是明白放令吃人肚皮,椎剥百姓。直到元朝后期诗人朱德润(1294—1365)还有《无禄员》诗："既无禄米充口食,家有妻儿徒四壁。冬来未免受饥寒,聊取于民资小力。宁将贪污受赃私,不忍守廉家菜色。贪心一萌何所止,转作机关生巧抵……更祈恤养无禄人,免叫饕餮取于民。"诗作于作者退隐江南期间(1324—1351),官吏贪暴已成整个官场风气,所以桃杌太守能说出"告状来的要金银""但来告状的,就是我衣食父母"。即使上司覆勘、刷卷,也被做了手脚,或更改案卷,或推说当事人役满离任,或如剧中桃杌所云"在家推病不出门",总之看不到实情。这就是《窦娥冤》产生的社会背景。关汉卿是一个勇于正视现实的剧作家,他是从社会生活中捕捉题材、产生创作灵感的。

剧中提到了"邹衍下狱六月飞霜"和"东海孝妇"两个故事,并且吸收了相关的情节,说明关汉卿在构思《窦娥冤》时受到了这两个故事的启发。其中影响最大的是"东海孝妇"故事。

"东海孝妇"故事的原型是齐寡妇传说,见于《淮南子·览冥训》及高诱注。后来则有刘向的《说苑·贵德》、《汉书·于定国传》、《太平御览》卷四一五和卷六四六引王歆《孝子传》、干宝《搜神记》衍其事。《搜神记》载:

> 东海孝妇,养姑甚谨。姑曰:"妇养我勤苦。我已老,何惜余年,久累年少。"遂自缢死。其女告官云:"妇杀我母。"官收系之,拷掠毒治。孝妇不堪苦楚,自诬服之。时于公为狱吏,曰:"此妇养姑十余年,以孝闻彻,必不杀也。"太守不听。于公争不得理,抱其狱辞,哭于府而去。

> 自后郡中枯旱,三年不雨。后太守至,于公曰:"孝妇不当死,前太守枉杀之,咎当在此。"太守即时身祭孝妇冢,因表其墓。天立雨,岁大熟。

> 长老传云:孝妇名周青。青将死,车载十丈竹竿,以悬五幡。立誓于众曰:"青若有罪,愿杀,血当顺下;青若枉死,血当逆流。"既行刑已,其血青黄,缘幡竹而上标,又缘幡而下云。

诬告周青的是其小姑,她也只是认识上的错误,而非有意陷害;太守杀孝妇,是判断失误,并非贪赃枉法所致。可见周青的冤案只是个别事件,不具备普遍的社会意义。关汉卿只汲取了鲜血逆流和大旱三年的传说,并没有以周青的故事作为戏剧的框架。窦娥身世所蕴含的意义要比周青丰富、深刻得多。戏剧的核心是"冤",借窦娥之冤抒发对社会的不平和愤懑。所以说《窦娥冤》是一部以现实生活为题材的戏,不是历史故事剧。

社会公正是古今人们的共同愿望、共同追求,"为善的受贫穷更命短,造恶的享富贵又寿延",不仅仅是反映和抨击社会的不公,也对传统"天道"提出了怀疑。

二、悲剧性质的界定

在中国戏剧史上,剧作所体现的不同剧作家的创作风格特征,要比体现的戏剧分类中悲剧、喜剧、正剧的戏剧类型特征鲜明得多。《窦娥冤》是一部学术界公认的、特征鲜明的悲剧杰作。王国维说:"其最有悲剧之性质者,则如关汉卿之《窦娥冤》,纪君祥之《赵氏孤儿》。剧中虽有恶人交构其间,而其蹈汤赴火者,仍出于其主人翁之意志,即列之于世界大悲剧中,亦无愧色也。"(《宋元戏曲史》第十二章"元剧之文章")这是从中国和世界戏剧史的高度所作出的评价。

对于悲剧的定义,前哲时贤多有探讨。恩格斯在《致斐·拉萨尔》中说,悲剧是"历史的必然要求和这个要求的实际上不可能实现之间的悲剧性的冲突"。鲁迅在《再论雷峰塔的倒掉》中说"悲剧将人生的有价值的东西毁灭给人看",也就是表现主人公与现实之间不可调和的冲突导致的悲剧结局。

所谓"历史的必然要求"以及"有价值的东西",具体到《窦娥冤》中,便是窦娥的生活愿望。戏里写了她有两个愿望。

窦娥是人生苦难的化身。她三岁丧母;七岁成为高利贷的牺牲品,被父亲用来抵债,做了蔡婆的童养媳;十七岁成亲不久,丈夫便亡故了。一个二十岁无儿无女的寡妇面对着无边的苦难,"天若知我情由,怕不待和天瘦"。这时她的生活愿望是:守节尽孝,用今生受苦以修来世。这是窦娥的选择,虽然这种选择有明显的时代局限——一个被剥夺了谋生能力的弱女子,在封建道德的重重束缚之下,已经失去了为自己谋取幸福的能力和自由。但每一个人都应当有选择生活道路、决定生活方式的权利,只要这种选择不危害社会,不妨害他人,其他人便不能以任何借口加以干涉,强迫其改变。从尊重人的权利、顺从人的意愿角度说,窦娥自己决定自己的生活方式,体现了"历史的必然要求",历史必然由只重群体而牺牲个人,走向尊重个人的道路,也就是由专制主义走向民主社会。所以窦娥的要求,是"有价值的"。窦娥的这个愿望没能实现,被张驴儿和官府粉碎了。

张驴儿逼婚不成,无意间药死了自己的父亲,便以此诬陷窦娥杀人,窦娥没有屈服,选择了"官休"。这时她对官府的期望是:是非分明,执法公正。这是自从法律产生以来,人们一直渴望实现的愿望,也是考察一个社会吏治明暗的唯一标准。窦娥的这个愿望被官府粉碎了。

窦娥并没有提出惊天动地的口号,也没什么宏伟的人生目标,她只是从自身条件出发,提出了能够生存下去的最起码的要求。这种要求代表了处于水深火热中的社会底层人民的心声。就是这样简单的愿望,在元代,乃至在整个封建社会都是不可能实现的。窦娥之死具有美学意义上的悲剧价值,而不仅仅是人生悲剧。

三、典型化的悲剧形象

按照西方的悲剧理论,悲剧的主人公应当是为数不多的英雄、伟人。中国古代戏剧的悲剧主人公与此不同,剧作家们关注的是普通人的命运,塑造的悲剧主人公也大多是普通人物,这些主人公即使身份是帝王,如《汉宫秋》里的汉元帝,《长生殿》里的唐明皇,《千忠戮》里的建文帝,也已失去了帝王的威严,成为不幸的落难者。剧作家借以抒发的感情,是普通人的喜怒哀乐。

窦娥是一个普普通通的小人物,她的性格是经历了忍受、抗争和觉醒三个阶段才塑造完成的。

不幸的身世命运也曾使窦娥怀疑过："莫不是八字儿该载着一世忧，……？莫不是前世里烧香不到头，……？"怀疑是不满的根苗，也是推动社会前进的动力，思考是觉醒的基础，虽然觉察到了命运的不公，但这时的窦娥仍然处于忍受阶段，只要让她活下去，她愿意牺牲自己，守节尽孝了此一生。

当连这种恪守封建道德的生活都不让她过下去，连苟活性命都没有可能时，窦娥不甘忍受了，开始抗争了。苦她可以受，但人格不能受辱，清白的名声不能受污。张驴儿药死亲父，要窦娥选择"官休"还是"私休"时，她选择了"官休"。她不再逆来顺受，开始为维护自己的人格而抗争。这时的窦娥对官府还存有幻想，认为官吏们都是"明如镜，清似水"般清廉，是能够照出"肝胆虚实"，替老百姓做主的靠山。然而，她错了。

官府并没有像窦娥希望的那样"高抬明镜"，做是非曲直的裁判。楚州公堂的无情棍棒，打得窦娥三次昏迷又三次死里还魂，使她从对所有官府都抱有希望的迷梦中渐渐清醒，对楚州太守失去了信心。但此时她对何以会有这种不公正的遭遇还没有清醒的认识——"劝普天下前婚后嫁婆娘每，都看取我这傍州例！"

同时她又不否定其他官吏，她寄希望于"覆勘"，相信其他官吏会纠正楚州太守的错判，为她洗雪冤枉。她还相信天地鬼神公正无私："想人心不可欺，冤枉事天地知。争到头，竞到底……"要"争"，要"竞"，显示了窦娥的抗争精神，但她"争"和"竞"的对手却仅仅是"好色荒淫"的张驴儿。

事实粉碎了窦娥的一切梦想：官府并没有"覆勘"，"天地"也没有为她伸张正义。一切希望和幻想都破灭之后，窦娥开始对人生进一步思考，性格发展进入觉醒阶段。严酷的现实使窦娥认识到不是仅仅一个楚州太守贪赃枉法，造成她的冤狱，而是天下衙门都一样昏暗，百姓们无不受害蒙冤，"这都是官吏每无心正法，使百姓有口难言"，由只否定楚州太守到否定所有官吏，对原以为"公正无私"的天地鬼神也开始了怀疑和否定，第三折的【端正好】和【滚绣球】两支曲子就是她怨天咒地的心声。这已经远远超出了对自身遭际的感叹，发展为对善恶对立、贤愚颠倒的社会现实的怀疑和不满，对世俗观念里最为神圣威严的天地日月鬼神表示了抗议和否定。这是生活在社会最底层，受压迫、受愚弄最深，也最善良的人民的觉醒。觉醒后的窦娥在行动上有了崭新的面貌，表现出百折不挠、生死不渝的抗争精神，向命运、向不公平的世道宣战。临刑前窦娥提出了三桩誓愿，没有乞求怜悯，不再幻想公正，也不作弱者临死前的哀叹和呻吟，而是一腔怨气喷如火，爆发出无辜百姓对罪恶社会的愤怒吼声。这三桩誓愿在现实生活中是不可能实现的，但是在剧中女主人公用整个生命进行抗争的精神，不可遏止的复仇意志，终于感天动地，使誓愿变成了现实，完成了对社会的警示作用，窦娥由弱者、忍受者变成了叛逆者、反抗者。为了一己之冤，为什么要"殃及池鱼"，使整个楚州大旱三年？窦娥对社会的抗议是总体性的，她要对不公正的社会和时代进行惩罚。这要比只惩罚个别贪官污吏更深刻，更能对历史起到警示作用。

悲剧总是与主人公所表现的崇高精神联系在一起的。当张驴儿父子闯入家门，窦娥拒婚,她的反抗是软弱的,也是被动的,反抗仅仅是为了维护自身的贞节,反抗的对象也只限于张驴儿父子。楚州太守不辨是非,屈招杀人罪名,窦娥反抗斗争的目标扩大了,除了张驴儿以外,也包括贪赃枉法的楚州太守;其目的,除了自身之外,也为了使婆婆免遭毒打,反抗态度转为积极。临刑前,窦娥的精神境界有了升华,矛盾斗争的性质也有了新的变化,"这都是官吏每无心正法,使百姓有口难言""这的是衙门从古向南开,就中无个不冤哉",反抗的对象扩大为整个官府和所有贪官污吏,以及天地鬼神、日月星辰,也就是整个专制制度及其观念;目的也不仅仅是自身的清白和婆婆的安危,而是替"天子"分忧,为"万民"除害;斗争态度转为激烈,咒天骂地,用生命向不公正的世道抗议,进行惩罚。窦娥斗争的目的离个人因素越来越远,带有解救人民于危难的性质,精神境界升华为博大崇高。窦娥的情绪既反映了人民的情绪、时代的情绪,也增强了悲剧的意义。

四、激烈的悲剧冲突

矛盾斗争的性质决定了悲剧冲突是激烈的,"你死我活"的,这是悲剧冲突与喜剧冲突不同的地方。主人公代表"历史的必然要求",具有坚强不屈的意志,宁为玉碎,不为瓦全;而她的对立面则是强大的,强大到使这种合乎历史必然的要求不能实现,斗争以正面主人公的毁灭告终。

《窦娥冤》的第一个戏剧冲突是窦娥与张驴儿的冲突。张驴儿是一个寡廉鲜耻、阴险狠毒的泼皮无赖。他无意中救了蔡婆性命,按照他的逻辑,蔡婆的命便属于他了,婆媳二人就应当"肉身陪待"。为了达到霸占窦娥的目的,他不惜投毒杀人。药死谁对他来说都无所谓,用父亲一条命换取窦娥叫他三声丈夫,他就满足了;否则便翻脸不认人,竟置他要与之成亲的人于死地。张驴儿不是剧中的主要人物,却刻画得非常深刻。"张驴儿逻辑"体现了从古至今都存在的一些人的恶戾心态。张驴儿是社会的蠹虫,他无权无势,成不了大气候。他之所以能够得逞,有着适宜他生存、纵容他胡作非为的社会条件,这便是官府黑暗,吏治窳败。由此引出了该剧的主要矛盾冲突——与官府的矛盾冲突。本来应当是镇压张驴儿一类恶人的官府,反而成了他们作恶的保护伞。"我做官人胜别人,告状来的要金银",钱成了判断是非曲直的标准;"但来告状的,就是我衣食父母",可见楚州太守从来没有公正处理过一桩案件。窦娥说"衙门从古向南开,就中无个不冤哉",天下官府,所有官吏,没有一个能主持公道。"人是贱虫,不打不招",当然不是打奸徒恶棍,而是打善良无辜的百姓。像桃杌这样昏庸的官员竟得到最高统治集团的赏识——他升官了,这就形象地说明元代吏治腐败到了何等程度。

在同社会邪恶势力的斗争中,窦娥是普通民众要求和愿望的体现者,她是为了实现这些要求和愿望而死的。她的死,不是由于自身的过失,也不是突然的偶发事件,如自然灾害、路遇强人等造成的,更不是乞求生存而不可得,被逼无奈死的;她是以自己的死去换取他人的生,意识到了死的危险,又毅然以死相搏,她以生命殉真理、殉正义来体现历史的必然要求。她的死是出于"主人翁之意志"的,死得壮烈,有价值,是具有震撼人心力量的悲剧,而不是只会让人哭泣的"苦戏"。

悲剧冲突的意义还在于,窦娥温顺善良,与世无争,她本想遵奉封建道德规范生活下去,却被斩杀了。封建社会塑造了窦娥,却又不能保护窦娥,"我不肯顺他人,倒着我赴法场;我不肯辱祖上,倒把我残生坏""本一点孝顺的心怀,倒做了惹祸的胚胎",这就说明,这个社会的存在是不合理的;连最能忍耐的老百姓都忍无可忍,被逼反了,提出了抗议,这种抗议比起英雄豪杰的抗议来,更深刻有力。

还应当指出,关汉卿是有着思想矛盾的剧作家,这种矛盾也体现在悲剧主人公身上。关汉卿具备了当时所可能有的先进思想,却没有也不可能超越时代,摆脱旧的思想道德的束缚。他怀疑和否定作为皇权制度精神支柱的天地鬼神,又不能完全抛弃它,最终还是"皇天也肯从人愿",靠着"感天动地",借助超现实的想象,创造具有奇幻色彩的境界,来显示窦娥的愤怒和冤屈;他否定封建官府,却又找不到可以代替它的、代表民众的力量,窦娥的冤案最终还是假清官(窦天章)之手得以昭雪;他对社会进行了深刻的鞭笞,而结尾又喊出了"与天子分忧""王家法不使民冤"的颂词,表现了对明君、王法的企盼。虽然第四折写了窦娥鬼魂重翻案卷、拨弄灯烛,在申冤过程中的主动性,可视为生前斗争的延续,但这毕竟是对官府依赖的表现。在现实生活中窦娥没有力量保护自己,也没有复仇的手段。她的抗争之所以有力,之所以震撼人心,在于她的精神和价值取向,从这个角度看,窦娥是强大的,官府可以杀死她,却不能使她屈服。她是用自身的毁灭来肯定和张扬了有价值的东西。窦娥悲剧形象的价值,不在于提出了新的社会理想,而在于对旧的现存社会提出了怀疑,在于赞美了斗争精神。为正义和理想而斗争而进取,是类社会前进的动力。马克思说过,没有对抗就没有进步。这是文明直到今天所遵循的规律。可见,关汉卿不仅是戏剧家,也是思想者,是思想矛盾深刻的人本主义思想者。

五、道德观念的渗透

纵观中国戏剧史,无论是悲剧、喜剧还是正剧,无不体现出鲜明的伦理道德色彩,这与西方戏剧有明显差异。

窦娥恪守贞节,"一马不鞴双鞍";侍养婆婆,竭尽孝道;公堂上为使婆婆免遭毒打而屈招罪名,甚至因此而死也对婆婆毫无怨言;死后还不忘嘱咐父亲将蔡婆"收恤家中,替你孩儿尽养生送死之礼"。在家庭伦理关系中,窦娥是贞节、贤孝的化身,具有苦己利人、舍己为人的精神。这些都是中华民族长久形成的道德,在古代统统被认为是美德。剧作家把这些被民族群体认可的美德赋予女主人公,就使女主人公的毁灭更能引起观众的怜悯和愤慨,使观众产生敬意,从而接受道德的洗礼,净化心灵,起到惩创人心的作用,使之与主人公的美好品德产生共鸣,激起人们反抗邪恶的自觉性和勇气,这正是悲剧价值的体现。道德是有时代性的,窦娥身上的某些道德,在今天已不应当再加提倡。这是时代的烙印,我们不能苛责古人。但需要指出的是,剧中人的思想并不等于剧作家的思想。关汉卿在其他戏(如《望江亭》)里,对寡妇再嫁是持支持和赞赏态度的。之所以用贞节观念塑造窦娥形象,完全是从提高悲剧因素方面考虑的,是从批判当时社会的深度、力度方面考虑的,这正是剧作家艺术匠心的体现,为后世塑造戏剧人物提供了值得借鉴的经验。

第三节　关汉卿的喜剧和正剧

鲁迅说："喜剧将那无价值的撕破给人看。"(《再论雷峰塔的倒掉》)用讽刺的手法批判和嘲笑社会的丑恶现象,往往把讽刺对象身上的某些特征夸张到畸形的地步,从而使之变得更丑,是一个把人的尊严拿掉的过程。《赵盼儿风月救风尘》(又称《救风尘》)和《望江亭中秋切鲙旦》(又称《望江亭》)就是两部杰出的喜剧。

《赵盼儿风月救风尘》成功塑造了侠妓赵盼儿的形象。关汉卿没有在她的容貌上多花笔墨,突出描写的是她的智谋老练和侠义心肠。当幼稚的风尘姊妹宋引章被虚情假意的郑州同知之子周舍甜言蜜语迷惑,一心要嫁给周舍时,赵盼儿劝阻宋引章,建议她嫁穷书生安秀实。宋引章不听,嫁到周家如入火坑,"朝打暮骂,看看至死",受苦不过,这才向赵盼儿求救。赵盼儿并没有责备宋引章不听劝阻以至今日,依然表示:"你做的个见死不救,可不羞杀这桃园中杀白马,宰乌牛?""第一来我则是可怜见无主娘亲,第二来我惯曾为旅偏怜客,第三来也是我自己贪杯惜醉人。"患难相怜的情义促使赵盼儿要管着这场与己无关的公案。为了救宋引章,赵盼儿动用了压被银子,还要使出风月手段诱使周舍这个色狼上钩。果然周舍这个蹂躏女性20年的花花太岁被赵盼儿牵着鼻子走,为宋引章写下了休书,果如赵盼儿所言:"可不是一场风月,我着那汉一时休!"周舍落得个"尖担两头脱"——宋引章、赵盼儿一个也没捞到。《曲海总目提要·救风尘提要》说:"小说家所载诸女子,有能识别英雄于未遇者,如红拂之于李卫公,梁夫人之于韩蕲王也;有能成人之美者,如欧阳彬之歌人,董国度之妾也;有为豪侠而诛薄情者,女商荆十三娘也。剧中所称赵盼儿,似乎兼擅众长。"意思是说,赵盼儿既有识人的眼力,也有成人之美的心肠,同时还有仗义助人的豪侠精神,这就是赵盼儿形象的独特之处。

通过这个故事,关汉卿不仅对蹂躏妇女的有钱有势的花花公子周舍之类进行了鞭挞和讽刺,对摧残女性的娼妓制度也进行了否定,写出了风尘女子的苦难,同情她们不幸的处境和遭遇,更主要的是赞颂了她们的智慧、胆量和不甘屈辱的斗争精神。凭借这种精神和姊妹间的互助,这些不幸妇女应该有一个良好的归宿。

《望江亭中秋切鲙旦》中的"旦",表明这是旦角主演的旦本戏,戏的主人公是谭记儿。谭记儿寡居再嫁在潭州做官的白士中,生活美满。权豪势宦杨衙内为夺谭记儿为妾,骗过皇帝,带着势剑金牌和斩杀白士中的文书,到潭州要杀夫夺妻。在严峻危机面前,白士中愁眉不展,束手无策,而谭记儿却比较淡定。她化装成渔妇到杨衙内泊船的望江亭献鱼切鲙,凭自己的美貌,与杨衙内饮酒作诗相乐,灌醉了杨衙内及其亲随,赚得文书及势剑金牌而归,致使杨衙内削职归田。她用自己的智慧和胆识,保卫了美满的婚姻。

这两部戏里的两个女主人公,谭记儿贵为夫人,赵盼儿则为娼妓,身份不同,但同样受权势人物或有更大权势人物的欺凌。她们又有相类的性格:聪明机智,有胆有识,都有一股泼辣豪爽的侠气和未被驯服的野性。在关汉卿的笔下，女性强于男性，赵盼儿、谭记儿都战胜了比她们强大得多，但也非常愚蠢的男性对手，谭记儿的智慧和胆识也远胜过她的丈夫白士中。由此可以看出关汉卿对女性、对不幸者、对弱者的人文关怀。

喜剧的效果总是要使剧情的发展出乎观众的意料之外，表现在戏里有两个方面。一是故事的结局。冲突双方的力量悬殊：一方是郑州同知之子、富商周舍，可谓有财有势；另一方则是身操贱业、孤立无援的妓女赵盼儿，而谭记儿面对的是以皇帝为靠山、奉旨行事的大臣。按常理和观众的思维定式，赵盼儿、谭记儿必败无疑，而戏的结局却是两位女性弱者大获全胜：赵盼儿为宋引章争得了人身自由，而谭记儿则保住了夫婿的性命、官职和二人的美满婚姻。出人意料，正义战胜邪恶，因此才能称为喜剧。矛盾冲突的解决方式也出人意料。这两场斗争都是性命攸关的较量，就其性质而言，矛盾冲突应当扣人心弦、紧张激烈。然而剧作家却以轻松活泼的方式，通过"风月"手段，在观众开心的笑声中加以解决：赵盼儿靠姿色迷倒周舍，为宋引章骗取了休书；谭记儿用姿色迷惑了杨衙内，赚取了势剑金牌和文书。她们用自己的智慧要弄这些貌似强大的恶势力于股掌之上，他们都没有跳出她们的手掌心。关汉卿对周舍、杨衙内之流进行的是批判，更是揶揄。

这种在现实生活中本不可能出现的结果，观众之所以接受，关键在于剧作家在剧情发展中对善恶两种力量的不断抑扬。或通过自白，或通过行动，邪恶人物一步步被矮化、弱化，而正义力量却随着剧情的展开，一步步强化、高大化。赵盼儿对战胜周舍满怀信心："不是我说大口，怎出得我这烟月手！""我到那里，三言两句，肯写休书，万事俱休；若是不肯写休书，……鼻凹儿抹上一块砂糖，着那厮舔又舔不着，吃又吃不着，……可不是一场风月，我着那汉一时休。"处处考虑周详，区区周舍哪是她的对手？谭记儿不把杨衙内放在眼里："你道他是花花太岁，要强逼的我步步相随。我呵，怕什么天翻地覆，就顺着他雨约云期。这桩事，你只睁眼儿觑着，看怎生的发付他赖骨顽皮！……呀，着那厮得便宜翻做了落便宜，着那厮满船空载月明归。"在叙事过程中，剧作家让正邪双方发生了强弱对比的变化，现实中的强者在剧中成了弱者，而弱者变成了强者。正压邪，善胜恶，变成了观众的心理定式。

王国维很欣赏《救风尘》的关目，其在《宋元戏曲史》第十二章"元剧之文章"中说："其布置结构，亦极意匠惨淡之致，宁较后世之传奇，有优无劣也。"吴梅则认为《望江亭》"俊语颇多""非肠肥脑满辈所能办也"（《吴梅戏曲论文集·瞿安读曲记》）。

还应当说明，作为被讽刺的对象，周舍、杨衙内以及《西厢记》里的郑恒，从容颜举止到思想品德，无一不"丑"，是"丑"的化身。丑则令人厌恶，令人退避。但是当这些自然中的丑，由艺术家表现在舞台上，通过脸谱、服饰、表情动作及语言腔调的和谐搭配时，便成为"美的另一张脸"，不但可以接受，甚至可悦，这便是倾注了对美的向往的"丑角美学"，也是戏曲中丑角行当也颇受欢迎的原因所在。

《单刀会》也是关汉卿的一部力作，全名《关大王独赴单刀会》。《单刀会》属于正剧。正剧兼有悲剧与喜剧两种因素，以表现严肃的冲突为内容，又称为严肃的喜剧。《单刀会》的本事见于《三国志·吴书·鲁肃传》：鲁肃往益阳与关羽对峙，"各驻兵马百步上,但请将军单刀俱会"。关羽赴会不屈而归,这是历史事实。裴松之注引《吴书》改为受关羽之邀,鲁肃赴会,鲁肃责备关羽,"羽无以答"。《单刀会》故事与元英宗至治(1321—1323)刊本《三国志平话》大体相同,可能民间早有这种传说。鲁肃邀关羽单刀赴会,设下三条计策索取荆州,关羽识破阴谋却毅然赴会,拒绝了鲁肃的要求,慑服鲁肃,胜利回到荆州。

剧中的关羽是一身浩然正气,凛然不可侵犯的英雄,不仅建立过卓著的功勋,而且单刀深入虎穴龙潭,在剑树刀丛中威武不屈,保全了土地城池,使东吴枉费心机。在第四折的【沉醉东风】中他申述东吴不得据有荆州的理由:

> 想着俺汉高皇图王霸业,汉光武秉正除邪,汉献帝将董卓诛,汉皇叔把温侯灭。俺哥哥合情受汉家基业,则你这东吴国的孙权,和俺刘家却是甚枝叶?请你个不克己先生自说!

刘备代表了正统和正义。剧作通过关羽形象,讴歌在强敌面前一往无前的无畏精神,堂堂正正不改"汉家节"的精神。这是在元代社会背景下被铁骑征服的民族所流露的民族意识。

《单刀会》采用了铺垫蓄势的手法,极具匠心。前两折关羽并没有出场。当鲁肃设下圈套要制伏关羽、索取荆州之后,第一折先同乔公商量。乔公之女大乔嫁孙权之兄孙策,小乔嫁周瑜,周瑜与吴主既是君臣又是亲戚,他站在东吴立场上,称关羽英勇,不同意鲁肃的做法。第二折写鲁肃同司马徽商议。司马徽是既与刘备有交往,又结庐吴境的隐士,在吴蜀争端中处于中立地位,他也盛称关羽英勇,不赞成鲁肃所为。而鲁肃一意孤行,这就加强了矛盾冲突的激烈性,又通过乔公和司马徽之口,烘托渲染了关羽的英雄形象,可谓先声夺人。

通过层层铺垫,第三折关羽出场:鲁肃派黄文请关羽赴宴,关羽明知有诈却慨然允诺。本来用一个楔子即可交代的戏,却写了整整一折,目的是让关羽抒发他无畏的豪情,为矛盾斗争的展开蓄势。

第四折关羽赴会,剧作家仍然不让矛盾斗争双方直接交锋,而是先让关羽面对滚滚江水抒发古今兴亡的感慨,唱出了极负盛名的两支曲子:

> 【新水令】大江东去浪千叠,引着这数十人驾着这小舟一叶。又不比九重龙凤阙,可正是千丈虎狼穴。大丈夫心别,我觑这单刀会似赛村社。
> (云)好一派江景也呵!(唱)
> 【驻马听】水涌山叠,年少周郎何处也?不觉的灰飞烟灭,可怜黄盖转伤嗟。破曹的樯橹一时绝,鏖兵的江水犹然热,好教我情惨切!(云)这也不是江水,(唱)二十年流不尽的英雄血!

极目山川,俯仰古今,悲从中来,传达出深沉的历史兴衰感叹和人生体味。这两支曲子堪称千古绝唱，尤其是"二十年流不尽的英雄血"一句，更是神来之笔。单刀入东吴，本是剑拔弩张的生死之战，剧作家仍以抒情为主，对鲁肃不仅用不着大打出手，也用不着呵斥怒骂，而是嘲笑揶揄："承管待、承管待，多承谢、多承谢。唤梢公慢者，缆解开岸边龙，船分开波中浪，棹搅碎江心月。正欢娱有甚进退，且谈笑不分明夜。说与你两件事先生记者：百忙里趁不了老兄心，急切里倒不了俺汉家节。"戏就这样结束了，写出了关羽的胆量胸怀，写出了关羽的儒将风度。生死城池之争的武戏，却以浓郁的抒情诗的方式演进，不愧为大家手笔。但主人公出场过晚，又不利于人物性格的直接刻画和主要演员演技的展示，是其不足。

第四节　关汉卿杂剧的艺术成就

一、题材的多样性和思想的深刻性

关汉卿作品里有浓郁的人间烟火气息。从题材来说，关汉卿写过历史故事剧、婚姻恋爱剧、公案剧和其他社会生活剧，但他没有写过隐居避世的隐逸剧和仙佛之类的宗教剧，这是他直面人生而不回避现实的表现。他又往往把各种生活内容交织在一起构成戏剧情节，从而使戏剧的生活内容深厚。他诅咒金元统治集团之间的战争给人民带来的灾难是"龙斗鱼伤"（《拜月亭》）；他挞伐杨衙内杀夫夺妻（《望江亭》）、葛彪残害人命（《蝴蝶梦》）、周舍骗婚殴妻（《救风尘》）等特权人物践踏人性的兽行；他揭露社会黑暗腐败，官府成为恶人作恶的工具和保护伞，官员判断是非曲直是以权势的大小和金钱的多少为依据的。既无权又无钱的百姓，就只好"有口难言"（《窦娥冤》）了。关汉卿的深刻之处还在于，他指出了这些黑暗势力的靠山是昏庸的皇帝：杨衙内用以斩取白士中首级的势剑金牌是皇帝赐给的，鲁斋郎"大的忒稀诧"的官职是皇帝授予的，周舍仰仗的是他做郑州同知的父亲，打死人不偿命"只当房檐上揭片瓦相似"的葛彪是皇亲，屈杀窦娥的贪官昏官却受重用升了官……昏君贪官构成社会野蛮的统治网，"衙门从古向南开，就中无个不冤哉"（《窦娥冤》），官府成了百姓受苦受难的根源。即使像《陈母教子》这样道德说教明显的戏，其要求官员清正廉洁、不受民财，也是针对贪官遍地的现实而发的，体现了对社会的干预精神。关汉卿同情不幸的妇女。在中国封建社会，妇女所受的苦难和压迫比男人更深。关汉卿塑造了各式各样地位不同、性格各异的女性形象：宁舍亲子也要保前妻之子的慈母王婆婆（《蝴蝶梦》），充满幻想又天真幼稚的妓女宋引章、有胆有识的侠妓赵盼儿（《救风尘》），善良又坚强的窦娥（《窦娥冤》），临危不惧、从容对敌的谭记儿（《望江亭》），天真美丽而渴望摆脱奴婢地位的燕燕（《诈妮子》），争取婚姻自主的王瑞兰（《拜月亭》）……既有大家闺秀，也有小家碧玉，既有良家妇女，也有风尘娼妓，关汉卿把满腔同情给予她们，希望她们有好的生活。

关剧的着眼点在人，在人应当怎样生活，这是他比前辈作家的深刻之处。在关汉卿的笔下，人性得到承认，人的正常欲望受到肯定。王瑞兰不顾家长的威逼阻挠，坚持等待被父亲强行拆散的夫婿；奴婢燕燕为了争取做自由人，像飞蛾扑火一样舍身追求光明；妓女也有权要求从良，做"儿女成双"的"自由人"（《谢天香》），过"对面，并肩"的夫妻生活（《金线池》）的愿望应当得到满足。寡妇再嫁受到鼓励，谭记儿再婚后的生活是幸福的。窦娥用生命向不合理的社会进行抗议，为社会底层的人们呼号生存的权利。关汉卿还以大反世俗的勇气藐视压制妇女人性的贞节观念，认为宋引章错嫁周舍可以原谅，不应当妨碍她与安秀实的爱情；李四、张珪并不因为妻子失身于鲁斋郎而心怀芥蒂；妓女也有资格许配状元郎（《谢天香》）。关汉卿没有精心刻画她们美丽的容貌，却着意突出她们的智慧和果敢，勇于面对磨难、战胜磨难，赋予她们几分令人敬畏的辣味和野性。她们已不再是男人的附属品，在中国文学史上第一次体现了女性意识的觉醒。

关汉卿笔下的正面人物身上大都闪耀着理想的光辉——抗争精神。不论是叱咤风云的英雄还是柔弱善良的女性，都在反抗，也都胜利了，有一股使人振奋和鼓舞的激情在跳动。《单刀会》写胜利的英雄，《双赴梦》写败而不馁、志在报仇的英雄；谭记儿靠自己的智慧保卫了美满姻缘，赵盼儿抓住对手的弱点解救风尘姊妹宋引章；王婆婆支持儿子们手刃仇人葛彪为亡夫雪恨；窦娥感天动地的抗争精神不仅惩罚了恶人，也惩罚了不公平的世道。剧中人靠斗争捍卫人的尊严，也靠斗争掌握自己的命运。而不论多么凶恶的坏人总逃不脱严厉的惩罚。这些恶人都以丑角扮演，剧作家不仅给他们有力的鞭挞，也给以无情的讽刺和揶揄，使读者和观众既憎恶他们，又鄙视、嘲笑他们。关汉卿告诉人们：只有斗争才有出路。剧作家的社会责任感，对苦难同胞的博爱胸怀，使关汉卿不仅仅是借戏剧鸣一己的不平，他要感染和引导在人生道路上艰难跋涉的人们，鼓起直面人生的勇气，靠执着不渝的努力为自己争取美好的前途。关汉卿是自立自强精神的呼唤者，是反抗压迫、反抗黑暗的斗士。但同时关汉卿又是浪子，是风流才人。在《玉镜台》里，对温峤以"不本分"的手段骗娶刘倩英，成就老夫少妻婚，极有兴致地津津玩味。他在散曲【南吕·一枝花】《不伏老》里宣称自己是青楼常客，除死不休，这虽然不能说是关汉卿生活的真实写照，也可以看出他的浪子情怀和情趣。关汉卿充满了矛盾，出于对不幸同胞的人文关怀，他用幻想安慰无奈的人们，像《鲁斋郎》里用"鱼齐即"骗过皇帝以处斩鲁斋郎，使两对夫妻子女团圆；《望江亭》里谭记儿智赚势剑金牌以处罚恶人杨衙内，保卫了家庭圆满；《窦娥冤》里窦娥三桩誓愿却是借助超现实的想象，创造感天动地的奇幻境界来实现的。这些都不是现实生活中可能应用的解除危难的手段。

二、人物塑造的新阶段

关汉卿在艺术上的最大贡献在于，他把中国叙事文学从敷演故事阶段，推进到描写人物阶段。以前的叙事文学通过人物串联故事，通过故事表现社会政治、伦理道德、经验教训，人物是故事的载体，如当时的讲史话本；关汉卿是把故事作为揭示人物心灵的途径，因而剧中人物具有活的血肉和灵魂。

他写出了人物性格的发展变化，以前的中国文学，人物性格几乎始终不变，故事的进展只是使固有性格获得更多的展示机会。关汉卿却写出了人物性格随着自身遭遇和生活环境的变化而发展的轨迹。在《窦娥冤》里窦娥形象塑造得最为成功,剧作对人物性格固定化模式有所突破。

他突破了人物性格单一化的模式,写出了人物性格的复杂性。《鲁斋郎》里的张珪是郑州衙门里的六案都孔目。孔目是衙门中的小吏,具体办事人员,无品级、无职权,但在元代,其地位之尊仅次于官。这样的身份使张珪有欺人为恶的一面,"冒支国俸,滥取人钱",逼得人典卖宅物为自己增加财产。但他又良心未泯,李四害病他相救,为使李四夫妻团圆他又舍俗出家。他欺人也被欺,在鲁斋郎面前他是弱者,鲁斋郎看上他的妻子他会忍辱送上门去。他是强人也是弱者,好与坏集于一身,既可恨又可怜。人物的多重性格引起人们复杂的欣赏感受。

关汉卿的剧作一般都矛盾冲突激烈,有相当多的剧目其冲突甚至是性命攸关的,这些冲突往往带有很强的社会性,是社会矛盾的反映。一方面是强大的邪恶势力,另一方面主人公有执着不渝的追求和坚韧不拔的性格。性格与环境的搏击推动着剧情的发展,剧作通过冲突展示丰厚的社会内容,表现剧作家民胞物与的情怀。窦娥从为自身抗争到为君为民,由自身遭际提升为对整个社会的认识。王瑞兰由自己夫妻分离而祈"愿天下心厮爱的夫妇永无分离"(《拜月亭》)。谢天香由自己从良联想到妓女"越聪明越不得出笼时"(《谢天香》)的普遍现象。《金钱池》中的杜蕊娘对卖淫制度产生了怀疑:"我想这一百二十行,门门都是求衣饭,偏俺这一门却是谁人制下的? 好低微也呵!"赵盼儿总结出丈夫与嫖客的区别:"做子弟的他影儿里虚脾,那做丈夫的忒老实。"《蝴蝶梦》里的王婆婆提出了"使不着国戚皇亲、玉叶金枝,便是他龙孙帝子,打杀人也吃官司"的朴素法治思想。《单刀会》《双赴梦》《哭存孝》等历史故事剧,其主旨不在描写事件发生朝的历史,也不在反映元代的生活景象,而是要表达凛然无畏的民族精神、死不瞑目的复仇意志和对带有规律性的历史现象发表感慨。

三、本色当行的典范之作

关汉卿创作了著名悲剧,如《窦娥冤》《西蜀梦》,创作了出色喜剧,如《望江亭》《救风尘》,也创作了大气磅礴的正剧,如《单刀会》等,可称戏剧全才。吴梅在《曲学通论》中说:"杂剧之始,仅有本色一家,无所谓辞藻缤纷,纂组缜密也。王实甫作《西厢》,始以研炼浓丽为能,此是词中异军……而关汉卿以雄肆易其赤帜……东篱(马致远)又以清俊开宗……自是三家鼎立,矜式群英。"这段话指出了关汉卿、王实甫、马致远三家曲词的风格特色,也说明了他们对后世的影响。所谓本色,就是指按照生活的本来面貌进行描写,作为戏曲理论,本色常与当行连称,就是作品须是行家里手所作,符合戏曲规范,适合舞台演出,与只适合案头阅读的作品不同。本色当行情节不枝不蔓,冲突集中紧凑,做到"境无旁溢",情节可以曲折,出人意料,但须在情理之中,不能违背生活逻辑;语言符合人物性格和特定情境,不追求辞藻华丽,具有朴素自然的特点。所谓雄肆,就是指酣畅奔放,挥洒自如。《窦娥冤》第二折之【斗虾蟆】、第三折之【快活三】【鲍老儿】,《单刀会》第四折之【新水令】【驻马听】等,都是既本色又雄肆的代表性曲文,一向脍炙人口。

注 释

[1] 关于关汉卿的籍贯，学界主要有三种说法：一是大都（今北京）人。此说最早见于钟嗣成的《录鬼簿》，明人蒋一葵的《尧山堂外纪》卷六八也持此说。另，元熊自得的《析津志》谓："关一（同'已'）斋，字汉卿，燕人。"元时"大都"亦称为"燕京"或简称"燕"，实亦持"大都说"。二是解州（今山西运城市西南解州镇）人。元末明初人朱右的《元史补遗》谓："关汉卿，解州人。工乐府，著北曲六十本。"这一说法在后世也颇多支持者，如清代邵远平的《元史类编·文翰》、蔡显的《闲渔闲闲录》、乾隆《解州全志》《山西志辑要》、光绪《山西通志》等，均谓"关汉卿，解州人"。三是祁州（治今河北安国）人。乾隆《祁州志》卷八"纪事"载关汉卿"元时祁之伍仁村人也"。三说中，"解州说"无确凿证据，"祁州说"晚出，亦无确据。故在无确凿材料发现之前，当以"大都说"较可信，一则钟嗣成生活年代（约1275—1345以后）与关汉卿相距不远，所说当有据；二则钟氏的《录鬼簿》"缅怀故人"且"传其本末"，以录述元曲家生平事迹为己任，态度严谨，所记当比传闻笔记更可靠。

[2] 也有学者认为，关汉卿生年当更早，其依据除本文中所引材料外，又据元末杨维桢的《元宫词》"开国遗音乐府传，白翎飞上十三弦。大金优谏关卿在，《伊尹扶汤》进剧编"，认为此处的"关卿"即关汉卿，其在金时就已开始了杂剧创作，以"优"出名。如此，金亡时关汉卿当在20岁左右，他的生年应不晚于1214年。（参见廖奔、刘彦君《中国戏曲发展史》第二卷，山西教育出版社2000年版，第207页。）但学界对杨词中的"关卿"是否为关汉卿提出质疑，一则《伊尹扶汤》一剧系郑光祖所作，关汉卿名下无此作，再则杨维桢的《周月湖今乐府序》中又说："士大夫以今乐（府）成名者，奇巧莫如关汉卿……"则关汉卿系"士大夫"而非"优"。

[3] 关汉卿是否出仕，也是一个无法确定的问题。认为关汉卿曾任太医院尹，依据的是清代曹寅辑刻的《楝亭藏书十二种》所收《录鬼簿》，然而查金元史书，虽设有太医院，却并无"太医院尹"一职。而明代的几种《录鬼簿》版本，如《说集》本、天一阁本、孟称舜的《醉江集》残本，均云关汉卿为"太医院户"，则其出身为隶属太医院的医户。朱经的《青楼集序》也明确说关汉卿等"不屑仕进"。故不少学者认为关汉卿未曾出仕。持反对意见者认为，"尹""户"二字形近易误，如天一阁本《录鬼簿》中的《绯衣梦》，便将题目正名中的"钱大尹"误作"钱大户"，尽管金元时无"太医院尹"一职，但有医户、军户、匠户、猎户等，未见"太医院户"之称。而据常理推测，钟嗣成既然为"名公才人"作传，似不当将其户籍标上，故明刊本当是将"尹"误写成"户"。而将关汉卿称为"院尹"，犹如"府尹"为一府之最高长官，关汉卿可能曾任太医院最高长官。当然，也有可能钟嗣成只知关汉卿在太医院任职而不明其职司，所说"尹"未必实指某官。（参见邓绍基《元代文学史》，人民文学出版社1991年版，第74页。）

[4]【南吕·一枝花】《不伏老》虽为散曲，但对理解关汉卿的人格性情至为重要，故附于作品选关剧之后，以备参考。

参考书目

［1］关汉卿. 关汉卿全集［M］. 王学奇, 王振清, 王静竹, 校注. 石家庄: 河北教育出版社, 1988.

［2］李汉秋, 袁有芬. 关汉卿研究资料［M］. 上海: 上海古籍出版社, 1988.

［3］王纲. 关汉卿研究资料汇考［M］. 北京: 中国戏剧出版社, 1988.

［4］李占鹏. 关汉卿评传［M］. 南京: 南京大学出版社, 2000.

第四章

天下夺魁《西厢记》

第一节 《西厢记》的作者与故事渊源

一、王实甫生平与著述

根据《录鬼簿》的记载，王实甫名德信[1]，实甫是他的字，大都(今北京)人，属"前辈已死名公才人"。参考其他方面的材料推断，王实甫应与关汉卿同时而略小[2]，约生于元初，卒于周德清作《中原音韵序》的泰定元年(1324)之前[3]。其杂剧创作的时期，主要在元成宗的元贞、大德年间[4]。

相传为王实甫所作的散套【商调·集贤宾】《退隐》中说"百年期六分甘到手，数支干周遍又从头""想着那红尘黄阁昔年羞，到如今白发青衫此地游""有微资堪赡赒，有亭园堪纵游"。这篇散套初见于《雍熙乐府》，不著撰人。后来《北宫词纪》选录时署名王实甫，不知何据。如果此曲确为王作，那便可以知道他前半生曾在朝中为官，60岁以后退隐，家中颇为富裕。

另外，近人发现元代名臣王结之父叫王德信，为河北定兴人[5]，但与《西厢记》的作者王实甫是否同一人，则无法断定。元人刘将孙的《养吾斋集》卷三有《送王实甫》诗并序，然而此王实甫是江西庐陵人，与《录鬼簿》所记不合。明人胡应麟的《少室山房笔丛》卷二五说王实甫可能就是与关汉卿相友善的王和卿，然无确据[6]。

《西厢记》是元杂剧中的翘楚，在元代时便已产生了深远影响。贾仲明的《录鬼簿续编》中的《挽王实甫》说："风月营密匝匝列旌旗，莺花寨明飙飙排剑戟，翠红乡雄赳赳施谋智。作词章风韵美，士林中等辈伏低。新杂剧，旧传奇，《西厢记》天下夺魁。"风月营、莺花寨与翠红乡，都指代勾栏歌伎聚居之地。这说明王实甫与关汉卿等早期剧作家的情况相似，也是一位混迹于瓦舍勾栏中的文人作家。他借用唐传奇《莺莺传》的传说所编创的杂剧《西厢记》，在元明之际已是公认的优秀之作，同行剧作家都甘拜下风。

尽管贾仲明于永乐二十年(1422)补撰的吊词将《西厢记》的作者权归于王实甫,且钟嗣成于元至顺元年(1330)所撰《录鬼簿》、明初朱权于洪武三十一年(1398)所撰《太和正音谱》中,也明确将《西厢记》列于王实甫名下,但明代中叶后,对《西厢记》的作者权归属,却产生了诸多异说,主要有"关汉卿作"[7]"关作王续"[8]"王作关续"[9]三种说法,但这些说法均无确凿证据。所以,迄今为止,"王作说"仍是最可信的权威说法。

据曹寅的《楝亭藏书十二种》本《录鬼簿》的记载,王实甫共作杂剧14种,今存除《西厢记》外,还有《丽春堂》与《破窑记》2种,以及《芙蓉亭》《贩茶船》2剧的片段。另有散曲小令1支、套曲2种和1个残套传世。

二、《莺莺传》及唐宋文人的有关作品

《西厢记》的故事,来源于唐代元稹的传奇小说《莺莺传》,又名《会真记》,记述张生在蒲州(今山西永济)普救寺与姨母郑氏相遇。适值兵乱,张生的保护使姨母一家幸免于难。张生遂与表妹崔莺莺相识,张生见其美丽无比,便百般追求,二人于私下结合。后来张生赴京应试,抛弃了崔莺莺,而且还公开了崔莺莺的情书,"由是时人多闻之"。他居然表白说:"大凡天之所命尤物也,不妖其身,必妖于人……昔殷之辛、周之幽,据百万之国,其势甚厚,然而一女子败之,溃其众,屠其身,至今为天下僇笑。予之德不足以胜妖孽,是用忍情。"为了掩饰自己"始乱终弃"的负心行为,他不惜拉扯那些"女人祸水"的陈词滥调,把自己的情人说成是"妖孽",是与殷纣王、周幽王所宠的妲己、褒姒一类的害人尤物。这本来暴露了张生灵魂的卑鄙龌龊,而作者却报以赞赏的态度,称许张生为"善补过者"。宋人赵德麟的《侯鲭录》卷五所载王性之的《传奇辨正》以及近人陈寅恪的《元白诗笺证稿·读〈莺莺传〉》考证,这篇小说写的乃是作者的一段真实经历,张生的原型就是元稹本人。但是,作为文艺作品的传奇小说,由于对男女情爱过程描写得极其真实细腻,已远远超越了真人真事与作者的道德说教,获得了更为广泛而深刻的社会意义。它客观上反映了中唐时代两种思想倾向的斗争:一方面是妇女追求自由解放;另一方面是封建腐朽观念对妇女进步要求的反对和诬蔑。更为可贵的是,作品写出了在封建礼教束缚下,一代女性追求爱情的悲剧命运,唱出了她们心头的哀歌。

《莺莺传》问世之后,首先在文人的圈子里产生了广泛的影响。自唐历宋产生了不少歌咏其事的作品,保存至今的有唐代杨巨源的《崔娘诗》、王涣的《惆怅诗》、李绅的《莺莺歌》,宋代秦观与毛滂各撰有一篇《调笑转踏》,赵令畤则有《商调·蝶恋花》鼓子词等。这些文人作家大都同情崔莺莺的不幸遭遇,对张生的不义之行表示了不满,如赵令畤的《商调·蝶恋花》鼓子词不仅删去张生诋毁崔莺莺为"尤物""妖孽"以及自诩"忍情"类的自我辩护,还于末章对张生的薄幸提出批评:"弃掷前欢俱未忍,岂料盟言,陡顿无凭准。地久天长终有尽,绵绵不似无穷恨。"但他们的作品都没有改变原来的情节内容,对张生的批评也仅限于作者的说教,缺乏艺术的感染力量,因此还不足以抵消原作的消极影响。不过值得注意的是,宋代作家开始把崔、张故事由案头文学引入说

唱领域,为其后来在市井通俗文艺中的传播与改编开了先河。

三、《董西厢》与宋金有关西厢故事的民间文艺

宋金戏剧与曲艺中产生了很多有关"西厢"故事的节目,如周密的《武林旧事》所记官本杂剧有《莺莺六幺》,陶宗仪的《南村辍耕录》所记院本名目有《红娘子》《拷梅香》,徐渭的《南词叙录》"宋元旧篇"录有《莺莺西厢记》,宋人"说话"也多有衍崔、张故事的,宋人罗烨的《醉翁谈录·小说开辟》中列有《莺莺传》,同书《醉翁谈录·舌耕叙引》中还载有《张公子遇崔莺莺》的话本名目。

两宋说唱、说话等民间艺术对崔、张故事的传承发展,终于催生出金代说唱艺术中的一朵奇葩——董解元的《西厢记诸宫调》(简称《董西厢》)。董解元,这位活跃于金章宗时期的民间艺人,在继承前人艺术积累的基础上,用 14 个宫调、193 套组曲,将崔、张故事演绎成洋洋洒洒五万余言的鸿篇巨制。由于当时流行于北方的诸宫调,其伴奏乐器主要是琵琶和筝,所以《西厢记诸宫调》又称《西厢挡弹词》或《弦索西厢》

《董西厢》是"西厢"故事流变史上的一座重要里程碑,无论是在故事情节还是在思想观念方面,都有新的创造与突破。它除了从根本上清除了原来的尤物害人、女人祸水的腐朽意识之外,更重要的是改变了矛盾冲突的性质与故事结局。原来故事的矛盾冲突都是围绕男女主角展开的,主要表现为崔莺莺冲破封建礼教、争取自主婚姻的行为同张生薄幸负心行为的矛盾。《董西厢》则改变为封建家长与青年男女的冲突,即崔莺莺和张生为争取自主婚姻同家长干涉所进行的斗争。斗争的结果,已经不是崔莺莺被遗弃的悲剧结局,而是崔、张双双私奔,喜结良缘的大团圆结局。同时,它也存在严重的不足,首先是主要人物的性格还不够完美,其次是充斥着较多的门当户对、功名富贵等与爱情对立的因素。这些都有待王实甫《西厢记》的再一次超越。

第二节 《西厢记》的人物

一、老夫人和郑恒

剧中的主要人物分为两个互相对立的阵营:一方是以老夫人为代表的传统守旧势力;另一方则是崔、张与红娘,他们是三个要求或支持自由恋爱与自主婚姻的反封建礼教的青年。老夫人是封建家长的典型。作为一位母亲,她不乏对女儿的亲情之爱。但身为前朝相国的遗孀,她更要自觉地维护门第利益和封建礼教。因此她对崔莺莺的关爱,就表现为严厉的管束与防范。她怕女儿思春,竟"怪黄莺儿作对,怨粉蝶儿成双";她严格限制女儿的行动,连偶然一次"潜出闺房",都要加以训斥;她把红娘安置在女儿身边,名为侍奉,实为"行监坐守"。她对待张生,也不乏善良与真诚。素以"治家严肃,有冰霜之操,内无应门五尺之童"著称的她,却破例请救命恩人张生住进内院,待如亲人,并许诺多以金帛相酬。张生有病,她还请医看病,并派人探视。最后发现女儿与张生私下结合,虽然气恼万分,但她也不是像一般顽固专制的家长那样必欲拆散他们而

后快,而是在红娘的劝说下最终默认了这桩婚事。从封建社会的真实生活来看,她并不失为一个仁慈而明智的老太太。因此剧中所写她的两次悔婚,都有着共同的理由,而不能简单地责之以"背信弃义""狡诈"或缺乏主见。原来崔相国生前已把女儿许配郑恒,郑恒既是尚书公子,又是自己的娘家侄子。而张生则是一个"白衣饿夫穷士",又是外人。她若将女儿改婚张生,就不只是背信弃义的问题,还要背上妻违夫命,悖逆三从四德的罪名;更关键的是出于门阀利益的考虑:嫁张生门不当户不对,不只会招致社会舆论压力,最现实的还是直接关系到女儿的生活幸福。她处处为女儿着想,却引来女儿的怨恨。这是她始料不及的。因为她不理解自己的女儿,更不知道在男女婚姻中还有远比门第财富重要的东西——爱情。《西厢记》的深刻之处在于,它不是从个人道德品质上对老夫人进行追究批判,从而使人物成为某种观念的标签,而是真实地写出了"这一个"封建家长的必然性与丰富性,揭示了守旧思想的扼杀人性和不得人心。

郑恒不是剧中的主要人物,却是重要人物。开场的楔子就提到他,以后每到剧情转折的关键时刻,他都会被拿出来说事,他是影响老夫人行事的关键因素。在争取与崔莺莺婚姻的过程中,郑恒始终强调的是父母之命和门当户对,因而撇开崔莺莺的感情不问,而用尽心思去争取握有婚姻决定权的老夫人,可见他争取的只是婚姻而无涉爱情。这在当时的社会里是既合礼又合法的。他与老夫人的区别在于,老夫人是真诚信奉与恪守礼数,而郑恒则只是把礼数教义挂在嘴上,却并不照此行事。郑恒的出现解开了许多戏剧悬念:锦衣玉食的相国千金何以无端生出闲愁万种? 何以待嫁之期,仅一个照面便钟情于张生——匹配郑恒这样口出恶言、粗俗不堪的蠢材,她会有多少难言的痛苦,多么渴望改变现状! 但是家长却站在郑恒一边。这就形象地展示了剥夺了儿女自主权的包办婚姻的不合理。

二、崔莺莺

崔莺莺是《西厢记》的第一主人公,戏的全名即《崔莺莺待月西厢记》。崔莺莺形象的光彩在于其性格的复杂性。崔莺莺爱她的母亲,日常烧夜香视告"三愿",就有"愿堂中老母,身安无事";孙飞虎乱兵围困普救寺,崔莺莺提出"五便三计",愿意牺牲自己,首先考虑的就是"免摧残老太君";办道场做好事,超度父亲亡灵,也是"为报父母之恩",所以法本长老说"崔相国小姐至孝"。当母亲干涉她与张生的爱情婚姻时,她又对母亲不满,怨怼之情很不像一个孝女:"即即世世老婆婆""老夫人谎到天来大""毒害的恁么"……崔莺莺追求爱情。她在佛殿初遇张生就一见倾心,张生说崔莺莺"尽人调戏嚲着双肩""临去秋波那一转""脚踪儿将心事传";崔莺莺自言:"从见了那人,兜的便亲。"她不仅仅是心理活动,还有种种"顾盼"张生的表现。张生"风魔"般追求,崔莺莺则"目挑心招",一见钟情是相互的。到孙飞虎兵乱之前,已经是心心相印了——"虽然是眼角传情,咱两个口不言心自省。""谁肯把针儿将线引,向东邻通个殷勤?"之后经过孙飞虎兵乱,老夫人对解救危难的张生许婚,乱平又赖婚,而张生屡经挫折其情愈笃,经受了考验,使崔莺莺最终逾越了礼教的鸿沟,与张生私下结合。至此,崔莺莺与张生已经走过了两情相通、以身相许两个阶段。老夫人见木已成舟,应允了婚事,却又提出中举得官的前提条件,所以从拷红之后崔莺莺、张生又经历了争取实现美满姻缘的第三个阶段的斗争考验。崔莺莺是父母包办许亲郑恒的待嫁之女,她与张生相爱,就要比寻常女子下定更大的决心,拿出更大的勇气。然而崔莺莺又临事而惧,每当爱情的发展需要她做出决断、付诸行动的时候,她总是犹豫不决,欲前又退。老母的威严、社会的压力、自身所受的濡染教养……无不成为她行进中的枷锁。听琴之后她盼着"怎得个人来信息通?",但当信息通了,红娘带给她张生的简帖儿之后,她却板起面孔训斥红娘:"我是相国的小姐,谁敢将这简帖儿来戏弄我?……告过夫人,打下你个小贱人下截来。"她明明用"待月西厢下,迎风户半开。隔墙花影动,疑是玉人来"的诗笺约张生相会,而当张生真的逾墙如约相会的时候,她又变脸发作,"你无故至此""扯到夫人那里去""今后再勿如此。若更为之,与足下决无干休",崔莺莺"赖简"了。在崔莺莺身上存在着"真"与"假"两个方面。所谓"真"是指她真心实意地爱张生,誓与张生"生则同衾,死则同穴",所以张生说她是"多情的小姐"。这种"真"却又时时被"假"掩盖着,所以红娘说崔莺莺"有许多假处""偌多假意儿""说谎",张生也有同感。"真"是内心,"假"是表象;"真"是主,"假"为宾。唯其有"假",才体现着崔莺莺的身份和处境,揭示出她内心的冲突;唯其有"真",才不虚伪,才能有情人终成眷属。崔莺莺是用外在的"假"来保护内心深处的"真"。

崔莺莺形象的意义,不在于写了她冲破礼教束缚与张生私下结合,而在于刻画出在争取爱情婚姻过程中所产生的思想矛盾和犹豫心理。她斗争着,思索着,前行着。这正是崔莺莺形象典型性和深刻性的所在。

三、张生

张生是个满腹才华又诚实可信的书生,崔莺莺称他为"志诚种"。他与崔莺莺佛殿相逢是邂逅,不是有意寻春。他们一见钟情,"刚刚的打个照面,风魔了张解元""透骨髓相思病染"。从此他便舍生忘死地追求,先是决定不去进京取应,借僧房而居,为的是"饱看"崔莺莺;继而借机自媒,向红娘述说自己姓名、籍贯、生辰、"年方二十三岁……并不曾娶妻",目的当然是借红娘之口向崔莺莺转达他的爱慕之情;崔莺莺烧夜香,他又高吟一绝,"月色溶溶夜,花阴寂寂春。如何临皓魄,不见月中人",向崔莺莺展示才华;而斋堂设祭中的表现,则是向崔莺莺"卖弄俊俏",一直到后来的弹琴写怨、传书寄简、逾垣相会、幽合偷欢……都表现了热烈而大胆的追求精神。做穷书生时他爱崔莺莺,状元及第春风得意时依然爱崔莺莺。京城美女如云,甚至"少甚宰相人家,招婿的娇姿",他都无动于衷,真可谓"这天高地厚情,直到海枯石烂时"。但张生又很怯懦。崔莺莺翻脸,他跪而受训,崔莺莺变卦,他"一气一个死",只会害相思病,甚至要"解下腰间之带,寻个自尽",只知向红娘下跪求计:"小生这一个性命,都在小娘子身上。"崔莺莺说"秀才每从来懦",红娘称他是"花木瓜",是"银样镴枪头",在挫折面前张生束手无策。张生是洛阳才子,吟诗、写信,信口而出,信手而书,好诗好文,才华横溢。崔莺莺的诗笺他一眼便能理解诗意,难怪他自称"猜诗谜的社家"。老夫人提出"不招白衣女婿"的允婚条件,这难不倒张生,"凭着胸中之才,觑官如拾芥耳",他果然考中了状元。张生又很"傻",对人情世故一窍不通,做了不少让人哭笑不得的傻事。就拿他与崔莺莺的恋爱来说,在当时社会环境中是不合礼法的,但他却一而再、再而三地公开其中消息。他托红娘给崔莺莺带去一封情书,却把信念给了红娘听。自己写的念给人听,也还罢了;崔莺莺写给他的,也不知保密,不仅读给红娘听,还解释诗意:着我月上来,她开门待我,着我跳过墙来。岂不荒唐!而且还不止一次。当他相思病重时,崔莺莺下决心与他相会,让红娘给他捎去"诗媒":"休将闲事苦萦怀,取次摧残天赋才。不意当时完妾命,岂防今日作君灾?仰图厚德难从礼,谨奉新诗可当媒。寄与高唐休咏赋,今宵端的雨云来。"明明告诉他"休咏赋",可他一高兴又说出去了。张生在恋爱婚姻道路上之所以遇到重重波折,除开强大的封建势力的阻挠外,他的性格本身也是原因之一,所以红娘称他为"傻角",说他"参不透风流调法"。张生的性格也是矛盾的组合:追求爱情时的大胆与怯懦、满腹才华且"忒风流,忒敬思,忒聪明,忒浪子"与"傻角"等,使张生形象聪明而不油滑,憨厚而不蠢笨,可笑亦复可爱,是个不通人情世故的书呆子。

四、红娘

红娘是个丫鬟,老夫人让她服侍崔莺莺,同时有"行监坐守"——管束崔莺莺不"胡行乱走"的责任。然而红娘违背了老夫人的指令,下层女性的正义感和同情心使她支持莺莺与张生的恋爱行动,成了他们自主缘的搭桥牵线人,因此红娘称自己是"撮合山"。老夫人让她在佛殿没人的情况下陪崔莺莺散心游玩,她却让崔莺莺尽张生"调戏"一番,互传情愫,两情暗许;崔莺莺烧夜香,红娘让张生"锦囊佳制明勾引"、崔莺莺和诗"一字字,诉衷情",沟通感情之后才催促崔莺莺回去;"听琴"的主意是红娘出的,传书递简是红娘做的;没有红娘的鼓励,张生"跳墙"赴与崔莺莺的约会就不那么坚决,崔莺莺与张生的幽会也没有可能。红娘在崔、张姻缘中的作用不仅仅是精神上的支持和鼓励,更能够起到保护作用。她聪明伶俐,舌利口快,同时又冷静心细,遇变不惊,在一个个危难关头,化险为夷。比如,崔莺莺、张生幽会事发,老夫人"拷红",红娘的表现就决定着崔、张姻缘的前途。红娘对老夫人有很深的了解,拷红时的"堂前狡辩"一席话说得痛快淋漓:先是单刀直入,指出老夫人两大过错——一则失信于张生,二则不该留张生于书院;继而分析利害,使老夫人无路可走;最后提出解决办法——恕其小过而成就大事。真可谓晓之以利害,喻之以道理,动之以感情——"到底干连着自己骨肉"。话说得八面玲珑,滴水不漏,老夫人已无招架之力,红娘反倒成了这桩公案是非曲直的裁判。老夫人只好答应了崔莺莺、张生的婚事。崔莺莺和张生在叛逆道路上每前进一步都离不开红娘的支持和帮助,有了红娘的帮助,这对有情人才终成眷属。所以张生称红娘为"擎天柱"。《汤海若先生批评西厢记》称红娘为军师:"有此军师,何攻不破,何战不克!"《鼎镌陈眉公先生批评西厢记》则说:"红娘是个牵头,一发是个大座主。"

红娘这样做是无私的,当张生表示"久后多以金帛拜酬小娘子"时,红娘说:"你个馋穷酸俫没意儿,卖弄你有家私,莫不图谋你东西来到此?先生的钱物,与红娘做赏赐,是我爱你的金赀?""不图你白璧黄金,则要你满头花,拖地锦。"这都揭示了红娘乐于助人的无私胸怀。红娘也有不满，有怨气：崔莺莺"假意儿"，处处瞒着红娘，使红娘在老夫人与崔莺莺之间两头受夹板气："你用心儿拨雨撩云，我好意儿传书寄简。不肯搜自己狂为，则待要觅别人破绽。""他人行别样亲，俺跟前取次看……别人行甜言美语三冬暖，我跟前恶语伤人六月寒。"有了这两个方面，人物形象饱满鲜活，有浓厚的人间烟火气息。在今天，人们把那些成全他人好事的热心人称为"红娘"，可见红娘形象塑造得多么富有光彩。

塑造出具有多面性的复杂的人物形象，是王实甫的贡献，它与关汉卿的艺术成就共同标志着中国文学已经由借人物演故事，进入了通过故事塑造人物的新阶段。王实甫把看似矛盾的两种性格因素统一到一个人物形象上，互融互补而不相悖。这是艺术的辩证法，正应了中国哲学里相反而相成、相克而相生的道理，因而人物形象格外生动鲜明。在明代小说《西游记》里，在孙悟空、猪八戒身上，这种手法发展得更加精彩。

第三节 《西厢记》的思想

一、爱情主旨

西厢故事是演绎爱情的。"爱情"之义有广狭之分。广义的爱情，指爱的感情，可用于对所有人产生的感情；狭义的爱情，则专指男女之间精神和肉体强烈的相互爱慕之情。西厢故事所描写的是后者。爱情又与婚姻有别。婚姻专指夫妇，为法律和社会所承认的夫妻，是家庭成员，《礼记·经解》郑玄注："婚曰昏（婚），妻曰姻。"而男女之间互相恋慕，有的能缔结婚姻成为夫妻，有的则不然。性在本质上不排他，而爱情是自私的，一对一，具有排他性。爱情是幸福的，不分地域、民族，不论贵贱、贫富，人人心向往之，是人类进入对偶婚制以后古往今来都会产生的感情。它很强烈，情苟相得，不仅父母之命不能制，个人也很难自抑；又很有个性，会由于民族、地域的不同而有所差异，也会因为历史时代的不同而不同，甚至每个人也不相同。恋爱者是有个性的，爱情也千姿百态，每一对恋人都是独特的。因此古今中外的哲人都试图对爱情作出自己的诠释，却又见仁见智。瓦西列夫的《情爱论》说，爱情是人类精神的一种最深沉的冲动，是完整的生物、心理、美感和道德体验。只有人才具有复杂而完备的爱的感情。其实，简而言之，爱情是男女之间所追求所构筑的安顿心灵的窝巢，肉体是心灵的载体，只有肉体得到安顿，漂泊的心灵才会找到归宿，因此它是使男女双方都获得强烈的肉体和精神享受的综合感情。

《西厢记》充满了创造精神，其思想的深刻性在于表现了这样的愿望：

> 永老无别离，万古常完聚，愿普天下有情的都成了眷属。（五本四折【清江引】）

不是说崔莺莺、张生应当成为眷属，也不是说某类人应当成为眷属，像唐传奇蒋防的《霍小玉传》"小娘子爱才,鄙夫重色。两好相映,才貌相兼",许尧佐的《柳氏传》"翊仰柳氏之色,柳氏慕翊之才,两情皆获,喜可知也"等,都是才子佳人式的恋爱,以才貌为选择标准;《西厢记》所写乃是普天下所有的有情人都应当成为眷属,用元散曲兰楚芳【南吕·四块玉】《风情》可以作诠释:"我事事村,他般般丑。丑则丑村则村意相投。则为他丑心儿真、博得我村情儿厚。似这般丑眷属,村偶配,只除天上有。"蠢材、丑女也有爱的权利,也可以结成美满夫妻,只要双方心真情厚,而不仅仅是才貌相兼的才子佳人。这是元人对爱情观念的一大贡献;这种眷属还应当是不离不弃、长相厮守的夫妻。同情他人,热爱他人,把大爱给予他人,这便是仁者胸怀。而其关键又在"有情的"几个字上,《毛西河论定西厢记》说:《墙头马上》剧亦有'愿普天下姻眷皆完聚'类,但此称'有情的',此是眼目,盖概括《西厢》书也。"《闺怨佳人拜月亭》中也提出了"愿普天下心厮爱的夫妇永无分离",白朴、关汉卿侧重表现相爱的已婚夫妇应当长相完聚,而《西厢记》则是表现有情的未婚男女应当如愿以偿。这就说出了爱情的本质,也说出了婚姻的本质。有情,爱情和婚姻才有生命。

《西厢记》里也多次表露了老夫人等对张生的感恩思想。感恩是一种美德,红娘、崔莺莺乃至老夫人都对张生的救命之恩铭记于心,像请宴、听琴、拷红等折都有表现。但"感恩"并不是崔莺莺、张生爱情的基础,早在张生施恩之前他们就已经走完了以心相许的阶段,兵乱施恩只是给他们不合礼也不合法的爱情提供了一个冠冕堂皇的保护,所以徐渭、李卓吾在评语中都戏称孙飞虎为"媒人",红娘也以此对付老夫人的干涉和郑恒的纠缠。因此第五本第四折只言"有情"与"无情"("无情的郑恒苦")而不涉其他。这是王实甫与董解元的根本区别。

王实甫从改变人类婚姻观念的高度提出了前人没有提出过的问题,明清人又未能超越之。这是古代其他任何文艺作品所没能做到的,体现了圣者精神,所以是伟大的。我们举两个例子来看王实甫对情的诠释:

> 他那里尽人调戏軃着香肩,只将花笑捻。(一本一折【元和令】)
> 虽然是眼角传情,咱两个口不言心自省。(一本三折【绵搭絮】)

看似不着力,却深刻道出了爱情的真谛。禅宗心传的第一公案即"拈花微笑"。据《联灯会要》卷一、《释氏稽古略》卷一,在灵山会上,大梵天王向释迦牟尼佛献上一枝金色婆罗花,释迦即拈花示众,众人不解其意,唯有摩诃迦叶默然心会,破颜微笑。释迦于是说:我有纯正的禅法,清净的禅心,实相无相,微妙法门,不立文字,教外别传,现在我把它传给摩诃迦叶。禅宗认为,这个典故是要弟子们领会佛教的根本精神,得到佛陀思想的真髓,这就是以心传心的"教外别传",此即"正法眼藏""清净法眼"。人的本心和本性,离言绝相,只能心心相印,去除一切外在的形式而直达心灵深处。而恋爱中人,语言是多余的,也用不着文字,就看你能不能、是不是心灵契合、心意相通,此之谓会心,"心有灵犀一点通",这便是爱情的真谛。又,《景德传灯录·袁州蒙山道明禅师》有所谓"如人饮水,冷暖自知"。爱情也需要内心的悟证,有欢乐,也有痛苦,有时痛苦也是欢乐,比如明人汪廷讷的《狮吼记》写宋人陈季常惧内,其妻柳氏悍妒异常,季常则跪池、顶灯,乐此不疲。西方所谓心中的痛苦只有自己知道,心中的喜乐别人无法分享。道理是相通的。是不是真爱,只有两个人的心灵才能感受得到。把难以言喻的爱情体验提升到禅理的境界,是《西厢记》浅而能深之处,其他戏曲作品均未臻此境。只有《红楼梦》里警幻仙姑说出过"可心会而不可口传,可神通而不能语达",但那已是四百多年后的事了。

《西厢记》与它以前描写男女感情的作品相比,有着明显不同。一是崔莺莺与张生之间的互相爱慕有着多方面的因素,既并不仅仅是"郎才女貌",更没有"财"和"势"的考虑。作者所着重强调的,是男女之间感情上、情趣上的和谐融洽、契合无间。"长亭送别"之际,崔莺莺千叮万嘱并头莲强如状元及第、得官不得官即便早回,张生状元及第以及得官,他们都不以为喜,反以未能团聚而思念不断。二是这种选择是相互的,不仅男子对女子有一定的要求,同样,女子对男子也有自己的选择标准,这改变了男女关系中以男子为中心,妇女只是以容貌的美丽作为被挑选对象的情况。在张生与崔莺莺的恋爱中,决定权在很大程度上取决于崔莺莺,而不是男主人公,男女双方的地位更趋于平等了。

《元史·户婚》规定:"诸有女许嫁,已报书及有私约,或已受聘财而辄悔者,笞三十七;更许他人者,笞四十七;已成婚者,五十七;后娶知情者,减一等,女归前夫。男家悔者,不坐,不追聘财。""服内婚"条规定:"居父母及夫丧而嫁者,徒三年,各离之。"《元典章》中还有"通成断离"的规定。但元代统治者蒙古人、色目人诸族男女关系方面开放,执行条律不严,在《西厢记》里崔莺莺居父丧及与郑恒有婚姻之约等情节又系由《莺莺传》《董西厢》承袭而来,所以王实甫仍然对崔、张这桩"违章"婚恋给予了热情讴歌。因此郭沫若在《〈西厢记〉艺术上的批判与其作者的性格》中说:"人们殆不能不赞美元代作者之天才,更不能不赞美反抗精神之伟大! 反抗精神,革命,无论如何,是一切艺术之母。元代文学,不仅限于剧曲,全是由这位母亲生出来的。这位母亲所产生出来的女孩儿,总要以《西厢记》为最完美,最绝世的了。《西厢记》是超越时空的艺术品,有永恒的生命力。《西厢记》是人性战胜了礼教的凯歌、纪念塔。"

二、一见钟情式的爱情

崔莺莺和张生是一见钟情式的爱情。一见钟情是古今中外都很常见的爱情表现形态。青年男女在成长过程中,或观察社会人生,或阅读报刊图书,或观看文艺演出等,通过各种渠道形成了自己的爱情审美观念,在心目中已经储备了一个朦胧的理想可意人形象,在现实生活中一旦遇到符合自己审美标准的人物,便有似曾相识之感,这就如汤显祖《牡丹亭》里杜丽娘、柳梦梅梦中相逢时所谓"是那处曾相见,相看俨然",《红楼梦》里贾宝玉初见林黛玉便脱口说出"这个妹妹我曾见过的"。双方在心灵上都激起了爱的火花,他与她所积累的生活经验迅速反映到大脑中来,促使他和她当机立断做出定夺,以心相许。这种决定虽是在瞬间做出的,却是以长期生活积累作前提的。人的面孔不仅是人的总体美的集中表现,也是展示心灵世界的窗口,在点燃爱情之火的时候,会由于生理原因而展示得更加鲜明和充分,双方都可以从对方的脸上读出对自己爱慕的程度;尤其当一个人微笑的时候,就会完全揭开掩饰心灵的面纱,向对方袒露真情,避免误读。这就是为什么崔莺莺在佛殿初遇张生时便拈花微笑,令张生狂癫忘形的原因。所以一见倾心式的爱情看似神秘,却蕴含着爱情的真谛。

《西厢记》写一见钟情还有其他原因。一方面,受杂剧艺术形式的限制,剧作家不可能像小说那样用全知的视角出面叙述,细腻地、不受篇幅限制地描写男女双方感情的发展历程;在戏剧中,剧作家虽然无处不在,却又无处可见,是不能站出来直接向读者和观众说话的。另一方面,这又是社会造成的。关汉卿的《温太真玉镜台》里说"男女七岁,不可同席",男女之间,即使是兄弟姐妹,还在孩提时期就被隔绝开来,在成长过程中,接受的是礼教伦理道德的教育,不可能对异性进行认识,更不可能对具体的异性有接触、认识和了解的机会。在礼教盛行时代,对于大多数人来说,夫妻间的第一次认识大概就是"洞房花烛夜"了。所以张生与崔莺莺这种邂逅相逢,便是一种奇遇了。这偶然一次相遇,彼此产生爱慕之情是自然的。这种爱情,凭借的完全是自身条件,排除了社会和家庭因素的介入;是自愿的选择,体现的是婚姻当事人的意志,而非他人包办;在不允许相互接触的社会环境中,"一见"毕竟是一种了解,一见钟情比起被蒙蔽的包办婚姻来说,也算前进了一步。

三、"浓盐赤酱"之讥

剧作对张生与崔莺莺的幽会偷欢写得比较露骨,往往为人诟病,被讥为"浓盐赤酱"。爱情固然不能仅仅被归结为单纯的生理快乐,但是性欲毫无疑问是爱情内涵中的应有之义,瓦西列夫的《情爱论》说,爱情的动力和内在本质是男子和女子的性欲,是延续种属的本能。随着人类文明的不断发展,这种动物性本能被人性化,包含了社会性的内容,使建立在本能基础上的感情不仅具有独立的属性,而且具有永恒的力量,表现为精神状态,而性欲反而以隐形的状态存在于其中了。爱情既是男女双方互相吸引的前提,也是男女欢合的结果。人类的欲望中纠结着人性与兽性的两面性,只要"有情"便是人性的发扬,灵魂的升华,爱与欲、灵与肉、美与俗的结合,让我们看到的是生命的飞扬。爱使人类看似低俗的动物性行为变得美丽和道德。总之,爱情是幸福的、美好的,但却不是圣洁的、崇高的,只有同人类的伟大理想相结合,它才圣洁、崇高,所谓"生命诚可贵,爱情价更高。若为自由故,二者皆可抛"。所以人们并不赞成恋爱至上主义。相反地,恰恰因为爱情的平凡和世俗,才具有切近人情、合乎人性的属性。假如抽去了生命的欲望,还谈得上幸福和美好吗?明清时代人们就对这个问题有过不同意见的争辩。在《西厢记》是否为淫书的辩难中,金圣叹言辞最为激烈,在《读第六才子书西厢记法》中说:"人说《西厢记》是淫书,他止为中间有此一段事耳。细思此一事,何日无之?何地无之?不成天地中间有此一事,便废却天地耶!细思此身自何而来,便废却此身耶?……至于此一事,直须高阁起不复道。""有人谓《西厢》此篇,最鄙秽者。此三家村中冬烘先生之言也。夫论此事,则自从盘古至于今日,谁人家中无此事者乎?若论此文,则亦自从盘古至于今日,谁人手下有此文者乎?谁人家中无此事,而何鄙秽之与有?""盖《西厢记》所写事,便全是'国风'所写事。"性是人对自身的态度,从中可以看出人的发展水平。即使是有生理疾患的人,也"盲者不忘视,跛者不忘履",

何况《西厢记》所写的也不仅仅是肉体的感受，还有着审美欣赏、怜香惜玉等复杂情愫。这些复杂情愫又用华丽的语言为原生态行为裹上了一层诗意的外衣，即金圣叹所谓的"丽语解秽"，会减轻所写内容的直接冲击。对人类自身必不可免的行为应当宽容。

元代是一个张扬人性和世俗精神的社会，通过对纯真行为以欣赏的眼光进行"美丽的"刻画，从而把猥亵从"丑"中分离出来，这便是杂剧和散曲中所流溢出的对世俗生活的品味。

总而言之，《西厢记》所歌颂的爱情，乃是情爱与性爱、爱情与婚姻的统一体。在这方面，《牡丹亭》与《西厢记》的承继关系比较明显，而《红楼梦》则更侧重揭示二者不能统一的悲剧。

第四节 《西厢记》的艺术成就

一、赞美型喜剧

学界常把《西厢记》归入喜剧范畴。这里的所谓喜剧，不是因为剧中刻画了一个讽刺对象郑恒，以揭露"丑"为目的；而是因为将男女主人公张生和崔莺莺性格中的某些"可爱的缺点"，如张生的精与傻与懦，崔莺莺的真与假，进行了夸张，放大到可笑的地步，再经过红娘画龙点睛式的善意调侃、嘲谑，使喜剧效果得到充分体现，让人们在笑声中加深对人物性格的了解，也完成了喜剧的审美升华。这笑不是嘲笑，而是肯定，是欣赏，是赞美。元杂剧中康进之的《梁山泊李逵负荆》(《李逵负荆》)、石子章的《秦翛然竹坞听琴》(《竹坞听琴》)等均属于此类。

二、双线结构与冲突演进的突转手法

前人论《西厢记》的艺术成就，多认为是元杂剧的"绝唱"或"压卷之作"(分见何良俊的《曲论》和王世贞的《曲藻》)。自元代起还有一些人把它比作儒家的《春秋经》，视为描写爱情的经典(元景元启【双调·新水令】套数称"崔氏春秋传"，明徐士范序本《重刻元本题评音释西厢记》载程巨源的《崔氏春秋序》)。明末清初的大批评家金圣叹则称之为中国文学的"第六才子书"。今存明清两代的刊本多达150多种，堪称中国戏曲史上的一大奇观，足见其流传之广与影响之深。

《西厢记》的戏剧冲突有两条线索：一条是以老夫人为一方，同以崔、张、红娘为另一方的矛盾。这是守旧势力与青年叛逆者之间的对立冲突，构成贯穿全剧的主线。另一条线索则由崔莺莺、张生、红娘之间的矛盾构成。他们或因身份、或因教养、或因脾气乃至性别的差异形成冲突。两条线时分时合，交错展开，既互相制约，又互相生发，曲折跌宕，波诡云谲，产生了强烈的戏剧效果。

剧作家善用突转的手法制造波澜，往往因为剧中人物的一句话、一个举动，就造成剧情出人意料的突然转折。如"寺警"退贼之后，红娘、张生、崔莺莺都认为婚事已定，在观众中也造成此婚必成、绝无改变的期待。然而宴席上老夫人一句"小姐近前拜了哥哥者"的道白,却使舞台气氛陡变,把情节发展引向相反方向。汤显祖评论赖婚一事说:"此出夫人不变一卦,缔婚后趣味浑如嚼蜡,安能谱出许多佳况哉?故知文章不变不奇,不宕不逸。"[10]崔莺莺的"赖简"也是如此。张生猜出崔莺莺邀约诗句,急切盼到天黑赴约西厢,不想崔莺莺却突然变卦,厉声指责张生"无故至此",甚至威胁"扯到夫人那里去!",自诩"猜诗谜的社家"的张生,一下子变成了"叉手躬身,妆聋做哑"的"傻角",极富喜剧效果。这就造成了剧情的大起伏、大变化,常常于山穷水尽之处,突然转换出柳暗花明的新天地。

三、戏剧时空的巧妙设置

在戏剧时间与空间的安排上,《西厢记》可说是独出机杼,但却又精巧自然。

在戏剧时间的设计上,《西厢记》主要有三大特点:一是环境时间的意象渲染。崔莺莺、张生相遇时,是"花落水流红"的暮春时节;张生被迫赴京应举,剧作家又将离别之时定于"下西风黄叶纷飞"的深秋时分。中国文化向来有伤春悲秋情结,富有代表性的春暮秋深景物在曲词中屡屡出现,不仅是渲染春情秋意,更重要的是借此烘托相思浓情、别离痛怀,从而令人倍增会短离长的感伤。

二是思绪时间的对比描写。如崔莺莺送张生赴试时的唱词:

> 【三煞】笑吟吟一处来,哭啼啼独自归。归家若到罗帏里,昨宵个绣衾香暖留春住,今夜个翠被生寒有梦知。留恋你别无意,见据鞍上马,阁不住泪眼愁眉。

昨宵之乐、眼前之悲、别后之孤,并在这多重对比中,写出了崔莺莺的心绪翻腾和悲情无限。其他如"意似痴,心如醉,昨宵今日,清减了小腰围""想着俺前暮私情,昨夜成亲,今日别离",均是通过思绪时间的多重对比抒发无限相思痛苦之情的。

三是心境时间的诗意结撰。崔、张长亭相别,满腹愁肠,崔莺莺一上场,是"晓来谁染霜林醉"的秋日寒凉的早晨之景,然而紧接着崔莺莺眼中之景又变成满目"斜晖"("恨不得倩疏林挂住斜晖")、"夕阳"("夕阳古道无人语")、"残照"("一鞭残照里"),表面看似有矛盾,实则不然。沈括的《梦溪笔谈》载,画家画物可不问四时,如王维之"雪里芭蕉",诗人造境亦如是,着眼点是心境、心绪情感的抒发,四时之物只要适合内心情感藏蕴的表达,尽可驱遣笔下,不必拘泥。戏曲与诗、画一理,同属民族艺术,得心应手,意到便成,可以神会,不能形求。

在戏剧舞台空间的处理上,《西厢记》也极具匠心。如"长亭送别"结尾的"夕照离愁",崔、张的正式分别,当在张生说"再谁似小姐,小生又生此念"之后,下文的【一煞】与【收尾】二曲,全是张生走后崔莺莺怅望的情景,但张生并未下场。崔、张同台,张乘马前行,崔徘徊目送,表演出两地相望、两情相依之状。这正体现了中国戏曲不受空间限制的特点。

四、对杂剧体制的突破创新

《西厢记》五本二十一折，突破了元杂剧一本四折或二本八折演述一个故事的体例，其规模之宏伟，结构之谨严，前无古人。此外，其在主唱角色方面也有革新。首先是张生与崔莺莺为正末、正旦，分别在末本或旦本中主唱是定规。红娘则由"旦徕"即小旦扮演，本是不能唱的。而第三本全由红娘主唱，成了一本既非旦本也非末本的小旦戏，实属少见。其次是突破了一本由一角主唱的惯例。如第四本第四折由旦、末两个人主唱，第五本第四折由末主唱，其中却插入旦和小旦的歌唱。这种多角同台歌唱的形式，有可能是吸收了南戏的优长，但也不排除为王实甫的创造。

五、以华美清丽为主的语言风格

王实甫是元曲文采派的代表。所谓文采派，是指辞藻雅丽、文章华美，即臧晋叔所谓的"文彩烂然"。朱权把王实甫的曲词风格比作"花间美人"（见《太和正音谱》），极言其华美清丽。如果移作对他的代表作《西厢记》的评论，则是最为恰切形象的。把传统诗词骈文的语汇、语法及其表达手法熔炼入曲，优美工细，是《西厢记》曲词的突出特征。

这在第四本第三折"长亭送别"中有突出表现。具体表现一是善于化用前人诗词入曲，形成诗的优美工细。如【端正好】"碧云天，黄花地，西风紧，北雁南飞"，就从范仲淹的一首《苏幕遮·碧云天》词中熔化而出，但因切合特定情境中人物特有的心境，显得浑然天成，一如独创，从而成为广为传诵的借景抒情的名句。又如【收尾】中"量这些大小车儿如何载得起"，化用李清照的《武陵春·春晚》词"只恐双溪舴艋舟，载不动许多愁"，曲词改为疑问句，启人深思，更饶余音袅袅之韵致。

二是好用骈俪语，如"荒村雨露宜眠早，野店风霜要起迟""泪添九曲黄河溢，恨压三峰华岳低""昨宵个绣衾香暖留春住，今夜个翠被生寒有梦知""四围山色中，一鞭残照里"，等等，均对仗工整、自然，曲词也因此富蕴诗意。明王世贞的《曲藻》分骈俪语为"骈俪中景语""骈俪中情语""骈俪中诨语"三类，从《西厢记》中举出了大量例证，说明喜用骈文句法、讲究工丽确是此剧在语言上的一大特色。

三是化用日常口语入曲，雅中融俗，别有韵致。如：

> 【叨叨令】见安排着车儿、马儿，不由人熬熬煎煎的气；有甚心情花儿、靥儿，打扮得娇娇滴滴的媚；准备着被儿、枕儿，则索昏昏沉沉的睡；从今后衫儿、袖儿，都揾做重重叠叠的泪。兀的不闷杀人也么哥！兀的不闷杀人也么哥！今已后书儿、信儿，索与我恓恓惶惶的寄。

这些句子纯是日常口语，明白如话，句句都有双音叠字儿化词，又构成一组多句成对的连珠对仗体，成排比句式，令人读后感受到崔莺莺不忍分离时的泣不成声，使崔莺莺的离情感伤得到了淋漓尽致的挥发。

此外,《西厢记》还能根据人物的身份和性格,将富有诗意的雅语与口语、俗语融合无间,用雅俗相兼的独特语言风格塑造人物,使人物口吻、神情格外传神,这在红娘的唱词中表现得最为明显,此处不一一赘述。

《西厢记》在思想和艺术上都取得了杰出成就,后世言情小说和戏曲多受其影响。

注释

[1] 据天一阁本《录鬼簿》载王实甫"德名信,大都(今北京)人","德名信"当为"名德信"之错讹。也有将"德名"解为"尊讳",即谓王实甫名信,但此说无据,且过于牵强。

[2] 王国维的《曲录》据王实甫杂剧《丽春堂》谱金右丞相完颜乐舒事,剧末唱:"早先声把烟尘扫荡。从今后四方,八荒,万邦,齐仰贺当今皇上。"系歌颂金朝帝王语,认为王实甫年岁和关汉卿大致相当,是由金入元时人。吴梅的《顾曲麈谈》、谢无量的《中国大文学史》也持此说。

[3] 周德清的《中原音韵》自序中有谓:"乐府之盛,之备,之难,莫如今时……其备,则自关、郑、白、马,一新制作……其难,则有六字三韵,'忽听、一声、猛惊'是也。诸公已矣,后学莫及!""忽听、一声、猛惊"见于《西厢记》第一本第三折张生所唱【么篇】:"我忽听、一声、猛惊。元来是扑喇喇宿鸟飞腾,颤巍巍花梢弄影,乱纷纷落红满径。"可见"诸公已矣"中的"诸公"包括王实甫。

[4] 王季思的《〈西厢记〉叙说》一文,据《元史·后妃传》,认为《西厢记》剧终谢圣语"谢当今垂帘双圣主"指的是元成宗和布尔罕皇后。而王实甫的《丽春堂》杂剧第三折所引【鹦鹉曲】,据《朝野新声太平乐府》所记,系元成宗大德年间人白无咎所作。依据这些材料,王实甫的创作活动当在元成宗元贞、大德年间。(见王季思《玉轮轩曲论》,中华书局1980年版,第20—34页。)

[5] 孙楷第的《元曲家考略》"王实甫"条说:"余于苏天爵《滋溪文稿》中,偶发见王德信名。如即曲家王德信,则王实甫乃王结之父。"(上海古籍出版社1981年版,第69页)

[6] 胡应麟的《少室山房笔丛》卷二五谓:"王所赋词亦佳,又以滑稽挑达(佻佽)与关善,得非即所谓实甫者?以先关卒,故《西厢记》未成而关续之耶?此事理极易推,惜无他据。"

[7] 正德八年(1513)刊刻的都穆《南濠诗话》云"近时北词以《西厢记》为首,俗传作于关汉卿",都穆对此种说法并不相信,但却是最早透露"关作说"之消息者。嘉靖二十年(1541)金陵富乐妓刘丽华《口传古本西厢记题词》云:"董解元、关汉卿辈,尽反其事,为《西厢》传奇。"万历十七年(1589)汪道昆《〈水浒传〉叙》也提到"关汉卿崔张杂剧"。可见此说在明代中后期是颇为流行的看法。

[8] 即认为《西厢记》为关汉卿作,王实甫补足而成之。最早提出这种说法的是成化七年(1471)北京金台鲁氏刊本《新编题西厢记咏十二月赛驻云飞》,其中有谓"汉卿文能,编作《西厢》曲调精""王家增修,补足《西厢》音韵周"。弘治十一年(1498)北京金台岳家《新刊奇妙全相注释西厢记》,卷首引录了几首【满庭芳】曲,其中说"汉卿才高,不明性理,专弄风骚""王家好忙,沽名钓誉,续短添长",虽对《西厢记》的作者极力贬斥,但持"关作王续说"与前者是一致的。

［9］此说出现较晚,但影响很大。王世贞作于嘉靖三十七年(1558)的《艺苑卮言》,对其时已十分流传的王实甫撰"至邮亭梦而止……此后乃汉卿所补"即"王作关续说"表示支持。王世贞为其时文坛盟主,其说对后世影响颇大,万历八年(1580)徐士范的《重刻西厢记序》即不加细察而沿用之:"《西厢记》自《草桥惊梦》以前作于实甫,而其后则汉卿续成之者。"直至近人王国维、吴梅、王季烈等都持"王作关续说"。

［10］见《三先生合评元本北西厢记》,汤显祖是"三先生"之一。

参考书目

［1］张燕瑾,张人和,汪龙麟.会校会注会评会图西厢记［M］.北京:学苑出版社,2021.

［2］王实甫.西厢记［M］.张燕瑾,解读.北京:国家图书馆出版社,2019.

［3］王季思.王季思全集［M］.石家庄:河北教育出版社,2005.

［4］张燕瑾.张燕瑾讲《西厢记》.天津:天津古籍出版社,2011.

［5］伏涤修.《西厢记》接受史研究［M］.合肥:黄山书社,2008.

第五章
元杂剧其他作家作品

第一节　历史剧《汉宫秋》《赵氏孤儿》

一、《汉宫秋》

(一)《汉宫秋》情节本事

历史剧是元杂剧的一大种类,约占全部剧目的 1/3。所谓历史剧,是指演述历史上实有的人和事的戏。但剧作家并不是要反映故事发生时代的社会和人情,而是要表现剧作家所处时代的生活和情绪。所以剧作家并不严守史范,常常为了思想与艺术的需要而随意改动史实,历史不过是他们借古喻今的由头和外衣。因此可以说元代所有的历史剧都是借古写今的历史故事剧。

元杂剧名作中有"五大历史剧",《汉宫秋》是其中之一,马致远作[1]。

《汉宫秋》全名为《破幽梦孤雁汉宫秋》。剧演昭君和亲事。关于昭君和亲,班固的《汉书·元帝纪》载:"竟宁元年春正月,匈奴乎(呼,下同)韩邪单于来朝。诏曰:'……乎韩邪单于不忘恩德,乡慕礼义,复修朝贺之礼,愿保塞传之无穷,边陲长无兵革之事。其改元为竟宁,赐单于待诏掖庭王樯(嫱)为阏氏。'"《后汉书·南匈奴列传》又增加了"昭君入宫数岁,不得见御,积悲怨,乃请掖庭令求行"的记载。汉代以后,昭君和亲事在民间广为流传,文人笔记、诗赋中多有提及,其中晋人葛洪《西京杂记》的记载影响甚大:

> 元帝后宫既多,不得常见,乃使画工图形,案图召幸之。诸宫人皆赂画工……独王嫱不肯,遂不得见。匈奴入朝,求美人为阏氏,于是上案图,以昭君行。及去,召见,貌为后宫第一,善应对,举止闲雅。帝悔之,而名籍已定。帝重信于外国,故不复更人。乃穷案其事,画工皆弃市。……画工有杜陵毛延寿……同日弃市。京师画工,于是差稀。

这显然是一则民间传说,蕴寓于其中的是人们对昭君的无限同情和对帝王昏庸的讽刺批判。

元代初期,民族矛盾十分尖锐,宋金覆灭的历史伤痛尚未弥合,问世于这一时期的《汉宫秋》也因此被打上了那一特定时期的历史烙印。剧演汉元帝命中大夫毛延寿遍行天下挑选美女入宫,并画像以进,供元帝按图临幸。毛延寿乘机大索贿赂。秭归(今属湖北兴山,有昭君村)人王嫱字昭君,以绝色入选,由于家贫无力行贿,被毛延寿故意在画像上做了手脚,以致被打入冷宫。元帝偶闻昭君弹琵琶而召见,感其美丽无比,封为明妃,并传旨捕杀毛延寿。毛延寿携昭君美人图逃亡到匈奴,调唆匈奴王兴兵南侵,索取昭君。汉朝文武无力退敌,昭君为保江山社稷,挺身和番,元帝亲子到灞桥送别。昭君行至边界,举酒向南浇奠,然后投黑水而死。元帝苦苦思念昭君,秋夜成梦,惊醒后只听孤雁哀鸣,倍感凄凉。匈奴王感念昭君之义,绑送毛延寿归汉,以求和好。元帝斩毛延寿祭献昭君。

(二)《汉宫秋》的民族意识

《汉宫秋》虽然吸取了相关史料与传说,但在剧情处理上,马致远作了重大调整。从剧情不难看出,马致远的调整主要表现在三个方面:一是改变了和亲的背景。历史情势本是汉朝强匈奴弱,匈奴王呼韩邪(剧中作耶)为求生存而率部附汉,并愿做汉朝女婿。汉朝只以一个普通宫女而不是以公主和亲。剧本却改为匈奴强汉朝弱,匈奴以大军压境强索昭君。二是改变了王昭君的遭遇与结局。在和亲之前,她并没有机会见元帝,剧中则写她在和番之前已得到元帝的宠幸,两个人十分恩爱。此外,昭君投江而死,不入匈奴的结局也与史实不合。三是毛延寿只是一个普通画工,也没有叛汉降敌之事。剧本把他写成朝廷大臣,贪贿惧诛而携图投敌,引来匈奴强索昭君。

这些改动都反映了剧作家所处时代的民族矛盾与普遍的民族意识。剧中把汉元帝与王昭君的爱情悲剧与政治悲剧、把王昭君的个人命运与民族的命运紧密联系在一起,热情歌颂了昭君的民族气节,同时对引狼入室的民族败类和那些文恬武嬉、素餐尸位的大臣进行了无情的暴露讽刺。匈奴人大兵压境,满朝文武"似箭穿着雁口,没个人敢咳嗽""他去也不沙架海紫金梁,枉养着那边庭上铁衣郎"。而元帝身为一国之君,却无力保全自己的宠妃,"太平时卖你宰相功劳,有事把俺佳人递流。你们干请了皇家俸,着甚的分破帝王忧?""您但提起刀枪,却早小鹿儿心头撞。今日央及煞娘娘,怎做的男儿当自强!"这其中隐喻的实际上是剧作家对宋金覆灭原因的深层思考,我们从帝妃悲情的沉痛中也不难体悟到其时广大民众乱世流离的悲凉。而昭君的黑河殉节,令人感慨的不只是美的被毁灭,更有剧作家对以昭君为代表的下层民众民族气节的歌扬,在与朝廷大臣昏庸无能的对比中,体现出剧作家鲜明的爱憎感情。在对历史人物故事的演绎中,融入强烈的民族意识,这是《汉宫秋》思想内容的主要特点。

(三)《汉宫秋》的诗意结撰

在艺术上,《汉宫秋》具有抒情诗剧的典型特征。它不是靠激烈的戏剧冲突或波澜起伏的情节取胜,而是用诗的语言、诗的意境来抒发人物的内心情感,用情景交融的大段独唱征服观众。剧本以汉元帝对王昭君难以割舍的离情为表现重心,而对昭君与毛延寿、元帝与毛延寿的矛盾冲突,都是只用一两句道白一带而过,并不展开描写。毛延寿索贿、点破美人图等也都在暗场处理。这样就保证了汉元帝面对观众的直抒胸臆居于全剧中心地位,集中笔墨展示人物的内心世界,这在剧作第三折中有突出表现。

1. 婉转细腻的心理描写

第三折写灞桥送别,是全剧高潮,剧作通过 12 支曲词,层次极为清楚、笔墨极为细腻地揭示了元帝在不同阶段的感情变化。前三曲写临别之际,着力表现的是元帝心之伤:【双调新水令】写元帝见昭君改汉妆为胡妆后的黯然神伤;【驻马听】抒发的是元帝欲留住昭君而不得的断肠情怀;【步步娇】写元帝为能与昭君多留恋一会儿,叮嘱左右曲慢唱、酒慢敬以拖延时光。【落梅风】以下五曲写辞别之时,着力表现的是元帝与爱人分离的痛苦:【落梅风】【殿前欢】二曲写元帝对昭君的魂牵梦挂和别后的睹物思人,凸现元帝不忍与昭君离别的悲痛;【雁儿落】【得胜令】【川拨棹】三曲,写元帝对众大臣腐朽无能的不满,表现的是元帝对自己身为天子却难保贵妃的哀痛。【七弟兄】及以下四支曲子,写分别之后,着力表现的是元帝思之切:【七弟兄】由眼前之别勾起无限思情;【梅花酒】翻进一层,设想别后的凄凉;【收江南】进一步设想今夜的凄凉境况;【鸳鸯煞】写塞雁、毡车的声响,又将元帝拉回冷酷的现实。

2. 情和景、实感与幻觉相融合的抒情笔法

【七弟兄】【梅花酒】二曲,巧妙地借助景物描写来抒发昭君去后元帝的悲凉之情。【七弟兄】中的风雪关山、【梅花酒】中的秋野荒凉,写景如画,表现“那堪”与“悲壮”、“伤心”与“悲凉”,再联系中国文学传统中的悲秋笔意,这荒疏萧条的深秋景色,已深深浸染了元帝哽咽难语的悲怆心绪。这些景物,既是实景的泼墨渲染,又是虚景的幻笔铺设,是实感与幻觉的结合。如【七弟兄】“散风雪旌节影悠扬,动关山鼓角声悲壮”,并非元帝亲见耳闻;【梅花酒】那“草已添黄,兔早迎霜”等“迥野荒凉”的秋深景象,也非元帝眼中所见;实际上这些景物皆是元帝设想昭君北上途中的荒凉境况。至于“返咸阳”“过宫墙”等,固是宫中实景,但此刻元帝尚在灞桥,并未回宫,可见也是元帝设想其回宫后的凄凉境况。

正是这种情和景、实感与幻觉的完美结合,把元帝生离死别的感情抒写得淋漓尽致。所以王国维在《宋元戏曲史》中极赏之:“真所谓写情则沁人心脾,写景则在人耳目,述事则如其口出者。”

3. 唱词的音乐旋律美

剧作还通过多种修辞手法的运用,不仅准确细腻地抒写了元帝的苦痛心情,而且还形成了一种回肠荡气的音乐旋律美。首先,是对仗手法的出色运用。如“散风雪旌节影悠扬,动关山鼓角声悲壮”,八字句三个音步的对仗,以双音节词结尾,节奏感强,韵脚响亮。其他如“旧恩金勒短,新恨玉鞭长”“尚兀自渭城衰柳助凄凉,共那灞桥流水添惆怅”“他、他、他伤心辞汉主,我、我、我携手上河梁。他部从入穷荒,我銮舆返咸阳”等,对仗工整,音韵铿锵。其次,是“顶针续麻”手法。这一点在【梅花酒】【收江南】二曲中,有鲜明表现。如【梅花酒】中的“返咸阳,过宫墙;过宫墙,绕回廊;绕回

廊,近椒房;近椒房,月昏黄;月昏黄,夜生凉;夜生凉,泣寒螀;泣寒螀,绿纱窗;绿纱窗,不思量",后一分句的第一短句重复前一分句的第二短句,造成一种回环往复、一唱三叹的艺术效果,给人荡气回肠之感。动词"返""过""绕""近""泣"的使用,再衬以"月""夜""绿"的环境渲染,形象地展现了人物行动与心理的细致区别和不同环境不同建筑物的特点。可见,剧作家在此不只是单纯追求词句的音乐感,而且要让这种灵活、跳荡的句式服务于剧作抒情意境的塑造。

二、《赵氏孤儿》

(一)《赵氏孤儿》情节本事

《赵氏孤儿》是元杂剧中最出色的历史剧,全名《冤报冤赵氏孤儿》,又叫作《赵氏孤儿冤报冤》或《赵氏孤儿大报仇》[2],纪君祥作[3]。

《赵氏孤儿》本事见于《左传》《史记》,《国语》卷十一《晋语》、刘向辑《新序》卷七《节士》、《说苑》卷六《复恩》等也有零星记载。《左传·宣公二年》载,春秋时"晋灵公不君",先遣刺客后纵獒犬谋害重臣赵盾,赵盾出亡,赵盾弟赵穿诛杀灵公,赵盾复官。《左传·成公八年》又记,因赵庄姬"谮之于晋侯","晋讨赵同、赵括"。后因韩厥进言,赵氏之后赵武得存。《史记》中《晋世家》《赵世家》《韩世家》也有赵氏故事的记载,其中关于晋灵公与赵盾之间的君臣矛盾和《左传》所记大致相同,但在晋景公诛赵族的起因上,却是由于原先"有宠于灵公"的大夫屠岸贾"欲诛赵氏",虽遭韩厥反对,但屠岸贾不听,于是"与诸将攻赵氏于下宫""皆灭其族"(《史记·赵世家》)。赵盾子赵朔的遗腹子赖赵盾门客公孙杵臼及公孙友人程婴之助得脱于难,公孙杵臼又与程婴谋取他人婴儿伪称赵孤,由程婴献与屠岸贾,假赵孤和公孙杵臼均被杀,程婴携真赵孤藏匿山中。十五年后,韩厥进谏赵氏冤情,晋景公遂召回赵氏孤儿赵武,灭屠岸贾。又四年,程婴为"下报"赵盾和公孙杵臼而自杀。

《赵氏孤儿》把《左传》和《史记》记载的晋灵公欲杀赵盾和晋景公诛杀赵族这两个相距20多年的事件捏合在一起,并以《史记》所述故事为主要框架,增添变动了若干情节。剧作演述春秋晋国灵公时大臣赵盾被奸臣屠岸贾陷害,遭满门抄斩。赵盾之子赵朔身为驸马,也被诈传灵公之命赐死。屠岸贾必欲斩草除根,搜捕公主所生的赵朔遗腹子赵氏孤儿。公主将孤儿托付给草泽医人程婴后,毅然自缢殉夫。程婴将孤儿藏于药箱中带出驸马府,被奉命监守府门的下将军韩厥发现。韩厥富有正义感,放走程婴与孤儿,然后自杀。屠岸贾得知赵孤被人救出,下令要把晋国半岁以下的婴儿全部杀光。程婴与归隐林下的赵盾旧交公孙杵臼合谋救孤,由程献出自己的亲生子冒名赵孤,杵臼则假冒救孤之人,由程主动出首。屠信以为真,亲手杀死假孤儿,杵臼也触阶身亡,赵孤与晋国婴儿终得获救。屠对程婴深信不疑,将程子(实即赵孤)认为义子。20年后,程婴把赵家被害经过告诉赵孤。已长大成人的赵孤活捉屠岸贾,尽灭其门,为赵家大报仇。

(二)《赵氏孤儿》的悲剧意蕴

《赵氏孤儿》是元杂剧中最优秀的悲剧之一,王国维认为将它列入世界大悲剧之林也毫无愧色。其悲剧意蕴主要体现在以下几个方面。

1. 复仇意识的生命接力

《赵氏孤儿》全剧贯穿着强烈的复仇意识。屠岸贾为报私仇,诛杀赵氏一家三百余口。驸马赵朔无奈赴死,死前叮嘱公主:"公主,你听我遗言:你如今腹怀有孕,若是你添个女儿,更无话说;若是个小厮儿呵,我就腹中与他个小名,唤做赵氏孤儿。待他长立成人,与俺父母雪冤报仇也。"公主自缢前将孤儿托付给程婴时哀哀痛告:"你怎生将这个孩儿掩藏出去,久后成人长大,与他赵氏报仇。"韩厥义放孤儿,拔剑自刎前一再叮咛:"将孤儿好去深山深处隐,那其间教训成人,演武修文;重掌三军,拿住贼臣;碎首分身,报答亡魂……"太平庄公孙杵臼慷慨赴死时对程婴嘱托:"我嘱付你个后死的程婴,休别了横亡的赵朔。畅道是光阴过去的疾,冤仇报复的早。将那厮万剐千刀,切莫要轻轻的素放了。"复仇火种的每一次传递都伴随着壮烈的生命祭献,而每一次生命的毁灭也使得复仇意识更加强烈,直到赵氏孤儿长大成人,擒拿屠岸贾,最终完成复仇的使命:"二十年前你将俺三百口满门良贱,诛尽杀绝,我今日擒拿你个老匹夫,报俺家的冤仇也!"

面对强大的邪恶势力,每一个个体生命的毁灭,都是那么从容和义无反顾,没有畏惧和退缩,而是主动自觉地去承担苦难和牺牲,延续着为正义复仇的火种,正是这种可歌可泣的壮烈行为和磅礴正气,充分体现出悲剧的崇高之美与悲壮精神。

2. 正义精神的执着追求

存赵与灭赵、搜孤与救孤,是《赵氏孤儿》故事的焦点,构成了剧作的悲剧冲突。如果说复仇是这一悲剧冲突的必然趋向,对正义精神的执着追求则可说是这一悲剧冲突的内在意蕴。剧作有意淡化了赵盾与灵公之间的君臣冲突,将鉏麑、提弥明、灵辄等人救助赵盾之行作暗场处理,突出表现的是屠岸贾与赵盾两个人臣属之间的"文武不和",并将其放大为邪恶与良善、非正义与正义之间的矛盾。为报私仇,屠岸贾不仅将赵家满门三百余口尽皆诛杀,而且连襁褓中的婴儿也不放过,听说走了赵氏孤儿,竟丧心病狂,"……诈传灵公的命,把晋国内但是半岁之下、一月之上新添的小厮,都与我拘刷将来,见一个剁三剑,其中必然有赵氏孤儿,可不除了我这腹心之害?"把持朝政、期瞒君上、杀戮忠良,已是奸臣嘴脸,而要杀尽晋国小儿,则走向与民为敌,成了残暴虐民的民贼了。也正因此,韩厥、公孙杵臼、程婴等人的存孤与救孤之行就不能单纯地被看作出于报恩情结,而是一种正义公道的行为,是对正义精神的执着追求所使然。韩厥放孤,是因为他早就看不惯屠岸贾"把忠孝的公卿损";公孙杵臼救孤赴死,也是出于对屠岸贾"不廉不公,不孝不忠"的满腔义愤。程婴受托救孤时,还有当年受赵朔"十分优待"的报恩情结,但当听说屠岸贾要杀尽晋国小儿时,他毅然舍子救孤,则是出于"要救晋国小儿之命"的公义仁心。剧作细致地表现了程婴为正义而牺牲个人利益的艰难和痛苦:到屠岸贾那里"出首"公孙杵臼,从此背上出卖道义公理的恶名,忍辱负重 20 年不能洗白;亲手拷打自己的好友公孙杵臼,用细棒轻打和用粗棒重打都要招致或袒护或图谋灭口的怀疑;献出自己的幼子,还眼看着亲子惨死在仇人的剑下。这是一种比死亡更可怕的灵魂磨难,构成了更为深刻复杂、富有张力的悲剧冲突,正是在这一系列的矛盾冲突发展中,剧作成功地塑造了一位沉着、坚毅、视死如归的悲剧英雄形象。

3. "存赵孤"故事的故宋情怀

在这场殊死的斗争中,"赵氏孤儿"已成为忠义的象征,存孤、救孤是忠义之士的壮烈之举。而剧作中"凭着赵家枝叶千年永""正好替赵家出力做先锋""你若存的赵氏孤儿,当名标青史,万古流芳"这类曲词道白,在宋亡不久的元初剧坛,很容易引起人们对赵宋王朝的怀恋与追思。如果联系宋代皇室屡屡为程婴、公孙杵臼、韩厥立庙封爵[4],以及宋亡之际尽心于宋室的忠臣义士对"存赵孤"故事进行有意渲染,如文天祥《指南录》里《无锡》一诗中就有"夜读程婴存赵事,一回惆怅一沾巾"的诗句,说纪君祥有可能借"存赵孤"故事曲折表达对赵宋王朝的留恋与缅怀,也许不无道理。

(三)《赵氏孤儿》的影响和流播

《赵氏孤儿》在后世产生了深远的影响,明清两代出现了多部据《赵氏孤儿》改编的传奇杂剧。其中明人徐元的《八义记》[5]影响甚大。徐作共 41 出,故事铺叙与元杂剧颇多不同,如对《赵氏孤儿》中作暗场处理的灵公与赵盾的矛盾及钮麑救主等多有渲染,又增加"周坚替死"情节,让周坚代驸马赵朔赴死,复仇由赵朔与其子共同完成,最后赵朔与其妻又得团圆。所谓"八义"得以凑足:钮麑、提弥明、灵辄、周坚、韩厥、公孙杵臼、程婴及代赵孤赴死的程婴之子。"存赵孤"故事的描述虽细致详尽,但团圆之趣的追求、封建意识的渲染,却削弱了该剧本该有的悲剧氛围。

此外,据邵曾祺的《元明北杂剧总目考略》,敷写《赵氏孤儿》故事的还有明佚名《接缨记》传奇、李槃的《赵宣孟》杂剧、清灵阜轩的《节义谱》传奇等。在清代京剧和地方戏中,据《赵氏孤儿》杂剧改编的戏曲更是不胜枚举,如与《八义记》情节相近的地方戏《八义图》,京剧《搜孤救孤》《兴赵灭屠》等。新中国成立后,有不少剧种都曾改编演出过《赵氏孤儿》,如川剧有《陈英救孤》《赵氏孤儿大报仇》,汉剧、滇剧、秦腔、晋剧、河北梆子、同州梆子都有《八义图》。

《赵氏孤儿》杂剧还是我国最早被译成外文并广为流传的作品之一。[6]早在1735 年,法国传教士普雷马雷(中文名马若瑟)便将《赵氏孤儿》译成法文在巴黎出版,剧名翻译过来即为《赵氏孤儿:中国悲剧》。尽管这只是一个节译本,但却大大激起了欧洲人对遥远的东方古国的好奇心,1741—1759 年,法、英、意相继出现四种改编本,即法国伏尔泰、英国威廉·哈切特、亚瑟·墨菲的改编本,均名《中国孤儿》,意大利梅塔斯塔齐奥的改编本则更名为《中国英雄》。其中法国文豪伏尔泰的改作影响最大,1755 年在巴黎国家剧院上演时盛况空前,几乎轰动了整个巴黎。

第二节　婚姻爱情剧《墙头马上》《潇湘夜雨》《倩女离魂》

婚姻爱情剧也是元杂剧中写得多而且好的一个门类。与前后同类题材的作品相比,元代婚姻爱情剧或是宣扬私奔,或是歌颂未婚同居,甚至肯定寡妇改嫁,往往写得泼辣大胆,具有思想解放的显著特点。这是因为金元社会一方面受游牧民族的习俗观念的影响,另一方面也受市民意识的熏染,因此在男女关系方面透进一股自由开放的风气,从而在文艺作品中对传统封建礼教造成直接的冲击。婚姻爱情剧除了关汉卿、王实甫的作品,比较著名的还有白朴的《墙头马上》、杨显之的《潇湘夜雨》、郑光祖的《倩女离魂》以及尚仲贤的《柳毅传书》和李好古的《张生煮海》等。后两种都写的是龙女与书生之恋,是神话爱情剧的双璧。这里只介绍前三种。

一、《墙头马上》

《墙头马上》,白朴[7]作。剧演裴尚书之子少俊奉命到洛阳采买花苗,骑马路过李家花园,恰与倚墙头观玩的小姐李千金相遇。二人一见钟情,千金随少俊私奔,偷偷同居于裴府后花园中7年,生有一男一女。裴尚书偶到花园中散心,碰见两个正在玩耍的小孩子,事情败露。裴尚书立逼儿子休掉千金,赶回老家。少俊考中状元,授洛阳县县尹,求与千金复婚,千金愤慨不允。后裴尚书夫妇认错,再加上一双儿女哀求,千金方与少俊破镜重圆。

此剧故事的原型见于白居易的乐府诗《井底引银瓶》,但白诗的写作目的在于"止淫奔也",而此剧则相反,对李千金跟裴少俊的私奔和未婚同居的大胆反礼教行为做了明确肯定和热情歌颂。李千金形象具有特别的光彩。她直率、热烈、泼辣,敢恨敢爱,从不把封建礼教和家长放在眼里,与裴少俊一见钟情,就主动约其相会。她说:"既待要暗偷期,咱先有意,爱别人可舍了自己!"偷情败露便离家私奔,她没有任何顾虑和犹豫。她是命运的主人,而不是任礼教与家长宰割的羔羊。特别是当她面对封建家长"聘则为妻,奔则为妾"的指斥,竟然能够理直气壮、一步不让地为自己辩护:"这姻缘也是天赐的。""告爹爹奶奶听分诉,不是我家丑事将今喻古,只一个卓王孙气量卷江湖,卓文君美貌无如,他一时窃听求凤曲,异日同乘驷马车。也是他前生福,怎将我墙头马上,偏输却沽酒当垆!"即使被休弃回家,她也绝不屈服,始终坚信自己的行为是光明正大、合理合情的。这是一个在婚姻问题上开始觉醒并试图掌握个人命运的女性,她表现出的棱角与野性,带有市井妇女的某些特征,应看作是市民文学新观念的反映。

二、《潇湘夜雨》

《潇湘夜雨》,杨显之[8]作。剧演北宋末谏议大夫张商英被贬官,渡淮覆舟,女儿翠鸾得到渔夫崔文远救助,认为义女。文远做主,将翠鸾许与侄子崔通为妻。崔通科举考中状元,别娶试官之女,赴秦川县任县令。翠鸾前往寻夫,崔通不认,反诬她是盗银在逃奴婢,刺配沙门岛,私令解差于途中害死。张商英升任提刑廉访使,夜雨中父女相遇于临江驿。翠鸾亲自带人捉拿崔通夫妇治罪,正要斩首,义父崔文远赶来求情,遂由张商英判试官女为奴婢,翠鸾与崔通夫妇团圆。

此剧的主题是暴露文人富贵易妻的势利小人嘴脸,是元杂剧中现存的唯一一部谴责男子负心的婚变剧。戏剧结构紧凑,冲突繁密,语言本色而富有表现力,是十分适合舞台演出的当行之作。第三折的描写最为出色,把急风暴雨的折磨与解差的逼迫糅合在一起，犹如一幅用浓墨泼染的荒野秋雨水墨画，有力地表现了女主人公在苦难中一步一挣扎的不幸命运。第四折是临江驿父女相逢的一场戏，一面是女儿思父，一面是老父念女；翠鸾的哭声惊扰张商英，张责备随从兴儿，兴儿转责驿承，驿承转责解差，解差转责翠鸾，翠鸾的愁怨声又惊动张商英。其设置巧妙，戏剧性极强。然而，剧本存在的缺陷也是明显的，大团圆的结局削弱了思想的批判意义，试官之女本来是富贵易妻的受害者，而剧作家却对她加以丑化和嘲笑。但这些有欠妥当的处理，还不至于掩盖剧作家的基本创作态度，即对负心汉丑恶灵魂的憎恶和对不幸妇女的同情。

三、《倩女离魂》

《倩女离魂》全名为《迷青琐倩女离魂》，郑光祖[9]作。

剧演书生王文举与张倩女原是一对由父母指腹为亲的未婚夫妻。王文举赴京应试，途经张家，但张母却以"俺家三辈儿不招白衣秀士"为由，只许二人以兄妹相称，催逼王文举赴京应试。倩女唯恐婚姻发生变故，怨恨交加，卧病在床。王文举去后，倩女的魂灵出窍，追随王文举进京，二人私下结合，相随三年。王文举考中状元，携倩女的离魂返乡，与卧床病女翕然合为一体，一家欢庆成亲。

剧作本事系出自唐人陈玄祐的传奇《离魂记》。但与传奇小说相比，杂剧《倩女离魂》无论在思想上还是在艺术上都有了新的突破。就思想意蕴看，陈玄祐的《离魂记》让张父无故将倩女改许他人，借此引发倩女的无边怨恨，乃至魂离躯壳，夜追王文举，着力表现的是"精诚所感，灵神为之冥著"的真挚爱情。杂剧着力凸显的则是倩女对未来婚姻的深重忧虑：一则母亲要求王文举得官后再议婚嫁，"三辈儿不招白衣秀士"是老夫人的择婿原则，如王文举不中试，婚姻自是无望；二则一旦王文举高中，在婚事未定的情况下，王文举是否会别栖高枝也不敢肯定，所以倩女说："媒人每拦住马，高挑起染渲佳人丹青画，卖弄他生长在王侯宰相家。你恋着那奢华，你敢新婚燕尔在他门下？"正因为有这双重忧虑，倩女才奄奄成病，魂随王文举而去。可见，杂剧中的"离魂"表现的是对封建门第观念的反抗和对婚姻自主的追求，同时剧作还借倩女之口，对富贵易妻这种在封建时代极为普遍的社会现实进行了批判。其主题内涵显然比《离魂记》更为深刻，也更具现实针对性。

就艺术性表现看，《离魂记》于篇末写倩女魂体相合，至此读者方知这是一则离魂故事。这种限知视角的叙事笔法，固能带来阅读感受上的新奇感，但毕竟遮蔽了人们对现实生活中倩女生存境况的阅读期待。《倩女离魂》则充分发挥戏剧艺术场上歌舞的艺术表现力，通过不同场次的空间转换，用同一个角色交错表现女主人公灵与肉分裂的不同侧面。如第二折写倩女月夜魂追王文举，展现的是摆脱了礼教束缚，在外飘游，自由地享受爱情幸福的少女的魂灵；第三折则掉转笔锋，细致入微地铺写生活在现实世界里倩女之身的悲惨遭遇，她卧病在床，神情恍惚，备受煎熬。两折戏相互映衬，不仅丰富了人物的性格内涵，而且使剧作的主题得到了升华。如将两折戏分而观之，用获得爱情的幸福与礼教压迫下的痛苦相对照，就会发现剧作十分巧妙地表达了批判礼教罪恶与歌颂爱情自由的双重主题；合而观之，则表现出旧时代的青春少女既受礼教压迫而忍受煎熬,又反抗礼教憧憬、自由的两种精神状态。这种奇特的构思象征着:封建礼教虽然能够禁锢人们的肉体,但人们追求自由爱情婚姻的精神却是束缚不住的。

《倩女离魂》的曲词秀美婉转,几乎每一折戏都有令人赏心悦目的文字。其最突出的特征是剧作家善于化用前人诗词名句入曲,并且运用诗词作品中锻炼字句的手法来表现人物,熔铸意境,如【紫花儿序】曲写倩女之魂追赶王文举路上的心情律动,在"走的我筋力疲乏"后仍未见王文举踪迹,不由产生疑问:"你莫不夜泊秦淮卖酒家?"化用唐人杜牧的《泊秦淮》中"夜泊秦淮近酒家"句,着一"你莫不",改成疑问句,再将"近"改为"卖",与后文"酒家"构成地点名词,这就不仅使语意更明确,而且也极切合倩女此时对王文举不免猜疑的心情。又如"我觑远浦孤鹜落霞,枯藤老树昏鸦",前句化用唐人王勃的《滕王阁序》"落霞与孤鹜齐飞"句,后句直接采自马致远的散曲《天净沙·秋思》,共同构成一幅秋深江岸日暮图。

《倩女离魂》的不足是对王文举形象的塑造,剧作家无疑想把他刻画成一个恪守礼教的君子。当倩女历尽千辛万苦赶来时,他竟然指责倩女"有玷风化"而不欲收留;第四折写王文举来到张家,发现真倩女卧病在床,他竟要将离魂倩女"一剑挥之两段"。就戏剧冲突而言,这类描写增加了倩女追求爱情的困难,丰富了戏剧矛盾,但与倩女的执着真情相比,王文举未免太情淡意薄,两者形象的这种极不相称,则损害了作品的总体艺术效果,同时也暴露了剧作家思想上的封建道德局限。此外,作品中的老夫人形象,也显然有模仿《西厢记》的痕迹。

第三节　公案剧与英雄传奇剧《陈州粜米》《李逵负荆》

公案剧即清官断案戏,如关汉卿的《窦娥冤》《蝴蝶梦》,李行道的《灰阑记》,孟汉卿的《磨合罗》与无名氏的《陈州粜米》等,共计20余本,其中10本左右为包公戏。这些公案戏反映出元代人民对公理和正义的渴望,揭露了社会的黑暗。

英雄传奇剧指以民间传说的英雄好汉为主人公的戏,当时人管这类题材的故事叫作"铗刀赶棒"或"绿林"戏。主要有三类:一类是写梁山好汉的水浒戏,存目有20多种,今存6种,如《李逵负荆》等;一类是写杨家将故事的戏,如《谢金吾》《孟良盗骨》等;一类是以程咬金、尉迟恭等隋末唐初起义英雄为主人公的杂剧。

出于对官府的失望,转而呼唤英雄,歌颂豪侠,作为除暴安良的希望寄托,公案剧与英雄传奇剧都涉及了广泛的社会问题,从家庭到官场,从市井到绿林,这两类剧作有交叉的地方,如《李逵负荆》就兼有"公案"与"绿林"的双重因素。为节省篇幅,这里合而论之。

一、《陈州粜米》

《陈州粜米》,无名氏作。演述河南陈州接连三年大旱,朝廷决定开仓粜米以救灾荒,"权豪势要"刘衙内保举儿子小衙内和女婿杨金吾充当此任。他们趁机抬高米价,大秤收银小斗给米,残酷搜刮百姓,大发国难财。灾民张憨古与儿子小憨古前去粜米,所付 12 两银子被称为 8 两,给米也不足斤两,而且还掺了糠土。张懒古不服,被小衙内用紫金锤打死。小懒古找包公诉冤,包公微服来到陈州,摸清了真情,斩了杨金吾,并让小懒古用紫金锤打死小衙内为父报仇,最后假借圣旨赦免了小懒古的杀人之罪。

公案剧一般反映的多为个人遭遇,不出生活私事的范围。此剧则写的是在"天灾"背后,封建统治者给广大人民制造的"人祸"。《元史·食货四·赈恤》记载:"成宗大德五年始行。初,赈粜粮多为豪强嗜利之徒,用计巧取,弗能周及贫民。"《陈州粜米》反映的正是元代这一真实的社会生活。举凡朝廷的腐败、官吏的贪暴、老百姓的悲惨不幸与愤怒情绪等,都得到了生动切实的展示。它对现实批判的广度、深度与力度,都是其他公案剧所不能比拟的。

剧本主人公极有个性,特征鲜明。正末先扮张懒古,后扮包公。同是小人物、被害者,在其他公案剧中往往性格软弱,任人残害宰割,可悲而又可怜。张懒古身为普通灾民,面对权豪势要的贪污害民,却表现出一种主动的反抗斗争精神。他不听儿子要他忍声吞气的劝告,说:"他若是将咱刁蹬,休道我不敢掀腾。柔软莫过溪涧水,到了不平地上也高声。"在他身上,体现了人民群众面对黑暗统治宁死不屈的反抗性格。

包公形象也一反不食人间烟火的铁面清官的模式,而带有较强的人性化或世俗化的色彩。首先,他一出场就进行着要钱与不要钱的思想斗争:"待不要钱呵怕违了众情,待要钱呵又不是咱本谋,只这月俸钱做咱每人情不够。"他太清楚清官难做,也意识到自己已年近八十,所以决定将从前的志行"到今日一笔都勾,从今后不干己事休开口,我则索会尽人间只点头,倒大来优游"。但他一辈子与贪官污吏做"敌头",毕竟无法改变疾恶如仇的秉性,所以听说陈州发生了贪官害民的事件,他"恰便似火上浇油",激起了正义感,决心前往为国除奸。其次是第三折中通过随从张千之口所写包公的日常生活,是其他包公戏中所没有的。他所到之处,自然都是好招待、好照应,但"他看也不看,一日三顿,则吃那落解粥",不但自己吃,还强迫随从吃。由于他严禁随从张千吃请,引起了张千的一肚子不满。这些描写都具有生活的真实性,因此包公就不是高高在上的超人,而是可亲可信、有血有肉,生活在大众中的普通一员。

二、《李逵负荆》

《李逵负荆》,又名《杏花庄》,康进之[10]著。此剧演述梁山脚下杏花庄上,卖酒老汉王林的女儿被强盗冒名宋江与鲁智深抢走。恰值梁山好汉李逵到王林店中吃酒,听说大哥抢掠民女做压寨夫人,怒不可遏,赶回梁山,大闹忠义堂。宋江与李逵用脑袋打赌,立下军令状,下山找王林对质。真相大白,李逵错怪好人,只好负荆请罪。宋江责李逵下山捉盗,将功补过,并派鲁智深相助。李逵捉住强盗,梁山兄弟和好,王林父女团圆。

这是一部歌颂性的喜剧,通过塑造李逵疾恶如仇、勇于改过的性格,着力讴歌了梁山起义军与人民群众的血肉关系。他们打着"替天行道救黎民"的旗号,为民除害,纪律严明,容不得半点侵害人民利益而有损义军声誉的事情发生,即使是自己的头领也不能例外。因为一个普通百姓的女儿被抢,在梁山大寨竟掀起了一场巨大风波。宋江不但是李逵的"大哥",而且二人交谊很深,从无嫌隙。但李逵一听说宋江强抢民女,就翻脸不认人,"到今日却做了日月交蚀",不惜赌脑袋立军令状以辨真伪。这种处理问题的方式是李逵式的,体现了他的个性特点。但其中所包含的对人民的深厚感情与替天行道的原则却是为全体好汉共有的,所以在李逵捉住强盗后,大家都不计较个人恩怨,原谅了他的鲁莽,一场轩然大波也就自然平息。

运用误会法构成戏剧冲突,是此剧在艺术上的一个显著特点。王林出于对梁山义军的爱戴,把强盗宋刚、鲁智恩误当作梁山领袖宋江、鲁智深,而命女儿出来敬酒,结果女儿被抢,引出敌我矛盾;李逵误信王林之言,砍旗闹山,引起义军内部矛盾。剧中主要人物的戏剧冲突都围绕这两种矛盾展开。寓幽默风趣于紧张激烈的冲突之中,是此剧在艺术上的另一个特点。李逵性直莽撞,但又幽默诙谐。他一听宋江抢掠民女做压寨夫人,不禁火冒三丈,但一见宋江却指桑骂槐地说了一大堆风凉话:"帽儿光光,今日做个新郎;袖儿窄窄,今日做个娇客。俺宋公明在那里?请出来和俺拜两拜。俺有些零碎金银在这里,送与嫂嫂做拜见钱。"下山对质,宋江快走,他说人家去丈人家"好喜欢";走慢了又说人家做贼心虚。真相大白之后,他负荆上山,要以打代砍头,宋江故意不干,他就说:"哥哥,你真个不肯打?打一下是一下疼,那杀的只是一刀,倒不疼哩!""不打?谢了哥哥也。(做走科)"李逵连"耍赖"都如同儿童般可笑。误会与诙谐使此剧具有浓厚的喜剧色彩,更有力地突出了作品的人物与主题。

注 释

[1] 马致远(约 1251—1321 以后),号东篱,大都(今北京)人,生平事迹不可详考。他早年生活在大都,虽有"佐国心,拿云手"的抱负(【南吕·四块玉】《叹世》),但无奈"上苍不与功名侯"(【黄钟·女冠子】),郁郁不得志。这一时期他曾参加成宗元贞年间的"元贞书会"。据钟嗣成的《录鬼簿》,马致远曾"任江浙行省务官"。任职时间当在至元二十二年(1285)以后,因为江淮行省辖区调整后改称江浙省是在这一年之后(见《元史·百官七》)。然而在历经"世事饱谙多,二十年漂泊生涯"(【大石调·青杏子】)的宦海沉浮后,他"人间宠辱都参破"(【南吕·四块玉】《叹世》),于是归隐林泉,在"酒中仙、尘外客、林间友"的闲适生活中度过晚年。元、明之间,他在北方戏曲界影响极大,为元曲四大家之一。贾仲明在《挽马致远》中说:"万花丛里马神仙,百世集中说致远,四方海内皆谈羡。战文场,曲状元。姓名香,贯满梨园。《汉宫秋》《青衫泪》《戚夫人》《孟浩然》,共庾白关老齐肩。"马致远作杂剧 15 种,今存 7 种:《汉宫秋》《岳阳楼》《陈抟高卧》《青衫泪》《荐福碑》《任风子》《黄粱梦》。其中以《汉宫秋》成就最高,影响最大,臧懋循的《元曲选》列于卷首。马致远的散曲创作也甚负时名,《东篱乐府》收小令 104 首,套曲 17 套,附残套 5 套。

[2]《赵氏孤儿》今存《元刊杂剧三十种》本、臧懋循《元曲选》本、孟称舜《酹江集》本,后二为明刊本,基本相同。元刊本四折,只载曲词,无科白,结束于赵氏孤儿准备去杀屠岸贾。明刊本均为五折一楔子,科白俱全,第五折写晋悼公立,魏绛帮助赵氏孤儿杀屠岸贾全家以复仇。两者曲词也不同,仅七曲相似,元刊本有十二曲为明刊本无,明刊本有四曲为元刊本无。

[3] 纪君祥,一作天祥,大都人,生卒年不详。钟嗣成的《录鬼簿》记他是"前辈已死名

公才人"，并说"与李寿卿、郑廷玉同时"(李作有《伍员吹箫》，郑作有《看钱奴》，均为元前期杂剧作家)，作杂剧 6 种，今存《赵氏孤儿》1 种。

［4］如北宋于绛州太平县(今山西绛县)赵村建祠修墓，祭祀三位先祖功臣：程婴、韩厥、公孙杵臼。宋神宗熙宁年间又于京师建祚德庙，由皇帝亲祀。南宋高宗绍兴二年(1132)于临安始祭程婴、公孙杵臼；绍兴十六年(1146)于临安复立祚德庙，晋封程婴为忠节成信侯，公孙杵臼为通勇忠智侯，韩厥为忠定义成侯；不久，又升三侯为王爵：程婴为忠济王，公孙杵臼为忠祐王，韩厥为忠利王。

［5］邵曾祺的《元明北杂剧总目考略》以为徐书已佚，今存为佚名作者《八义记》。

［6］参看汪龙麟《文化传播与"有意味"的误读——以西方对元杂剧〈赵氏孤儿〉的接受为例》，人民日报，2015 年 4 月 21 日。

［7］白朴(1226—1306 以后)，原名恒，字仁甫，后更名朴，字太素，号兰谷先生。祖籍隩州(今山西河曲)。父白华仕金为枢密院判，与大诗人元好问为同窗好友。白朴 8 岁时国亡家破，由元好问携带逃难，依元将史天泽，寓居真定(今河北正定)，终身不仕。作杂剧 16 种，今存 3 种，除《墙头马上》之外，尚有《梧桐雨》《东墙记》2 种；另有词集《天籁集》与散曲 40 多篇传世。

［8］杨显之，大都(今北京)人，与关汉卿同时，为莫逆之交。善为人修改剧本，时称"杨补丁"。作杂剧 8 种，存《潇湘夜雨》《酷寒亭》2 种。

［9］郑光祖(？—1324 之前)，字德辉，平阳襄陵(今山西襄汾西北)人。钟嗣成的《录鬼簿》载其生平事略说："以儒补杭州路吏。为人方直，不妄与人交，故诸公多鄙之，久则见其情厚，而他人莫及也。……名香天下，声振闺阁，伶伦辈称'郑老先生'，皆知为德辉也。"从行文语气看，郑光祖当与钟嗣成几乎同时代或略早，年辈较关汉卿、马致远等为晚。所谓"老先生"，系尊称，未必真的年高。既然"声振闺阁"，说明其与关汉卿、马致远等一样，也和艺人歌伎往来密切，是梨园知名人物。郑光祖是元代后期杂剧的代表作家，周德清的《中原音韵》把他与关汉卿、白朴、马致远并列，后人称为"元曲四大家"。郑光祖的剧作文辞秀丽流转，音律婉谐，后人多以此而赏爱其作，如朱权的《太和正音谱》云"其词出语不凡"，何良俊也谓其作多俊语，"真得词家三昧"，甚至推举为元曲四大家之首(《四友斋丛说》)。近人王国维说："郑德辉清丽芊绵，自成馨逸，均不失为第一流。"(《宋元戏曲考》)这种特点在元后期杂剧作家中颇具代表性。郑光祖剧作见于著录的有 18 种，今存《倩女离魂》《王粲登楼》《㑇梅香》等 8 种，其中以《倩女离魂》成就最高。散曲今存小令 6 支，套曲 3 个。

［10］康进之，生卒年不详，棣州(今山东惠民)人，生平事迹不可考。所作杂剧有《李逵负荆》与《老收心》2 种，均是以梁山好汉李逵为主人公的戏，后者已失传。另有散套 1 篇传存。

参考书目 ··

［1］马致远.马致远全集校注［M］.傅丽英,马恒君,校注.北京:语文出版社,2002.

［2］刘荫柏.马致远及其剧作论考［M］.北京:文化艺术出版社,1990.

［3］佘大平.马致远杂剧研究［M］.武汉:武汉出版社,1994.

［4］白朴.白朴戏曲集校注［M］.北京:人民文学出版社,1984.

［5］郑光祖.郑光祖集［M］.冯俊杰,校注.太原:山西人民出版社,1992.

第六章

南戏与《琵琶记》

第一节　南戏的源流

一、南戏的发生与发展

12 世纪初,一方面北宋经济重心南移,另一方面随着女真族贵族侵掠中原,士人纷纷南下,把北方的杂剧艺术也带到了浙江、福建、广东等东南沿海地区。在它的发展过程中,有的与当地的民间小戏或说唱曲艺结合,便产生了南戏。南戏与北曲杂剧相对而言,是南曲戏文的简称,特指宋元时期南方地区流行的戏曲形式,又叫"戏文""南词"等。

关于南戏发生的早期情况,祝允明《猥谈》中记载:"南戏出于宣和之后,南渡之际,谓之'温州杂剧'。予见旧牒,其时有赵闳夫榜禁,颇述名目,如《赵贞女蔡二郎》等,亦不甚多。"徐渭《南词叙录》云:"南戏始于宋光宗朝,永嘉人所作《赵贞女》《王魁》二种实首之。……或云:宣和间已滥觞,其盛行则自南渡,号曰'永嘉杂剧',又曰'鹘伶声嗽'。"

参照其他相关文献,可以得出如下几点认识:第一,南戏的主要流行地区为浙江东南沿海的温州,故又名"温州杂剧"。温州古名永嘉,故也叫"永嘉杂剧"。南戏起源应在两宋之交的宣和之后,南渡之际(1119—1126)。当时温州民间原有的歌舞小戏,开始与北来的杂剧结合,南戏逐渐成形,但与宋杂剧还并无根本区别。"温州杂剧"或"永嘉杂剧"的称名,就反映了它属于中间形态的过渡性质。第二,南戏成熟于 12 世纪末的南宋中期,即宋光宗绍熙年间(1190—1194),《赵贞女》《王魁》为早期之作。《赵贞女》全称《赵贞女蔡二郎》,是南戏见于记载的第一部作品。此剧是民间艺人的创作,演述蔡伯喈考中状元之后招赘相府,背亲弃妇,企图用马踏死前来寻夫的前妻赵贞女,杀人灭口,最后遭到恶报,被暴雷劈死。徐渭所引陆游诗,题曰《小舟游近村舍舟步归》:"斜阳古柳赵家庄,负鼓盲翁正作场。死后是非谁管得,满村听说蔡中郎。"[1]诗中记述民间盲艺人说唱蔡伯喈故事的场面,南戏《赵贞女》可能就是据民间说唱底本改编的。第三,早期南戏流行的范围仅限于江南地区,影响不大,故未引起外界的注意。随着元朝灭宋统一,北方杂剧南下,南戏也传播到北方。在南北戏曲的交流之中,虽有不少艺人大力吸收杂剧成果,甚至直接改编移植,但远不能与如日中天的北曲杂剧争一日之长。直到元末北曲杂剧衰弱下去,才有一些文人转向南戏创作,产生了"荆、刘、拜、杀""四大南戏",加上高明的《琵琶记》,则称"五大南戏"。这一阶段已进入南戏发展的后期,史称"南戏中兴"。

二、南戏的体制

无论在剧目上,还是在乐调曲牌上,宋元南戏与北曲杂剧之间都存在着互相交流与影响的印迹。但在体制形式上,二者仍有根本的区别。

首先是南戏的剧本结构体例具有开放性与灵活性,体现在篇幅上,可以根据剧情自由伸缩,而且不忌枝蔓,因此都比北杂剧冗长。

其次是南戏的角色比较复杂,除了净、末与北剧相同,生与丑则是南戏独有的。在歌唱规制上,与北剧正末或正旦的一角独唱大不相同,南戏每本都有生、旦两主角,不仅主角主唱,而且其他角色均可歌唱。歌唱形式也很丰富,有独唱、对唱、轮唱、合唱等,十分灵活。

最后,南戏中的"副末开场"的形式也是独有的。"副末开场"即第一场戏照例由副末首先登场,通过歌唱词曲以及与后台演员互相问答,概括介绍剧情和交代创作意图,又叫"家门大意"或"家门引子"。副末不是以剧中人,而是以局外人的身份代剧作家或剧团向观众发言,之后剧情方正式开始。这一独特形式一直保留到明清传奇剧中,几乎没有例外。

当然,最根本的还是南戏语言和音乐带有明显的地域性特征。它的语音分平上去入四个声调,与诗词的音韵相一致。这是江南语音的特征,与北方杂剧所用"平分阴阳""入派三声"的新四声不同。南戏的曲调,主要采自南方的民歌小调。《南词叙录》说是"宋人词而益以里巷歌谣,不叶宫调"。通过对传世剧本的考察,我们可以看出,早期南戏确是在地方乐曲的基础上融合了不少唐宋旧曲,包括词乐。而到了元后期,南戏还广泛吸收了北曲调牌,"南北合腔"的现象相当普遍。南曲的缀合联唱,原不受宫调形式的限制,只以音乐的接合顺畅为原则,所以宋元南戏的剧本都不标注宫调。南曲的分宫类调,是南戏发展到明代传奇阶段的产物。由于语音与音乐的地域性特质,南曲形成了轻柔婉转的演唱风格,与北曲的高亢激昂形成鲜明反差。

三、南戏早期作品与《永乐大典戏文三种》

《南词叙录》著录南戏剧目 65 种,题为"宋元旧篇"。由于南戏早期的宋代作品与后期的元代作品不易区分,所以习惯上统称宋元南戏或宋元戏文。根据近人的研究搜集结果,现知宋元南戏的剧目有 244 种,而有剧本传存的则不足 1/10,绝大部分都散失了。在已知剧目中,能够确定为宋人之作的,除上述《赵贞女》和《王魁》二剧,还有《王焕》《韫玉传奇》《乐昌分镜》《张协状元》4种,共计6种。其中有剧本保存下来的只有《张协状元》一本。除此之外,在传世的20来个宋元南戏剧本中,还有《宦门子弟错立身》、《小孙屠》、元本《琵琶记》和成化本《白兔记》等还保持着戏文的本貌,其他的大都经过明代人的修改,有的甚至已是面目全非了。

明初编辑的《永乐大典》收录戏文33种,计27卷。今存最后1卷,为《张协状元》《小孙屠》《宦门子弟错立身》3种,称为《永乐大典戏文三种》。近人钱南扬校注出版,著有《永乐大典戏文三种校注》,这是现存南戏最重要的文献。《小孙屠》和《宦门子弟错立身》都是元代的作品,而且不完全,属于节本性质。但二剧的情节还是可以辨认的,《小孙屠》写的是一个通奸谋杀,最后经由包公侦破的故事;《宦门子弟错立身》写的是金国官宦子弟延寿马与戏剧演员王金榜相爱,被家长锁禁,后逐出家门,沦落为戏班艺人的故事。从这二剧中我们可以看到元代南戏的一些真实面貌。

据《永乐大典戏文三种校注》,《张协状元》在这三种戏文中时代最早,而且最为完整,是宋代南戏存世的唯一标本。根据剧本第一出"《状元张叶(协)传》,前回曾演,汝辈搬成。这番书会,要夺魁名。占断东瓯盛事,诸宫调唱出来因"和第二出"九山书会,近目(日)翻腾,别是风味"的交代,我们可以认定此戏产生于南戏故乡温州,是由书会的民间剧作家根据同题材的诸宫调节目改编而成的。"东瓯"和"九山"都是温州的代称。全剧53出(南戏原不标出,近人校注为方便阅读,依明人惯例划定),演述张协赴京赶考,途中遭强盗抢劫,受伤落难,幸为寄居古庙的王贫女救助,两个人结为夫妻。张协考中状元后,决意抛弃王氏,乃至欲杀人灭口。王氏侥幸生还,被王宰相认为义女。最后张协招赘王家,两个人终于团圆。这是一部婚变剧,旨在批判封建士人变泰发迹之后忘恩负义的行为,揭露他们给妇女带来的痛苦创伤。但剧本所表现的艺术见识陈旧庸浅,语言也十分粗朴,多采用未加提炼的口语;结构也显得松散,大量插入游离剧情的插科打诨。这些民间艺术的特征,都保留着宋代南戏的原始形态。

第二节　高明的《琵琶记》

一、高明的生平与著作

高明(约1301—约1370),字则诚,号菜根道人,温州瑞安(今属浙江)人。温州本是南戏的故乡,在唐代曾名东嘉州,故后来有人称他为高东嘉或东嘉先生。据记载,其弟高旸生于元成宗大德十年(1306)前后,高明的生年应在此前不远;卒年有元顺帝至正十九年(1359)和明太祖洪武初年两说。[2]

高明出身于书香世家,青少年时代受儒家教育颇深,热衷于功名仕进。元末恢复科举考试,高明于至正四年(1344)参加乡试中举,次年又中进士,从此进入仕途,时当40岁左右。高明历任处州录事、江浙行省丞相掾、浙东阃幕都事、绍兴府判官、江南行台以及福建行省都事等,都是文职一类的官员。他为官正直,不畏权势,所在多有善政,这就决定了他不可能在官场中亨通得志。经过十余年的宦海浮沉,他辞职归隐,寓居鄞县(今宁波市鄞州区)的栎社,闭门谢客,潜心于《琵琶记》的写作。元末朱元璋起义,曾慕名征聘其出山,高明以年老有病辞绝。

高明博学多才,长于词曲,除《琵琶记》外,还有《闵子骞单衣记》戏文一种,失传;有诗文《柔克斋集》20卷,也已散佚。现仅存诗、文、词、散曲50余篇,从中大致可以看出,他同情人民疾苦,憎恨元末的黑暗政治,提倡忠孝节义,总体上没有超出正统儒家的思想范围。这些在他的《琵琶记》中都有不同程度的体现,可以作为知人论世的背景材料参看。

二、思想内容

(一)《琵琶记》情节本事

《琵琶记》作为南戏第一部最成功的文人作品,在明清两代流传极广,影响甚大,曾被誉为"南曲之宗"(黄图珌《看山阁集闲笔》)。今传版本仅明代的就有十余种,以《六十种曲》本最为通行。

剧演陈留郡书生蔡伯喈与赵五娘新婚两月,被父亲以立身扬名、光宗耀祖的"大孝"名义,强迫赴京赶考。他一举考中状元,遂被当朝牛丞相强招为婿。当他上表说明家有父母妻子,请求辞归奉养时,反被皇帝一道圣旨,强迫他与牛家小姐结婚,在朝事君以尽忠。蔡伯喈一去三年,家乡连年遭受灾荒。赵五娘苦苦支撑门户,靠典卖自己的衣服首饰,甚至乞讨来养活80余岁的公公与婆婆。即便如此,公婆还是在饥饿煎熬和痛思亲子的折磨中双双死去。赵五娘靠邻居张大公的帮助,埋葬了公婆之后,靠弹唱琵琶词,一路乞讨上京寻夫(剧名即由此而来)。牛小姐欣然接受了赵五娘,二人互谦互让,结局是一夫二妻大团圆,蔡氏满门都得到朝廷的封赠表彰。

《琵琶记》是在早期民间南戏《赵贞女蔡二郎》的基础上经改编和再创作而成的,旧作原有马踹赵五娘、雷劈蔡伯喈的激烈关目,《琵琶记》都作了删除,而代之以"三不从"或"三被强"的三部曲,即蔡伯喈辞考父亲不从、辞婚牛相不从、辞官皇帝不从。这样,男主人公"生不能事,死不能葬,葬不能祭"的"三不孝"罪责,就被彻底开脱了,从而使一个背亲弃妇的势利小人转换成了一个"全忠全孝"的正人君子,原来的悲剧结局也变成了皆大欢喜的大团圆结尾。

(二)教化目的与人物形象之间的"错位"

高明对旧作的这些改动,是基于其对戏曲教化功能的认识的。《琵琶记》第一出"副末开场"明确提出"不关风化体,纵好也枉然""只看子孝与妻贤"的创作主张,并在"题目"中对剧中的几个主要人物作出定评:"极富极贵牛丞相,施仁施义张广才。有贞有烈赵真(贞)女,全忠全孝蔡伯喈。"(明刊本改为本出的下场诗)由此可见,剧本的主旨就是要通过宣扬忠孝节义的道德观念,达到进行封建教化的目的。《南词叙录》记载,明太祖朱元璋曾把《琵琶记》比作进行封建教化的高级营养品:"五经四书,布帛菽粟也,家家皆有;高明《琵琶记》,如山珍海错,贵富家不可无。"

剧作家显然是想通过特定的悲剧性的戏剧情境来展现戏剧人物的崇高品格的,所以剧作让文弱书生蔡伯喈面对"三不从"或"三被强"的人生尴尬,让柔弱女子赵五娘面对饥荒之年养老持家的生存困境。但《赵贞女》故事原型的制约、剧作家本人对生活与人生的忠实态度,使得《琵琶记》的客观文本表现与剧作家借此标扬封建道德说教的创作意图发生了偏移,即"形象大于思想"。

剧本中出现的统治人物,没有什么圣君贤相、清官廉吏或慈父良母。从皇帝、宰相、地方官吏到家长,都带有专横、自私、愚顽甚至贪鄙的特征。正是由他们及其行为构成了男女主人公的生存环境,造成了人物的苦难命运与心灵创伤。蔡伯喈由"三不从"走向"三屈从"的性格转换,深层原因即在于外在环境压迫的无法抵抗,但这一外在环境却是由严父之威、权相之横、君主之势构成的。恰是君父的"三不从"或出于环境高压的"三被强",将他推入"三不孝"乃至休妻再娶的尴尬境地。剧本着力刻画他内心的怨恨、忏悔,表现这颗痛苦灵魂的挣扎受难历程,在一定程度上反映出生活的真实性。这就在客观上一方面凸显了封建忠孝观对人性的压抑和戕害,另一方面也暴露了封建道德自身的矛盾,即忠孝不能两全的对立冲突。作品主题意蕴也因此由民间戏文着眼于个体道德评价而转向对封建道德文化的批判。

赵五娘是剧中第一主人公,也是古代戏曲舞台上最具光彩的人物形象之一。尽管剧作家给她加上了大团圆的尾巴,但仍不能改变她从宋元南戏中承传下来的悲剧性格与命运。这是一个传统妇女的典型。丈夫离家后,留给她的是等待养活的年迈公婆。她没有逃避义务和责任,用柔弱的双肩,顽强地挑起生活的重担。在饿殍遍野、家家卖儿卖女的连年灾荒中,她典卖了自己的衣衫首饰,以维持全家生活。最动人的是,她把讨要来的粮米省给公婆,自己却在背后吃糠充饥。她实际承受着内外双重压力,一方面是物质困境造成的生存危机,另一方面是被丈夫遗弃的忧虑与痛苦。

是谁把她推入苦难的深渊?剧作家没有回避矛盾,而是通过对人物生存环境的描绘,全面揭示了赵五娘悲剧的内在根源。赵五娘的生存困境,不仅有人力不可抗的天灾,更有赵五娘不敢面对又不能不面对的人祸。丈夫一去不归,赵五娘实际上被遗弃,她尽管心知肚明却不敢也不愿承认;公婆屡屡猜疑,她也只能"便做他埋怨杀我,我也不分说"(《琵琶记》第二十出)。丈夫不归是由昏君权相一手造成的,公婆埋怨"不分说"固然有赵五娘的善良与柔顺,但也可看出封建节孝观念对其个性的压抑,而陈留郡虽连年饥荒,真正造成民不聊生的却是地方官吏的贪污腐败。剧本正是在这种以真实生活为根据的环境创造中,展现了赵五娘悲剧性格的形成过程。这样就使赵五娘的形象不仅在相当程度上具有性格的逻辑性与典型性,产生了震撼人心的艺术力量,而且超越了道德说教的局限,表现出的正是封建道德文化所造成的广大社会弱势群体尤其是女性阶层的生命悲剧。赵五娘能够获得历代观众、读者的同情与认同,正是因为这个形象真实地概括了封建社会广大妇女的命运,肯定了传统女性的伟大爱心以及坚忍顽强、任劳任怨、忘我牺牲的品质和精神。而这才是剧本内容与思想的新颖、深刻之处。

三、艺术成就

《琵琶记》把宋元南戏推向了艺术的高峰，被历代曲论家誉为"神品"或"绝唱"（见吕天成《曲品》与何良俊《四友斋丛说》）。总结其文学成就，最突出的有如下三个方面。

（一）双线结构的创制

《琵琶记》由双线贯穿，交错并进。一条线围绕相府展开，写蔡伯喈中举、封官、招赘，过着珠围翠绕、灯红酒绿的富贵豪华生活；另一条线则围绕陈留郡蔡家展开，写赵五娘独撑门户，在连年灾荒中受尽折磨，公婆终因饥饿愁苦死去。一边是凄凄惨惨，另一边是喜气洋洋。冷热相间，不仅增加了戏剧节奏的丰富性，而且构成强烈的对比，有力地渲染了人物的悲剧性色彩，从而使观众、读者加倍关怀、同情女主人公的不幸。此外，冷热间错对比的排场，与"朱门酒肉臭，路有冻死骨"的现实社会图景恰成同构，无形中加重了批判的力度。这种双线并进的结构方法，在早期南戏中已初露端倪，在明清传奇中使用得更为普遍。但像《琵琶记》这样，运用得如此精严均整而又自然和谐的，则十分少见。

（二）曲尽人情的心理摩画

前人评论《琵琶记》，都曾一再指出其在心理刻画和描摹情态方面的卓越超绝。明代王世贞的《曲藻》说："则成（诚）所以冠绝诸剧者，不唯其琢句之工、使事之美而已。其体贴人情，委曲必尽；描写物态，仿佛如生；问答之际，了不见扭造。所以佳耳。"《琵琶记》所写多为日常家庭生活，除了《拐儿绐误》等一二出外，很少有古代戏曲家惯用的巧合离奇的情节。剧作家注意以情动人，以理服人，多用逼真、细腻之笔，对人物的情态心理做恰切透辟的描摹。最有代表性的是《糟糠自厌》一出中的内容：

> 【孝顺歌】呕得我肝肠痛，珠泪垂，喉咙尚兀自牢嗄住。糠那！你遭砻被春杵，筛你簸扬你，吃尽控持。好似奴家身狼狈，千辛万苦皆经历。苦人吃着苦味，两苦相逢，可知道欲吞不去。
>
> 【前腔】糠和米本是相依倚，被簸扬作两处飞。一贱与一贵，好似奴家共夫婿，终无见期。丈夫，你便是米呵，米在他方没寻处。奴家恰便似糠呵，怎的把糠来救得人饥馁？好似儿夫出去，怎的教奴供膳得公婆甘旨？
>
> 【前腔】思量我生无益，死又值甚的！不如忍饥死了为怨鬼。只一件，公婆老年纪，靠奴家相依倚，只得苟活片时。片时苟活虽容易，到底日久也难相聚。谩把糠来相比，这糠呵，尚兀自有人吃，奴家的骨头，知他埋在何处？

丈夫不归，荒年歉收，公婆猜忌，这就是赵五娘所面临的生存困境。以上《糟糠自厌》中的唱词巧借眼前的糠和米为比，托物言情，把女主人公置身于困境中复杂深曲的情感世界演绎得淋漓尽致。第一支以糠自喻,由糠的"你遭砻被舂杵,筛你簸扬你,吃尽控持"的苦痛想到自己"千辛万苦皆经历"。第二支以糠与米设喻,发抒夫贵妻贱、夫妻分离的感慨。与前曲着眼于糠的遭遇及自己的身世遭遇相同这一点不同,这支曲词则着眼于本体与喻体之间的多点相似:在谷未被舂碾成糠和米之前,糠和米是紧紧相依倚的,犹如自己与丈夫新婚岁月时的两相依恋,此一相似;谷被分成糠和米是砻、舂杵和簸扬等外力折磨的结果,而自己与丈夫的分离也同样由"三被强"的外力压迫所致,此二相似;糠与米分离之后,就再也不能合在一处,这又犹如自己与丈夫再难相见一样,而米贵糠贱,正与丈夫的京城荣华和自己的家乡凄惨一致,此三相似;支撑门户本当是男子责任,但在这饥荒岁月赡养父母的不是丈夫蔡伯喈,却是柔弱妻子赵五娘,这又犹如以糠救饥,此四相似。第三支则着重表现赵五娘知其不可为而勉力为之的精神。尽管自己如糠一般无益,但为了公婆"只得苟活片时",接着笔锋一转:"谩把糠来相比,这糠呵,尚兀自有人吃,奴家的骨头,知他埋在何处?"从糠与自己的不同处着眼,感叹自己的命运还不如糠,诚可谓笔力千钧。前人惊异于这段唱词的出人意料而又浑然天成,竟附会为"神来之笔",说高明创作时"案上两烛光合而为一,交辉久之乃解"(王世贞《汇苑详注》)。其实这里不单单是文字技巧问题,没有对生活的深切体验与丰富积累是不可能办到的。

(三) 本色自然、富于个性化的语言

关于《琵琶记》的语言风格及其成就,前代曲论家有不同的意见。徐渭的《南词叙录》说:"用清丽之词,一洗作者之陋,于是村坊小技,进与古法部相参,卓乎不可及已。"王骥德在《曲律》中与何良俊争论说:"《西厢》组艳,《琵琶》修质,其体固然。何元朗并訾之,以为'《西厢》全带脂粉,《琵琶》专弄学问,殊寡本色'。夫本色尚有胜二氏者哉?过矣。"与早期南戏粗糙简陋的语言相比,《琵琶记》明显超越了民间文艺的范畴,提炼铸就了纯熟的艺术语言。总起来看,它的曲白以本色自然为主,而兼有清丽含蕴之美,两者是依据不同的人物与环境而有所侧重的。如赵五娘糟糠自比的曲词,全是家常语言,但却是从五娘心头流出的,是笔笔动人的。其他如蔡婆语言的尖刻、蔡公语言的沉稳,虽在剧中表现不多,但却都恰如其分,宛肖其人,且以本色自然见长。而蔡伯喈、牛小姐、牛丞相的曲白则显得清丽文雅,但仍然平浅晓畅,并未走到明清传奇喜好雕饰堆砌的地步。故吕天成的《曲品》将《琵琶记》列为"神品"之首,爱赏其"意在笔先,片语宛然代舌;情同境转,一段真堪断肠"。

《琵琶记》也有其不足:一是有的人物失于概念化,如牛小姐在剧中只是一个纯粹的道德符号,牛丞相的最后转变也令人难以理解;二是情节上时有疏漏,最明显的是蔡伯喈在京中为官三年,家中却毫不知情,附家信于路人遭遗失的开脱难以服人;三是大团圆的结局也过于牵强。这些对剧本的艺术成就都有一定程度的减损,但并不能动摇它在戏曲史上的重要地位。

第三节 四 大 南 戏

在《琵琶记》前后产生的南戏作品中,负有盛名的还有《荆钗记》、《白兔记》(也叫《刘知远》)、《拜月亭》与《杀狗记》,合称"荆、刘、拜、杀""四大南戏"或"古戏四大家"。因南戏当时有"传奇"之名,故后来也有"四大传奇"之称。这四本南戏创作于元代,但今天能看到的本子都是明代的,明人已经做了不同程度的修改。

一、《荆钗记》

(一)《荆钗记》情节本事

《荆钗记》全名为《王十朋荆钗记》,传为元人柯丹丘撰[3]。剧演温州穷书生王十朋,以一柄木荆钗为聘礼,娶当地"阀阅名家"之女钱玉莲为妻。王十朋考中状元,当朝万俟(mòqí,姓)丞相招其为婿,遭拒绝后将王十朋改调边远之地潮阳,进行报复。王十朋有同窗孙汝权,同考落榜在京。他是一个品学恶劣的富家子弟,早就垂羡钱玉莲的美貌,当时曾以金钗为聘,与王十朋争婚。此时孙汝权趁机施奸计,窃改王十朋家书,诈称王已新婚于相府,令钱玉莲另行改嫁。钱家见书大愤,逼钱玉莲再婚孙家。钱玉莲无力抗拒,投江自杀,幸被赴任的福建安抚使钱载和救起,收为义女。后来王十朋以清廉升吉安太守,适逢钱载和路过此地,这对生离死别的夫妻终得团聚。

《荆钗记》和《琵琶记》一样,也是一部由文人重新改定后的翻案之作。据相关资料,王十朋的故事原先也是"富贵易妻"的负心题材。[4]而历史上的王十朋不仅高中状元,且为官清正,夫妻感情也很好。[5]所以明人邱濬的《伍伦全备记》传奇"开场"即对民间戏曲的诬饰前贤甚为不满:"每见世人搬杂剧,无端诬赖前贤。伯喈负屈十朋冤,九原如何作,怨气定冲天。"明人叶盛的《水东日记》卷二一也说:"甚者晋王休征、宋吕文穆、王龟龄诸名贤,至百态诬饰,作为戏剧,以为佐酒乐客之具。"

(二)"义夫""节妇"形象的人格内涵

与《琵琶记》强调外界环境对蔡伯喈、赵五娘的压迫不同,《荆钗记》虽也写到孙汝权的小人之行、万俟丞相的权相之威,但剧作家突出表现的是王十朋之"义"和钱玉莲之"节",即剧作"开场"所标举的"义夫节妇,千古永传扬"。

作品着力歌颂王十朋不忘糟糠之妻的高节义行。面对万俟丞相的逼婚,他坚辞拒绝:"奈小生已有寒荆在家,不敢奉命。"万俟丞相又以"富易交,贵易妻,此乃人情也"诱劝,王十朋仍不为所动,对之以"糟糠之妻不下堂,贫贱之交不可忘""平生颇读书几行,岂敢紊乱三纲并五常?"。即便为此而被丞相远调烟瘴之地的潮阳,他也无怨无悔。得知钱玉莲投江自杀后,他痛哭不已,矢志不肯再娶。钱载和以"不孝有三,无后为大"的礼教信条相规劝,他也"宁违圣经"而不忍负情。如果说拒婚表现的是王十朋"威武不能屈其志"的凛然正气,不娶则张扬的是其对贫贱夫妻之情的执着维护和无比忠诚。在张协式、王魁式的负心弃义成为时尚,蔡伯喈式的软弱妥协得到宽容的科举时代,剧作家赋予王十朋以"痴情"之"义",不独针砭世风,这也表现了剧作家对士阶层理想人格内涵的时代思考。

作为"节妇"的钱玉莲,其"节"不只是对"烈女不更二夫"传统意识的维护,剧作家还赋予其轻钱财、重人品的超卓识见和对爱情忠贞不渝的坚贞品格。议婚时,面对价值悬殊的两份聘礼——孙汝权的金凤钗和王十朋的木荆钗,她倾心于"虽贫,乃是才学之士"的王十朋,拒绝了"纵富,乃是奸诈之徒"的孙汝权;孙汝权妄称王十朋入赘相府,偷改家书为"休书",她立即看出"书中句全无礼体"的破绽。继母逼嫁,她宁死不从,毅然投江,"免得把清名来辱污"。在得知丈夫因水土不服死于任上的凶信后,她发誓决不再嫁:"誓以《柏舟》,甘效共姜,死而后已。"尽管与王十朋不过半载夫妻,然而对丈夫的理解和信任,使她始终相信"未必儿夫将奴辜负"。这种在贫贱中结就的相互信任之情,才是钱玉莲殉义尽节的内在根源。钱玉莲的"节"也因此有别于单纯出于贞操观念而殉夫或守寡的烈妇。

总之,《荆钗记》虽然打着表彰"义夫节妇"的旗子,但在具体描写中,歌颂的却是男女主人公面对婚姻大事,坚持自我选择和勇于负责的独立个人意志,张扬的是他们对真诚爱情的坚贞执着、生死不渝,同时批判了嫌贫爱富、重财轻人以及"富易交,贵易妻"等恶劣世风。这固然是由于早期南戏负心主题的刺激而产生的翻案之作,但却为古代戏曲人物画廊增添了新的形象。

(三)"以情节关目胜"的结构艺术

关于此剧在艺术上的主要成就,明人徐复祚的《曲论》说:"《琵琶》《拜月》而下,《荆钗》以情节关目胜。"这主要表现在三个方面:一是情节曲折,关目动人。面对订婚聘礼金钗和荆钗,钱玉莲父母各持己见,继母与钱玉莲也判断悬殊,议婚之初即起波澜;钱玉莲与王十朋终成眷属,不意王十朋中状元又遭丞相逼婚,钱玉莲因孙汝权改家书而遭继母逼嫁。得知钱玉莲投江殉节,王十朋哀痛而为钱玉莲祭江;投书王十朋却误闻其死耗,钱玉莲悲苦而为王十朋上香。亲朋们为王十朋作伐,钱安抚为钱玉莲保媒,两个人都不知对方就是自己苦苦追怀的亲人,均严词拒绝。二是针线细密,巧于穿插。"堂试"出考官发现王十朋和孙汝权字迹相同,为"获报"出孙汝权偷改的家书不被发觉作了伏笔;王十朋、钱玉莲均闻对方死耗,"荐亡"出两个人道观相逢却不敢相认也不致突兀。三是荆钗为线,分合有度。"议亲""受钗",王十朋荆钗为聘,钱玉莲拒金受荆。分别之后,钱玉莲与荆钗相伴:"把原聘物牢拴在髻上,荆钗义怎忘?"王十朋思念亡妻,念念不忘荆钗情:"细思想荆钗可哀,细思想荆钗可哀。"直到最后一出《团圆》,王十朋见到钱安抚出示的荆钗,才"天教今日重完聚"。

《荆钗记》不足的地方,一是人物形象还不够丰满。每临大是大非或者生死抉择之时,剧作家都是按一定的道德标准设计人物的行动,缺少对人物抉择的心理内涵的深层开掘。二是语言过于平板,淡而无味。王世贞的《艺苑卮言》以为《荆钗记》语言"近俗而时动人",但"近俗"者多,"动人"处少。即便"近俗"之词,也多只是世俗伦理的平直宣播,所以徐复祚批评说:"纯是倭巷俚语,粗鄙之极。"(徐复祚《曲论》)

二、《白兔记》

（一）刘知远故事的民间流播

《白兔记》全名为《刘知远白兔记》，原本不存，今存最早刊本明成化年间刊行的北京永顺堂刻本作《新编刘知远还乡白兔记》[6]，其作者大约是"永嘉书会才人"[7]，据说元杂剧作家刘唐卿曾为之加工润色[8]。

《白兔记》演述的是五代后汉开国皇帝刘知远与其妻李三娘的悲欢离合故事。宋欧阳修的《新五代史》卷十八《汉家人传第六》中记载：

> 高祖皇后李氏，晋阳人也，其父为农。高祖少为军卒，牧马晋阳，夜入其家劫取之。高祖已贵，封魏国夫人，生隐帝。

刘知远从一个牧马汉而贵为天子的发迹变泰，李三娘由农家女一跃而为皇后的人生际遇，引起了民间文艺家们的浓厚兴趣，如宋话本《五代史平话·汉代史平话》（存上卷）、金代《刘知远诸宫调》（原书十二卷，现残存五卷），都是说唱刘知远夫妇发迹变泰故事的作品，但两者在内容和人物形象的设置上却有很大不同。

《五代史平话·汉代史平话》只是对历史故事的简单演绎，刘知远的微贱出身和无赖品行一仍其旧，但在其与李三娘的结合上，《五代史平话·汉代史平话》将史书上的"劫取"改成三娘父亲料得刘知远日后必发，主动将女儿嫁之。对刘知远发迹后政治、军事、外交活动，作品多所着笔，但也谴责其失仁、失信、好杀之恶行。

《刘知远诸宫调》则将叙述的重点转向对刘知远发迹前在李三娘家的困顿和刘知远走后李家的家庭矛盾描写上，尤其是对刘知远形象进行了美化，将其由《五代史平话·汉代史平话》中的无赖军汉改造成一个有情有义、德才兼备的英雄。他少年时，打抱不平，曾暴打欺压良善的李洪义；李三娘夜奔其室，他非礼勿动，劝李三娘"早离西房，是为长便"；被迫从军时，难以割舍与李三娘的患难夫妻之情；招赘岳帅府，他也始终不忘李三娘："不成为新妻，便把旧妻忘了。"

《刘知远诸宫调》的作者对李三娘在家受兄嫂欺凌的磨难虽泼笔渲染，但却激不起人们的深切同情，原因即在于作者为三娘预设了一个"得为正宫，做国母，嫁明君"的心理幻梦。她识刘知远于末路，是因为她看到刘知远"红光紫雾罩其身……蛇通鼻窍来共往"，料得刘知远日后必然发迹，从而不顾廉耻，深夜入刘知远室中自荐枕席。所以当刘知远发迹后故意扮作穷汉前来相认时，梦幻破灭的李三娘责备说："你又营中恁般生受，我向庄中吃打骂无休，怎生教俺子母穷厮守？"而当刘知远将九州安抚使金印拿给她看时，"三娘见，喜不自胜：'真个发迹也！'"这就把李三娘写成了一个利禄熏心、一心攀附权贵的小人。

（二）负心题材框架下的人性扭曲

南戏《白兔记》即根据这些民间曲艺改编创作而成。剧演刘知远少时随母改嫁，沦落在李家庄牧马。庄主李文奎见其气相特异，知日后必贵，遂将女儿李三娘许配他，招他做上门女婿。刘知远为李三娘兄嫂不容,不得不离家投军,又被岳节度使招赘为婿,从此富贵发达。李三娘在家则备受兄嫂虐待。她白天挑水,夜晚推磨,磨房产子,自己用嘴咬断脐带,取名咬脐郎,为避免兄嫂的加害,她托人将孩子送到丈夫军中。十六年后,咬脐郎打猎,追赶中箭的白兔,与在井台打水的李三娘相遇,于是夫妻、母子团圆。

与《刘知远诸宫调》对李三娘形象颇多负面描写不同,《白兔记》将发现刘知远气相特异而料其日后必贵的识见让给了李三娘的父亲李文奎,李三娘与刘知远的结合也是碍于"父命难违",这一看似简单的改动,使得后来李三娘为刘知远的贞节自守不仅有贫贱夫妻之情的坚持,更有不违父母之命的"孝"的持守。而在此后的戏中,刘知远发迹变泰的故事逐渐让位于李三娘与其家族纠结的矛盾冲突:父亲故后,兄嫂不愿家财多一人分割而凌逼李三娘、刘知远,李三娘苦苦哀求不得,刘知远被迫从军;李三娘于磨房以牙咬脐生子,其兄李洪一竟要将孩子扔于荷池淹死,幸得窦公相助,将咬脐郎送往太原知远府中;刘知远一去不归,李三娘遭兄嫂威逼改嫁不从,只得"日间挑水三百担,夜间挨磨到天明";李三娘十六年挨磨担水受尽艰辛,发迹后的刘知远竟又扮穷汉试探,使她再次遭受精神和人格的侮辱。

《白兔记》中的刘知远却被写成了一个忘恩负义的发迹者。被逼出李家,夫妻分别时,他不像李三娘那样"一时难舍枕边人",而是对自己走后李三娘能否坚贞表示怀疑,"怕你执不定""只恐你口说无凭准"。岳节度使要招他为婿,他对曾婚娶李三娘一事只字不提,竟喜滋滋地庆幸自己"平步上九天,姻缘非偶然"。当火公窦老受李三娘之托历尽艰辛将儿子送来给他时,他却对岳夫人说:"夫人肯收,着他进来;夫人不肯收,早早打发他回去。"直到咬脐郎出猎偶遇生母,归来获知详情后口出怨言:"继母堂前多快乐,却教亲母受孤凄。爹爹,忘恩负义非君子,不念糟糠李氏妻。"这时刘知远才感到一丝愧疚,但也是在征得岳夫人的同意后,才终于决定接回李三娘。

作者声称要借刘知远发迹变泰的故事告诫世人"贫者休要相轻弃,否极终有泰时"的世俗哲理,剧作中也确实通过李洪一夫妇为家财而不惜加害同胞手足的丑恶行径,批判了鼠目寸光的庸俗势利小人。仅此而论,剧本暴露封建家庭矛盾,相当真实而深刻。李三娘的悲惨遭遇,揭去了封建亲情的虚伪面纱,展示出人性在家财异化之下的残忍与丑恶。但早期南戏对负心题材故事的津津乐道,也在某种程度上影响了作者的创作思维,作者在创作中自觉或不自觉地将刘知远故事纳入了负心题材的框架,并在李三娘的困顿痛苦而不移其志和刘知远昧心另娶求发迹的人格对比中,隐约流露出那个时代对负心汉的共同谴责倾向。当然,剧作中的这类批判意识和《张协状元》《王魁》等故事又颇不同,刘知远由低贱而至尊的生命飞腾,毕竟迎合了动乱年代下层社会一般民众的心理。他们希望改变被压迫、受欺辱的地位,但又逃避反抗斗争,幻想通过刘知远式的奇遇以飞黄腾达。所以作者虽鄙薄刘知远的负心忘恩,却又艳羡他因婚得贵的人生际遇。

(三)"古色可挹"的民间文学色彩

《白兔记》是一部渗润着浓郁民间文学泥土芳香的剧作。刘知远出生时"紫雾红光"，入睡时"蛇穿七窍"，多次真龙现形；窦公千里送子，沿途乞奶喂养；咬脐郎追赶白兔，竟至千里之外在井边遇生母。这些看似荒诞的神异描写，散发着浓厚的民间传说趣味。至于李洪一夫妇让李三娘用两头尖的橄榄水桶挑水，还在水缸上钻些眼，让李三娘挑水不能歇，缸水挑不满；又造一所五尺五寸长的磨房，让李三娘磨麦时终夜难抬头。这类糅合了农家生活的描写也带来了清新的泥土气息。浓郁的民间传说色彩和世俗的家庭生活风情，是《白兔记》在艺术上的突出特色。

《白兔记》的语言朴素自然，淡雅清新。如第十九出《挨磨》中李三娘所唱二曲：

> 【锁南枝】星月朗傍四更。窗前犬吠鸡又鸣，哥嫂太无情。罚奴磨麦到天明。想刘郎去也，可不辜负年少人。磨房中冷清清，风儿吹得冷冰冰。
>
> 【前腔】叫天不应地不闻，腹中遍身疼怎忍。料想分娩在今宵，没个人来问。望祖宗阴显应，保母子两身轻。

词极浅切，恰如家常之语，而悲切之情、怨苦之态，跃然纸上。吕天成的《曲品》评《白兔记》曲词曰："词极古质，味亦恬然，古色可挹。"祁彪佳的《远山堂曲品》也赏其曲词"口头俗语，自然雅致"。二语确实道出了《白兔记》在语言上的主要特点。

三、《拜月亭》

（一）故事渊源与情节

《拜月亭》是"四大南戏"中最负盛名之作，各种刊本及著录对其称谓颇不一致，诸如《王瑞兰闺怨拜月亭》(《永乐大典》目录)、《蒋世隆拜月亭》(《南词叙录》)、《月亭记》(明世德堂本)、《幽闺记》(明容与堂本、汲古阁本)。其作者相传为元人施惠[9]，成书也当在元代[10]。

南戏《拜月亭》系根据关汉卿的《闺怨佳人拜月亭》杂剧改编而成。南戏的人物情节，虽然大体不出关剧范围，但由于杂剧一本四折和一角独唱的限制，关剧除女主人公之外，其他人物和情节都无法充分展开；再加之传世的元刊本科白不全，许多细节已弄不清楚，这些都为南戏的改编和再创作留下了充分的余地。因为南戏青出于蓝而胜于蓝，关剧反被掩盖了。要了解拜月故事原委，就必须依靠这部南戏。

剧演蒙古军队大举进攻金朝中都(今北京)，主战派陀满丞相为奸臣陷害，被抄斩全家，其子陀满兴福为蒋世隆所救，逃往虎头山落草为寇。金朝迁都汴梁，兵部尚书王镇的夫人与其女儿瑞兰及蒋世隆与妹瑞莲都在逃难中被乱军冲散。两家人喊叫寻觅，因瑞兰与瑞莲音近，王家母女和蒋氏兄妹竟因误会而互相找错了亲人。王夫人只好认瑞莲为义女，蒋世隆与瑞兰也权做兄妹，各自相伴而去。瑞兰与蒋世隆患难与共，产生了爱情，在客店中结为夫妻。恰好王镇从此经过，嫌弃蒋世隆贫寒，强行带走瑞兰，把一对夫妻活活拆散。途中王镇又遇到夫人及瑞莲，一家来到汴梁。瑞兰思夫，拜月祈祷团圆，同时弄清了义妹原来就是小姑。战乱之后，蒋世隆与兴福分别考中文武状元，王镇奉旨为二女招婿，大家相认，才得夫妻、兄妹团圆，瑞莲与兴福也结为夫妇。

（二）乱世情缘

与那些花前月下、一见钟情式的爱情模式不同，《拜月亭》把人物纠葛与悲欢离合的命运，置于金末战乱的背景下展开，反映了广阔的社会生活，表现了动乱年代同生死共命运的人情美，倾情歌颂了男女主人公在患难扶助中所建立的生死爱情，具有生活的和历史的深厚内涵。

剧作一开始，便以浓墨重笔向我们展示了一幅乱世图景：蒙古族贵族"点起番家百万兵""纷纷快马似腾云"，军情紧急，昏庸的金主苟安投降，竟诛杀主战大臣、忠直刚毅的陀满海牙（丞相），以致朝廷上下"绝没忠臣朝北死，尽随天子往南驰""文武三千兵十万，更无一个是男儿"。广大人民流离失所，"乱乱随迁客，纷纷避乱民。风传军喊急，雨送哭声频"。对统治者昏庸腐败的批判和对广大民众乱世漂泊之痛的深切同情，深蕴其中的是作者宋金亡国之痛和深刻的历史反思。

自幼生长于尚书府、"总不解愁滋味"的香闺弱质王瑞兰，被突然来的战争卷入逃难离乱的人群中，其孤凄、无助可想而知，"一重愁翻做两重愁，是我命合休"。王瑞兰情急中得遇书生蒋世隆，出于避危求生的生命本能，她放下千金小姐的骄矜，主动请求庇护："念苦怜孤，救奴残喘，带奴离此免灾危。"当蒋世隆提出男女同行需有个名义时，她含羞答应"权说是夫妻"。这固然有迫于情势的无奈，但作为一个从小接受礼教熏陶的少女，敢于突破男女大防的界限，其临危处事的胆识和勇气也的确令人钦佩。

刚开始王瑞兰还只是抱着"情急且相随"的权宜之想而相随蒋世隆的，但一路上同甘共苦、相依为命的逃难生涯使她对蒋世隆的性格人品有所认识，由心存感激而产生爱慕之情也理所当然。当战事平息，两个人来到"前临官道，后靠野溪，几株杨柳绿荫浓，一架蔷薇清影乱"的客店时，面对蒋世隆盼谐连理的热望，王瑞兰虽以礼教设防屡屡搪塞，却又如店家所讲"小姐也是看上这秀才的，他也要拿些班儿"，终于在店主人的主持下"匆匆遽成人道"。

蒋、王之间在历尽艰险、同甘共苦的逃难途中结就的生死相依之情，较之传统爱情戏中花前月下的密约偷期、一见倾情式的才貌相悦的爱情更为厚重，也更能经受时间和生活的考验。正是出于对这种真情的维护与坚持，在被严父强行分离后，安逸的生活抚平不了王瑞兰对丈夫的深深思念，新科状元令人欣羡的功名也改变不了她拒不再婚的初衷。蒋世隆也同样难以忘怀那相濡以沫的往昔真情，中状元后，面对尚书之威，坚决不肯再接"丝鞭"："纵有胡阳公主，那宋弘啊，怎做得亏心汉。""石可转，吾心到底坚。"

将传统爱情戏后花园里一见钟情式的爱情，变为乱世背景之下患难相知、有坚实感情基础的爱情，是南戏《拜月亭》超越同时代其他爱情戏的特异之处。

（三）奇巧关目与朴质语言

关目奇巧，是《拜月亭》在戏剧艺术上的突出特色。作者充分运用误会与巧合的手法结构情节，如《隆遇瑞兰》《莲遇夫人》二出，蒋世隆与妹妹蒋瑞莲、王夫人与女儿王瑞兰被番兵冲散，蒋世隆呼妹而招来王瑞兰，夫人唤女叫来蒋瑞莲，因"瑞莲""瑞兰"

声同韵近，两个人错听错应。这种误会与巧合发生在战乱流离的情境中，故显得真实自然，与那些脱离生活的纯形式技巧不可混为一谈。其他如"世隆成亲""幽闺拜月"等，均是借助误会、巧合技巧编织戏剧情节的，开后世沈璟、李渔等错认剧的先河。

曲词宾白朴素自然，往往不加雕饰而富有情韵，且长于描摹人物心理，是《拜月亭》在艺术上的又一特色。如《皇华悲遇》一出，用六支【销金帐】曲词，将王夫人对丈夫和女儿的思念，蒋瑞莲对哥哥的挂怀，王瑞兰对蒋世隆的牵忆，渲染得情浓意远，令人肠断。如王夫人所唱：

> 【销金帐】黄昏悄悄，助冷风儿起。想今朝，思向日，曾对这般时节，这般天气，羊羔美酒，美酒销金帐里。兵乱人慌，远远离乡里。如今怎生，怎生街头上睡？

以往日之欢衬今日之痛，更兼暮夜凄风、乱离人的孤凉凄惶情怀，直透纸背。而三个人同台共唱，从一更唱到五更，各诉心事又互不相通，把戏曲舞台不受时空限制的长处发挥到出神入化的境地。其他如《旷野奇逢》《招商谐偶》等出，也都是描摹人物内心活动的精彩场次。

一般认为，《拜月亭》在四大南戏中成就最高。明人曾有《拜月亭》与《琵琶记》的高下之争。何良俊的《四友斋丛说》认为《拜月亭》优于《琵琶记》："余谓其高出于《琵琶记》远甚。盖其才藻虽不及高（明），然终是当行。"王世贞的《艺苑卮言》则说《拜月亭》不如《琵琶记》，并指责《拜月亭》有三短："然无词家大学问，一短也；既无风情，又无裨风教，二短也；歌演终场，不能使人堕泪，三短也。"此后学界也都各执一端，争论不休。其实王世贞之论，以"学问""风教"责难，难免拘执，"堕泪"之说，也是未能领会《拜月亭》的喜剧风格所致。《拜月亭》不以学问填词的朴质自然、超越名教的真情袒露、误会巧合的喜剧情境，奠定了其在"四大南戏"中的特殊地位。当然，《拜月亭》剧毕竟颇多袭用关汉卿杂剧处，较之《琵琶记》剧又略逊一筹了，所以王国维在《宋元戏曲史》中说："《拜月亭》南戏，前有所因；至《琵琶》则独铸伟词，其佳处殆兼南北之胜。"

四、《杀狗记》

《杀狗记》全名为《杨德贤妇杀狗劝夫》（《永乐大典》目录），或作《杨德贤妇杀狗劝夫记》（《寒山堂曲谱》），元人萧德祥有《杨氏女杀狗劝夫》杂剧，南戏应是改编杂剧而成的。改编者一般认为是元末明初人徐畛[11]。

剧演富豪子弟孙华、孙荣哥俩不和，孙华不听劝告，与市井无赖柳龙卿、胡子传结为酒肉朋友，却把弟弟孙荣赶出家门。华妻杨氏贤达，巧设杀狗之计劝夫：将一只死狗假做人尸，夜晚放在自家门口。孙华惧祸，请柳、胡帮助掩埋，二人非但不干，反而到官府举报孙华杀人。而弟孙荣不念旧恶，积极助兄埋尸，并代兄领罪。孙华大受感动，兄弟重归于好。最后杨氏说明原委，官府奏明朝廷，将柳、胡充军，旌表孙氏一门。

剧作的确暴露了封建家庭内部为了财产而骨肉相残的无情和残酷：为达到独霸家

财的目的,孙华诬弟孙荣买毒药"要药死哥哥",将弟弟赶出家门,又派仆人去破窑暗杀孙荣。剧作将造成这种家族矛盾的根源归结为坏人的挑拨,解决的办法则是通过杨氏杀狗扮尸引起外部邪恶势力对家族生存的威胁,并让委曲求全的家族受害者孙荣为一直加害自己的哥哥领罪。所以孙华的幡然悔悟,让人怀疑其不是出于兄弟之情的伦理感召,而是因外力威胁其个人利益而不得不修复兄弟之情的无奈。孙荣对哥哥恶行的一味忍让,也给人一种不辨是非、纵兄为恶之感,而助兄埋尸、代兄领罪,也因缺少对人物内心情感的开掘而给人性格转折过于突兀之感。

剧作的目的是要宣扬"亲者到底只是亲""结义的到底只是假"的封建家庭血缘伦理,所以剧中大力赞扬"被逐不怒,见义必为,克尽事兄之道"的孙荣和谨守三从四德、适时劝谏丈夫的杨氏女,然而过度的封建伦理说教和人物、情节设计上的粗疏,不仅削减了该剧的艺术感染力,也让人怀疑其所宣讲的封建伦理道德的正义性。当然,《杀狗记》在客观上也触及了封建家庭的内部矛盾,并告诉人们交友应慎重,酒肉朋友是靠不住的,有一定的警示和教育意义。

《杀狗记》曲词大体保留着宋元南戏的质朴本色,所以吕天成的《曲品》说它"事俚,词质"。只是剧中大段的说教,枯索无味,情节结构也显得松散,人物形象概念化,其艺术水平在"四大南戏"中是相对较低的。

注释

[1] 蔡中郎即东汉著名学者蔡邕(133—192),字伯喈,陈留圉(今属河南杞县西南)人,官至左中郎将。《后汉书》载其"性笃孝",其母"滞病三年,邕自非寒暑节变,未尝解襟带,不寝寐者七旬""乡党高其义"。宋元民间文学中却将其写成不义不孝之人,故陆游诗中有"死后是非谁管得"的感慨。

[2] 湛之的《高明的卒年》(《文史》第 1 辑,中华书局 1962 年版)一文,据清陆时化的《吴越所见书画录》卷一所收高明题陆游的《晨起》诗,卷末署"至正十三年夏五月壬辰永嘉高明谨志于龙方",而同卷永嘉余尧臣题跋有谓"越六年而高公亦以不屈权势病卒四明",以此推算高明卒年为至正十九年(1359)。钱南扬的《〈琵琶记〉作者高明传》(载于钱南扬文集《汉上宦文存》,上海文艺出版社 1980 年版)据光绪《余姚县志》卷三所收《余姚州筑城志》,系高明于至正二十年撰作,而光绪《慈溪县志》卷十五还载有至正二十一年高明为人撰写碑文事,推断余尧臣说不确。又据徐渭的《南词叙录》:"我高皇帝(指明太祖朱元璋)即位,闻其名,使使征之,则诚佯狂不出,高皇不复强。亡何,卒。"可见洪武初年高明尚在世,但不久即故去。

[3]《荆钗记》作者,吕天成的《曲品》题作"柯丹邱(丘)撰",清张大复的《寒山堂曲谱》卷首"总目"称"吴门学究敬先书会柯丹邱著",则柯丹丘为苏州人,是敬先书会的才人,被人称为学究。王国维的《曲录》据"丹邱(丘)先生为宁献王道号"推断此剧为朱权所作,然而《南词叙录》记此剧为"宋元旧篇",《九宫正始》称其为"元传奇",而朱权生于明洪武十一年(1378),王说不确。

［4］明人王应奎的《柳南随笔》说，王十朋曾与一妓女钱玉莲相好，"约富贵纳之。梅溪登第后，三年不还乡。玉莲为人逼嫁，自沉于柔门江口"。清人劳大舆的《瓯江逸志》也说："玉莲实钱氏，本娼家女。初，王与之狎，钱心许嫁王，后王状元及第归，竟不复顾，钱愤而投江死。"可见在早期民间戏文中，王十朋是一个"负心汉"式的反面人物。

［5］据《宋史》，王十朋实有其人，字龟龄，号梅溪，温州乐清（今属浙江）人，绍兴二十七年（1157）进士第一，官至龙图阁学士，谥忠文。明邓伯羔《艺彀》谓王十朋妻本贾氏，"以孝称"，夫妻甚相得。其妻先王而卒，王十朋有《悼亡》诗四首，其中有谓："家山准拟欲归隐，堪叹相随无孟光。""偕老相期未及期，回头人事已成非。"甚是哀感。

［6］《白兔记》今流传本中还有明万历金陵富春堂刻本和明末汲古阁刻本。汲本与成化本曲文、情节大致相近；富本曲词典雅，情节也多有不同，应当经过文人加工。

［7］成化本《白兔记》"家门"中说："这本传奇亏了谁？亏了永嘉书会才人，在灯窗之下，磨得墨浓，斩（蘸）得笔饱，编成此一本上等孝义故事。"

［8］清张大复的《寒山堂曲谱》此剧题注云："刘唐卿改过。"据钟嗣成的《录鬼簿》，刘唐卿作有杂剧《李三娘麻地捧印》，惜已无存，其与《白兔记》之关系无从知晓。

［9］明人何良俊、王世贞、臧懋循均认为《拜月亭》的作者为元人施君美。据曹栋亭本《录鬼簿》，施君美名惠，杭州人，以坐贾为业，巨目美髯，好谈笑，诗酒之余，唯以填词和曲为事，有笑话集《古今砌话》，与《录鬼簿》的作者钟嗣成相知，1345年前在世。又，清代无名氏《传奇汇考标目》说施惠（施君美）就是《水浒传》的作者施耐庵，清张大复的《寒山堂曲谱》又谓乃"吴门医隐"，均无确凿证据。由于《录鬼簿》施惠名下并未著录《拜月亭》，吕天成的《曲品》认为："云此记出施君美笔，亦无的据。"王国维对施惠作《拜月亭》之说也持怀疑态度（《宋元戏曲史》）。

［10］徐渭的《南词叙录》将南戏《拜月亭》列于"宋元旧篇"，《九宫正始》称之为"元传奇"并录有佚曲133支，世德堂本里称蒙古为"大朝"，43折"尾声"还有"书府翻誊燕都旧本"的句子。据此可知《拜月亭》系元代作品，且是书会才人（"书府"即书会）据北方旧本（当是指关汉卿所作的北杂剧）改编的。

［11］徐畋，字仲由，淳安（今属浙江）人，洪武年间（1368—1399）曾任县学教官，后被朝廷征召，至藩省辞归，著有《巢松集》。徐渭的《南词叙录》中将《杀狗劝夫》列于"宋元旧篇"，元代南戏《宦门子弟错立身》中提到《杀狗劝夫婿》的戏文，可见《杀狗记》剧在徐畋之前已很流行。"四大南戏"在流传过程中迭经改编，徐畋可能是《杀狗记》最早的改编者。

参考书目

［1］高明.元本琵琶记校注［M］.钱南扬，校注.上海：上海古籍出版社，1980.

［2］侯百朋.《琵琶记》资料汇编［M］.北京：书目文献出版社，1989.

［3］董每戡.琵琶记简说［M］.北京:作家出版社,1957.

［4］黄仕忠.《琵琶记》研究［M］.广州:广东高等教育出版社,1996.

［5］钱南扬.戏文概论［M］.上海:上海古籍出版社,1981.

［6］刘念兹.南戏新证［M］.北京:中华书局,1986.

参考书目

第七章

明代戏曲概述

第一节　明代戏曲的特征、种类与发展演变

一、明传奇的称名与特征

明代戏曲有传奇和杂剧两种,交叉影响,互为消长,而尤以传奇成就最为显著,成为继元杂剧之后中国戏曲的第二座高峰。

传奇之名源自唐人裴铏的短篇小说集《传奇》。唐宋文人作意好奇,所作文言短篇小说情节曲折奇异,于是被统称为传奇。宋元南戏、北杂剧以及说唱曲艺如话本小说、诸宫调等,由于多取材于唐人小说,或取法唐传奇结撰故事的技巧,故在当时也常常称作传奇。[1]明清时代,传奇则专指与宋元南戏一脉相承的长篇戏曲,以与篇幅较短的杂剧相区别。[2]

明传奇是在宋元南戏的基础上,兼取北杂剧的成果发展形成的。其主要有以下特点:

(1) 头绪繁多,篇幅拉长。传奇剧本一般都在四五十出以上,一二十出的短剧极少。由于内容庞杂,故一本戏往往分上、下卷,甚至有两卷以上者。如《荔枝记》《草庐记》等就分为四卷。

(2) 分出标目。"出"(古代汉语中多写作"齣")是南戏和传奇的结构段落,相当于杂剧的折,但音乐不限同一宫调,曲文可以换韵,上场角色都可歌唱。后来的花部戏也可称"出"。南戏则是一贯而下,连写到底。南戏传本分出标目,均为明人或今人依传奇体例增改。

(3) 南北合套运用。南戏中已有插用北曲的现象,而传奇中南北合套的运用更为普遍,乃至有不少是整出通用北套的。

(4) 宫调体系确立。南戏本无宫调,曲牌组套只以音乐上能够和谐衔接为准。传奇在发展中吸取了北曲以宫调统率曲牌的经验,建立了南九宫十三调的音乐体系。

(5) 角色分工更细。王骥德的《曲律》统计有正生、贴生(或小生)、正旦、贴旦、老旦、小旦、外、末、净、丑(即中净)、小丑(即小净)共 11 种(含小生共 12 种),已初步形成了以正生与正旦为主要角色的"江湖十二角色"的格局。

二、四大声腔

明传奇的繁荣与辉煌,与南曲声腔的繁兴和改良有直接关系。宋元南戏原用温州地方腔歌唱,在流传到江南各地之后,即与当地的曲乐和方言结合,于元末明初之际逐渐形成种类繁多的地方性声腔系统。其中最为流行的是"四大声腔":

海盐腔,形成于浙江海盐,以曲牌联套方式演唱,用锣、鼓、拍板等打击乐器伴奏,不用管弦乐器。

余姚腔,形成于浙江余姚,音乐也用曲牌联套体,不用管弦伴奏,只以打击乐器锣鼓、拍板击节,词曲通俗。

弋阳腔,形成于江西弋阳,虽然也属于曲牌联套体,但向来没有曲谱,可以随心入腔而不必合调,演唱自由灵活,方便吸收民间小曲和北曲,被称为"俗唱"。伴奏也不用管弦,只以锣鼓击节。其演唱特点有二:一是一人主唱,众人帮腔;二是曲词加滚,即在曲牌之中或之外自由地添加唱词(叫作滚唱)和念白(叫作滚白)。这样填词更为自由,演唱更为酣畅。叶宪祖的《鸾鎞记》第二十二出有关于歌唱弋阳腔的场面:"(丑)他们都是昆山腔板,觉道冷静。生员将【驻云飞】带些滚调在内,带做带唱何如?"于是演唱加滚【驻云飞】,博得好评:"(末)好一篇弋阳!文字虽欠大雅,到也闹热可喜。"由此可见弋阳腔之一斑。

昆山腔,元末形成于苏州附近的昆山,原来只用于清唱,而不用于舞台扮演。至明正德、嘉靖年间(1506—1566)经著名曲师魏良辅改革,融合南北各声腔之长,创造出一种婉转细腻、轻圆流丽的新腔,被称为"水磨调"。伴奏在原有的鼓板、弦索之外,增以箫、笛、笙等竹管乐器,使声腔更为优雅和婉。魏氏的新昆腔经同时期的戏剧家梁辰鱼等应用于舞台演出,从此流行全国,被称为"正声""雅音""官腔",取得了对其他声腔的压倒性优势。明末徐树丕的《识小录》说:"吴中曲调起魏氏良辅……四方歌者必宗吴门。"海盐、余姚二腔逐渐衰落,弋阳腔则衍变为青阳腔、四平腔、京腔等高系声腔。而昆腔一直到清中叶被乱弹地方戏取代,雄踞剧坛达 200 余年之久。

明代声腔的繁兴,尤其是新昆腔的崛起,有力地刺激了文人的传奇创作。一般作品都能够适应各种声腔的演唱,即使是为某一声腔专作的剧本,也可以被其他腔种进行移植,很方便地"移调歌之",而不妨碍名家名作的迅速传播。如李开先的《宝剑记》原用海盐腔歌唱,汤显祖的《牡丹亭》本为江西的宜黄腔(海盐腔从江浙传入江西宜黄县一带形成的新的地方剧种)而作,后来经过移植,都成了昆曲的代表剧目。甚至连同时期杂剧的创作也受南曲声腔的吸引,发生了体制的变异。

三、明杂剧的变异

明人的杂剧创作在总体上远不逮元杂剧,也不及同时代的传奇,但在体制形式上却有较大的发展变化。第一是剧本结构突破了元杂剧一本四折一楔子的程式,明杂剧短的常有一折或两折、三折,长的则有五六折或七八折,甚至有十折、十一折为一本的

（详见明祁彪佳《远山堂剧品》），随意伸缩，结构相当自由。第二是在所用曲调上，元杂剧全用北曲，明杂剧则南北兼用，后来还出现了大量专用南曲的"南杂剧"。第三是演唱方式打破了元杂剧一角独唱的模式，不同角色的对唱、轮唱、合唱，在元杂剧中只有《西厢记》个别折中偶有使用，而在明杂剧中则十分普遍。第四是元杂剧的题目正名一般都在一剧之末，明杂剧有的提到第一折之前，也有的采用"副末开场"的方式介绍剧情，还有的干脆把"折"改写成"出"，等等，显然都是受传奇的影响而发生的变化。

四、明代戏曲的分期及发展演变

明代戏曲的发展大致可划分为三期：从明朝建立（1368）至孝宗弘治末年（1505）为前期，从武宗正德初年（1506）到穆宗隆庆末年（1572）为中期，从神宗万历初年（1573）至明亡（1644）为后期。

明前期的戏曲乘元代戏曲的余劲，北曲仍然占有压倒性优势，南曲无力与之争衡。徐渭的《南词叙录》为此大为不平，说："有人酷信北曲，至以伎女南歌为犯禁，愚哉是子！"南曲流传于民间，经过明初近百年的冷落之后，直到明中叶才出现再度复苏的局面。南北曲虽然一冷一热，但也时有交融渗透。明初杂剧中已有兼用南曲的尝试，如贾仲明的杂剧将南北曲融入一折合唱。南戏改编元杂剧的例子也是常见的。明中期南曲声腔繁兴，与北曲双水并流，渐呈后来居上之势。此时的词曲家杨慎在《升庵词品笺证》卷一中记载："近日多尚海盐南曲，士夫禀心房之精，从婉娈之习者，风靡如一。甚者北土亦移而耽之，更数十年，北曲亦失传矣。"明后期随着新昆曲的崛起，北曲被压倒，逐渐走向衰落，而南曲则成为剧坛主流。

与元代戏剧家倾向于代剧中人物立言不同，明代以及清代（花部除外）剧作家的主体意识明显突出，剧中人物多为剧作家个人的代言者。无论是前期王公贵族歌舞升平或神仙道化的政治表态剧，还是中期王九思、康海、徐渭等人的政治批判剧，抑或是明末汤显祖的哲学思想剧，剧作家努力表达自我的主观意向都是很突出的，但却缺少了宋元时期杂剧的人间烟火气息。

与元代剧作家市民化士子的身份地位不同，明代剧作家多为王公贵族或官僚士大夫，其文化素养与社会地位明显提高。这种文人士大夫的贵族化审美趣味不可避免地渗透到戏曲创作中，于是造成明代戏曲的普遍诗化、雅化，甚至导致不少剧作丧失了舞台演出性，变成了仅供阅读的案头文学。这一方面提高了戏剧的文化层次，另一方面也造成了戏剧文学的僵化。

第二节　明　代　杂　剧

一、明初北杂剧的表面繁荣

（一）明初北杂剧的表面繁荣及其原因

傅惜华的《明代杂剧全目》统计，明代共有杂剧作家 108 人，剧目 500 多种，今存剧本 180 余种。明代杂剧总体上虽不及元代杂剧成就高,但在戏曲史上仍占有一席之地。明初杂剧家有 40 余人,其中比较有名的有贾仲明、杨讷、王子一、刘东生、谷子敬等,但都远不及朱权和朱有燉影响大,以二朱为代表,构成了明初杂剧的表面繁荣。这一方面是由元代杂剧余波的历史惯性所致,另一方面则与明初最高统治者的政治举措和双重态度有直接关系。

在朱元璋开国后推行的各项举措中,对戏曲最有直接影响的,一是恢复科举,创立八股取士的制度,把文人士子的兴趣和思想紧紧地控制在程、朱理学的框架之内,遂造成文学艺术的凋敝局面。何良俊的《四友斋丛说》:"祖宗开国,尊崇儒术,士大夫耻留心辞曲,杂剧与旧戏文本皆不传,世人不得尽见。"周之标的《吴歈萃雅·题辞》:"当今制科,率取时文,而士子穷年矻矻,精力都用之八股中矣,举秦、汉、唐、宋以来,所谓工词赋、工诗、工策者,一切弃置,即有高才逸致,除却八股,安所自见,而人亦安所见之?"吴伟业的《杂剧三集》之序:"近时多以帖括为业,穷研日夕,诗且不知,何有于曲?"二是明令禁止那些有碍统治的戏曲,而且禁止臣民的一切歌唱娱乐。《明史》卷六一《志第三十七·乐一》中清楚地记载着洪武三年(1370)朱元璋对礼臣的明谕:"一切谀词艳曲皆弃不取。"野史笔记中有不少关于朱元璋严厉惩办歌唱者的记述,洪武间京城确有"在京但有军官军人学唱的割了舌头"的榜禁(见王利器《元明清三代禁毁小说戏曲史料》)。以上两点,足以构成明初戏曲衰微的根本原因。

其实,明初的那些政策和禁令只是针对被统治的军民百姓而设的,而对于最高统治集团和上层贵族的音乐享受欲望,则又采取鼓励放纵的政策。《明史》卷六一《志第三十七·乐一》记载,明初宫廷"及进膳、迎膳等曲,皆用乐府、小令、杂剧为娱戏。流俗喧欣,淫哇不逞。太祖所欲屏者,顾反设之殿陛间不为怪也"。其实没有什么可怪的,明代文献中还有多处朝廷祭祀宗庙也用北曲的记录。就连朱元璋本人也是一个戏曲爱好者。他曾在接见昆山老人周寿宜时打听过昆腔的情况,并说过高明的《琵琶记》"如山珍海错,贵富家不可无"的话,还在每个亲王前往封地就国的时候,"必以词曲一千七百本赐之"(见李开先《张小山小令后序》)。明初统治者对待戏曲持双重标准,把戏曲娱乐当成自己的专利和消弭内部争斗的麻醉剂。明初戏曲的表面繁荣多为皇族或贵族剧作家支撑,正是最高统治者实施上述戏曲垄断政策的结果。

(二)朱权和朱有燉

明初杂剧的代表人物是身为皇子皇孙的朱权和朱有燉,歌舞升平、喜庆宴赏和神仙道化是二人剧作的共同内容。朱权[3]为朱元璋第十七子,永乐前后曾被卷入宫廷政变的斗争。他沉迷于戏曲既为韬晦避祸,也为娱乐消遣。所作《冲漠子独步大罗天》杂剧写皇甫寿(冲漠子)被吕洞宾等超度入道,东华帝君赐号为丹丘真人。朱权自号丹丘先生,冲漠子实为作者自况,旨在借神仙道化的白日梦以自慰。所作《卓文君私奔相如》取材于历史故事,因为作者缺乏真切的生活感受,所以写得僵滞而迂腐。但由于故事本身具有强烈的反礼教性,且由一位王爷写在封建节烈观愈演愈烈的明代,此剧的进步意义也是不能抹杀的。朱权还是一位著名的曲学家,所著的《太和正音谱》内容庞博,集元人曲学之大成；其中罗列北曲 335 个牌调的格律谱，是曲谱的创始之作，为历代研究曲律的学者所推崇。

朱有燉[4]是朱元璋的孙子，杂剧创作数量在明初称最。作品内容大致不外乎以下几类：喜庆宴赏戏，如《八仙庆寿》《仙官庆寿》《牡丹仙》《牡丹园》等；神仙道化戏，如《小桃红》《十长生》《夜半朝元》等；忠义节烈戏，如《继母大贤》《团圆梦》《义勇辞金》等；水浒英雄戏，如《豹子和尚》《仗义疏财》；烟花妓女戏，如《香囊怨》《复落娼》《桃园景》等。前三类内容空洞，后两类虽有一定社会内容，但也缺乏优秀之作。这是由作者的身份与生活的局限所致。

朱有燉杂剧的贡献主要在艺术方面：一是语言古朴，音律和谐。王世贞的《曲藻》评之曰："虽才情未至，而音调颇谐，至今中原弦索多用之。李献吉（梦阳）《汴中元夕》绝句云'齐唱宪王新乐府，金梁桥外月如霜'，盖实录也。"二是在杂剧体制上突破了一人主唱的限制，采用合唱、轮唱的南戏形式，并兼用南曲，且多穿插歌舞。三是较多地保留了金元戏曲的面貌，如《八仙庆寿》中的院本演出场面，具有一定的戏曲文献价值。

二、明中期杂剧的转型

（一）王九思与康海

以宦官与权相轮流专政为标志，明中期的政治、道德及社会风气趋于堕落腐败。这一时期的杂剧打破了前期歌舞升平和神仙道化的创作模式，产生了不少批判现实政治的作品，其中有代表性的剧作家为王九思、康海、徐渭、冯惟敏和李开先。他们都曾跻身官场，有着宦海沉浮的共同经历，因此他们的作品大多充满对世道人心的痛恨与愤激，现实性和战斗性极强。个人情绪的痛快淋漓宣泄，构成这个时期创作的主要倾向。

王九思与康海[5]一个是进士，一个是状元，同列名于明代文坛的"前七子"之中，都凭个人才能考试入仕，又都因为与大宦官刘瑾同乡，受政治牵连被罢为民。他们因为遭遇相同，又同是著名的文人士大夫而醉心于词曲者，故后世并称"康王"。

王九思的代表作《杜甫游春》，全名《杜子美沽酒游春》，写唐代大诗人杜甫在安史之乱中到曲江春游，因见昔日皇家园囿，如今一片萧条，并念及自己忠怀报国，却志不获展，不禁触景生情，痛骂李林甫等权奸乱政误国，如其中几段唱词：

> 【寄生草】他空皮袋，无学问。恶心肠，忒忌狠。笑冷冷掌定三台印，慢腾腾送了千人俊，乱纷纷造下孤辰运。吃紧的把太真妃送在马嵬坡，唐明皇走入益门镇。
>
> 【朝天子】他狠心似虎牢，潜身在凤阁，几曾去正纲纪、明天道？风流才子显文学，一个个走不出漫天套。暗里编排，人前谈笑，把英雄都送了。……他手儿里字错，肚儿里墨少，那里有白雪阳春调？
>
> 【绵搭絮】不怕你经纶夺世，锦绣填胸，前挤后拥，口剑舌锋。呀！眼睁睁难分蛇与龙，烈火真金假铜。似等样颠倒英雄，不如的急流中归去勇。

曲词激昂慷慨,酣畅淋漓,虽是借杜甫之口,却不难从中体味到作者对权奸误国的激愤批评。剧作结末让杜甫拒受朝廷所赐翰林学士之职,避世泛海而去,也可看作作者本人罢官居乡后对腐败官场决绝态度的表露。难怪有人说李林甫影射当时权相李东阳[6],此说固然对作品形象理解得过于狭隘,但作者有感而发,借古人之酒杯,浇自己之块垒,骂当朝者之黑暗,感个人之不遇,则是没有疑问的。此剧关目平板,但曲词沉郁愤激,笔力不凡。

康海的代表作是《中山狼》,属北曲,四折,取材于其师马中锡的寓言小说《中山狼传》,写东郭先生掩护了被赵简子紧紧追杀的一匹中山狼,不料这匹恶狼反要吃掉救命恩人。剧本以寓言的形式告诫世人切不可对像中山狼这样忘恩负义的恶人心存仁德,并于结尾通过杖藜老人之口,指出"那世上负恩的好不多也!"。诸如负君的、负亲的、负师的、负友的,"却不个个是这中山狼么?"。所以明人陈继儒读此剧后感慨不已:"真救世仙丹,使无义男子见之,不觉毛骨颤战。"(明刊《盛明杂剧》本《中山狼》眉批)

据何良俊的《四友斋丛说》、王世贞的《曲藻》、沈德符的《万历野获编》等书记述:康海与刘瑾同乡,刘慕其名,欲交之,却遭拒绝。李梦阳因弹劾刘瑾被下狱,书"对山救我"四个字托人与康海。康海慨然说:"吾何惜一官,不救李死?"遂主动上门拜谒刘瑾。刘喜而释李。后刘瑾败,康海被指为刘党,削职归田。得势后的李梦阳,非但不出手相援,反而落井下石,比一般人谴责康海更为激烈。故明代曲学家都说此剧意在影射李梦阳的恩将仇报。剧中中山狼即指李梦阳。但此说并无确凿证据,所以当代学界颇多极力反驳者。[7]

同时期同题材的杂剧还有王九思的《中山狼》(一折),略后则有陈与郊的《中山狼》、汪廷讷的《中山救狼》,除此还有无名氏的《中山狼白猿》传奇等,出现了一个以康海为首的中山狼题材创作热,反映了当时世风日下、道德败坏和人性堕落的现实。康剧刻画生动,结构严谨,曲词锋利,堪称明人杂剧的上乘之作。

(二) 徐渭

在明代杂剧中成就最高的是徐渭[8],其代表作是《四声猿》,包括《狂鼓史渔阳三弄》《玉禅师翠香一梦》《雌木兰替父从军》《女状元辞凰得凤》四本杂剧(以下简称《狂鼓史》《玉禅师》《雌木兰》《女状元》)。郦道元的《水经注》引渔歌云:"巴东三峡巫峡长,猿鸣三声泪沾裳。"徐氏名其剧为《四声猿》,盖出于此,意谓猿鸣四声更属断肠之歌。

《狂鼓史》是《四声猿》中最杰出的作品,写祢衡击鼓骂曹操的故事,与《三国演义》第二十三回《祢正平裸衣骂贼》的情节略同。不同的是,小说写阳骂,即人物生前之骂;杂剧写阴骂,即人物死后在阴曹地府之骂。阴骂比阳骂大大拓展了内容空间,如杂剧中祢衡所云:"小生骂座之时,那曹瞒罪恶尚未如此之多。骂将来冷淡寂寥,不甚好听。今日要骂呵,须直捣到铜雀台分香卖履,方痛快人心。"阴骂一连13支曲子,较之阳骂更为畅快淋漓,吐尽一腔怨愤,如:

【寄生草】你狠求贤为自家,让三州直甚么。大缸中去几粒芝麻罢,馋猫哭一会慈悲诈,饥鹰饶半截肝肠挂,凶屠放片刻猪羊假。你如今还要哄谁人? 就还魂改不过精油滑。

这一段活画出凶诈残暴的权奸形象,意气豪达,汪洋恣肆,尽吐胸中之不平。此剧的创作动机与作者友人沈炼的遭遇有关。沈因上书揭露当朝奸相严嵩的十大罪状而惨遭杀害,作者因此以曹操影射严嵩,并把沈炼比作祢衡。此剧正因为是作者有感而发,故能够写得字字如刀,句句如火,骂尽人世古今一切施奸害人的权贵。

《玉禅师》取材于元杂剧《月明和尚度柳翠》和话本小说《五戒禅师私红莲记》两篇相关联的故事,写高僧玉通和尚修行数十年,受妓女红莲引诱破戒,坐化后转生为妓女柳翠,被月明和尚度化出家。此剧突出了宗教戒律与人性的矛盾,抨击了禁欲主义的虚伪。

《雌木兰》写花木兰代父从军,剿灭黑山贼寇,胜利还乡后"金刚变嫦娥",还其女儿身并嫁与王郎。《女状元》写女扮男装的才女黄崇嘏,高中状元得官后,周丞相欲招为婿,黄不得已吐露隐情,周遂让其弃官,嫁与自己的儿子——已中状元的周凤羽。二剧讴歌女子的文才武略可以盖过男子,恰如《女状元》结尾下场诗所说:"世间好事属何人? 不在男儿在女子。"为古代深受压迫的妇女吐气,表现了初步的男女平等思想。但也必须看到,木兰虽战功赫赫,然而当其还归女儿身后,面对书生王郎时却自惭形秽:"久知你文学朝中贵,自愧我干戈阵里还。配不过东床眷。"黄崇嘏出授成都府参军,断案神明,一旦说破女儿身后,也只得规规矩矩弃官为媳,空埋没了一身才华。可见,女扮男装的性别角色转换只是为女性提供了自我价值实现的暂时空间,并且是以不突破男权社会秩序为前提的,所以一旦她们还复女儿身时,她们也就在女性角色的自我体认中回归了男权社会,认同了已然稳固的传统社会价值体系。

徐渭在明代剧坛上极有影响,澂道人的《四声猿引》说他的杂剧"为明曲之第一"。汤显祖评论说:"《四声猿》乃词场飞将,辄为之唱演数通。安得生致文长,自拔其舌! "(见王思任《批点玉茗堂牡丹亭词叙》)

相传《歌代啸》杂剧也为徐渭所作,这是一本四出的滑稽讽刺剧。第一出写三清观李和尚偷去张和尚的帽子和菜园中的冬瓜。第二出写李和尚用冬瓜讨好姘妇,又与姘妇设计要炙女婿的脚医丈母娘的牙痛。女婿王辑迪畏惧而逃,无意中带走李和尚偷来的张和尚僧的帽子。第三出写王辑迪以僧帽为证,告妻子与和尚通奸,糊涂州官将无辜的张和尚发配。第四出写好色惧内的州官,只许夫人放火,却不让百姓点灯救火。剧作通过对各类畸形的人情世态的描摹,以一种肤浅中不乏深邃,轻松中夹杂沉重的幽默、滑稽品格,让观众和读者会心微笑,并在含泪的微笑中体悟作者"凭他颠倒事,直付等闲看"的思考。

此外,除了上述作品,李开先的《园林午梦》、冯惟敏的《僧尼共犯》等也是同期比较优秀的剧作。明中期杂剧在体制形式上也发生了变异,一二折短剧和南北合套或一折全用南曲的现象大量出现,元杂剧的体貌多已无存,为明后期的杂剧南曲化开了先路。

三、明后期杂剧的丰富多样

明杂剧数量大增,可考剧目近 200 种,有剧本传存的约有 100 种。其题材内容逐步扩大,样式风格也趋于多样化。这个时期的剧作家大致可以分为三类:第一类以写南杂剧为主,有徐复祚、陈与郊、沈璟等;第二类以写北杂剧为主,有孟称舜、王衡、沈自征等;第三类则兼写南北杂剧,有叶宪祖、吕天成、王骥德等。晚明杂剧家多兼作传奇,或由传奇家兼任。下面择其代表予以说明。

第一类剧作家中最突出的有徐复祚[9],代表作《一文钱》。这是一部著名的讽刺喜剧,写大富豪卢员外天性吝啬,在路上拾到一文钱,藏在袖中、靴中、帽子中都怕丢掉,于是就紧握在手中;好不容易买点芝麻吃,又怕鸟、狗争食,只好躲到深山密林中去逐粒儿慢慢地吃。该剧用极度夸张的手法刻画被金钱异化了的人性变态,入木三分。

陈与郊[10]的杂剧《昭君出塞》和《文姬入塞》分别演述王昭君和蔡文姬的历史故事,表达了故国难离、游子思归的爱国深情,文笔凄婉,结构紧凑。

第二类剧作家以孟称舜[11]较为突出,其代表作为《桃花人面》,依据唐孟棨《本事诗》有关崔护的故事改编,演述才子崔护春游时与叶蓁儿邂逅,一见钟情,次年再访不遇,题诗于门而去。诗即崔护所作著名的《题都城南庄》:"去年今日此门中,人面桃花相映红。人面不知何处去,桃花依旧笑春风。"叶蓁儿见诗伤情而死。崔护再来,抚尸痛哭,竟使叶蓁儿复生,二人结为夫妻。该剧讴歌生死爱情,优美雅丽,充满诗情画意。

王衡[12]的讽刺喜剧颇为出色,其代表作《郁轮袍》,反用薛用弱的《集异记》所记王维因弹奏琵琶新曲《郁轮袍》而博得公主赞赏的故事,演述无耻文痞王推,冒充大诗人王维,居然将真王维的状元挤掉,骗取了状元的头衔。该剧对旧时科场的黑暗内幕进行了辛辣的讥讽。王衡还有《真傀儡》,演述致仕丞相杜衍微服到村中看傀儡戏,突然有圣旨宣慰,仓促之际只有穿上戏装接旨。这个一折短剧,在嘲讽人情逐冷暖的恶劣世风时,把官场与戏场叠印相照,表达了人生荒诞的哲理意味,构思十分奇特。祁彪佳的《远山堂剧品》评论说:"境界妙,意致妙,词曲更妙,正恨元人不见此曲耳。"

第三类剧作家兼写南北曲杂剧,以叶宪祖[13]为代表。叶氏杂剧以北曲为主者多为历史剧和社会剧,其中《骂座记》和《易水寒》比较有名。二剧皆取材于《史记》,前剧演西汉灌夫为人耿直,饮酒骂座痛斥权贵,借以宣泄对明朝官场藏污纳垢的极端不满情绪;后剧演荆轲刺秦王的故事,把荆轲失败的史实改为胜利而归,表达了作者的一种愿望。在叶氏杂剧中,以南曲或南北合套为主的多为爱情剧,较为有名的是《四艳记》,包括《夭桃纨扇》《碧莲绣符》《丹桂钿合》《素梅玉蟾》四个短剧。剧中的女主角无论贫富贵贱,或是闺中少女,或是丧偶少妇,都具有大胆追求爱情幸福的性格,并且剧作都以大团圆结局,故事虽不脱才子佳人的模式,但结构精巧,颇多情致。剧作尤其善于借助纨扇、绣符、钿合、玉蟾等小道具绾合情节,极有特色。

吕天成、王骥德的杂剧传世不多,以吕天成的《齐东绝倒》较好。这是一个讽刺剧,把矛头直接对准儒家推崇的圣君尧舜,十分尖锐。吕、王在戏曲理论上的建树远在其创作成就之上。

第三节　明代传奇

一、明前期传奇的萧条

明代传奇是继元杂剧之后,耸立在古代戏曲史上的第二座高峰。据傅惜华《明代传奇全目》的统计,明代传奇作家有 277 人,剧目有 950 种,存世剧本达 200 多种。

产生于宋代的民间南戏到元末进入文人创作阶段,产生了《琵琶记》和"荆、刘、拜、杀"等著名剧作,呈现"南戏中兴"的局面。但入明之后,在朱元璋文化专制政策的扼制下,南戏的发展势头发生逆转,再度沉入民间,文人创作近乎一片空白。从成化、弘治年间丘濬的《伍伦全备记》和邵璨的《香囊记》开始,这种沉寂的局面才被打破,陆续出现了一批根据宋元戏剧或历史故事改编的剧作。如姚茂良的《精忠记》,据元剧《东窗事犯》演岳飞的故事;传为苏复之的《金印记》,演苏秦发迹变泰的故事;沈采的《千金记》演韩信的故事;王济的《连环记》演吕布与貂蝉的故事;等等。在这个时期的剧作家中影响最大的还是丘濬、邵璨二人。

丘濬[14]是成化、弘治年间的台阁重臣和理学大儒,代表作《伍伦全备记》写伍伦全和伍伦备兄弟一门慈母、孝子与节妇的忠孝事迹,结局是举家封赠,超升仙界。剧中人物全是道德符号,情节也是道德概念的图解,是一部赤裸裸的伦理说教剧。作者继承并恶性发展了高明的"风化"说,创作意图十分简单,目的就是"使世上为子的看了便孝,为臣的看了便忠,为弟的看了敬其兄,为兄的看了友其弟,为夫妇的看了相和顺,为朋友的看了相敬信"(《伍伦全备记·副末开场》)。由于作者的身份地位,此剧对后世影响很大,开了道学派传奇家的先河,但也遭到有思想的曲论家的严厉贬斥。徐复祚的《曲论》说:"纯是措大书袋子语,陈腐臭烂,令人呕秽。"祁彪佳的《远山堂曲品》说:"一记中尽述伍伦,非酸则腐矣。"

紧步丘濬后尘且有一定影响的是邵璨[15],所作《香囊记》传奇演张九成在宋金战乱中与妻子、母亲和弟弟等一家人悲欢离合的故事,旨在进行封建伦理说教。作者在第一出《家门》中自称"因续取五伦新传,标记紫香囊",可见是丘作的效颦之作。此剧在艺术上也是失败之作,其情节多有因袭《琵琶记》《荆钗记》《拜月亭》之处,语言追求典雅华丽,因作者为应试专习《诗经》与杜甫诗,遂大量搬用二书的成句入剧,甚至采用时文(八股文)的作法来作曲文。徐渭的《南词叙录》说它是"以时文为南曲"的始作俑者,同时也是明代传奇骈俪派的起源。因此该剧在戏曲史上的影响也是负面的。

在丘濬和邵璨的带动下,同时还出现了沈受先的《三元记》、无名氏的《断机记》以及《跃鲤记》(有说为陈罴斋作)等一些道德说教剧,在明代剧坛上形成了一股不良风气。

二、明中期传奇的复兴

从正德、嘉靖年间开始,在以四大声腔为代表的南曲诸腔竞相争唱的背景下,传奇创作出现复兴局面。李开先的《宝剑记》、梁辰鱼的《浣纱记》和无名氏的《鸣凤记》的问世,标志着明代传奇的第一个高潮。这三部剧作并称"三大传奇",在戏曲史上占有重要地位。同时期比较有名的作品还有郑若庸的《玉玦记》和高濂的《玉簪记》。

郑若庸[16]的《玉玦记》,演书生王商应举不第,结识妓女李娟奴,沉湎于酒色,一年后钱财散尽而被李设计逐出。其妻秦庆娘遭叛将俘虏,历尽艰难,持守贞节。后王商发愤攻书而及第,与其妻团圆。剧作暴露妓院图财害人的罪恶,有一定的认识意义。该剧曲词典丽,声韵严整,为时所重,但过分追求词采对仗,讲究平仄韵脚,又好堆砌典故,故王骥德的《曲律》讥其"如盛书柜,翻使人厌恶"。该剧上承邵璨的《香囊记》,下启梁辰鱼的《浣纱记》,是明代传奇骈俪派的代表作品。

高濂[17]的《玉簪记》是昆曲中传唱至今的一部名作。剧演书生潘必正落第羞归,遂往金陵女贞观投奔做观主的姑母。观中道姑陈妙常与潘必正一见倾心,私下结合。事为观主发觉,逼潘必正离观赴试,陈妙常乘舟追上,二人互赠玉簪、鸳鸯坠为表记。后潘必正高中,迎娶陈妙常。剧作有意将两个人的恋爱故事设定在女贞观中,细腻地展示了"受着五戒三叛"的青年女子陈妙常挣脱宗教戒律追求个人幸福的心灵律动,歌颂了青年男女对自由爱情的向往和追求,同时对宗教的禁欲主义教条也进行了无情的嘲弄。该剧曲词婉丽、细腻,人物心理刻画相当逼真,戏中《琴挑》与《秋江》两出最为传唱。

三、晚明传奇的百花齐放

从万历初到明末(1573—1644)的70年间,传奇创作出现了一个前所未有的繁荣局面,这同当时思想文化的突变与转型有关。明中期之后,以泰州学派为哲学背景,思想文化领域出现了一股具有人文启蒙色彩的"以情反理"思潮。这股思潮的领袖人物如李贽等,都极力推崇通俗文学戏曲小说,而不少戏曲作家如汤显祖、冯梦龙等,又都是这一新思潮的中坚。晚明传奇的繁荣,除了思想界与创作界之间所形成的双向合力的推波助澜之外,还有晚明印刷出版业的发达,以及新昆曲逐渐压倒其他声腔,上升为超地方戏的"正音""官腔"等其他因素的拉动作用。

晚明传奇的繁荣具体表现为:一是数量众多,明代传奇的百分之七十左右都产生于此时。二是名家辈出,许多著名剧作家都出现在这个时期。汤显祖、沈璟,自是明代戏曲的泰斗。其他尚有万历年间的周朝俊、孙钟龄、屠隆、梅鼎祚等,天启年间的吕天成、王骥德、吴炳、孟称舜、袁于令、范文若、阮大铖等。三是流派纷呈。这期间最热闹的是以沈、汤为首的吴江派与临川派的对立论争。此外还有讲求雅丽与用典的骈俪派和其他不入上述三派的名家名作。骈俪派以邵璨的《香囊记》为滥觞,中继于郑若庸的《玉玦记》,到明后期蔚为大观。较为有名的作家作品有张凤翼的《红拂记》《祝发记》,屠隆的《彩毫记》,许自昌的《水浒记》,梅鼎祚的《玉合记》等。这一流派的特点是追求辞藻华丽,喜好用典和堆砌古书成句以炫耀才华。骈俪派代表了传奇案头化、贵族化的极端倾向,反映了这一文体由俗趋雅走向僵死的规律性变化。

晚明不囿于上述三派的传奇作家作品还很多,比较知名的则有周朝俊的《红梅记》和孙钟龄的《东郭记》[18]。

《红梅记》取材于明初瞿佑的文言小说《剪灯新话·绿衣人传》,演南宋权相贾似道残杀侍妾李慧娘,并图谋强占良家妇女卢昭容,李慧娘冤魂救出卢昭容,助卢昭容与书生裴禹结为夫妇的故事。该剧在暴露统治者的荒淫无耻和祸国殃民的同时,着力描绘李慧娘的复仇精神和反抗性格,富有浪漫色彩。该剧文辞真切,构思新奇,恰如王穉登的《叙红梅记》所评:"其词真,其调俊,其情宛而畅,其布格新奇,而毫不落于时套。削尽繁华,独存本色。"

《东郭记》是一部绝妙的讽刺喜剧,根据《孟子·离娄》篇中的"齐人有一妻一妾"的故事,并参以《孟子》书中其他人物故事敷演而成。齐人"行乞墦间",品质卑劣而竟至将相之位,王子敖靠行窃所得贿赂当道者也步步高升,淳于髡以滑稽谐笑谋得高官,陈贾、景丑拔须扮妇谄媚权贵而得到重用;与之相反的是陈仲子,他洁身自好、坚持操守,但结局却是穷愁潦倒。剧作主旨在于借古讽今,"以讥嘉、隆、万历间公卿贵人也"(《曲海总目提要补编》"东郭记"条评),抨击明代官场的丑恶和肮脏。祁彪佳的《远山堂曲品》批评说:"掀翻一部《孟子》,转转入趣。能以快语叶险韵,于庸腐出神奇,词尽而意尚悠然。迩来作者如林,此君直凭虚而上矣。"

注 释

[1] 宋元南戏有时也称"传奇",如《小孙屠》的开场说:"后行子弟,不知敷演甚传奇?《遭盆吊没兴小孙屠》。"王世贞在《曲藻》中也将北杂剧称为"传奇",如其谓《西厢记》当为北曲压卷时,说"他传奇不及之","他传奇"即指元代其他杂剧。灌园耐得翁的《都城纪胜·瓦舍众伎》中列举有"烟粉、灵怪、传奇"等,此"传奇"当指话本小说。周密的《武林旧事》中也有"诸宫调传奇"的说法。

[2] 曲学界对传奇的具体指称范围还有不同意见,一说自元末《琵琶记》以下南戏的文人作品即为传奇,一说自《浣纱记》之后的昆腔戏为传奇等。

[3] 朱权(1378—1448),自号臞仙、涵虚子、丹丘先生、大明奇士。初封大宁(今内蒙古自治区宁城县),称宁王,后改封南昌,卒谥"献",世称宁献王。作有杂剧12种,今存《冲漠子独步大罗天》和《卓文君私奔相如》2种。

[4] 朱有燉(1379—1439),号诚斋,又号全阳子、全阳道人、锦窠老人等。朱元璋第五子周定王朱橚之子,袭封周王,卒谥"宪",世称周宪王。著有杂剧31种,总称《诚斋乐府》。另有散曲集亦名《诚斋乐府》和诗文集《诚斋新录》等。

[5] 王九思(1468—1551),字敬夫,号渼陂、紫阁山人,鄠县(今陕西省西安市鄠邑区)人,弘治九年(1496)进士,曾官翰林院检讨。正德年间刘瑾倒台后名列阉党,被贬罢官。著有诗文集《渼陂集》、散曲集《碧山乐府》、杂剧《杜甫游春》和《中山狼》(一折)。康海(1475—1540),字德涵,号对山、沜东渔父,武功(今陕西武功西北)人。弘治十五年(1502)状元,授翰林院修撰。正德间刘瑾败后受牵累被免。著有诗文集《对山集》、散曲集《沜东乐府》、杂剧

《中山狼》和《王兰卿》。

[6]明刊《盛明杂剧》本《曲江春》（《杜甫游春》）中沈士伸评语说王九思有感于自己"高才废处"，故"作此以嘲时相"。"时相"当指李东阳。钱谦益的《列朝诗集》丙集也说王九思"盛年屏弃，无所发怒，作为歌谣及《杜甫春游》（《杜甫游春》）杂剧，力诋西涯（李东阳号）"。

[7]赵景深认为，中山狼故事是流传于世界各国的一个民间故事，"康海也许取为题材，借以讽世，不见得一定是指李梦阳说的吧？"（《明清曲谈·读康对山文集》，古典文学出版社1957年版，第60页）。蒋星煜的《中国戏曲史钩沉》也有专文论及，断言康海的《中山狼》杂剧非为讥刺李梦阳作（中州书画社1982年版，第159页）

[8]徐渭（1521—1593），字文长，号天池山人、青藤道士、田水月等。山阴（今浙江绍兴）人。幼有文名，但屡试不中，终生为诸生。曾入浙江总督胡宗宪幕府，参与抗倭事务。胡因事被害，徐渭惧祸，精神失常，贫病而死。著有诗文集《徐文长三集》、杂剧集《四声猿》和《歌代啸》等。其曲论著作《南词叙录》是第一部研究宋元南戏和明初戏文的专著。

[9]徐复祚（1560—约1630），字阳初，号暮竹，别署阳初子、三家村老。常熟（今属江苏）人。万历十三年（1585）乡试时被人告发"贿买科场"，后虽得辩诬，但不复科考，居乡笔耕为生。长于词曲，著有杂剧2种、传奇4种。杂剧仅存《一文钱》。所作笔记《三家村老委谈》，其中论曲部分，于曲学有精深见解。

[10]陈与郊（1544—1611），字广野，号禺阳、玉阳仙史，海宁（今属浙江）人，官至太常寺少卿。著有传奇4种、杂剧5种，今存《昭君出塞》《文姬入塞》《袁氏义犬》3种。

[11]孟称舜（约1600—1655），字子若，一字子塞、子适，号卧云子。会稽（今浙江绍兴）人。清贡生，曾任松阳训导。著有传奇5种、杂剧6种，又编选元明杂剧《柳枝集》《酹江集》2种，合称《古今名剧合选》。

[12]王衡（1561—1609），字辰玉，号缑山，别号衡芜室主人，太仓（今属江苏）人。明万历年间大学士王锡爵之子，万历二十九年（1601）进士，授翰林院编修。著有《缑山集》《纪游稿》等，所作杂剧有《郁轮袍》、《真傀儡》、《没奈何》（又名《葫芦先生》）3种。

[13]叶宪祖（1566—1641），字美度，号六桐，又号桐柏、槲园居士等。余姚（今属浙江）人。万历间进士，历任大理寺评事、工部主事。著有杂剧24种，今存《夭桃纨扇》《碧莲绣符》等多种；传奇6种，大半存世。

[14]丘濬（1421—1495），字仲深，号赤玉峰道人，谥文庄。琼山（今属海南）人。历任国子监祭酒、礼部尚书、太子太保兼文渊阁大学士。有《大学衍义补》《朱子学的》等专著，戏曲创作今存3种。

[15]邵璨（生卒年不详），字文明，号半江，江苏宜兴人，与丘濬大致同时。攻习举业而终身未能中试，人称老生员。著有《乐善集》和传奇《香囊记》。

[16]郑若庸（约1535年前后在世），字中伯，一作仲伯，号虚舟。昆山（今属江苏）人。屡试不第，但文名甚著，曾为赵康王朱厚煜的座上宾。有著作多种，散曲集传存有《虚舟词余》，今存传奇《玉玦记》1种。

[17]高濂(约1527—约1603),字深甫,号瑞南,别署湖上桃花渔、千墨主、万家居等,钱塘(今浙江杭州)人。少攻举子业,屡试不第,归隐西湖。著有《雅尚斋诗草》《芳芷楼词》等,所撰传奇《节孝记》《玉簪记》皆存。

　　[18]周朝俊(生卒年不详),万历时诸生。字夷玉,一作仪玉。鄞县(今浙江省宁波市鄞州区)人。著有传奇10余种,仅《红梅记》1种传世。孙钟龄,字仁儒,号峨眉子、白雪楼主人,生平不详,约为万历年间人。著有传奇《东郭记》和《醉乡记》,合刻为《白雪楼二种曲》。

参考书目

[1]戚世隽.明代杂剧研究[M].2版.广州:广东高等教育出版社,2011.

[2]郭英德.明清传奇史[M].南京:江苏古籍出版社,1999.

[3]骆玉明,贺圣遂.徐文长评传[M].杭州:浙江古籍出版社,1987.

[4]张新建.徐渭论稿[M].北京:文化艺术出版社,1990.

第八章

明中叶三大传奇

明传奇的成熟与振兴是以嘉靖、隆庆年间问世的三部名作为标志的,这就是李开先的《宝剑记》、梁辰鱼的《浣纱记》和无名氏的《鸣凤记》。三大传奇的问世形成了明代戏曲在沈璟、汤显祖之前的第一个高潮。

第一节　借绿林以吐气的反权奸戏《宝剑记》

一、李开先的生平与著作

李开先(1502—1568),字伯华,号中麓,章丘(今山东章丘西北)人。嘉靖八年(1529)进士,历官户部主事、吏部考功司主事、文选司郎中、太常寺少卿等职。李开先自幼就有忠君报国之志,入仕后自负经济之才,方直廉正,不附权贵。李开先居官13年,颇有政声,不断得到皇帝的嘉奖封赠,曾有过"数月三迁"的幸运。但在他40岁时,因皇家宗庙失火,当政者以天警人事为借口,将其削职为民。李开先政治生涯的突然结束,实际上是嘉靖朝权相争斗,进行政治倾轧的结果。

李开先一生文名显赫,交游极广。据文献统计,与其过从较密的有500人左右。这些人大致可分为三类:第一类是诗文名家,如他与王慎中、唐顺之等人唱和,时称"嘉靖八才子"。李梦阳等前后七子也多与他是好朋友。第二类是戏曲名家,如冯惟敏、梁辰鱼、郑若庸等。他与"前七子"中的康海、王九思的交情终身不衰,主要也是由于在词曲方面有着共同的嗜好。第三类是山东当地的词曲爱好者。李开先家乡有不少业余沙龙性质的"词会""词社",他罢归后就参加了当地的词会组织,研讨曲律,唱和曲文,进行戏剧创作。

李开先著述繁多,涉面极广,有《李中麓闲居集》。戏曲除《宝剑记》《登坛记》(佚)传奇外,还有杂剧6种,总名《一笑散》,今存《打哑禅》《园林午梦》两种。写裴淑英节孝故事的《断发记》传奇据说也是他的作品。

二、《宝剑记》对林冲故事的改编

《宝剑记》是李开先的代表作,完成于嘉靖二十六年(1547),由施耐庵《水浒传》中的林冲故事改编而成[1]。雪蓑渔者的《〈宝剑记〉序》有"坦窝始之,兰谷继之,山泉翁正之,中麓子成之也"的说明,可见此剧是李开先在当地民间创作的基础上最后修改完成的。

剧演林冲自幼习儒,后投笔从戎,建立军功,授征西统制。其因"只知忠君爱国,不解附势趋时",两次上书,弹劾奸臣高俅、童贯等,先被贬谪为禁军教师,后被高俅以观看祖传宝剑为名,诱入白虎节堂进行陷害。林冲被发配沧州后,又遭高俅追杀,被迫投奔梁山,然后率义军讨伐奸党,朝廷震恐,下旨招安。结局是林冲手刃高俅父子,接受招安,全家团圆。

戏剧在保留《水浒传》林冲故事梗概的基础上,做了大幅度的增饰改编,但最根本的改变有三点:第一是林冲与高俅斗争的性质。小说写林冲在妻子遭受高衙内凌辱之时,委曲求全,直到被逼得走投无路,才杀人造反,上了梁山。这本是一个"逼上梁山"即官逼民反的故事,在戏剧中则改变为忠奸斗争。剧中的林冲"忠君爱国"、忧国忧民,"忠臣不怕死",其"愿溅一腔腥血,疏献九重宫阙",两次上书,弹劾受皇帝宠信的奸党,是一个舍生忘死的忠臣形象。林、高之争也就转化为忠奸之争,具有统治阶级内部政治斗争的性质。

第二是林娘子的故事,在小说中是林冲被逼上梁山的起因,她以死反抗高衙内,自尽身亡;戏剧中则变为林冲主动反权奸的副线,被改写为她为丈夫击鼓鸣冤、奉养婆母,在高家逼婚时,侍女锦儿代主出嫁,掩护主母脱险后自尽。林娘子逃至尼姑庵避难,最后夫妻团圆。

第三是高俅的结局。小说写起义军三败高俅,把他活捉到梁山,但宋江为实现招安目的,竟奴颜婢膝,将其放归,林冲等好汉敢怒而不敢言。戏剧改为林冲向招安使臣索要高俅,以报仇雪恨。朝廷将高俅父子押至军前,林冲痛数其出身无赖、为官后祸国殃民的种种罪恶,然后将其"割腹剜心,碎尸万段"。显然,戏剧的处理更合乎情感的逻辑和观众的愿望。

三、《宝剑记》的主题思想

李开先改编《水浒传》的故事为戏剧,并不是要弘扬小说的造反精神,而是欲借绿林以吐气,宣泄对奸臣专权乱政、祸国殃民的愤恨。剧中借林冲之口,斥责高俅等奸佞之徒:"非奸党不容,无赀财难进,引诱朝廷,采办花石,建造宫室,逼迫的天下荒荒,胡马南渡。"(第四出)对林冲的被逼上梁山,作者虽给予同情,但并不是肯定梁山好汉的造反起义,只是将其作为忠奸矛盾难以调和时的权宜之策,这从林冲在梁山盟誓时的再三表白不难看出:"背主为寇,非是林冲不忠,乃被高俅逼迫。""非敢背君逆亲,只为应天顺人。"(第四十出)一旦奸邪被除,忠奸矛盾也就解决,所以作品最后用"清君侧"的传统思维模式,完成了褒忠贬奸的主题设计。

不独《宝剑记》,同时出现的《鸣凤记》和《浣纱记》等传奇也都从不同角度表现了反权奸的内容思想,这是由明中叶大奸相严嵩父子专权乱政的特定时代背景决定的。明人沈德符说:"《宝剑记》则指分宜(严嵩为江西分宜人)父子。"(《万历野获编》卷二五)《曲海总目提要》也说"开先特借以诋严嵩父子耳"。这样理解固然过于狭隘,但明中期权奸专政,结党营私,陷害忠良,派系争斗异常激烈,作者立朝8年,身受其害却是不争的事实。剧中林冲与高俅父子的斗争,实际上正是现实政治斗争的艺术反映。李开先的同乡好友姜大成在《〈宝剑记〉后序》中说:"古来抱大才者,若不得乘时柄用,非以乐事系其心,往往发狂病死。今借以坐消岁月,暗老豪杰,奚不可也?"表明此剧正是作者忠而被黜,抱大才而遭压抑的有感而发。剧本极力强调林冲、林娘子、锦儿等正面人物的忠孝节义,明显残留着明初传奇喜好进行道德说教的风气,反映了作者思想保守迂腐的一面。锦儿以身殉主的情节,开了后来"义仆"类型的先例。

四、《宝剑记》的艺术成就

对于《宝剑记》的艺术成就,历来存在不同意见。王九思的《书〈宝剑记〉后》称为"一代之奇才,古今之绝昌(唱)也";雪蓑隐者的《〈宝剑记〉序》说:"是记则苍老浑成,流丽款曲,人之异态隐情,描写殆尽,音韵谐和,言辞俊美,终篇一律,有难于去取者。"虽然两个人的评价有过誉之词,但《宝剑记》在语言方面的成就是被多数人首肯的。

在明代传奇文人化的进程中,喜好藻丽骈偶,成为风气。相比之下,该剧的曲词朴实本色,富有表现力。如第三十七出《夜奔》中林冲夜奔梁山时的两支曲词:

【新水令】按龙泉血泪洒征袍,恨天涯一身流落。专心投水浒,回首望天朝。急走忙逃,顾不得忠和孝。

【驻马听】良夜迢迢,投宿休将门户敲。遥瞻残月,暗度重关,急步荒郊。身轻不惮路迢遥,心忙只恐人惊觉。魄散魂消,魄散魂消,红尘误了武陵年少。

这里刻画逃亡者"急""恨""惊""悲"的复杂心理与情感,极为出色,至今仍是京剧、昆曲和不少地方戏经常上演的经典出目。

此外,《宝剑记》宾白韵散相间,也多有精彩之处。如韵文白"丈夫有泪不轻弹,只因未到伤心处"就是为人传诵的警句。散文白则平浅如话,切合事理,也不乏生动有趣的片段。当代有人说李剧的戏曲语言"不算成功",甚至连《夜奔》的语言也总觉得缺少灵气,缺少神韵。这一方面是脱离明代戏曲的实际孤立地看问题,另一方面则是受了前人评论的影响。较早对《宝剑记》的语言提出批评的有王世贞和沈德符。王世贞的《曲藻》说:"公辞之美,不必言。第令吴中教师十人唱过,随腔字改妥,乃可传耳。"沈德符的《顾曲杂言》则说:"章邱李中麓太常亦以填词名……不娴度曲,即如所作《宝剑记》,生硬不谐,且不知南曲之有入声,自以《中原音韵》叶之,以致吴侬见诮。"王、沈皆为吴人,都从昆曲的声律出发指摘李剧的毛病,而李氏之剧原为其擅长海盐腔的家班"童辈搬演"(见姜大成《〈宝剑记〉后序》),并非为昆曲而作。尽管有如此偏见,王世贞也没有否认剧本的"辞之美"。这是应当辨明的。

关于《宝剑记》的结构，人们多批评它松散、枝蔓。祁彪佳的《远山堂曲品》说："且此公不识炼局之法，故重复处颇多。以林冲为谏诤，而后高俅设白虎堂之计，末方出俅子谋冲妻一段，殊觉多费周折。"这是拿《水浒传》原故事的结构以衡量戏剧。小说中"俅子谋冲妻"发生在前，引发白虎堂陷害林冲的情节，是为表现"逼上梁山"的主题服务的。戏剧改为林冲上书谏诤在前，"俅子谋冲妻"在后，则是由戏剧表现"忠奸斗争"的新主题决定的。林、高之间忠与奸的矛盾冲突，是戏剧的主线；林娘子的故事对主要冲突起着丰富、辅助的作用，属于副线。所以应当说线索脉络还是清晰的。此外，与同时代的传奇剧比较，《宝剑记》的关目布局还算是简明适当的。例如，林冲第一次上书被降职采用补叙交代，第二次金门上书只用奏事官传递，而不用驾头（皇帝）出场，林冲上梁山时先逃往柴进处用暗场处理，等等，就都是有藏有露，很是讲究的。如果与元杂剧高度浓缩精练的布局结构相比，当然还显得板重烦冗。这是明传奇在结构上普遍存在的问题，《宝剑记》并不属于明显的一类。

第二节　爱情加兴亡的历史剧《浣纱记》

一、梁辰鱼的生平与著作

梁辰鱼（1519—1591），字伯龙，号少白，别署仇池外史。昆山（今属江苏）人。出身于下级官僚家庭，少时好谈兵习武，有立功报国之志。屡试不第，以例贡为太学生。曾入浙江总督胡宗宪幕中为书记，胡因附严嵩案入狱，梁辰鱼随即归乡。他为人狂放不羁，平生有三好。一是"好任侠"，广交天下豪杰奇士。张大复《皇明昆山人物传》说："千里之外，玉帛狗马，名香琛玩，多集其庭。而击剑扛鼎、鸡鸣狗盗之徒，乃至骚人墨客、羽衣草衲、世出世间之士，争愿以公为归。"二是好游历，足迹遍吴越荆楚齐鲁等地。他自称："余幼有游癖，每一兴思，则奋然高举。"（《江东白苎》卷下《秋日登毂水驿楼感旧作》）三是好音乐，长于度曲，在戏曲界极有声望。明末清初徐石麟的《蜗亭杂订》说："梁伯龙风流自赏，修髯美姿容，身长八尺，为一时词家所宗。艳歌清引，传播戚里间。白金文绮，异香名马，奇技淫巧之赠，络绎于途。歌儿舞女，不见伯龙，自以为不祥也。"他50岁左右专心钻研昆曲，曾得魏良辅之传，以制曲传曲为生。王伯稠赠诗说："彩毫吐艳曲，粲若春花开。斗酒清夜歌，白头拥吴姬。家无担石储，出多少年随。"屠隆的《鹿城集序》说他："身有八尺之躯，而家无百亩之产。入媚其妻子，而出傲其王侯。"

梁辰鱼著有《鹿城集》，已佚。戏曲著作有杂剧《红线女》《无双传补》《红绡》3种，前2种存世；传奇有《浣纱记》《鸳鸯记》2种，后者已佚。另有散曲集《江东白苎》等。

二、《浣纱记》的情节与渊源

《浣纱记》演述吴越兴亡这一极具戏剧性的历史故事。春秋末年，越国上大夫范蠡春游至苎罗村若耶溪边，偶遇浣纱美女西施，一见钟情，以西施所浣之纱订婚，约旬月间迎娶。不料吴王夫差兴兵伐越,越国大败。越王勾践被围困,求降不得,遂用范蠡之计,以重金、美女贿赂吴国太宰伯嚭,使其怂恿吴王允降。勾践夫妻及范蠡等越国君臣入吴为奴,为吴王养马,忍辱负重三年,终于使夫差麻痹,而将他们释放回国。越王君臣谋划把越国最美的女子进献给吴王,以加速敌人的腐败丧志。范蠡主动举荐西施前往。与越国君臣的上下一心、发愤图强相反,吴王夫差则是酒色荒淫,刚愎自用,宠信奸佞,残害忠良,完全放松了对悄悄崛起的越国的警惕,结果在盲目出兵北伐齐国之际,被越兵从背后偷袭,一败涂地。吴王夫差被迫自刎,越王复国成功。范蠡与西施结婚团圆,功成身退,共驾一叶扁舟泛太湖而去。

这个故事载于《左传》《国语》《史记》等史书,也见于《吴越春秋》《越绝书》《吴地记》等野史笔记,后来在宋元说话中已有大量创作。如话本有《吴越春秋连像平话》,大曲有《道宫薄媚·西子词》,戏文有《范蠡沉西施》,金院本有《范蠡》,元杂剧则有关汉卿的《姑苏台范蠡进西施》、赵明道的《灭吴王范蠡归湖》、吴昌龄的《陶朱公五湖沉西施》等。这些曲艺作品绝大部分今天都已失传。《浣纱记》就是在上述历史记载和前代通俗文艺的基础上经过综合融贯的集大成之作。

三、剧本主题与作者写作动机

梁剧的内容和思想比较丰富复杂,有相当的纵深度和层次感,超越了此前那些只写吴越相争中某一事件的作品。救亡图存、忠心报国是贯穿此剧的核心主题,不仅由越国君臣上下同心、发奋复国的积极行动体现出来,而且敌方老臣伍子胥为了吴国利益,千方百计要置越王于死地的努力也同样是被称扬的。相反地,奸相伯嚭接受越王贿赂出卖吴国利益和吴王荒淫误国虽然都直接帮助了越国,但却是被批判、被暴露的。戏剧中的正面人物分布于敌对的双方阵营之中,吴国反面人物反而是越国正面人物的支持者,这种表面混乱的评价实际上都统一在歌颂爱国主义的总主题之中。

男女主角的爱情离合故事是贯穿全剧的一条线索,与爱国主义的主线平行并进,但却是服从后者的。男主角范蠡是一位"为天下者不顾家"的爱国者,在国家和君王遭遇危难之际,他挺身而出,自觉地承担起救亡复国的大任。他为了最有效地促使吴王腐败堕落,主动献出自己的情人。女主角西施则义无反顾,"誓当粉身碎骨以报恩义",牺牲自己的贞操打败了强大的敌人,换取了复国大业的胜利。男女主角为了国家的最高利益,甘愿放弃个人的爱情幸福,体现了崇高的爱国情操与精神。《浣纱记》要表现和颂扬的是国家利益至上主义,而不是爱情至上主义,更不同于传统的女色祸水论。古往今来,不管是东方还是西方,只要是在民族和国家面临危亡的前提下,这种救亡第一和国家至上的价值观都是应当肯定的。

褒忠贬奸、感慨兴亡无疑是《浣纱记》的重要内容,也是作者创作此剧的主要动机所在。第一出《家门》按惯例交代或提示写作旨义,其中有"试寻往古,伤心全寄词锋"的话。那么寄托何在?作者唯恐观众忽略他的良苦用心,特在剧末题诗说:"尽道梁郎识见无,反编勾践破姑苏。大明今日归一统,安问当年越与吴。"这无异是在提醒人们注意戏剧内容与明朝现实的对应关系。吴越兴亡的戏剧性变化,最根本的原因是吴国的政治腐败。夫差荒淫昏聩和伯嚭贪贿进谗,昏君佞臣排挤陷害清醒正直的诤臣伍子胥,最终导致曾经是胜利者的夫差国亡身死。作者发现历史竟是那样惊人地相似,大明朝虽然天下统一,却正发生着和当年吴国相同的政治危机:嘉靖皇帝昏聩荒淫,宠信奸佞,严嵩父子专权乱政,贪污受贿,残害忠良,简直如同夫差与伯嚭再生。明王朝内忧外患加剧,最后败亡于清,就是从梁辰鱼所处身的嘉靖一朝开始的。作者预感到国家危机的迫近,企望通过对历史兴亡的反思以寄感慨,并表达他对现实政治的态度,这一动机与另外两大传奇的创作情况是一致的。

四、《浣纱记》的艺术成就与影响

首先,《浣纱记》是采用魏良辅改良过的新昆腔搬上舞台演唱的第一部传奇。优美动听的"水磨调"使人耳目一新,推动了《浣纱记》的传播;而梁剧舞台演出的成功又对新昆腔的流行产生了促进作用。故梁剧一出,就广为传唱,"至传海外"(沈德符《顾曲杂言》)。一直到清代,《浣纱记》还很流行,在叶堂的《纳书楹曲谱》和钱德苍的《缀白裘》所收剧目中计有 13 出之多,仅次于《琵琶记》。其中《寄子》《采莲》《泛湖》等出,至今仍是昆曲舞台不断上演的经典剧目。

其次,宏伟严整的结构。前人对梁剧的结构多有贬斥。如徐复祚的《曲论》说,《浣纱记》"关目散缓,无骨无筋,全无收摄"。今人也往往指摘其头绪过多而散漫。这是不符合实际的。此剧以男女爱情贯穿政治兴亡的双叠式构想就是富有创意而且十分成功的。作为一部历史剧,要容纳的事件、人物必然杂多,所反映的场面也相当宏大。梁剧以范蠡、西施的爱情离合作为全剧的主线,把有关吴越兴亡的众多人物事件贯穿起来,从而开创了"借离合之情,写兴亡之感"的结构模式。剧情以爱情开始,又以爱情收结,还进一步设计了象征爱情的一缕溪纱作为针线,把不同层次的内容巧妙地连缀成一个有机的艺术整体。溪纱的道具在剧中共出现了三次:开头赠纱,中间分纱,最后合纱。前后呼应,清晰而严整。这种爱情加兴亡的双叠式结构对以后传奇的创作影响很大,清代名剧《长生殿》《桃花扇》就都是学习梁剧结构艺术的成功典范。

再次,作者善于运用衬托对照的手法。一方面是吴王夫差纵情声色,斥忠近佞,骄横忘患,导致由兴而亡;另一方面则是越王勾践发愤图强,君臣一心,励精图治,终于复兴。对比鲜明。伍子胥忠而被害,一是对照伯嚭之奸,以见吴王之昏聩;二是衬托范蠡的君臣际遇,功成名就。这种手法的成功运用,把剧本的几重主题表现得都十分明确有力。

最后,结尾荡开一笔,写男女主角泛舟五湖,意境高远,富有烟水迷离之韵。一方面说明主人公超越了封建的贞操观念,体现着新经济因素萌芽之后所产生的新型道德观;另一方面也打破了一般传奇中赐宴封赠大团圆结局的窠臼,颇有创新意义。

《浣纱记》在艺术上的缺点是主要人物的心理描写失之简单,显得人物血肉不够丰满。另外戏剧语言属于骈俪一派,过分讲究辞藻的华丽,甚至人物道白也多用骈体句法,显得不够真切,表现力不足。

第三节　政治时事剧《鸣凤记》

一、创作时间与剧作者之谜

《鸣凤记》是明中期一部纪实性的政治时事剧,直接把当朝反权相严嵩的政治斗争搬上舞台,在当时产生了轰动效应。关于作者,明清间的记载有多种说法,一说是大名士王世贞,一说为王世贞门人[2]。这两种说法同"王世贞作《金瓶梅》"一样都是传闻猜测。一般较为谨慎的曲学家都认为是无名氏之作。不过,根据剧作中不少使用吴方言的片段可以推定,作者必为吴人,即苏州一带人;再就剧本的写实性内容看,作者对当朝内部政治斗争的细节了解得如此详尽快捷,描写得如此真切细致,必定参与过朝政,绝非道听途说者可以办到。换个角度说,即使由一位"才而艰于遇"的穷秀才写出初稿,最后定稿也应是由一位通悉朝廷内幕的大人物完成。就目前所能掌握的材料判断,把此剧的作者暂定为王世贞也有一定道理。

关于此剧的写作年代,焦循的《剧说》卷三说《鸣凤记》初成时,王世贞"命优人演之,邀县令同观。令变色起谢,欲亟去。弇州徐出邸抄示之曰:'嵩父子已败矣。'乃终宴"。这条材料不只说明此剧最早出自王家,而且上演于严嵩父子倒台之时,即嘉靖四十一年(1562)。剧中多处对嘉靖的颂圣也表明了这一点。现代曲学者因剧中一些正面人物的追赠、谥号或职务皆产生在隆庆间或万历之初,故又有作于隆庆或万历初两说。其实上述三说并非不能相容,因剧中人皆为作者同时人,初稿在演出中不断作局部调整修改,最后成为我们今天看到的样子,自是情理中之事。古书在传播中掺入后世内容,是普遍现象,并不能因此轻易否定其为古书。这个道理应当适用于对《鸣凤记》写作年代的认定。

二、《鸣凤记》的内容主题与剧名由来

剧演忠臣烈士杨继盛等 8 人前仆后继,同奸相严嵩及其集团作殊死斗争的事迹。嘉靖间严嵩父子专权达 20 余年,一方面卖官纳贿,结党营私,朝内外大小官员多投身于严门做"干儿",以至严家有真假儿子之号。鄢懋卿和赵文华是众"干儿"中之最无耻者,一靠进白玉杯,一靠献金尿盆邀宠。严嵩父子另一方面则极力蒙蔽嘉靖,排除异己,迫害忠良。首辅夏言为收复在明英宗"土木之变"中沦陷的河套地区,授命都御史曾铣统兵出征。严嵩为夺夏言之权,先诬奏曾铣"克扣军饷,妄动失机",又谗言夏言"丧师辱国,谤毁圣上",致使二人皆被处死。严氏父子的嚣张气焰激起了一些刚正不阿的朝臣的愤怒,兵部员外郎杨继盛冒死上本,痛陈严嵩五奸十罪,被斩。进士邹应龙、林润拒绝严家拉拢,均遭外遣。礼部主事董传策、兵部郎中张翀、工科给事吴时来三人联名上章弹劾,被谪戍边。翰林学士郭希颜奏数严嵩罪行,被赐死。此时严氏父子倒行逆施,已恶贯满盈。回京复命的邹应龙与刑科给事孙丕扬同时奏本,终于扳倒奸相,严氏父子皆被罢职,并被赶回江西老家。最后由巡视江西的南道御使林润再弹劾严家横

行乡里,诏命抄没严氏家产,腰斩严世蕃,所有忠臣烈士皆得封赠。

剧本旨在表彰上述夏、曾等所谓"双忠八义"十人,表现杨、邹等八人同严氏集团的忠奸斗争,张扬他们那种舍生取义、杀身成仁的感天地而泣鬼神的气概与精神。《诗经·大雅·卷阿》:"凤凰鸣矣,于彼高冈。梧桐生矣,于彼朝阳。"后人常以"凤鸣朝阳"比喻贤才遇时而起。《新唐书·韩瑗传》载,唐高宗时无人言事20年,帝造奉天宫,李善感上书进谏,被时人誉为"凤鸣朝阳"。剧本用此典故,在第一出《家门大意》末称"前后同心八谏臣,朝阳丹凤一齐鸣",故名《鸣凤记》。

三、《鸣凤记》的艺术创新及其影响

第一,在中国戏曲史上,《鸣凤记》是第一部从现实取材的政治时事剧。传统戏曲直接取材于现实而由作者独立创作的剧作极为少见,绝大部分不是根据史传传说改编,就是移植小说曲艺或其他剧种剧作而成。这种现象同样存在于以题材多样、思想自由著称的元代戏曲创作之中。据研究,元代只有《樊事真金篦刺目》(见夏庭芝《青楼集》)等少数几个取材于现实生活的剧目,即使像关汉卿的《窦娥冤》那样现实性很强的名著也采用了"东海孝妇"传说的故事原型。明传奇改编移植的现象更为普遍,如同样反映明中期反权奸斗争的《宝剑记》和《浣纱记》。《鸣凤记》不只是一部直接取材于现实的现代戏,而且还是一部全景式展示当时一场重大政治斗争的纪实剧。其中所涉人物、事件,《明史》大都有记载。剧本虽在一些细节上有所增饰或移借,如杨继盛写奏本时有先人魂灵阻止,这个细节系借用明正德时蒋钦之事[3],但基本上保持了整体性纪实风格。剧本虽作于严嵩集团倒台之后,但剧中人都是同代人,剧中事都是当时事,而且都是要人政事。作者以戏剧干预政治,干预生活,坚持实录精神,这种前无古人的创举,同样需要杨继盛奏本那样的胆勇气魄。吕天成的《曲品》评论说:"记时事甚悉,令人有手刃贼嵩之意。"

《鸣凤记》开了政治时事剧的先河,明清之际一下子涌现出几十部现代纪实剧,其中最著名的当然要属李玉的《清忠谱》和孔尚任的《桃花扇》,它们都是受此剧影响而产生的。

第二,打破了传奇剧的结构模式。从南戏到传奇一般都是表现男女主人公的悲欢离合,有一个贯穿全剧的故事情节,用一条主线或再加一条副线连缀而成,这已经形成了一个固定的格局。一般戏曲评论家也习惯运用这一审美定式以衡量作品,如李渔戏曲论的"立主脑"说,就很有代表性。《鸣凤记》要纪实性、全景式地展现"双忠八义"十个人物的斗争,时间跨度达20余年,空间上也是天南地北,就不能不打破既有的结构模式。全剧没有贯穿始终的故事情节和正面人物,而是围绕忠奸斗争的思想中心,创立了一种板块式组合的新型结构。具体处理方法是把主要人物按反严斗争的回合分成若干组:夏言与曾铣为第一组,杨继盛与其妻为第二组,董传策、张翀、吴时来为第三组,郭希颜独自为第四组,邹应龙与孙丕扬为第五组,林润独自为第六组。六组人物虽有一些穿插交错,但都并列地指向权奸。这种结构形式一方面为剧本反映的特定内容所决定,另一方面又呈现出众多仁人志士不屈不挠、前仆后继的趋势,应当说是极具个

性而且富有表现力的,是一种新的尝试,不能用传奇的固定模式来否定它。

第三,富有表现力的人物宾白。重曲轻白是古代戏剧的通病。元杂剧的曲词极其精彩,但道白却十分简略粗疏,这有《元刊杂剧三十种》可证。乃至有元曲家只管写曲词,宾白由演员临场发挥的说法。明传奇的宾白文人习气很重,大都流于空洞板滞,骈俪派的剧作可算极端的代表。《鸣凤记》的宾白却是个例外,极有特点:一是大段道白很多,大都十分精彩;二是切合人物的身份、性格与心理,风格多样化;三是真切写实,极富穿透力。例如第六出《二相争朝》,俗称"论河套",写夏言与严嵩在朝堂上的一场政治辩论,论题是关于沦陷的河套地区要不要和能不能收复的问题,就是通过一大段800来字的对白来完成的。严嵩主张在强敌犯边的形势下,"为今之计,不过戒严将士,固守城池为上,若使恋战贪功,必致丧师辱国"。作者并没有对他进行简单的丑化,而是让他引经据典,充分说明不能收复的理由。夏、严的忠奸品性就是在双方严肃的政治论争中,运用写实手法不动声色地显现出来的。这出戏表演难度很高,是衡量演员水平的一把尺子。侯方域的《马伶传》载,明末南京的两个名演员马伶和李伶有一次打擂台,双方都演《鸣凤记》,二人同扮严嵩,演到"论河套",观众多被李伶争夺过去。马伶不服,到北京投身于相国府中做门卒,体验生活三年,再与李伶比"论河套",终于战而胜之。

表现人物心理性格的,如第十四出《灯前修本》和第十六出《夫妇死节》。杨继盛撰写奏本弹劾气焰熏天的严嵩,开始是因前次进谏被捋折的手指疼痛,接着是鬼魂扑灯,最后是妻子劝阻,多通过人物的独白或大段对白来展示心理矛盾;杨继盛临刑时,杨夫人问他还有什么关于家事的遗言,他说:"唉!妇人好不晓事,我平生那有家事,我浩气还太虚,丹心照千古。平生未了事,留与后人补。"这刻画了忠臣烈士义无反顾的性格,具有感天地、泣鬼神的悲壮美。与此相对,赵文华等丑角的道白则充满漫画式的喜剧色彩,惟妙惟肖,与那些脱离剧情的插科打诨也是不同的。

毛声山的《第七才子书〈琵琶记〉·前贤评语》录冯梦龙的话说:"先儒有言:'读诸葛亮《出师表》而不下泪者,必非忠臣;读李密《陈情表》而不下泪者,必非孝子。'今当更二语曰:读王凤洲《鸣凤记》而不下泪者,必非忠臣;读高东嘉《琵琶记》而不下泪者,必非孝子。"《鸣凤记》震人心魄的艺术力量首先是由富有穿透力的道白语言产生的。

注 释

[1] 李开先的《词谑》云:"崔后渠、熊南沙、唐荆川、王遵岩、陈后冈谓:《水浒传》委曲详尽,血脉贯通,《史记》而下,便是此书,且古来更无有一事而二十册者……"可见其作《宝剑记》时,《水浒传》已流播民间了。

[2] 吕天成的《曲品》卷下"中上品"里列有《鸣凤记》,注曰:"王凤洲作。"明毛晋的《六十种曲》、清无名氏的《古人传奇总目》也持相同看法。清焦循的《剧说》卷三则认为:"相传《鸣凤》传奇,弇州门人作,惟'法场'一折,是弇州自填词。"《曲海总目提要》也说"系王世贞门客所作"。

[3] 蒋钦,字子修,江苏常熟人,弘治九年(1496)进士,授卫辉推官,征擢南京御史。蒋

钦正德元年(1506),上疏参劾刘瑾,被逮下狱,狱中仍继续写本弹劾权奸。"方钦属草时,灯下微闻鬼声。钦念:'疏上且掇奇祸,此殆先人之灵欲吾寝此奏耳。'因整衣冠立,曰:'果先人,盍厉声以告?'言未已,声出壁间,益凄怆。钦叹曰:'业已委身,义不得顾私,使缄默负国为先人羞,不孝孰甚!'复坐,奋笔曰:'死即死,此稿不可易也!'声遂止。杖后三日,卒于狱,年四十九。"(见《明史》卷一八八列传第七十六)

参考书目

［1］李开先.李开先全集［M］.卜键,笺校.北京:文化艺术出版社,2004.

［2］王永健.中国戏剧文学的瑰宝:明清传奇［M］.南京:江苏教育出版社,1989.

［3］郭英德.明清文人传奇研究［M］.北京:北京师范大学出版社,1992.

第九章

汤显祖与临川派

第一节　汤显祖的生平、著作与思想

一、与世俗相抗的正直一生

汤显祖(1550—1616),字义仍,号海若、若士,晚号茧翁,别署清远道人,临川(今江西抚州)人。出身于书香门第[1],自幼受家庭影响,博览群书,除了精通诗文,对诸子百家、地理历史以及医药星卜等无所不晓。汤显祖青年时就颇有文名,人们以得见其人为幸。于 21 岁时考中举人,但在接下来的礼部会试中却屡遭挫折。原因是当朝首辅张居正闻汤显祖之名,命其子两次笼络,但均遭汤显祖拒绝。直到万历十一年(1583),即张居正死后第二年,汤显祖才考中进士。

在以后的仕途生涯中,正直不阿、不附权贵的汤显祖历尽坎坷。由于再度拒绝了当时的内阁新贵张四维、申时行之子的笼络,汤显祖在京城等了一年多,才被授以南京太常寺博士的闲散官职,后又迁任南京詹事府主簿、礼部主事。在南京的十年闲散官场生涯中,汤显祖“于世俗嗜好一切无所当,好谈天下事与天下贤人而已”(汤显祖《刘大司成文集序》),始终保持着其清高正直的人格操守。

万历十九年(1591)的三月和闰三月,被视为不祥之兆的彗星两度出现。汤显祖上《论辅臣科臣疏》,精辟地分析了朝政的种种弊端,并弹劾首相申时行拉帮结派、给事中杨文举和胡汝宁贪鄙昏聩,结末还不无遗憾地对万历朝的二十年政治予以总结说:“陛下御天下二十年,前十年之政,张居正刚而多欲,以群私人嚣然坏之;后十年之政,时行柔而多欲,以群私人靡然坏之。”这种放言无忌的批评,触怒了神宗皇帝和其他当政者,汤显祖被贬至时人视为瘴疠之地的广东徐闻县,任一小吏典史之官。

两年后,汤显祖量移浙江遂昌知县。在任五年间,他兴教劝学,扶持农桑,尽力为当地百姓做了一些好事,但也看清了明王朝从中央到地方的腐败与黑暗,内心对政治深感绝望,于是在 48 岁那年主动辞职回乡。从此他过起了著书立说,寄情词曲的林下文人生活,直到 66 岁逝世。

二、自觉的启蒙主义思想家

在中国戏曲史上,汤显祖是一位最富哲学气质的作家。他曾师从泰州学派的代表人物罗汝芳,同时对这一学派的另两位启蒙思想家李贽与释达观也十分钦服。泰州学派针对程朱理学"存天理,灭人欲"的口号,主张人性自由,肯定人的情欲的合理性,直接冲击封建王朝的意识形态,在晚明思想文化领域形成了一股带有启蒙色彩的非理性思潮。汤显祖受其影响,形成了一套十分独特的"以情反理"的哲学美学思想。陈继儒的《批点牡丹亭题词》引汤氏之言说:"师讲性,某讲情。"汤显祖在《沈氏弋说序》中写道,"是非者理也""爱恶者情也""情在而理亡"。汤氏所谓"情",既包括男女爱情,也包括人生的一切欲望和追求,指的是生命内在的自然本真状态;所谓"理",就是理学家们制订的伦理道德规范,属于强加于人性的外在的东西,而不是生命本体固有的。他认识到现实"理"对"情"的扼杀和异化,强调二者不可调和的对立性。他在《寄达观》中说:"情有者理必无,理有者情必无。"为了与理学家的"存天理,灭人欲"口号相对抗,他在《牡丹亭题词》中旗帜鲜明地提出情感至上主义的观点:"情不知所起,一往而深。生者可以死,死可以生。生而不可与死,死而不可复生者,皆非情之至也。"这种情至说,显然带有人本主义和个性解放的启蒙色彩,代表了晚明的时代精神,对当时和后来的文学家与戏曲家产生了深远的影响。

除此之外,汤显祖思想中还有佛、道、侠的因素,这些因素同样在他的戏剧作品中有不同程度的表现。总之,在汤显祖笔下的"情"是非常复杂的,这在其《牡丹亭》中有充分的表现,我们将结合作品作进一步分析。

三、临川四梦

汤显祖的剧作主要有《紫钗记》(由早年习作《紫箫记》改写而成)、《牡丹亭》(又名《还魂记》)、《南柯记》、《邯郸记》,因剧中都有梦境描写,故合称"临川四梦";又以作者所居称玉茗堂,亦称"玉茗堂四梦"。其中《牡丹亭》是汤氏的代表作,标志着明代戏曲创作的最高水平。王思任的《批点玉茗堂牡丹亭词叙》引作者之言说:"一生'四梦',得意处惟在《牡丹》。"当时人也作出了很高的评价,沈德符的《万历野获编》称:"《牡丹亭梦》一出,家传户颂,几令《西厢》减价。"汤氏还有诗文 2 600 余篇,今人将其与戏剧作品合编为《汤显祖集》。

第二节 《牡丹亭》

一、戏剧情节及其渊源

剧演南宋时南安太守杜宝之女杜丽娘,与丫鬟春香私到后花园游玩,怀春伤感,做梦与书生柳梦梅欢会于牡丹亭畔,后因极度思念梦中情人,竟缠绵忧郁而亡,死前自绘小像一幅,藏置墓侧。三年之后,柳梦梅赶考路过南安,拾得杜丽娘小像,为其美貌感动,朝夕呼叫,与杜丽娘鬼魂欢聚。杜丽娘鬼魂诉说为相思而死的生前之事,柳梦梅掘坟开棺使杜丽娘复生,与杜丽娘结为人间夫妻,携其赴京应试。柳梦梅中状元,却被杜宝当作盗墓贼予以惩办。后在皇帝的干预之下,翁婿相认,一家团圆。

此剧主干情节原有所本,系综合前代有关还魂再生的一些小说而成。作者在《牡丹亭题词》中曾有提示:"传杜太守事者,仿佛晋武都守李仲文、广州守冯孝将女儿事。予稍为更而演之。至于杜守收拷柳生,亦如汉睢阳王收拷谈生也。"所谓"传杜太守事",指的是产生于明中期的话本小说《杜丽娘记》,已佚,见晁瑮的《宝文堂书目》所载。今存本载明何大抡辑《重刻增补燕居笔记》卷九。这个话本是汤显祖创作的主要根据。又李仲文之女的故事,见《太平广记》卷三一九引《法苑珠林》;冯孝将女儿的故事见《太平广记》卷二七六引《幽明录》;谈生故事见《太平广记》卷三一六引《列异传》。这些都是六朝时志怪小说中讲述少女亡魂与书生幽会的故事,是杜丽娘故事的原型,也为汤氏创作提供了参考材料。志怪故事纯为搜奇猎异,没有什么思想性。剧本与话本比较,杜丽娘复生之前的情节大致相同,之后则全出自汤氏创作。话本中柳梦梅与杜丽娘幽欢之后,禀于父母,同往发墓,杜丽娘再生,柳家父母为其成婚,杜家父母闻之大喜,终以两家大团圆。汤剧改成了当事人自己主婚,而杜丽娘之父始终不允,最后只能通过皇帝圣旨解决矛盾。比较这些差异,可以考见剧作者的用意和匠心所在。

二、杜丽娘形象及《牡丹亭》的思想主旨

汤显祖是明代戏曲界言情派的领袖,人们普遍视"以情反理"为汤显祖、也是《牡丹亭》思想的主旨,认同《吴吴山三妇合评牡丹亭》中提出的《惊梦》等五出自生而之死,《魂游》等五出自死而之生,十出戏是汤氏"情"的思想的形象表现。其实不然。

"情"是《牡丹亭》的主导思想,按照汤氏的说法,"情"是万能的:

> 人生而有情。思欢怒愁,感于幽微,流于啸歌,形诸动摇。或一往而尽,或积日而不能自休……生天生地生鬼生神,极人物之万途,攒古今之千变。
> (汤显祖《宜黄县戏神清源师庙记》)

"情"不是外在的,人生而有之;在"情"的支配下可以产生戏剧等文艺,而文艺具有多种多样的功能,天地鬼神、殊方万物、古今变化,都可以表现。所以归根到底,"情"乃驱动力;"情"又是难以言喻的,微妙的,"感于幽微""情不知所起,一往而深。生者可以死,死可以生"(《牡丹亭记题词》)。"世间只有情难诉!"(《牡丹亭·标目》)吴吴山三妇评曰:"情到至处,亦不自解。"但是"情"也必须附丽于物和象才能表现出来,"流于啸歌,形诸动摇",歌舞戏剧就是一种表现形态。汤显祖还说:"因情成梦,因梦成戏。"(《复甘义麓》)汤显祖要通过写梦之戏表现"情",所以我们要把握汤氏"情"的真谛,就应当通过全部《牡丹亭》进行探讨,而不仅仅是生死十出。

杜丽娘的生活环境就是社会的缩影。杜宝夫妇家教甚严,不许女儿白日盹睡,不许逛花园、荡秋千,允许的只是课女红和读诗书,目的是消磨和箝制青春少女的生命活力,以适应礼教规范,这样才能"他日到人家,知书知礼,父母光辉"(《牡丹亭·训女》)。他们要为杜丽娘延师,而择师是有标准的——"鸿门腐儒",于是选中了陈最良。他只会"依注解书",却从不曾游过花园,从不晓得伤春,迂腐得可以。所以春香嘲他为"村老牛,痴老狗,一些趣也不知"(《牡丹亭·闺塾》)。在《牡丹亭》里,陈最良是以传统礼教代表的面目出现的,他向杜丽娘灌输"后妃之德"、"昔氏贤文"、《女诫》的过程,就是通过礼教对杜丽娘实施规范和改造的过程。"为娘是女模",师乃生之模,家庭和社会就是要把杜丽娘塑造成为女陈最良,只让她适应社会道德规范和行为准则,使她成为社会等级秩序中的一分子,却忽视了她的鲜活生命、她的要求和欲望以及作为独立个体的个性和追求。这是泯灭人性的过程,所以春香说这是"把人禁杀"。礼教对人性的漠视,使杜宝夫妇虽然爱女,却又鸿沟隔绝,不能知女。杜丽娘明明是伤春,他们硬说是寒热惊风,"一个哇儿甚七情?"(《牡丹亭·诘病》)心病不知医心,眼睁睁断送了女儿性命。这也是杜丽娘偶有一次游自家花园的机会,都会异常惊喜,都要认真打扮的原因。

爱美本是人的天性,杜丽娘原本"一生爱好是天然",但在礼教的束缚下她竟连自己都漠视了,以致游园前照镜梳妆时才蓦然发现自己的青春容貌竟是如此美丽!于是一种莫名其妙的苦闷油然而生:"剪不断,理还乱,闷无端。"(《牡丹亭·惊梦》)自己的苦闷都说不清道不明,正说明其产生不是由具体事件引起的,比如以往戏曲所经常描写的父母干涉婚事等,而是令人窒息的生存环境的压抑——这是社会的苦闷,时代的苦闷。这正是《牡丹亭》的深刻之处。在游园中,杜丽娘发现了大自然的春光之美,由此联想到人的青春之美;春光难以久驻,青春岂能长存?游园本为开心释闷,结果却如抽刀断水,举杯消愁,所以杜丽娘才唱出了千古名句:"良辰美景奈何天,赏心乐事谁家院。"(《牡丹亭·惊梦》)这道出了人感到了时代苦闷的心声,震撼着历代读者和观众的心灵。

容貌美,爱美——不论是穿戴之美还是大自然之美,都是个性化的,是个人价值的体现。对这些美的发现和欣赏,体现了对个体的尊重,闪耀着人性的光辉。而人性既被压制,连自然美也被遮蔽,整个社会也就失去生机和活力。杜丽娘言:"锦屏人忒看的这韶光贱。"杜母言:"怪他裙衩上,花鸟绣双双。"(《牡丹亭·惊梦》)人只是作为社会的工具、社会的组成部分而存在。汤显祖要追求另一种生活——有情社会。

冥梦之情,即吴吴山三妇所谓由生而死、自死而生所表现的情。

汤显祖把杜、柳相遇作为"情"实现的标志。柳梦梅在《惊梦》【山桃红】曲中所唱:"则为你如花美眷,似水流年。"这不仅是《惊梦》一出,也是全部《牡丹亭》的"戏眼",真正具有震撼人心的力量。所以曹雪芹才在《红楼梦》第二十三回中,通过林黛玉之口说出了自己听曲的感受:

"原来姹紫嫣红开遍,似这般都付与断井颓垣。"黛玉听了倒也十分感慨缠绵……"良辰美景奈何天,赏心乐事谁家院。"听了这两句,不觉点头自叹,心下自忖道："原来戏上也有好文章。可惜世人只知看戏,未必能领略这其中的趣味。"……"则为你如花美眷,似水流年……"黛玉听了这两句,不觉心动神摇。又听道"你在深闺自怜"等句,亦发如醉如痴,站立不住,便一蹲身坐在一块山子石上,细嚼"如花美眷,似水流年"八个字的滋味。……仔细忖度,不觉心痛神痴,眼中落泪。

流年似水,青春难再,这是世世代代一切少男少女的感叹和忧伤,也说明了男女主人公对"情"的追求为何会如此强烈和执着。

梦中的花神是有情之神,怜香惜玉,"竟来保护他,要他云雨十分欢幸也"(《牡丹亭·惊梦》)。因此梦中的一对恋人可以不受干扰,随心如意地享受着情爱,"日暖玉生烟""美爱幽欢不可言"(《牡丹亭·寻梦》)。爱的雨露点活了杜丽娘干枯的心苗,使她体验到了做人的快乐,而这正是杜丽娘所生存的人世所没有的,所以她珍惜,她出生入死地寻找。冥界有情,判官是有情之判,不仅让花神保护杜丽娘的肉身,还发给她游魂引、任地风游,寻找梦中有情人。冥间的杜丽娘不仅可以自由魂游,还可以幽媾。梦、冥二境把"情"体现得淋漓尽致。老判者谁?"临川自谓也"(刘世珩《玉茗堂还魂记跋》),这是汤显祖对男女之"情"的理解。

通过这些描写我们看到,"情"具有原生态的性质,是生而有之的。这不仅是人的自然属性,古今同怀,圣人与普通人毫无差异,也是动物的自然属性,所以汤显祖以自然界之春天喻人之青春,以鸟之求偶兴起人之求偶。违背了此种"情",也就违背了生命的本能本性。"可以人而不如鸟乎?"[2]人作为动物的一种,应当享受到更多的快乐。俞平伯先生在以"真"与"正"论《牡丹亭》的时候说:"夫仁者,人也;正者,正也。尽人之性,尽物之性,此正而不可乱、常而不易者也,内圣外王之法也,而犹未是也,直自然之本然耳。何谓自然之本然?'虫儿般蠢动'是也。此物之性,即人之性也。此人道也(读如"未通人道"之人道),即人之道也。谓为秽亵非也,谓为神圣亦非也。此自然之本然,'直'观之而已矣。"(俞平伯《〈牡丹亭〉赞》)汤显祖只是写出了人性的跃动,写出了本能的天真,它不高洁,也不下流,卑微得切近人情,合乎人性。杜丽娘形象给我们印象最深、最为动人之处,是她所具有的人性魅力。杜、柳梦中情事,类似动物性的最低层次的生存活动,但却蕴含着人性美、人情美。

这种"情"又是至诚的,坚贞的,这又是它与动物的区别。"人间女子伤春之诚有如杜丽娘者乎?春游而感之,感春而梦之,梦春而寻之,寻之而竟殉之矣。丈夫惊艳之诚亦有如柳梦梅者乎?无非拾得一画耳,而玩之、叫之矣,不足,而见之矣,见之不知其为鬼也,及知其为鬼也,犹不足,遂掘墓而发棺矣。此理之所必无也,情之所必有也……爱欲之私,人与一切众生类也,二子之与吾侪亦类也。出乎其类,拔乎其萃,神明通之矣。积一念之诚,辄颠倒死生如弹丸乃尔,较《关雎》之'寤寐反侧',不啻放大数百由旬矣,视其他之闺情、宫体、杂咏、无题,纷纷攘攘,啾啾切切,盖不堪一哂矣,又岂但大小巫、上下床之别哉。"(俞平伯《〈牡丹亭〉赞》)舍此不足以感人,这就是汤显祖所说的一往而深、可以生可以死的"情至"。中国古代同类题材的戏剧往往强调男女主人公与家长专制的抗争,写出了追求爱情的勇敢精神,有冲决罗网的意义;而《牡丹亭》却在男女主人公为情颠倒的坚贞上下功夫,情可以使死人复生,这是此剧的大贡献,也是汤显祖之"情"区别于纵欲的着眼之点。故吴梅先生言:"为从来填词家屐齿所未及,遂能雄踞词坛,历劫不磨也。"(《中国戏曲概论》)

汤显祖寄托"情"的理想国梦境与冥境,固然不是人间的乐土,即使是男女主人公杜丽娘、柳梦梅,也不是现实生活中的人物——人世间有死三年而尸骨不朽、还魂复生的吗?所以说汤显祖的理想国只是一种思想意义上的存在,或者说只是汤显祖对未来社会的呼唤和设计,而不是一个可以用时空来界定的物理性存在,"形而上者谓之道",属于形而上的范畴。人不能生活在虚幻世界,汤显祖既无术使人长梦不醒;又"贵生",不主张舍生入死。"天地孰为贵?乾坤只此生。海波终日鼓,谁悉贵生情?"(汤显祖《徐闻留别贵生书院》)他一定要让杜丽娘还魂,倡"情"即为尊生,不为贵死。因而汤显祖之"情"也要经受现实世界的考验,要写出"形而下"的真实行为。

现实社会中的情,即杜丽娘还魂之后实践中的情。

应当说,梦中之情远非汤显祖"情"之思想的全部,也并非《牡丹亭》所言"情"之完整内涵。人性与道德,自由与法律,是人类行为中难以分开的两个方面。要保障社会的有序运行,就不能不对人的行为有所约束,使人遵守社会普遍认同的道德规范。理想的社会,是既尊重人性,给人充分的自由,又能保障社会的有序发展。"情"在现实社会中也不能横冲直撞,为所欲为。汤显祖怎样主张?且看剧中描写:

花神"因杜知府小姐丽娘,与柳梦梅秀才后日有姻缘之分"(《牡丹亭·惊梦》),才保护她云雨欢幸。

冥间老判查看了姻缘簿,知杜、柳二人有姻缘之分,"前系幽欢,后成明配"(《牡丹亭·冥判》),才放丽娘出枉死城,随风追寻。

冥间虽不似人世礼数繁多,重重束缚,也不是随心所欲,为所欲为。即使幽媾,也是"告过了冥府判君,趁此良宵,完其前梦"(《牡丹亭·幽媾》)。

就是说,在汤显祖构建的理想国里,梦与魂的行为也要遵守一定规范。不仅如此,"临川自谓"的老判也并不赞成慕色苟合,因而欲贬杜丽娘失却人身,入燕莺之群。花神告求:"此女犯乃梦中之罪,如晓风残月。且他父亲为官清正,单生一女,可以耽饶。"老判这才松口:"也罢,杜老先生分上,当奏过天庭,再行议处。"(《牡丹亭·冥判》)这就清楚地表明,汤显祖不赞成欲之所至,便冲决一切罗网。梦中之合,"景上缘,想内成,因中见"(《牡丹亭·惊梦》)的虚情幻象尚且如此,何况青天白日下的生人!所以在杜丽娘还魂之后,柳梦梅求亲时,杜丽娘便说:"扬州问过了老相公、老夫人,请个媒人方好。""前夕鬼也,今日人也。鬼可虚情,人须实礼。""待成亲少个官媒,结盏的要高堂人在。"(《牡丹亭·婚走》)"鬼可虚情,人须实礼"八个字,是《牡丹亭》创作思想的体现,也是汤显祖实践人格的精策之语。人间的男女欢合,要遵守人间的行为规范,汤显祖并不赞成在现实生活中也钻穴逾墙、偷欢苟合,这便是"人须实礼"。颇有意味的是,杜、柳冥中、梦里数度交欢,"有精有血"(《牡丹亭·冥誓》),俨然如真,还魂后汤显祖仍让杜丽娘"玉体无损",还她一个"女儿身"(《牡丹亭·婚走》),这足见汤显祖虽主有情之合，却仍然看重女子的玉洁无瑕。

可见，虽在冥梦之中"鬼可虚情"，在现实生活里汤显祖却尊重社会规范。只有把"情"纳入社会秩序中，"情"才是有价值的。贵生不是一己之生，故不能任个人情违反社会秩序，所以他主张仁孝。在给汪云阳的信中，汤显祖言及建贵生书院的目的："弟为雷州徐闻尉。制府司道诸公，计为一室以居弟，则贵生书院是也。其地人轻生，不知礼义，弟故以贵生名之。"（《与汪云阳》）贵生必知礼义。汤显祖以情成戏，而戏的作用在于"可以合君臣之节，可以浃父子之恩，可以增长幼之睦，可以动夫妇之欢，可以发宾友之仪，可以释怨毒之结，可以已愁愤之疾，可以浑庸鄙之好"。戏的作用，即"情"的目的，在于调节五伦，使社会和谐，起教化作用，这就是"以人情之大窦，为名教之至乐"（《宜黄县戏神清源师庙记》）。

也正是基于对人间关系、社会秩序的尊重，汤显祖不废君臣之礼。当还魂回生的杜丽娘与柳梦梅见到杜宝，固执的杜宝拒不认女与婿，不可开交之际，汤显祖把这个家庭矛盾交由皇帝解决，体现了对皇权权威的信仰。在汤显祖看来，皇权不仅可以支配政治，也应该统御家庭，纶音一出，矛盾消解，于是在众人"齐见驾，齐见驾，真喜洽，真喜洽"的欢乐声中，杜丽娘自豪地宣称："普天下做鬼的有情谁似咱。"（《牡丹亭·圆驾》）最终还是靠皇帝成就了这对有情夫妻，同时也使这对魂梦"逾矩"的青年男女回归社会，也让杜宝的家庭和谐了。这就是汤显祖在《贵生书院说》中所说的："子曰：'天地之大德曰生，圣人之大宝曰位。'何以宝此位？有位者能为天地大生广生。"这符合汤显祖在《论辅臣科臣疏》中称颂万历皇帝"圣明"，主张"正君臣之义，诛佞邪之心"的根本精神，属于汤显祖所言"情"的内涵。不少人认为这是对皇帝的批判，实则象征着"情"只有在得到皇权支持或认可的情况下，才能在现实社会存在。

既高扬"情"的大旗，又遵循礼的规范，"礼者，天地之序也"（《礼记·乐记》），看似矛盾，其实非也。《牡丹亭》之作意，在呼唤而不在批判。剧中人物除入寇之金邦及溜金王李全夫妇外，无一恶人，即使是固执之杜宝、冬烘之陈最良，也是廉能官员、至诚君子。只因他们身上缺少了"情"，不通情便不达理，因而作者给予善意的嘲谑。汤显祖憧憬的有情社会，并不拒斥理，而是既重个人价值，又守伦理规范。汤显祖反对禁欲，也不主纵欲，这使他的言情与晚明纵欲派不相同。如前所述，重"情"也含有重社会价值的意思。

汤显祖确实想以情讽世，但目的绝不是让人的私欲横流。其实，从反抗礼教、叛逆家庭来说，剧中的杜丽娘连元杂剧《墙头马上》里的李千金、《西厢记》里的崔莺莺都不如。杜丽娘既不反抗家庭，也不叛逆社会，相反地，她在努力争取家庭和社会对她与柳梦梅婚姻的认可。汤显祖塑造杜丽娘形象，只是由于社会缺少人文关怀而令人窒息，因而呼唤有情社会的实现，在社会秩序之内，让人享受到作为人本应享有的快乐。人，不仅是群体的一员，也是独立的个体；不仅具有社会的属性，也具有生命的属性、动物的属性，即自然人。在保障社会秩序的情况下，人应当尽人情、人性。汤显祖"情"的理想，说到底也只是在皇权专制制度下的官僚体制内进行一些改良，而并不想用"情"颠覆现存社会。

汤显祖的"情"内涵复杂。"情"是汤显祖思想的核心,表现在他的人生观、政治观、文学观等诸多方面。这诸多方面的表现,却有着不同的特征和复杂的内涵。它当然包括男女之情,但其内涵深刻得多、复杂得多。"情"为何物?汤显祖的心中并没有明确的答案。作为文学家的汤显祖,与哲学家、思想家的不同在于,他用形象探讨——人与社会的关系应当是怎样的? 人应当有怎样的生存状态? 他有憧憬,但很朦胧,不仅汤显祖本人在不同的地方有自相矛盾之处,他同时代以及后世之论"情"者,也不一致,甚至互相龃龉。

汤显祖同时又信"采补"之说。道教的房中术认为起死回骸,必得与生人久处,便可复活。葛洪的《抱朴子·释滞》说房中术可以补救伤损,攻治众病,采阴益阳,延年益寿。《玉房秘诀》认为"非徒阳可养也,阴亦宜然,西王母是养阴得道之者也""以阳养阴,百病除"。古人多信之。而明代,"天下之治方术者多矣"(《庄子·天下》),嘉靖、万历朝君臣文士皆乐此不疲。不管是成化、正德朝,还是隆庆、万历朝等,献房中术,成为一条熙熙攘攘的通显捷径。汤显祖亦然,《邯郸记》第二十七出《极欲》写卢生收用24房女乐,轮流歇宿,有时还"两三人临期听用",就是以采战图长生,效彭祖采女益阳之术。《牡丹亭》写杜丽娘死三年而可以还魂,也因有"幽媾",才得以复生,故还魂后的杜丽娘说:"可知道洗棺尘,都是这高唐观中雨。"(《牡丹亭·回生》)可见,汤显祖以"情"为核心的思想,以儒为主,也受佛、道二家思想之影响,既芜杂,又有含混不清之处,还有自相矛盾的地方。

三、艺术特色

《牡丹亭》的艺术特征首先是奇幻浪漫的情节构思。剧本创造了人间、梦幻和幽冥三种境界,互相对比映照,表现主人公杜丽娘由生入死,死而复生的爱情追求,充满超现实的奇幻色彩。这一方面象征着发自生命本体的男女真情具有超越一切的力量,是作者"情之至"的情感至上主义的理想体现;另一方面也是由女主人公的生存环境所决定的。杜丽娘作为大家闺秀,连自家的后花园都不能去,身心遭到幽闭窒息。此前爱情作品中的常用情节,如一见钟情、传书递简或钻穴逾墙等,汤显祖没有沿袭,他要进行创造,于是转而采用超现实的笔法表现生命情欲的本真自发性和不可抗拒性,剧作就具有了更为本质的艺术真实性。吴吴山三妇评论说:"人知梦是幻境,不知画境尤幻。梦则无影之形,画则无形之影。丽娘梦里觅欢,春卿(柳梦梅字)画中索配,自是千古一对痴人。然不以为幻,幻便成真。"(《吴吴山三妇合评牡丹亭·玩真》)可谓知言。

其次是心理写实。元杂剧中的爱情剧一般都具有大胆热烈的特征,但都侧重写外在行为。王实甫在《西厢记》中已经触及女主人公情感与理智的内在冲突,但也是通过外部行动来表现的。明人戏剧多重伦理,好说教,往往停留在理性表面,不做深入的人性穿透。从汤显祖开始,戏剧向内转,深入人的内心世界乃至更深层的潜意识领域,对内在心灵的律动和意念、意识或情绪的潜流进行细致的跟踪描绘。《牡丹亭》是第一部典型的心理戏剧,其中《惊梦》《寻梦》等出在女性心理写实方面所表现出的深刻度和逼真度,达到了前所未有的水平,与后来西方心理学中精神分析学派的理论契合。正由于此,剧中神秘莫测的梦境描写引发了当时许多女性的心理共鸣。张大复的《梅花草堂笔谈》记载有位娄江少女俞二娘,在《惊梦》出作有如下批注:"吾每喜睡,睡必有梦,梦则耳目未经涉,皆能及之。杜女固先吾着鞭耶?"焦循《剧说》卷六记述一位叫商小伶的杭州女演员,在演出《寻梦》一出时,歌唱到杜丽娘临死的唱段"待打并香魂一片,阴雨梅天,守的个梅根相见",竟痛苦得"泪随声落,气绝而殒"。

最后,与心理意识的描写相对应,《牡丹亭》的曲词具有纤丽缥缈的朦胧美,能感觉而难以指实,妙在可解与不可解之间。例如,《惊梦》出中的"袅晴丝吹来闲庭院""雨丝风片""遍青山,啼红了杜鹃,荼蘼外烟丝醉软。牡丹虽好,他春归怎占的先"等一类句子,就都是情绪化的表达,带有心理语言的特征。如果用逻辑语言的规律去解释,"晴丝"和"雨丝"同时出现无论如何都是不通的。其实这里只是要传达女主人公内心对轻柔春光的主观感受,并不需要字字坐实。上举其他曲句亦是如此。对于《牡丹亭》语言的独辟蹊径,古代曲学家多有称赏肯定者。王思任在给《春灯谜》写的序中形容说:"取日膏月汁,烘烧五色之霞,绝不肯俯齐州抢烟片点。"但也有表示不满的。如大戏剧理论家李渔在《闲情偶寄》"词曲部"之"词采第二"中就专从《惊梦》《寻梦》挑出上举一类曲句,批评说:"可谓惨淡经营矣,然听歌《牡丹亭》者,百人之中有一二人解出此意否?"这是拘守元曲的明快爽利之美和场上之曲的标准,不能说没有道理,但不能以此来否定汤显祖的语言创新。与此相关的还有《牡丹亭》曲词的出韵违律问题,放到下章关于汤、沈的格律之争中介绍。

《牡丹亭》在整体结构上存有枝蔓冗杂的毛病。全剧长至55出,"还魂"之前已生出一些多余场次,实有凑戏之嫌。其后更是枝蔓杂出,如《折寇》《闹宴》等,难免遭到松散拖沓之讥。此外这些脱离主干的场次在描写上也没什么特色,结局又堕入奉旨成婚的大团圆俗套,不能不说是白璧有瑕。

第三节　汤显祖的其他剧作

一、《紫箫记》与《紫钗记》

二剧同取材于唐人蒋防的传奇小说《霍小玉传》,均属爱情剧。《紫箫记》是汤显祖早年的习作,写于万历五年至七年(1577—1579)。该剧辞藻华丽,情节推进缓慢,艺术上并不成熟,而且只写到34出,未及写完就刻印出来,据说是为了澄清外界的一些谣言和猜疑。[3]即使作者自己也不认为是成功之作,所以他在十年之后又大刀阔斧地重新改写,最后写定为53出的《紫钗记》,收入"临川四梦"之中。

《霍小玉传》讲述诗人李益与歌伎霍小玉深深相爱,海誓山盟,但李益中举后却另娶高门,霍小玉忧愤至死,化作鬼魂惩罚薄幸郎,主旨在于谴责始乱终弃的负心行为,批判封建门第观念。《紫钗记》在改编中被做了较大的加工改造,首先是改变了女主人公的悲剧结局,霍小玉与李益相识相爱,虽经过种种曲折离合,终得团圆;还增加了卢太尉这一反面人物,他在李益考中状元后强招为婿,用尽心机拆散霍、李的爱情婚姻。

这就把原来谴责负心人的主题转换成反映男女爱情与强权势力的冲突。

戏剧在保留并演绎女主人公的情痴性格方面,十分出色,也体现了作者自觉的情感至上主义的哲学观。汤显祖在《紫钗记题词》中对此颇为自负:"霍小玉能作有情痴,黄衫客能作无名豪。余人微各有致,第如李生者,何足道哉!"此外是在剧情结构方面别具匠心,利用霍小玉的一枚紫玉钗,作为贯穿全剧的情节线索,把人物间各种错综复杂的关系挽结在一起。剧名即由此而得。但该剧在语言方面用典过多,素有繁缛堆砌之讥。吕天成的《曲品》指出该剧故事"仍《紫箫》者不多,然犹带靡缛"。王骥德的《曲律》卷四批评它:"第修藻艳,语多琐屑,不成篇章。"后人一般都把它排在"四梦"的最后。

二、《南柯记》与《邯郸记》

(一) 故事渊源

《南柯记》写于万历二十八年(1600),《邯郸记》写于万历二十九年(1601),在"四梦"中时间靠后,故人们又习惯称为"后二梦"。

《南柯记》44 出,取材于唐人李公佐的传奇小说《南柯太守记》,演述淳于棼酒醉入梦,做了大槐安国驸马;出任南柯郡太守 20 年,颇有政绩;后升任左丞相,权倾朝野;因遭右丞相段工嫉恨倾轧,加之公主病逝失去靠山,淳于棼被遣归乡里;醒来后方知大槐安国原来是大槐树洞里的蚂蚁穴。

《邯郸记》30 出,取材于唐人沈既济的传奇小说《枕中记》,同时融合了元杂剧中以"黄粱梦"传说与以吕洞宾等八仙度人为题材的神仙道化剧,如马致远的《黄粱梦》等的故事情节。剧演久困田间的穷儒生卢生对自己怀才不遇的现状不满,艳羡"出将入相,列鼎而食",乘"驷马高车"的大官僚生活。卢生在邯郸旅店恰遇下凡度人的仙人吕洞宾,送他一个瓷枕头,让他入睡。卢生在梦中娶了一位"世代荣华"的妻子,于是用老婆的钱铺路,一举高中状元。他进入官场后,假公济私,骗取名利地位,居然做了 20 年宰相,加封国公,妻妾成群,子孙满堂,享尽了荣华富贵,同时也历尽官场风波,一直活到80 岁,因纵欲过度而亡。最后一觉醒来,睡前店小二给他煮的黄粱米饭还未炊熟。

(二) "后二梦"的思想意义

人生如梦,荣华富贵形同过眼云烟,是"南柯梦"和"黄粱梦"两个故事原型共有的本义。汤显祖借用这个旧有的人生哲学视角,填充进现实的社会内容并赋予其新的哲学思考。"后二梦"用写实手法描绘两个政治暴发户从发迹到失败或灭亡的历史,将封建官僚们欲壑难填的贪婪心态、尔虞我诈互相倾轧的丑行和伪君子、假道学嘴脸,刻画得惟妙惟肖,入木三分。很明显,这些新内容带有作者半生混迹官场的经历与见闻的影子,不啻明代的"官场现形记"或明代官僚的心态史。"前二梦"写"情",重心是情场;"后二梦"写"政",重心是官场。前后看似不相及,其实都贯穿一个"情"字,有着深层结构的一致性。"前二梦"歌颂人的真情、痴情,旨在发现生命存在的本真状态;"后二梦"批判"人情世故""无情",即矫情、伪情和沉迷于物欲,旨在发掘官场对人生的腐蚀和权力对人性的异化,对现实人性的堕落、扭曲,真诚的沦丧,本我的迷失等种种非人状态进行指证。高扬"童心""真心""赤子之心",抨击假道学、伪君子的矫情,本是晚明启蒙主义核心命题"绝假纯真"的一枚硬币之两面。情场与官场无疑是"真"和"假"的两个极端,汤显祖分别用"前二梦"和"后二梦"予以对应象征,是对晚明新思想富有创意的艺术阐释。

(三)《邯郸记》的艺术成就

《邯郸记》是汤显祖创作的最后一部传奇,艺术上已臻于成熟完美。首先是戏剧结构精练缜密,彻底消除了"前二梦"枝蔓冗杂的毛病。全剧30出,紧紧围绕主人公的命运遭际,层层铺展,曲折跌宕而又洁净紧凑;或否极泰来,或乐极生悲,变化莫测而不失线索清晰。吴梅的《中国戏曲概论》称赞说:"临川传奇,颇伤冗杂,唯此剧与《南柯》皆本唐人小说为之,直截了当,无一泛语,增一折不得,删一折不得。"其次是戏剧语言本色自然,不同于"前二梦"的纤丽雕琢。曲词朴素、平易而爽利、灵动,深得元曲之精髓。第一出《标引》:

> 【渔家傲】(末上)乌兔天边才打照,仙翁海上驴儿叫。一云蟠桃花绽了,犹难道,仙花也要闲人扫。一枕余甜昏又晓,凭谁拨转通天窍。白日挫西还是早,回头笑,忙忙过了邯郸道。

传奇的"副末开场"一般都写得平板乏味。《邯郸记》只用一支曲子,引出吕洞宾超度卢生的中心情节,既简洁精练,又灵动潇洒。又如第三出《度世》何仙姑所唱的"扫花"曲:

> 【赏花时】翠凤毛翎札帚叉,闲踏天门扫落花。你看风起玉尘砂,猛可的那一层云下,抵多少门外即天涯。

曹雪芹在《红楼梦》第六十三回引录了这首名曲。王骥德的《曲律》卷四通过对汤显祖的剧作加以比较,特别称赏"后二梦"的语言:"临川汤奉常之曲,当置'法'字无论,尽是案头异书。所作五传,《紫箫》《紫钗》第修藻艳,语多琐屑,不成篇章;《还魂》妙处种种,奇丽动人,然无奈腐木败草,时时缠绕笔端;至《南柯》《邯郸》二记,则渐削芜类,俯就矩度,布格既新,遣词复俊,其掇拾本色,参错丽语,境往神来,巧凑妙合,又视元人别一蹊径,技出天纵,匪由人造。"

第四节　临川派其他剧作家

汤显祖的"临川四梦"对晚明的戏剧创作产生了巨大影响,后来者群起效仿。王思任在给《春灯谜》写的序中说:"于是'四梦'熟,而脍炙四天之下。四天之下,遂竟与传其薪乞其火,递相梦梦,凌夷至今。"人们把这些效仿汤显祖的戏曲家称为"临川派",又叫"玉茗堂派"。晚明剧作家属于临川派的有吴炳、孟称舜、阮大铖、邹兑金、来集之、冯延年等。他们都讲究才情与文采,其中较有成就与名气的是前三人。

吴炳[4]有传奇五种,总称《粲花别墅五种》,包括《西园记》《绿牡丹》《疗妒羹》《情邮记》《画中人》。其中以《绿牡丹》影响最大。剧作写翰林学士沈重,为其女婉娥择婿,托名文会,以"绿牡丹"为题,令与会者赋诗一首,以试真才。结果浮浪子弟柳希潜、车本高居一占二,真才子顾粲反居第三。原来柳作为其塾师谢英代笔,车作为其妹静芳捉刀,中经诸多曲折,终于真相大白,柳、车自讨没趣。后顾、谢皆中高第,顾娶婉娥、谢娶静芳,以团圆结局。剧作在对真假名士的褒贬中寓有对明末科场弊端的讽刺与批判,情节曲折奇巧,又善用科诨,富于喜剧性。其余四剧也均为风情喜剧,多有模仿《牡丹亭》的痕迹,甚至效法汤显祖以情反理的思路,提出"情若果真,离者可以复合,死者可以再生"的口号。吴炳传奇的长处是结构新巧,针线细密;缺点是过多地使用误会与巧合,情节设置常落俗套。

孟称舜[5]的《娇红记》共50出,全称为《节义鸳鸯冢娇红记》,作于崇祯十一年(1638),在"临川派"诸作中是仅亚于《牡丹亭》的名著,据元人宋梅洞(一说为无名氏)的文言小说《娇红传》改编而成。剧作演北宋时申纯与表妹王娇娘相爱,结下生死盟誓。因为王父拒绝申家求婚,而将女儿许配节镇的公子,致使一对爱人殉情,两家把他们合葬,称"鸳鸯冢"。剧作成功地塑造了两个封建礼教叛逆者的形象。女主人公王娇娘天生丽质,不慕荣华,不羡富贵。她通过对"古来多少佳人,匹配匪材,郁郁而终"的思考,确立了自己的择偶标准是"死共穴,生同舍"的"同心子"。这与唐传奇以来着意标榜"郎才女貌"的婚恋观念迥然不同,在一定程度上带有现代性爱的色彩。在与"同心子"申纯的真挚之爱不为传统礼教所认可时,她用自己的生命作最后的抗争。男主人公申纯形象的特殊之处在于,他明确提出"我不怕功名两字无,只怕姻缘一世虚"这样重姻缘轻功名的信条。在得悉王娇娘因情而死时,他毅然抛弃已然到手的功名,以死殉情。作品在真情至上论的思想烛照下,打破了才子佳人大团圆的俗套,把爱情剧推向一个新的审美高度,成为《红楼梦》之前的一部优秀的爱情悲剧。剧作音韵和谐,文辞优美,尤其是对申、王二人恋爱过程中复杂心态的描绘,细腻逼真,对后来《红楼梦》中宝、黛爱情的描写有明显的影响。

阮大铖[6]著有传奇9种,今存《石巢四种》,包括《燕子笺》《春灯谜》《双金榜》《牟尼合》,均作于他被罢后赋闲南京之时。阮剧在艺术上有如下特色:一是曲词艳丽,音调旖旎。阮氏善度曲,家蓄戏班,深通舞台演出三昧,故所制曲词音律和谐,悦耳动听。二是结构严谨,虽然头绪纷繁,但能处处照应,始终不懈。三是重视科介与宾白的运用。韦佩居士在给《燕子笺》作的序中称其作"介处、白处、有字处、无字处,皆有情有文,有声有态"。但其剧作因脱离生活而片面追求形式的新奇,结果却弄得浮泛浅薄,华而不实,终是小家子气,难成大手笔。正如清代曲学家叶堂在《纳书楹曲谱续集》中所评:"自谓学玉茗堂,其实全未窥其毫发。"阮大铖开了李渔等人戏曲专务奇巧、过分追求形式的风气。

［1］汤显祖曾祖名廷用，"生有隽才，为名诸生"。祖父名懋昭，为"词坛上将""博学处士"。父名尚贤，"为文高古，举行端方"。参见毛效同《汤显祖研究资料汇编》（上），上海古籍出版社2016年版。

［2］"可以人而不如鸟乎"是《牡丹亭·肃苑》出中春香转述杜丽娘语。原句出自《礼记·大学》所引孔子语："于止，知其所止。可以人而不如鸟乎？"其义本指孔子所谓的"里仁"，意思是人们应当选择仁德之所居住，鸟尚知选择处所而栖之，人怎能不如鸟呢？人而不如鸟，便不能算聪明了。这句话被明嘉靖、万历间人吴门徐昌龄断章取义用到了小说《如意君传》（又名《阃娱情传》）里。武则天与男宠薛敖曹携手游园，叹"幽禽尚知相偶之乐，可以人而不如鸟乎？……朕与君今日当效禽鸟之乐"。杜丽娘全袭小说之意，用今天的流行语说，便是有意"误读"经典，颇有反讽意味。

［3］汤显祖在《紫钗记题词》中说："往余所游谢九紫、吴拾芝、曾粤祥诸君，度新词与戏未成，而是非蜂起，讹言四方。诸君子有危心，略取所草具词梓之，明无所与于时也。记初名《紫箫》，实未成。"似乎是剧作引起的"是非""讹言"及"诸君子"的"危心"。由于剧作"有所与于时"，即影射时事，所以沈德符的《顾曲杂言》说："又闻汤义仍之《紫箫》，亦指当时秉国首揆，才成其半，即为人所议……"今人邓长风因此认为《紫箫记》系因影射张居正而中辍（《〈紫箫记〉未成与政治纠纷有关——与徐朔方同志商榷》，《浙江学刊》1986年第1期）。但学界对此说颇持怀疑态度，徐朔方在《汤显祖年谱》中列有专节予以考核，认为"《紫箫记》未成与政治纠纷无关"（中华书局1958年版，第228页），后又撰文《再论〈紫箫记〉未成与政治纠纷无关——答邓长风同志的批评》（《浙江学刊》1986年第4期）予以申论。

［4］吴炳（1595—1648），字石渠，因家中有粲花别墅，又署粲花主人。宜兴（今属江苏）人。万历四十七年（1619）进士，历任兵部侍郎兼东阁大学士，后被清兵俘获，不降，自缢而死。

［5］孟称舜（约1600—1655），字子塞、子若、子适，号卧云子、花屿仙史，会稽（今浙江绍兴）人，一说乌程（今浙江湖州）人。明崇祯年间秀才，入复社，并参加了祁彪佳等组织的枫社。清顺治期间被举为贡生，官松阳县训导，有政声。

［6］阮大铖（约1587—1646），字集之，号圆海，又号石巢、百子山樵，怀宁（今安徽安庆）人。万历四十四年（1616）进士，累官至户科给事中。天启间依附阉党魏忠贤，崇祯初任光禄寺卿。魏党败，被罢职。南明时又靠政治投机，官至兵部尚书。后降清，死于随清军攻打仙霞关途中。著有《咏怀堂诗集》。

参考书目 ··

［1］毛效同.汤显祖研究资料汇编:上［M］.上海:上海古籍出版社,2016.

［2］徐朔方.汤显祖年谱［M］.北京:中华书局,1958.

［3］徐朔方.汤显祖评传［M］.南京:南京大学出版社,1993.

［4］徐朔方.晚明曲家年谱:第二卷［M］.杭州:浙江古籍出版社,1993.

第十章

沈璟与吴江派

第一节　沈璟的生平与著作

一、官场失意与剧场得意

沈璟(1553—1610)是明代与汤显祖齐名的最有影响的戏曲家之一,字伯英,晚字聃和,号宁庵,自署词隐;吴江(今属江苏)人。沈璟出身于官宦家庭,父祖都有诗名,对他有一定的熏染。他自幼颖悟绝人,有神童之称,曾师从著名理学家唐枢。沈璟于万历二年(1574)21 岁时中进士,授兵部主事,后连任礼部、吏部员外郎。因上疏言朝政得罪万历皇帝,被贬三级。两年后复职并升至光禄大夫。万历十六年(1588)以同考官身份主持顺天(北京)乡试,因主考官舞弊而受牵连,被迫辞职,从此归隐故里。

沈璟在《红蕖记》第一出中自称,是仕途失意使他"一片闲心再休热",从此便"畅开怀,妙选伎",而沉醉于歌曲。据吕天成的《曲品》记述,他"生长三吴歌舞之乡,沉酣胜国(指元朝)管弦之籍。妙解音律,兄妹每共登场;雅好词章,僧妓时招佐酒"。王骥德的《曲律》卷四说他家中养着戏班子,结合演唱实践,深入探讨戏曲格律,"每客至,谈及声律,辄娓娓剖析,终日不置"。由于后半生全身心地投入研曲和作曲,沈璟终于成为一代著名的戏曲宗师。

二、戏曲创作与戏曲研究

沈璟的戏曲著述甚丰,曲学论著有《南九宫十三调曲谱》(简称《南曲全谱》)、《南词韵选》、《考定琵琶记》、《唱曲当知》、《遵制正吴编》、《论词六则》、《古今词谱》,共 7 种,仅前 3 种传世;所撰戏曲 17 种,总称《属玉堂传奇》。今存《红蕖记》《埋剑记》《双鱼记》《义侠记》《桃符记》《坠钗记》《博笑记》7 种,《十孝记》《分钱记》《鸳衾记》《四异记》《凿井记》《珠串记》《奇节记》《结发记》8 种仅存残出或残曲,其他《合衫记》《分柑记》2 种亡佚。另外还著有散曲集《情痴呓语》《曲海青冰》《词隐新词》3 种,均佚,散佚作品收于《全明散曲》中。在中国古代戏曲史上,像沈璟这样曲、剧兼作,创作与研究均擅,而且都取得较高成绩者,是很少有的。

第二节　沈璟的戏曲创作

沈璟的思想倾向于保守,其传奇作品都是昆曲剧,吕天成的《义侠记·序》称其"命意皆主讽世",但在抨击晚明世风的堕落方面颇为犀利,艺术上也平实老练,有值得肯定之处。其代表作品有如下三部。

一、《红蕖记》

剧演郑德璘与韦楚云、崔希周与曾丽玉两对情人的恋爱故事,生发出"十无端巧合"的情节,错综复杂,但主线不够突出。此剧是沈璟的处女作,写于辞官退归之后不久,系根据唐佚名传奇小说《郑德璘传》演绎而成,词风华丽,案头文学的色彩很浓,明显受当时骈俪派的影响。作者后来崇尚本色,主张"场上之曲",创作风格发生变化,故对此剧表示不满,但明代曲论家却评价甚高,甚至认为此剧代表了沈璟的最高水平。如王骥德的《曲律》卷四说:"词隐传奇,要当以《红蕖》称首。其余诸作,出之颇易,未免庸率。然尝与余言,歉以《红蕖》非本色,殊不其然。"徐复祚此剧《曲论》则云:"《红蕖》词极赡,才极富,然于本色,不得不让他作。盖先生严于法,《红蕖》时时为法所拘,遂不复条畅。然自是词家宗匠,不可轻议。"徐说较为中肯。

二、《义侠记》

剧演武松故事。第一出《家门》概述剧情:"宋世清河,武松名氏,上应星文。自横海郡中,暂辞柴进。景阳冈上,醉打山君。仗义除奸,报兄诛嫂,刺配从容赴孟城。相逢处,孙娘认义,夫婿识张青,孟州喜遇施恩,济弱锄强受蹇迍。向飞云浦里,提刀大闹,鸳鸯楼内,溅血余痕。别馆孤贫,孝姬苦节,正倚孙娘寄客身,还相聚,夫妻党类,同作宋朝臣。"剧本基本上是根据《水浒传》第22回至第30回的内容敷衍而成的。结尾受招安以及其他增饰人事,也多由小说其他回的内容采入。武松未婚妻贾若真的故事,则是沈璟为了照顾传奇剧生旦离合的结构模式而虚构的。

《义侠记》是作者的晚期作品,在歌颂武松的复仇行为,暴露统治阶级和社会邪恶势力方面基本体现了《水浒传》的进步精神,反映了沈璟对现实的不满。明代取材于《水浒传》的传奇有十几部,其中以李开先的《宝剑记》、许自昌的《水浒记》和此剧影响最大,流传最广。《宝剑记》将林冲形象士大夫化,突出统治阶级内部的忠奸斗争;《水浒记》着重写宋江在社会矛盾激化中的不幸命运,揭示"逼上梁山"的深层原因;而《义侠记》则偏重表现武松的忠义和侠烈,肯定他用暴力复仇的行为,认为复仇的目的是惩恶扬善。剧本虽然把小说后面的招安情节拉扯进来,冲淡了原作中武松反对招安的反抗性格,表现了作者思想的局限性,但宣扬复仇造反的激愤情绪还是相当强烈的。吕天成的《义侠记·序》这样描述当时的演出效果:"今度曲登场,使奸夫淫妇、强徒暴吏,种种之情形意态,宛然毕陈。而热心烈胆之夫,必且号呼流涕,搔首瞋目,思得一当以自逞,即肝脑涂地而弗顾者。"当沈璟听说有人要刻印此剧时,曾给吕天成写信,说"此非盛世事,秘勿传"(见吕天成《曲品》卷下),足见作者创作此剧担有一定风险,内心还是有所顾忌的。

此剧结构较为精练,有虚有实,如毒死武大、斗杀西门庆等情节都作了暗场处理,笔墨尽显经济,明显比此前或同时只知显露而不知虚藏的排场习惯高出一筹。此外,该剧曲词与宾白、文采与本色并重,音律和谐,在明代普遍喜好卖弄的风气中是实为少见的当行之作。

三、《博笑记》

《博笑记》共 28 出,由 10 个故事合编而成,包括:《巫举人痴心得妾》《乜县丞竟日昏眠》《邪心妇开门遇虎》《起复官遭难身全》《恶少年误鬻妻室》《诸荡子计赚金钱》《安处善临危祸免》《穿窬人隐德辨冤》《卖脸客擒妖得妇》《英雄将出猎行权》。这些故事均取材于白话或文言短篇小说。每个故事或为两出或为四出,实为一部部短剧小品,整剧犹如一组讽世漫画,内容涉及世态人情的诸多方面。其中最有代表性的是《乜县丞竟日昏眠》,用夸张手法刻画乜县丞的昏庸愚蠢形象。他不但是个不学无术的糊涂虫,而且是个瞌睡虫。乜县丞前去拜访一个乡绅,在客厅等主人出来的功夫,他居然睡着了。无独有偶,这个乡绅更好睡,一见客人睡去,他也就地睡着。两个人此睡彼醒,彼醒此睡,直至黄昏谁也没跟谁说一句话。这个短剧对封建官吏昏聩空虚的精神状态做了入木三分的辛辣讽刺,是一部非常出色的喜剧小品。其卷末下场诗云:"旧迹于今总未湮,一番提起一番新。"可见有针砭时弊之意。

《博笑记》是沈璟的最后一部作品,除了语言本色平实、不尚藻饰的优点之外,在戏剧结构方面也有不少新创意。首先是取材打破了才子佳人悲欢离合的传奇剧习套,也不以历史传说人物为主,而是以带有时代特点的新进士、起复官、僧道、商贩、地痞及小偷为主角,令人耳目一新。其次是一反明传奇冗长拖沓、动辄四五十出而不利于场上演出的弊病,创造了超短剧传奇组剧的新体制。

传奇名作被搬上舞台,普遍要经过文人或艺人的删削,甚至常有选演名出的"折子戏"现象。如《牡丹亭》的众多明代删节本和大量专收传奇名出的明清曲选,就是舞台演出实践的产物。沈璟的传奇新体制显然效仿了明杂剧随意伸缩,以及合数剧为一剧(如徐渭的《四声猿》)的样式,完全打破了传奇与杂剧的界限,连二者在篇幅上的差异都消除殆尽。沈璟的传奇新体制首先在他的《十孝记》中进行尝试(由于此剧失传,详细情形已不得而知),《博笑记》则是成功之作。这部传奇组合十个超短剧而成,每一剧二至四出不等,一出有的只唱一支曲子,其自由灵活程度实比同时期的南杂剧有过之而无不及。吕天成的《曲品》评《十孝记》的结构说:"每事三折,似剧(指杂剧)体,此是先生创之。"又评《博笑记》:"体与《十孝》类,杂取《耳谈》中事谱之,多令人绝倒。先生游戏,至此神化极矣。"茗柯生的《博笑记·题词》则说:"每一事为数出,合数事为一记,既不若杂剧之拘于四折,又不若传奇之强为穿插。"沈璟的超短传奇开了清代传奇创作简短化之风。

第三节　沈璟的曲学理论及"汤、沈之争"

一、沈璟的曲学理论

沈璟对明代戏剧发展的主要贡献和影响是在戏曲理论方面。

（一）曲律学

沈璟以嘉靖年间蒋孝的《南九宫十三调谱》（也称"旧谱"）为基础,精心考索数十年,于万历三十年（1602）前后著成《南曲全谱》21卷,系统地构建了昆曲传奇的格律体系,主要有以下几个方面：

第一是对宫调曲牌的整理。宫调统率曲牌是戏曲格律学的首要内容。南曲原无宫调,曲牌繁多杂乱而无归属,不像北曲的宫调－曲牌体系那样规范严整。从明中期开始,有人模仿北曲,建立南曲的宫调－曲牌体系,所取得的初步成就保存于蒋孝的"旧谱"之中。沈璟进一步细致审定各宫调、曲牌的归属,并参补新调,纠正旧谱引征不恰当的曲文近百支。从此南曲的宫调－曲牌体系方臻于完善,为制曲、唱曲和研曲者提供了坚实的基础。

第二是厘定句式。句式即曲牌的句法格式,包括句数、句型和字数,受曲牌音乐旋律制约。南曲牌调多由宋元词曲牌调转化而来,然而二者在句式上并不相同。当时的一些传奇家熟悉词律而不懂曲律,常发生盲目照牌填"词"的现象。沈璟仔细分辨每支曲牌的"正字"与"衬字",指出规范的句法,在强调曲律与词律的区别之外,还对北曲流入南曲所造成的混乱也做了认真的清理。

第三是标定声律与音韵。沈璟在《博笑记》卷首的【二郎神】《论曲》散套中提出了有关南曲声律、音韵的几条原则：一是"平音窄处,须巧将入韵埋藏"。即平声字可用入声字替代,这是南曲区别于北曲之处。二是"词中上声还细讲,比平声更觉微茫。去声正与分天壤,休混把仄声字填腔"。这是要求在仄声类中还要细分上声与去声,不能互相替代。这是曲区别于词之处。三是"若是调飞扬,把去声儿填他几字相当"。乐声高揭必须用去声字相配,才能和谐。这是南曲与江南吴语字调配合的规律使然。《南曲全谱》依上述规则为每支曲调的文辞标定平仄四声和韵脚,实是把曲乐旋律转换成了字调格律。这就为那些不通曲乐的剧作家创作传奇提供了容易掌握操作的工具。

第四是校定板眼。曲文格律谱滥觞于周德清《中原音韵》的40首小令"定格",创成于朱权的《太和正音谱》。《南曲全谱》则进一步对所收牌调都划出板眼,这是沈璟的一个创举。板眼就是拍节,是歌唱节奏的符号。重拍称板,轻拍称眼。划出板眼,一方面为演唱者划定一个统一的节奏规范,达到作者在《南曲全谱·序》中所要求的"一人唱,万人和……如出一辙"；另一方面也为剧作家填制曲词提供一个音乐节奏的参考,使所作曲文便于当场歌唱,力求达到曲词与音律的高度和谐一致。

（二）重视"场上之曲"

沈璟生活的时代,传奇发展面临的当务之急是解决创作与演唱的脱节问题,使"案头之曲"实现为"场上之曲"。《南曲全谱》的编制已经充分体现了这位实践曲学家的旨趣。此外,他还明确提出"合律依腔"和"本色""当行"两大主张,同样体现了重视"场上之曲"的一贯思想。其【二郎神】《论曲》说:"欲度新声休走样,名为乐府,须教合律依腔。"他还进一步要求"词人当行,歌客守腔"。所谓"当行",指曲作家谙熟舞台演出规律,所作曲词既要符合曲乐格律,方便场上歌唱,还要通俗易懂,入耳即晓。他极力主张曲词的"本色",在《词隐先生手札二通》中公然声称"鄙意癖好本色",并以此评论曲作高下。他的《南曲全谱》是一部曲律学专著,很少涉及与格律无关的问题,唯独"本色"一词,常常夹杂在批注之中。如评《荆钗记》《郑孔目》的曲文说:"此曲句句本色。""此曲词本色,妙甚!"他极力反对以诗词为曲的骈俪藻饰之风。据吕天成的《曲品》,他甚至对自己的早期作品《红蕖记》都提出了批评:"字雕句镂,止供案头耳。"

（三）沈璟曲学的价值与地位

沈璟曲学理论具有极其重要的价值与地位。明传奇所依附的南曲曲种繁多,曲律研究较北曲起步又晚,故一直没有一部统一而权威的曲谱。随着从一个地方性曲种发展成为一个全国性曲种,昆曲亟待建立一套系统严密的格律规范,以适应创作和演出的需要。沈璟的《南曲全谱》正是应合时代需要的产物。它不只是昆曲的第一部格律谱,而且还是南曲传奇第一部最为完备的曲谱,其价值与地位正可与朱权的《太和正音谱》、李玉的《北词广正谱》等北曲名谱相比肩。明末曲学家沈宠绥在《度曲须知·方音洗冤考》中评论说:"幸词隐追始正韵,直穷到底,奴经一切,昭然左证,而土音之嘲始解。"沈璟的《南曲全谱》当时被人奉为圭臬,对明清之际昆剧的繁荣昌盛发挥了至关重要的作用。张琦的《衡曲麈谈》说:"至沈宁庵则究心精微,羽翼谱法,后学之南车也。"徐复祚的《曲论》也肯定它:"令作曲者知其所往,皎然词林指南车也。"《南曲全谱》后来经过沈璟的侄子沈自晋的进一步修订,改名《南词新谱》,流传至今,仍是南曲最权威的曲谱。

沈璟的"合律依腔"论和"本色""当行"论并非他的新发明,原由何良俊提出。对此沈璟并不隐瞒,在【二郎神】中坦率承认是"何元朗,一言儿启词宗宝藏"。沈氏的贡献在于将何氏的口号落实到实践层面,用他数十年研究曲律的实践经验充实或注释了何氏的命题,从而引起了曲学界的普遍关注,产生出巨大的理论冲击力,引发了一场波及广远的"汤、沈之争"。沈璟打出何良俊的旗帜,力倡"场上之曲",反对"案头之作",对于扭转明传奇创作自《香囊记》以来愈煽愈炽的骈俪文风起了积极作用。

二、汤、沈之争

沈璟与汤显祖作为明代曲坛上的两大巨人,对戏曲格律与文辞的关系看法不同,持论相对,发生过碰撞交锋,并把同时期的许多曲论家卷入其中参与讨论。这就是戏曲史上著名的"汤、沈之争"。

汤显祖的《牡丹亭》问世后，虽其“才情”甚为时人称赏，但因不谐昆腔音律，招致一些吴语地区戏曲家的非难，如沈德符的《顾曲杂言·填词名手》即认为《牡丹亭》“奈不谙曲谱，用韵多任意处”。沈璟至交好友吕胤昌（字玉绳，号姜山，浙江余姚人，吕天成之父）因而给汤显祖寄去沈璟曲学论著，暗含示以规范之意。汤显祖在回信中则认为：

凡文以意趣神色为主。四者到时，或有丽词俊音可用，尔时能一一顾九宫四声否？如必按字模声，即有窒滞迸拽之苦，恐不能成句矣。（汤显祖《答吕姜山》）

显然，汤显祖注重的是“曲意”的顺畅表达，对沈璟拘泥于“曲律”颇为不满。沈璟的《南曲全谱》刻成后，其友人孙如法又将之寄与汤显祖，汤氏在回信中则讥诮沈璟不知“曲意”，措辞也更为激烈：“弟在此自谓知曲意者，笔懒韵落，时时有之，正不妨拗折天下人嗓子。”（《答孙俟居》）当得知沈璟修改《牡丹亭》以“便吴歌”时，汤显祖甚为恼火。据王骥德的《曲律》卷四记载：

（沈璟）曾为临川改易《还魂》字句之不协者。吕吏部玉绳以致临川。临川不怿，复书吏部曰：“彼恶知曲意哉！余意所至，不妨拗折天下人嗓子。”

对沈璟改本的不满，汤显祖在给其他友人书信中曾再三表露，如他在《答凌初成》中说：

不佞《牡丹亭记》大受吕玉绳改窜，云便吴歌。不佞哑然笑曰：“昔有人嫌摩诘之冬景芭蕉，割蕉加梅，冬则冬矣，然非王摩诘冬景也。其中骀荡淫夷，转在笔墨之外耳。”

此处将改动者误认为吕玉绳，当是因沈改本系吕寄送而造成的误会。汤显祖引王维“雪里芭蕉”的审美趋向，申言自己“笔墨之外”的曲意，是不能用“便吴歌”式的格律规矩裁量的。

针对汤显祖的批评，沈璟也及时做出了回应：

欲度新声休走样，名为乐府，须教合律依腔。宁使时人不鉴赏，无使人挠喉捩嗓。说不得才长，越有才越当着意斟量。……纵使词出绣肠，歌称绕梁，倘不谐律吕也难褒奖。耳边厢，讹音俗调，羞问短和长。[1]

沈璟认为，即使文采再好，也应合律依腔。他强调剧作家越有才华就越应尊重传奇戏曲的文体特性，甚至宣称：“宁协律而不工，读之不成句，而讴之始协，是为曲中之巧。”（王骥德《曲律·杂论下》）可见，汤、沈之间已势同水火，“相争几于怒詈”（沈自有《鞠通生（沈自晋）小传》）。

汤、沈的分歧，实质上是音乐、文学内在二重性固有矛盾的反映，早在元末就发生过周德清格律派与杨朝英文学派的争论。周德清在《中原音韵·自序》里就曾用谚语"扭折嗓子"抨击杨氏的"也唱得"之说。汤、沈之争虽是周、杨之争的继续，但由于二人都采用了"鱼与熊掌不可兼得"——二者必居其一的逻辑与语言，把问题逼到极端，所以就显得十分尖锐而醒目了。

由于二人面对音乐、文学这个复合对象，立场、观察角度以及重视点不同，所以两种对立的命题都有其片面的深刻性。如果不计较他们措辞用语所包含的意气偏激成分，不用他们的作品高下作判定标尺，而纯粹从理论着眼，很难说谁对谁错或谁高谁下。沈氏从"曲"的立场出发，要求曲词必须合律可歌，否则即使是好诗好词，也连最糟糕的曲子也不配；反之，文辞平平，甚至不通，只要配乐和谐，则照样可以传唱。后来京剧与地方戏以及今日流行歌曲的大量事实足以支持沈论。汤氏则站在"文"的立场上，强调戏曲的文学第一性，即使与既定格律不合也不算什么问题，自有真正的戏曲音乐家去解决问题。他的《牡丹亭》公认出韵违律，但当时就在弋阳腔中传唱，后来昆曲音乐家叶堂一字不改，重新为它订谱，直到今天仍是习唱昆曲的第一典范剧目。汤、沈所言确有各自的道理，并有充分的经验根据。

沈璟之失不在于强调格律本体论，而是把词与乐的配合看成了单方适应而且是一成不变的关系。汤显祖之失也不在于强调文学本体论，而是出语偏激，气话说过了头——在任何条件下，"拗折天下人嗓子"的文辞也不能算是曲子。

汤、沈之争促进了明代戏曲理论的研究与发展，启发曲学家从不同角度深入理解这个根本性的问题。吕天成的《曲品》卷上评价说："二公譬如狂、狷，天壤间应有此两项人物。不有光禄（沈璟），词硎弗新；不有奉常（汤显祖），词髓孰抉？"同时他与王骥德、冯梦龙等人还综合汤、沈主张，提出著名的"双美说"。"合之则双美"是今人批驳汤、沈的出发点，不仅改换了汤、沈之争的论题，而且是无可挑剔的，自然也是无须讨论的，其实并不见得比汤、沈之论深刻或高明多少。

第四节　吴江派其他剧作家

一、吴江派诸家

沈璟的曲学理论在晚明剧坛上发生了巨大影响，特别是在江南地区有许多拥护、追随者。吕天成在为沈璟《义侠记》所作的序中指出："松陵词隐先生表章词学，直剖千古之谜。一时，吴越词流，如大荒逋客（卜世臣）、方诸外史（王骥德）、桐柏中人（叶宪祖），遵奉功令唯谨。"沈璟的侄子沈自晋在其传奇《望湖亭》第一出中的【临江仙】曲中记述：

词隐登坛标赤帜，休将玉茗称尊。郁蓝（吕天成）继有榭园（叶宪祖）人，
方诸（王骥德）能作律，龙子（冯梦龙）在多闻。香令（范文若）风流绝调，幔亭

（袁于令）彩笔生春，大荒（卜世臣）巧构更超群。鳃生何所似？颦笑得其神。

综合上述文献可知，当时以沈璟为旗帜，形成了一个颇有声势的戏曲流派。其骨干成员有王骥德、吕天成、冯梦龙、叶宪祖、卜世臣、袁于令、范文若以及沈自晋等。这些人有不少是沈璟的子弟或学生，因沈璟是吴江人，故称"吴江派"；又因这些人跟沈璟一样都特别强调戏曲格律的重要性，所以戏曲史、文学史上亦称他们为"格律派"。

二、吴江派的曲论

吴江派对戏曲发展的贡献主要在戏曲理论与戏曲批评方面。首先，他们以多种理论研究专著提高了传奇的地位。除沈璟的一些曲学论著之外，王骥德、吕天成分别著有《曲律》与《曲品》，沈自晋增订《南曲全谱》为《南词新谱》；冯梦龙除编辑评点明曲集《挂枝儿》《太霞新奏》等外，还著有《墨憨斋词谱》，此书今佚，其中一些成果被沈自晋收入《南词新谱》之中。《曲律》是古典曲学的集大成之作，全面论述戏剧的结构、角色、语言、音律、声腔等基本问题，体系之完整，论断之精严，前所未有。《曲品》是明人批评明传奇的第一部专著，以"后词华而先音律"为准，评论作家近百人，作品有二百来种。其下语多精当中肯，至今仍为论曲者经常称引。王、吕二书与沈璟的《南曲全谱》是明代最重要的三部曲论著作。

其次，吴江派诸人还互相通信切磋研讨，广泛开展戏曲批评活动。沈璟曾评定过《琵琶记》《幽闺记》《西厢记》三部名剧，王骥德校注过《西厢记》《琵琶记》，冯梦龙编订《墨憨斋定本传奇十五种》。他们的研讨评点，使传奇一道，声誉腾涨，对晚明戏曲创作的繁荣有直接的促进作用，其影响一直持续到清中叶。吴江派在戏曲研究与批评方面所建立的功绩是不能抹杀的。

三、吴江派的戏曲创作

吴江派诸人的传奇作品历来评价不高。但其中有一些作家的代表作品不失为优秀之作，在戏曲史上产生过一定影响。如袁于令的《西楼记》就是一部流传甚广的名作。此剧一名《西楼梦》，作于万历三十八年（1610）。剧演御史公子于鹃与妓女穆素徽于西楼定情，于鹃的同学赵祥从中破坏，穆素徽被鸨母骗卖，守志不辱。有侠客胥长公出手相救，于鹃考中状元，一对情人终于团圆。据一些文献考证，此剧是以作者的亲身经历为素材创作的，属于戏曲史上十分罕见的自传体剧作。[2] 陈继儒的《题西楼记》记述："近出《西楼记》，凡上衮名流、冶儿游女，以至京都戚里、旗亭邮驿之间，往往抄写传诵，演唱多遍，……笔力可以扛九鼎，才情可以荫映数百人，特其深心热血，尚留此心，忠孝男儿耳。"姚燮的《今乐考证》引宋牧仲语："袁箨庵（袁于令号）以《西楼》传奇得名。每与人谈及《西楼记》，辄有喜色。一日出饮归，月下肩舆过一大姓门，其家方宴宾，演《霸王夜宴》。舆人云：如此良夜，何不唱'绣户传娇语（《西楼记》中语）'，乃演《千金记》耶？箨庵闻之狂喜，几至堕舆。"其中《楼会》《玩笺》《错梦》等十余出一直传演于后世，成为昆曲舞台上的保留剧目。

其他如卜世臣的《冬青记》、叶宪祖的《鸾锦记》、冯梦龙的《双雄记》、范文若的《鸳鸯棒》以及沈自晋的《翠屏山》等，也都为时人称道，是不少戏曲史、文学史著作经常提及的作品。

注释

［1］此套曲附刻于沈璟晚年所作传奇《博笑记》卷首，题作《词隐先生论曲》。

［2］有关袁于令生平事迹，参见孟森的《西楼记传奇考》（《心史丛刊二集》，商务印书馆1917年版）、李复波的《袁于令的生平及其作品》（《文史》第27辑）、陆萼庭的《谈袁于令》（《清代戏曲家丛考》，学林出版社1995年版）

参考书目

［1］敬晓庆.明代戏曲理论批评论争研究［M］.北京:人民出版社,2010.

［2］沈璟.沈璟集［M］.徐朔方,辑校.上海:上海古籍出版社,2012.

［3］李真瑜.沈璟年谱［M］//王季思,等.中国古代戏曲论集.北京:中国展望出版社,1986.

［4］朱万曙.沈璟评传［M］.北京:中国戏剧出版社,1992.

第十一章

清代戏曲概述

第一节　清代社会与文化

明崇祯十七年(1644),李自成率领的农民起义军攻入北京,朱明王朝顷刻土崩瓦解。其时已在东北称帝立国的满洲统治集团,在明朝降将吴三桂的协助下,击溃李自成军,占领北京,揭开了中国最后一个封建王朝——清朝的帷幕。此后又经过 40 年的征战,清王朝统一了中国,也逐渐走向强盛,出现了史家所称的"康乾盛世"。嘉庆以后,统治集团的腐朽和各种社会矛盾的尖锐,使清王朝日渐衰落。待到 19 世纪中叶的道光年间,西方列强凭借其坚船利炮,打开了中国的大门,清政府逐渐沦为洋人的"朝廷",中国进入了反帝反封建的近代社会。

一、社会经济的由盛而衰

明末清初的社会动乱,对社会经济尤其是江南地区已于中晚明时期便日渐繁荣的都市经济是一个沉重的打击。但清王朝建立后,采取兴修水利、招抚流民、鼓励垦荒、减免粮饷等一系列积极经济政策,使一度衰败的农村经济迅速得到恢复和发展,城市工商业也很快走向繁荣。到乾隆时,东南沿海地区的纺织业、盐业、造船业、造纸业、印刷业都形成了相当大的规模,江南地区再现盛世繁华景象。尽管经济的发展带来了清朝的繁荣和政权的稳固,也逐渐消融了民间的各种反清意识,但盛世繁华景象和财富的容易聚敛,在使清朝的统治者们沉醉于自己成就的同时,也刺激了他们的奢靡享乐之欲。腐败,这一封建社会与生俱来的痼疾,清朝的统治者们也无法避免。帝王们好大喜功,不惜劳民伤财。耗资巨大的圆明园,自康熙始建,费四朝经营之力,巨丽无匹;乾隆数下江南,沿途州府倾力接待,极尽奢华。各级官僚贪污成风,卖官鬻爵,聚敛财富。乾隆的宠臣和珅在嘉庆时被抄没家产,折合白银约十亿两。凡此种种,必然以民间的贫困作为代价。大致在乾隆中期,清王朝在"盛世"的表面下,已出现衰败的征兆。到嘉庆时,由于豪富兼并加剧,民生艰难,大量农民脱离土地成为流民,民间教派与帮会蓬勃兴起,社会矛盾已十分尖锐,反叛政府的武装斗争不断发生。至道光前期,外国鸦片输入剧增,财富外流,国力虚空,社会已处于极度危机状态。

二、思想文化的专制统治

随着政权的逐步稳固,清王朝对思想文化领域的控制力度也逐渐加大。明末清初是中国思想文化史上极为活跃的历史时期。亲身经历了明清易代之际血雨腥风斗争的顾炎武、黄宗羲、王夫之等进步文人,在对封建专制体制进行深刻剖析的基础上,产生了进步的民主思想。黄宗羲大胆抨击君主专制政治,认为"为天下之大害者,君而已矣"(《明夷待访录·原君》)。唐甄甚至说:"自秦以来,凡为帝王者皆贼也。"(《潜书·室语》)为了钳制这些"异端邪说",维护专制统治,清政府采取两手政策:一方面,对于具有异端思想尤其是具有反清意识的文人予以严酷的打压。清代文字狱之盛是历史上空前的。康熙时庄廷钺《明史》案、戴名世《南山集》案,雍正时吕留良诗文案,均牵连数百人,死者戮尸,生者凌迟、绞杀,家族亲友沦为奴隶,手段残忍,震骇天下。乾隆时期的文字狱差不多每年都有发生,直到乾隆后期才有所减少。这种手段不仅打击了汉族文人的民族意识,而且和强行变服薙发一起,严重打击了士人的人格尊严。士人人格的败坏成为清代文化中的严重问题。另一方面,清王朝也以各种手段笼络士人。除沿袭明制以八股文取士外,康、乾两朝均特开"博学鸿词科"以网罗名士。作为重视学术、优容文人的表示,朝廷还组织了大规模的书籍编纂工作。康熙时纂有《古今图书集成》《全唐诗》《康熙字典》等,乾隆时更纂有规模空前的《四库全书》。这些工作不仅笼络了大批知识分子,使他们终日埋头于故纸堆中,磨灭其反清意识,而且借此对传统典籍进行一次全面的梳理,凡不利于清王朝统治的书籍,均加以删削、篡改或销毁。此外,清统治者还大力宣扬程朱理学,强化对读书人和普通民众的奴化熏陶。康熙亲自主持编写《性理精义》,称誉朱熹"开愚蒙而立亿万世一定之规"(《御制朱子全书序》),"欲求毫厘之差,亦未可得"(《圣祖仁皇帝圣训》)。这种高度的赞誉,不仅是看重朱熹思想中固有的有利于社会统治秩序的因素,同时也通过绝对思想权威的树立,取消人们独立思想的权利,对于晚明偏离正统的社会思潮有意识地加以修正。

文网严密,加上统治者的有意诱导,使清代读书人的思想空间越来越狭窄,考据之风日盛。到了乾隆中期至嘉庆时期,号称"乾嘉之学"的考据学达到鼎盛阶段。儒家经典、诸子学说、历代史籍等各种古老的文献成为学者们严密审视、深入研究的对象,与之相关的音韵、文字、训诂以及历史、地理、典章制度等各类学问也获得前所未有的发展。清代考据学在文献整理和古代文化研究方面的成果当然是值得肯定的,但作为清朝文化专制统治的产物,其束缚文人思想等负面影响,也不可忽视。

第二节　清代戏曲的分期及发展情况

盛于元明的杂剧和传奇,到了清代作家和作品也很可观。傅惜华的《清代杂剧全目》著录作品 1 300 种,其中剧作家姓名可考者 550 种,无名氏作品 750 种;至于传奇,单是庄一拂的《古典戏曲存目汇考》所收,便有约 2 590 种。

清代戏曲的发展大致可分为三个时期,从顺治入关(1644)至雍正末年(1735)为前期,从乾隆初(1736)到道光二十年(1840)鸦片战争爆发为中期,1840 年后以迄清末为后期。因本书将后期归于近代部分,本章将只描述前期及中期的戏曲发展情况。

不同于明代开国之初戏曲创作的极度萧条,清代顺治(1644—1661)、康熙(1662—1722)、雍正(1723—1735)三朝的近百年间,戏曲创作出现了繁盛局面。这固可看作中晚明时期戏曲创作高潮的沿袭和发展,也与都市经济发展所形成的市民文化追求密切相关,但更重要的,是明清易鼎之际清兵在江南的血腥屠杀和其后清廷对文人的高压政策,对这一时代的中国文人所产生的悲剧性影响的反映。所以这一时期的传奇、杂剧,几乎都深蕴着家国沦落之悲、侘傺失意之痛。身经明清鼎革的吴伟业、李玉以及苏州派剧作家,所作戏曲多取历史故事随意点染,以寄托个人抑郁难明的心迹。即使是出生于明末清初、成长于承平时代的剧作家,如尤侗、嵇永仁、洪昇、孔尚任等,其剧作中仍难掩那"唱不尽兴亡梦幻,弹不尽悲伤感叹"(洪昇《长生殿·弹词》)的浓重感伤。这种借剧写心的创作范式,使得戏曲的抒情性大为加强,而戏剧性则被有意无意地淡化了,这对清中期后文人戏曲创作日益脱离舞台的案头化倾向产生了负面影响。

不过,清初剧坛也并非一味地"放悲声唱到老",以擅长写风情剧著称的李渔,给这个沉痛的时代带来了些许笑声。尽管也曾经历过天崩地裂的时代剧痛,但长期混迹市廛的生命体验和对市民阶层文化诉求的深切体认,使得这位"托钵山人"更多地认同了"利"而淡化了为正统文人所津津乐道的"义"。他的《笠翁十种曲》多是以巧合、误会制造喜剧效应的风情剧,既无触于文网,又能取悦于市民;而"托钵贵门"的行游生涯,借剧贾利的现实考虑,使他更深切地认识到戏曲舞台效果的重要性。他倾注大量心力写成的《闲情偶寄》,其中有关戏曲创作与表演的论述,不仅成为当时及以后戏曲创作的理论指导,也可以说是对一直处于零散状态的中国戏曲理论的一次系统总结。

清代戏曲在乾隆中期以后逐渐走向衰落。承平日久的社会环境,官方对封建伦理的着意强调,以及文网森严的残酷现实,使得大多数文人自觉或不自觉地认同了官方意志,不敢轻易袒露真实的心声。所以这一时期的文人戏曲,除蒋士铨、杨潮观等人之作略有新意外,多是歌功颂德、宣扬礼教之作,而乾嘉考据学风的潜在熏染,又使得文人们喜借戏曲创作以炫耀学问,片面地发扬了已在前期多有表露的案头化倾向。但此期在各地民间流行的各种地方戏却蔚然兴起,对长期主导剧坛的昆曲形成威胁,尤其是乾隆末年京剧的形成,不仅形成了"花雅之争"的繁盛局面,也为这一时期寂寥的剧坛吹进了一股清新的空气。不过,地方戏多由民间艺人口耳相传,注重舞台性而忽略文学性,尽管剧目繁多,却多有名段而无名作,其文学价值不应作过高估计。

第三节　清代前期剧作家

在清代前期的近百年时间里,诞生了许多成就超卓的剧作家,如李玉等苏州派作家以及李渔、洪昇、孔尚任等,他们或长于创作,或长于理论,为清代戏曲的发展做出了各自的贡献。尤其是洪昇的《长生殿》和孔尚任的《桃花扇》被誉为清代剧坛上的"双子星"。对清代前期剧坛上这些剧作家的突出成就和贡献，我们将另辟专章或专节予以探讨。

在清代前期剧作家中，除上述诸多著名作家外，还有不少是学养、诗艺甚高的文化名流，他们于戏曲创作虽不甚当行，然而身阅鼎革的时代遭际、仕途坎坷的人生痛楚和丰厚广博的文化修养，使得他们的剧作不仅因其浓重的身世之感而令阅者动容，也因其富蕴兴寄的诗词雅致引起了文人学士们的浓厚兴趣。这种以心构剧的文人化、案头化倾向的剧作，与李渔的沉溺于风情和苏州派的瞩目市井自是不同，在清初剧坛中别具一格。其中，吴伟业、尤侗的剧作最具代表性。

一、吴伟业

吴伟业[1]剧作有杂剧《临春阁》《通天台》和传奇《秣陵春》共3种。

《临春阁》剧演冼夫人有武功，任岭南节度使，岭南、岭北皆服之。陈后主贵妃张丽华，文才出众，辅佐后主，尽心国事。陈亡后，张丽华自尽，冼夫人入山修道。剧情与史实不甚相合，也不同于前人论陈亡多责张丽华的女色祸国论，二女子一文一武，为国尽忠尽节，满朝中却"文武无人效忠"，以致"把江山坏了"，从作品的这种叙事设置中，不难看出作者对明王朝终至覆灭原因的深层思考。

《通天台》剧演梁朝亡国后沈炯流落长安，郁郁寡欢，登郊外汉武帝所筑通天台而痛哭，草表文章诉说心事，醉卧中梦汉武帝召宴，怜其才，欲授以官，沈炯力辞："国破家亡，蒙恩不死，为幸多矣。陛下纵怜而爵我，我独不愧于心乎？"沈炯哀痛梁亡，固辞汉武帝授官，寄寓其中的正是吴伟业本人的亡国之悲和被迫仕清的心灵沉痛。

《秣陵春》又名《双影记》，剧演南唐亡后，徐适游金陵，与李后主宠妃黄保仪之侄女黄展娘，彼此在南唐宫中遗物宝镜和玉杯中见到对方影子，从而相爱，后来在天堂由已登仙界的李后主、黄保仪牵合成婚。徐适返回人间，得宋朝皇帝赏识，徐力辞不受官。最后以徐适夫妇参拜李后主庙，原宫中乐工曹善才弹唱李后主遗事结束。徐适本为北宋末人，死于抗金，剧中却将其改为南唐徐铉之子，地点设为金陵，实有以南唐喻南明之意。男女主人公因前朝遗物而相爱，又感故主之恩而为其设庙，弹唱前朝旧事，"伤心处，夕阳乳燕，相对说兴亡"（《秣陵春·闺授》），"如今呵，新朝改换了旧朝，把御牌额尽除年号。只落得江声围古寺，塔影挂寒潮"（《秣陵春·仙祠》）……凭吊南唐的悲叹，蕴含的是吴伟业自己的亡明之痛和故国之思。徐适不仕新朝，又"谢当今圣主宽洪量，把一个不伏气的书生降"（《秣陵春·辞元》），从中也不难见出吴伟业本人在旧主与新朝、节操与功名之间的困惑与彷徨心态。

吴伟业三剧都是"借古人之歌哭笑骂以陶写我之抑郁牢骚"（吴伟业《北词广正谱序》），充溢着浓重的身世之感，这自与作者身阅鼎革的生命体验、亡明之痛与仕清之耻的心灵扭结有关。尤其是吴伟业以卓荦诗才致力于戏曲创作，剧中曲词清丽典雅，诗意浓郁，是具有案头欣赏价值的。但三剧情节板滞，结构松散，缺乏应有的戏剧性，这对此后剧作的案头化倾向是有负面影响的。

二、尤侗

尤侗[2]作杂剧5种、传奇1种,合称《西堂乐府》,又称《西堂曲腋六种》。

尤侗剧作均成于其未仕之前,仕途沦落之悲、怀才不遇之痛为其剧作之主调。杂剧《读离骚》演屈原遭谗放逐事,《桃花源》演陶渊明辞官归隐成仙之事,《吊琵琶》演昭君和亲、蔡文姬祭青冢事,《清平调》演李白奉诏赋诗中状元事,《黑白卫》系据聂隐娘事写成,与前四剧借历史上著名才人故事加以点染不同。

传奇《钧天乐》上卷写博学多才的书生沈白(字子虚)、杨云(字墨卿)赴京应试不第,不学无术的贾斯文却高中魁首,杨云气绝身亡。沈白上书揭发科场弊端,却被乱棒打出,遂往霸王庙向项羽神像哭诉,把神像感动得落泪。沈白愤懑而死。下卷写天界试真才,沈白、杨云并中高科,赐宴蕊珠宫,奏钧天乐(神话中天上的音乐)。阆峰氏于本剧卷末题词中注云:"《钧天乐》一书,展成(尤侗)不得志而作,又伤卿谋(尤侗挚友)之早亡。书中沈子虚即展成自谓,因以杨墨卿为卿谋写照耳。"可见该剧系作者借主人公在人间天上的不同遭际,抒写科场不遇的抑郁不平,寄寓真才遂志的理想。上卷写人间之不遇,对黑白颠倒之科场弊端的揭露,痛切淋漓,于霸王庙哭诉中发泄一腔不平之气:"以大王之英雄,不能取天下;以杜默之文章,不能成进士。不平之事,孰甚于此?"也可说是封建时代不遇文人的共同心声。下卷写天界,虽随意牵合,荒诞无稽,然而写主人公的科场得意,凝缩的也正是当时文人的共同愿望。该剧之所以能引起当时文坛名流的欣赏,原因即在于此。

尤侗诗文均擅,又通晓音律,所作大都发自切肤之痛,故其剧作音韵和谐,曲词工丽雅致而情蕴于其中,具有浓厚的抒情诗风格。吴梅的《中国戏曲概论》评尤侗云:"其词戛戛生新,不袭明人牙慧,而牢落不偶之态,时见于楮墨之外。"这一评价是比较中肯的。

除吴伟业、尤侗外,清代前期文人中,黄周星、丁耀亢、王夫之、嵇永仁、万树等,也都曾致力于戏曲创作,但成就均不高。

第四节　清中叶昆曲的衰落与地方戏的兴起

一、昆曲的衰落及其原因

清中叶后,戏曲发展的明显特点是昆曲的日渐衰落和地方戏的蓬勃兴起。

昆山腔自经魏良辅改良后,一直雄踞剧坛。文人学士为之填词制曲,歌之场上;王公贵族漫步梨园,也多独赏昆腔。经由数百年的精雕细琢,昆曲格律日益严谨,表演也日趋程式化,逐渐演变成仅供高人雅士娱情悦性而市井细民望而却步的贵族化声腔,而一旦失去广大平民观众的支持,昆曲的生命衰竭也就成为必然。乾隆时期,昆曲已是积重难返,徐孝常在为张坚《梦中缘》传奇所作之序中,云其时京城观众:"所好唯秦声、啰、弋,厌听吴骚,闻歌昆曲,辄哄然散去……或有人购去(《梦中缘》),将以弋腔演出之,漱石(张坚号)则大恐,急索其原本归,曰:'吾宁糊瓿。'"

李渔的《闲情偶寄·词曲部》有云:"'人惟求旧,物惟求新。'新也者,天下事物之美称也。而文章一道,较之他物,尤加倍焉。"李渔明白这一点,故其剧作虽无深厚的思想意蕴,却以其关目新奇、适于表演而风靡一时。但大多数的剧作家和表演者都忽略了这一点,剧作家沉迷于自身的心灵幻境,忽略戏曲之为戏曲的观赏性;表演者只知守字依腔,不能也不愿推陈出新。创作与表演既互相脱节,又都忽略了作为戏剧生命之源的舞台表演观赏性。而这时一直在乡间田野流行的各地民间戏曲,以其粗野朴直的曲词道白、俗事俗情的平民视角、体贴入微的观众关怀,立即吸引了对不求新变的昆曲日渐厌倦、苦求解脱的市井观众的目光。可见,剧本创作的案头化,舞台表演的程式化,以及市民阶层欣赏趣味的转移,这诸多因素的合力作用,使得一直独步剧坛的昆曲走向了衰落。

二、案头化的文人创作

清中叶后,传奇、杂剧的创作也日益衰落。这固有昆曲日渐失去观众的原因,也与这一时期文化专制的日益强化密切相关。文人的思想和创作空间被严重挤压,再加上乾嘉时期考据学风的潜在熏染,这一时期的戏曲,或吟风弄月以避免触及文网,或宣播理学以取悦当道,或讲谈名理以炫耀学问,已成为纯粹的案头之作,遗失了戏曲之为戏曲的舞台性和观赏性,也因此缺乏鲜活的艺术生命力。

在这一时期的作家中,值得一提的是传奇作家蒋士铨和杂剧作家杨潮观。

(一) 蒋士铨

蒋士铨[3]今存剧作 16 种,以《藏园九种曲》(又名《红雪楼九种曲》)最有名,其中又以《冬青树》《临川梦》二种,影响最大。

《冬青树》以南宋灭亡为背景,歌颂文天祥、谢枋得以身殉国的爱国精神和民族气节,批判卖国投降的汉奸留梦炎之流,曲词凄怆悲凉,寄慨遥深。蒋瑞藻的《花朝生笔记》评此剧"事事实录,语语沉痛,足与《桃花扇》抗手。先生殆不无故国之思,故托之词曲,一抒其哀与怨"。这个评论虽不无过誉,但评论者在对该剧悲剧色彩的发掘上确具慧眼。

《临川梦》演汤显祖的故事,将"四梦"中的主要人物和为《还魂记》而死的娄江女子俞二娘穿插剧中,构思奇特,而汤显祖虽才华绝世、人品超卓,却不能容于当道,唯有借词曲以抒写心胸。这里也显然寄寓有作者本人的遭遇与愤懑。

蒋士铨本以诗名,与袁枚、赵翼并称为"乾隆三大家",故其剧作"吐属清婉,自是诗人本色"(梁廷枏《藤花亭曲话》),曲词优美动人,重文采而又谨守音律,继承汤显祖风格而又有所创造和发展。

(二) 杨潮观

杨潮观[4]于四川邛州任知州时,于卓文君妆台旧址建吟风阁,故将其所作杂剧 32 种总名《吟风阁杂剧》。

《吟风阁杂剧》每剧一折,各自独立,剧首有作者小序用以点明题义,类似白居易的《新乐府诗》。剧本多借历史及传说加以想象、点染,寄托作者对社会人生的认识和理想,其中有不少作品甚富创意。

《汲长孺矫诏发仓》写汲黯奉汉武帝之命出使河东,见河南荒歉连年,初以非使内事而不问,继而欲申奏朝廷降旨救灾,终听驿丞之女贾天香之言而矫诏发仓,救活数百万灾民。该剧歌颂了汲黯关心民生疾苦、通权达变、敢冒风险的精神。

《东莱郡暮夜却金》写东汉杨震赴任东莱太守途中,曾受自己荐举的昌邑令王密暮夜前来行贿,杨震严词拒绝,认为行贿之财无非剥削的民脂民膏,即使暮夜也有天知地知你知我知,决不可徇私受贿,"今日里,是偶垂芳饵鱼贪钓;他日里,便任意闲眠鼠共猫"。该剧展现了杨震的清廉正直,刚正不阿。

《寇莱公思亲罢宴》写寇准拜相后生活奢侈,寿辰之日,令人广征水陆千品,妙选伎乐千行。老婢刘婆被满地烛油滑倒,因向寇准哭述当年其母艰难度日的贫苦之状,寇准听后,罢宴自责。此剧表现了寇准的孝思和戒奢从俭思想,是一部脍炙人口的作品。

《穷阮籍醉骂财神》写阮籍痛骂财神:"为甚的贤似颜回,教他掺瓢似丐?为甚的廉似原思,教他捉衿没带?为甚的节似黔敖,叫他嗟来受馁?你把普天下怯书生、穷措大,一个个都卧雪空斋。"可以看出,作者借阮籍对财神的痛骂抒写心中的不平,表达对世道不公的愤懑。

其他如《魏徵破笏再朝天》《韩文公雪拥蓝关》《信陵君义葬金钗》《下江南曹彬誓众》等,也都于歌颂忠臣义士、斥责愚顽奸佞中寄寓作者的济世情怀。但对儒家伦理思想的着意渲染,又使作品充满了浓厚的劝诫讽喻意识,从而限制了作品主题内涵的深层开拓。

《吟风阁杂剧》在艺术上力求创新,大多数剧本结构严谨,曲词、宾白平易流畅,但有些戏情节平直,议论过多,有忽视舞台实际的案头化倾向。

这一时期其他较有成就的剧作家,传奇作家有张坚和唐英。张坚著有《玉燕堂四种曲》,即《梦中缘》《梅花簪》《怀沙记》《玉狮坠》,多是男女风情戏,时人合称为"梦梅怀玉";唐英著有《古柏堂传奇》17 种,其中仅 5 种属传奇,其余均为杂剧,多是宣扬礼教之作,但语言通俗,且能吸收民间说唱艺术营养,易于表演是其过人处。杂剧作家以桂馥较有名。桂馥的《后四声猿》仿徐渭的《四声猿》体例,包括《放杨枝》《投溷中》《谒府帅》《题园壁》四个短剧,分别写白居易、李贺、苏轼、陆游四位诗人事,寓有作者本人的怀才不遇之感。此外,舒位的《瓶笙馆修箫谱》、周乐清的《补天石传奇》等也都各有成就。

三、民间艺人与文人之间的互动与合作——《雷峰塔传奇》

尽管清中叶后期文人创作日益与舞台演出脱节,呈现案头化倾向,但也有不少剧作家,不仅对舞台实践甚为注重,甚至改编民间演出的舞台脚本,使之臻于完善,这其中的代表作便是于乾隆年间出现的神话传说剧《雷峰塔传奇》。

《雷峰塔传奇》所演白蛇故事,一直在民间广泛流传。宋人话本《西湖三塔记》写白蛇精化身为白衣妇人,与獭精变成的婆子、鸡精变成的卯奴,在西湖上兴妖为患,后被奚真人"造成三个石塔,镇住三怪于湖内"。这可以说是白蛇故事的最早蓝本。到了明代,白蛇故事在说唱文学、小说及戏曲作品中逐渐完善。在明末冯梦龙的《警世通言·白娘子永镇雷峰塔》中,白娘子与许宣(后来的传奇剧里也称许仙)的爱情故事已基本定型。明人陈六龙的传奇《雷峰记》最早将白蛇故事搬上舞台,可惜已佚失。

乾隆初年,蕉窗居士黄图珌[5]写成《雷峰塔传奇》,剧分上、下两卷,每卷16出,共32出。剧作成功地塑造了多情善良的白娘子的艺术形象,"一时脍炙人口,轰传吴越间"(黄图珌《看山阁集·南曲》卷四)。乾隆中期,民间艺人陈嘉言父女对黄本予以加工处理,使情节臻于完善,即40出的梨园演出本。乾隆三十六年(1711),徽州文人方成培[6]又对梨园演出本增删改编,这成为白蛇故事系列的最后写定本。

方本对旧本的改编,主要表现在对旧本曲词的润色和出目的重新调整上。方成培在《雷峰塔·自叙》中说,由于旧本"辞鄙调讹","因重为更定,遣词命意,颇极经营""较原本曲改其十之九,宾白改十之七。《求草》《炼塔》《祭塔》等折,皆点窜终篇,仅存其目。中间芟去八出。《夜话》及首尾两折,与集唐下场诗,悉予所增入者"。正是这一"颇极经营"的"点窜"增删,使后出的方本在思想意蕴和艺术表现上均有所突破,获得了成功。

方本最大的成功在于其对白娘子这一叛逆者形象的塑造。自宋人话本以来,白娘子身上一直为"妖气"所笼罩,方本则将这种"妖气"降低到最低限度,白蛇精的身份已被弱化为一个单纯的符号,仅仅意味着她来自一个超离尘世的非人间的世界。然而,白娘子却偏偏热恋着滚滚红尘,并不顾神佛界的屡屡警告,执意要维护其与许仙结就的一脉真情。为了救活自己挚爱的人,她冒着生命危险去仙山盗草。面对神佛界的代表法海禅师的无端指责,她据理力争:"我敬夫如天,何曾害他? 你明明煽惑人心,使我夫妻离散。"在《水斗》出中,白娘子为了夺回爱情和幸福,不顾可能毁灭自己的威胁,沉着冷静地与法术高强的法海大战,而不是如黄本《棒喝》出那样经不起法海禅师的一声"孽畜"的吆喝便翻船逃遁。尽管白娘子最终失败了,然而作品对白娘子追求幸福美满婚姻、爱情的正义性的着意渲染,不仅使白娘子身上人的一面得到了凸显,也使作品中邪恶戕害正义的悲剧意蕴得到了浓化。

许仙的形象在方本中也得到了完善。黄本及梨园演出本中增加了不少许仙不能忘情白娘子的描写,塑造了一个既追求真纯爱情却又经不住考验的人物形象,但最后让许仙亲手"合钵"收蛇,把许仙写得过于绝情。方本改为许仙不忍受钵,由法海赶来合钵收蛇。这一改动不仅符合许仙的性格发展,也表现了法海的残忍无情。此外,青儿、法海等形象,也都较旧本更具鲜明个性。

总之,经由方成培改造后的《雷峰塔传奇》,既吸收了民间艺人演出实践中的舞台经验,又融入了文人阶层的审美思考,从而后出转精,至今仍传唱不衰。从这一剧目演化发展的过程中,我们也不难看出,民间艺人与文人之间的互动与合作,对戏曲艺术的发展有着积极的推动作用。

四、地方戏的兴起和发展

(一)"花雅之争"与京剧的形成

清中叶后,随着昆曲及文人创作逐渐走向衰落,自宋元以降便在广大农村极为活跃的各种地方戏曲,却蓬勃兴起并表现出强大的生命力。

清代兴起的地方戏主要包括四大声腔,即弋阳腔、梆子腔、皮黄腔和弦索腔。这些声腔剧种多是在民间小调基础上形成并发展起来的,曲调粗犷,只以拍板节制声腔,句子可多可少,多以七字、十字为句,谓之板腔体。其不受宫调曲牌限制,语言朴素自然,带有浓厚的乡村朴野气息,故封建正统文人称之为"花部"。花,驳杂不纯之意,故又谓之"乱弹"。而昆山腔称为"雅部"。雅有纯、正之意,以寓褒贬之意。李斗的《扬州画舫录》云:"雅部即昆山腔。花部为京腔、秦腔、弋阳腔、梆子腔、罗罗腔、二簧调,统谓之乱弹。"

然而,正是这些扎根民间文化土壤的"花部"诸腔,获得了广大民众的喜爱,迅速发展,流播各地,并向一直居于主导地位的昆曲发起了挑战,形成了清代剧坛诸腔竞唱、共抗昆曲的"花雅之争"。大致而言,清代剧坛的"花雅之争"经历了三个回合。

第一回合是弋阳腔与昆曲的争胜。弋阳腔又称高腔,明代时即已在各地流传。清人杨静亭的《都门纪略·词场·序》云:"我朝开国伊始,都人尽尚高腔;延及乾隆年,六大名班,九门轮转,称极盛焉。"清政府对迅猛发展的弋阳腔采取利用和规范的手段,即每逢"万寿庆典"时,内廷承应戏不仅有昆曲,也允许由御用文人编制的弋曲上演。一方面,弋阳腔由民间步入宫廷,取得与昆曲同等地位,似乎身价百倍。但另一方面,弋阳腔也由此逐渐走向了雅化,所演"不外神仙故事及颂扬词句,只其场面力求煊赫,砌末力求辉煌,行头力求都丽而已"(周明泰《续剧说》),丧失了民间高腔粗朴、泼悍的特色。

第二回合是秦腔与昆曲的较量。秦腔是梆子腔在陕西的一个分支,乾隆年间已流布各地。乾隆四十四年(1779),四川秦腔艺人魏长生来到北京,他所唱的秦腔,又被称为琴腔、西秦腔、梆子腔、甘肃调等。魏长生的演出轰动了北京剧坛,以至"六大班伶人失业,争附入秦班觅食,以免冻饿而已"(戴璐《藤阴杂记》)。秦腔的迅速崛起,对在昆、弋之争中已处劣势的昆曲构成了更大的威胁。为了扶植昆曲,清政府不得不动用行政手段予以干预:"乾隆五十年议准,嗣后城外戏班,除昆、弋两腔仍听其演唱外,其秦腔戏班,交步军统领五城出示禁止。现在本班戏子,概令改归昆、弋两腔。如不愿者,听其另谋生理。倘于怙恶不遵者,交该衙门查拿惩治,递解回籍。"(《钦定大清会典事例》)这道禁令迫使魏长生离开北京,秦腔败下阵来。

第三回合是各地花部群起与昆曲的竞争。乾隆五十五年(1790),为庆祝乾隆皇帝八十大寿,著名二黄腔艺人高朗亭随三庆徽班进入北京。他的演出轰动京城,打开了其他徽班进京的大门,继其后四喜、春台、和春等徽班相继进京,出现了"四大徽班"在北京称盛的局面。与此同时,魏长生在南方继续演出秦腔剧目,誉满江南,苏州的一些昆班子弟甚有"背师而学者"(沈起凤《谐铎》)。尽管清政府于嘉庆三年(1798)、四年(1799)又连续发布禁演花部诸腔的诏令,然而此时内患四起,各地官员已无暇顾及查禁花部之类的"细事"了,清廷禁令已成一纸空文。京城剧坛诸腔竞奏,各地花部也纷纷组班,风然兴起,形成所谓"南昆(指苏州地方昆曲)、北弋(指河北高腔)、东柳(指山东柳子戏,属弦索腔系)、西梆(指陕西、山西梆子腔)"的繁荣局面,一直高居坛站的昆曲,已是颓势难返了。

"花雅之争"不仅带来了地方戏的全面繁荣,而且各声腔剧种在与昆曲角胜的同时,也逐渐抛弃种种家门峻法,吸取其他声腔剧种的长处,以丰富和发展自己,形成了许多各具特色的地方戏种。其中,以梆子腔和皮黄腔流传最广,影响最大。尤其是在皮黄腔基础上形成的京剧,对后世剧坛的影响至为深远。

皮黄腔是西皮、二黄两种声腔的简称。西皮腔由陕西、甘肃一带的秦腔流传到湖北襄阳,经湖北艺人加工润色而成。二黄腔的来源,或谓出于湖北的黄冈、黄陂二县,或谓出自江西宜黄,亦有谓由吹腔、高拨子两种声腔在徽班中逐渐演化而成。安徽、湖北两地毗邻,徽调、汉调素有交流。四大徽班进京,高朗亭"以安庆花部合京、秦两腔"(李斗《扬州画舫录》),促成了安庆二黄与秦腔的合流。道光、咸丰年间,湖北汉调艺人余三胜等来到北京,纷纷加入其时在京城有"安庆色艺最优"之誉的各大徽班,促成湖北西皮与安徽二黄的再次汇合,使皮黄腔的演唱艺术得到了进一步的精进和发展,并逐渐形成了一个新的独立的剧种——京剧。也正因此,京剧又被称为皮黄戏、二黄戏。

在北京舞台花雅相争、花部诸腔纷纷崛起的同时,各种民间小戏也如雨后春笋般发展起来。如山西晋中、河北定县(今河北省定州市)的秧歌,东北的二人转、蹦蹦戏,河北的落子,安徽、湖南、湖北、江苏等地的花鼓戏,江西的采茶戏,云南、广西、四川的花灯戏,江苏、浙江的滩簧,等等。此外,各兄弟民族戏曲,如藏戏、傣戏、白戏、侗戏等,也逐渐形成并发展起来。

(二)清代地方戏的重要剧本

清代地方戏的剧本多出自下层文人和艺人之手,流传主要靠艺人之间互相口传心授,刊刻机会极少。保存下来并能看到其原始面貌的只有乾隆年间刊行的钱德苍选辑的《缀白裘》第六、十二两集和叶堂选辑的《纳书楹曲谱》"外集"和"补遗",前者收有花部戏曲30种,后者辑录剧目14种。这些与舞台上流传剧目相比,可以说是九牛一毛。

清代地方戏能赢获广大观众的喜爱,其中一个重要原因是其所选剧目能引起观众的情感共鸣。清代地方戏的取材来源主要有三:一是前人的优秀剧作,如《琵琶记》《牡丹亭》《长生殿》《雷峰塔传奇》等。这类剧作经昆曲演唱已流播各地,地方戏移植过来,改调歌唱,既不使观众有陌生感,又让观众感受到与昆腔迥异的"乱弹"风味。二是历史题材戏。各地方剧种在成熟后即搬演以在本地区发生的历史故事为题材的大戏,如梆子腔的瓦岗寨故事戏(如《当铜卖马》《罗成叫关》)和杨家将故事戏(如《李陵碑》《昊天塔》),皮黄腔的三国故事戏(如《击鼓骂曹》《单刀会》)。前者故事多发生在陕西、山西、河南、河北,后者故事主要发生在湖北、安徽,当地人民对这些故事多耳熟能详,喜闻乐道,予以搬演自能迎合观众的欣赏期待。三是各类生活小戏。这类作品多是反映当地人民的生存情状,以喜剧或闹剧的形式针砭时弊,让人于会心的微笑后体悟某种生活哲理,如《打面缸》《借靴》《借妻》等。

清代地方戏中有不少优秀剧作,至今仍为人赏爱,如《打面缸》《庆顶珠》等。

《打面缸》是一出优秀的讽刺喜剧。剧写妓女周腊梅厌弃卖笑生涯,至县衙请判从良。衙役张才娶得周腊梅,张才出外公干,当晚县衙的王书吏、四老爷、县太爷相继到张家调戏周腊梅,不意张才突然回家,三个无耻之徒被当场抓住。剧本以夸张、漫画式的笔法,对县太爷之流的卑鄙猥琐予以辛辣的嘲讽,在喜剧、闹剧的形式背后,隐含着作者对下层民众任人宰割的生活遭遇的深切同情。

《庆顶珠》又名《打渔杀家》,取材于陈忱的小说《水浒后传》。梁山好汉萧恩在起义失败后,与女儿萧玉芝(京剧名萧桂英)打鱼为生,屡遭土豪丁自燮欺凌,告至官府,反遭毒打。萧恩忍无可忍,遂借献庆顶珠之名杀了丁自燮一家。剧本通过萧氏父女被逼造反的故事,反映了封建社会尖锐的阶级对立,揭露了官绅勾结、残酷剥削和压迫劳动人民的罪行,也写出了人民的觉醒,表现了被压迫人民反抗的怒火和复仇的愿望。

清代地方戏多用白话写成,故事完整,通俗易懂。但由于地方戏作者多是文化水平不高的下层文人或艺人,且剧无定本,在口耳相传时又被随意改动,所以,即便是如上述之优秀剧作,也都予人以通俗有余而文采不足的缺憾。此外,有的地方戏为迎合观众,色情、迷信色彩浓厚,庸俗鄙劣,更是等而下之了。

花部的兴盛掀开了戏剧舞台新的一页,但由于艺人主宰了舞台话语权,重演技、轻文学,没有了文人参与,剧本多粗劣幼稚,其成就远不能与杂剧、传奇所开创的戏剧时代相比。

注 释

[1] 吴伟业(1609—1672),字骏公,号梅村,别署鹿樵生、灌隐主人,太仓(今属江苏)人。崇祯四年(1631)以一甲二名及第,官翰林院编修、国子监祭酒等职。南明时官少詹事,因与马士英、阮大铖不合辞官归隐。清顺治十年(1653)被迫出仕,次年任秘书院侍讲,迁国子祭酒,三年后丁母忧南归,隐居而殁。著有《梅村家藏稿》等。

[2] 尤侗(1618—1704),字展成,号悔庵,晚号西堂老人,江苏长洲(今苏州)人。明末屡次应试不中,入清后以文章和杂剧《读离骚》获顺治帝赏识,遂有才子之名。康熙十八年(1679)举博学鸿词科,授翰林院检讨,参与修《明史》三年,旋告归。著有《西堂全集》《鹤栖堂全集》等,剧作合称《西堂乐府》。

[3] 蒋士铨(1725—1785),字心馀、清容、苕生,号藏园,江西铅山人。乾隆二十二年(1757)进士,任翰林院编修。乾隆三十年(1765)乞假归田养母,四十三年(1778)入京为国史馆纂修官,三年后病归。著有《忠雅堂诗集》《忠雅堂文集》《铜弦词》等。

[4] 杨潮观(1710—1788),字宏度,号笠湖,江苏金匮(今无锡)人。乾隆元年(1736)中举,数任县令,官至知州。一生著述甚丰,然所存者仅《吟风阁杂剧》《周礼指掌》《左鉴》3种。

[5] 黄图珌(1700—1771?),字容之,号蕉窗居士、守真子,华亭(今属上海)人。曾任杭州、衢州府同知。著有《看山阁集》。作传奇6种,合称《排闷斋传奇》,其中以《雷峰塔传奇》影响最大。

［6］方成培,字仰松,别署岫云词逸,徽州歙县(今属安徽)人,生卒年不详。据《安徽通志稿》,其幼年病弱,因"不能以举业自奋,遂大肆力于倚声"。著有《方仰松词槼存》《香研居词塵》《香研居谈咇》《听奕轩小稿》,作传奇《雷峰塔》和《双泉记》2 种。

参考书目

［1］周妙中.清代戏曲史［M］.郑州:中州古籍出版社,1987.

［2］范丽敏.清代北京戏曲演出研究［M］.北京:人民文学出版社,2007.

［3］杜桂萍.清初杂剧研究［M］.北京:人民文学出版社,2005.

［4］冯其庸,叶君远.吴梅村年谱［M］.南京:江苏古籍出版社,1990.

［5］熊澄宇.蒋士铨剧作研究［M］.北京:中国戏剧出版社,1988.

第十二章
李玉、李渔等由明入清剧作家

在清代前期由明入清的诸多剧作家中,以李玉为代表的苏州派和李渔成就超卓。前者关注现实人生的戏剧创作,后者对戏剧表演与创作进行了系统的理论总结,一重创作,一重理论,相互辉映,各有千秋。尤其是他们既注重戏曲文学品位,也不偏废戏曲舞台艺术的共同审美趣味,不仅对当时日益案头化的戏曲创作具有矫正作用,也为此后剧坛树立了典范。

第一节　苏州派剧作家中的翘楚——李玉

中晚明时期,东南沿海一带商品经济空前繁荣,城市人口激增。都市经济的发展带来了都市文化产业的兴起,自明中叶以来,东南沿海地区的戏曲演出日渐繁荣。在明代四大声腔中,东南沿海占其三(昆山在江苏,海盐、余姚均在浙江),足见这一地区民间戏曲演出之繁盛。然而,明末清初的社会动乱,富庶的江南地区因清兵的血腥屠杀而呈一派萧瑟景象,如"扬州十日""嘉定三屠""江阴八十一日",被称为"明末三惨"(见清王季楚的《扬州十记》、清朱子素的《嘉定屠城记略》及江阴市政协编的《江阴守城纪略》),给那个时代的人留下了太多的痛苦记忆。市民阶层喜欢欣赏戏曲的阅读期待,文人阶层借剧写心的创作惯性,再加上明清易代血雨腥风的时代刺激,上述多种因素的合力作用,造就了明末清初剧坛上的著名戏曲创作流派——苏州派。

苏州派又名吴县派、吴门派,因这派作家或流寓苏州或原籍苏州而得名。代表作家有李玉、朱雉、朱佐朝、叶时章、丘园、毕魏、张大复等。他们在明末已开始了编剧生涯,并有作品广泛演出,产生了相当的影响,入清后仍然活跃在剧坛上。由于他们出身寒微,地位低下,对下层民众生活有深切了解,与民间艺人也多有交往,故所作戏曲不仅有丰厚的生活底蕴,也富有戏剧性。其中李玉的成就最高。

一、李玉生平及著作

李玉(约1602—约1676),本字玄玉,因避康熙(玄烨)讳改字元玉,自号一笠庵主人、苏门啸侣,吴县(今江苏苏州)人。生平事迹史料很少,据吴绮《满江红·次楚畹韵赠李玉》"家传自擅清平调"语,其父辈当是擅长制曲填词之人。吴伟业为李玉的《北词广正谱》所作序云:

> 李子元玉,好奇学古士也。其才足以上下千载,其学足以囊括艺林,而连厄于有司,晚几得之,仍中副车。甲申以后,绝意仕进。以十郎之才调,效耆卿之填词。所著传奇数十种,即当场之歌呼笑骂,以寓显微阐幽之旨;忠孝节烈,有美斯彰,无微不著。

焦循《剧说》卷四云:

> 元玉系申相国家人,为申公子所抑,不得应科试,因著传奇以抒其愤,而"一人永占"尤盛传于时。其《一捧雪》极为奴婢吐气,而开首即云:"裘马豪华,耻争呼贵家子。"意固有在也。

尽管这两则材料在对李玉身世的描述上有矛盾[1],但都强调了李玉毕生致力于戏曲创作的心理动因是"寓显微阐幽之旨""著传奇以抒其愤",说明了李玉的特殊身世遭遇对其戏曲创作的潜在影响。

李玉一生剧作很多,学界确认为李玉之作的剧本有30多种,今存20余种,《古本戏曲丛刊》(第三集、第五集)收有15种,吴新雷的《李玉逸曲访读记》(《江海学刊》1963年9月号)记有《七国传》《吴天塔》《风云会》《五高风》《连城璧》《埋轮亭》《洛阳桥》7剧逸曲,并注明馆藏。此外,李玉在徐于室原稿基础上补充编订的《北词广正谱》是研究北曲曲律的重要著作。

二、"一人永占"的道德救世意识

李玉的大部分作品都是入清后所作,明末作品以《一笠庵四种》最为著名,即《一捧雪》《人兽关》《永团圆》《占花魁》,这四剧被合称为"一人永占"。

《一捧雪》,30出,剧演负义小人裱褙匠汤勤出卖恩人莫怀古,向严嵩之子严世蕃密告莫藏有稀世珍宝"一捧雪"玉杯。莫怀古以假杯献严府,被汤勤识破,惨遭迫害。义仆莫诚代主赴死,汤勤又认出人头非真。莫怀古妾雪艳娘激于义愤,假意许身汤勤,于洞房中刺死汤勤后自杀。后严家事败,莫家遇赦,一家团圆。旧说多指认该剧系取材于严世蕃谋夺《清明上河图》事,即明沈德符的《万历野获编》所载王㒓事。然《万历野获编》直到清康熙年间才有刻本问世,《一捧雪》写于崇祯年间,李玉不可能见到《万历野获编》的稿本。王世贞《觚不觚录》云:"分宜(严嵩里籍)当国,而子世蕃挟以行黢,天下之金玉、宝货,无所不致,其最后乃始及法书、名画。盖始以免俗,且斗侈耳。而至其所欲得,往往假总督、抚督之势以胁之,至有破家、殒命者。"剧中所写亦非空穴来风,或许是李玉参合明人有关严嵩的种种贪敛传闻敷衍而成。剧作显然继承了明中叶以来戟刺权奸的主题模式,同时又在汤勤之奸鄙与莫成之忠义、雪艳之节烈的对比描写之中,表露了作者对明末世风的针砭和对传统封建伦理秩序的呼唤。

传奇《人兽关》,据《警世通言》中的《桂员外途穷忏悔》故事改编,33 出,演苏州土财主桂薪在穷途落魄之时得财主施济救助,富甲一方。施济死后,家道衰落,施妻及子求助于桂薪反遭桂氏夫妇侮辱。施子后中状元而家道复兴,桂妻因忘恩负义、昧心贪财,死后变为犬,桂薪日日忏悔、寂寥终生。此剧在因果报应的戏剧框架中,折射出与《一捧雪》主题相近的道德批判意识和伦理建构理想,而在施家从有钱到无钱再到有钱的人生荣辱中,也显然渗透了中晚明时代商品经济潮动中的市民阶层对金钱价值的世俗思考。

《永团圆》,32 出,剧演富豪江纳主动与重臣蔡家结亲,后蔡家败落,江又翻脸悔亲,待蔡子中试后,江竟又极力趋奉。该剧写江纳嘴脸变换的同时又衬以其女的贞节不移,道德批判意识显而易见。

《占花魁》,28 出,演《醒世恒言》里的《卖油郎独占花魁》故事,情节大致相同,只是加进了莘瑶琴被人拐骗沦为妓女的情节。但剧作的重心不在表现男女之情,而是极力渲染宵小之徒的道德败坏和秦种的纯真善良,正是在这种善恶对比中,花魁娘子深感"易求无价宝,难得有情郎",并最终自行赎身下嫁卖油郎。

不难看出,李玉的上述剧作几乎都表现出强烈的道德使命感,尽管这类的伦理宣讲在今天看来未免迂执乃至陈腐,但倘若考虑到中晚明时代道德沉沦的社会现实以及民间心理中的传统道德情结,"一人永占"产生于当时并深受观众喜爱是不难理解的。况且四剧的情节架构又颇具匠心,借恶写善,以善衬恶,在善恶的对照中强化戏剧冲突,增强了作品的观赏性。所以钱谦益的《眉山秀·题词》说"元玉氏《占花魁》《一捧雪》诸剧,真足令人心折也""每一纸落,鸡林好事者争被管弦"。

三、《千忠戮》的乱世漂泊情怀

李玉入清后的剧作,有《千忠戮》《清忠谱》《两须眉》《眉山秀》《意中人》《万里圆》《风云会》《牛头山》《昊天塔》《七国传》《连成璧》《五高风》等。这些作品或写史,或写情,或直书时事,但都有意或无意地牵扯进朝政军国之事,社会风云之变,表现出作者对现实政治的深刻思考,与前期作品着眼于世态人情的道德规箴有所不同。这既与明清易代的社会巨变对李玉心境的刺激有关,同时与李玉受到如钱谦益等上流文人的欣赏而涉足上层文化圈也不无关系。其中以《千忠戮》和《清忠谱》成就最高。

《千忠戮》又名《千忠录》《千钟禄》,据史仲彬的《致身录》及程济的《从亡日记》等敷衍而成。剧演明初燕王朱棣发兵靖难,建文帝朱允炆与大臣程济扮为一僧一道出逃。朱棣即帝位(是为成祖),搜捕建文帝。吴成学、牛景先分别扮作建文帝、程济自杀而死,使二人脱险。建文帝、程济流亡西南,于云南结庵居住达 12 年之久,又被严镇直捕获,押解进京,程济责以君臣大义,严惭愧而自杀。数十年后,事隔两朝,建文帝还朝,入宫奉养,程济不愿为官,入山修道而去。

剧作描写的中心不是靖难之役的战争风云,而是暴君即位后的血腥屠杀和失势君王的逃亡生涯,蕴于其中的则是身经明清易代之变的李玉本人的乱世悲凉情怀。朱棣即位后,大肆杀戮建文帝旧臣:"惨听着哀号莽,惨睹着俘囚状……纵然天灾降,也消不得诛戮恁广。""惨凄凄十族诛夷,血淋淋鱼鳞醢酱。杀尽了女女男男村落荒,云阳市血汤汤。"(《千忠戮》上卷)深深渗透其中的不只是对暴君淫威的愤懑,对忠贞之士惨遭杀害的同情,更有对江南地区惨遭清兵屠戮的无数冤魂的哀挽悲悯。《惨睹》出有一曲【倾杯玉芙蓉】:

> 收拾起大地山河一担装,四大皆空相。历尽了渺渺程途,漠漠平林,垒垒高山,滚滚长江。但见那寒云惨雾和愁织,受不尽苦雨凄风带怨长。雄城壮,看江山无恙,谁识我一瓢一笠到襄阳。

这就是同《长生殿》一起享有"家家收拾起,户户不提防"盛誉、到处传唱的"八阳"(八支曲子都以"阳"字作结)之一。钱谦益的《眉山秀·题词》说李玉"每借韵人韵事,谱之宫商,聊以抒其垒块"。尽管剧中所写不是韵人韵事,但确是李玉本人积郁于胸的"垒块"的借机抒发。曲词借失位君王被迫出逃、跋山涉水的失路之叹,抒写李玉本人遭逢战乱颠沛流离的痛苦感受,正是这种饱蘸血泪的乱世流离之痛,唤起了经历过易代之悲的清初士民的苦痛记忆,故而这支曲子在当时传唱四方。郑振铎说此剧"是真实的以万斛亡国之泪写之的,非身于亡国之痛而才如玄玉者谁能作此!"(《插图本中国文学史》第六十四章)

《千忠戮》不仅"词填往事神悲壮",借建文之变的往事抒发家国兴亡之感、战乱流离之悲,而且还"描写忠臣生气莽"(《千忠戮》剧末【尾声】):南京沦陷,方孝孺孝巾麻衣,上殿面责暴君,直言篡逆,喋血朝堂;在建文帝逃难途中,吴成学、牛景先舍生取义;与建文帝一起颠沛流离数十年,程济始终忠贞不贰。与这些建文旧臣的忠贞死节不同,奸臣陈瑛于靖难之初即主投降,新君即位后献媚求宠,唆使成祖滥杀贤良之士,搜捕旧主建文帝。剧作在表层的颂忠骂奸背后,寄寓的是作者对易代鼎革之际应如何立身处世的道德思考,对清初时期前明旧臣不同表现的道德评判,与作者前期作品着眼于市井细民的世俗欲望与封建伦理错位的描写显然不同。

《千忠戮》以建文帝数十年天南地北的逃难生涯为主线,中间穿插进或忠或奸的不同人物,或生或死的不同选择,再附以或山或水的不同风光,渲染着建文帝君臣或悲或喜的不同感受,故而尽管剧作时空跨度大,头绪纷繁,却既给人不蔓不枝、结构谨严之感,又令人在无法预知结局的跌宕情节中获得审美的快感。

四、《清忠谱》的时代政治思考

《清忠谱》是李玉入清后的代表作,清初刻本题"李玉元玉甫著""同里毕魏万后、叶时章雏斐、朱㿟素臣全编"，可见这是一部凝结了苏州派剧作家群主要成员心血的作品。

《清忠谱》剧演明熹宗天启年间（1621—1627），宦官魏忠贤窃掌朝政，大肆捕杀东林党人。东林党人吏部员外郎周顺昌乞归，家居苏州，时与受阉党迫害之清流人士往还，痛骂权奸。苏州巡抚毛一鹭与织造李实为魏忠贤立生祠，落成之日，周顺昌前往斥骂。魏忠贤闻之大怒，矫诏逮捕。周顺昌从容就逮，被押往京师，受尽折磨，最后威武不屈，慷慨骂贼，被残害而死。苏州市民得知周顺昌被捕的消息，群情激愤，在颜佩韦等五人的带领下，闹诏示威，打死校尉。毛一鹭阴谋屠城，颜佩韦等五义士挺身而出，从容就义，保全了苏州百姓。崇祯即位，阉党受诛，苏州民众捣毁魏忠贤生祠，祭奠周顺昌及五义士。周顺昌一生清忠，被人称为"忠中之忠，清中之清"（《瞿式耜集》卷一《特表忠清疏》），剧因此得名。周顺昌，《明史》有传；颜佩韦等五人举义事，发生于明熹宗天启六年（1626），张溥的《五人墓碑记》、吴肃公的《五人传》、朱祖文的《五人取义纪略》《颂天胪笔》等，均有详细记载。故吴伟业《清忠谱·序》云，该剧"事俱按实，其言亦雅训，虽云填词，目之信史可也"。《曲海总目提要》也一再肯定"剧中事皆据实"，人物故事"皆足补史传之阙"。

以明末阉党专权导致贞士遭戮为题材的戏曲作品，并非始于《清忠谱》。据祁彪佳的《远山堂曲品》所载，仅崇祯年间就有《秦宫镜》《清凉扇》《鸣冤记》《磨忠记》等十多种，然而这些作品多如祁彪佳所评，"止从草野传闻，杂成一记"，且将叙写重心放在有关暴露魏忠贤的阴私丑闻上，对忠义之士的反抗行为及苏州民变等则多予以忽略或作暗场处理。正是鉴于上述同类题材剧作失败的教训，一方面，李玉尽量"事俱按实"，以编撰"词场正史"为指归；另一方面，道德救世意识和市民情怀，使他最终将目光锁定于周顺昌之清与忠、颜佩韦等五人之义以及苏州民众之愤。《清忠谱》不仅因其真实而堪称"词场正史"，更因其"写孤忠纸上，唾壶敲缺……更锄奸律吕作阳秋，锋如铁"而"千载口碑香"（《清忠谱·谱概》）。

《清忠谱》真实地反映了魏阉专权时代的政治黑暗。魏忠贤与熹宗乳母客氏相互勾结，专擅朝政。他们在朝中遍植死党，一批丧失气节的官僚纷纷投靠他们，门下爪牙有所谓五虎、五彪、五狗、十孩儿、二十小孩儿、四十猢狲、五百义孙等，剧中的毛一鹭、李实即为魏忠贤的干儿义孙。他们称魏忠贤为"九千岁"，在各地为魏忠贤大建生祠，滥用民力，耗费民财。他们在社会上不仅通过矿监、税使对广大工商业者征收高额税收，敲骨吸髓，还通过东厂这类特务机构，在全国各地遍布鹰犬，残酷迫害政治异己人士，对当时代表中下层工商业者利益的东林党，更是恨之入骨。文文起因弹劾魏忠贤而被削籍，魏大中、周顺昌相继被捕。因逮捕周顺昌激起苏州民变，毛一鹭竟诬称吴民助周顺昌反叛，请旨屠城，足见魏党之阴险狠毒。剧作对阉党黑暗政治的铺陈描写，交代了周顺昌等正直人士骂奸斥贼、苏州市民群起反抗的现实背景和内在原因，也寄寓了作者本人对明末政治的批判和反思。

剧作成功地塑造了"既清且忠"的周顺昌形象。他"劲骨钢坚，天赋冰霜颜面"，虽"居官多载"，却"衣无重絮，止食菜羹"；招待县尹陈文瑞，只有生腐淡酒；出门访友，竟无钱乘轿而只好步行。这种清廉无私的品质,与权奸邪佞的贪得无厌、骄奢淫逸、寡廉鲜耻恰成鲜明对比。在阉党结党营私、残害忠良、图谋不轨的严峻形势下,已乞归的周顺昌仍志守孤忠,心存廊庙,并与阉党进行了殊死的斗争,这表现在三个方面:一是联络清流,激励同志。他探访遭阉党削籍的文文起,二人共骂权奸,渴望"诛尽无须党类,肘腋奸除";与被阉党拘捕的魏大中联姻,以道义相许,"绾同心中流砥柱,须不是泛泛缔姻盟"。二是痛斥逆党,与魏阉爪牙斗争。魏阉生祠落成之日,他当着毛一鹭、李实的面,历数魏忠贤罪恶,指出其末日不远,吐胸中之愤,扫逆党之兴。三是斥骂奸邪,同魏忠贤进行面对面的斗争。在《吒勘》出中,他责问魏忠贤:"且数你罪恶桩桩,敢一一回对么?"并"杻敲贼面",被敲掉牙齿后,又血喷贼党,"有口不能咀贼肉,好将碎齿嚼肝肠"。直到将要被秘密处死时,他仍表示"我周顺昌生不杀汝,死作厉鬼击杀奸贼便了"。周顺昌一身正气,一身胆气,无私无畏,视死如归。他那凛然自持的高风亮节,为了自己的信念赴汤蹈火、百死不辞的意志和豪情,直到今天仍然具有动人心魄的震慑力和感染力。

作品还生动地刻画了颜佩韦、杨念如、周文元、马杰、沈扬五位义士的英雄形象,其中颜佩韦的形象最为突出。他疾恶如仇,爱憎分明,《书闹》出写他听书《岳王传》,当说到童贯等奸党陷害韩世忠时,他拍桌怒嚷:"这等恶人,说他怎么!"甚至踢翻书案,大闹书场。他急公好义,勇于斗争,在《义愤》出中当他听说校尉逮捕周顺昌,立即"广聚同侪,直入官阶",率领群众"呼群鼓噪闹官衙,圣旨公然不怕",打死校尉,抛尸喂狗。他豪爽仗义,敢作敢当:当听说官府将周文元、马杰、沈扬等人逮捕时,他径去找官府:"这桩事,是我做的事,何消拿得别人。"最后慷慨就逮,与其他四位义士从容赴难。

《清忠谱》不仅塑造了生动的人物形象,而且描写了声势浩大、轰轰烈烈的群众斗争场面。《闹诏》出通过宾白和唱词"门外人山人海""民愤雷呼辕下,泪飞血洒尘沙"等侧写群众声势;又通过舞台指示如"内乱喊介""内齐声号哭介"等描写后台群众的喧嚷号哭,暗写群众声势;同时还通过众多市民"急奔上""奔下""满场奔介"等,将市民们冲衙门、打校尉、追奸官的戏剧行动直接推到前台,明写群众声势。侧写、暗写、明写相结合,前台、后台相照应,使小小的舞台变成了广阔的天地,在人物的频繁流动中写出了犹如狂飙奔突,具有排山倒海般气势的群众斗争场面。

《清忠谱》以周顺昌等东林党人同阉党的斗争为主线,以颜佩韦等五义士为营救周顺昌而发动的苏州市民暴动为副线,中间又穿插进魏大中等人的惨死、周顺昌之子周茂兰的探监等线索,即一线为主、多线交织,从而从不同角度和不同侧面反映出明末阉党专权、正义之士蒙冤和人民抗暴的复杂社会现实,与传统戏曲"一人一事"的结构模式显然不同。在具体关目的安排设置上,作者也极富匠心:《傲雪》之静雅,衬以《书闹》之热闹;义愤填膺的《骂像》之后,继以温婉平和的《闺训》;《闹诏》火爆之极,《哭追》幽恨绵长;《吒勘》《戮义》慷慨激昂,《血奏》《泣遣》又满纸呜咽;《毁祠》是全剧大收煞,气氛壮烈,继其后的余韵三折又渐趋平缓,绵延悠长。线索纷繁但主次分明,场面众多而冷热相济,是《清忠谱》在艺术上的突出成就。这足以显出李玉是熟谙舞台规律的当行剧作家。

第二节　苏州派其他剧作家

一、朱𥔻

除李玉之外,苏州派作家中戏剧成就较高的是朱𥔻[2]。

朱𥔻作传奇 19 种,今存 8 种,即《未央天》《锦衣归》《翡翠园》(又名《翡翠缘》)、《秦楼月》《龙凤钱》(又名《双跨鸾》)、《聚宝盆》《万年觞》《十五贯》,均收于《古本戏曲丛刊三集》。

朱𥔻所存 8 剧中,公案剧占一半,艺术含量也较高,其中以《十五贯》成就最高。

《十五贯》,又名《双熊梦》,本事出自宋话本《错斩崔宁》(《醒世恒言》作《十五贯戏言成巧祸》)。该剧写知府况钟平反熊友兰、熊友蕙兄弟冤案的故事。熊氏兄弟隔壁为开粮店的冯玉吾家,店中之鼠将店家未婚之子媳侯三姑的双金环衔至熊家,又将熊家鼠药衔至冯家,结果冯锦郎误食药饼而死,熊友蕙以环购粮被疑为盗。问官过于执严刑逼供,将熊友蕙、侯三姑问成因奸杀人罪,系狱待斩。熊友兰携商贾所助十五贯钱回家救弟,路上偶遇往投姑母的陌生女子苏戍娟。苏戍娟走后,其养父游葫芦被娄阿鼠杀死并劫去十五贯钱。过于执又将熊友兰、苏戍娟问成因奸杀人罪待斩。知府况钟疑有冤情,夜访巡抚周忱,求免其死,周以部文已下为由不允。况钟以官印为质,求得半月期限。经实地勘察,测字私访,况钟终于缉得真凶娄阿鼠,平反两桩冤狱。

与传统公案戏着力于表现由问官的徇私舞弊、贪婪残暴导致当事人沉冤难雪的创作模式不同,《十五贯》虽也强调了问官的个人品格对判案的决定性影响,但却不是将冤案的酿成简单地归结于问官的品格卑下。过于执是两桩冤案的酿造者,但他不是有意的,仅就案情表象而言,判成因奸杀人也并非毫无根据。他的弱点恰如其姓名所示,过于固执己见,只相信自己根据事件表象所做的主观的逻辑推理,没有深入事件的深层对各个环节作细致的推勘。周忱阻挠况钟深入调查的理由也可说是堂而皇之的,他明知有可能要酿成冤案,仍拘守现成律文而听之任之,既有出于保位守官的私人考虑,也有对民生疾苦过于冷漠的官僚作风。况钟则不同,他不仅在觉察案有冤情后立即要求重新审理,甚至宁可丢官也绝不枉杀好人,具有为民请命的耿耿热肠;而且"往淮阴踏勘,明探鼠穴;锡山廉访,暗获穷凶"(《十五贯·开场》),掌握了人证、物证,最终使"两案重翻,四冤同白",表现了务实求真的精神。面对同一案件,三个官僚,三种态度,在这种对照比较中显然隐含着作者对官员个人品格和素质的深层思考:执法者不仅应清廉自律、依法办事,更应体察民情,深入调查,实事求是,否则就会像过于执那样,做出与主观愿望相反、与贪官污吏所为效果相同的事情来。《十五贯》思想的深刻处即在于此,公案戏的主题也因此获得了新的开拓。

两桩案件,头绪纷繁,剧作采用双生双旦双线的结构方式,不仅线索清晰,有条不紊,而且情节曲折紧张,扣人心弦。尤其是熊友蕙迁居内室、冯锦郎误食鼠药、熊友兰救弟及路遇苏戍娟等关目,既奇且巧,但又不失其真。剧中人物也都各具个性,而不是脸谱化、公式化。宾白曲词皆当行本色,适合场上歌舞。直到今天,《十五贯》仍活跃在戏曲舞台上。

二、其他剧作家

苏州派较有成就的剧作家还有朱佐朝、叶时章、丘园等。

朱佐朝[3]作有传奇30余种,今存12种,以《渔家乐》较为著名。《渔家乐》写东汉末年大将军梁冀专权,逼走清河王刘蒜,渔家之女邬飞霞刺死梁冀,刘蒜称帝,立飞霞为皇后。剧作对权奸误国的批判,继承的是《浣纱记》等中晚明戏曲的主题模式,但将匡扶社稷、为国除奸这样的重任交由一个下层渔家女子来实现,而不是让当朝士大夫来完成,这种摒朝士而取平民、轻须眉而重红颜的文化视野,则是此前诸作所没有的。

叶时章[4]作传奇8种,今存《英雄慨》《琥珀匙》。前者写李克用、李存孝义父子剿黄巢事,对黄巢多有同情。后者写桃佛奴卖身救父误入娼家,得太湖大盗金髯翁营救事。两剧均表现了作者批判黑暗现实、歌颂草莽英雄的思想。

丘园[5]作有传奇9种,今存《党人碑》《御袍恩》《幻缘箱》3种。其中《党人碑》写蔡京立党人碑,诬陷司马光、苏轼为奸党的故事,表现反权奸斗争。丘园最著名的是已失传的《虎囊弹》,写鲁智深仗义救金翠莲等人的故事。《古本戏曲丛刊》所收《忠义璇图》及《缀白裘》中收录其《山门》一出,演鲁智深大闹五台山事,曲词苍凉激越,极富感染力。今昆曲、京剧《醉打山门》即由此而来。

第三节　李渔的戏曲理论与著作

一、生平及著作

李渔(1611—1680),字笠鸿、谪凡,号笠翁,别署笠道人、湖上笠翁,作小说署觉世稗官,祖籍兰溪(今浙江金华),生于雉皋(今江苏如皋)。明末曾多次应乡试不第,入清后,不再应科举。顺治五年(1648)移家杭州,过着“挟策走吴越间,卖赋以糊其口,吮毫挥洒怡如”(黄鹤山农《玉搔头·序》)的生活,他的戏曲、小说大都是在寓居杭州时期完成的。顺治十四年(1657),迁居南京,经营芥子园书坊,又时常带着自家的戏班周游各地,“日食五侯之鲭,夜宴三公之府”(李渔《复柯岸初掌科》),靠权门豪贵的“绨袍”之赐,即“打抽风”以讨生活。康熙十六年(1677)重返杭州,居西湖云居山东麓的层园,历四年卒。

李渔是一个全才,诗、文、小说、戏曲无所不擅,书法、绘画甚至园林建筑、百戏游艺样样精通,然正因其“全”,故而难得所“专”,一生著述虽多,却少有经典之作。著作有诗文集《笠翁一家言》,包括《笠翁诗集》、《笠翁文集》、《笠翁别集》、《笠翁余集》、《笠翁偶集》(即《闲情偶寄》),长篇小说《回文锦》,小说集《十二楼》《无声戏》(又名《连城璧》),戏曲集《笠翁十种曲》等,今人将其作品汇编为《李渔全集》。

二、立足舞台与观众的戏曲理论

李渔一生托钵贵门,以文贾利,尽管因此招致时人及后人的诸多疵议,但也必须看到,正是长期出于贾利目的的戏曲创作和表演的艺术实践,才使李渔积累了丰厚的戏曲理论资源,成为中国戏曲理论史上极具界碑意义的人物。

李渔的戏曲理论收在《闲情偶寄》一书中,其中"词曲部"和"演习部"专论戏曲,后人将此二部校订合刊,名《李笠翁曲话》或《笠翁论剧》。"词曲部"从结构、词采、音律、宾白、科诨、格局六个方面论述了戏曲的创作技巧,"演习部"从选剧、变调、授曲、教白、脱套五个方面论述了戏曲的表演艺术。在中国古代戏曲理论史上,如此全面而系统地论述戏曲创作和表演的,李渔是第一人。就具体的理论系统建构看,李渔也有颇多真知灼见。

(一)对戏曲结构学的系统思考

李渔第一个明确提出"结构第一"的命题。李渔所说的"结构",带有布局、构思的意思。犹如"工师之建宅"应谋划于先一样,剧作家也应"引商刻羽之先,拈韵抽毫之始",对剧作有通盘之考虑,"袖手于前,始能疾书于后",所以"填词首重音律,而予独先结构"。这就要求剧作家在创作时做到:

1. "立主脑"

"立主脑"即确立作为全剧枢纽的"一人一事":

> 如一部《琵琶》,止为蔡伯喈一人,而蔡伯喈一人又止为"重婚牛府"一事,其余枝节皆从此一事而生。二亲之遭凶,五娘之尽孝,拐儿之骗财匿书,张大公之疏财仗义,皆由于此。是"重婚牛府"四字,即作《琵琶记》之主脑也。

"一人",即一个主人公;"一事",指一件引发全剧戏剧冲突的关键事件。此"一人一事",既是戏曲结构的主线,又是作者立意的焦点,体现的是作者"立言之本意",是内容与形式的统一。

2. "密针线"

戏剧创作恰如裁布做衣,"剪碎易,凑成难,凑成之工,全在针线紧密。一节偶疏,全篇之破绽出矣"。传奇创作,也应注意情节线索之间的前后照应、埋伏,且"不止照映一人、埋伏一事,凡是此剧中有名之人、关涉之事,与前此后此所说之话,节节俱要想到。宁使想到而不用,勿使有用而忽之"。只有这样,才能使情节的编织"无断续痕""承上接下,血脉相连",细针密线而无破绽,构成有机的艺术整体。

3. "减头绪"

"减头绪"也就是要使作品主线集中,情节不枝不蔓。头绪繁多,枝蔓芜杂,是传奇戏曲之通病,而《荆》《刘》《拜》《杀》之得传于世,止为一线到底,并无旁见侧出之情。所以,好的传奇,"始终无二事,贯串只一人"。这就要求剧作家应突出引发全剧冲突的中心情节与人物,减少那些无关紧要的枝蔓情节。但这并不是说李渔追求的是"单线结构",而是只要主线突出,并不妨碍建立多线结构,因为其他人物事件,"究竟俱属陪宾""衍文",均只为此"一人一事"而设。

4. "戒荒唐"

传奇创作追求"无奇不传",甚至编造荒诞不经故事,实际上,"世间奇事无多,常事为多;物理易尽,人情难尽"。所以,善作传奇者,"只当求于耳目之前,不当索诸闻见之外"。这就要求传奇作家尽量从平常生活中发掘题材,写平常的人情物理,如此方能动人:"传奇无冷热,只怕不合人情。如其离合悲欢,皆为人情所必至,能使人哭,能使人笑,能使人怒发冲冠,能使人惊魂欲绝。"而那些事涉荒怪之作,"当日仅存其名,后世未见其实",可见,"凡说人情物理者,千古相传;凡涉荒唐怪异者,当日即朽"。

(二)对戏曲舞台性的强调

长期的演出实践,使李渔深知"填词之设,专为登场",因此,作为剧作家不仅要"通文字三昧",还应该通"优人搬弄之三昧",要"既以口代优人,复以耳当听者",要"手则握笔,口却登场,全身以代梨园"。这就要求剧作家的传奇创作不能只是"纸上分明",还要兼顾"口中顺逆",悦耳动听,所以制词作曲要"重机趣""贵浅显""忌填塞""声务铿锵",以获得良好的舞台效果。这些看法与前此曲论多着眼于剧作家的案头填词功夫显然不同。

(三)从观众角度对戏曲语言的论述

既然"填词之设,专为登场",剧作家就必须考虑自己的戏曲语言是否为观众所理解。李渔认为:"传奇不比文章。文章做与读书人看,故不怪其深;戏文做与读书人与不读书人同看,又与不读书之妇人、小儿同看,故贵浅不贵深。"这就要求戏曲语言应浅切直白而不是晦涩艰深,"话则本之街谈巷议,事则取其直就明言。凡读传奇而有令人费解,或初阅不见其佳,深思而后得其意之所在者,便非绝妙好词"。从观众角度对戏曲语言的这种体认,是对明代本色派戏曲理论的丰富和发展。此外,李渔还注意到人物个性化问题,如谓戏曲创作要"说一人,肖一人","说张三要像张三,难通融于李四"。他对戏剧导演、表演等也提出了许多极富理论智慧的见解。

总之,李渔比较全面而系统地总结了戏曲创作与表演方面的理论,成为中国古代戏曲理论的集大成者。但李渔的戏曲理论也不可避免地具有其时代局限性,如在论述戏曲社会功用时,对"有裨风教""点缀太平"的片面强调,以及对戏曲娱乐功能的刻意追求("惟我填词不卖愁,一夫不笑是吾忧",《风筝误》下场诗),等等,均不难见出这位托钵山人借游戏笔墨宣播封建伦理的审美追求。

三、借误会、巧合编织而成的风情剧

李渔的《笠翁十种曲》,包括《怜香伴》《风筝误》《意中缘》《蜃中楼》《奈何天》《玉搔头》《比目鱼》《凰求凤》《巧团圆》《慎鸾交》10 部传奇。这些剧作基本上都是

借误会和巧合编织而成的风情喜剧,它们过度的游戏笔墨和浓重的娱乐主义倾向,淡化乃至抹杀了作品本应具有的深厚的思想意蕴。如《比目鱼》写戏班艺人谭楚玉与刘藐姑相恋,他们的恋爱为刘母阻拦,双双投江殉情,化形为比目鱼,后被人救起团圆。该剧情节动人,设喻优美,但作者注重的是这一故事的离奇新异,只想逗人一乐,并未深入挖掘导致两人爱情悲剧的深层原因。《玉搔头》写明武宗与妓女刘倩倩的爱情故事,本也可在帝王之尊与妓女之贱的地位悬殊间大做文章的,但作者的笔墨意趣始终不离武宗的猎色之心、妓女的遇贵之幸,并夹杂进许多轻佻、庸俗、淫秽的细节和曲白,通篇只有俗趣而乏情韵。即便是以战争离乱为背景的《巧团圆》,刚刚经历过战乱之痛的李渔也未在行文中表露出半缕哀伤,主人公姚继因善行而乱中得福的种种喜出望外的奇遇,反而为这幕本当充满流离之痛的悲情故事涂抹上一层浓厚的喜剧色彩。

李渔剧作在思想上虽未免浅而俗,在艺术上却多有创新。《风筝误》是李渔的代表作,剧以放风筝为缘机,在才子韩世勋和佳人詹淑娟、纨绔子弟戚施和丑女詹爱娟两对男女之间设置种种巧合与误会,最后以才子配佳人、笨男偶丑女结束。尽管作品未能免俗,杂有庸俗恶趣,然而李渔运思工巧,细针密线,语言通俗而富于机趣,从而营构出了一个虽倒误丛生却不失其真实的喜剧世界。而剧中误丑为美、误美为丑的多重悖谬情境设置,不仅浓化了作品的喜剧氛围,也能引发观众对这种美丑错位的深层思考。但以人的形貌和才情为嘲笑对象,显得过于浅薄和低俗。今天仍活跃于京剧舞台的《凤还巢》即据此改编而成。

总之,李渔的剧作虽思想格调不是很高,但情节新异奇巧,善用科诨制造喜剧氛围,又注意舞台调度,便于演出,故在其时影响甚大,"天下妇人孺子无不知有湖上笠翁矣"(包璿《李先生〈一家言全集〉·叙》)。其作品甚至很早就流传到了海外,日本学者青木正儿所著的《中国近世戏曲史》说:"德川时代(指1603—1876年的日本德川幕府时期)之人,苟言及中国戏曲,无不立举湖上笠翁者。"19世纪末,李渔的作品流传到了欧洲,引起了欧美汉学界的浓厚兴趣。[6]

注释

[1] 就这两则材料,学界对李玉是否为申相国家人曾展开过争论。辛旭的《关于李玉生平及其他材料的几点认识》(《光明日报》1960年5月8日)一文认为,焦循之说颇为无据,当以吴伟业序之说为正。冯沅君的《怎样看待〈一捧雪〉》(《文学评论》1964年第5期)一文则力主李玉是奴仆出身,认同了焦循之论。

[2] 朱䶆,字素臣,号荃庵,吴县(今江苏苏州)人,约生于明天启年间,卒于清乾隆四十年(1701)以后。出身寒素,未曾出仕。喜度曲,精于音律,曾为李玉参校《北词广正谱》,与李书云合编《音韵须知》。

[3] 朱佐朝,字良卿,吴县(今江苏苏州)人。《曲海总目提要·未央天》云:"闻明季时有兄弟二人,皆擅才思。其一作《未央天》,其一作《瑞霓罗》。"《未央天》为朱䶆作,《瑞霓罗》为朱佐朝作,据此则二人当为兄弟。二人齐名,时称"二朱"。生卒年及生平事迹不详。

[4] 叶时章,字雉斐,号牧拙,吴县(今江苏苏州)人,约生于明天启三年(1623)前,卒于

清康熙四十六年(1707)前,卒年 84 岁。早年攻举子业,入清后淡于功名,寄情词曲。曾因撰作讥刺势豪的《渔家哭》而被诬下狱,后得昭雪。叶燮的《牧拙公小像赞》称其:"笑傲寄之《琥珀匙》,悲忿寓之《渔家哭》。"

　　[5]丘园(1617—1690),字屿雪,号坞丘山人,江苏常熟人。善画,尤工山水,自成一家。"于音律最精,分寸节度,累黍不差。"(王应奎《海虞诗苑》卷五)与吴伟业、尤侗等为文字交。为人方正,一生纵情诗酒,跌宕不羁。

　　[6]20 世纪后,海外学界对李渔研究表现出浓厚兴趣。代表性的专著如茅国权、柳存仁于 1977 年在美国波士顿出版的评传《李渔》、埃里克·亨利的博士论文《李渔戏剧导论》及在其基础上扩充而成的专著《中国娱乐·李渔的戏剧》等(详参段启明、汪龙麟的《清代文学研究》第十章第四节,北京出版社 2001 年版)。

参考书目

[1]康保成.苏州剧派研究[M].广州:花城出版社,1993.

[2]颜长珂,周传家.李玉评传[M].北京:中国戏剧出版社,1985.

[3]苏宁.李玉和《清忠谱》[M].北京:中华书局,1980.

[4]李渔.李渔全集[M].杭州:浙江古籍出版社,1991.

[5]单锦珩.李渔传[M].成都:四川文艺出版社,1986.

[6]杜书瀛.论李渔的戏剧美学[M].北京:中国社会科学出版社,1982.

第十三章
洪昇与《长生殿》

第一节 洪昇的生平与创作

在清代剧作家中,成就最高的是被后人合称为"南洪北孔"的洪昇和孔尚任。他们创作的传奇《长生殿》《桃花扇》一经问世,就轰动全国,所谓"两家乐府盛康熙,进御均叨天子知。纵使元人多院本,勾栏争唱孔洪词"(金埙《题〈桃花扇〉传奇》)。这两部都经十年以上数易其稿而成的杰作被搬上舞台,给当时行将衰颓的昆曲艺术注入了新的生命,成为清代戏曲的南北高峰。这一章我们先介绍一下洪昇。

一、出身名门与少年求学

洪昇(1645—1704),字昉思,号稗畦,又号稗村、南屏樵者,浙江钱塘(今杭州)人。洪昇生于世宦之家,书香门第。家中藏书之富,在当时有"学海"之称(毛先舒《水调歌头·与洪昇》)。他的外祖父黄机、舅父(亦即后来的岳父)黄彦博和父亲洪起鲛[1],于清初皆入仕。尤其是黄机,不仅是当时有名的学者,且官运亨通,由进士、侍读一直做到吏部尚书、文华殿大学士。洪昇幼年时期的塾师陆繁弨、朱之京、毛先舒皆是当时的知名学者。

二、第一次进京与国子监生涯

洪昇早慧知文,15岁即能"鸣笔为诗",19岁时甚至被推誉为"骚坛领袖"。为求功名,康熙七年(1668)春,24岁的洪昇只身赴北京,得入国子监。这时的他,可说是雄心勃勃,目无余子,"遥知鼓箧初观礼,绵蕞书生欲拜郎"(恽格《瓯香馆集》卷二《送洪昉思北游》)。第二年,洪昇拜见了前来"视学"的康熙帝,这更令他受宠若惊,"儒生一何幸,得问圣躬劳"(洪昇《太和门早朝四首》之三),并写下了多首"抽笔颂丰年"(洪昇《拟元日早朝应制》)的"颂圣"诗作。然而,康熙帝并没有破格提拔这位有着"染翰惊世人"(张竞光《赠洪昉思》)才华和拳拳忠心的"绵蕞书生",陪伴洪昇的仍是难耐的孤独寂寥和无望的焦虑期待。"男儿读书亦何补,破帽羊裘困尘土。……潦倒谁承菽水欢,悔不当年学稼圃"(洪昇《啸月楼集·燕京客舍生日怀母作》),当初的"拜郎"热念迅速降到冰点,走投无路的洪昇只好忍痛结束了这一年多的国子监生活,怀着惶愧失望的痛苦心情踏上了归途。

三、"家难"之痛与二次进京

回乡后不久,洪昇遭遇了一系列令他憾痛终身的"家难"[2]。由于谗言离间,洪昇与父母关系日益恶化,不得不和父母分居。此后,父母断绝供给,洪昇"贫甚,时至断炊"(章培恒《洪昇年谱》)。康熙十三年(1674),洪昇再次前往京师谋食,"一身千里外,匹马万山中","思家还有泪,不独为途穷"(洪昇《蒙山道上》)。然而,"家难"却并未就此结束。就在洪昇到京师的第二年,他的父亲因事获罪,远道至京(此即导致以后"被诬谪戍"的那桩严重案件),这对"以古孝子自勉"的洪昇来说是一个沉重的打击。不到两年,远在家乡的爱女在饱尝"一载饥寒苦"后不幸夭折,更令洪昇悲痛不已,"一身方抱疾,千里复含悲"(洪昇《遥哭亡女四首》之一)。康熙十八年(1679),洪昇父亲"罹事远戍","昉思时在京师,徒跣号泣,白于王公大夫"(朱溶《稗畦集·叙》),继而又赶回杭州奉亲北上,"长途四千里,一步一沾衣"(洪昇《南归》)。这次事件可说是洪昇"家难"的顶点。

与前次入京"看花赴上林"(张竞光《送洪昉思北上》)的公子豪气不同,这时的洪昇对人生与社会有了更为深切的体验和认识。往来于京城与故乡旅途中所见的故明帝国的风物,令他不禁触景生情,感慨着朝代兴废:"莫道回车地,朝歌亦旧京。","征途怀古意,寂寞向谁云。"(洪昇《魏州杂诗八首》)其时大清帝国内部的社会变乱,如"三藩之乱",也令他忧心忡忡,"国殇与家难,一夜百端忧"(洪昇《一夜》)。游食京师期间,他所写的许多感愤身世、忧怀时事的诗作,赢得了当时文坛名流李天馥、王士禛等人的赏识,洪昇一时名声大噪。而他的《长生殿》传奇,也酝酿和创作于这一时期。

四、演《长生殿》之祸与晚年家居生活

康熙二十七年(1688),洪昇的呕心沥血之作《长生殿》传奇脱稿,"一时朱门绮席,酒社歌楼,非此曲不奏,缠头为之增价"(徐麟《长生殿·序》)。次年八月,洪昇与赵执信、查慎行等人宴饮观剧,而前一月孝懿皇后薨,犹未"除服",被人告发,赵执信被罢官,洪昇被革除国子监学籍,这就是有名的"演《长生殿》之祸"[3]。

自演《长生殿》而遭斥革后,洪昇在京中的生活更加困顿,"车马何曾到幽巷,肮脏亦不登朱门"(吴雯《贻洪昉思》)。功名无望,觅食无门,在京师又时遭白眼揶揄,康熙三十年(1691),迫于无奈的洪昇举家返杭,"揶揄顿遭白眼斥,狼狈仍走西湖湄"(李天馥《送洪昉思归里》),而此时《长生殿》一剧已风靡大江南北。洪昇返杭后,故友新朋,时相探望,谈诗论文,演习词曲,生活甚是悠然自得。康熙四十三年(1704),江宁织造曹寅集南北名流为胜会,"独让昉思居上座",演《长生殿》剧三昼夜,"长安传为盛事,

士林荣之"（金埴《巾箱说》）。他在自南京返杭途中，酒后登舟，失足落水而死。

五、丰硕著述与《四婵娟》杂剧

洪昇少负诗名，精通音律，诗作有《啸月楼集》《稗畦集》《稗畦续集》，皆收入今人刘辉校笺的《洪昇集》。戏曲创作，考知的有传奇9种、杂剧1种，今存传奇《长生殿》和杂剧《四婵娟》。《四婵娟》作于洪昇晚年居杭时期，收于郑振铎编的《清人杂剧二集》。剧本由四个单折短剧组成：第一折《咏絮》，写晋代才女谢道韫与叔父谢安咏雪联吟事；第二折《簪花》，写晋代卫茂漪将她擅绝今古的书法技艺传授给表弟王羲之的佳话；第三折《斗茗》，写宋代女词人李清照与丈夫赵明诚斗茗论古的家庭生活；第四折《画竹》，写元代管仲姬与丈夫赵子昂泛舟画竹的趣闻。这些对历史上著名才女生活韵事的渲染，既折射出洪昇本人晚年的居家生活，也寄寓了他在《长生殿》传奇中便已颇多表露的歌颂女子才华与爱情的进步思想。

第二节　李杨故事的文人诠释与《长生殿》的创作过程

一、李杨故事的文人诠释

唐代宗广德元年（763），历时八年的安史之乱终告结束，大唐帝国的盛世繁华由此成为人们心中永远的追忆。也正因此，追念缅怀并试图阐释这段历史遂成为历代文人的热门话题，而作为这一历史事件中心人物的唐玄宗李隆基及其与宠妃杨玉环的情事，也逐渐被凝聚成为文人笔下的核心题材。而不同时代不同学养的文人对这段"天宝遗事"的不同解读，其所蕴含的兴寄也各有不同。

（一）唐人对李杨情事的复杂情感

"唐人赋马嵬，动辄归咎太真"（吴骞《拜经楼诗话》），但在对李杨情事的具体评判上，唐人的情感是颇为复杂的。曾亲身经历过这场变乱的杜甫，在其《北征》诗中，将杨妃等同于使西周灭亡的褒姒和导致殷商覆亡的妲己："不闻夏殷衰，中自诛褒妲。周汉获再兴，宣光果明哲。"而在《哀江头》中，杜甫对杨妃的魂销马嵬又深致悲悯："明眸皓齿今何在？血污游魂归不得。清渭东流剑阁深，去住彼此无消息。人生有情泪沾臆，江水江花岂终极！"作者一方面对李杨纵情误国讥刺挞伐，另一方面对李杨于马嵬忍死割情又悲感不已。前者从社会历史层面审视李杨情事，是史家视角；后者关注李杨故事的情感内蕴，是文人情怀。这种视角错位所带来的情感矛盾，在中唐以降的文人身上仍有鲜明体现，而由后者延伸出来的感伤情怀，逐渐淹没了由前者提炼出来的理性沉思，故《唐诗纪事》云"马嵬太真缢所，题诗者多凄感"。白居易的《长恨歌》便主要通过对李杨之情的泼笔渲染，来寄寓"题诗者"的"凄感"之情。在118句的长诗中，"情"字屡屡出现："蜀山水碧蜀山青，圣主朝朝暮暮情。""含情凝睇谢君王，一别音容两渺茫。""惟将旧物表深情，钿合金钗寄将去。"对李杨悲情的深深痛挽，决定了作家的叙事剪裁,纷繁复杂的天宝遗事通过《长恨歌》传达给后人的,是几个深深浸渍着作家悲悯情怀的优美情境,诸如长生密誓、马嵬埋玉、霓裳旧事、夜雨闻铃,等等,而诗之结句"在天愿为比翼鸟,在地愿为连理枝。天长地久有时尽,此恨绵绵无绝期",更是情润纸背,不能不令人对李杨之间真情难遂的悲剧洒一掬同情之泪,对"君王掩面救不得"的天子之悲感慨不已,更对大唐王朝随着贵妃的被埋葬而盛世难再深致痛挽。至于诗中"汉皇重色思倾国""姊妹弟兄皆列土""从此君王不早朝""渔阳鼙鼓动地来,惊破霓裳羽衣曲"之类的讽喻之意,反倒不为人们所关注了。

(二)白朴《梧桐雨》的悲剧意蕴

白居易对李杨情事的这种解读视角,对后世文坛产生了广泛深远的影响。曾亲身经历金元战乱的白朴,借白居易《长恨歌》中富含失意萧瑟之悲的意象"秋雨梧桐",结撰出一部浓缩了自身生命之痛的"纯粹悲剧"《梧桐雨》(王国维《宋元戏曲史》)。尽管白朴也曾试图从政治历史层面来阐释这段天宝恨事,如对前人野史笔记中的有关"太真秽事"津津乐道,甚至让杨妃于马嵬赐死之时百计求生,无奈赴死时对明皇痛下恨语:"陛下好下的也!"从而令人怀疑白朴是否欲借此以阐扬史家视角下的"女祸"之说了。但这一叙事操作本身,却恰恰为剧作末折抒发失意沦落之悲积蕴了无限的张力:倚为心腹的大臣,竟是口蜜腹剑之小人;真情宠爱的妃子,却是矫情滥淫之尤物。更为可悲的是,对曾在感情上欺骗过自己的杨贵妃,唐明皇竟牵念不已。这就不能不令人对唐明皇的悲剧遭际充满同情,剧作家的笔触也就自然地由对安史之乱的理性叙述转向对悲剧人物唐明皇感伤情怀的渲染:安史之乱后,已成太上皇的唐明皇面对杨贵妃真容,怀念着过去的月夕花朝,"常记得碧梧桐阴下立,红牙箸手中敲",到如今"空对井梧阴,不见倾城貌"。偶见杨贵妃参拜,却又是南柯一梦,听"窗儿外梧桐上雨萧萧,一声声洒残叶,一点点滴寒梢",引惹得唐明皇满腹幽思,一腔愁绪,千般忆念,万缕别情。在这里,令唐明皇牵念不已的杨贵妃已不只是一个他深爱的女子,更是那已永逝的往昔繁华梦幻、盛世升平的象征,而梧桐滴雨的凄清,又在召唤着唐明皇对自己现实处境的体认。对往昔之乐的怀念反映出唐明皇退出政治权力中心后幽居深宫的寂寞、孤独与无奈,在这种今昔盛衰荣枯的对比中,白朴用他清丽隽永的笔触把一个未亡人失意萧瑟的黯淡心境勾画得情尽意至,而深寓其中的则是白朴本人遭遇金元易代之痛后的家国兴亡之悲。

(三)"女色祸国"思想对李杨情事的扭曲

不同于白居易、白朴借李杨情事寄意抒怀的诗家感兴,宋乐史的《太真外传》、元王伯成的《天宝遗事诸宫调》、明吴世美的《惊鸿记》等作品,则都将李杨情事视为安史之乱的直接根源,在处理二人关系时往往泼以污水,甚至在描写中极力夸饰其宫廷淫乱。再如王伯成的《天宝遗事诸宫调》中,不仅写唐明皇的"遣欢杨妃""宠杨妃""祭杨妃""哭杨妃""梦杨妃",而且还极力敷演安禄山的"偷杨妃""戏杨妃""别杨妃""泣杨妃""忆杨妃""梦杨妃"。吴世美的《惊鸿记》以梅妃江采萍为正旦,着力展示的是梅妃的被诬遭贬、红颜薄命,杨玉环则既被描写成与安禄山私通的淫妇,又被刻画为在与梅妃争宠时不择手段的悍妇。显然,这些作品着眼的是对传统史家"女色祸国"论的阐发,但对主人公"秽事"的过度夸饰,不仅有失了史家论人衡事时的公正理性,也大大贬损了其作为文学作品的审美品性。

不难看出,前人对李杨情事的解读,或偏重史家之论,或致力于诗家抒怀。前者囿于史家视角本身的偏颇而难免偏执之讥,有些作品甚至流于庸俗与无聊;后者虽因作者本人身世感情的融入而寄慨遥深,但"女色祸国"这一历史定论的传统惯性,又使得他们常常在重"情"与重"史"之间摇摆不定,从而在作品中对唐明皇深致悲悯,于杨贵妃却多所讥刺。正是出于对前人诸种解读视角的怀疑和不满,洪昇才以其绝世才华完成了他的不朽之作《长生殿》,为对李杨情事的解读创造了一个新的模式。

二、洪昇对李杨情事的关注过程

洪昇对李杨情事的关注,是有一个动态的发展过程的,这一过程与他本身的身世遭际密切相关。在《长生殿·例言》中,洪昇对此有细致的说明:

> 忆与严十定隅坐皋园,谈及开元、天宝间事,偶感李白之遇,作《沉香亭》传奇。寻客燕台,亡友毛玉斯谓排场近熟,因去李白,入李泌辅肃宗中兴,更名《舞霓裳》,优伶皆久习之。后又念情之所钟,在帝王家罕有,马嵬之变,已违凤誓,而唐人有玉妃归蓬莱仙院、明皇游月宫之说,因合用之,专写钗盒情缘,以《长生殿》题名,诸同仁颇赏之。乐人请是本演习,遂传于时。盖经十余年,三易稿而始成,予可谓乐此不疲矣。

从这段话可知,《沉香亭》当作于洪昇第一次入京求仕不遇后的家居时期。开元中,宫中沉香亭前牡丹盛开,李白奉诏作《清平调词》三首,深得唐玄宗赏爱。然而其时朝中李林甫秉政,嫉贤妒能,李白愤而辞官出京。可见,洪昇《沉香亭》之作,当是借李白的怀才不遇来宣泄自身高才不遇的失意,李杨情事并未得到充分的描写。七年之后,饱经"家难"之痛和游食京城之苦的洪昇,听从友人之议,改《沉香亭》为《舞霓裳》,借李泌建功立业、名成身退的曲折经历,既表达了对大唐王朝盛衰荣枯的历史感喟,也寄寓了自己不为当朝所用、壮志难酬的不满和对宦海险恶、人生无常的兴叹。徐麟《长生殿·序》云:"(洪昇)尝作《舞霓裳》传奇,尽删太真秽事。予爱其深得风人之旨。"可见,洪昇在该剧中对李杨情事已做了迥异于前人的处理,对"女祸"之论已表现出怀疑。康熙十八年(1679)至二十七年(1688)间,已"伤心作客三千里,屈指依人二十秋"(洪昇《毗陵舟次有感》)的洪昇,早已看不到希望,而人也到了对愁苦"欲说还休"的年龄。他不再满足于在作品里单纯勾画历史轮廓,而是以一种理性的冷静和安宁的心境对历史、人生进行深邃而全面的探求反思,从而将目光锁定于已在《舞霓裳》中多有表现的李杨情事,将笔触探向人物的心灵幽境,并从中寻找与自身身世之痛相通的共鸣点,最终完成了"专写钗盒情缘"的《长生殿》。

第三节　李杨形象与《长生殿》的思想主旨

对《长生殿》思想意蕴的体认,在后世学界引起了旷日持久的争论:或谓作品是要谴责李杨纵情误国,抒发作者家国兴亡之感,即所谓"政治主题"说;或云作品是要歌颂帝妃之间的真挚爱情,寄寓作者的崇高爱情理想,即所谓"爱情主题"说;还有人认为作品中如上两种倾向都有,虽有主次之别,却是水乳交融,相互依倚的,即所谓"双重主题"说;等等。这诸多看法就其对《长生殿》一剧文本的解读而言,或重史,或重情,或两者兼顾,均不乏理论智慧,但持论者显然又都或有意或无意地忽略了洪昇本人创作《长生殿》时的心理趋向。如前所述,洪昇创作《长生殿》,一则是出于对前人有关李杨故事解读模式的不满,二则是欲借这一故事融入自身的身世感伤。前者构成了《长生殿》外在的文本风貌:帝妃之恋("情")与安史之乱("史")的错综扭结;后者则构成了充溢于《长生殿》文本深层的悲剧意蕴:人生不永、情缘易逝、世事沧桑的人生幻灭感。

一、洪昇对李杨情事的净化处理与爱情主题

洪昇曾自称《长生殿》是历史翻案之作:

> 余览白乐天《长恨歌》及元人《秋雨梧桐》剧,辄作数日恶。南曲《惊鸿》一记,未免涉秽。从来传奇家非言情之文,不能擅场;而近乃子虚乌有,动写情词赠答,数见不鲜,兼乖典则。因断章取义,借天宝遗事,缀成此剧。凡史家秽语,概削不书,非曰匿瑕,亦要诸诗人忠厚之旨云尔。然而乐极哀来,垂戒来世,意即寓焉。(《长生殿·自序》)

可见,洪昇对前人之作过多的淫秽笔墨是深怀不满的,而这也确定了洪昇对李杨情事的解读视角,即要将前人多有指责的李杨情事予以净化处理,使之完美起来,完成"钗盒情缘"。

对于唐明皇李隆基,洪昇从两个方面予以净化处理:一是感情净化。洪昇删除了前人笔记里有关李隆基引诱虢国夫人、勾搭秦国夫人并对月中嫦娥垂涎三尺的秽事,对李隆基与梅妃的关系,也采取暗场处理的方式——通过侍女宫人之口传出两人私会之事,而不似前此诸多作品的大加渲染。当杨玉环前来责问时,李隆基当即表示愧悔,并从此对杨玉环更加专一起来。即便对无法回避的马嵬之变,洪昇也从钟情角度对李隆基百般回护。当兵士哗变,杀死杨国忠,包围马嵬驿,强索杨玉环时,李隆基装聋作哑,拖延时间。杨玉环以君王社稷为重,乞请自缢,李隆基大惊:"妃子说那里话!你若捐生,朕虽有九重之尊,四海之富,要他则甚!宁可国破家亡,决不肯抛舍你也!"甚至要代杨玉环赴死:"若是再禁加,拼代你陨黄沙。"(《长生殿·埋玉》)这就将李隆基撇弃杨玉环独自赴蜀逃难的行径做了道德和情义上的修正,从而也为剧作

后半部李隆基对杨妃的深深思念做了铺垫。

二是人格升华。洪昇不仅删除了杨玉环原为寿王妃的史实,洗刷了李隆基抢夺儿媳妇的丑名,而且还从多个侧面描写了李隆基的勤政恤民,将之刻画成一个明君形象。《春睡》出通过宫女永新、念奴的猜测交代了李隆基一天的行踪:早出、晚归;《制谱》出又通过杨玉环与永新、念奴的对话,说明李隆基"退朝恁晚"的原因:处理一桩郭子仪任免事宜,对《长恨歌》所讽喻的"从此君王不早朝"的慵懒行为进行了修正。御花园惊变、乐极哀来之时,李隆基也没有像白朴所描绘的那样只是一味地谴责文臣武将,在《献饭》出中,面对扶风野老郭从谨的直言议政,李隆基当即认错:"此乃朕之不明,以致于此。"并将从成都来进贡的春彩十万匹,散发给随侍幸蜀的将士作盘缠,令其各自还家:"不忍累伊每,把妻儿父母轻撇漾。"尽管作品中也写到李隆基任命杨国忠为相的不明之举,为博宠妃的一笑而驰送荔枝,导致无数庄稼被毁乃至人命被践踏,但若考虑到李隆基所做的这一切均出自其对杨玉环的真情以及帝妃之恋的特殊性,这些行为显然是构不成李隆基形象的人格污点的。

在前人眼中的倾国妖种、乱阶尤物的杨玉环,经由洪昇的改造,也变成了一个美丽多才、执着深情且深明大义的痴情女子。

首先,洪昇删除了前人多喜敷演的杨玉环与安禄山私通的种种秽事,也摒弃了"薛王沉醉寿王醒"的史实渲染,并吸取《长恨歌》"杨家有女初长成,长在深闺人未识"的纯情少女写法,将得宠前的杨玉环改写成一般的宫女。这都是出于对杨玉环形象予以净化的创作设计。

其次,洪昇还将本传自西域、经李隆基加工的《霓裳羽衣曲》改为由杨玉环谱写,并在《闻乐》《制谱》《偷曲》《舞盘》诸出中,让杨玉环歌于斯、舞于斯,突出表现了杨玉环不仅具稀世之容,且有卓绝的艺术才华,也为李隆基"三千宠爱在一身"的情感专一做了情感上的铺垫。

再次,在处理杨玉环与梅妃、虢国夫人争风吃醋的纠纷上,洪昇着力凸显杨玉环作为一个痴情女子的正当的情感要求。在因虢国夫人事而被逐出宫后,杨玉环怨恨的是君心的无常:"只道君心可托,百年为欢。谁想妾命不犹,一朝逢怒。"(《长生殿·献发》)得知李隆基私幸梅妃之事,她着恼的也是不定的君心:"把似怕我焦,则休将彼邀。却怎的劣云头,只思别岫飘。"(《长生殿·絮阁》)她以自己的专一,要求对方专一,这当然是正当的。较之前人多喜渲染杨玉环对梅妃的阴狠毒辣,甚至大肆铺排杨玉环为固宠求荣而将自己的亲姐姐虢、秦二夫人荐与李隆基为枕席之欢的无耻,洪昇的处理要高明得多。

最后,洪昇还升华了杨玉环的胆识,使她具有深明大义的品格和自我牺牲精神。马嵬之变中的杨玉环,不是哀哀求生,而是自请赐死:"臣妾受皇上深恩,杀身难报。今事势危急,望赐自尽,以定军心。"(《长生殿·埋玉》)甚至催促李隆基快做决断:"若再留恋,倘玉石俱焚,益增妾罪。望陛下舍妾之身,以保宗社。"(《长生殿·埋玉》)如此胸襟,真可谓巾帼英雄了。

总之,洪昇对李杨之情的净化处理,确如徐麟《长生殿·序》所称赏的"尽删太真秽事","或用虚笔,或用反笔,或用侧笔、闲笔,错落出之,以写两人生死深情各极其致",而前人从史家视角演绎出的"女色祸国"之论,也在这种净化处理中被过滤殆尽。故尔后世学者常将此剧与汤显祖的《牡丹亭》相提并论,以为洪昇继承并发展了《牡丹亭》对男女真情的讴歌与赞颂,而洪昇本人对此也并不讳言:"棠村相国尝称予是剧乃一部闹热《牡丹亭》,世以为知言。"(《长生殿·例言》)仅此而论,"爱情主题"论不仅有坚实的文本依据,也在某种程度上与洪昇的创作心理诉求相契合。

二、以情构史与借史融情

如果因洪昇对李杨之情的净化处理而将《长生殿》视为纯粹写情之作,则未免失之偏颇。这不仅因为剧作中还穿插有许多与李杨之情无关的情节,如《疑谶》中郭子仪对杨家满门擅宠的担忧,《进果》中贡使驰送荔枝的凶暴,《骂贼》中雷海青以琴掷贼的忠愤,《弹词》中李龟年"谱将残恨说兴亡"的感慨……而且正是这诸多情节的介入,在某种程度上消解了李杨之情的崇高与纯洁。但倘若由此认为《长生殿》是抒发历史兴亡之感,也不尽合乎剧作的文本现实,因为这类描写在《长生殿》中所占分量有限,而且作者所刻意强调的也不是历史事件的曲折与奇异。

实际上,如前所述,洪昇撰作《长生殿》与其自身的身世遭际密切相关。因此,他的情感支点,并不在于历史事件与李杨情缘之间错综扭结的那种独特状态,而在于其悲剧结局,以及这一结局给剧作主人公所带来的心灵震撼。而他则在剧作主人公的悲剧命运中咀嚼人生的苦涩,在对历史的反观里品味时代的感伤。

(一)渗透着作家身世感伤的李杨悲情

正是出于洪昇的这种创作思考,决定《长生殿》的关目安排的,与其说是情节线索,不如说是情感氛围。剧本的上半部写李杨之间"愿世世生生,共为夫妇,永不相离"(《密誓》)的人间真情,作者又于第二十五出《埋玉》中着力渲染这帝妃间"罕有"之真情无法避免的毁灭,在【雨霖铃】曲那马嵬的凄凄碧草和风雨之夜的断肠声中,述说着唐明皇乍失爱妃后的空寞心境。剧作的下半部写李杨之间人间天上的刻骨相思。《冥追》《闻铃》《见月》《雨梦》,写的是唐明皇在人间的无尽相思:"纵别有佳人,一般姿态,怎似伊情投意解,恰可人怀?""只悔仓皇负了卿,负了卿。我独在人间,委实的不愿生。""惟只愿速离尘埃,早赴泉台,和伊地中将连理栽。"唐明皇悲哀的不是江山易主的权力失落,而是失去美人后的生命孤凉,原因在于这一美人是无法替代的,她色艺双全、温柔体贴,尤其是在危难关头能代己受过、婉转赴死。良心的谴责,使这种感伤更加沉重。后半部中的唐明皇,便始终徘徊在充满追悔、怅叹、愁苦、幽思的内心世界中,通过幻觉的巷道去追寻那往日的美好。而《情悔》《尸解》《补恨》《寄情》,写的则是杨贵妃在冥间天国的痴情。她虽"对星月发心至诚""忏愆尤,陈罪眚",但"只有一点那痴情,爱河沉未醒""只愿还杨玉环旧日的匹聘"!(《长生殿·情悔》)痛彻的追悔终于感动上苍,她又被天宫接纳,复位仙班,但她仍为真情难遂而怅然,"位纵在神仙列,梦不离唐宫阙,千回万转情难灭",甚至"倘得情缘再续,情愿谪下仙班"。让一个并无多少过错的人,承认自己一生所为都是罪恶;让一个代人受过而死于非命的人,认定自己是罪有应得——这种隐忍悲泣的追悔,又为的是那已然遗失的即便是仙家生活也难以弥补的一脉人间真情。看来,失去了的美好几乎是无法弥补和替代的,这是一种永远不能补偿的人生缺憾。后半部传奇几乎全部沉浸在这种浓重的人生失落情绪中,利用回忆、梦境、仙游等种种非现实的手法渲染着悲剧主人公沉痛的情感,从而造成回环往复、一唱三叹的沉重效果。至于历史事件在后半部的不时介入,恰恰为烘托这种悲剧情绪构成了特定氛围。

对李杨悲情的浓重渲染,寄寓其中的其实是洪昇本人的生命悲怆。一个"簪笔朝朝侍凤楼,一时异数有谁俦"的锐进书生,一生的遭际却是"盛代好文贫未遇",以至落得"青阳白发愁无计"(洪昇《简高澹人少詹》)。洪昇生命的日出和日落之间,也经历着一个由兴盛而衰落、由憧憬而幻灭、由期待而失望的过程。尽管这种生命遭际不同于李杨那乐极哀来的大喜大悲,但在热切追求而又不得不放弃追求的情感体验上两者却是一致的,也正因此,洪昇在《长生殿》中着意渲染了李杨情缘的美好,诉说这一美好情缘不得不走向毁灭的无奈,而深深寄寓其中的,既有特定情境中李杨二人的悲剧情感,也有洪昇本人那无法排遣、挥之不去的失意情绪。

(二)渗透着作家家国兴亡之感的天宝遗事

洪昇当然不只是借李杨之情来发抒个体的感伤情怀,因为这样只会使《长生殿》变成《长恨歌》的翻版。其实,洪昇关注的不独是李杨之悲情,对形成乃至导致李杨悲情的那段历史,洪昇也寄慨遥深。《长生殿》对安史之乱的描述显然是概括而非具体的,如《陷关》出将潼关被破一带而过:"跃马挥戈,精兵百万多。靴尖略动,踏残山与河,踏残山与河。"这是因为洪昇的创作目的不在于再现历史事件本身的具体进程,而是着眼于传达这些历史事件所凝成的那一时代的历史气质,并在对史事的提炼中融入自身的情感寄寓。换言之,洪昇是要以己之心去构建史事的情感氛围。因此,《长生殿》一方面以高度概括的笔墨叙述着历史的进程,另一方面又从纷繁复杂的天宝历史中提炼出一幅幅诗意的画面,并将自身对天宝遗事和对自己时代的种种体悟融入其中。在《长生殿》所构筑的历史框架中,洪昇让郭子仪、雷海青、郭从谨、李龟年等历史人物又回到文本的历史时空中,让他们和自己也和读者一起去触摸那一时代的脉搏,感受历史的沧桑与迷惘,抒发着"乐极复哀来"的人生感喟,体悟到"弛了朝纲,占了情场"的历史教训。这在《疑谶》《进果》《骂贼》《弹词》诸出中都不难看出。其中《弹词》出极为集中地展露了洪昇的这种历史情怀:

> 【南吕·一枝花】不提防余年值乱离,逼拶得歧路遭穷败。受奔波风尘颜面黑,叹衰残霜雪鬓须白。今日个流落天涯,只留得琵琶在。揣羞脸上长街,又过短街。那里是高渐离击筑悲歌,倒做了伍子胥吹箫也那乞丐。

这不仅有洪昇流寓困穷的情感体验,也有其对明末清初那段历史的感叹,曲中浓重的离乱之悲,是经历过明末清初社会动乱的人们心头挥抹不去的阴影,故而这支曲子在其时广为传唱,有所谓"家家'收拾起',户户'不提防'"之说。继之,洪昇借李龟年的琵琶表达了自己的历史沧桑感:

【转调货郎儿】唱不尽兴亡梦幻,弹不尽悲伤感叹,大古里凄凉满眼对江山。我只待拨繁弦传幽怨,翻别调写愁烦,慢慢的把天宝当年遗事弹。

这一弹,弹出了无尽的历史感伤。其后的曲词中所传达出的浓浓悲凉,正是洪昇"兴亡今古恨,酹酒问渔樵"(洪昇《多景楼》)心曲的外化。

以情构史并借史融情,使得《长生殿》既因对史事的净化而有别于《梧桐雨》个体情怀与污秽史事之间的不相称,也因深邃的历史省识而不同于《长恨歌》一任绵绵无尽的"长恨"淹没历史的理性。《长生殿》可说是安史之乱史事、情事的大收煞。而融于这特定史事、情事中那一股浓得化不开的人生失意情绪与历史感伤,不仅使《长生殿》以情动人而广为流播,也在某种程度上使作品的主题意蕴更为丰厚,从而使人们难以对之做出是传情还是写史的单一价值评判,或许正因此,对《长生殿》主题的探讨,至今仍是热门话题。

第四节　《长生殿》的艺术成就

《长生殿》之所以能卓绝今古,被誉为"近代曲家第一"(焦循《剧说》),不仅是由于洪昇将李杨情事这一为人熟稔的故事题材赋予了新的命意,也因为经三易其稿而成的传奇《长生殿》,无论是角色塑造、关目设置还是曲词锤炼,确乎是精美绝伦。大致而言,《长生殿》在艺术上所取得的成就,主要体现在以下四个方面。

一、创作方法:写实与写幻的有机结合

《长生殿》全剧 50 出,以贵妃之死的《埋玉》为界分为上、下两卷,各 25 出。

上卷写李杨的人间真情,同时"取天宝间遗事,收拾殆尽"(吴梅《顾曲麈谈》),多以实笔勾勒,既真实地再现了安史之乱前后的社会矛盾和历史面貌,又曲折细致地描摹了李杨之情的渐进发展过程和最后的毁灭,从而使李杨之情与安史之乱有机地联系起来。但上卷也并非全用实笔,如《闻乐》出写杨贵妃上天聆听《霓裳羽衣曲》事,这一幻笔点染不仅避免了上卷纯用实笔的板滞,也为下卷杨贵妃仙归蓬莱伏下隐线。下卷写李杨人间天国的无尽相思,多用幻笔铺排,以凸显两人生死不渝之情,但也插入《献发》《看袜》《骂贼》等写实之笔,与上卷的唐明皇失政、奸佞弄权、杨门擅宠等遥相映衬。

上、下两卷,真中见幻,幻中写真,真幻交织又相互呼应。正是这两种手法的有机结合,使《长生殿》在写"情之所钟"的深度上堪称"一部闹热《牡丹亭》",在对现实黑暗与腐朽的揭露上也可说是"一部闹热的《鸣凤记》",而在寄托历史感伤情怀上又大大

超过了《千忠戮》，成为中国戏曲史上一部划时代的杰作。

二、人物塑造：心理描写、细节描写与人物性格的多个侧面

《长生殿》的人物塑造也颇具特色。这主要表现在三个方面，一是善于借助人物的心理描写表现人物性格。如在《献发》出中，杨贵妃因妒而被逐出宫门：

> 乍出宫门，未定惊魂，渍愁妆满面啼痕。其间心事，多少难论。但惜芳容，
> 怜薄命，忆深恩。

寥寥数语，就将杨贵妃此时内心感受的多个层面生动细腻地表现出来：突遭逐退的惊悸、满怀愁恨无人告语的哀伤、深恩难再的绝望和难忘。其他如《夜怨》中杨贵妃久等唐明皇不至时的焦虑，《闻铃》《见月》中唐明皇失去杨贵妃后的凄怨等，均写得声情并茂，真切感人。

二是通过细节描写体现人物性格。如在《惊变》出中，骤闻兵变而手足无措、满心惊惶的唐明皇，心中挂念的却是杨贵妃：

> （向内问介）宫娥每，杨娘娘可曾安寝？（老旦、贴内应介）已睡熟了。（生）
> 不要惊他，且待明早五鼓同行。（泣介）天那，寡人不幸，遭此播迁，累他玉貌花
> 容，驱驰道路。好不痛心也！
> 【南尾声】在深宫兀自娇慵惯，怎样支吾蜀道难！（哭介）我那妃子啊，愁
> 杀你玉软花柔要将途路趱。

兵临城下之时，唐明皇却在为爱妃的娇弱之躯能否经得起蜀道的艰险而担忧。一问一泣一哭三个细节性的动作，固然有对唐明皇爱美人胜过爱江山的嘲讽，更有对其深于情、执于情性格的欣赏。

三是善于描写人物性格的多个侧面，这是《长生殿》人物塑造的又一特点。如写唐明皇的昏庸而能知悔，轻浮而能情深，自尊而能屈下。对杨玉环，作者不仅"凡史家秽笔，概削不书"，将其从"女祸"论中解脱出来，写成一个深于情的理想女性，同时也写出她娇美而又泼悍、真情而又嫉妒、聪慧而又执着的多个侧面。

此外，剧中的一些次要人物也多有鲜明的个性，如杨国忠的奸诈、安禄山的阴险、郭子仪的忠直、雷海青的义烈、李龟年的持重等。

三、戏剧结构："排场之胜，无过于此"

《长生殿》以李杨爱情为主线，以时事政治为副线，两条线索互相关联，紧密结合。李杨爱情离合是全剧的主线，作品巧妙地借金钗钿盒贯穿起爱情演变之迹，吴舒凫在第五十出《重圆》的"批评"中对此有精到体认：

钗盒自定情后,凡十一见:翠阁交收,固宠也;马嵬殉葬,志恨也;墓门夜玩,写怨也;仙山携带,守情也;璇宫呈示,求缘也;道士寄将,征信也;至此重圆结案。大抵此剧以钗盒为经,盟言为纬,而借织女之机梭以织成之。呜呼,巧矣!

这正体现了作者"专写钗盒情缘"的总体艺术构思。在主、副线的穿插上,作者也极富匠心:《定情》写李杨爱情的开始,继以《贿权》写杨国忠的专权;《复召》写李杨爱情的恢复和加深,又以《疑谶》写郭子仪对大唐王朝社会危机的担忧;《制谱》写杨玉环进一步得宠,接着是《权哄》写杨国忠、安禄山争权不和……爱情与政治互相映衬,互为因果,同时文武、静闹、庄谐、悲喜互相调节、烘托,避免了剧情呆板、单调。而各种角色轮流上场,演出上也避免了劳逸不均。正如王季烈的《螾庐曲谈》所评:"离合悲欢,错综参伍,搬演者无劳逸不均之虑,观听者觉层出不穷之妙,自来传奇排场之胜,无过于此。"

四、语言艺术:曲词典雅清丽,格律谨严

《长生殿》的语言艺术向来为人称道,其特点有四。一是善于化用唐诗、宋词、元曲中的名篇佳句,形成清雅流丽的语言风格。如《惊变》出中【南泣颜回】:

> 花繁,秾艳想容颜。云想衣裳光璨。新妆谁似,可怜飞燕娇懒。名花国色,笑微微常得君王看。向春风解释春愁,沉香亭同倚阑干。

仅用 49 字便将李白 84 字的《清平调》三首原诗概括无遗[4],且合律依腔,无生涩滞硬之感。其他如《禊游》出化用杜甫《丽人行》的诗意,《密誓》出改编秦观《鹊桥仙》的词句,而白朴《梧桐雨》之曲意,也在《密誓》《惊变》《埋玉》《雨梦》等出中不时闪现。

二是善于运用叠字、俗语,本色烂漫,具有元人曲味。如《弹词》出【六转】:

> 恰正好呕呕哑哑《霓裳》歌舞,不提防扑扑突突渔阳战鼓。划地里出出律律纷纷攘攘奏边书,急得个上上下下都无措。早则是喧喧嗾嗾、惊惊遽遽、仓仓卒卒、挨挨拶拶出延秋西路,銮舆后携着个娇娇滴滴贵妃同去。又只见密密匝匝的兵,恶恶狠狠的语,闹闹炒炒、轰轰剨剨四下喳呼,生逼散恩恩爱爱疼疼热热帝王夫妇。霎时间画就了这一幅惨惨凄凄绝代佳人绝命图。

"呕呕哑哑""扑扑突突"等 17 个叠词,"恰正好""不提防""划地里""早则是"等俗语,系元人曲作中常用语汇,作者于此信手拈来,不仅渲染了战乱突起、军事哗变时的紧张凄烈场面,而且古色斑斓,别有情趣。

三是写景如画,笔意精工,富于浓郁的抒情意味。如《惊变》中的秋意渲染,仅仅39 字便写尽秋意,有声有色,而情蕴其中:

【北中吕·粉蝶儿】天淡云闲,列长空数行新雁。御园中秋色斓斑:柳添黄,蘋减绿,红莲脱瓣。一抹雕阑,喷清香桂花初绽。

　　四是音韵清新,格律谨严。作者在创作《长生殿》时,曾特请《九宫新谱》的编者徐麟(字灵昭)为之"审音协律",故全剧"平仄务头,无一不合律,集曲犯调,无一不合格"(吴梅《长生殿·跋》)。吴舒凫在《长生殿·序》中赞曰:"昉思句精字研,罔不谐叶。爱文者喜其词,知音者赏其律。以是传闻益远,蓄家乐者攒笔竞写,转相教习。优伶能是,升价什佰。"

　　不过,《长生殿》在艺术上也有其不足,如一些无聊的插科打诨,为求上、下两卷对称而在下卷加进一些对情节影响不大的出目,如《仙忆》《驿备》等,从而滞缓了情节的发展,显得拖沓、重复。

注释

　　[1] 关于洪昇父亲名号,论者多有分歧,此据熊德基的《洪昇生平及其作品》(《福建师范学院学报(社会科学版)》1956 年第 1 期)一文之论。

　　[2] 关于洪昇"家难"问题,历来说法不同。章培恒认为是指洪昇与父母失和分居事(《洪昇年谱》,上海古籍出版社 1979 年版)。陈友琴认为是指洪昇父亲"被诬谪戍"事(《略谈〈长生殿〉作者洪昇的生平》,《光明日报》1954 年 6 月 21 日)。王永健认为洪昇本人及其家庭的种种不幸遭遇,均可视为"家难"(《洪昇和长生殿》,上海古籍出版社 1982 年版)。此从王永健之论。

　　[3] 关于"演《长生殿》之祸",清人所记颇多歧义。近人叶德均的《演长生殿之祸》(见其《戏曲论丛》,日新出版社 1947 年版)一文考证甚详,章培恒的《洪昇年谱》亦附有《演长生殿之祸考》。

　　[4] 李白所作三首《清平调》,原诗为:其一:"云想衣裳花想容,春风拂槛露华浓。若非群玉山头见,会向瑶台月下逢。"其二:"一枝红艳露凝香,云雨巫山枉断肠。借问汉宫谁得似?可怜飞燕倚新妆。"其三:"名花倾国两相欢,长得君王带笑看。解释春风无限恨,沉香亭北倚阑干。"皆为赞赏杨贵妃之辞。

参考书目

　　[1] 洪昇.长生殿[M].徐朔方,校注.北京:人民文学出版社,1983.

　　[2] 章培恒.洪昇年谱[M].上海:上海古籍出版社,1979.

　　[3] 王永健.洪昇和长生殿[M].上海:上海古籍出版社,1982.

　　[4] 孟繁树.洪昇及《长生殿》研究[M].北京:中国戏剧出版社,1985.

第十四章

孔尚任与《桃花扇》

如果说洪昇的《长生殿》是以一个有重大影响的历史事件为背景,突出表现爱情主题,那么,孔尚任的《桃花扇》则是以爱情故事为线索,突出表现家国兴亡的历史主题。前者虽不乏兴亡感慨,但仍是爱情剧;后者虽有离合之情,却是历史剧。

第一节　孔尚任的生平与创作

一、家居读书与"异数出山"

孔尚任(1648—1718),字聘之,一字季重,号东塘,别号岸堂,自号云亭山人,山东曲阜人,为孔子六十四世孙。青年时代于山东曲阜北石门山中读书,考订乐律,博采遗闻,并"留意礼、乐、兵、农诸学,亦稍稍见之实行"(孔尚任《大学辩业题辞》)。康熙二十三年(1684),南巡返京的康熙皇帝,途经曲阜祭祀孔子,孔尚任被荐举在祭典后御前讲经,陈说《大学》首节,因博得"天颜悦怡",康熙帝不仅让他引驾观览孔庙、孔林,并当场指定吏部破格任用。这位乡村秀才由此成为国子监博士。对这一"不世之遭逢",孔尚任是深怀感激的:"书生遭际,自觉非分,犬马图报,期诸没齿。"(孔尚任《出山异数记》)但此后的官场生涯却给他的满腔热情泼了冷水。

二、三年治河与《桃花扇》题材积累

康熙二十五年(1686),在京城做了一年多国子监博士的孔尚任,受命随同工部侍郎孙在丰去淮扬开浚下河,疏通海口。由于当时的河道总督靳辅不同意疏浚下河海口,孙在丰一行虽到了淮扬,治河工程却无法开展。这事闹到朝廷中又形成两派官僚的互相攻讦,治河工务也因朝议的反复而时起时停。三年下来靳辅一方获胜,下河衙门被撤销。

尽管三年的治河生涯未能给孔尚任带来仕途升转的机会,但却为他《桃花扇》的写作积累了丰富的素材。在闲居海滨的日子里,孔尚任耽于吟咏,以诗会友,"凡骚人墨

客,皆得通名刺焉"(孔尚任《广陵听雨诗·序》),并时时举行二三十人的诗酒之会,俨然一居官的风流名士。与孔尚任交往的淮扬名士中,颇多故明遗老,如许承钦、邓汉仪、黄云、杜濬、冒襄等,孔尚任在晤谈中常听他们提及往事,感慨兴亡。尤其值得注意的是孔尚任与冒襄的交往。冒襄,字辟疆,江苏如皋人。孔尚任来淮扬时,冒襄已达77岁的高龄。康熙二十六年(1687)九月,冒襄不顾年老体弱、百里之遥,从如皋赶到孔尚任的任所兴化,"同住三十日"(孔尚任《湖海集》卷三《与冒辟疆》)。作为明季"四公子"之一、揭发阮大铖的《留都防乱揭帖》的署名人,冒襄对南明那段历史自是难以忘怀的,因此,冒襄与孔尚任这三十日的相聚,当不只是出于书生意气的忘年交情,很可能是专门来向孔尚任讲述弘光朝廷的诸多细故,其中自当包括侯方域与李香君的那段风流佳话。

下河衙门被撤销后,在扬州闲居待命的孔尚任又乘闲来到了弘光王朝兴亡之地——南京。六朝故都的山水风物令他感慨不已:"伤心千古事,依旧后庭花。"(孔尚任《泊石城水西门作》)舟人野老讲述的前朝旧事也令他兴味盎然:"过去风流今借问,只疑佳话未全真。"(孔尚任《阮岩公移樽秦淮河舟中,同王子由分韵》)而与南京城诸多故明遗老的交往,诸如大画家龚贤、华阴学者王弘撰、《板桥杂记》作者余怀之子余宾硕,以及隐居于栖霞山白云庵中的明末大锦衣张瑶星等,不仅使他能一一印证自己所知的南朝"佳话"是否"全真",也激起了他探讨追问南明历史的浓厚兴趣。这次南京之游,可说是孔尚任为创作《桃花扇》而做的一次有意识的调查访问。

三、闲曹生活与《桃花扇》创作

康熙二十九年(1690),孔尚任又回到北京,继续做他清闲的国子监博士。"性命全依土,经营半在花"(孔尚任《岸堂檐上蜂窝》),闲曹生活的无聊,使他只好靠莳花种草驱遣愁闷,对官场争斗却充耳不闻,"仍是京洛人,枕漱在泉石"(孔尚任《寓斋初种花草》)。此时的孔尚任还对收藏古玩产生了浓厚的兴趣,在其所收古玩中有一唐人乐器——小忽雷。小忽雷本是唐代画龙名手韩滉自制的胡琴,其声忽忽若雷,故名。唐文宗时小忽雷犹在内府,官人郑中丞特善之,后流入民间。孔尚任遂借小忽雷本事构思了一个书生梁厚本与宫女郑盈盈因小忽雷而悲欢离合的爱情故事,但"恐不谐于作者之口",遂请精通音律的顾彩代为填词,撰成《小忽雷传奇》。尽管该剧文笔冗弱,一时"竟无解音"者,但却可说是孔尚任为写作《桃花扇》而做的一次有意识的练笔。

康熙三十四年(1695),孔尚任迁户部主事,受命宝泉局监铸。宝泉局系铸造钱币的机构,公务清闲,孔尚任仍过着"联辔看花开道路"(孔尚任《燕台杂兴》其一)的闲适生活。但这段时期孔尚任所写之诗却并不多,也许他正利用其公务余暇致力于《桃花扇》的创作。

四、罢官疑案与潦倒晚年

康熙三十八年(1699)六月,孔尚任"一句一字,抉心呕成"(孔尚任《桃花扇·小引》)之作《桃花扇》脱稿并迅即在京师流传开来,"王公荐绅,莫不借钞,时有纸贵之誉",甚至引起了康熙帝的关注,令内侍向作者索要,"午夜进之直邸,遂入内府"(孔尚任《桃花扇·本末》)。但这却未必是孔尚任之福。次年春天,孔尚任又被晋升为户部广东司员外郎,但不过数日却又被莫名其妙地罢了官。尽管孔尚任因何被罢官尚无直接材料予以证明,但从其《放歌赠刘雨峰寅丈》一诗所云"命薄忽遭文字憎,缄口金人受谤诽"来看,罢官是因文字之嫌,在很大程度上可能是由于《桃花扇》。[1]

被罢官之后,孔尚任在京中又滞留了一段时日,期望能"世事纷纷久自明"(孔尚任《答李鼎公》),然而终未能如愿。康熙四十一年(1702)冬,55 岁的孔尚任怀着痛苦的心情回到家乡曲阜。尽管也曾有过"一脱朝衫事事松"(孔尚任《秋堂漫兴》)的轻松感,然而"心迹难为坐客言"(孔尚任《新开北轩》)的罢官阴影仍不时萦绕心头,而"耕耘未足供亲膳"(孔尚任《归家夜坐》)的贫苦更令他一筹莫展。为排遣愁怀,也可能是为了"打秋风",晚年的孔尚任频频出游。在与其交游的官宦中,亦不乏风雅之士,如平阳知府刘棨、淮徐观察刘廷玑等。尤其是刘廷玑,他不仅为孔尚任出资建造了石门山秋水亭,而且还与孔尚任"商榷风雅"(孔尚任《长留集·序》),立意编选一部搜集当时诗人遗稿的《长留集》。尽管最终未竟其事,但《长留集》所收孔尚任的晚年诗作,对后世学者了解孔尚任后期生活、思想提供了重要依据。

康熙五十七年(1718)正月,孔尚任病逝于石门山中,享年 70 岁。对这位天才作家的逝世,时人是颇为惋惜的:"打鼓吹箫掩泪听,家家罢却上元灯。梨园小部人何在?扇里桃花哭不胜。"(颜悐讳《元夕挽岸堂先生》其一)

五、著述

孔尚任著述,除《小忽雷传奇》(与顾彩合著)、《桃花扇》两部戏曲传奇外,还有诗文集《石门山集》1 卷、《湖海集》13 卷、《岸堂稿》1 卷、《长留集》12 卷。此外,他还有金石题记《享金簿》1 卷,又编辑《孔子世家谱》24 卷,助修《莱州府志》12 卷等。近人汪蔚林辑有《孔尚任诗文集》(中华书局 1962 年版)。

第二节 《桃花扇》的人物与思想主旨

一、南明王朝灭亡原因的历史反思

《桃花扇》以复社文人侯方域和秦淮名妓李香君的爱情离合为线索,描写了南明弘光小朝廷的兴亡历史,即"借离合之情,写兴亡之感"。在《桃花扇·小引》中,孔尚任对自己的创作意图有明确的交代:

> 《桃花扇》一剧,皆南朝新事,父老犹有存者。场上歌舞,局外指点,知三百年之基业,隳于何人?败于何事?消于何年?歇于何地?不独令观者感慨涕零,亦可惩创人心,为末世之一救矣。

可见,孔尚任是要把《桃花扇》写成一部历史政治剧,以之总结明朝三百年基业覆亡的历史教训,"为末世之一救"。

《桃花扇》生动地讲述了南明弘光小朝廷建立和覆灭的全过程,并通过对统治集团内部或"清"或"浊"的不同人物的描写,揭示出弘光王朝不是亡于清,而是亡于统治集团内部的腐败。

(一) 昏君佞臣乱政

清兵南下,直指江南,在此国家危亡之际,南明弘光王朝却腐败透顶,君是昏君,臣是奸臣。弘光帝(朱由崧)一上台,考虑的不是励精图治,振兴邦国,而是为"无有声色之奉"发愁,于是征歌选舞,沉溺于声色之中,"万事无如杯在手,百年几见月当头"(《选优》)。马士英与阉党余孽阮大铖乘机窃取军国大权,使明末最腐败的政治力量宦官集团重新得势。他们对上极尽谄媚阿谀之能事,"只劝楼台追后主,不愁弓矢下南唐"(《余韵》);对下是卖官鬻爵,重兴党狱,打击、迫害复社成员,致使"正士寒心,连袂高蹈"(《归山》);对外是投降苟安,以左良玉百万雄师镇守长江上游,对付李自成、张献忠的义军,对长江下游的清兵进攻却空虚无备。戏中描述了小朝廷建立者马士英之一的鬼蜮心态:"幸遇国家多故,正我辈得意之秋。"(《迎驾》)马、阮所行之政,无非是"进声色,罗货利,结党复仇"(《桃花扇·小识》)。江北四镇是南京的屏障,四镇主将黄得功、高杰、刘泽清、刘良佐,却因座次尊卑,驻地贫富,讧闹不止,兵戎相见。用刘良佐的话说:"国仇犹可恕,私恨最难消。"(《争位》)他们全然不以国事为重。整个南明弘光小朝廷是昏王当朝,权奸执柄,文争于内,武讧于外,《拜坛》出眉批曰:"私君,私臣,私恩,私仇,南朝无一非私,焉得不亡!"

(二) 忠臣贤士无为

《桃花扇》不仅写了昏君乱相祸国殃民,还写了忠臣贤士的无力救国,从而表露出作者对整个封建统治集团的失望。

《桃花扇》写了三位忠心将帅:史可法、左良玉、黄得功。史可法忠心为国,怎奈整个国家机器腐败透顶,他虽为兵部尚书,督师江北,却无力阻止马、阮迎立福王,不能节制四镇兵力:"日日经略中原,究竟一筹莫展。"最终处于"阑珊残局,剩俺支撑"(《誓师》)的困境。黄得功忠于南明,以身殉国。但他挑起内讧,听马、阮调度与左良玉内战。清军渡过黄河,南明危机之时,武昌主帅左良玉却愤激于马、阮对东林党、复社的迫害,不顾本部防线而率军东下"清君侧"(《草檄》)。《劫宝》出总批云:"南朝三忠,史阁部心在明朝,左宁南心在崇祯,黄靖南心在弘光。心不相同,故力不相协。"

向来以极具社会承担意识而自居的东林党、复社文人,国难当头,却只知歌舞升平,及时行乐。侯方域避难南京,同当时复社诸贤方以智、冒襄、陈贞慧在秦淮河上日日饮酒作乐,跟歌伎谈情说爱。他们虽然慨叹时局,却说:"中原无人,大事已不可问,我辈且看春光。"(《听稗》)复社清流对国事三心二意,对党争却很热衷。在祭孔活动中,一班复社少年在文庙哄打参加祭祀的魏党余孽阮大铖,群呼"替东林雪愤,为南监生光"(《哄丁》)。为了反抗阉党,吴次尾不惜修书请左兵东下清君侧,把党争置于国家利益之上。弘光王朝灭亡后,复社领袖陈定生、吴次尾逃离南京,在江畔哀叹道:"日日争门户,今年傍那个!"(《沉江》)这时的悔悟已于事无补了。

《桃花扇》通过对复社文人种种表现的描写,深刻地揭示了明末士人可鄙的思维方法和种种不良习气:偏激独断,爱意气用事;遇事殉小私而不顾大体,"勇于私斗,怯于公仇"。结果是朝野人人争权,天下争谈国事,但很少有人身体力行对国事负责。《拜坛》出眉批曰:"社稷可更,门户不可破,非但小人,君子亦然,可慨也!"顾彩在《桃花扇·序》中也对此感慨不已:"呜呼!气节伸而东汉亡,理学炽而南宋灭;胜国晚年,虽妇人女子,亦知向往东林,究于天下事奚补也。"中国上千年历史朝代的更替多肇端于竖宦外戚,有明一代却可说是亡于士大夫集团。

二、侯、李爱情的象征意义

《桃花扇》借侯、李离合之情,写南明兴亡的历史。侯、李爱情也因此获得了特别的象征意义,与传统的佳人才子之恋已截然不同。

大明帝业已是风雨飘摇之际,整个江南却"满座上都是语笑春温"。和众多风流成性的复社文人一样,侯方域也是"春情难按"。在《眠香》出中,侯方域是以狎客心情面对怀中佳丽的,"不管烽烟家万里,五更怀里唝歌喉",再衬以文人清客的打情骂俏,侯、李遇合在这里呈现给人的是衰腐时代的末世贪欢。

与侯方域追求及时行乐不同,李香君尽管也有"闲花添艳,野草生香,消得夫人做"(《眠香》)的青楼儿女心态,但更重要的是,"东林伯仲,俺青楼皆知敬重"(《骂筵》),香君对侯生的欣赏,显然是出于民间对复社文人政治承担意识的一种普遍认同。也正因此,当她知道她与侯生结合而阮大铖暗助妆奁时,马上意识到其中包含着的巨大阴谋。为了维护爱情的纯洁和人格的尊严,也为了教育在斗争中立场摇摆的侯方域,李香君立即把价值数百金的妆奁弃置于地:"脱裙衫,穷不妨,布荆人,名自香!"(《却奁》)刚烈果敢的举动,使侯公子钦佩不已:"平康巷,他能将名节讲,偏是咱学校朝堂,偏是咱学校朝堂,混贤奸不问青黄。"(《却奁》)《却奁》一出对香君出淤泥而不染的高贵品质可谓是饱蘸激情的一笔。后来的《拒媒》《守楼》《骂筵》几场戏,更进一步表现出她对爱情的坚贞和对权奸的藐视。马、阮一伙的倒行逆施,更多的人是看在眼里、怒藏心头,而李香君这么一个身份卑微的弱女子,却敢在大堂上怒斥贵为宰相的权奸:"堂堂列公,半边南朝,望你峥嵘。出身希贵宠,创业选声容,后庭花又添几种。""干儿义子从新用,绝不了魏家种。"(《骂筵》)她不受利诱、不怕威胁,"碎首淋漓不肯辱于权奸"(孔尚任《桃花扇·小识》),做出了那种特定环境中一个柔弱女子所能做到的最光辉的行动。《桃花扇》写出的不仅是一个刚烈的李香君,更是以她为代表的那个时代的一腔民间正气。

侯方域[2]是一个性格复杂的角色。他才华横溢、风流倜傥,是复社文人领袖之一。他在继承东林党事业、反对阉党余孽方面积极坚决,颇以清流自居。但他又有糊涂不清的时候,在《却奁》一出中,面对重金和花言巧语,他竟然说:"俺看圆海情辞迫切,亦觉可怜。就便真是魏党，悔过来归，亦不可绝之太甚，况罪有可原乎？"这就明显地表现出政治上的软弱幼稚和是非不分。他虽有一定的政治见解，但往往流于空谈，说起来头头是道，做起来却未必得心应手。史可法派侯方域驻高杰部作监军，侯却因一言不合，不顾前线险恶的局势，拂袖而去。结果高杰被许定国暗算，清军乘机渡过黄河，危逼南京。他流连风月、沉醉于歌楼，显出封建文人庸俗的一面。他追求李香君，最初是慕色而来，不过是一种时髦的名士风流，在后来的生活中，发现了李香君的聪慧刚贞，才渐渐地由钦佩而爱慕。他与李香君的爱情因政治的牵连而枝节横生、屡遭变故，但他对李香君痴情不改。在《逢舟》一出中，当他见到李香君溅血之扇，哭着说道："香君！香君！叫小生怎生报你也！"拳拳之情，溢于言表，可以看出他生性善良淳厚。

在经历了国祚倾覆的生死曲折之后，侯、李二人又重聚于栖霞山白云观，劫后重逢的欣悦之情尚未诉尽，却被张道士鲁莽地撕了定情信物桃花扇，还兜头一盆冷水："呵呸！两个痴虫，你看国在那里，家在那里，君在那里，父在那里，偏是这点花月情根，割他不断么？"侯、李幡然醒悟："大道才知是，浓情悔认真。""回头皆幻景，对面是何人。"（《入道》）于是，两个人悬崖撒手，双双入道而去。

对侯、李爱情的入道结局，不少学者以为牵强而不合理[3]。但如果联系复社文人的"眠花醉柳，千古不醒"（《眠香》出眉批），"入道"可说是侯生对前此自我的沉痛否定；再联系侯、李入道前张道士为死难君臣、百姓的祭奠场面，"入道"是这一悲剧情感的延伸与发展；而就全剧的总体设计而言，"入道"使"离合之情"与"兴亡之感"二者有机地结合在了一起，说明侯、李之情的寂灭，不是缘于张道士的一声怒喝，而是国破家亡的残酷现实。

三、民间士大夫形象的文化蕴含

《桃花扇》刻画了一批游食民间的歌伎、艺人、画师、书商。其中，除女主人公李香君之外，以柳敬亭、苏昆生的形象最为突出，他们和李香君一样，很少沾染道学气，敢作敢为，俨然是一群民间士大夫，在他们身上寄托了作者的人格理想。

戏一开场，作者就有意将复社文人的颓废与民间艺人的正气作了对比。侯方域与复社诸文人游春，寻求"热闹爽快"之所；说书艺人柳敬亭感慨的却是"六朝兴废怕思量"，并戏说了一段《论语》"太师挚适齐"："鲁道衰微，人心憯窃，我夫子自卫反鲁，然后乐正。"这其间不仅有对国事衰微的担忧，也渗透了孔尚任本人真儒济世的理想，故孔尚任借侯方域之口说："俺看敬亭人品高绝，胸襟洒脱，是我辈中人。说书乃其余技耳。"（《听稗》）柳敬亭俨然是一位民间士大夫。在《投辕》出中，柳敬亭为侯方域下书，劝阻左兵东下就食。在兵刃交执下，他坦然进帐："看这长枪大剑列门旗，只当深林密树穿荒草。"一个卑下谦弱、装傻充呆的市井艺人，变成了谈笑自若、履险如夷的英雄。当左良玉东下清君侧时，柳敬亭毛遂自荐，冒死送檄文。左良玉称其为"荆轲之流"，连呼："义士，义士！壮哉，壮哉！"（《草檄》）

与柳敬亭的诙谐调笑不同，唱曲的苏昆生是个质朴老成的忠厚长者。在《寄扇》《逢舟》《草檄》诸出中他也同样是侠肝义胆。在《逢舟》中，苏昆生冒死从千里外，将桃花扇送到侯方域手中。侯方域感动得连连拱手："为这把桃花扇，把性命都轻了，真可感也。"

尽管孔尚任并没有把柳敬亭、苏昆生写成能够关乎全局、阻止左兵东下清君侧的智者，甚至还写到他们在歌楼妓馆中的帮闲调笑（如《访翠》），但也正因此才显真实，同时也反映了孔尚任清醒的历史意识：以柳、苏所代表的市民阶层，还没有成长为政治上独立、成熟的有理性和远见的民间力量，还不具备承担家国兴亡历史重任的条件。孔尚任从他们身上更多感受到的是其有别于儒者士大夫阶层的崇高的人格魅力，故而在剧作结尾，孔尚任没有将他们送进宗教的彼岸世界，而是让他们作为现世的承当者徜徉于大自然的山林水泽之中。

第三节 《桃花扇》的艺术成就

一、历史真实与艺术真实的统一

《桃花扇》作为历史剧，首先要解决的是历史真实与艺术真实之间的关系问题。孔尚任在《桃花扇·凡例》中说：

> 朝政得失，文人聚散，皆确考时地，全无假借。至于儿女钟情，宾客解嘲，虽稍有点染，亦非乌有子虚之比。

可见，孔尚任在创作中是严格忠实于历史事实的。剧中所写的南明弘光王朝的兴亡始末，无论是其建立时的历史背景、弘光帝被拥立的过程，还是小王朝内部的倾轧斗争、江北四镇的火并内讧，以及史可法的孤掌难鸣、无力回天，直至小王朝的覆灭，基本上是真实的。故吴梅《中国戏曲概论》说："自有传奇以来，能细按年月，确考时地者，实自东塘为始。传奇之尊，遂得与诗文同其声价矣。"

《桃花扇》尊重史实，但并不拘泥于史实，在某些地方也进行了必要的艺术加工。阮大铖收买侯方域，侯方域的《癸未去金陵日与阮光禄书》中有明确交代：

> 忽一日，有王将军过仆甚恭。每一至，必邀仆为诗歌，既得之，必喜。而为仆觞酒奏伎，招游舫，携山屐，殷殷积旬不倦。仆初不解，既而疑以问将军。将军乃屏人以告仆曰："是皆阮光禄（大铖）所愿纳交于君者也，光禄方为诸君所诟，愿更以道之君之友陈君定生、吴君次尾，庶稍洒乎？"

作伐者乃武职王将军，《桃花扇》却改为杨龙友为阮、侯搭桥，并生发出李香君"却奁"的好戏。侯方域的《李姬传》载其与妓女李姬情事，其中有李姬拒婚田仰的简略记载，《桃花扇》除让杨龙友为李姬赐名"香君"外，又由拒婚事生发出抢亲、溅扇，至于香君入宫、骂筵及最后与侯生的入道，均于史无征，显系虚构。但这些改动和虚构，不仅使剧情更为集中、精练,而且也使李香君的形象更为丰满、鲜明。

可见,《桃花扇》既忠实于历史,又善于对历史事件进行适当加工,以符合剧情和人物塑造的需要,从而达到了历史真实与艺术真实的有机统一,这是《桃花扇》在艺术上的突出成就。

二、丰富多彩的人物塑造

《桃花扇》在人物塑造方面也有其独到之处。同是妓女,李香君深明大义,不为财富所动;李香君养母李贞丽却世故圆滑,见钱眼开。同为奸佞之徒,马士英狂妄自大却缺乏谋略,阮大铖奸诈狡猾而富于才藻。人物个性分明,绝不重复。写侯方域,既写他风流倜傥,关心国事,也写他的纨绔习气和软弱动摇;写左良玉,既写他对大明王朝忠心耿耿,也写他跋扈骄横,不顾大局。作者善于描写人物性格的多个侧面。即使一般的次要人物,如黄得功争位内讧又死不降清,李贞丽平庸贪财而能替李香君嫁田仰为妾,也不是简单化、脸谱化的处理。尤其是对杨龙友这一形象的塑造:精通世故,八面玲珑,既讨好马、阮集团,也不得罪复社文人。他帮阮大铖拉拢侯方域,当马士英要逮捕侯方域时,他又去通风报信。他奉承马、阮而使李香君进宫为歌妓,当李香君骂筵面临杀身之祸时,他又打圆场而使李香君脱险。"作好作恶者,皆龙友也。"(《媚座》出眉批)据《明史》卷二七七《杨文骢传》,杨龙友曾因贪污而被免职,后被清兵俘虏不屈而死。他不是正面人物,但也不同于马、阮之流。可见,《桃花扇》的人物描写不仅个性分明,而且丰富多彩,作者善于描写人物的多个侧面而又褒贬适当。诚如梁廷枏的《藤花亭曲话》卷三所评:"《桃花扇》笔意疏爽,写南朝人物,字字绘影绘声。"

三、借离合之情写兴亡之感的戏剧结构

(一) 以生旦为纲领

《媚座》总批云:"上本之末,皆写草创争斗之状;下本之首,皆写偷安宴乐之情。争斗则朝宗分其忧,宴游则香君罹其苦。一生一旦,为全本纲领。而南朝之治乱系焉。"这段话清楚地说明了《桃花扇》的总体艺术构思,"借离合之情,写兴亡之感",即以侯、李的悲欢离合作为贯穿南明兴亡始末的线索。第一至六出写侯、李之合,阮大铖居心叵测的助妆使两个人的爱情一开始便蒙上了政治的阴影。第七至十二出写侯、李由合而离,李香君的却妆导致阮大铖的报复,侯方域被迫辞院出走。第十三至四十出双线交错:由侯方域这一线牵着扬州、武昌二地,串联上迎立福王、四镇内争、左兵东下、史公沉江等事件;由李香君这一线牵着南京一地,串联上田仰娶妾、弘光选优等事件。这样,既写了英雄奸佞、文人墨客,也写了宾客宴游、妓女小集;既写了朝政得失,也写了一代兴亡。

(二) 以"桃花扇"为线索

犹如《长生殿》之金钗钿盒的结构作用,《桃花扇》也以一把扇子为结构之核心,让它在情节发展的关键时刻频频出现:侯、李定情时,侯生题诗赠扇;李香君却妆前,诸人

论扇;田仰抢亲日,李香君以血溅扇,杨龙友画扇;继之李香君托苏昆生给侯方域寄扇;最后侯、李相会于白云庵,张道士撕扇。写来写去,离不开一把桃花扇。正如作者所说:"剧名《桃花扇》,则桃花扇譬如珠也,作《桃花扇》之笔譬则龙也。穿云入雾,或正或侧,而龙睛龙爪,总不离乎珠。"(《桃花扇·凡例》)

(三)体制的创新

《桃花扇》在传奇体制上也颇多创新。全剧分上、下两卷,每卷二十出,但又于每卷卷首、卷尾各加一出,即上卷卷首《试一出先声》、卷尾《闰二十出闲话》和下卷卷首《加二十一出孤吟》、卷尾《续四十出余韵》,则全剧共四十四出。这与传统传奇剧之分卷分出迥然相同。这"试""闰""加""续"的四出戏,或补叙剧情,犹如元人杂剧之楔子,或借剧中人感慨时事,尤其是"老赞礼"这一人物,或作为剧中当事人感慨现实,或作为过来人评点当年,贯穿四出戏,使得这四出看似外加的戏,既意脉相连,自成系统,又与剧情紧密相连,使全剧浑然一体,构成一个完整的有机统一体。而其结末《入道》出生旦再会却不团圆的情节安排和《余韵》出柳敬亭、苏昆生、老赞礼渔樵闲话、歌咏南朝旧事的兴亡感慨,也别具风范。诚如梁廷枏的《藤花亭曲话》所评:"曲终人杳,江上峰青,留有余不尽之意于烟波缥缈间,脱尽团圆俗套。"

四、典雅亮丽的语言风格

《桃花扇》在语言上,曲词刻意求工,典雅亮丽,说白整练自然,雅饬顺畅,均极见功力。如《余韵》出之【离亭宴带歇拍煞】:

> 俺曾见金陵玉殿莺啼晓,秦淮水榭花开早,谁知道容易冰消。眼看他起朱楼,眼看他宴宾客,眼看他楼塌了。这青苔碧瓦堆,俺曾睡风流觉,将五十年兴亡看饱。那乌衣巷不姓王,莫愁湖鬼夜哭,凤凰台栖枭鸟。残山梦最真,旧境丢难掉,不信这舆图换稿。诌一套《哀江南》,放悲声唱到老。

遣字用词,确乎是"词必新警,不袭人牙后一字",且"全以词意明亮为主"(《桃花扇·凡例》)。所以刘凡的《桃花扇·跋》赞之曰:"奇而真,趣而正,谐而雅,丽而清,密而淡,词家能事毕矣。前后作者,未有盛于此本,可为名世一宝。"

洪昇与孔尚任是清代剧坛同时出现的两颗耀眼的明星,《长生殿》与《桃花扇》成为清代剧坛并崎的高峰,代表了清代戏剧的最高成就,同时也是清代戏剧史的最后辉煌,其后再无能望其项背的作品出现。

注 释

[1]对孔尚任被罢官原因,学界主要有四种意见。一是因《桃花扇》致祸说,详见袁世硕的《孔尚任年谱》(齐鲁书社1987年版)。二是以"疑案"罢官说,详见《中国大百科全书·中国文学卷Ⅰ·清代传奇与杂剧》部分"孔尚任"专条(赵景深、江巨荣撰稿,中国大百科全书出

版社 1986 年版)。三是遭人攻讦而被罢官说,详见王进珊的《〈桃花扇〉的首演和孔尚任的罢官——纪念〈桃花扇〉首演二百八十周年》(《徐州师范学院学报》1980 年第 2 期)。四是因《通天榜传奇》致祸说,详见程荣华的《孔尚任罢官原因初步探明》(《徐州师范学院学报》1993 年第 3 期)。

[2] 侯方域(1618—1655),字朝宗,河南商丘人。其父为明末户部尚书。少有才名,与复社名流方以智、冒襄、陈贞慧并称明季"四公子"。入清后隐居于家,顺治八年(1651)被迫应河南乡试,中副榜贡生。《清史稿》卷四九一有传。

[3] 如刘知渐认为,侯方域应河南乡试是被迫的且自己也很后悔,因此"入道""符合侯方域的精神状态,也符合历史真实的一个方面",但让"一对生死冤家"在"久别重逢"之后,就因张道士的几句话,"便毫无留恋地飘然'出家'","完全不合爱情戏的逻辑"。(刘知渐《也谈侯方域的"出家"问题》,《光明日报》1962 年 8 月 23 日)陈毓罴则认为,"历史上的侯方域,参加过清朝的科举,还向清朝统治者献过镇压农民起义军的方略,孔尚任对这些丑事全都替他掩埋,一概不提","孔尚任这样写,无非是美化投降变节分子,把他装扮成为一个正面人物"(陈毓罴《应该正确评价孔尚任的〈桃花扇〉》,《光明日报》1964 年 10 月 18 日)。

参考书目

[1] 孔尚任.孔尚任诗文集[M].北京:中华书局,1962.

[2] 袁世硕.孔尚任年谱[M].济南:齐鲁书社,1987.

[3] 徐振贵.孔尚任评传[M].南京:南京大学出版社,2000.

第十五章

近代戏曲

自 1840 年鸦片战争至 1919 年五四运动，这近 80 年的历史，学界多称之为近代。

近代的中国社会处于激烈的动荡之中。在鸦片战争、太平天国运动、第二次鸦片战争之后，曾经出现过所谓"同治中兴"，洋务运动即为这种"中兴"的标志。但在 1894 年的中日甲午战争中，中国又被刚刚崛起的日本打败。面临日益危急的形势，清政府内部以康有为、梁启超为代表的改革派，在光绪皇帝的支持下，于 1898 年发起了变法改良运动，这就是著名的戊戌变法。但变法运动很快便被以慈禧太后为代表的保守派镇压。1900 年，八国联军入侵中国，清王朝的腐败无能再次令民众深感失望，有志之士纷纷起而救亡图存。1911 年，孙中山领导的以反清排满和民主共和为两大基本口号的辛亥革命终于彻底推翻了清王朝的统治，结束了中国封建社会的历史。但辛亥革命的果实却被梦想当皇帝的袁世凯窃取，反封建的任务并未结束。随着 1919 年五四运动爆发，彻底的反帝反封建意识从此逐渐深入人心，中国社会由此进入新民主主义革命时代——现代。

近代戏剧，是继宋、元、明、清之后又一个重要时期。传奇、杂剧的嬗变，"戏剧改良运动"与政治剧的盛行，地方戏和京剧艺术的发展，构成了这一时期戏剧变化发展的主要内容。

第一节　传奇、杂剧的嬗变

中国古典戏曲（主要指传奇、杂剧）这门古老的艺术，在清中叶后，由于题材和内容的狭窄、格律的谨严、表演的程式化，加之步入宫廷后的贵族化倾向，已日趋衰落。近代社会的风云变幻，民族危机的日益深重，灾难性的社会现实使得剧作家们不愿也不能再"覆巢倾卵之中，笺传燕子；焚屋沉舟之际，唱出春灯"（柳亚子《二十世纪大舞台·发刊词》），他们开始走出局狭的象牙塔，借古典戏曲的传统形式，批判社会，宣传维新与革命，掀起了古典戏曲创作的新高潮。据统计，近代传奇、杂剧剧本达 500 余部[1]。

这些作品,或抨击封建积弊,或揭露外敌侵略野心,题材广阔,内容丰富;在形式上,也逐渐摆脱了传统戏曲宫调、格律的束缚,表现了近代剧作家们积极、大胆的革新意识。

一、黄燮清与太平天国运动前后的戏曲创作

鸦片战争的失败、《南京条约》的签订,继其后而起的太平天国运动、洋务运动、中日甲午战争等,一系列空前的民族灾难和改革运动,以及各地人民如火如荼的反清斗争,给人们的社会心理以强烈的刺激。在此情况下,一批具有爱国思想的剧作家,如黄燮清、钟祖芬、范元亨等,开始直面人生,通过他们的剧作,或揭露外敌的鸦片侵略,或批判清政府的腐败无能,反映了太平天国运动前后的一些社会矛盾,预言着"国病难医"的清王朝必然灭亡的命运。在艺术表现形式上,他们的剧作不墨守成规,不严守宫调格律,所谓"当情文之相生,遂洋溢而莫遏"(种秾天农《空山梦·题词》),"曲成不借梨园谱,吐属都凭率性真"(问园向竹主人《空山梦·题词》),提出了曲律的解放和情文相生的创作要求。

(一)黄燮清

这一时期的传奇、杂剧创作以黄燮清[2]成就最高,影响最大。

黄燮清的戏曲创作,有《茂陵弦》《帝女花》《脊令原》《鸳鸯镜》《凌波影》《桃溪雪》《居官鉴》7 种,合称《倚晴楼七种曲》。另有《玉台秋》《绛绡记》2 种传奇。实则共有剧本 9 种。其中以《帝女花》《桃溪雪》2 剧最擅时名。

《帝女花》传奇取材于清初诗人吴伟业的《思陵长公主挽诗》。剧演明思宗(崇祯)长女坤兴公主(长平公主)朱徽娖与太仆公子周世显悲欢离合事。李自成攻破北京,崇祯帝吊死于煤山前手刃诸皇女,坤兴公主被斫断一臂,为外戚周钟所救。驸马周世显访于已降农民军的周钟家,而此时公主已留居维摩庵中。清军入京,怜其为前朝公主,寻驸马与之成婚。公主婚后悼念亡亲,郁病而逝,魂归天界后却寻父母不得,维摩佛招驸马梦魂与公主相会,共听佛法。如来最后宣布:公主待修完正果后可与父母相见,驸马仍还人间,尘劫告终后再行度脱。

作者自序云:"抚青编而流览,愁寄天边,怜紫玉之销沉,心伤局外。援少陵咏怀之例,写太傅丝竹之情。叙作四万言,胪分二十阕。声捐靡曼,不同《燕子》吟笺;事涉盛衰,窃比《桃花》画扇。"将剧作比作杜甫的《咏怀》和孔尚任的《桃花扇》,故此剧不仅有对大明帝国覆亡的沉痛反思,如《伤乱》出,面对残局,驸马周世显怒斥"依违观望"的"文臣武将":

【如梦令】一片烽烟凄莽,太息山河板荡。谁着祖生鞭,碌碌文臣武将。堪怅,堪怅,一半依违观望。

也有对时代动乱的现实思考,如《访配》出的"红羊劫":

【二犯桂枝香】高皇陵殿,平芜远天,故宫侯苑,垂杨暮烟。算繁华,已换红羊劫,问涕泣谁谈天宝年!

"红羊劫"即"洪(秀全)杨(秀清)劫",指太平天国起义事。此剧曲词凄怨哀切,沉痛悲凉,寄托着作者浓重的兴亡之感与故国之思。其他如《觞叙》出公主与驸马于后花园酌酒追怀往事,《香天》出公主临死前戚戚悲怀,均写得凄心荡魄,催人泪下。

《帝女花》一剧,苍凉激越,甚获时人褒誉:"蛮笺新擘谱笙簧,唱遍江南齿颊香。"(沈金蕊《帝女花·题词》)以至"日本人咸购诵之"(孙恩保《桃溪雪·题词》),可见该剧于其时之影响。甚至有人比之为汤显祖的《牡丹亭》和蒋士铨的《冬青树》者,"移商换羽音何促? 数文心前汤后蒋,与君鼎足"(张泰初《帝女花·题词》)。虽然这未免过誉,但该剧承清初传奇余绪,以故国兴亡之感唤起人们对清朝统治的清醒认识和民族意识,这在民族危机深重的近代初期,是有其积极意义的。

《桃溪雪》传奇是一部震撼人心的悲剧。剧叙清康熙时耿精忠谋叛,其总兵徐尚朝陷浙东,将攻永康。永康美女吴绛雪新寡,为救百姓免于兵难,身赴徐营,以叛兵过境秋毫无犯为条件,允与徐成婚。待叛兵出境,吴绛雪跳崖身亡。

该剧取材于史实,清人黄安涛即撰有《吴绛雪传》,述其事甚详。经过作者的再创造,人物形象更为丰满动人。吴绛雪被逼送贼营时的临难不畏、有胆有识(《迫和》),面对叛将时的镇定、机智,跳崖时的悲壮从容(《坠崖》),均写得淋漓顿挫,哀婉动人。作者通过对这一悲剧故事的营构,不仅歌颂了吴绛雪为救众乡亲不惜牺牲自己的献身精神,同时还批判了其时官绅们的贪生怕死、懦弱无能,指出正是这类官绅助长了叛军的嚣张气焰:"笑群公衮衮,临阵无将才,认了个匪寇的婚姻教人将难解。"(《迫和》)面对前来劝说的官绅,吴绛雪冷笑讥刺,其中蕴含的正是作者本人对无人能挽国家于巨厦将倾之际的悲哀。

在艺术上,黄燮清剧作善于塑造人物形象,吴绛雪之貌美节高,王文锡之刚正廉明(《居官鉴》),均栩栩如生;语言上秾丽哀艳,委婉动人,且多有吸收其时地方戏的艺术营养,表现了作者对戏曲艺术的新探索,如《绛绡记》中多次使用的"撒火彩"特技,便是借鉴弋阳诸腔及高腔、梆子腔系统剧种的表演技巧。

综之,黄燮清的剧作以其对社会人生的深刻批判精神和形式上的大胆创新意识,为近代的戏曲创作注入了一股新鲜的气息,对后来的戏曲改良思潮产生了深远的影响。

(二) 范元亨和钟祖芬

范元亨[3]的《空山梦》、钟祖芬的《招隐居》等,在这一时期也颇有影响。

《空山梦》传奇是一部爱情悲剧。女主人公容述出身于王侯之家,其父累封定南侯,镇守边关,深为匈奴畏惮,却因忤怒权相而被迫害致死。容述隐居钟山,遇到同样遭到奸相迫害的杨守晦,两个人一见倾心,感情甚笃。匈奴兵临城下,奸相假诏容述和亲。容述以国家民族利益为重,不计个人恩怨得失,毅然应诏和亲。该剧于才子佳人的传统题材中融入忠奸斗争主题,但作者没有堕入生旦团圆、以忠胜奸的传统套路,而是在容述"为君亲远靖卢龙洒颈血"的悲剧渲染中,展示了女主人公容述的英雄性格,批判了当朝权贵的腐败无能,表达了作者希望清除边患的爱国思想。这对于鸦片战争后的中国观众是有感召力量的。全剧不用宫调,不遵曲牌,完全以自度曲出之,突破了明清传奇宫调、格律的束缚,对后来的戏剧革新起了先导作用。

《招隐居》是一部禁烟之作。主人公魏芝生本是一个坚决抵制鸦片的富家子弟,终因奸徒诱骗而走上了吸食鸦片的不归路,于是从卖田当房,到卖儿卖女卖妻,终致家败人亡。剧本通过描写这一人物的堕落过程,不仅批判了诱使魏芝生吸烟的种种奸邪小人,也反映了其时鸦片流毒之广、危害之大,表现了作者对鸦片问题的深刻思考。这本应是一部悲剧,但作者却"肖以生旦净丑,语极荒唐,词极猥鄙,穷诸丑态,写诸恶状"(钟祖芬《招隐居·自序》),以喜剧乃至闹剧的形式表现一个严肃的悲剧命题,这种"含泪的笑"更富启迪和教育意义。

二、梁启超的戏曲革新意识

维新变法前后,一些接受外国新学和社会思潮影响的作家,在倡导诗界、文界、小说界革命的同时,也极力倡导戏曲改良,主张以戏曲为武器,宣传维新与变革。其中梁启超[4]创作的《劫灰梦》《新罗马》《侠情记》三部传奇,从内容到形式都有新的突破,在当时影响甚大。

梁启超之所以介入戏曲创作,显然是出自其提倡"小说界革命"的理论需要[5],"欲新一国之民,不可不先新一国之小说"(梁启超《论小说与群治之关系》),而"戏剧则有声有色,无不乐观之;且善演者淋漓尽致,可泣可歌,最足动人感情","故戏剧者,一有声有色之小说也"(铁《铁瓮烬余》)。因此,梁启超在倡导"小说界革命"的同时,实际上也提出了"戏曲界革命"。

梁启超三剧,《劫灰梦》仅成"楔子"一出;《新罗马》原计划写40出,实际完成8出;《侠情记》系《新罗马》中的一出,后单独发表,写马尼他姊弟事。借戏曲以改良群治启发民智的创作目的,使得梁启超三剧充溢着浓厚的政治热情,剧中人动不动大发宏论,这对此后戏曲创作的议论化倾向显然起了推波助澜的负面作用,而高度的政论化色彩也冲淡了戏曲之为戏曲的文学特性,难以使观众和读者获得审美快感。三剧均未能尽竣其业,说明梁启超对这类剧作流播不畅已有所察觉。

但如果因此抹杀梁启超三剧在中国近代戏曲史上的价值与地位,也失之偏颇。三剧均以西方资产阶级革命为题材,如《新罗马》根据作者的《意大利建国三杰传》谱写而成,写意大利民族解放运动的历史,并欲将"十九世纪欧洲之大事皆网罗其中"(《新罗马》第一出《扪虱谈虎客批注》)。"捉碧眼紫髯儿,被以优孟衣冠,而谱其历史"(柳亚子《二十世纪大舞台·发刊词》),以中国戏曲形式谱演西洋历史,这在中国戏曲史上是前所未有的。在形式上,三剧也突破了传统中国戏曲的陈规定例。《新罗马》不设旦角,正生玛志尼(马志尼,意大利革命家)迟至第四出《侠感》始粉墨登场,另两个男主角分别于第五出、第七出登场,与传统戏曲正生、正旦在第一出、第二出出场不同。该

剧第一出写维也纳会议,以净扮梅特涅冲场,以净、丑专用的粗曲【字字双】为定场白:

> 区区帝国老中堂,——官样。揽权作势尽横行,——肥胖。说甚自由平等,——混账。堂堂大会俺主盟,——谁抗?

定场白不用传统的四六骈文,于此却"以极轻薄之笔写之",这也是古典戏曲中从未出现过的,"既创新格,自不得依常例"(《新罗马》第一出《扪虱谈虎客批注》)。自梁启超这三部传奇问世后,古典戏曲的体制、格律,已不再是不可逾越的鸿沟,并且在题材上选取西方革命历史、中国时事和在形式上大胆创新的传奇、杂剧日渐增多。仅此而论,梁启超三剧在中国近代"戏剧改良运动"史上是有积极意义的。

第二节 "戏剧改良运动"与政治剧的盛行

一、"戏剧改良运动"

自梁启超三剧问世后,戏剧变革已为大势所趋。1904 年,陈去病、柳亚子、汪笑侬等联合创办《二十世纪大舞台》杂志,正式打出了"戏剧革命"的大旗,公开号召组织"梨园革命军",为资产阶级民主革命服务。理论界也纷纷盛赞戏曲在启发民智、宣扬维新与革命方面的独特功用,"戏曲者,普天下人类所最乐睹、最乐闻者也,易入人之脑蒂,易触人之感情","由是观之,戏园者,实普天下人之大学堂也;优伶者,实普天下人之大教师也"(三爱《论戏曲》)。"欲善国政,莫如先善风俗;欲善风俗,莫如先善曲本。……中国不欲振兴则已,欲振兴可不于演戏加之意乎?"(佚名《观戏记》)因此,"欲无老无幼,无上无下,人人能有国家思想,而受其感化力者,舍戏剧末由"(王钟麒《剧场之教育》)。"戏剧改良运动"于是蓬勃开展起来。

二、戏剧内容的政治化

出于"改革恶俗,开通民智,提倡民族主义,唤起国家思想"(陈去病《二十世纪大舞台丛报招股启并简章》)的目的而标举戏剧,使得这一时期的剧作家们在选取题材的视野和筛绎故事的视角上表现出与前代剧作家迥然不同的审美情趣。

传统题材并未被这一时期的剧作家们摒弃,但不再是才子佳人的花前月下或忠奸斗争的扬善抑恶,剧作家们把目光投向那些反抗异族统治的民族英雄故事。如写岳飞抗金的《黄龙府》(幽并子,1904 年)、文天祥抗元的《爱国魂》(筱波山人,1908 年)等,这类故事前人已有创作,这个时期剧作家们则于其中渗入对西方列强入侵的感叹和愤懑。尤其是明末清初的抗清故事,更是剧作家们目力所最趋注者,如写郑成功据台湾抗清事的《海国英雄记》(浴日生,1906 年),写瞿式耜起兵反满事的《风洞山》(吴梅,1905 年),写张煌言退居南田悬岙岛,被捕后坚不降清、从容就义事的《悬岙猿》(洪炳文,1907 年),写明末爱国将领史可法殉国事的《陆沉痛》(佚名,1903 年)

等。这类故事更能契合剧作家们"提倡民族主义"的创作目的,宣泄对清廷腐败误国的愤激情绪。

将西洋故事谱入中国戏曲,梁启超已发其端,这个时期剧作家对这类题材也甚为热衷,"吾侪崇拜共和,欢迎改革,往往倾心于卢梭、孟德斯鸠、华盛顿、玛志尼之徒,欲使我同胞效之",故"法兰西之革命,美利坚之独立,意大利、希腊恢复之光荣,印度、波兰灭亡之惨酷",倘能"尽印于国民之脑膜,必有欢然兴者"(柳亚子《二十世纪大舞台·发刊词》),即借西方资产阶级革命的历史题材,宣传民主、自由、平等的思想,激发国人的爱国情感和尚武精神。诸如写法国罗兰夫人的《血海花》(麦仲华,1903 年)、古巴学生爱国运动的《学海潮》(春梦生,1903 年)、日本维新爱国志士故事的《海天啸》(刘钰,1906 年)等。

以当时发生的重大政治事件为内容的时事戏,在这一时期也大量产生,尤其是秋瑾殉难事,成为这个时期剧坛创作之热点,相关作品十多部,诸如《轩亭冤》(湘灵子,1907 年)、《轩亭秋》(吴梅,1907 年)、《苍鹰击》(伤时子,1907 年)、《六月霜》(瀛宗季女,1907 年)、《皖江血》(孙雨林,1912 年)、《碧血碑》(庞树柏,1908 年)、《轩亭血》(啸庐,1908 年)、《侠女魂》(蒋景缄,1909 年)、《秋海棠》(悲秋散人,1912 年)、《开国奇冤》(华伟生,1912 年),等等,在秋瑾牺牲当年,即有传奇、杂剧五六种问世,由此可见那时剧作家们高昂的政治热情和革命意识。

总之,这一时期的戏剧创作,就其表现内容而言,诚如郑振铎所评:"皆激昂慷慨,血泪交流,为民族文学之伟著,亦政治剧曲之丰碑。"(阿英《晚清戏曲小说目·叙记》)

三、戏剧艺术的散文化

与戏剧内容的政治化相联系,这个时期戏剧在艺术表现形式上则呈现出一种散文化的倾向。政治热情的过度高涨,使得剧作家们常常不顾戏剧情节与冲突的需要而硬塞进大段大段的政论化的演说词,有的剧作甚至通篇都是充满激情的演说,浴血生的《革命军》写邹容下狱事,但"邹慰丹上台至下场,坐也不坐,动也不动,耍也不耍。张着口,一口气唱到下场,仅叹了数口气完结了"(吴梅《复金一书》)。佚名《少年登场杂剧》也是让一少年上场"苦心演说兴亡调",直唱得"舌儿焦,唇儿敝"方告结束。剧作家们显然关注的是自己政治意图的阐说而不再是戏剧之为戏剧的艺术营构,传统戏剧的宫调、曲牌被突破乃至取消也就不足为奇了。不按律依腔的散文化的词曲在这一时期的剧本中随处可见,如感惺《断头台》第二出【二转】:"汝任军人践踏国民帽印;汝检阅瑞西兵,听其兵枪击我国民,使日耳曼、意大利、西班牙,皆蔑视我法人。"似这类"文而不文,俗而不俗"的散文化的词曲,是无法歌之于场上的。有的剧本的某些场次,竟通场无曲,如洪炳文的《警黄钟》第四出《醉梦》,全出纯是副净丑末之说白,无一曲唱词。清末民初传奇、杂剧创作的散文化倾向,自有其流弊。但我们也不能否认,正是这一代剧作家们"以文为剧"的大胆尝试,构成了对传统戏剧"以诗为剧"创作模式的有力冲击,并催生了民国初期出现的话剧雏形——文明戏。

第三节　地方戏和京剧艺术的发展

一、地方戏的繁荣及其改良

清中叶蓬勃兴起的地方戏,在近代又有新的发展。各种戏曲声腔在流布演出的过程中,互相交融,使得在清代便已逐渐形成的风格各异的诸多地方剧种进一步成熟和定型,如属于秦腔(梆子腔)系统的晋剧、豫剧、同州梆子、河北梆子等,属于高腔(弋阳腔)系统的江西阳腔、四川高腔、湖南高腔等,属于皮黄腔系统的汉剧、粤剧、湘剧、桂戏、京剧等。在各种声腔系统的地方剧种争奇斗艳的同时,一些在各地民间歌舞基础上形成的地方小戏也迅速崛起,如湖北、湖南的花鼓戏,广西、江西的采茶戏,安徽的黄梅戏,云南、四川的花灯戏,河北、山东的崩崩戏,浙江的婺剧、越剧,湖北的楚剧,福建的闽剧,等等。

清末民初蓬勃兴起"戏剧改良运动",各地的地方戏也闻风而动,各种戏剧班社在各地纷纷成立,其中影响较大、活动时间较长的有四川的戏剧改良公会、陕西的易俗社等。这些戏剧班社设有固定的组织机构,如易俗社即设有干事部、评议部、编辑部、学校部、排练部;有活动场地,如戏剧改良公会集资修建的"悦来茶园";而且有明确的改良戏剧的宗旨和要求,如戏剧改良公会的宗旨是"改良戏曲,辅导教育",易俗社也以"编演各种戏曲补助社会教育、移风易俗"为宗旨。各种戏剧班社的成立,使地方戏的创作和演出逐渐有序化、规范化,为培养高素质的剧作家和艺人提供了合宜的条件,如川剧作家赵熙、黄吉安,秦腔剧作家孙仁玉、范紫东,评剧作家成兆才,河北梆子艺人田际云,京剧改革家和演员汪笑侬、夏月珊、夏月润等,便是在这一空前规模的地方戏改良运动中涌现的优秀剧作家和艺人。

据不完全统计,近代地方戏剧种超过 300 种,剧目多达 5 万余种。许多优秀剧目至今仍活跃在戏剧舞台上。著名的如河北梆子《秦香莲》《蝴蝶杯》《宝莲灯》,上党梆子《三关排宴》《徐公案》,评剧《杨三姐告状》《马寡妇开店》,川剧《拉郎配》《秋江》《柳荫记》,豫剧《穆桂英挂帅》《木兰从军》《唐知县审诰命》(又名《七品芝麻官》),楚剧《葛麻》,琼剧《搜书院》,晋剧《打金枝》,闽剧《炼印》,桂剧《拾玉镯》,等等。这诸多剧作,取材广泛,内容丰富,或讥讽礼教的虚伪,或针砭现实的黑暗,或歌颂爱国志士,或揭示生活哲理,从不同的层面展示了下层民众的生存情状和精神追求;在表演形式上生动活泼,不拘一格,富有浓厚的乡土气息和民间情趣。

二、京剧的兴盛与汪笑侬的京剧改良

(一)京剧的兴盛

19 世纪末,随着演出活动的频繁和戏剧班社的增多,京剧得到进一步发展和兴盛,其时艺人辈出,涌现了如程长庚、谭鑫培、徐小香、杨月楼、梅巧伶等号称"同光名伶十三绝"的第一代京剧艺术家。京剧艺术经由诸多艺人的加工、革新和创造,艺术形式渐趋成熟和定型化,并逐渐形成以北京为中心的京派和以上海为中心的海派两大流派。京派的特点是讲究艺术规格,重视"唱念做打"的艺术表演的基本功,多喜上演传统剧目。著名演员有程长庚、谭鑫培、孙菊仙、汪桂芬、谢宝云、萧长华、刘鸿声等。海派的形成在很大程度上得益于"戏剧改良运动",故这派艺人不仅喜欢上演一些针砭现实的时事剧,以宣传资产阶级民主革命主张,在表演艺术上也注重革新和创造,敢于突破传统的艺术规范,大胆借鉴和吸收新的表演技巧。著名演员有黄月山、王鸿寿、汪笑侬、潘月樵、夏月润、盖叫天等。京派与海派各有所长,南北相应,互相竞争,共同为繁荣、发展京剧做出了重要贡献。

近代京剧剧目繁多,陶君起编的《京剧剧目初探》收一千三百余个剧本提要,周明泰编的《五十年来北平戏剧史料》所收剧目达两千余种,甚至有"三千八百出"之说。据统计,仅同治、光绪、宣统年间,京剧舞台经常上演的剧目就有七八百种之多。这些剧目大多是戏剧演员的集体创作,也有少数是文人创作或文人与演员合作的。

诸多京剧剧目题材广泛,内容丰富。有歌颂民族英雄,反抗异族侵略的,如《梁红玉》《苏武牧羊》《木兰从军》《挑滑车》等;有揭露社会黑暗,歌颂人民反抗斗争的,如《林冲夜奔》《野猪林》《打登州》等;有歌颂坚持正义、不畏强暴、舍己救人的,如《搜孤救孤》《法场换子》《四进士》等;有反对封建礼教,歌颂妇女争取婚姻自由的,如《玉堂春》《红梅阁》《铁弓缘》《三击掌》《探寒窑》等;有描写历史上重大政治、军事斗争的,如《将相和》《群英会》《空城计》等;还有一些反映人民生活的小戏,如《打面缸》《打城隍》《张三借靴》等。这些戏或取材于历史,或根据古典小说、戏曲改编,也有不少来源于民间传说,甚至直接取材于现实生活,近代艺人在加工改编过程中,又融入了自己对其时中国社会的种种思考,故这些戏大都具有鲜明的时代特点和浓郁的生活气息,深受广大人民群众的喜爱。

(二)汪笑侬的京剧改良

由海派艺人掀起的京剧改良运动,对京剧的发展产生了深远的影响。其中,成就最高、影响最大者当推著名剧作家、表演艺术家汪笑侬[6]。

汪笑侬自幼爱好京剧,早年曾于北京翠凤庵票房学唱京戏,得孙菊仙、汪桂芬等名家指点,技艺日进。庚子事变,国难日深,汪笑侬深感传统剧目脱离现实,无补国事,于是和陈去病等人创办《二十世纪大舞台》杂志,倡言戏剧改良,并自己动手编写京剧剧本,宣传救亡图存和爱国思想。

汪笑侬创作和改编的剧本有30余种,且每一剧成,都亲自登台表演。这些剧作或以中外历史上重大政治事件为题材,或根据其时发生的事件而铺演,均蕴含着编演者对现实时事政治的深切感愤,表现了强烈的爱国热情和革命意识。

据丘园同名传奇改编的《党人碑》,上演于戊戌变法失败、六君子殉难之时,剧作借北宋书生谢琼仙醉后怒毁元祐党人碑,指斥蔡京、高俅等权奸误国,批判了清政府"权臣乱政无人管,反把贤臣当奸谗"的昏庸和屠杀忠良、爱国志士的罪行。对谭嗣同等六君子的慷慨就义,作者更是悲情难抑:"他自仰天而笑,我却长歌当哭。"该剧演出后,迅即引起轰动,被誉为"切合时世一大悲剧"(蒋观云《中国之演剧界》)。

《哭祖庙》借刘谌劝谏其父刘禅勿降魏兵事,批判了清政府的卖国投降政策,表现了当时广大民众坚决抵抗外敌侵略的决心和意志。尤其是《哭庙》一场,演不愿做亡国奴的刘谌,力谏后主不得后杀子哭庙。全场以七段(84句)唱词组成,无一念白。大段悲愤激越的唱词,"低徊咽呜,慷慨淋漓,将有心人一种深情和盘托出,借他人酒杯浇自己之块垒"(周信芳《敬爱的汪笑侬先生》,见《汪笑侬戏曲集》)。1917年,汪笑侬在被日本侵占的大连演出此剧时,观者无不为之泣下,尤其是刘谌哭庙时的沉痛呼号,"想我国破家亡,死了倒也干净!",更是强烈拨动了在日本铁蹄下苟延残喘的大连民众的心弦,一时间满城悲唱"国破家亡,死了干净"(周信芳《敬爱的汪笑侬先生》,见《汪笑侬戏曲集》)。

此外,经汪笑侬编演而影响广远的剧作,还有写波兰亡国事的《瓜种兰因》、写张良谋刺暴君秦始皇事的《博浪椎》,以及《骂阎罗》《骂王朗》《骂安禄山》(统称为"三骂")等。

汪笑侬的戏剧不仅在内容上具有鲜明的时代特色,而且在艺术上也敢于创新。为了避免因律害义,他编演的一些京剧唱词,有时长到20字、30字乃至40字,完全依据情节和抒发感情的需要,突破了京剧唱词七言、十言的成规。如《受禅台》中的几句摇板:"我只得一字字一行行字字行行草写诏书泪湿袍服""欺寡人好一似舟到江心风狂浪大悠悠荡荡难以转回""可叹我刘氏四百载二十四代乾坤一旦倾"。这种自由化、散文化的新体诗式句式,使唱词更加自由灵活,给人活泼新鲜的感觉。汪笑侬不仅编演时事京戏,也编演外国故事剧,而为了使表演更具逼真效果,他有时甚至穿西装上台演出。这显然也是对传统京剧表演程式的大胆革新。在唱腔上,汪笑侬宗法孙菊仙、汪桂芬,参合己意,形成吐字铿锵,嗓音苍劲,善以大段唱功表达内心感情的特色。

汪笑侬对京剧的大胆改良与革新,不仅丰富了京剧的表演艺术,而且扩大了京剧取材的视野,使京剧从关注传统逐渐走向面对现实,从而密切了京剧与广大民众的联系,为宣传资产阶级民主革命思想做出了重大贡献。汪笑侬在京剧改良方面的成就,在当时便受到高度赞誉。汪笑侬被视为京剧改良的开山鼻祖、"中国第一戏剧改良家"(《二十世纪大舞台》第一期)。

与汪笑侬同时从事京剧改良的还有潘月樵、夏月润、夏月珊等人,他们也都各有成就。

不过,近代这场戏剧"改良"运动,或是"革命"运动,虽然热闹,令人警醒,实际上却并未取得多少实效。这是因为戏曲有其特殊规律,危难的时局使文人没有心思沉潜下来,把时代的感情升华为"戏剧艺术",反而急功近利,匆匆发出种种政治呼号,因丧失了"戏剧性"而不适合舞台演出,所以罕有活在舞台上的名作,流传下来的仍然是《挑滑车》《苏武牧羊》《四进士》等剧。直到民国时期这种局面仍未改变。

[1] 近代传奇、杂剧剧本甚多，梁淑安、姚柯夫的《中国近代传奇杂剧简目（上、下）》（《文献》第六辑、第七辑）收剧作 234 种。而庄一拂的《古典戏曲存目汇考》所收属于近代之作者达 542 种。

[2] 黄燮清（1805—1864），原名宪清，号韵珊（一作蕴山），改名后又字韵甫，自号吟香诗舫主人、茧情生，浙江海盐人。"少负奇才，博通书史，工词翰，中音律，善琴，兼擅绘事"（《海盐县志》卷十六本传），"尤工倚声，所撰乐府诸词，流播人口，时比之尤侗"（佚名《清史列传》卷七三本传）。然而其仕途不顺，道光十五年（1835）中举后，六试不第，晚年在湖北宜都、松滋任过县令。一生著述甚多，除戏曲创作外，尚有《倚晴楼诗集》《倚晴楼诗续集》《倚晴楼诗余》等行世。

[3] 范元亨（1819—1855），初名大濡，字直侯，后更名元亨，江西德化（今九江市）人。幼聪慧，九岁赋《菊颂》，有神童之目。道光二十六年（1846）中副车，咸丰二年（1852）举于乡，不到三年而卒，年 36 岁。有《问园遗集》。钟祖芬（约 1845—1894），号云舫，别署落落居士，四川江津人。著有《振业堂集》。生平事迹不详。

[4] 梁启超（1873—1929），字卓如，号任公，别号饮冰室主人。广东新会（今江门市新会区）人。光绪十五年（1889）举人。早年从康有为学"新学"，后成为资产阶级维新运动的领袖。戊戌变法失败后，流亡日本，积极倡导文学革新运动。晚年于清华学校（今清华大学）执教、著书。一生著述甚多，有《饮冰室合集》行世。文学创作为其余事，戏剧尤非所长，贡献在于其所倡导的革新思想对近代文坛之影响。戏剧创作除《劫灰梦》《新罗马》《侠情记》三部未完传奇外，还写有《班定远平西域》（五幕粤剧）和《黄萧养回头》（新串广东班本）。

[5] 在此需做一点说明的是，晚清新学之士所理解的"小说"，实际上包括戏剧。如梁启超在其著名论文《论小说与群治之关系》（1902）一文中，谈及小说的浸、刺之力时，将《红楼梦》与《西厢记》《桃花扇》并举："我本愉然乐也，乃读晴雯出大观园、黛玉死潇湘馆，何以忽然泪流？我本肃然庄也，乃读实甫之琴心、酬简，东塘之眠香、访翠，何以忽然情动？"故晚清的"小说界革命"也包括"戏剧界革命"，至于后来陈去病等发动的"戏剧改良运动"，乃此次运动之延续，理论上也不出梁氏等人旧说。

[6] 汪笑侬（1858—1918），原名德克金（或作德克俊），字孝农，号仰天，别署竹天农人，满族（一说蒙古族）人。传言其曾向汪桂芬学戏，汪桂芬以"谈何容易"笑答之，遂改名汪笑侬。光绪五年（1879）进士。曾任河南太康知县，因忤权豪被参革职。从此以编、演京剧为业。作品今人辑有《汪笑侬戏曲集》（中国戏剧出版社 1957 年版）。

参考书目

[1] 阿英. 晚清戏曲小说目 [M]. 上海：古典文学出版社，1957.

[2] 阿英. 晚清文学丛钞：传奇杂剧卷 [M]. 北京：中华书局，1962.

［3］阿英.晚清文学丛钞:小说戏曲研究卷［M］.北京:中华书局,1960.

［4］梁淑安,姚柯夫.中国近代传奇杂剧经眼录［M］.北京:书目文献出版社,1996.

［5］康保成.中国近代戏剧形式论［M］.桂林:漓江出版社,1991.

［6］汪龙麟,彭帅.京腔国韵:京剧艺术［M］.北京:北京教育出版社,2018.

参考书目

作 品 选

窦 娥 冤[1]

关汉卿

楔 子

　　（卜儿蔡婆上[2]，诗云）花有重开日，人无再少年。不须长富贵，安乐是神仙。老身蔡婆婆是也。楚州人氏[3]，嫡亲三口儿家属。不幸夫主亡逝已过，止有一个孩儿，年长八岁，俺娘儿两个，过其日月。家中颇有些钱财。这里一个窦秀才，从去年问我借了二十两银子，如今本利该银四十两。我数次索取，那窦秀才只说贫难，没得还我。他有一个女儿，今年七岁，生得可喜，长得可爱。我有心看上他，与我家做个媳妇，就准了这四十两银子[4]，岂不两得其便！他说今日好日辰，亲送女儿到我家来。老身且不索钱去，专在家中等候。这早晚窦秀才敢待来也[5]。（冲末扮窦天章[6]，引正旦扮端云上，诗云）读尽缥缃万卷书[7]，可怜贫杀马相如。汉庭一日承恩召，不说当垆说子虚[8]。小生姓窦，名天章，祖贯长安京兆人也。幼习儒业，饱有文章；争奈时运不通[9]，功名未遂。不幸浑家亡化已过，撇下这个女孩儿，小字端云。从三岁上亡了他母亲，如今孩儿七岁了也。小生一贫如洗，流落在这楚州居住。此间一个蔡婆婆，他家广有钱物；小生因无盘缠，曾借了他二十两银子，到今本利该对还他四十两。他数次问小生索取。教我把甚么还他？谁想蔡婆婆常常着人来说，要小生女孩儿做他儿媳妇。况如今春榜动，选场开，正待上朝取应，又苦盘缠缺少。小生出于无奈，只得将女孩儿端云送与蔡婆婆做儿媳妇去。（做叹科[10]，云）嗨！这个那里是做媳妇？分明是卖与他一般。就准了他那先借的四十两银子，分外但得些少东西，勾小生应举之费[11]，便也过望了。说话之间，早来到他家门首。婆婆在家么？（卜儿上，云）秀才，请家里坐，老身等候多时也。（做相见科，窦天章云）小生今日一径的将女孩儿送来与婆婆，怎敢说做媳妇，只与婆婆早晚使用。小生目下就要上朝进取功名去，留下女孩儿在此，只望婆婆看觑则个[12]！（卜儿云）这等，你是我亲家了。你本利少我四十两银子,兀的是借钱的文书[13],还了你;再送与你十两银子做盘缠。亲家,你休嫌轻少。(窦天章做谢科,云)多谢了婆婆! 先少你许多银子,都不要我还了,今又送我盘缠,此恩异日必当重报。婆婆,女孩儿早晚呆痴,看小生薄面,看觑女孩儿咱[14]! (卜儿云)亲家,这不消你嘱付。令爱到我家,就做亲女儿一般看承他,你只管放心的去。(窦天章云)婆婆,端云孩儿该打呵,看小生面则骂几句;当骂呵,则处分几句[15]。孩儿,你也不比在我跟前,我是你亲爷,将就的你。你如今在这里,早晚若顽劣呵,你只讨那打骂吃。儿呀,我也是出于无奈! (做悲科)(唱)

【仙吕】【赏花时】我也只为无计营生四壁贫,因此上割舍得亲儿在两处分。从今日远践洛阳尘,又不知归期定准,则落的无语暗消魂。(下)

    (卜儿云)窦秀才留下他这女孩儿与我做媳妇儿,他一径上朝应举去了。(正旦做悲科,云)爹爹,你直下的撇了我孩儿去也[16]! (卜儿云)媳妇儿,你在我家,我是亲婆,你是亲媳妇,只当自家骨肉一般。你不要啼哭,跟着老身前后执料去来[17]。(同下)

注释

[1]《窦娥冤》,全名《感天动地窦娥冤》。原文据明臧晋叔《元曲选》(浙江古籍出版社2020年版)移录。

[2]卜儿:元杂剧中扮演老年妇人的角色。

[3]楚州:州郡名,治所在山阳县(今江苏淮安市)。

[4]准:折合,抵偿。

[5]早晚:有随时、时候、有时诸意,此处作"时候"。下文"早晚使用"意谓"随时使用";"早晚呆痴"意谓"有时候呆痴"。敢待:大概就要。

[6]冲末:元杂剧中的男配角,此为扮演窦天章的演员。

[7]缥缃:青色与黄色的丝织品,古人常以之做书衣,后来就用作书卷的代称。

[8]不说当垆说子虚:西汉时卓文君慕司马相如之才,与之私奔后当垆卖酒。后司马相如作《子虚赋》,为汉武帝所赞赏,并召之为官。见《史记·司马相如列传》。此语谓窦天章自比相如,企盼将来摆脱困境,功成名就。

[9]争奈:怎奈。

[10]科:戏曲术语,提示演员要做的表情、动作,也用于指示舞台效果。

[11]勾:通"够"。

[12]看觑:照看,看顾。则个:语尾助词,无义。

[13]兀的:指示代词,这、这个。

[14]咱:语尾助词,无义。

[15]处分:这里是责备之意。

[16]下的:舍得,忍心。

[17]执料:照料。

201

第 一 折

(净扮赛卢医上，诗云)行医有斟酌，下药依《本草》[1]。死的医不活，活的医死了。自家姓卢，人道我一手好医，都叫做赛卢医。在这山阳县南门开着生药局[2]。在城有个蔡婆婆，我问他借了十两银子，本利该还他二十两；数次来讨这银子，我又无的还他。若不来便罢，若来呵，我自有个主意！我且在这药铺中坐下，看有甚么人来。(卜儿上，云)老身蔡婆婆。我一向搬在山阳县居住，尽也静办[3]。自十三年前窦天章秀才留下端云孩儿与我做儿媳妇，改了他小名，唤做窦娥。自成亲之后，不上二年，不想我这孩儿害弱症死了[4]。媳妇儿守寡，又早三个年头，服孝将除了也。我和媳妇儿说知，我往城外赛卢医家索钱去也。(做行科，云)蓦过隅头[5]，转过屋角，早来到他家门首。赛卢医在家么？(卢医云)婆婆，家里来。(卜儿云)我这两个银子长远了，你还我罢。(卢医云)婆婆，我家里无银子，你跟我庄上去取银子还你。(卜儿云)我跟你去。(做行科)(卢医云)来到此处，东也无人，西也无人，这里不下手，等甚？我随身带的有绳子。兀那婆婆[6]，谁唤你哩？(卜儿云)在那里？(做勒卜儿科。孛老同副净张驴儿冲上[7]，赛卢医慌走下。孛老救卜儿科，张驴儿云)爹，是个婆婆，争些勒杀了。(孛老云)兀那婆婆，你是那里人氏？姓甚名谁？因甚着这个人将你勒死？(卜儿云)老身姓蔡，在城人氏，止有个寡媳妇儿，相守过日。因为赛卢医少我二十两银子，今日与他取讨；谁想他赚我到无人去处，要勒死我，赖这银子。若不是遇着老的和哥哥呵，那得老身性命来！(张驴儿云)爹，你听的他说么？他家还有个媳妇哩！救了他性命，他少不得要谢我。不若你要这婆子，我要他媳妇儿，何等两便？你和他说去。(孛老云)兀那婆婆，你无丈夫，我无浑家，你肯与我做个老婆，意下如何？(卜儿云)是何言语！待我回家，多备些钱钞相谢。(张驴儿云)你敢是不肯，故意将钱钞哄我？赛卢医的绳子还在，我仍旧勒死了你罢。(做拿绳科)(卜儿云)哥哥，待我慢慢地寻思咱！(张驴儿云)你寻思些甚？你随我老子，我便要你媳妇儿。(卜儿背云[8])我不依他，他又勒杀我。罢、罢、罢，你爷儿两个，随我到家中去来。(同下)(正旦上，云)妾身姓窦，小字端云，祖居楚州人氏。我三岁上亡了母亲，七岁上离了父亲。俺父亲将我嫁与蔡婆婆为儿媳妇，改名窦娥。至十七岁与夫成亲，不幸丈夫亡化，可早三年光景，我今二十岁也[9]。这南门外有个赛卢医，他少俺婆婆银子，本利该二十两，数次索取不还。今日俺婆婆亲自索取去了。窦娥也，你这命好苦也呵！(唱)

【仙吕】【点绛唇】满腹闲愁，数年禁受[10]，天知否？天若是知我情由，怕不待和天瘦。

【混江龙】则问那黄昏白昼，两般儿忘餐废寝几时休？大都来昨宵梦里[11]，和着这今日心头。催人泪的是锦烂熳花枝横绣闼[12]，断人肠的是剔团圞月色挂妆楼[13]。长则是急煎煎按不住意中焦，闷沉沉展不彻眉尖皱，越觉的情怀冗冗，心绪悠悠。

(云)似这等忧愁，不知几时是了也呵！(唱)

【油葫芦】莫不是八字儿该载着一世忧？谁似我无尽头！须知道人心不似水长

流。我从三岁母亲身亡后,到七岁与父分离久。嫁的个同住人,他可又拔着短筹;撇的俺婆妇每都把空房守[14],端的个有谁问[15],有谁瞅?

【天下乐】莫不是前世里烧香不到头,今也波生招祸尤[16]?劝今人早将来世修。我将这婆侍养,我将这服孝守,我言词须应口。

（云）婆婆索钱去了,怎生这早晚不见回来?（卜儿同孛老、张驴儿上）（卜儿云）你爷儿两个且在门首,等我先进去。（张驴儿云）奶奶[17],你先进去,就说女婿在门首哩。（卜儿见正旦科）（正旦云）奶奶回来了。你吃饭么?（卜儿做哭科,云）孩儿也,你教我怎生说波[18]!（正旦唱）

【一半儿】为甚么泪漫漫不住点儿流?莫不是为索债与人家惹争斗?我这里连忙迎接慌问候,他那里要说缘由。（卜儿云）羞人答答的,教我怎生说波!（正旦唱）则见他一半儿徘徊一半儿丑。

（云）婆婆,你为甚么烦恼啼哭那?（卜儿云）我问赛卢医讨银子去,他赚我到无人去处,行起凶来,要勒死我。亏了一个张老并他儿子张驴儿,救得我性命。那张老就要我招他做丈夫,因这等烦恼。（正旦云）婆婆,这个怕不中么!你再寻思咱:俺家里又不是没有饭吃,没有衣穿,又不是少欠钱债,被人催逼不过;况你年纪高大,六十以外的人,怎生又招丈夫那?（卜儿云）孩儿也,你说的岂不是!但是我的性命全亏他这爷儿两个救的。我也曾说道:待我到家,多将些钱物酬谢你救命之恩。不知他怎生知道我家里有个媳妇儿,道我婆媳妇又没老公,他爷儿两个又没老婆,正是天缘天对。若不随顺他,依旧要勒死我。那时节我就慌张了,莫说自己许了他,连你也许了他。儿也,这也是出于无奈。（正旦云）婆婆,你听我说波。（唱）

【后庭花】避凶神要择好日头,拜家堂要将香火修。梳着个霜雪般白鬏髻,怎将这云霞般锦帕兜?怪不的"女大不中留"。你如今六旬左右,可不道到中年万事休!旧恩爱一笔勾,新夫妻两意投,枉教人笑破口!

（卜儿云）我的性命都是他爷儿两个救的,事到如今,也顾不得别人笑话了。（正旦唱）

【青哥儿】你虽然是得他、得他营救,须不是笋条、笋条年幼,划的便巧画蛾眉成配偶[19]?想当初你夫主遗留,替你图谋,置下田畴,早晚羹粥,寒暑衣裳。满望你鳏寡孤独,无捱无靠,母子每到白头。公公也,则落得干生受[20]!

（卜儿云）孩儿也,他如今只待过门。喜事匆匆的,教我怎生回得他去?（正旦唱）

【寄生草】你道他匆匆喜,我替你倒细细愁:愁则愁兴阑珊咽不下交欢酒,愁则愁眼昏腾扭不上同心扣,愁则愁意朦胧睡不稳芙蓉褥。你待要笙歌引至画堂前,我道这姻缘敢落在他人后。

（卜儿云）孩儿也,再不要说我了。他爷儿两个都在门首等候,事已至此,不若连你也招了女婿罢!（正旦云）婆婆,你要招你自招,我并然不要女婿。（卜儿云）那个是要女婿的?争奈他爷儿两个自家挨过门来,教我如何是好?（张驴儿云）我们今日招过门去也。"帽儿光光,今日做个新郎;袖儿窄窄,今日做个娇客。"好女婿,好女婿,不枉了,不枉了。（同孛老入拜科）（正旦做不礼科,云）兀那厮,靠后!（唱）

【赚煞】我想这妇人每休信那男儿口。婆婆也，怕没的贞心儿自守，到今日招着个村老子[21]，领着个半死囚。（张驴儿做嘴脸科[22]，云）你看我爷儿两个这等身段，尽也选得女婿过，你不要错过了好时辰，我和你早些儿拜堂罢。（正旦不礼科，唱）则被你坑杀人燕侣莺俦。婆婆也，你岂不知羞！俺公公撞府冲州，阔阔的铜斗儿家缘百事有[23]。想着俺公公置就，怎忍教张驴儿情受[24]？（张驴儿做扯正旦拜科，正旦推跌科，唱）兀的不是俺没丈夫的妇女下场头！（下）

（卜儿云）你老人家不要恼躁。难道你有活命之恩，我岂不思量报你？只是我那媳妇儿气性最不好惹的，既是他不肯招你儿子，教我怎好招你老人家？我如今拼的好酒好饭，养你爷儿两个在家，待我慢慢的劝化俺媳妇儿。待他有个回心转意，再作区处。（张驴儿云）这歪剌骨[25]！便是黄花女儿，刚刚扯的一把，也不消这等使性，平空的推了我一交，我肯干罢！就当面赌个誓与你：我今生今世不要他做老婆，我也不算好男子！（词云）美妇人我见过万千向外，不似这小妮子生得十分恼赖[26]。我救了你老性命死里重生，怎割舍得不肯把肉身陪待？（同下）

注　释

[1]《本草》：即《神农本草经》，中国最早的药书。

[2] 生药局：药材铺，也为人治病。

[3] 静办：清静、安静。

[4] 弱症：肺痨的别称。

[5] 蓦：迈，跨越。隔头：墙角。

[6] 兀那：那。兀，语助词，无义，起加重语气的作用。

[7] 孛（bó）老：古代戏曲中扮演老年男子的角色。

[8] 背云：戏曲术语，剧中角色背着其他角色向观众说话，也叫背躬，即今之旁白。

[9]"至十七岁"四句：依本折蔡婆上场白及第二折窦娥【隔尾】曲，窦娥成亲二年而夫死，守寡三年，则窦娥当十五岁成亲；依窦娥本段独白及第四折道白，"十七岁"当为"十五岁"之误。

[10] 禁受：忍受。

[11] 大都来：多半是，总之是。

[12] 绣闼（tà）：装饰华丽的门，这里指绣房，妇女的寝室。

[13] 剔团圞（luán）：滴溜儿圆。剔，程度副词；团圞，即圆。

[14] 每：元时口语，用在人称代词后表示复数，同"们"。

[15] 端的：究竟，真的。

[16] 也波：句中衬字，无义。

[17] 奶奶：对老年妇女的尊称，也作祖母或乳母的代称。

[18] 波：助词，用在句末相当于"吧"或"啊"。

[19] 划（chǎn）的：亦作"划地"，平白无故地，怎的。

[20] 干生受：枉受辛苦。

[21] 村：粗俗，恶劣。老子：古时除称父亲外，也引申为对老人的泛称。

[22] 做嘴脸：做鬼脸，出怪样子。

[23] 挣挫(zhèngchuài)：挣扎，拼力挣得。铜斗：系量器，喻家产殷实。

[24] 情受：此谓继承。

[25] 歪剌骨：泼妇，为当时辱骂妇女之辞。

[26] 愙赖：泼赖，赖皮。

（闵虹　校注）

第 二 折

（赛卢医上，诗云）小子太医出身，也不知道医死多人。何尝怕人告发，关了一日店门？在城有个蔡家婆子，刚少的他廿两花银，屡屡亲来索取，争些捻断脊筋。也是我一时智短，将他赚到荒村，撞见两个不识姓名男子，一声嚷道："浪荡乾坤，怎敢行凶撒泼，擅自勒死平民！"吓得我丢了绳索，放开脚步飞奔。虽然一夜无事，终觉失精落魂；方知人命关天关地，如何看做壁上灰尘？从今改过行业，要得灭罪修因。将以前医死的性命，一个个都与他一卷超度的经文。小子赛卢医的便是。只为要赖蔡婆婆二十两银子，赚他到荒僻去处，正待勒死他，谁想遇见两个汉子，救了他去。若是再来讨债时节，教我怎生见他？常言道的好："三十六计，走为上计。"喜得我是孤身，又无家小连累；不若收拾了细软行李，打个包儿，悄悄的躲到别处，另做营生，岂不干净？（张驴儿上，云）自家张驴儿。可奈那窦娥百般的不肯随顺我[1]；如今那老婆子害病，我讨服毒药与他吃了，药死那老婆子，这小妮子好歹做我的老婆。（做行科，云）且住，城里人耳目广，口舌多，倘见我讨毒药，可不嚷出事来？我前日看见南门外有个药铺，此处冷静，正好讨药。（做到科，叫云）太医哥哥，我来讨药的。（赛卢医云）你讨甚么药？（张驴儿云）我讨服毒药。（赛卢医云）谁敢合毒药与你？这厮好大胆也！（张驴儿云）你真个不肯与我药么？（赛卢医云）我不与你，你就怎地我？（张驴儿做拖卢云）好呀，前日谋死蔡婆婆的不是你来！你说我不认的你哩，我拖你见官去！（赛卢医做慌科，云）大哥，你放我，有药有药。（做与药科。张驴儿云）既然有了药，且饶你罢。正是："得放手时须放手，得饶人处且饶人。"（下）（赛卢医云）可不晦气！刚刚讨药的这人，就是救那婆子的。我今日与了他这服毒药去了，以后事发，越越要连累我。趁早儿关上药铺，到涿州卖老鼠药去也。（下）（卜儿上，做病伏几科）（孛老同张驴儿上，云）老汉自到蔡婆婆家来，本望做个接脚[2]，却被他媳妇坚执不从。那婆婆一向收留俺爷儿两个在家同住，只说"好事不在忙"，等慢慢里劝转他媳妇；谁想那婆婆又害起病来。孩儿，你可曾算我两个的八字，红鸾天喜几时到命哩[3]？（张驴儿云）要看甚么天喜到命！只赌本事，做得去，自去做。（孛老云）孩儿也，蔡婆婆害病好几日了，我与你去问病波。（做见卜儿问科，云）婆婆，你今日病体如何？（卜儿云）我身子十分不快哩。（孛老云）你可想些甚么吃？（卜儿云）我思量些羊肚儿汤吃。（孛老云）孩儿，你对窦娥说，做些羊肚儿汤与婆婆吃。（张驴儿向古门云[4]）窦娥，婆婆想羊肚儿汤吃，快安排将来。（正旦持汤上，云）妾身窦娥是也。有俺婆婆不快，想羊肚汤吃，我亲自安排了与婆婆吃去。婆婆也，我这寡妇人家，凡事也要避些嫌疑，怎好收留那张驴儿父子两个？非亲非眷的，一家儿同住，岂不惹外人谈议？婆婆也，你莫要背地里许了他亲事，连我也累做不清不洁的。我想这妇人心，好难保也呵！（唱）

【南吕】【一枝花】他则待一生鸳帐眠，那里肯半夜空房睡；他本是张郎妇，又做了李郎妻。有一等妇女每相随，并不说家克计[5]，则打听些闲是非；说一会不明白打凤的机关[6]，使了些调虚嚣捞龙的见识[7]。

【梁州第七】这一个似卓氏般当垆涤器，这一个似孟光般举案齐眉[8]，说的来藏头盖脚多怜俐[9]！道着难晓，做出才知。旧恩忘却，新爱偏宜；坟头上土脉犹湿，架儿上又换新衣。那里有奔丧处哭倒长城[10]？那里有浣纱时甘投大水[11]？那里有上山来便化顽石[12]？可悲，可耻，妇人家直恁的无仁义[13]。多淫奔，少志气，亏杀前人在那里，更休说本性难移。

（云）婆婆，羊肚儿汤做成了，你吃些儿波。（张驴儿云）等我拿去。（做接尝科，云）这里面少些盐醋，你去取来。（正旦下）（张驴儿放药科）（正旦上，云）这不是盐醋！（张驴儿云）你倾下些。（正旦唱）

【隔尾】你说道少盐欠醋无滋味，加料添椒才脆美。但愿娘亲早痊济，饮羹汤一杯，胜甘露灌体，得一个身子平安倒大来喜[14]。

（孛老云）孩儿，羊肚汤有了不曾？（张驴儿云）汤有了，你拿过去。（孛老将汤云）婆婆，你吃些汤儿。（卜儿云）有累你。（做呕科，云）我如今打呕，不要这汤吃了，你老人家吃罢。（孛老云）这汤特做来与你吃的，便要不吃，也吃一口儿。（卜儿云）我不吃了，你老人家请吃。（孛老吃科）（正旦唱）

【贺新郎】一个道你请吃，一个道婆先吃，这言语听也难听，我可是气也不气！想他家与咱家有甚的亲和戚？怎不记旧日夫妻情意，也曾有百纵千随？婆婆也，你莫不为"黄金浮世宝，白发故人稀"，因此上把旧恩情，全不比新知契？则待要百年同墓穴，那里肯千里送寒衣。

（孛老云）我吃下这汤去，怎觉昏昏沉沉的起来？（做倒科）（卜儿慌科，云）你老人家放精神着，你扎挣着些儿。（做哭科，云）兀的不是死了也！（正旦唱）

【斗虾蟆】空悲戚，没理会，人生死，是轮回。感着这般病疾，值着这般时势，可是风寒暑湿，或是饥饱劳役，各人症候自知。人命关天关地，别人怎生替得？寿数非干今世。相守三朝五夕，说甚一家一计[15]？又无羊酒缎匹，又无花红财礼；把手为活过日，撒手如同休弃。不是窦娥忤逆，生怕傍人论议。不如听咱劝你，认个自家晦气，割舍的一具棺材停置，几件布帛收拾，出了咱家门里，送入他家坟地。这不是你那从小儿年纪指脚的夫妻[16]。我其实不关亲，无半点恓惶泪。休得要心如醉，意似痴，便这等嗟嗟怨怨，哭哭啼啼。

（张驴儿云）好也啰！你把我老子药死了，更待干罢[17]！（卜儿云）孩儿，这事怎了也？（正旦云）我有甚么药在那里？都是他要盐醋时，自家倾在汤儿里的。（唱）

【隔尾】这厮搬调咱老母收留你，自药死亲爷待要唬吓谁？（张驴儿云）我家的老子，倒说是我做儿子的药死了，人也不信。（做叫科，云）四邻八舍听着：窦娥药杀我家老子哩！（卜儿云）罢么，你不要大惊小怪的，吓杀我也！（张驴儿云）你可怕么？（卜儿云）可知怕哩。（张驴儿云）你要饶么？（卜儿云）可知要饶哩。（张驴儿云）你教窦娥随顺了我，叫我三声嫡嫡亲亲的丈夫，我便饶了他。（卜儿云）孩儿也，你随顺了他罢。（正旦云）婆婆，你怎说这般言语！（唱）我一马难将两鞍鞴，想男儿在日曾两年匹配，却教我改嫁别人，其实做不得。

（张驴儿云）窦娥，你药杀了俺老子，你要官休？要私休？（正旦云）怎生是官休？怎生是私休？（张驴儿云）你要官休呵，拖你到官司，把你三推六问！你这等瘦弱身子，当不过拷打，怕你不招认药死我老子的罪犯！你要私休呵，你早些与我做了老婆，倒也便宜了你。（正旦云）我又不曾药死你老子，情愿和你见官去来。（张驴儿拖正旦、卜儿下）（净扮孤引祇候上[18]，诗云）我做官人胜别人，告状来的要金银。若是上司当刷卷[19]，在家推病不出门。下官楚州太守桃杌是也[20]。今早升厅坐衙，左右，喝撺厢[21]。（祇候幺喝科）（张驴儿拖正旦、卜儿上，云）告状，告状！（祇候云）拿过来。（做跪见，孤亦跪科，云）请起。（祇候云）相公，他是告状的，怎生跪着他？（孤云）你不知道，但来告状的，就是我衣食父母。（祇候幺喝科，孤云）那个是原告？那个是被告？从实说来！（张驴儿云）小人是原告张驴儿，告这媳妇儿，唤做窦娥，合毒药下在羊肚汤儿里，药死了俺的老子。这个唤做蔡婆婆，就是俺的后母。望大人与小人做主咱！（孤云）是那一个下的毒药？（正旦云）不干小妇人事。（卜儿云）也不干老妇人事。（张驴儿云）也不干我事。（孤云）都不是，敢是我下的毒药来？（正旦云）我婆婆也不是他后母，他自姓张，我家姓蔡。我婆婆因为与赛卢医索钱，被他赚到郊外，勒死我婆婆；却得他爷儿两个救了性命。因此我婆婆收留他爷儿两个在家，养膳终身，报他的恩德。谁知他两个倒起不良之心，冒认婆婆做了接脚，要逼勒小妇人做他媳妇。小妇人元是有丈夫的，服孝未满，坚执不从。适值我婆婆患病，着小妇人安排羊肚汤儿吃。不知张驴儿那里讨得毒药在身，接过汤来，只说少些盐醋，支转小妇人，暗地倾下毒药。也是天幸，我婆婆忽然呕吐，不要汤吃，让与他老子吃；才吃的几口便死了，与小妇人并无干涉。只望大人高抬明镜，替小妇人做主咱！（唱）

【牧羊关】大人你明如镜，清似水，照妾身肝胆虚实。那羹本五味俱全，除了外百事不知。他推道尝滋味，吃下去便昏迷。不是妾讼庭上胡支对，大人也，却教我平白地说甚的？

（张驴儿云）大人详情：他自姓蔡，我自姓张。他婆婆不招俺父亲接脚，他养我父子两个在家做甚么？这媳妇年纪儿虽小，极是个赖骨顽皮，不怕打的。（孤云）人是贱虫，不打不招。左右，与我选大棍子打着！（祇候打正旦，三次喷水科）（正旦唱）

【骂玉郎】这无情棍棒教我捱不的。婆婆也，须是你自做下，怨他谁？劝普天下前婚后嫁婆娘每，都看取我这般傍州例[22]。

【感皇恩】呀！是谁人唱叫扬疾[23]，不由我不魄散魂飞。恰消停，才苏醒，又昏迷。挨千般打拷，万种凌逼，一杖下，一道血，一层皮。

【采茶歌】打的我肉都飞，血淋漓，腹中冤枉有谁知！则我这小妇人毒药来从何处也？天那，怎么的覆盆不照太阳晖！

（孤云）你招也不招？（正旦云）委的不是小妇人下毒药来。（孤云）既然不是，你与我打那婆子！（正旦忙云）住住住，休打我婆婆。情愿我招了罢，是我药死公公来。（孤云）既然招了，着他画了伏状，将枷来枷上，下在死囚牢里去。到来日判个"斩"字，押付市曹典刑[24]。（卜儿哭科，云）窦娥孩儿，这都是我送了你性命。兀的不痛杀我也！（正旦唱）

【黄钟尾】我做了个衔冤负屈没头鬼，怎肯便放了你好色荒淫漏面贼[25]！想人心不可欺，冤枉事天地知，争到头，竞到底，到如今待怎的？情愿认药杀公公，与了招罪。婆婆也，我若是不死呵，如何救得你？（随祗候押下）

（张驴儿做叩头科，云）谢青天老爷做主！明日杀了窦娥，才与小人的老子报的冤。

（卜儿哭科，云）明日市曹中杀窦娥孩儿也，兀的不痛煞我也！（孤云）张驴儿、蔡婆婆，都取保状，着随衙听候。左右，打散堂鼓，将马来，回私宅去也。（同下）

注释

[1]可奈：怎奈。

[2]接脚：寡妇招的丈夫，即"接脚婿"。

[3]红鸾：旧时相命者言，红鸾星主婚姻喜事。天喜：吉日。

[4]古门：舞台上的上场门和下场门，也叫鬼门。

[5]说家克计：谈论持家之道。

[6]打凤：与下句"捞龙"皆指安排圈套、使人中计。

[7]虚嚣：虚假、伪诈。

[8]似孟光般举案齐眉：《后汉书·逸民列传》载，东汉人梁鸿为人雇用劳作，"每归，妻（孟光）为具食，不敢于鸿前仰视，举案齐眉"。后来便以"举案齐眉"表示妻子敬重丈夫。案，有脚的托盘。

[9]伶俐：同"伶俐"，干净，无牵累。

[10]奔丧处哭倒长城：指孟姜女哭长城的传说。由春秋时"杞梁妻"故事演化而来。记载见于《孟子》《左传》等。

[11]浣纱时甘投大水：据传春秋时，楚国伍子胥遭平王追杀，在逃亡途中曾乞食于江边浣纱女。伍子胥嘱咐她不要向追兵泄密。浣纱女为使伍子胥放心，便投江而死。事见东汉赵晔《吴越春秋》。

[12]上山来便化顽石：民间传说，古代有一女子因思念久出不归的丈夫，日日登山眺望，竟化为石。后人称此石为望夫石。

[13]直恁的：竟然这样。

［14］倒大来：十分，非常。

［15］一家一计：一家人，一条心。

［16］指脚的夫妻：结发夫妻。

［17］更待干罢：岂肯善罢甘休。

［18］净：元杂剧中扮坏人、滑稽等人物的角色。孤：剧中的官员。祗候：衙役。

［19］刷卷：主管上司审察、清查下属衙门的诉讼案卷。

［20］桃杌：即梼（táo）杌，古代传说中的四凶之一。作者借以鞭挞贪官、昏官。《左传·文公十八年》："颛顼氏有不才子，不可教训，不可话言。告之则顽，舍之则嚚；傲狠明德，以乱天常，天下之民谓之'梼杌'。"

［21］喝撺厢：宋元时官府开庭审案时，衙役从站立两旁，高声叫喊："在衙人马平安，抬书案！"同时取出箱中的状纸。这种程序叫作"喝撺厢"。厢，一作"箱"，官府设置受纳状纸的箱子。

［22］傍州例：例子，榜样。

［23］唱叫扬疾：大声喊叫。

［24］市曹：闹市中的街口，古代常在此行刑。典刑：执法行刑。

［25］漏面贼：宋元时有在犯人面部刺字的刑法，名为"漏面"（疑即"镂面"）。后把行凶作恶的坏人称为"漏面贼"。

209

（闵虹　校注）

第 三 折

（外扮监斩官上，云）下官监斩官是也。今日处决犯人，着做公的把住巷口，休放往来人闲走。（净扮公人，鼓三通、锣三下科。刽子磨旗[1]、提刀，押正旦带枷上。刽子云）行动些，行动些，监斩官去法场上多时了！（正旦唱）

【正宫】【端正好】没来由犯王法，不提防遭刑宪，叫声屈动地惊天！顷刻间游魂先赴森罗殿，怎不将天地也生埋怨[2]？

【滚绣球】有日月朝暮悬，有鬼神掌着生死权，天地也，只合把清浊分辨，可怎生糊突了盗跖、颜渊[3]？为善的受贫穷更命短，造恶的享富贵又寿延。天地也，做得个怕硬欺软，却元来也这般顺水推船。地也，你不分好歹何为地？天也，你错勘贤愚枉做天！哎，只落得两泪涟涟。

（刽子云）快行动些，误了时辰也。（正旦唱）

【倘秀才】则被这枷纽的我左侧右偏，人拥的我前合后偃，我窦娥向哥哥行有句言[4]。（刽子云）你有甚么话说？（正旦唱）前街里去心怀恨，后街里去死无冤，休推辞路远。

（刽子云）你如今到法场上面，有甚么亲眷要见的，可教他过来，见你一面也好。（正旦唱）

【叨叨令】可怜我孤身只影无亲眷，则落的吞声忍气空嗟怨。（刽子云）难道你爷娘

窦娥冤

家也没的？（正旦云）止有个爹爹，十三年前上朝取应去了，至今杳无音信。（唱）早已是十年多不睹爹爹面。（刽子云）你适才要我往后街里去，是什么主意？（正旦唱）怕则怕前街里被我婆婆见。（刽子云）你的性命也顾不得，怕他见怎的？（正旦云）俺婆婆若见我披枷带锁赴法场餐刀去呵，（唱）枉将他气杀也么哥[5]，枉将他气杀也么哥！告哥哥，临危好与人行方便。

（卜儿哭上科，云）天那，兀的不是我媳妇儿！（刽子云）婆子靠后！（正旦云）既是俺婆婆来了，叫他来，待我嘱付他几句话咱。（刽子云）那婆子，近前来，你媳妇要嘱付你话哩。（卜儿云）孩儿，痛杀我也！（正旦云）婆婆，那张驴儿把毒药放在羊肚儿汤里，实指望药死了你，要霸占我为妻。不想婆婆让与他老子吃，倒把他老子药死了。我怕连累婆婆，屈招了药死公公，今日赴法场典刑。婆婆，此后遇着冬时年节，月一十五，有瀽不了的浆水饭[6]，瀽半碗儿与我吃；烧不了的纸钱，与窦娥烧一陌儿[7]。则是看你死的孩儿面上！（唱）

【快活三】念窦娥葫芦提当罪愆[8]，念窦娥身首不完全，念窦娥从前已往干家缘。婆婆也，你只看窦娥少爷无娘面。

【鲍老儿】念窦娥伏侍婆婆这几年，遇时节将碗凉浆奠；你去那受刑法尸骸上烈些纸钱[9]，只当把你亡化的孩儿荐。（卜儿哭科，云）孩儿放心，这个老身都记得。天那，兀的不痛杀我也！（正旦唱）婆婆也，再也不要啼啼哭哭，烦烦恼恼，怨气冲天。这都是我做窦娥的没时没运，不明不暗，负屈衔冤。

（刽子做喝科，云）兀那婆子靠后，时辰到了也。（正旦跪科）（刽子开枷科）（正旦云）窦娥告监斩大人，有一事肯依窦娥，便死而无怨。（监斩官云）你有什么事？你说。（正旦云）要一领净席，等我窦娥站立；又要丈二白练，挂在旗枪上[10]：若是我窦娥委实冤枉，刀过处头落，一腔热血休半点儿沾在地下，都飞在白练上者。（监斩官云）这个就依你，打甚么不紧[11]。（刽子做取席站科，又取白练挂旗上科）（正旦唱）

【耍孩儿】不是我窦娥罚下这等无头愿，委实的冤情不浅；若没些儿灵圣与世人传，也不见得湛湛青天。我不要半星热血红尘洒，都只在八尺旗枪素练悬。等他四下里皆瞧见，这就是咱苌弘化碧[12]，望帝啼鹃[13]。

（刽子云）你还有甚的说话？此时不对监斩大人说，几时说那？（正旦再跪科，云）大人，如今是三伏天道，若窦娥委实冤枉，身死之后，天降三尺瑞雪，遮掩了窦娥尸首。（监斩官云）这等三伏天道，你便有冲天的怨气，也召不得一片雪来，可不胡说！

（正旦唱）

【二煞】你道是暑气暄，不是那下雪天；岂不闻飞霜六月因邹衍[14]？若果有一腔怨气喷如火，定要感的六出冰花滚似绵[15]，免着我尸骸现；要什么素车白马，断送出古陌荒阡[16]！

（正旦再跪科，云）大人，我窦娥死的委实冤枉，从今以后，着这楚州亢旱三年！（监斩官云）打嘴！那有这等说话！（正旦唱）

【一煞】你道是天公不可期，人心不可怜，不知皇天也肯从人愿。做甚么三年不见甘霖降？也只为东海曾经孝妇冤[17]，如今轮到你山阳县。这都是官吏每无心正法，使百姓有口难言！

（刽子做磨旗科，云）怎么这一会儿天色阴了也？（内做风科，刽子云）好冷风也！（正旦唱）

【煞尾】浮云为我阴，悲风为我旋，三桩儿誓愿明题遍。（做哭科，云）婆婆也，直等待雪飞六月，亢旱三年呵，（唱）那其间才把你个屈死的冤魂这窦娥显！

（刽子做开刀，正旦倒科）（监斩官惊云）呀，真个下雪了，有这等异事！（刽子云）我也道平日杀人，满地都是鲜血。这个窦娥的血都飞在那丈二白练上，并无半点落地，委实奇怪。（监斩官云）这死罪必有冤枉。早两桩儿应验了，不知亢旱三年的说话，准也不准？且看后来如何。左右，也不必等待雪晴，便与我抬他尸首，还了那蔡婆婆去罢。（众应科，抬尸下）

注 释

[1] 磨旗：摇旗，挥旗。

[2] 生埋怨：深深埋怨。生，程度副词，甚，极。

[3] 盗跖（zhí）：跖为春秋末年鲁国人，柳下惠之弟，《庄子·盗跖》说他是大盗，《孟子·滕文公》《荀子·不苟》等典籍中均有记载。后世以"盗跖""柳盗跖"作为恶人的代表。颜渊：名回，字子渊，春秋时鲁国人，孔子的学生，贫而好学，是古代贤人的典型。

[4] 行（háng）：这里，这边或那里，那边。

[5] 也么哥：曲中衬音字，犹今日歌中"呼儿嗨"之类，无义。【叨叨令】定格要求用"也么哥"二叠句。

[6] 滗（jiǎn）：泼，倾倒。这里是浇奠之义。

[7] 一陌儿：古称一百钱为陌。陌，通"百"。

[8] 葫芦提：糊里糊涂，不明不白。罪愆：过失，罪恶。

[9] 烈：烧。

[10] 旗枪：旗杆顶端的金属装饰物，代指旗杆。

[11] 打甚么不紧：有什么要紧，有什么关系。

[12] 苌（cháng）弘化碧：传说周朝忠臣苌弘含冤而死，其血化为青绿色的美玉。见《庄子·外物》："苌弘死于蜀，藏其血三年，而化为碧。"

[13] 望帝啼鹃：传说蜀王望帝（名杜宇），被逼退位后，其魂化为鹃鸟，日夜悲啼。蜀人怀念杜宇，故称鹃鸟为杜鹃、杜宇。事见《华阳国志·蜀志》。啼，鸣叫。

[14] 飞霜六月因邹衍：传说战国时，邹衍事燕惠王，尽忠，左右谗之，王系之狱，仰天哭。夏五月，天为之下霜。事见《太平御览》十四引《淮南子》。

[15] 六出冰花：即雪花。因雪花为六瓣形状，故称"六出"或"六出花"。

[16] 断送：送，发送。

[17] 东海曾经孝妇冤：传说汉时东海县有寡妇周青，为侍奉婆婆矢志不改嫁，婆婆感其勤苦，不愿拖累她，遂自缢而死。其小姑告官，诉嫂嫂杀母。官府不察，论斩。临刑时，周青指

身边竹竿立誓于众曰："青若有罪,愿杀,血当顺下;青若枉死,血当逆流。"果然应验。而东海地方乃大旱三年,后任官员查问其故,有于公代为申雪,天方降雨。事见《说苑》卷五《贵德》、《汉书·于定国传》和《搜神记》卷十一"东海孝妇"条等。

(闵虹 校注)

第 四 折

(窦天章冠带引丑张千、祗从上,诗云)独立空堂思黯然,高峰月出满林烟。非关有事人难睡,自是惊魂夜不眠。老夫窦天章是也。自离了我那端云孩儿,可早十六年光景。老夫自到京师,一举及第,官拜参知政事[1]。只因老夫廉能清正,节操坚刚,谢圣恩可怜,加老夫两淮提刑肃正廉访使之职[2],随处审囚刷卷,体察滥官污吏,容老夫先斩后奏。老夫一喜一悲:喜呵,老夫身居台省[3],职掌刑名[4],势剑金牌[5],威权万里;悲呵,有端云孩儿,七岁上与了蔡婆婆为儿媳妇。老夫自得官之后,使人往楚州问蔡婆婆家。他邻里街坊道:自当年蔡婆婆不知搬在那里去了,至今音信皆无。老夫为端云孩儿,啼哭的眼目昏花,忧愁的须发斑白。今日来到这淮南地面,不知这楚州为何三年不雨?老夫今在这州厅安歇。张千,说与那州中大小属官,今日免参,明日早见。(张千向古门云)一应大小属官:今日免参,明日早见。(窦天章云)张千,说与那六房吏典[6]:但有合刷照文卷,都将来,待老夫灯下看几宗波。(张千送文卷科,窦天章云)张千,你与我掌上灯。你每都辛苦了,自去歇息罢。我唤你便来,不唤你休来。(张千点灯,同祗从下,窦天章云)我将这文卷看几宗咱。"一起犯人窦娥,将毒药致死公公。……"我才看头一宗文卷,就与老夫同姓;这药死公公的罪名,犯在十恶不赦[7]。俺同姓之人,也有不畏法度的。这是问结了的文书,不看他罢。我将这文卷压在底下,别看一宗咱。(做打呵欠科,云)不觉的一阵昏沉上来,皆因老夫年纪高大,鞍马劳困之故。待我搭伏定书案,歇息些儿咱。(做睡科。魂旦上,唱)

【双调】【新水令】我每日哭啼啼守住望乡台[8],急煎煎把仇人等待,慢腾腾昏地里走,足律律旋风中来[9]。则被这雾锁云埋,撺掇的鬼魂快。

(魂旦望科,云)门神户尉不放我进去。我是廉访使窦天章女孩儿。因我屈死,父亲不知,特来托一梦与他咱。(唱)

【沉醉东风】我是那提刑的女孩,须不比现世的妖怪。怎不容我到灯影前,却拦截在门桯外[10]? (做叫科,云)我那爷爷呵,(唱)枉自有势剑金牌,把俺这屈死三年的腐骨骸,怎脱离无边苦海?

(做入见哭科,窦天章亦哭科,云)端云孩儿,你在那里来?(魂旦虚下[11])(窦天章做醒科,云)好是奇怪也!老夫才合眼去,梦见端云孩儿,恰便似来我跟前一般;如今在那里?我且再看这文卷咱。(魂旦上,做弄灯科)(窦天章云)奇怪,我正要看文卷,怎生这灯忽明忽灭的?张千也睡着了,我自己剔灯咱。(做剔灯,魂旦翻文卷科)(窦天章云)我剔的这灯明了也,再看几宗文卷。"一起犯人窦娥药死公公……"(做疑怪科,云)这一宗文卷,我为头看过,压在文卷底下,怎生又在这上头?这几时问结了的,还压在底下,我别看一宗文卷波。(魂旦再弄灯科,窦天章云)怎么这灯又是半明半暗的?我再剔这灯咱。(做剔灯,魂旦再翻文卷科,窦天章云)我剔的这灯明了,我另拿一宗文卷看咱。"一起犯人窦娥药死公公……"呸!好是奇怪!我才将这文书分明压在底下,刚剔了这灯,怎生又翻在面上?莫不是楚州后厅里有鬼么?便无鬼呵,这桩事必有冤枉。将这文卷再压在底下,待我另看一宗如何?(魂旦又弄灯科,窦天章云)怎生这灯又不明了,敢有鬼弄这灯?我再剔一剔去。(做剔灯科,魂旦上,做撞见科,窦天章举剑击桌科,云)呸!我说有鬼!兀那鬼魂:老夫是朝廷钦差,带牌走马肃政廉访使[12]。你向前来,一剑挥之两段。张千,亏你也睡的着!快起来,有鬼,有鬼。兀的不吓杀老夫也!(魂旦唱)

【乔牌儿】则见他疑心儿胡乱猜,听了我这哭声儿转惊骇。哎,你个窦天章直恁的威风大,且受我窦娥这一拜。

　　(窦天章云)兀那鬼魂,你道窦天章是你父亲,"受你孩儿窦娥拜"。你敢错认了也?我的女儿叫做端云,七岁上与了蔡婆婆为儿媳妇。你是窦娥,名字差了,怎生是我女孩儿?(魂旦云)父亲,你将我与了蔡婆婆家,改名做窦娥了也。(窦天章云)你便是端云孩儿?我不问你别的,这药死公公是你不是?(魂旦云)是你孩儿来。(窦天章云)嗏声!你这小妮子,老夫为你啼哭的眼也花了,忧愁的头也白了,你划地犯下十恶大罪,受了典刑!我今日官居台省,职掌刑名,来此两淮审囚刷卷,体察滥官污吏。你是我亲生之女,老夫将你治不的,怎治他人?我当初将你嫁与他家呵,要你三从四德。三从者:在家从父,出嫁从夫,夫死从子;四德者:事公姑,敬夫主,和妯娌,睦街坊。今三从四德全无,划地犯了十恶大罪。我窦家三辈无犯法之男,五世无再婚之女;到今日被你辱没祖宗世德,又连累我的清名。你快与我细吐真情,不要虚言支对。若说的有半厘差错,牒发你城隍祠内,着你永世不得人身;罚在阴山永为饿鬼。(魂旦云)父亲停嗔息怒,暂罢狼虎之威,听你孩儿慢慢的说一遍咱。我三岁上亡了母亲,七岁上离了父亲。你将我送与蔡婆婆做儿媳妇,至十七岁与夫配合。才得两年,不幸儿夫亡化,和俺婆婆守寡。这山阳县南门外有个赛卢医,他少俺婆婆二十两银子。俺婆婆去取讨,被他赚到郊外,要将婆婆勒死。不想撞见张驴儿父子两个,救了俺婆婆性命。那张驴儿知道我家有个守寡的媳妇,便道:"你婆儿媳妇既无丈夫,不若招我父子两个。"俺婆婆初也不肯,那张驴儿道:"你若不肯,我依旧勒死你。"俺婆婆惧怕,不得已含糊许了,只得将他父子两个领到家中,养他过世。有张驴儿数次调戏你女孩儿,我坚执不从。那一日俺婆婆身子不快,想羊肚儿汤吃。你孩儿安排了汤。适值张驴儿父子两个问病,道:"将汤来我尝一尝。"说:"汤便好,只少些盐醋。"赚的我去取盐醋,他就暗地里下了毒药。实指望药杀俺婆婆,要强逼我成亲。不想俺婆婆偶然发呕,不要汤吃,却让与老张吃,随即七窍流血药死了。张驴儿便道:"窦娥,药死了俺老子,你要官休要私休?"我便道:"怎生是官休?怎生是私休?"他道:"要官休,告到官司,你与俺老子偿命;若私休,你便与我做老婆。"你孩儿便道:"好马不鞴双鞍,烈女不更二夫。我至死不与你做媳妇,我情愿和你见官去。"他将你孩儿拖到官中,受尽三推六问,吊拷绷扒,便打死孩儿,也不肯认。怎当州官见你孩儿不认,便要拷打俺婆婆;我怕婆婆年老,受刑不起,只得屈认了。因此押赴法场,将我典刑。你孩儿对天发下三桩誓愿:第一桩,要丈二白练,挂在旗枪上。若系冤枉,刀过头落,一腔热血休滴在地下,都飞在白练上;第二桩,现今三伏天道,下三尺瑞雪,遮掩你孩儿尸首;第三桩,着他楚州大旱三年。果然血飞上白练,六月下雪,三年不雨,都是为你孩儿来。(诗云)不告官司只告天,心中怨气口难言。防他老母遭刑宪,情愿无辞认罪愆。三尺琼花骸骨掩,一腔鲜血练旗悬。岂独霜飞邹衍屈,今朝方表窦娥冤。(唱)

【雁儿落】你看这文卷曾道来不道来,则我这冤枉要忍耐如何耐?我不肯顺他人,倒着我赴法场;我不肯辱祖上,倒把我残生坏。

【得胜令】呀,今日个搭伏定摄魂台[13],一灵儿怨哀哀。父亲也,你现掌着刑名事,亲蒙圣主差。端详这文册,那厮乱纲常,当合败。便万剐了乔才[14],还道报冤仇不畅怀!

(窦天章做泣科,云)哎,我屈死的儿也,则被你痛杀我也!我且问你:这楚州三年不雨,可真个是为你来?(魂旦云)是为你孩儿来。(窦天章云)有这等事!到来朝,我与你做主。(诗云)白头亲苦痛哀哉,屈杀了你个青春女孩。只恐怕天明了,你且回去,到来日我将文卷改正明白。(魂旦暂下)(窦天章云)呀,天色明了也。张千,我昨日看几宗文卷,中间有一鬼魂来诉冤枉。我唤你好几次,你再也不应,直恁的好睡那?(张千云)我小人两个鼻子孔一夜不曾闭,并不听见女鬼诉什么冤状,也不曾听见相公呼唤。(窦天章做叱科,云)嗐!今早升厅坐衙,张千,喝撺厢者。(张千做幺喝科,云)在衙人马平安!抬书案!(禀云)州官见。(外扮州官入参科)(张千云)该房吏典见。(丑扮吏入参见科)(窦天章问云)你这楚州一郡,三年不雨,是为着何来?(州官云)这个是天道亢旱,楚州百姓之灾,小官等不知其罪。(窦天章做怒科)你等不知罪么?那山阳县,有用毒药谋死公公犯妇窦娥,他问斩之时曾发愿道:"若是果有冤枉,着你楚州三年不雨,寸草不生。"可有这件事来?(州官云)这罪是前升任桃州守问成的,现有文卷。(窦天章云)这等糊涂的官,也着他升去!你是继他任的,三年之中,可曾祭这冤妇么?(州官云)此犯系十恶大罪,元不曾有祠,所以不曾祭得。(窦天章云)昔日汉朝有一孝妇守寡,其姑自缢身死,其姑女告孝妇杀姑,东海太守将孝妇斩了。只为一妇含冤,致令三年不雨。后于公治狱,仿佛见孝妇抱卷哭于厅前。于公将文卷改正,亲祭孝妇之墓,天乃大雨。今日你楚州大旱,岂不正与此事相类?张千,分付该房金牌下山阳县[15],着拘张驴儿、赛卢医、蔡婆婆一起人犯,火速解审,毋得违误片刻者。(张千云)理会得。(下)(丑扮解子,押张驴儿、蔡婆婆同张千上)(禀云)山阳县解到审犯听点。(窦天章云)张驴儿。(张驴儿云)有。(窦天章云)蔡婆婆。(蔡婆婆云)有。(窦天章云)怎么赛卢医是紧要人犯不到?(解子云)赛卢医三年前在逃,一面着广捕批缉拿去了[16],待获日解审。(窦天章云)张驴儿,那蔡婆婆是你的后母么?(张驴儿云)母亲好冒认的?委实是。(窦天章云)这药死你父亲的毒药,卷上不见有合药的人,是那个合的毒药?(张驴儿云)是窦娥自合就的毒药。(窦天章云)这毒药必有一个卖

214

药的医铺。想窦娥是个少年寡妇，那里讨这药来？张驴儿，敢是你合的毒药么？（张驴儿云）若是小人合的毒药，不药别人，倒药死自家老子？（窦天章云）我那屈死的儿咮，这一节是紧要公案，你不自来折辩，怎得一个明白？你如今冤魂却在那里？（魂旦上，云）张驴儿，这药不是你合的，是那个合的？（张驴儿做怕科，云）有鬼，有鬼，撮盐入水。太上老君急急如律令，敕[17]！（魂旦云）张驴儿，你当日下毒药在羊肚儿汤里，本意药死俺婆婆，要逼勒我做浑家。不想俺婆婆不吃，让与你父亲吃，被药死了。你今日还敢赖哩！（唱）

【川拨棹】猛见了你这吃敲材[18]，我只问你这毒药从何处来？你本意待暗里栽排[19]，要逼勒我和谐，倒把你亲爷毒害，怎教咱替你耽罪责！

（魂旦做打张驴儿科）（张驴儿做避科，云）太上老君急急如律令，敕！大人说这毒药，必有个卖药的医铺，若寻得这卖药的人来和小人折对，死也无词。（丑扮解子解赛卢医上，云）山阳县续解到犯人一名赛卢医。（张千喝云）当面[20]。（窦天章云）你三年前要勒死蔡婆婆，赖他银子，这事怎么说？（赛卢医叩头科，云）小的要赖蔡婆婆银子的情是有的。当被两个汉子救了，那婆婆并不曾死。（窦天章云）这两个汉子，你认的他叫做什么名姓？（赛卢医云）小的认便认的，慌忙之际可不曾问的他名姓。（窦天章云）现有一个在阶下，你去认来。（赛卢医做下认科，云）这个是蔡婆婆。（指张驴儿云）想必这毒药事发了。（上云）是这一个。容小的诉稟：当日要勒死蔡婆婆时，正遇见他爷儿两个，救了那婆婆去。过得几日，他到小的铺中讨服毒药。小的是念佛吃斋人，不敢做昧心的事。说道："铺中只有官料药[21]，并无什么毒药。"他就睁着眼道："你昨日在郊外要勒死蔡婆婆，我拖你见官去！"小的一生最怕的是见官，只得将一服毒药与了他去。小的见他生相是个恶的，一定拿这药去药死了人，久后败露，必然连累。小的一向逃在涿州地方，卖些老鼠药。刚刚是老鼠被药杀了好几个，药死人的药其实再也不曾合。（魂旦唱）

【七弟兄】你只为赖财，放乖[22]，要当灾。（带云）这毒药呵，（唱）原来是你赛卢医出卖，张驴儿买，没来由填做我犯由牌，到今日官去衙门在。

（窦天章云）带那蔡婆婆上来！我看你也六十外人了，家中又是有钱钞的，如何又嫁了老张，做出这等事来？（蔡婆婆云）老妇人因为他爷儿两个救了我的性命，收留他在家养膳过世。那张驴儿常说要将他老子接脚进来，老妇人并不曾许他。（窦天章云）这等说，你那媳妇就不该认做药死公公了。（魂旦）当日问官要打俺婆婆，我怕他年老，受刑不起，因此咱认做药死公公，委实是屈招个！（唱）

【梅花酒】你道是咱不该，这招状供写的明白。本一点孝顺的心怀，倒做了惹祸的胚胎。我只道官吏每还覆勘，怎将咱屈斩首在长街！第一要素旗枪鲜血洒，第二要三尺雪将死尸埋，第三要三年旱示天灾：咱誓愿委实大。

【收江南】呀，这的是"衙门从古向南开，就中无个不冤哉"[23]！痛杀我娇姿弱体闭泉台，早三年以外，则落的悠悠流恨似长淮。

（窦天章云）端云儿也，你这冤枉，我已尽知，你且回去。待我将这一起人犯并原问官吏另行定罪。改日做个水陆道场[24]，超度你生天便了。（魂旦拜科，唱）

【鸳鸯煞尾】从今后把金牌势剑从头摆，将滥官污吏都杀坏，与天子分忧，万民除害。(云)我可忘了一件：爹爹，俺婆婆年纪高大，无人侍养，你可收恤家中，替你孩儿尽养生送死之礼，我便九泉之下，可也瞑目。(窦天章云)好孝顺的儿也！(魂旦唱)嘱付你爹爹，收养我奶奶。可怜他无妇无儿，谁管顾年衰迈！再将那文卷舒开，(带云)爹爹，也把我窦娥名下，(唱)屈死的于伏罪名儿改。(下)

(窦天章云)唤那蔡婆婆上来。你可认的我么？(蔡婆婆云)老妇人眼花了，不认的。(窦天章云)我便是窦天章。适才的鬼魂，便是我屈死的女孩儿端云。你这一行人，听我下断：张驴儿毒杀亲爷，奸占寡妇，合拟凌迟，押付市曹中，钉上木驴[25]，剐一百二十刀处死。升任州守桃杌并该房吏典，刑名违错[26]，各杖一百，永不叙用。赛卢医不合赖钱，勒死平民；又不合修合毒药，致伤人命，发烟瘴地面，永远充军。蔡婆婆我家收养。窦娥罪改正明白。(词云)莫道我念亡女与他灭罪消愆，也只可怜见楚州郡大旱三年。昔于公曾表白东海孝妇，果然是感召得灵雨如泉。岂可便推诿道天灾代有，竟不想人之意感应通天。今日个将文卷重行改正，方显的王家法不使民冤。

题　目　　秉鉴持衡廉访法[27]
正　名　　感天动地窦娥冤

注　释

[1]参知政事：是当时最高行政机关中书省要员，为宰相副职。

[2]两淮：江北淮东道和淮西江北道。提刑：全称"提点刑狱金事"，宋代各路设此职，掌纠察该道官吏善恶得失并复查刑狱案件事。肃政廉访使：元制，作为御史台的地方机关，设道肃政廉访使司，置廉访使为其长官，职责同提刑。

[3]台省："台"指御史台，专司弹劾之职。廉访使属御史台。"省"指尚书、中书、门下三省，参知政事属中书省。

[4]职掌刑名：刑事案件的审判、裁决权。

[5]势剑：皇帝赐予官员的宝剑，持之可以代之行权，即先斩后奏。金牌：元制，武官万户佩金虎符，千户佩金符，百户佩银符，持之既可行权，兼示职位的差别。

[6]六房吏典：元代地方政府中分管吏、户、礼、兵、刑、工各部门工作的属吏。

[7]十恶不赦：据《元史·刑法志》载，"十恶"包括谋反、谋大逆、谋叛、恶逆、不道、大不敬、不孝、不睦、不义、内乱。触犯其一，罪在不赦。

[8]望乡台：古时迷信说法，言阴间有望乡台，人死后鬼魂可登台望见阳间家中情景。

[9]足律律：象声词，形容鬼魂在阴风中急走的样子。亦作"促律律"。

[10]门棂(tīng)：门槛。

[11]虚下：戏曲术语，即演员背身不动，表示暂时下场，实未下场。

[12]带牌走马：佩带金牌，到各地巡查。

〔13〕摄魂台:传说中拘押鬼魂之处。

〔14〕乔才:坏蛋,无赖。

〔15〕金牌:签发公文。

〔16〕着广捕批缉拿:命令在大范围发文书通缉捉拿。

〔17〕太上老君急急如律令,敕:道教符咒用语。"如律令"原为汉代公文末尾的例行用语,意为按律令办事。后巫师、道士加以仿效,于符咒末句,加上此语,祈求太上老君迅速按照符咒的要求助人解救危难。

〔18〕吃敲材:该打死的家伙。《元典章·刑部·延佑新定例》:"凡处死罪仗(杖)杀者皆曰'敲'。"

〔19〕栽排:设置圈套嫁祸于人。

〔20〕当面:元时犯人上堂见官,验明正身,谓之"当面"。

〔21〕官料药:合法经营的药物。

〔22〕放乖:卖弄聪明。

〔23〕这的是:这就是,这便是,真是,正是。就中:其中。

〔24〕水陆道场:佛教法会的一种,谓超度水陆一切鬼魂,普济六道四生,故称。其仪式多请僧人诵经设斋,礼佛拜忏,追荐亡灵。

〔25〕木驴:古代刑具之一。处剐刑的罪犯先被钉在木驴上示众,然后行刑。

〔26〕刑名违错:判案时违背、乱用法律条文。

〔27〕秉鉴持衡:拿着镜子,握着天平。比喻执法清明、公正。

(闵虹　校注)

望 江 亭[1]

关汉卿

第 三 折

(衙内领张千、李稍上)(衙内云)小官杨衙内是也。颇奈白士中无理,量你到的那里! 岂不知我要取谭记儿为妾,他就公然背了我,娶了谭记儿为妻,同临任所。此恨非浅! 如今我亲身到潭州,标取白士中首级。你道别的人为甚么我不带他来? 这一个是张千,这一个是李稍,这两个小的,聪明乖觉,都是我心腹之人,因此上则带的这两个人来。(张千去衙内鬓边做拿科)(衙内云)嗯! 你做什么? (张千云)相公鬓边一个虱子。(衙内云)这厮倒也说的是,我在这船只上个月期程,也不曾梳篦的头。我的儿好乖! (李稍去衙内鬓上做拿科)(衙内云)李稍,你也怎的? (李稍云)相公鬓上一个狗鳖。(衙内云)你看这厮! (亲随、李稍同去衙内鬓上做拿科)(衙内云)弟子孩儿,直恁的般多! (李稍云)亲随,今日是八月十五日中秋节令,我每安排些酒果,与大人玩月,可不好? (张千云)你说的是。(张千同李稍做见科,云)大人,今日是八月十五日中秋节令,对着如此月色,孩儿每与大人把一杯酒赏月,何如? (衙内做怒科,云)嗯! 这个弟子孩儿,说什么话! 我要来干公事,怎么教我吃酒? (张千云)大人,您孩儿每并无歹意,是孝顺的心肠。大人不用,孩儿每一点不敢吃。(衙内云)亲随,你若吃酒呢? (张千云)我若吃一点酒呵,吃血。(衙内云)正是,休要吃酒。李稍,你若吃酒呢? (李稍云)我若吃酒,害疔疮。(衙内云)既是您两个不吃酒,也罢,也罢,我则饮三杯,安排酒果过来。(张千云)李稍,抬果卓过来。(李稍做抬果桌科,云)果卓在此,我执壶,你递酒。(张千云)我儿,酾满着! (做递酒科,云)大人满饮一杯。(衙内做接酒科)(张千倒退自饮科)(衙内云)亲随,你怎么自吃了? (张千云)大人,这个是摄毒的盏儿。这酒不是家里带来的酒,是买的酒,大人吃下去,若有好歹,药杀了大人,我可怎么了? (衙内云)说的是,你是我心腹人。(李稍做递酒科,云)你要吃酒,弄这等嘴儿。待我送酒。大人满饮一杯。(衙内接科)(李稍自饮科)(衙内云)你也怎的? (李稍云)大人,他吃的,我也吃的。(衙内云)你看这厮! 我且慢慢的吃几杯。亲随,与我把别的民船都赶开者! (正旦拿鱼上,云)这里也无人。妾身白士中的夫人谭记儿是也。妆扮做个卖鱼的,见杨衙内去。好鱼也! 这鱼在那江边游戏,趁浪寻食,却被我驾一孤舟,撒开网去,打出三尺锦鳞,还活活泼泼的乱跳,好鲜鱼也! (唱)

【越调】【斗鹌鹑】则这今晚开筵,正是中秋令节,只合低唱浅斟,莫待他花残月缺。见了的珍奇,不消的咱说,则这鱼鳞甲鲜,滋味别。这鱼不宜那水煮油煎,则是那薄批细切。

(云)我这一来,非容易也呵! (唱)

【紫花儿序】俺则待稍关打节,怕有那惯施舍的经商,不请言赊。则俺这篮中鱼尾,又不比案上罗列。活计全别,俺则是一撒网,一蓑衣,一箬笠,先图些打捏。只问那肯买的哥哥,照顾俺也些些。

（云）我缆住这船,上的岸来。（做见李稍,云）哥哥,万福。（李稍云）这个姐姐,我有些面善。（正旦云）你道我是谁?（李稍云）姐姐,你敢是张二嫂么?（正旦云）我便是张二嫂。你怎么不认的我了?你是谁?（李稍云）则我便是李阿鳌。（正旦云）你是李阿鳌?（正旦做打科,云）儿子!这些时吃得好了,我想你来。（李稍云）二嫂,你见我亲么?（正旦云）儿子,我见你可不知亲哩。你如今过去,和相公说一声,着我过去切鲙,得些钱钞,养活我来也好。（李稍云）我知道了。亲随,你来。（张千云）弟子孩儿,唤我做什么?（李稍云）有我个张二嫂,要与大人切鲙。（张千云）什么张二嫂?（正旦见张千科,云）媳妇孝顺的心肠,将着一尾金色鲤鱼特来献新,望与相公说一声咱。（张千云）也得,也得,我与你说去。得的钱钞,与我些买酒吃。你随着我来。（做见衙内科,云）大人,有个张二嫂,要与大人切鲙。（衙内云）甚么张二嫂?（正旦见科,云）相公,万福!（衙内做意科,云）一个好妇人也!小娘子,你来做甚么?（正旦云）媳妇孝顺的心肠,将着这尾金色鲤鱼,一径的来献新。可将砧板、刀子来,我切鲙哩。（衙内云）难的小娘子如此般用意!怎敢着小娘子切鲙,俗了手!李稍拿了去,与我姜辣煎熬了来。（李稍云）大人,不要他切就村了。（衙内云）多谢小娘子来意!抬过果卓来,我和小娘子饮三杯。将酒来,小娘子满饮一杯。（张千做吃酒科）（衙内云）你怎的?（张千云）你请他,他又请你,你又不吃,他又不吃,可不这杯酒冷了?不如等亲随乘热吃了,倒也干净。（衙内云）哎!靠后!将酒来,小娘子满饮此杯。（正旦云）相公请。（张千云）你吃便吃,不吃我又来也。（正旦做跪衙内科）（衙内扯正旦科,云）小娘子请起。我受了你的礼,就做不得夫妻了。（正旦云）媳妇来到这里,便受了礼,也做得夫妻。（张千同李稍拍桌科,云）妙、妙、妙!（衙内云）小娘子请坐。（正旦云）相公,你此一来何往?（衙内云）小官有公差事。（李稍云）二嫂,专为要杀白士中来。（衙内云）哎!你说什么!（正旦云）相公,若拿了白士中呵,也除了潭州一害。只是这州里怎么不见差人来迎接相公?（衙内云）小娘子,你却不知:我恐怕人知道,走了消息,故此不要他们迎接。

（正旦唱）

【金蕉叶】相公,你若是报一声着人远接,怕不的船儿上有五十座笙歌摆设。你为公事来到这些,不知你怎生做兀的关节?

（衙内云）小娘子,早是你来的早,若来的迟呵,小官歇息了也。（正旦唱）

【调笑令】若是贱妾,晚来些,相公船儿上黑魆魆的熟睡歇。则你那金牌势剑身旁列,见官人远离一射,索用甚从人拦当者,俺只待拖狗皮的拷断他腰截。

（衙内云）李稍,我央及你,你替我做个落花媒人。你和张二嫂说:大夫人不许他,许他做第二个夫人,包髻、团衫、绣手巾,都是他受用的。（李稍云）相公放心,都在我身上。（做见正旦科,云）二嫂,你有福也!相公说来,大夫人不许你,许你做第二个夫人,包髻、团衫、袖腿绷……（正旦云）敢是绣手巾?（李稍云）正是绣手巾。（正旦云）我不信,等我自问相公去。（正旦见衙内科,云）相公,恰才李稍说的那话,可真个是相公说来?（衙内云）是小官说来。（正旦云）量媳妇有何才能,着相公如此般错爱也。（衙内云）多谢,多谢,小娘子就靠着小官坐一坐,可也无伤。（正旦云）妾身不敢。（唱）

【鬼三台】不是我夸贞烈，世不曾和个人儿热。我丑则丑、刁决古懒，不由我见官人便心邪，我也立不的志节。官人你救黎民，为人须为彻；拿滥官，杀人须见血。我呵，只为你这眼去眉来，(正旦与衙内做意儿科,唱)使不着我那冰清玉洁。

　　(衙内做喜科,云)勿、勿、勿！(张千与李稍做喜科,云)勿、勿、勿！(衙内云)你两个怎的？(李稍云)大家要一耍。(正旦唱)

【圣药王】珠冠儿怎戴者，霞帔儿怎挂者，这三檐伞怎向顶门遮？唤侍妾，簇捧者，我从来打鱼船上扭的那身子儿别，替你稳坐七香车。

　　(衙内云)小娘子，我出一对与你对：罗袖半翻鹦鹉盏。(正旦云)妾对：玉纤重整凤凰衾。(衙内拍桌科,云)妙、妙、妙！小娘子，你莫非识字么？(正旦云)妾身略识些撇竖点划。(衙内云)小娘子既然识字，小官再出一对：鸡头个个难舒颈。(正旦云)妾对：龙眼团团不转睛。(张千同李稍拍桌科,云)妙、妙、妙！(正旦云)妾身难的遇着相公，乞赐珠玉。(衙内云)哦，你要我赠你什么词赋？有、有、有。李稍，将纸笔砚墨来。(李稍做拿砚末科,云)相公，纸墨笔砚在此。(衙内云)我写就了也，词寄〔西江月〕。(正旦云)相公，表白一遍咱。(衙内做念科,云)夜月一天秋露，冷风万里江湖，好花须有美人扶，情意不堪会处。仙子初离月浦，嫦娥忽下云衢，小词仓卒对君书，付与你个知心人物。(正旦云)高才！高才！我也回奉相公一首，词寄〔夜行船〕。(衙内云)小娘子，你表白一遍咱。(正旦做念科,云)花底双双莺燕语，也胜他凤只鸾孤。一霎恩情，片时云雨，关连着宿缘前注。天保今生为眷属，但则愿似水如鱼。冷落江湖，团圆人月，相连着夜行船去。(衙内云)妙、妙、妙！你的更胜似我的。小娘子，俺和你慢慢的再饮几杯。(正旦云)敢问相公，因什么要杀白士中？(衙内云)小娘子，你休问他。(李稍云)张二嫂，俺相公有势剑在这里！(衙内云)休与他看。(正旦云)这个是势剑？衙内见爱媳妇，借与我拿去治三日鱼好那？(衙内云)便借与他。(张千云)还有金牌哩！(正旦云)这个是金牌？衙内见爱我，与我打戒指儿罢。再有什么？(李稍云)这个是文书。(正旦云)这个便是买卖的合同？(正旦做袖文书科,云)相公，再饮一杯。(衙内云)酒勾了也。小娘子休唱前篇，则唱幺篇。(做醉科)(正旦云)冷落江湖，团圆人月，相随着夜行船去。(亲随同李稍做睡科)(正旦云)这厮都睡着了也。(唱)

【秃厮儿】那厮也忒懵懂玉山低趄，着鬼祟醉眼乜斜，我将这金牌虎符都袖褪者；唤相公早醒些，快迭！

【络丝娘】我且回身将杨衙内深深的拜谢，您娘向急飐飐船儿上去也，到家对儿夫尽分说，那一番周折。

　　(带云)惭愧，惭愧！(唱)

【收尾】从今不受人磨灭，稳情取好夫妻百年喜悦。俺这里美孜孜在芙蓉帐笑春风；只他那冷清清杨柳岸伴残月。(下)

　　(衙内云)张二嫂，张二嫂那里去了？(做失惊科,云)李稍，张二嫂怎么去了？看我的势剑金牌，可在那里？(张千云)就不见了金牌，还有势剑共文书哩！(李稍云)连势剑、文书都被他拿去了！(衙内云)似此怎了也！(李稍唱)

【马鞍儿】想着想着跌脚儿叫。(张千唱)想着想着我难熬。(衙内唱)酪子里愁肠酪子里焦。(众合唱)又不敢着旁人知道;则把他这好香烧,好香烧,咒的他热肉儿跳!

(衙内云)这厮每扮戏那!(众同下)

注释

[1]《望江亭》,全名《望江亭中秋切鲙》。据明臧晋叔《元曲选》(浙江古籍出版社 2020
年版)移录。

(张燕瑾　校录)

单 刀 会[1]

关汉卿

第 四 折

(鲁肃上,云)欢来不似今朝,喜来那逢今日? 小官鲁子敬是也。我使黄文持书去请关公,欣喜许今日赴会。荆襄地合归还俺江东[2]。英雄甲士已暗藏壁衣之后[3],令江上相候,见船到便来报我知道。

(正末关公引周仓上,云)周仓,将到那里也? (周云)来到大江中流也。(正末云)看了这大江,是一派好水呵! (唱)

【双调】【新水令】大江东去浪千叠,引着这数十人驾着这小舟一叶。又不比九重龙凤阙[4],可正是千丈虎狼穴。大丈夫心别[5],我觑这单刀会似赛村社[6]。

(云)好一派江景也呵! (唱)

【驻马听】水涌山叠,年少周郎何处也? 不觉的灰飞烟灭,可怜黄盖转伤嗟。破曹的樯橹一时绝,鏖兵的江水犹然热,好教我情惨切! (云)这也不是江水,(唱)二十年流不尽的英雄血!

(云)却早来到也,报复去。(卒报科)(做相见科)(鲁云)江下小会,酒非洞里之长春[7],乐乃尘中之菲艺,猥劳君侯屈高就下[8],降尊临卑,实乃鲁肃之万幸也! (正末云)量某有何德能,着大夫置酒张筵,既请必至。(鲁云)黄文,将酒来。二公子满饮一杯。(正末云)大夫饮此杯。(把盏科)(正末云)想古今咱这人过日月好疾也呵! (鲁云)过日月是好疾也。光阴似骏马加鞭,浮世似落花流水。(正末唱)

【胡十八】想古今立勋业,那里也舜五人、汉三杰[9]? 两朝相隔数年别,不付能见者[10],却又早老也。开怀的饮数杯,(云)将酒来。(唱)尽心儿待醉一夜。

(把盏科)(正末云)你知道"以德报德,以直报怨"么[11]? (鲁云)既然将军言"以德报德,以直报怨",借物不还者谓之怨。想君侯文武全材,通练兵书,习《春秋》《左传》,济拔颠危,匡扶社稷,可不谓之仁乎? 待玄德如骨肉,觑曹操若仇雠,可不谓之义乎? 辞曹归汉,弃印封金,可不谓之礼乎? 坐服于禁,水淹七军,可不谓之智乎? 且将军仁义礼智俱足,惜乎止少个信字,欠缺未完。再若得全个信字,无出君侯之右也。(正末云)我怎生失信? (鲁云)非将军失信,皆因令兄玄德公失信。(正末云)我哥哥怎生失信来? (鲁云)想昔日玄德公败于当阳之上,身无所归,因鲁肃之故,屯军三江夏口。鲁肃又与孔明同见我主公,即日兴师拜将,破曹兵于赤壁之间。江东所费巨万,又折了首将黄盖。因将军贤昆玉无尺寸地[12],暂借荆州以为养军之资;数年不还。今日鲁肃低情曲意,暂取荆州,以为救民之急;待仓廪丰盈,然后再献与将军掌领。鲁肃不敢自专,君侯台鉴不错[13]。(正末云)你请我吃筵席来那,是索荆州来? (鲁云)没、没、没,我则这般道,孙、刘结亲,以为唇齿,两国正好和谐。(正末唱)

【庆东原】你把我真心儿待，将筵宴设，你这般攀今览古，分甚枝叶[14]？我跟前使不着你"之乎者也""诗云子曰"，早该豁口截舌！有意说孙刘，你休目下番成吴越[15]！

（鲁云）将军原来傲物轻信！（正末云）我怎么傲物轻信？（鲁云）当日孔明亲言：破曹之后，荆州即还江东。鲁肃亲为代保。不思旧日之恩，今日恩变为仇，犹自说"以德报德，以直报怨"。圣人道："信近于义，言可复也。"[16]"去食去兵，不可去信。"[17]"大车无輗，小车无軏，其何以行之哉？"[18]今将军全无仁义之心，枉作英雄之辈。荆州久借不还，却不道"人无信不立"！（正末云）鲁子敬，你听的这剑戒么[19]？（鲁云）剑戒怎么？（正末云）我这剑戒，头一遭诛了文丑，第二遭斩了蔡阳，鲁肃呵，莫不第三遭到你也？（鲁云）没、没，我则这般道来。（正末云）这荆州是谁的？（鲁云）这荆州是俺的。（正末云）你不知，听我说。（唱）

【沉醉东风】想着俺汉高皇图王霸业，汉光武秉正除邪，汉王允将董卓诛，汉皇叔把温侯灭[20]，俺哥哥合承受汉家基业。则你这东吴国的孙权，和俺刘家却是甚枝叶？请你个不克己先生自说！

（鲁云）那里甚么响？（正末云）这剑戒二次也。（鲁云）却怎么说？（正末云）这剑按天地之灵，金火之精，阴阳之气，日月之形；藏之则鬼神遁迹，出之则魑魅潜踪；喜则恋鞘沉沉而不动，怒则跃匣铮铮而有声。今朝席上，倘有争锋，恐君不信，拔剑施呈。吾当摄剑，鲁肃休惊。这剑果有神威不可当，庙堂之器岂寻常；今朝索取荆州事，一剑先交鲁肃亡。（唱）

【雁儿落】则为你三寸不烂舌，恼犯我三尺无情铁。这剑饥餐上将头，渴饮仇人血。

【得胜令】则是条龙向鞘中蛰[21]，唬得人向坐间呆。今日故友每才相见[22]，休着俺弟兄每相间别[23]。鲁子敬听者，你内心休乔怯[24]，畅好是随邪[25]，休怪我十分酒醉也。

（鲁云）臧宫动乐。（臧宫上，云）天有五星，地攒五岳，人有五德，乐按五音。五星者：金、木、水、火、土。五岳者：常、恒、泰、华、嵩。五德者：温、良、恭、俭、让。五音者：宫、商、角、徵、羽[26]。（甲士拥上科）（鲁云）埋伏了者。（正末击案，怒云）有埋伏也无埋伏？（鲁云）并无埋伏。（正末云）若有埋伏，一剑挥之两段！（做击案科）（鲁云）你击碎菱花。（正末云）我特来破镜！（唱）

【搅筝琶】却怎生闹炒炒军兵列，上来的休遮当，莫拦截！（云）当着我的，呵呵！（唱）我着他剑下身亡，目前流血。便有那张仪口、郦通舌，休那里躲闪藏遮。好生的送我到船上者，我和你慢慢的相别。

（鲁云）你去了倒是一场伶俐。（黄文云）将军，有埋伏哩。（鲁云）迟了我的也。（关平领众将上，云）请父亲上船，孩儿每来迎接哩。（正末云）鲁肃，休惜殿后[27]。（唱）

【离亭宴带歇指煞】我则见紫袍银带公人列，晚天凉风冷芦花谢，我心中喜悦。昏惨惨晚霞收，冷飕飕江风起，急飐飐云帆扯[28]。承管待、承管待，多承谢、多承谢。唤梢公慢者，缆解开岸边龙，船分开波中浪，棹搅碎江心月。正欢娱有甚进退，且谈笑不分明夜。说与你两件事先生记者：百忙里称不了老兄心，急切里倒不了俺汉家节。（并下）

题　目　　孙仲谋独占江东地
　　　　　请乔公言定三条计
正　名　　鲁子敬设宴索荆州
　　　　　关大王独赴单刀会

注释

[1]《单刀会》,全名《关大王独赴单刀会》。原文据王起《中国戏曲选》(人民文学出版社1985年版)校录。

[2] 荆襄:今湖北荆州、襄阳地区。

[3] 壁衣:室内墙壁的帷幕。

[4] 九重龙凤阙:皇宫。九重,极言宫禁之深远,语出宋玉《九辩》"君之门以九重"。

[5] 心别:脾气别拗,引申为倔强、刚烈。

[6] 村社:农村的社火,即迎神赛会所扮演的杂戏。不同的社火表演竞赛,称为"赛村社"。

[7] 长春:美酒名。

[8] 猥劳:烦劳,劳驾。"猥"系谦辞。君侯:原指列侯,后转为对尊贵者的敬称。

[9] 舜五人:相传舜时的五位贤臣——禹、稷、契、皋陶、伯益;汉三杰:辅佐汉高祖刘邦定天下的张良、萧何、韩信。

[10] 不付能:同"不甫能""甫能",即好不容易,刚刚。

[11] "以德报德"二句:语出《论语·宪问》,意为以恩德报答别人对你的好处,以公正的态度对待别人的怨恨。

[12] 昆玉:对别人兄弟的敬称。

[13] 台鉴不错:您裁决的不会错。台,对人的尊称。鉴,审察、观察。

[14] 枝叶:与话题无关的闲话。后文"枝叶"作"关系"解。

[15] 吴越:春秋时两个敌对国家。后人常以之喻彼此敌对关系。

[16] "信近于义"二句:语出《论语·学而》,意为守信用与"义"接近,因为言语可以行动来印证。

[17] "去食去兵"二句:语出《论语·颜渊》,意为宁可没有粮食和武器,也不能没有信用。

[18] "大车无輗(ní)"三句:语出《论语·为政》。輗和軏(yuè)都是车辕前面安放套牲口横木的销子。大车(牛车)上的叫輗,小车(马车)上的叫軏。缺少它们则不能套牲口,车亦无法行走。

[19] 剑戒:古时传说宝剑在鞘中鸣啸,是杀人的警示。

[20] 温侯:指吕布,原董卓部将,官奋威将军,封温侯。

[21] 蛰:动物冬眠时潜伏于洞穴或土中,不食不动,谓之蛰。后引申为藏匿不出。

〔22〕每:用在人称代词后时表示复数,同"们"。

〔23〕间别:离间,断绝。

〔24〕乔怯:畏惧,胆怯。

〔25〕畅好是:真是,正是。随邪:歪斜,不正经。

〔26〕宫商角徵(zhǐ)羽:古人相互避其名讳以示尊敬。鲁肃命瘛宫动乐,念到羽字时,甲士拥上。这既表示了对关羽的不敬,也是鲁肃号令伏兵擒拿关羽的暗号。故下文关羽也一语双关,以"我特来破镜(鲁肃字子敬)"回答鲁肃。

〔27〕休惜殿后:(关羽)要鲁肃在后护送的意思。殿,部队的后军。

〔28〕急飐飐(zhǎn):顺风疾行的样子。

(闵虹　校注)

【南吕·一枝花】《不伏老》[1]

关汉卿

攀出墙朵朵花[2]，折临路枝枝柳[3]。花攀红蕊嫩，柳折翠条柔。浪子风流。凭着我折柳攀花手，直煞得花残柳败休[4]。半生来折柳攀花，一世里眠花卧柳。

【梁州】我是个普天下郎君领袖[5]，盖世界浪子班头[6]，愿朱颜不改常依旧[7]。花中消遣，酒内忘忧。分茶攧竹[8]，打马藏阄[9]，通五音六律滑熟[10]，甚闲愁到我心头？伴的是银筝女银台前理银筝笑倚银屏[11]，伴的是玉天仙携玉手并玉肩同登玉楼[12]，伴的是金钗客歌金缕捧金樽满泛金瓯[13]。你道我老也，暂休[14]。占排场风月功名首[15]，更玲珑又剔透[16]。我是个锦阵花营都帅头[17]，曾玩府游州[18]。

【隔尾】子弟每是个茅草岗沙土窝初生的兔羔儿乍向围场上走[19]，我是个经笼罩受索网苍翎毛老野鸡蹅踏的阵马儿熟[20]，经了些窝弓冷箭蜡枪头[21]，不曾落人后。恰不道人到中年万事休[22]，我怎肯虚度了春秋？

【尾】我是个蒸不烂煮不熟捶不匾炒不爆响珰珰一粒铜豌豆[23]，恁子弟每谁教你钻入他锄不断斫不下解不开顿不脱慢腾腾千层锦套头[24]？我玩的是梁园月[25]，饮的是东京酒[26]，赏的是洛阳花[27]，攀的是章台柳[28]。我也会围棋会蹴鞠会打围会插科[29]，会歌舞会吹弹会咽作会吟诗会双陆[30]。你便是落了我牙歪了我口瘸了我腿折了我手，天赐与我这几般儿歹症候[31]，尚兀自不肯休[32]。则除是阎王亲自唤[33]，神鬼自来勾[34]，三魂归地府[35]，七魄丧冥幽[36]，天哪，那其间才不向烟花路儿上走[37]。

注 释

[1] 原文据张燕瑾、黄克《元曲三百首》(人民文学出版社2018年版)移录。

[2] 攀：折。出墙花：语出宋叶绍翁《游园不值》诗："春色满园关不住，一枝红杏出墙来。"后用来代指妓女。

[3] 临路柳：代指妓女。典出敦煌曲子词《望江南·莫攀我》："我是曲江临池柳，这人折了那人攀，恩爱一时间。"写妓女内心痛苦。

[4] 煞(shā)：杀。

[5] 郎君：对嫖客的美称。元无名氏《郑月莲秋夜云窗梦》第一折："老身姓郑，是这汴梁乐籍。止生得一个女儿，……卖笑求食，郎君每见了，无有不爱的。"

[6] 浪子：恣情玩乐而有误正业的人。班头：头领。

[7] "愿朱颜"句：愿自己永远年轻。朱颜，红润的面庞，指青春容颜。

[8] 分茶：宋元时的一种煎茶方式，其法诸说不一，或谓煎茶用姜、盐而分茶则不用，或谓煎茶时以箸搅茶乳使水波变幻。攧竹：博戏名，摇动手中竹筒，视筒中跌出竹签之标志以决胜负，类似抽签。

[9] 打马：博戏之一种。陈振孙《直斋书录解题》云："今世打马，大约与古之掷蒲相类。"

摴蒲即以掷骰决胜负的博戏。清周亮工《因树屋书影》卷五云"以犀象蜜蜡为马"。其法今不传。藏阄（jiū）：博戏之一种，一方把阄藏在手里，另一方猜，以中否赌输赢。

〔10〕五音：即宫、商、角、徵（zhǐ）、羽，或谓唇、齿、喉、舌、鼻五部位发声法，似非。六律：十二乐律中阴阳各半，阴为吕，阳为律，六律为黄钟、太簇、姑洗、蕤宾、夷则、无射。

〔11〕银筝女：弹银筝的女子，指歌伎。银筝，用银装饰的筝。银屏：银制屏风。

〔12〕玉天仙：美女，指妓女。

〔13〕金客：戴金钗的女子，指妓女。金缕：金缕衣，曲调名。金瓯：金酒杯。

〔14〕暂休：便休。

〔15〕"占排场"句：是说在风月排场中居首位。风月排场，指男女情事。

〔16〕玲珑、剔透：此指灵活惯熟。

〔17〕锦阵花营：犹言妓女丛中。都帅头：统帅，首领。

〔18〕玩府游州：各州府闯荡游赏。玩，观赏，欣赏。

〔19〕"子弟"句：嫖客多为风流子弟，故称为子弟。每，们。《通俗编·们》："北宋时先借'懣'字用之，南宋则借为'们'，而元时则又借为'每'。"乍，才，刚。围场，围猎之地。走，跑。

〔20〕蹅（chǎ）踏：蹅与踏同义，踩踏，大步行走。阵马儿：战阵之马。蹅踏的阵马儿熟，是说自己像破阵之马一样，对战阵形势路数非常熟悉。

〔21〕窝弓：装有关捩、埋藏于山野的捕兽弓箭。蜡枪头：焊蜡做的枪头，比喻好看而无实用的样子货。蜡，一般作"鑞"，铅锡合金。

〔22〕恰不道：岂不闻。道，听闻之义。人到中年万事休："月过中秋光明少，人到中年万事休"为宋元时谚语，言人到中年便什么事都做不成了。

〔23〕铜豌豆：王季思认为，铜豌豆是当时勾栏里对于老狎客的切口（见《王季思全集·关汉卿和他的杂剧》，河北教育出版社2005年版）。

〔24〕恁：通"您"。锦套头，套头，本指网套；锦套头，美丽的圈套，比喻妓女笼络嫖客的手段。

〔25〕梁园：即兔园，为汉梁孝王刘武所建，故址在今河南省商丘市东，为游赏胜地。

〔26〕东京：指北宋都城汴梁（今河南开封）。东京酒，代指名酒。

〔27〕洛阳花：洛阳以种植花木闻名，尤以牡丹最为著名，有洛花、洛阳花之称。

〔28〕章台柳：代指名妓。典出唐许尧佐传奇小说《柳氏传》韩翃寄姬人柳氏诗："章台柳，章台柳，昔日青青今在否？"

〔29〕蹴鞠（cùjū）：即踢球。柴萼《梵天庐丛录·明太祖轶事》："蹴圆，古之蹴鞠，今之足球也。"鞠同"鞠"，内充毛发等软物的皮制圆球。比赛时以足蹴之，前后交击为胜。打围：古代的一种游戏，即玩骨牌。清平步青《霞外攟屑·释谚·打围》："骨牌之戏有曰打围者，不知何昉。按北人以田猎为打围，以狭邪游为打茶围。《南部新书》辛：'驸马韦保衡之为相，以厚承恩泽，大张权势。及败，长安市儿忽竞彩戏，谓之打围。不旬余，韦祸及。'今骨牌戏殆沿之。"插科：即插科打诨，本是戏曲演出术语，即通过滑稽的语言、动作引观众发笑，这里即指说笑话，逗笑。

〔30〕吹弹：指演奏各种乐器。吹，指笛、箫一类管乐；弹，指琴、琵琶一类弦乐。咽作：

歌唱。见朱有燉《双调新水令·赠歌者》。双陆:古代博戏,也称双鹿。设一特制盘子,游戏双方各用十六枚(一说为十五枚)棒槌形的"马"立在自己一边,掷骰子二枚,按点数在盘子上占步数,先走到对方者为胜。

[31] 歹症候:坏毛病。

[32] 尚兀自:还,尚。

[33] 则除:除非。

[34] 勾:捉拿,拘捕。

[35] 三魂:古人认为魂与魄是人之元神,是生命力的表现,魂魄离开躯体,躯体便成空壳,失去生命力。《洞真太上道君元丹上经》云:"诸藏思之术,吾身左三魂在吾肝中,右七魄在吾肺中。"地府:古印度神话中阴间之主称阎王,佛教借为地狱之王,其审理鬼魂的公堂称为阎王殿,其衙署即为地府。

[36] 冥幽:指阴间。

[37] 烟花:指妓女。烟花路,指妓院,还指花街柳巷。

西厢记[1]

王实甫

第三本 第二折

(旦上云)红娘伏侍老夫人,不得空便,偌早晚敢待来也。困思上来,再睡些儿咱。

(睡科)(红上云)奉小姐言语,去看张生,因伏侍老夫人,未曾回小姐话去。不听得声音,敢又睡哩。我入去看一遭。

【中吕】【粉蝶儿】风静帘闲,透纱窗麝兰香散,启朱扉摇响双环。绛台高[2],金荷小[3],银钉犹灿[4]。比及将暖帐轻弹,先揭起这梅红罗软帘偷看[5]。

【醉春风】则见他钗嚲玉横斜,鬓偏云乱挽。日高犹自不明眸,畅好是懒,懒[6]。(旦做起身长叹科)(红唱)半晌抬身,几回搔耳,一声长叹。

我待便将简帖儿与他,恐俺小姐有许多假处哩。我则将这简帖儿放在妆盒儿上,看他见了说甚么。(旦做照镜科,见帖看科)(红唱)

【普天乐】晚妆残[7],乌云嚲,轻匀了粉脸,乱挽起云鬟。将简帖儿拈,把妆盒儿按,开拆封皮孜孜看[8],颠来倒去不害心烦。

(旦怒叫)红娘!(红做意云)呀,决撒了也[9]!厌的早挖皱了黛眉[10]。

(旦云)小贱人,不来怎么!(红唱)忽的波低垂了粉颈,氲的呵改变了朱颜。

(旦云)小贱人,这东西那里将来的?我是相国的小姐,谁敢将这简帖来戏弄我?我几曾惯看这等东西?告过夫人,打下你个小贱人下截来。(红云)小姐使将我去,他着我将来,我不识字,知他写着甚么?

【快活三】分明是你过犯[11],没来由把我摧残;使别人颠倒恶心烦。你不"惯",谁曾"惯"?

姐姐休闹,比及你对夫人说呵,我将这简帖儿,去夫人行出首去来[12]!(旦做揪住科)我逗你要来。(红云)放手,看打下下截来!(旦云)张生两日如何?(红云)我则不说。(旦云)好姐姐,你说与我听咱!(红唱)

【朝天子】张生近间、面颜,瘦得来实难看。不思量茶饭,怕见动弹[13];晓夜将佳期盼,废寝忘餐。黄昏清旦,望东墙淹泪眼。

(旦云)请个好太医看他证候咱[14]。(红云)他证候吃药不济。病患、要安,则除是出几点风流汗。

(旦云)红娘,不看你面时,我将与老夫人看,看他有何面目见夫人!虽然我家亏他,只是兄妹之情,焉有外事。红娘,早是你口稳哩,若别人知呵,甚么模样!(红云)你哄着谁哩!你把这个饿鬼,弄的他七死八活,却要怎么?

【四边静】怕人家调犯[15],"早共晚夫人见些破绽,你我何安。"问甚么他遭危难?

撏断、得上竿,掇了梯儿看[16]。

（旦云）将描笔儿过来,我写将去回他,着他下次休是这般!（旦做写科）（起身科,云）红娘,你将去说:"小姐看望先生,相待兄妹之礼如此,非有他意。再一遭儿是这般呵,必告夫人知道。"和你个小贱人都有说话!（旦掷书下）（红唱）

【脱布衫】小孩儿家口没遮拦[17],一迷的将言语摧残[18]。把似你使性子[19],休思量秀才,做多少好人家风范。（红做拾书科）

【小梁州】他为你梦里成双觉后单。废寝忘餐。罗衣不奈五更寒,愁无限,寂寞泪阑干[20]。

【幺篇】似这等辰勾空把佳期盼[21],我将这角门儿世不曾牢拴,则愿你做夫妻无危难。我向这筵席头上整扮,做一个缝了口的撮合山[22]。

（红云）我若不去来,道我违拗他,那生又等我回报,我须索走一遭。（下）（末上云）那书倩红娘将去,未见回话。我这封书去,必定成事。这早晚敢待来也。（红上）须索回张生话去。小姐,你性儿忒惯得娇了!有前日的心,那得今日的心来?

【石榴花】当日个晚妆楼上杏花残,犹自怯衣单;那一片听琴心清露月明间。昨日个向晚,不怕春寒,几乎险被先生馔[23]。那其间岂不胡颜[24]?为一个不酸不醋风魔汉,隔墙儿险化做了望夫山。

【斗鹌鹑】你用心儿拨雨撩云,我好意儿传书寄简。不肯搜自己狂为,则待要觅别人破绽。受艾焙权时忍这番[25],畅好是奸!

"张生是兄妹之礼,焉敢如此!"

对人前巧语花言;

没人处便想张生,

背地里愁眉泪眼。

（红见末科）（末云）小娘子来了,擎天柱[26],大事如何了也?（红云）不济事了,先生休傻。（末云）小生简帖儿,是一道会亲的符箓,则是小娘子不用心,故意如此。（红云）我不用心?有天哩!你那简帖儿好听!

【上小楼】这的是先生命悭,须不是红娘违慢。那简帖儿到做了你的招状[27],他的勾头[28],我的公案。若不是觑面颜,厮顾盼,担饶轻慢[29],

先生受罪,礼之当然。贱妾何辜?

争些儿把你娘拖犯[30]!

【幺篇】从今后相会少,见面难。月暗西厢,凤去秦楼,云敛巫山。你也趱,我也趱,请先生休讪[31],早寻个酒阑人散。

（红云）只此再不必申诉足下肺腑,怕夫人寻,我回去也。（末云）小娘子此一遭去,再着谁与小生分剖?必索做一个道理,方可救得小生一命。（末跪下揪住红科）（红云）张先生是读书人,岂不知此意,其事可知矣。

【满庭芳】你休要呆里撒奸[32]。你待要恩情美满,却教我骨肉摧残。老夫人手执着棍儿摩娑看[33],粗麻线怎透得针关?直待我拄着拐帮闲钻懒,缝合唇送暖偷寒[34]。

待去呵,小姐性儿撮盐入火[35],

消息儿踏着泛[36]，

　　待不去呵，（末跪哭云）小生这一个性命，都在小娘子身上。（红唱）
禁不得你甜话儿热趖[37]。好着我两下里做人难。

　　我没来由分说，小姐回与你的书，你自看者。（末接科，开读科）呀，有这场喜事！
撮土焚香，三拜礼毕。早知小姐简至，理合远接；接待不及，勿令见罪。小娘子，和
你也欢喜。（红云）怎么？（末云）小姐骂我都是假，书中之意，着我今夜花园里来，和
他"哩也波，哩也啰"哩[38]！（红云）你读书我听。（末云）"待月西厢下，迎风户半开。
隔墙花影动，疑是玉人来。"（红云）怎见得他着你来？你解与我听咱。（末云）"待月
西厢下"，着我月上来；"迎风户半开"，他开门待我；"隔墙花影动，疑是玉人来"，着
我跳过墙来。（红笑云）他着你跳过墙来，你做下来。端的有此说么？（末云）俺是个
猜诗谜的社家[39]，风流隋何，浪子陆贾[40]。我那里有差的勾当？（红云）你看我姐姐，
在我行也使这般道儿。

【耍孩儿】几曾见寄书的颠倒瞒着鱼雁，小则小心肠儿转关。写着道西厢待月等
得更阑，着你跳东墙"女"字边"干"。元来那诗句儿里包笼着三更枣[41]，简帖儿里埋伏
着九里山[42]。他着紧处将人慢。恁会云雨闹中取静，我寄音书忙里偷闲。

【四煞】纸光明玉板[43]，字香喷麝兰，行儿边湮透非春汗？一缄情泪红犹湿，满纸
春愁墨未干。从今后休疑难，放心波玉堂学士，稳情取金雀鸦鬟[44]。

【三煞】他人行别样的亲，俺跟前取次看[45]，更做道孟光接了梁鸿案。别人行甜言
美语三冬暖，我跟前恶语伤人六月寒。我为头儿看：看你个离魂倩女[46]，怎发付掷果潘
安[47]。

　　（末云）小生读书人，怎跳得那花园过也。（红唱）

【二煞】隔墙花又低，迎风户半拴，偷香手段今番按[48]。怕墙高怎把龙门跳？嫌花
密难将仙桂攀。放心去，休辞惮。你若不去呵，望穿他盈盈秋水，蹙损了淡淡春山[49]。

　　（末云）小生曾到那花园里，已经两遭，不见那好处。这一遭，知他又怎么？（红云）
如今不比往常。

【煞尾】你虽是去了两遭，我敢道不如这番。你那隔墙酬和都胡侃，证果的是今番
这一简。（红下）

　　（末云）万事自有分定，谁想小姐有此一场好处。小生是猜诗谜的社家，风流隋
何，浪子陆贾，到那里扢扎帮便倒地[50]。今日颓天百般的难得晚。天，你有万物于
人，何故争此一日？疾下去波！读书继晷怕黄昏[51]，不觉西沉强掩门。欲赴海棠
花下约，太阳何苦又生根？（看天云）呀，才晌午也，再等一等。（又看科）今日万般的
难得下去也呵！碧天万里无云，空劳倦客身心。恨杀鲁阳贪战[52]，不教红日西沉。
呀，却早倒西也，再等一等咱。无端三足乌[53]，团团光烁烁。安得后羿弓，射此一
轮落！谢天地，却早日下去也。呀，却早发擂也！呀，却早撞钟也！拽上书房门，
到得那里，手挽着垂杨，滴流扑跳过墙去[54]。（下）

注 释

[1]《西厢记》,全名《崔莺莺待月西厢记》。原文据张燕瑾校注本(人民文学出版社1994年版)移录。

[2]绛台:红色的烛台。

[3]金荷:亦称铜荷,烛台上部承接烛泪的铜盘,为荷花形,称金荷言其富丽。

[4]银釭:灯烛。

[5]梅红:如红梅的颜色。软帘:旧时挂于堂屋门上或床帐上的帘子,以其轻软,故称软帘。

[6]畅好是:真是,正是。

[7]"晚妆残":晨而曰晚妆,是说宿妆未经梳洗。

[8]孜孜:专心注视的样子。

[9]决撒:败露,出乱子。

[10]扢(gǔ)皱:皱眉。

[11]过犯:过错,过失。

[12]出首:自首,告发。

[13]怕见:懒得。

[14]太医:本指御医,此指一般医生。证候:病象,症状。

[15]调犯:说闲话,讥刺之意。

[16]"揣断"二句:意谓怂恿别人登梯子爬上竿去,自己却撤走梯子,看人家下不来的样子。此处是说崔莺莺惹得张生害了相思病,却又撒手不管。揣断,怂恿之意。

[17]口没遮拦:即口不严。

[18]一迷的:一味地,一个劲地。

[19]把似:也作"把如",与其。

[20]泪阑干:眼泪纵横。阑干,纵横散乱的样子。

[21]"似这"句:盼望佳期到来,好像等待辰勾星出来一样困难。辰勾,水星,其出虽有常度,然见之甚难。

[22]撮合山:指拉拢说合双方以成事者,此处指媒人。

[23]先生馔:言听琴时几乎被他弄到了手。语出《论语·为政》:"有酒食,先生馔。"馔,本指吃喝,这里取谐音字"赚"之意。

[24]胡颜:犹言难堪,没有脸面。

[25]艾焙:以艾草熏灼患处,此处引申为责备、训斥之意。

[26]擎天柱:古人以为天的四周都有柱子支撑,张生以此比红娘,表示倚重。

[27]招状:犯人招认罪行的供词。

[28]勾头:逮捕罪犯的拘票。

[29]担饶:宽恕,容忍。

[30]"争些儿"句:意思是差一点连累了我。争些儿,差一点;拖犯,连累。

〔31〕赳:跳跃,此处为走开、散伙之意。讪:毁谤,讥刺。

〔32〕呆里撒奸:内怀奸诈而故作诚实。

〔33〕摩娑:抚摸。此言老夫人手摸弄着棍子早有准备。

〔34〕"直待我"二句:直待我,谓简直要我。帮闲钻懒,即管别人的闲事,此指为男女传情。两句谓叫我拼了命为你们传情达意。

〔35〕撮盐入火:盐入火即爆,喻性子急躁。

〔36〕消息儿踏着泛:踩了机关的泛子,中人圈套的意思。消息,机关上的枢纽,亦称"泛"或"泛子"。

〔37〕甜话儿热趱:用好话催说。《集韵》:"趱,音赞,逼使走也。"

〔38〕"哩也"二句:方言,用以代指不便明言的事,此处隐指男女之事。

〔39〕猜诗谜的社家:即解诗的行家。猜谜是宋元技艺中的一种,当时有专门组织,叫商社或社会。社家,即加入社会的艺人。

〔40〕隋何陆贾:均为西汉初人,未见风流浪子事迹。但戏曲中多有以风流浪子目之者,戏曲用典不一定拘于史实。

〔41〕三更枣:约会的暗语。枣与早谐音。《高僧传》载,禅宗五祖弘忍,欲传法于六祖慧能,给他三粒粳米一枚枣,慧能悟出是让他"三更早到"之意。

〔42〕九里山:相传刘邦、项羽交战处,韩信设伏布阵击破项羽。此处喻崔莺莺简帖里打了埋伏,骗过了红娘。

〔43〕玉板:即玉板宣,宣纸的一种。

〔44〕稳情取:十拿九稳得到。金雀鸦鬟:代指美女。金雀,妇女头上的钗簪;鸦鬟,乌黑的鬓发。

〔45〕取次看:意即小看,不重视的意思。

〔46〕离魂倩女:唐陈玄祐《离魂记》云,张倩娘与王宙相爱至深,王宙赴京,倩女魂离躯体随王宙而去,与王宙同居五年,且生二子。后偕归,魂身合一。倩女,此处借指崔莺莺。

〔47〕掷果潘安:传说晋代潘安姿容美好,每乘车出行,道旁妇女以果掷之。见刘义庆《世说新语·容止》。此处借指张生。

〔48〕按:考验,验证。

〔49〕春山:喻女子美丽的双眉如春山之秀。

〔50〕挖扎帮:突然地。原系形容声音,此处借以形容动作迅速。

〔51〕继晷:犹夜以继日。晷,日影。

〔52〕鲁阳贪战:《淮南子·览冥训》:"鲁阳公与韩构难,战酣日暮,援戈而㧑之,日为之反三舍。"此处指太阳迟迟不落。

〔53〕三足乌:指太阳。《春秋元命苞》:"日中有三足乌者,阳精也。"

〔54〕滴流扑:象声词,跌倒、摔下的声音。

第四本 第 二 折

(夫人引俫上云)这几日窃见莺莺语言恍惚,神思加倍,腰肢体态,比向日不同;莫不做下来了么? (俫云)前日晚夕,奶奶睡了,我见姐姐和红娘烧香,半晌不回来,我家去睡了。(夫人云)这桩事都在红娘身上,唤红娘来! (俫唤红科)(红云)哥哥唤我怎么? (俫云)奶奶知道你和姐姐去花园里去,如今要打你哩。(红云)呀! 小姐,你带累我也! 小哥哥你先去,我便来也。(红唤旦科)姐姐,事发了也,老夫人唤我哩,却怎了? (旦云)好姐姐,遮盖咱! (红云)娘呵,你做的稳秀者[1]——我道你做下来也。(旦念)月圆便有阴云蔽,花发须教急雨催。(红唱)

【越调】【斗鹌鹑】则着你夜去明来,到有个天长地久;不争你握雨携云[2],常使我提心在口。则合带月披星,谁着你停眠整宿? 老夫人心数多[3],情性佹[4];使不着我巧语花言,将没做有。

【紫花儿序】老夫人猜那穷酸做了新婿,小姐做了娇妻,这小贱人做了牵头[5]。俺小姐这些时春山低翠,秋水凝眸,别样的都休[6],试把你裙带儿拴,纽门儿扣,比着你旧时肥瘦,出落得精神,别样的风流[7]。

(旦云)红娘,你到那里小心回话者! (红云)我到夫人处,必问:"这小贱人!

【金蕉叶】我着你但去处行监坐守[8],谁着你迤逗的胡行乱走[9]? "若问着此一节呵如何诉休[10]? 你便索与他个"知情"的犯由[11]。

姐姐,你受责理当,我图甚么来?

【调笑令】你绣帏里效绸缪[12],倒凤颠鸾百事有[13]。我在窗儿外几曾轻咳嗽,立苍苔将绣鞋儿冰透。今日个嫩皮肤倒将粗棍抽,姐姐呵,俺这通殷勤的着甚来由?

姐姐在这里等着,我过去。说过呵,休欢喜,说不过,休烦恼。(红见夫人科)(夫人云)小贱人,为甚么不跪下! 你知罪么? (红跪云)红娘不知罪。(夫人云)你故自口强哩。若实说呵,饶你;若不实说呵,我直打死你这个贱人! 谁着你和小姐花园里去来? (红云)不曾去,谁见来? (夫人云)欢郎见你去来,尚故自推哩。(打科)(红云)夫人休闲了手,且息怒停嗔,听红娘说。

【鬼三台】夜坐时停了针绣,共姐姐闲穷究,说张生哥哥病久。咱两个背着夫人,向书房问候。

(夫人云)问候呵,他说甚么? (红云)他说来,

道"老夫人事已休,将恩变为仇,着小生半途喜变做忧"。他道:"红娘你且先行,教小姐权时落后。"

(夫人云)他是个女孩儿家,着他落后怎么! (红唱)

【秃厮儿】我则道神针法灸[14],谁承望燕侣莺俦。他两个经今月余则是一处宿,何须你一一问缘由?

【圣药王】他每不识忧[15],不识愁,一双心意两相投。夫人得好休,便好休,这其间何必苦追求? 常言道"女大不中留"[16]。

(夫人云)这端事都是你个贱人! (红云)非是张生、小姐、红娘之罪,乃夫人之过

也。(夫人云)这贱人到指下我来,怎么是我之过?(红云)信者,人之根本,"人而无信,不知其可也。大车无輗,小车无軏,其何以行之哉?"[17]当日军围普救,夫人所许退军者,以女妻之。张生非慕小姐颜色,岂肯建区区退军之策?兵退身安,夫人悔却前言,岂得不为失信乎?既然不肯成就其事,只合酬之以金帛,令张生舍此而去。却不当留请张生于书院,使怨女旷夫[18],各相早晚窥视,所以夫人有此一端。目下老夫人若不息其事,一来辱没相国家谱;二来张生日后名重天下,施恩于人,忍令反受其辱哉?使至官司,夫人亦得治家不严之罪。官司若推其详[19],亦知老夫人背义而忘恩,岂得为贤哉?红娘不敢自专,乞望夫人台鉴:莫若恕其小过,成就大事,掴之以去其污[20],岂不为长便乎?

【麻郎儿】秀才是文章魁首,姐姐是仕女班头[21];一个通彻三教九流,一个晓尽描鸾刺绣。

【幺篇】世有、便休、罢手[22],大恩人怎做敌头?起白马将军故友,斩飞虎叛贼草寇。

【络丝娘】不争和张解元参辰卯酉[23],便是与崔相国出乖弄丑。到底干连着自己骨肉,夫人索穷究。

(夫人云)这小贱人也道得是。我不合养了这个不肖之女[24]。待经官呵,玷辱家门。罢罢!俺家无犯法之男,再婚之女,与了这厮罢。红娘,唤那贱人来!(红见旦云)且喜姐姐,那棍子则是滴溜溜在我身上,吃我直说过了[25]。我也怕不得许多,夫人如今唤你来,待成合亲事。(旦云)羞人答答的,怎么见夫人?(红云)娘跟前有甚么羞?

【小桃红】当日个月明才上柳梢头,却早人约黄昏后。羞的我脑背后将牙儿衬着衫儿袖。猛凝眸,看时节则见鞋底尖儿瘦。一个恣情的不休,一个哑声儿厮觑[26]。呸!那其间可怎生不害半星儿羞?

(旦见夫人科)(夫人云)莺莺,我怎生抬举你来?今日做这等的勾当;则是我的孽障[27],待怨谁的是!我待经官来,辱没了你父亲,这等不是俺相国人家的勾当。罢罢罢!谁似俺养女的不长俊[28]!红娘,书房里唤将那禽兽来!(红唤末科)(末云)小娘子唤小生做甚?(红云)你的事发了也,如今夫人唤你来,将小姐配与你哩。小姐先招了也,你过去。(末云)小生惶恐,如何见老夫人?当初谁在老夫人行说来?(红云)休伴小心,过去便了。

【幺篇】既然泄漏怎干休?是我相投首[29]。俺家里陪酒陪茶到掴就[30]。你休愁,何须约定通媒媾?我弃了部署不收[31],你元来"苗而不秀"[32]。呸!你是个银样镴枪头[33]。

(末见夫人科)(夫人云)好秀才呵,岂不闻"非先王之德行不敢行"[34]。我待送你去官司里去来,恐辱没俺家谱。我如今将莺莺与你为妻,则是俺三辈儿不招白衣女婿[35],你明日便上朝取应去。我与你养着媳妇,得官呵,来见我;驳落呵[36],休来见我。(红云)张生早则喜也。

【东原乐】相思事,一笔勾,早则展放从前眉儿皱,美爱幽欢恰动头[37]。既能勾,张生,你觑兀的般可喜娘庞儿也要人消受。

（夫人云）明日收拾行装,安排果酒,请长老一同送张生到十里长亭去[38]。（旦念）寄语西河堤畔柳,安排青眼送行人[39]。（同夫人下）（红唱）

【收尾】来时节画堂箫鼓鸣春昼,列着一对儿鸾交凤友。那其间才受你说媒红[40],方吃你谢亲酒。（并下）

注 释

[1] 稳秀:即隐秀,意谓藏而不露。稳,通"隐"。

[2] 不争:此作"因为"解。

[3] 心数:心计。

[4] 偢(zhòu):或作"恗",固执,刚愎。

[5] 牵头:男女私通的牵线人。

[6] 别样的都休:意谓其他变化且不用说。

[7] "试把你"五句:意谓试着旧时的衣服,与从前的体态相比,如今变得特别精神、特别风流。出落,长成,指身体相貌变得更加光艳动人。

[8] 但去处:只是去呀。处,语气词。行监坐守:一举一动都要监视看守。

[9] 迤(yǐ)逗:挑逗,引诱。

[10] 如何诉休:如何诉说呵。休,语助词。

[11] 犯由:犯罪的缘由,即罪状。

[12] 绸缪(móu):本义为紧紧束缚,引申作缠绵解。

[13] 百事有:样样有。此谓种种情态都有。

[14] "我则道"句:意谓我本以为小姐是去给张生治病的。针与灸都是治病方法。灸为以艾卷烤灼患处。

[15] 每:通"们"。

[16] 女大不中留:宋元谚语有"三不留"之说。康进之《梁山泊李逵负荆》第一折:"你晓的世上有'三不留'么?……蚕老不中留,人老不中留,……常言道'女大不中留'。"

[17] "人而无信"五句:语出《论语·为政》篇,意谓:作为一个人却没有信用,不知道那怎么可以。就像大车上没有輗(ní),小车上没有軏(yuè)一样,那还靠什么行走呢?

[18] 怨女旷夫:指到了已婚年龄而没有婚配的男女。

[19] 推其详:追究详细情况。推,追究审问。

[20] 捼(ruán):捼就,本指摩弄,揉搓。此指迁就,撮合成就。

[21] 仕女班头:女中领袖。仕女,贵族妇女,大家闺秀。班头,领袖,首领。

[22] 世有、便休、罢手:意谓张生和崔莺莺既然已经做出了这种事,不如就此了结,放开手不再追究。

[23] 参(shēn)辰:参星和辰星,又称参商。两星此出彼落,不同时出现,故以参辰喻不睦或不能相见。卯酉:古以子、丑、寅、卯、辰、巳、午、未、申、酉、戌、亥为十二地支。可用以

指方位、时间和五行。卯、酉为其中两支。以方位言,卯为东方,酉为西方。以时间言,卯为早晨(5—7时),酉为黄昏(17—19时)。以五行言,卯为木,酉为金。故以卯酉比喻互不相见、对立不和。

〔24〕不肖:不贤。

〔25〕吃:此作"被"解。

〔26〕厮耨(nòu):纠缠戏弄。

〔27〕孽(niè)障:即业障。佛教称所做恶业(坏事)障碍正道,故称业障。

〔28〕长俊:即长进,向上、进步,有出息。

〔29〕投首:自首。

〔30〕"俺家里"句:婚姻一般由男家备茶酒向女家求婚,现在却反倒由崔家倒贴茶酒撮合成婚。红娘故有此语。

〔31〕"我弃了"句:意谓我不再为你出谋划策。部署,宋元时教授枪棒的师傅。

〔32〕苗而不秀:本指庄稼苗虽长得很好,却不开花吐穗。后用以比喻无用之人。

〔33〕银样镴(là)枪头:枪头看上去像是银的,实际是镴做的。比喻好看而不实用。镴,即今之焊锡,为锡与铅之合金。

〔34〕非先王之德行不敢行:意谓不敢做与先王道德标准不相符合的事。前一"行"为名词,指品德、品质;后一"行"为动词,贯彻、实行。语出《孝经·卿大夫章》。

〔35〕白衣:指没有功名官职的人,即平民。

〔36〕驳落:也作"剥落",此指落第。

〔37〕恰动头:才刚刚开始。

〔38〕十里长亭:古时设于路旁供行人歇宿、休息用的公用房舍,常以之指送别饯行之地。

〔39〕青眼:相传晋时阮籍能为青白眼,喜之者青眼相加,恶之者白眼相对。见《晋书·阮籍传》。后遂以青眼表示对人的重视、喜爱。此处指柳叶,系语义双关。

〔40〕说媒红:赏给媒人的谢礼。

(汪龙麟　校注)

第四本　第　三　折

(夫人长老上云)今日送张生赴京,十里长亭安排下筵席。我和长老先行,不见张生、小姐来到。(旦末红同上)(旦云)今日送张生上朝取应,早是离人伤感,况值那暮秋天气,好烦恼人也呵! 悲欢聚散一杯酒,南北东西万里程。

【正宫】【端正好】碧云天,黄花地,西风紧,北雁南飞。晓来谁染霜林醉? 总是离人泪。

【滚绣球】恨相见得迟,怨归去得疾。柳丝长玉骢难系。恨不倩疏林挂住斜晖。马儿迍迍的行[1],车儿快快的随。却告了相思回避,破题儿又早别离[2]。听得道一声"去

西厢记

也",松了金钏[3];遥望见十里长亭,减了玉肌。此恨谁知!

(红云)姐姐,今日怎么不打扮?(旦云)你那知我的心里呵!

【叨叨令】见安排着车儿、马儿,不由人熬熬煎煎的气;有甚么心情花儿、靥儿[4],打扮的娇娇滴滴的媚;准备着被儿、枕儿,则索昏昏沉沉的睡;从今后衫儿、袖儿,都揾做重重叠叠的泪。兀的不闷杀人也么哥[5],兀的不闷杀人也么哥!久已后书儿、信儿,索与我恓恓惶惶的寄。

(做到见夫人科)(夫人云)张生和长老坐,小姐这壁坐,红娘将酒来。张生,你向前来,是自家亲眷,不要回避。俺今日将莺莺与你,到京师休辱末了俺孩儿,挣揣一个状元回来者[6]。(末云)小生托夫人余荫,凭着胸中之才,视官如拾芥耳[7]。(洁云)夫人主见不差,张生不是落后的人。(把酒了,坐)(旦长吁科)

【脱布衫】下西风黄叶纷飞,染寒烟衰草萋迷。酒席上斜签着坐的[8],蹙愁眉死临侵地[9]。

【小梁州】我见他阁泪汪汪不敢垂,恐怕人知;猛然见了把头低,长吁气,推整素罗衣[10]。

【幺篇】虽然久后成佳配,奈时间怎不悲啼[11]。意似痴,心如醉,昨宵今日,清减了小腰围。

(夫人云)小姐把盏者。(红递酒,旦把盏长吁科云)请吃酒。

【上小楼】合欢未已,离愁相继。想着俺前暮私情,昨夜成亲,今日别离。我谂知这几日相思滋味,却元来此别离情更增十倍。

【幺篇】年少呵轻远别,情薄呵易弃掷。全不想腿儿相挨,脸儿相偎,手儿相携。你与俺崔相国做女婿,妻荣夫贵,但得一个并头莲,煞强如状元及第。

(夫人云)红娘把盏者。(红把酒科)(旦唱)

【满庭芳】供食太急,须臾对面,顷刻别离。若不是酒席间子母每当回避,有心待与他举案齐眉。虽然是斯守得一时半刻,也合着俺夫妻每共桌而食。眼底空留意,寻思起就里,险化做望夫石。

(红云)姐姐不曾吃早饭,饮一口儿汤水。(旦云)红娘,甚么汤水咽得下。

【快活三】将来的酒共食,尝着似土和泥;假若便是土和泥,也有些土气息,泥滋味。

【朝天子】暖溶溶玉醅[12],白泠泠似水。多半是相思泪。眼面前茶饭怕不待要吃[13],恨塞满愁肠胃。蜗角虚名[14],蝇头微利[15],拆鸳鸯在两下里。一个这壁,一个那壁,一递一声长吁气。

(夫人云)辆起车儿,俺先回去,小姐随后和红娘来。(下)(末辞洁科)(洁云)此一行别无话儿,贫僧准备买登科录看[16],做亲的茶饭,少不得贫僧的。先生在意,鞍马上保重者。从今经忏无心礼,专听春雷第一声。(下)(旦唱)

【四边静】霎时间杯盘狼藉,车儿投东,马儿向西。两意徘徊,落日山横翠。知他今宵宿在那里?有梦也难寻觅。

张生,此一行得官不得官,疾便回来。(末云)小生这一去,白夺一个状元。正是:

青霄有路终须到,金榜无名誓不归。(旦云)君行别无所赠,口占一绝[17],为君送行:弃掷今何在,当时且自亲。还将旧来意,怜取眼前人。(末云)小姐之意差矣,张珙更敢怜谁?谨赓一绝[18],以剖寸心:人生长远别,孰与最关亲?不遇知音者,谁怜长叹人?(旦唱)

【耍孩儿】淋漓襟袖啼红泪,比司马青衫更湿。伯劳东去燕西飞,未登程先问归期。虽然眼底人千里,且尽生前酒一杯。未饮心先醉,眼中流血,心里成灰。

【五煞】到京师服水土,趁程途节饮食[19],顺时自保揣身体[20]。荒村雨露宜眠早,野店风霜要起迟。鞍马秋风里,最难调护,最要扶持。

【四煞】这忧愁诉与谁?相思只自知,老天不管人憔悴。泪添九曲黄河溢,恨压三峰华岳低。到晚来闷把西楼倚,见了些夕阳古道,衰柳长堤。

【三煞】笑吟吟一处来,哭啼啼独自归。归家若到罗帏里,昨宵个绣衾香暖留春住,今夜个翠被生寒有梦知。留恋你别无意,见据鞍上马,阁不住泪眼愁眉。

(末云)有甚言语,嘱付小生咱?(旦唱)

【二煞】你休忧文齐福不齐[21],我则怕你停妻再娶妻。休要"一春鱼雁无消息",我这里青鸾有信频须寄,你却休金榜无名誓不归。此一节君须记:若见了那异乡花草,再休似此处栖迟[22]。

(末云)再谁似小姐,小生又生此念?(旦唱)

【一煞】青山隔送行,疏林不做美,淡烟暮霭相遮蔽。夕阳古道无人语,禾黍秋风听马嘶[23]。我为甚么懒上车儿内?来时甚急,去后何迟[24]!

(红云)夫人去好一会,姐姐,咱家去。(旦唱)

【收尾】四围山色中,一鞭残照里。遍人间烦恼填胸臆,量这些大小车儿如何载得起[25]?

(旦红下)(末云)仆童,赶早行一程儿,早寻个宿处。泪随流水急,愁逐野云飞[26]。

(下)

注释

[1]迍(zhūn)迍:行动迟缓,迟迟不进的样子。

[2]"却告"二句:是说相思才了,离愁又起。却,恰,才。回避,告退,消失。破题,起头,开始。

[3]钏(chuàn):臂环,手镯。松金钏,言人瘦手镯松脱。

[4]花儿:头上所簪之花。靥(yè)儿:也叫花钿、花子,是古代妇女头部的饰物,或簪于发髻,或贴于眉间、面颊,见段成式《酉阳杂俎》前集卷八。

[5]兀(wù)的:宋元口语,有多种含义;与"不"连用,表示反问语气,好不、怎不、如何不等意。也么哥:语尾助词,有声无义。【叨叨令】定格要求用"也么哥"二叠句。

[6]挣揣:争取、夺得。

[7]视官如拾芥(jiè):把取得官职看得像从地上拾起一根草那样容易。

〔8〕斜签着坐：侧身半坐。封建时代晚辈在长辈面前不能实坐。

〔9〕死临侵地：呆呆地，无精打采的样子。临侵，助词，无意。

〔10〕推整素罗衣：装作整理衣裳。推，借口、假装。

〔11〕时间：眼下，目前。

〔12〕玉醅(pēi)：美酒。

〔13〕怕不待要：难道不想，何尝不想。

〔14〕蜗角虚名：像蜗牛角一样极小的浮名。典出《庄子·则阳》。

〔15〕蝇头微利：喻因小利而忘危难。班固《难庄论》："青蝇嗜肉汁而忘溺死，众人贪世利而陷罪祸。"

〔16〕登科录：登载录取进士姓名的名册。

〔17〕口占(zhàn)一绝：不打草稿，随口吟出一首绝句诗。

〔18〕赓(gēng)：续作。

〔19〕趁：赶。趁程途，即赶路。

〔20〕"顺时"句：估量身体情况，适应季节变化而保重身体。揣(chuǎi)，揣度，思忖估量。

〔21〕文齐福不齐：有文才而无福分，不能考中。

〔22〕栖迟：流连，逗留。

〔23〕禾黍：代指庄稼。禾，谷类作物；黍，黏小米。嘶：马鸣。

〔24〕"来时"二句："时"与"后"均为间歇语气之用，相当于呵、啊。

〔25〕"量(liàng)这些"句：烦恼之多，量这些小小车儿怎能装得下？量，估量，忖度。大小，偏义复词，义取小。

〔26〕本折张生、崔莺莺的分别，当在"再谁似小姐，小生又生此念？"之后，以下全为张生去后崔莺莺怅望的情景，但张生并未下场，体现了戏曲舞台不受空间限制的特点。

（张燕瑾　校注）

汉 宫 秋 [1]

马致远

第 三 折

（番使拥旦上，奏胡乐科，旦云）妾身王昭君。自从选入宫中，被毛延寿将美人图点破，送入冷宫。甫能得蒙恩幸[2]，又被他献与番王形像。今拥兵来索，待不去，又怕江山有失。没奈何将妾身出塞和番。这一去，胡地风霜，怎生消受也！自古道："红颜胜人多薄命，莫怨春风当自嗟。"（驾引文武内官上，云）今日灞桥饯送明妃[3]，却早来到也。（唱）

【双调】【新水令】锦貂裘生改尽汉宫妆，我则索看昭君画图模样。旧恩金勒短，新恨玉鞭长。本是对金殿鸳鸯，分飞翼怎承望！

（云）您文武百官计议，怎生退了番兵，免明妃和番者？（唱）

【驻马听】宰相每商量，大国使还朝多赐赏。早是俺夫妻悒怏，小家儿出外也摇装[4]。尚兀自渭城衰柳助凄凉，共那灞桥流水添惆怅。偏您不断肠。想娘娘那一天愁都撮在琵琶上。

（做下马科）（与旦打悲科）（驾云）左右慢慢唱者，我与明妃饯一杯酒。（唱）

【步步娇】您将那一曲阳关休轻放[5]，俺咫尺如天样。慢慢的捧玉觞，朕本意待尊前挨些时光。且休问劣了宫商[6]，您则与我半句儿俄延着唱。

（番使云）请娘娘早行，天色晚了也。（驾唱）

【落梅风】可怜俺别离重，你好是归去的忙。寡人心先到他李陵台上[7]。回头儿却才魂梦里想，便休题贵人多忘。

（旦云）妾这一去，再何时得见陛下？把我汉家衣服都留下者。（诗云）正是：今日汉宫人，明朝胡地妾。忍着主衣裳，为人作春色。（留衣服科）（驾唱）

【殿前欢】则甚么留下舞衣裳，被西风吹散旧时香。我委实怕宫车再过青苔巷，猛到椒房[8]，那一会想菱花镜里妆，风流相，兜的又横心上。看今日昭君出塞，几时似苏武还乡？

（番使云）请娘娘行罢，臣等来多时了也。（驾云）罢罢罢，明妃，你这一去，休怨朕躬也。（做别科，驾云）我那里是大汉皇帝！（唱）

【雁儿落】我做了别虞姬楚霸王，全不见守玉关征西将。那里取保亲的李左车，送女客的萧丞相[9]？

（尚书云）陛下不必挂念。（驾唱）

【得胜令】他去也不沙架海紫金梁[10]？枉养着那边庭上铁衣郎。您也要左右人扶侍，俺可甚糟糠妻下堂！您但提起刀枪，却早小鹿儿心头撞。今日央及煞娘娘，怎做的男儿当自强！

（尚书云）陛下，咱回朝去罢。（驾唱）

【川拨棹】怕不待放丝缰,咱可甚鞭敲金镫响。你管燮理阴阳,掌握朝纲。治国安邦,展土开疆。假若俺高皇,差你个梅香,背井离乡,卧雪眠霜。若是他不恋恁春风画堂,我便官封你一字王[11]。

　　(尚书云)陛下,不必苦死留他,着他去了罢。(驾唱)

【七弟兄】说甚么大王、不当、恋王嫱,兀良[12],怎禁他临去也回头望!那堪这散风雪旌节影悠扬,动关山鼓角声悲壮。

【梅花酒】呀!俺向着这迥野悲凉:草已添黄,兔早迎霜[13];犬褪得毛苍,人搠起缨枪;马负着行装,车运着糇粮[14],打猎起围场。他、他、他伤心辞汉主,我、我、我携手上河梁[15]。他部从入穷荒,我銮舆返咸阳。返咸阳,过宫墙;过宫墙,绕回廊;绕回廊,近椒房;近椒房,月昏黄;月昏黄,夜生凉;夜生凉,泣寒螀;泣寒螀,绿纱窗;绿纱窗,不思量。

【收江南】呀!不思量除是铁心肠。铁心肠也愁泪滴千行。美人图今夜挂昭阳,我那里供养,便是我高烧银烛照红妆。

　　(尚书云)陛下回銮罢,娘娘去远了也。(驾唱)

【鸳鸯煞】我煞大臣行说一个推辞谎,又则怕笔尖儿那火编修讲。不见他花朵儿精神,怎趁那草地里风光?唱道伫立多时[16],徘徊半晌;猛听的塞雁南翔,呀呀的声嘹亮。却原来满目牛羊,是兀那载离恨的毡车半坡里响。(下)

　　(番王引部落拥昭君上,云)今日汉朝不弃旧盟,将王昭君与俺番家和亲。我将昭君封为宁胡阏氏[17],坐我正宫。两国息兵,多少是好。众将士,传下号令,大众起行,望北而去。(做行科)(旦问云)这里甚地面了?(番使云)这是黑龙江,番汉交界去处。南边属汉家,北边属我番国。(旦云)大王,借一杯酒,望南浇奠;辞了汉家,长行去罢。(做奠酒科,云)汉朝皇帝,妾身今生已矣,尚待来生也。(做跳江科)(番王惊救不及,叹科,云)嗨,可惜可惜!昭君不肯入番,投江而死。罢罢罢,就葬在此江边,号为青冢者[18]。我想来,人也死了,枉与汉朝结下这般仇隙,都是毛延寿那厮搬弄出来的。把都儿[19],将毛延寿拿下,解送汉朝处治。我依旧与汉朝结和,永为甥舅,却不是好!(诗云)则为他丹青画误了昭君,背汉主暗地私奔;将美人图又来哄我,要索取出塞和亲。岂知道投江而死,空落的一见消魂。似这等奸邪逆贼,留着他终是祸根。不如送他去汉朝哈喇[20],依还的甥舅礼,两国长存。(下)

注　释

[1]《汉宫秋》,全名《破幽梦孤雁汉宫秋》。原文据臧晋叔《元曲选》(浙江古籍出版社2020年版)移录。

[2] 甫能:方才,刚刚。

[3] 灞桥:位于长安灞水之上,是古代送别的地方。

[4] 摇装:亦作"遥装""遥妆",为南北朝相沿下来的一种习俗。明代姜唯《歧海琐谈》:"时俗,凡远行者,预期涓吉出门,饮饯江浒,登舟移棹即返,另日启行,谓曰遥妆。"

〔5〕阳关:即古曲《阳关三叠》,据唐代王维《送元二使安西》诗创作,为古代送别之曲。

〔6〕劣了宫商:走音跑调。宫商,我国古代五声音阶宫、商、角、徵、羽的简称。

〔7〕李陵台:在元代的上京(今内蒙古自治区巴林左旗)。这里代指匈奴之地。李陵,汉代名将,汉武帝时为骑都尉,因孤军深入匈奴,兵败无援而降。

〔8〕椒房:皇宫中皇后居住的地方。据说以香椒和泥涂室墙,气味芬芳,故称之。

〔9〕"那里取保亲的李左车"二句:保亲,保媒;旧时女子出嫁,陪送其到夫家的人称为"送女客"。李左车,秦汉时谋士,多奇谋,曾佐韩信下燕、齐二国。萧丞相,即萧何,汉初开国安邦之名臣。据史二人无保媒送亲事。此处系借汉元帝之口讥讽那些以贤臣名将自居的文武大臣,在兵临城下关头束手无策,只会保亲送女,媚敌降敌。

〔10〕架海紫金梁:元人杂剧常以"擎天白玉柱,架海紫金梁"比喻国家倚重的文臣武将。

〔11〕一字王:最高的爵位。辽代封王用一个字,表地位至尊,如魏王、燕王。汉代无此制,剧中系借用。

〔12〕兀良:无义,用在句首有加强语气的作用。

〔13〕兔早迎霜:元人惯称白兔为迎霜兔。

〔14〕糇(hóu)粮:干粮。

〔15〕携手上河梁:《李少卿与苏武诗》:"携手上河梁,游子暮何之。"表示伤别之意。河梁,泛指送别的地方。

〔16〕唱道:真是,正是,正好。亦作"畅道"。

〔17〕阏氏(yānzhī):汉代匈奴称君主的正妻。

〔18〕青冢:昭君墓,在今内蒙古呼和浩特市。

〔19〕把都儿:蒙古语音译,意为勇士。

〔20〕哈喇:蒙古语音译,意为杀。

(闵虹 校注)

汉宫秋

岳 阳 楼[1]

马致远

第 一 折

（净扮酒保上，诗云）俺家酒儿清，一贯买两瓶。灌得肚儿胀，溺得膁儿疼。自家店小二是也。在这岳阳楼下开着一个酒店。但是南来北往，经商客旅，做买做卖，都来这楼上饮酒。今日早晨间，我将这旋锅儿烧的热了，将酒望子挑起来。招过客，招过客！（正末扮吕洞宾提墨篮上，云）贫道姓吕名岩字洞宾，道号纯阳子。先为唐朝儒士，后遇钟离师父点化，得成仙道。贫道在蟠桃会上饮宴，忽见下方一道青气，上彻云霄，此下必有神仙出现，贫道视之，却在岳州岳阳郡。不免按落云头，扮做一个卖墨的先生。长街市上，来往君子，都来买贫道好墨也。（唱）

【仙吕】【点绛唇】这墨光照文房，取烟在太华顶上仙人掌[2]。更压着五李三张[3]，入砚松风响。

【混江龙】梭头琴样[4]，助吟毫清彻看书窗。恰行过一区道院，几处斋堂。竹几暗添龙尾润[5]，布袍常带麝脐香[6]。早来到洞庭湖畔，百尺楼傍。（做上楼科，云）是好一座高楼也。（唱）端的是凭凌云汉，映带潇湘。俺这里蹑飞梯，凝望眼，离人间似有三千丈。则好高欢避暑[7]，王粲思乡[8]。

（酒保云）我在这门首觑者，看有甚么人来。（正末唱）

【油葫芦】俺只见十二栏干接上苍。（酒保云）招过客！招过客！（正末云）休叫，休叫。（酒保云）你怎生着我休叫？（正末唱）我则怕惊着玉皇，谁着你直侵北斗建槽坊[9]（酒保云）你看我这楼上有牌，牌上有字，上写着："世间无此酒，天下有名楼。"（正末唱）写道是岳阳楼形胜偏雄壮[10]，更压着你洞庭春好酒新炊荡。（酒保云）老师父，你看这边景致。（正末唱）翠巍巍当着楚山。（酒保云）休道是楚山，连太山、华山都看见了。师父，你看这边景致。（正末唱）浪淘淘临着汉江。（酒保云）不要说汉江，连洞庭湖、鄱阳湖、青草湖都看见了。（正末云）正是鸡肥蟹壮之时。（唱）正菊花秋不醉倒陶元亮[11]！（酒保云）师父，你来迟了，我这酒都已卖尽，无了酒也。（正末云）你道是无酒呵，（唱）怎发付团脐蟹一包黄[12]！

（酒保云）这里有酒呵，把甚么与我做酒钱？（正末云）至如我无有钱呵，（唱）

【天下乐】我则待当了环绦醉一场[13]（酒保云）说便这等说，实是无了酒也。（正末云）你道无酒，你闻波。（唱）那里这般清甘滑辣香？（酒保云）酒有，只你醉了不好下楼去。（正末唱）但将老先生醉死不要你偿。（酒保云）师父，这楼上好凉快哩（正末唱）我特来趁晚凉，趁晚凉入醉乡。（酒保云）老师父，天色将晚了。（正末云）还早哩。（唱）争知俺仙家日月长。

（云）小二哥，你供养的是一尊什么神道？（酒保云）这是初造酒的杜康。我供养着他，这酒客日日常满。（正末唱）

【那吒令】我待和你唤上，那登真的伯阳[14]，你觑当、更悬壶的长房[15]，不强似你供养,那招财的杜康?(酒保云)师父,我买活鱼来做按酒。(正末唱)更休说钓锦鳞刍新酿[16],待邀留他过往经商。

【鹊踏枝】自隋唐,数兴亡。料着这一片青旗,能有的几日秋光?对四面江山浩荡,怎消得我几行儿醉墨淋浪[17]!

(酒保云)师父,我这酒赛过琼浆玉液哩。(正末唱)

【寄生草】说什么琼花露,问什么玉液浆。想鸾鹤只在秋江上,似鲸鲵吸尽银河浪,饮羊羔醉杀销金帐[18]。这的是烧猪佛印待东坡[19],抵多少骑驴魏野逢潘阆[20]。

(酒保云)小人听得说,王弘送酒[21],刘伶荷锸[22],李白摸月[23],也不似先生这等贪杯。(正末唱)

【幺篇】想那等尘俗辈,恰便似粪土墙。王弘探客在篱边望,李白扪月在江心丧,刘伶荷锸在坟头葬。我则待朗吟飞过洞庭湖,须不曾摇鞭误入平康巷[24]。

(云)小二哥,打二百长钱酒来。(酒保云)先交了钱,然后吃酒。(正末云)你也说的是,与你这一锭墨,便当二百文钱的酒。(酒保云)笑杀我也,量这一锭墨有甚么好处,那里便值二百文钱?(正末云)我这墨非同小可,便当二百文钱也不多哩。(唱)

【后庭花】这墨瘦身躯无四两,你可便消磨他有几场。万事皆如此,(带云)酒保也,(唱)则你那浮生空自忙。他一片黑心肠,在这功名之上。(酒保云)我不要这墨,你则与我钱。(正末云)墨换酒,你也不要?(唱)敢糊涂了纸半张。

(酒保云)他是个出家人,我那里不是积福处。留下这墨写账,也有用处。罢罢,打二百文钱酒与他。老师父,酒便与你,自己吃不了,请几个道伴来吃。(正末云)小二哥,你也说的是。你看着,我请几个道伴来者。疾[25]!你来,你来!(酒保云)在那里?(正末云)疾!你也来,你也来!(酒保云)你看这先生风了。(正末云)一个舞者,一个唱者,一个把盏者,直吃的尽醉方归。(酒保云)我说这先生风了,当真风了。把袍袖往东一拂道:"你来你来。"往西一拂道:"你也来你也来。"一个舞者,一个唱者,一个把盏者。都在那里?(正末云)可知你不见哩[26](唱)

【金盏儿】我这里据胡床[27],望三湘[28],有黄鹤对舞仙童唱[29]。主人家宽洪海量,醉何妨。直吃的卷帘邀皓月,再谁想开宴出红妆[30]。但得一尊留墨客,(带云)我困了也,(唱)我可是两处梦黄粱。

(正末做睡科)(酒保云)如何?我说你吃不了二百钱的酒,我说你请几个道伴来吃,你不肯,兀的不醉了?他睡着了,可怎生是好?我这楼上,妖精鬼魅极多,害了他性命,怎生是好?我索唤起他来。(做唤科)师父,你起来!这楼上妖精极多,鬼魅极广,枉害了你性命。(正末不醒科)(酒保云)他睡着了,叫不醒,怎生是好,且下楼去,收了旋锅儿[31],落了这酒望子,上了这板阁[32],我再上楼去叫他去。"可扑可扑"。老师父,你不起来,妖精出来吃了你,不干我事。我自去也。(下)(外扮柳树精上)(诗云)翠叶柔丝满树枝,根科荣茂正当时。当吾屡积阴功厚,上帝加吾排岸司[33]。小圣乃岳阳楼下一株老柳树是也。我在此千百余年。又有杜康庙前一株白梅花在此作祟。我上楼巡绰一遭,可是为何?恐怕他伤害了人性命。今日天晚,须索上楼巡绰一遭,好奇怪,我往常间上这楼来,坦然而上,今日如何心中惧怯?既来,难道回去？须索上去。（做见科）呀！上仙在此，须索回避咱。（正末喝云）业畜，那里去？回来！（柳云）早知上仙在此，只合远接，接待不着，勿令见罪。（正末云）好可怜人也。（唱）

【醉中天】我见他拄着条过头杖，恰便似老龙王。（柳云）早知上仙在此，合当参拜。（正末唱）你这般曲脊驼腰，来我跟前有甚勾当？（带云）我看你本相。（唱）我这里斜倚定阑干望。（柳云）师父，望甚么？（正末云）你道我望甚么，（唱）原来是挂望子门前老杨。（柳云）小圣在此千百余年也。（正末云）喋声！（唱）你道是埋根千丈，你如今絮沾泥，则怕泄漏春光。

（云）柳也，你有几般儿歹处哩。（柳云）师父，我有什么歹处？（正末唱）

【忆王孙】亚夫营里晚天凉[34]，炀帝宫中春昼长[35]。按舞罢楚台人断肠[36]。你只是为春忙。（柳云）再有甚么歹处？（正末唱）饿得那楚宫女腰肢一捻香[37]。

（云）兀那老柳，这岳阳楼上作祟的原来是你！（柳云）不干小圣事，是杜康庙前一株白梅花在此作祟。（正末云）待我看来。真个是杜康庙前一株白梅花在此作祟。好好，兀那老柳，你跟我出家去罢。（柳云）师父，我去不得。（正末云）你为何去不得？（柳云）我根科茂盛，枝叶繁多，去不得。（正末云）他是土木形骸，到发如此之语。（唱）

【金盏儿】我是个吕纯阳，度你个绿垂杨。你则管伴烟伴雨在溪桥上，舞东风飘荡弄轻狂。如今人早晨栽下树，到晚来要阴凉。则怕你滋生下些小业种，久已后干撇下你个老孤桩。

（云）老柳，你跟我出家去来。（柳云）既领师父训教，情愿跟师父出家。但我土木形骸，未得人身，怎生成的仙道？（正末云）你也说的是。土木之物，未得人身，难成仙道。兀那老柳，你听者：你往下方岳阳楼下卖茶的郭家为男身，名为郭马儿；着那梅花精往贺家托生为女身，着你二人成其夫妇。三十年后，我再来度脱你。（做与墨篮科，云）你与我将着这物。（柳做头顶科，云）师父，我这般将着是么？（正末云）不是，再将着。（三科）（正末云）都不是，将来。将来，他是土木之物，未曾得人身，如何便能知道。你看者。（正末抱篮科，唱）

【赚煞】似我般抱定墨篮儿，（柳抱篮科，云）师父，这般将着可好么？（正末唱）兀的不才似一个人模样[38]！（柳云）师父，你怎生识的小圣来？（正末唱）我底根儿把你来看生见长。（柳云）师父仙乡何处？（正末唱）我家住在白云缥缈乡。（柳云）那里幽静么？（正末唱）俺那里无乱蝉鸣聒噪斜阳。（柳云）徒弟去则去，则是舍不的这一派水也。（正末唱）量湖光，不大似半亩芳塘。（柳云）徒弟省了也。（正末唱）你险做了长亭系马桩。（柳云）敢问师父两句言语，合道不合道，是怎么说？（正末云）你一句句问将来。（柳云）师父，合道是怎生？（正末唱）合道在章台路[39]旁。（柳云）师父，不合道可是怎生？（正末唱）不合道你则在灞陵桥上[40]。（云）你若肯背我出家，教你学取一个。（柳云）学取那一个？（正末唱）我着你学取那吕岩前松柏耐风霜。（同下）

［1］《岳阳楼》,全名《吕洞宾三醉岳阳楼》。原文据明臧晋叔《元曲选》(浙江古籍出版社 2020 年版)移录。

［2］烟:制墨原料松烟,松炭。仙人掌为华山三峰之一。句谓此墨乃用华山仙人掌处松炭制成。

［3］五李三张:都是制墨名家,后来作为墨的别称。五李,唐末李廷珪等。三张,宋代张遇等。见王辟之《渑水燕谈录》卷八、陶宗仪《南村辍耕录》卷二九。

［4］梭头琴样:墨的形状像梭头琴一样。其琴形制今已不详。

［5］龙尾:用安徽歙县之龙尾石制成的名砚。

［6］麝脐香:墨中所含麝香。

［7］高欢避暑:高欢为北齐神武皇帝,庙号高祖。顾炎武《求古录》所收金人黄华老人王庭筠诗:“寒云直上三千尺,人道高欢避暑宫。”《大清一统志》卷一五六云,此宫在林县西北黄华山插天峰下。

［8］王粲思乡:王粲,字仲宣,山阳高平(今山东邹县西南)人;十六岁时避难荆州,依附刺史刘表十五年而不受重用,登位于今湖北当阳城南的麦城城楼,作《登楼赋》,抒发思乡恋土和怀才不遇之情。

［9］侵:接近。槽坊:酿酒作坊,代指酒楼。

［10］形胜:山河壮美。

［11］不醉倒:犹怎能不醉倒。陶元亮:东晋文学家陶渊明(一名潜),字元亮,浔阳柴桑(今江西九江西南)人,曾任彭泽令,辞官归隐后诗酒自娱,见《宋书·陶潜传》。其《饮酒二十首》(其五)有“采菊东篱下,悠然见南山”名句。

［12］发付:发落,处置。

［13］环绦:束腰的丝带。

［14］登真:成仙。真,变形登天为仙人。伯阳:即老子,姓李名耳字伯阳,谥号聃,楚苦县(今河南鹿邑)人,见《史记·老子韩非列传》。本为道家学派的创始人,后被道教尊奉为教祖。《老子西升化胡经·序说第一》:“以为圣人生有老容,故号为老子。”

［15］觑当:看。长房:费长房,东汉汝南(今属河南)人;曾遇悬壶卖药的仙人壶公,随壶公跳入壶中,即是仙宫世界;后于世行符收鬼治病,无不愈者。事见《后汉书·费长房传》、葛洪《神仙传》。

［16］刍(chú):草把,这里是燃草以温酒之意。

［17］“怎消得”句:是对全曲的总括,言面对历史兴废,人生短暂,江山浩荡,怎需要我几行笔墨? 淋浪,挥洒,形容书写流畅。

［18］“饮羊羔”句:宋初将领党进,曾任忠武军节度使等职,不识字。其家婢言:“彼粗人也,安有此景? 但能销金帐下,浅斟低唱,饮羊羔美酒耳。”(宋皇都风月主人《绿窗新话》卷下《党家婢不识雪景》)

〔19〕"烧猪"句：宋僧佛印，名了元，字觉志，与苏轼友善。宋元间佛印以猪肉宴请东坡故事广为流传，见《续传灯录》卷五、《建中靖国续录》卷六。金院本有《烧猪佛印》剧目，元末杨讷有《佛印烧猪待子瞻》杂剧。宋周紫芝《竹坡诗话》："东坡喜食烧猪，佛印住金山寺时，每烧猪以待其来。一日为人窃食，东坡戏作小诗云：'远公沽酒饮陶潜，佛印烧猪待子瞻。采得百花成蜜后，不知辛苦为谁甜？'"

〔20〕魏野：字仲先，有《赠逍遥》诗："昔贤放志多狂怪，若比而今总未如。从此华山图籍上，又添潘阆倒骑驴。"潘阆：字逍遥，大名（今属河北）人，尝居钱塘。宋太宗召对，赐进士第。见清厉鹗《宋诗纪事》。其《过华山》诗云："高爱三峰插太虚，昂头吟望倒骑驴。旁人大笑从他笑，终拟移家向此居。"宋许道宁画有《潘阆倒骑驴图》，见《图画见闻录》。

〔21〕王弘送酒：江州刺史王弘嗜酒，欲结识陶渊明，于是令陶故人庞通携酒具在陶往庐山的途中邀陶饮酒，王弘遂得共饮。见《宋书·陶潜传》。

〔22〕刘伶荷锸（hèchā）：《晋书·刘伶传》载：刘伶"常乘鹿车，携一壶酒，使人荷锸而随之，谓曰：'死便埋我。'其遗形骸如此。"锸，掘土工具。

〔23〕李白摸月：传说李白在今安徽当涂西北的采石山酒醉泛舟，见月影，俯而取之，遂溺死，故其地有捉月台。见宋人洪迈《容斋随笔》卷三、赵令畤《侯鲭录》卷六。

〔24〕平康巷：妓女聚居之所。

〔25〕疾：僧道作法时所念咒语。

〔26〕可知：当然。

〔27〕胡床：一种可折叠、有靠背的轻便坐具。

〔28〕三湘：泛指今湖南一带地区。

〔29〕黄鹤对舞仙童唱：即前所谓"一个舞者一个唱者"。鹤舞，出吕洞宾故事。吕洞宾入辛氏酒楼饮酒，半载未偿付酬，辛未尝怒。一日，谓辛曰："多负酒钱，无物可酬。"以黄橘皮画鹤壁上，每有沽客拍手歌之，其鹤便下壁而舞。饮者皆留金帛以观鹤舞。十年间辛氏巨富，鹤乃飞去，乃盖黄鹤楼记其事。见元周德清《中原音韵·作词十法》、明徐士范《徐士范重刻元本西厢记释义字音》。

〔30〕开宴出红妆：照应前面"一个把盏者"。苏轼《满庭芳·香叆雕盘》词："主人情重，开宴出红妆。"

〔31〕旋锅儿：温酒器。

〔32〕板闼：由若干长方形木板组拼成门的门板。

〔33〕排岸司：本指河船粮运的官署，此指官长。

〔34〕亚夫营：汉代名将周亚夫的军营名细柳营。见《史记·绛侯周勃世家》《汉书·周亚夫传》。

〔35〕"炀帝"句：隋炀帝曾大搜天下草木以修园囿，汴河畔遍植杨柳以缆龙舟。见《隋书·炀帝纪》。

〔36〕楚台人断肠：春秋时楚灵王以细腰为美，人多节食。《管子·七臣七主》："夫楚王

好小腰,而美人省食。"《后汉书·马援列传》:"楚王好细腰,宫中多饿死。"女子腰细称杨柳腰、楚腰。

[37]一捻:一掐,两指相和。极言腰身之细。

[38]兀的不:岂不,怎不,如何不。

[39]章台路:章台为战国时秦国所建宫名,故址在长安。汉时其下有街,名章台街。此指唐许尧佐传奇小说《柳氏传》。韩翃与柳氏相恋。安史之乱中韩、柳分离,韩寄柳氏《章台柳》词:"章台柳,章台柳,往日青青今在否?纵使长条似旧垂,亦应攀折他人手。"柳氏以《杨柳枝》词作答:"杨柳枝,芳菲节,可恨年年赠离别。一叶随风忽报秋,纵使君来岂堪折?"

[40]灞陵桥:亦作灞桥,在长安东。汉唐人离开长安时有在灞桥折柳赠别的习俗,时人谓之销魂桥。见《三辅皇图》卷六、王仁裕《天宝遗事》卷下。

(张燕瑾　校注)

岳阳楼

赵 氏 孤 儿[1]

纪君祥

第 二 折

（屠岸贾领卒子上，云）事不关心，关心者乱。某屠岸贾，只为公主生下一个小的，唤做赵氏孤儿。我差下将军韩厥把住府门，搜检奸细；一面张挂榜文，若有掩藏赵氏孤儿者，全家处斩，九族不留。怕那赵氏孤儿会飞上天去！怎么这早晚还不见送到孤儿？故我放心不下。令人[2]，与我门外觑者。（卒子报科，云）报元帅，祸事到了也！（屠岸贾云）祸从何来？（卒子云）公主在府中将裙带自缢而死。把府门的韩厥将军也自刎身亡了也。（屠岸贾云）韩厥为何自刎了？必然走了赵氏孤儿。怎生是好？眉头一皱，计上心来。我如今不免诈传灵公的命，把晋国内但是半岁之下，一月之上，新添的小厮，都与我拘刷将来[3]，见一个剁三剑，其中必然有赵氏孤儿。可不除了我这腹心之害？令人，与我张挂榜文，着晋国内但是半岁之下，一月之上，新添的小厮，都拘刷到我帅府中来听令。违者全家处斩，九族不留。（诗云）我拘刷尽晋国婴孩，料孤儿没处藏埋；一任他金枝玉叶，难逃我剑下之灾。（下）（正末扮公孙杵臼，领家童上，云）老夫公孙杵臼是也，在晋灵公位下为中大夫之职[4]。只因年纪高大，见屠岸贾专权，老夫掌不得王事，罢职归农，苫庄三顷地[5]，扶手一张锄，住在这□□太平庄上。往常我夜眠斗帐听寒角[6]，如今斜倚柴门数雁行。倒大来悠哉也呵！（唱）

【南吕】【一枝花】兀的不屈沉杀大丈夫，损坏了真梁栋。被那些腌臜屠狗辈，欺负俺慷慨钓鳌翁[7]。正遇着不道的灵公，偏贼子加恩宠，著贤人受困穷，若不是急流中将脚步抽回，险些儿闹市里把头皮断送。

【梁州第七】他他他，在元帅府扬威也那耀勇；我我我，在太平庄罢职归农。再休想鹓班豹尾相随从[8]。他如今官高一品，位极三公[9]；户封八县，禄享千钟。见不平处有眼如矇，听咒骂处有耳如聋。他他他，只将那会谄谀的着列鼎重裀[10]，害忠良的便加官请俸，耗国家的都叙爵论功。他他他，只贪着目前受用，全不省爬的高来可也跌的来肿，怎如俺守田园学耕种？早跳出伤人饿虎丛，倒大来从容。

（程婴上，云）程婴，你好慌也！小舍人[11]，你好险也！屠岸贾，你好狠也！我程婴虽然担着个死，撞出城来，闻的那屠岸贾见说走了赵氏孤儿，要将晋国内半岁之下一月之上小孩儿每，都拘摄到元帅府里。不问是孤儿不是孤儿，他一个个亲手剁作三段。我将的这小舍人送到那厢去好？有了，我想□□太平庄上公孙杵臼，他与赵盾是一殿之臣，最相交厚。他如今罢职归农。那老宰辅是个忠直的人，那里堪可掩藏。我如今来到庄上，就在这芭棚下放下这药箱。小舍人，你且权时歇息咱，我见了公孙杵臼便来看你。家童报复去，道有程婴求见。（家童报科，云）有程婴在于门首。（正末云）道有请。（家童云）请进。（正末见科，云）程婴，你来有何事？（程婴云)在下见老宰辅在这太平庄上,特来相访。(正末云)自从我罢官之后,众宰辅每好么?(程婴云)嗨!这不比老宰辅为官时节,如今屠岸贾专权,较往常都不同了也。(正末云)也该着众宰辅每劝谏劝谏。(程婴云)老宰辅,这等贼臣自古有之,便是那唐虞之世[12],也还有四凶哩[13]!(正末唱)

【隔尾】你道是古来多被奸臣弄,便是圣世何尝没四凶,谁似这万人恨千人嫌一人重。他不廉不公,不孝不忠,单只会把赵盾全家杀的个绝了种。

　　(程婴云)老宰辅,幸得皇天有眼,赵氏还未绝种哩!(正末云)他家满门良贱三百余口,诛尽杀绝,便是驸马也被三般朝典短刀自刎了[14],公主也将裙带缢死了,还有什么种在那里?(程婴云)那前项的事,老宰辅都已知道,不必说了。近日公主囚禁府中,生下一子,唤做孤儿。这不是赵家是那家的种?但恐屠岸贾得知,又要杀坏,若杀了这一个小的,可不将赵家真绝了种也!(正末云)如今这孤儿却在那里?不知可有人救的出来么?(程婴云)老宰辅既有这点见怜之意,在下敢不实说。公主临亡时,将这孤儿交付与了程婴,着好生照觑他,待到成人长大,与父母报仇雪恨。我程婴抱的这孤儿出门,被韩厥将军要拿的去报与屠岸贾。是程婴数说了一场,那韩厥将军放我出了府门,自刎而亡。如今将的这孤儿无处掩藏,我特来投奔老宰辅。我想宰辅与赵盾元是一殿之臣,必然交厚,怎生可怜见救这个孤儿咱!(正末云)那孤儿今在何处?(程婴云)现在芭棚下哩!(正末云)休惊吓着孤儿,你快抱的来。(程婴做取箱开看科,云)谢天地,小舍人还睡着哩。(正末接科)(唱)

【牧羊关】这孩儿未生时绝了亲戚,怀着时灭了祖宗,便长成人也则是少吉多凶。他父亲斩首在云阳,他娘呵囚在禁中。那里是有血腥的白衣相,则是个无恩念的黑头虫[15]。(程婴云)赵氏一家,全靠着这小舍人,要他报仇哩。(正末唱)你道他是个报父母的真男子;我道来,则是个妨爷娘的小业种。

　　(程婴云)老宰辅不知,那屠岸贾为走了赵氏孤儿,普国内小的都拘刷将来,要伤害性命。老宰辅,我如今将赵氏孤儿偷藏在老宰辅根前,一者报赵驸马平日优待之恩,二者要救晋国小儿之命。念程婴年近四旬有五,所生一子,未经满月。待假妆做赵氏孤儿,等老宰辅告首与屠岸贾去,只说程婴藏着孤儿,把俺父子二人,一处身死;老宰辅慢慢的抬举的孤儿成人长大,与他父母报仇,可不好也?(正末云)程婴,你如今多大年纪了?(程婴云)在下四十五岁了。(正末云)这小的算着二十年呵,方报的父母仇恨。你再着二十年,也只是六十五岁;我再着二十年呵,可不九十岁了?其时存亡未知,怎么还与赵家报的仇?程婴,你肯舍的你孩儿,倒将来交付与我,你自首告屠岸贾处,说道太平庄上公孙杵臼藏着赵氏孤儿。那屠岸贾领兵校来拿住,我和你亲儿一处而死。你将的赵氏孤儿抬举成人,与他父母报仇,方才是个长策。(程婴云)老宰辅,是则是,怎么难为的你老宰辅?你则将我的孩儿假妆做赵氏孤儿,报与屠岸贾去,等俺父子二人一处而死吧。(正末云)程婴,我一言已定,再不必多疑了。(唱)

【红芍药】须二十年酬报的主人公,怎时节才称心胸,只怕我迟疾死后一场空。(程婴云)老宰辅,你精神还强健哩。(正末唱)我精神比往日难同,闪下这小孩童怎见功?你急切里老不的形容,正好替赵家出力做先锋。(带云)程婴,你只依着我便了。(唱)我委实的挨不彻暮鼓晨钟。

(程婴云)老宰辅,你好好的在家,我程婴不识进退,平白地将着这愁布袋连累你老宰辅,以此放心不下。(正末云)程婴,你说那里话?我是七十岁的人,死是常事,也不争这早晚。(唱)

【菩萨梁州】向这傀儡棚中[16],鼓笛搬弄。只当做场短梦。猛回头早老尽英雄,有恩不报怎相逢,见义不为非为勇。(程婴云)老宰辅既应承了,休要失信,(正末唱)言而无信言何用。(程婴云)老宰辅,你若存的赵氏孤儿,当名标青史,万古留芳。(正末唱)也不索把咱来厮陪奉,大丈夫何愁一命终;况兼我白发鬅松[17]。

(程婴云)老宰辅,还有一件。若是屠岸贾拿住老宰辅,你怎熬的这三推六问,少不得指攀我程婴下来。俺父子两个死是分内,只可惜赵氏孤儿,终归一死,可不把你老宰辅干累了也。(正末云)程婴,你也说的是。我想那屠岸贾与赵驸马呵,(唱)

【三煞】这两家做下敌头重。但要访的孤儿有影踪,必然把太平庄上兵围拥,铁桶般密不通风。(云)那屠岸贾拿住了我,高声喝道:老匹夫,岂不见三日前出下榜文,偏是你藏下赵氏孤儿,与俺作对,请波请波!(唱)则说老匹夫请先入瓮[18],也须知榜揭处天都动;偏你这罢职归田一老农,公然敢剔蝎撩蜂。

【二煞】他把缧扒吊拷般般用,情节根由细细穷;那其间枯皮朽骨难禁痛,少不得从实攀供,可知道你个程婴怕恐。(带云)程婴,你放心者。(唱)我从来一诺似千金重,便将我送上刀山与剑峰,断不做有始无终。

(云)程婴,你则放心前去,抬举的这孤儿成人长大,与他父母报仇雪恨。老夫一死,何足道哉。(唱)

【煞尾】凭着赵家枝叶千年永,晋国山河百二雄[19]。显耀英材统军众,威压诸邦尽伏拱;遍拜公卿诉苦衷。祸难当初起下宫[20],可怜三百口亲丁饮剑锋;刚留得孤苦伶仃一小童,巴到今朝袭父封。提起冤仇泪如涌,要请甚旗牌下九重[21],早拿出奸臣帅府中,断首分骸祭祖宗,九族全诛不宽纵。惩时节才不负你冒死存孤报主公,便是我也甘心儿葬近要离路旁冢[22]。(下)

(程婴云)事势急了,我依旧将这孤儿抱的我家去,将我的孩儿送到太平庄上来。(诗云)甘将自己亲生子,偷换他家赵氏孤;这本程婴义分应该得,只可惜遗累公孙老大夫。(下)

注 释

[1]《赵氏孤儿》,全名《赵氏孤儿大报仇》。原文据臧晋叔《元曲选》(浙江古籍出版社2020年版)移录。

[2]令人:衙役。

[3]拘刷:拘拿,收缴。

[4]中大夫:夏商周三代时,官位有卿、大夫、士三级,大夫又分上、中、下三个等级。

〔5〕苫(shàn)庄三顷地:占有三顷庄田。苫,覆盖,占有。

〔6〕斗帐:小帐。因其形状像覆盖的斗,故名。

〔7〕钓鳌翁:比喻志向远大、本领高强的人。鳌,传说中的海中大龟。

〔8〕鹓(yuān)班:鹓飞行时排列整齐。此喻文武大臣排班上朝。豹尾:指豹尾车,皇帝巡幸车队的最后一辆悬有豹尾,故名。在此代指朝廷仪仗。

〔9〕三公:周代太师、太傅、太保称为三公;汉时以大司马(东汉时以太尉)、大司徒、大司空为三公。这里指辅助国君掌握军政大权的最高官员。

〔10〕列鼎重裀(yīn):吃饭时摆排排食器,坐卧时垫重重褥垫。表示地位尊贵,生活豪华。

〔11〕小舍人:古时对官家和富家子弟的称呼。

〔12〕唐虞之世:古人以尧(陶唐氏)舜(有虞氏)时代为太平盛世。

〔13〕四凶:传说舜所流放的四人或四族首领:浑敦、穷奇、梼杌(táowù)、饕餮(tāotiè)。

〔14〕三般朝典:指晋灵公逼驸马赵朔自杀的弓弦、药酒、短刀。朝典,朝廷的法典,此特指刑典。

〔15〕黑头虫:比喻忘恩负义的人。

〔16〕傀儡棚:耍傀儡戏的舞台,此喻人生如梦幻、游戏般,不能当真。

〔17〕鬅(péng)松:头发蓬松的样子。

〔18〕入瓮:意为入圈套,受刑。"请君入瓮"的省略,典出《新唐书·周兴传》。

〔19〕山河百二:形容地势险要,二万兵力足当关东诸侯百万之众。见《史记·高祖本纪》。

〔20〕祸难当初起下宫:指晋景公三年(前597)屠岸贾于下宫诛灭赵氏家族事。见《史记·赵世家》。

〔21〕旗牌:旗牌官,负责传递朝廷及将帅命令的军吏。

〔22〕要(yāo)离:春秋时刺客,为助吴国公子光刺杀政敌庆忌,自断左臂取信于彼。行刺成功后,伏剑自杀。事见《吴越春秋·阖闾内传》。

(闵虹 校注)

第 三 折

(屠岸贾领卒子上,云)兀的不走了赵氏孤儿也!某已曾张挂榜文,限三日之内,不将孤儿出首,即将晋国内小儿但是半岁以下,一月以上,都拘刷到我帅府中,尽行诛戮。令人,门首觑者,若有首告之人,报复某家知道。(程婴上,云)自家程婴是也,昨日将我的孩儿送与公孙杵臼去了;我今日到屠岸贾跟前首告来。令人,报复去,道有了赵氏孤儿也。(卒子云)你则在这里,等我报复去。(报科,云)报的元帅得知,有人来报赵氏孤儿有了也。(屠岸贾云)在那里?(卒子云)现在门首哩。(屠岸贾云)着他过来。(卒子云)着过来。(做见科,屠岸贾云)兀那厮,你是何人?(程婴云)

小人是个草泽医士程婴。(屠岸贾云)赵氏孤儿今在何处？(程婴云)在□□太平庄上，公孙杵臼家藏着哩。(屠岸贾云)你怎生知道来？(程婴云)小人与公孙杵臼曾有一面之交，我去探望他，谁想卧房中锦绷绣褥上[1]，躺着一个小孩儿。我想公孙杵臼年纪七十，从来没儿没女，这个是那里来的？我说道："这小的莫非是赵氏孤儿么？"只见他登时变色，不能答应。以此知孤儿在公孙杵臼家里。(屠岸贾云)咄！你这匹夫，你怎瞒的过我。你和公孙杵臼往日无仇，近日无冤，你因何告他藏着赵氏孤儿？你敢是知情么！说的是，万事全休；说的不是，令人，磨的剑快，先杀了这个匹夫者。(程婴云)告元帅暂息雷霆之怒，略罢虎狼之威，听小人诉说一遍咱。我小人与公孙杵臼原无仇隙，只因元帅传下榜文，要将晋国内小儿拘刷到帅府，尽行杀坏。我一来为救晋国内小儿之命；二来小人四旬有五，近生一子，尚未满月。元帅军令，不敢不献出来，可不小人也绝后了？我想有了赵氏孤儿，便不损坏一国生灵，连小人的孩儿也得无事，所以出首。(诗云)告大人暂停嗔怒，这便是首告缘故；虽然救晋国生灵，其实怕程家绝户。(屠岸贾笑科，云)哦！是了。公孙杵臼原与赵盾一殿之臣，可知有这事来。令人，则今日点就本部下人马，同程婴到太平庄上，拿公孙杵臼走一遭去。(同下)(正末公孙杵臼上，云)老夫公孙杵臼是也。想昨日与程婴商议救赵氏孤儿一事，今日他到屠岸贾府中首告去了。这早晚屠岸贾这厮必然来也呵！(唱)

【双调】【新水令】我则见荡征尘飞过小溪桥，多管是损忠良贼徒来到。齐臻臻摆着士卒，明晃晃列着枪刀。眼见的我死在今朝，更避甚痛笞掠。

(屠岸贾同程婴领卒子上，云)来到这□□太平庄上也。令人，与我围了太平庄者。程婴，那里是公孙杵臼宅院？(程婴云)则这个便是。(屠岸贾云)拿过那老匹夫来。公孙杵臼，你知罪么？(正末云)我不知罪。(屠岸贾云)我知你个老匹夫和赵盾是一殿之臣。你怎敢掩藏着赵氏孤儿！(正末云)老元帅，我有熊心豹胆？怎敢掩藏着赵氏孤儿！(屠岸贾云)不打不招。令人，与我拣大棒子着实打者。(卒子做打科，正末唱)

【驻马听】想着我罢职辞朝，曾与赵盾名为刎颈交。(云)这事是谁见来？(屠岸贾云)现有程婴首告着你哩。(正末唱)是那个埋情出告[2]，元来这程婴舌是斩身刀。(云)你杀了赵家满门良贱三百余口，则剩下这孩儿，你又要伤他性命。(唱)你正是狂风偏纵扑天雕，严霜故打枯根草。不争把孤儿又杀坏了。可着他三百口冤仇甚人来报。

(屠岸贾云)老匹夫，你把孤儿藏在那里？快招出来，免受刑法。(正末云)我有甚么孤儿藏在那里？谁见来？(屠岸贾云)你不招？令人，与我采下去，着实打者。(做打科，屠岸贾云)这老匹夫赖肉顽皮不肯招承，可恼，可恼。程婴，这原是你出首的，就着你替我行杖者。(程婴云)元帅，小人是个草泽医士，撮药尚然腕弱，怎生行的杖？(屠岸贾云)程婴，你不行杖，敢怕指攀出你么？(程婴云)元帅，小人行杖便了。(做拿杖子科，屠岸贾云)程婴，我见你把棍子拣了又拣，只拣着那细棍子，敢怕打的他疼了，要指攀下你来。(程婴云)我就拿大棍子打者。(屠岸贾云)住者。你头里只拣着那细棍子打，如今你却拿起大棍子来，三两下打死了呵，你就做的个死无招对。(程婴云)着我拿细棍子又不是，拿大棍子又不是，好着我两下做人难也。(屠岸贾云)程婴,你只拿着那中等棍子打。公孙杵白老匹夫,你可知道行杖的就是程婴么?（程婴行杖科,云)快招了者!（三科了)（正末云)哎哟!打了这一日,不似这几棍子打的我疼,是谁打我来?（屠岸贾云)是程婴打你来。（正末云)程婴,你划的打我那?（程婴云)元帅,打的这老头儿兀的不胡说哩。（正末唱)

【雁儿落】是那一个实丕丕将着粗棍敲?打的来痛杀杀精皮掉。我和你狠程婴有甚的仇?却教我老公孙受这般虐。

（程婴云)快招了者。（正末云)我招,我招。（唱)

【得胜令】打的我无缝可能逃,有口屈成招。莫不是那孤儿他知道,故意的把咱家指定了。（程婴做慌科)（正末唱)我委实的难熬,尚兀自强着牙根儿闹;暗地里偷瞧,只见他早吓的腿脡儿摇[3]。

（程婴云)你快招吧,省得打杀你。（正末云)有、有、有。（唱)

【水仙子】俺二人商议要救这小儿曹。（屠岸贾云)可知道指攀下来也。你说二人,一个是你了,那一个是谁?你实说将出来,我饶你的性命。（正末云)你要我说那一个,我说,我说。（唱)哎!一句话来到我舌尖上却咽了。（屠岸贾云)程婴,这桩事敢有你么?（程婴云)兀那老头儿,你休妄指平人。（正末云)程婴,你慌怎么?（唱)我怎生把你程婴道,似这般有上梢无下梢[4]。（屠岸贾云)你头里说两个,你怎生这一会儿可说无了?（正末唱)只被你打的来不知一个颠倒。（屠岸贾云)你还不说,我就打死你个老匹夫。（正末唱)遮莫便打的我皮都绽[5],肉尽销,休想我有半个字儿攀着。

（卒子抱俫儿上科,云)元帅爷贺喜,土洞中搜出个赵氏孤儿来了也。（屠岸贾笑科,云)将那小的拿近前来,我亲自下手,剁做三段。兀那老匹夫,你道无有赵氏孤儿,这个是谁?（正末唱)

【川拨棹】你当日演神獒[6],把忠臣来扑咬。逼的他走死荒郊,刎死钢刀,缢死裙腰,将三百口全家老小尽行诛剿。并没那半个儿剩落,还不厌你心苗[7]。

（屠岸贾云)我见了这孤儿,就不由我不恼也。（正末唱)

【七弟兄】我只见他左瞧、右瞧、怒咆哮,火不腾改变了狰狞貌[8],按狮蛮拽札起锦征袍[9],把龙泉扎离出沙鱼鞘。

（屠岸贾怒云)我拔出这剑来。一剑,两剑,三剑。（程婴做惊疼科,屠岸贾云)把这一个小业种剁了三剑,兀的不称了我平生所愿也。（正末唱)

【梅花酒】呀!见孩儿卧血泊。那一个哭哭号号,这一个怨怨焦焦,连我也战战摇摇。直恁般歹做作,只除是没天道。呀!想孩儿离褥草,到今日恰十朝,刀下处怎耽饶,空生长枉劬劳,还说甚要防老。

【收江南】呀!兀的不是家富小儿骄。（程婴掩泪科)（正末唱)见程婴心似热油浇,泪珠儿不敢对人抛,背地里揾了。没来由割舍的亲生骨肉吃三刀。

（云)屠岸贾那贼,你试觑者。上有天哩,怎肯饶过的你,我死打甚么不紧!（唱)

【鸳鸯煞】我七旬死后偏何老[10],这孩儿一岁死后偏知小。俺两个一处身亡,落的个万代名标。我嘱付你个后死的程婴,休别了横亡的赵朔[11]。畅道是光阴过去的疾,冤仇报复的早。将那厮万剐千刀,切莫要轻轻的素放了[12]。

(正末撞科,云)我撞阶基,觅个死处。(下)(卒子报科,云)公孙杵臼撞阶基身死了也。(屠岸贾笑科)那老匹夫既然撞死,可也罢了。(做笑科,云)程婴,这一桩里多亏了你;若不是你呵,如何杀的赵氏孤儿? (程婴云)元帅,小人原与赵氏无仇,一来救晋国内众生;二来小人根前也有个孩儿,未曾满月。若不搜的那赵氏孤儿出来,我这孩儿也无活的人也。(屠岸贾云)程婴,你是我心腹之人,不如只在我家中做个门客,抬举你那孩儿成人长大。在你跟前习文,送在我跟前演武。我也年近五旬,尚无子嗣,就将你的孩儿与我做个义儿。我偌大年纪了,后来我的官位,也等你的孩儿讨个应袭,你意下如何? (程婴云)多谢元帅抬举。(屠岸贾诗云)则为朝纲中独显赵盾,不由我心中生忿;如今削除了这点萌芽,方才是永无后衅[13]。(同下)

注 释

[1]锦绷:精致华丽的婴儿包被。绷,裹覆婴儿用的布幅。

[2]埋情:无情,昧情。

[3]腿脡(tǐng):腿肚。

[4]有上梢无下梢:有头无尾,有始无终。

[5]遮莫:尽管,任凭。亦作"折莫"。

[6]神獒:猛犬。

[7]不厌心苗:心不满足。厌,饱,满足。

[8]火不腾:突然,马上。亦作"火不登"。

[9]狮蛮:古代武官腰带钩上饰有狮子蛮王形象,故用以指称武官腰带。

[10]后:这里为语气词,义近"呵"字,下句"一岁死后偏何小"用法同。

[11]别:撇,背叛。

[12]素放:白白放过。

[13]后衅:后患。衅,嫌隙,争端。

(闵虹 校注)

梧 桐 雨[1]

白 朴

第 四 折

（高力士上，云）自家高力士是也。自幼供奉内宫，蒙主上抬举，加为六宫提督太监[2]。往年主上悦杨氏容貌，命某取入宫中，宠爱无比，封为贵妃，赐号太真。后来逆胡称兵[3]，伪诛杨国忠为名，逼的主上幸蜀。行至中途，六军不进，右龙武将军陈玄礼奏过，杀了国忠，祸连贵妃。主上无可奈何，只得从之，缢死马嵬驿中[4]。今日贼平无事，主上还国，太子做了皇帝。主上养老，退居西宫，昼夜只是想贵妃娘娘。今日教某挂起真容，朝夕哭奠，不免收拾停当，在此伺候咱。（正末上，云）寡人自幸蜀还京，太子破了逆贼，即了帝位，寡人退居西宫养老，每日只是思量妃子。教画工画了一轴真容供养着，每日相对，越增烦恼也呵！（做哭科，唱）

【正宫】【端正好】自从幸西川还京兆[5]，甚的是月夜花朝[6]。这半年来白发添多少，怎打迭愁容貌[7]！

【幺篇】瘦岩岩不避群臣笑，玉叉儿将画轴高挑；荔枝花果香檀桌[8]，目觑了伤怀抱。

（做看真容科，唱）

【滚绣球】险些把我气冲倒，身谩靠[9]，把太真妃放声高叫。叫不应，雨泪嚎咷。这待诏[10]，手段高，画的来没半星儿差错。虽然是快染能描[11]，画不出沉香亭畔回鸾舞[12]，花萼楼前上马娇[13]，一段儿妖娆。

【倘秀才】妃子呵，常记得千秋节华清宫宴乐[14]，七夕会长生殿乞巧[15]，誓愿学连理枝比翼鸟；谁想你乘彩凤返丹霄，命夭。

（带云）寡人越看越添伤感，怎生是好？（唱）

【呆骨朵】寡人有心待盖一座杨妃庙，争奈无权柄谢位辞朝。则俺这孤辰限难熬[16]，更打着离恨天最高[17]。在生时同衾枕，不能够死后也同棺椁。谁承望马嵬坡尘土中，可惜把一朵海棠花零落了[18]。

（带云）一会儿身子困乏。且下这亭子去闲行一会咱。（唱）

【白鹤子】那身离殿宇，信步下亭皋[19]，见杨柳袅翠蓝丝，芙蓉拆胭脂萼。

【幺】见芙蓉怀媚脸，遇杨柳忆纤腰。依旧的两般儿点缀上阳宫[20]，他管一灵儿潇洒长安道[21]。

【幺】常记得碧梧桐阴下立，红牙箸手中敲[22]；他笑整缕金衣，舞按霓裳乐。

【幺】到如今翠盘中荒草满[23]，芳树下暗香消。空对井梧阴，不见倾城貌。

（做叹科，云）寡人也怕闲行，不如回去来。（唱）

【倘秀才】本待闲散心追欢取乐，倒惹的感旧恨天荒地老。快快归来凤帏悄，甚法儿，挨今宵，懊恼！

（带云）回到这寝殿中，一弄儿助人愁也。（唱）

【芙蓉花】淡氤氲串烟袅，昏惨剌银灯照；玉漏迢迢，才是初更报。暗觑清霄，盼梦里他来到。却不道口是心苗，不住的频频叫。

（带云）不觉一阵昏迷上来，寡人试睡些儿。（唱）

【伴读书】一会家心焦躁，四壁厢秋虫闹。忽见掀帘西风恶，遥观满地阴云罩。俺这里披衣闷把帏屏靠，业眼难交[24]。

【笑和尚】原来是滴溜溜绕闲阶败叶飘，疏剌剌刷落叶被西风扫，忽鲁鲁风闪得银灯爆，厮琅琅鸣殿铎[25]，扑簌簌动朱箔[26]，吉丁当玉马儿向檐间闹[27]。

（做睡科，唱）

【倘秀才】闷打颏和衣卧倒[28]，软兀剌方才睡着[29]。（旦上云）妾身贵妃是也。今日殿中设宴，宫娥，请主上赴席咱。（正末唱）忽见青衣走来报[30]，道太真妃将寡人邀，宴乐。

（正末见旦科，云）妃子，你在那里来？（旦云）今日长生殿排宴，请主上赴席。（正末云）分付梨园子弟齐备着[31]。（旦下）（正末做惊醒科，云）呀，元来是一梦，分明梦见妃子，却又不见了。（唱）

【双鸳鸯】斜軃翠鸾翘[32]，浑一似出浴的旧风标[33]，映着云屏一半儿娇[34]。好梦将成还惊觉，半襟情泪湿鲛绡。

【蛮姑儿】懊恼，窨约[35]。惊我来的又不是楼头过雁，砌下寒蛩，檐前玉马，架上金鸡；是兀那窗儿外梧桐上雨潇潇。一声声洒残叶，一点点滴寒梢，会把愁人定虐[36]。

【滚绣球】这雨呵，又不是救旱苗，润枯草，洒开花萼，谁望道秋雨如膏。向青翠条，碧玉梢，碎声儿剌剌，增百十倍歇和芭蕉[37]。子管里珠连玉散飘千颗，平白地瀽瓮翻盆下一宵，惹的人心焦。

【叨叨令】一会价紧呵，似玉盘中万颗珍珠落；一会价响呵，似玳筵前几簇笙歌闹；一会价清呵，似翠岩头一派寒泉瀑；一会价猛呵，似绣旗下数面征鼙操[38]。兀的不恼杀人也么哥[39]！兀的不恼杀人也么哥！则被他诸般儿雨声相聒噪。

【倘秀才】这雨一阵阵打梧桐叶凋，一点点滴人心碎了。枉着金井银床紧围绕[40]，只好把泼枝叶做柴烧，锯倒。

（带云）当初妃子舞翠盘时，在此树下；寡人与妃子盟誓时，亦对此树。今日梦境相寻，又被他惊觉了。（唱）

【滚绣球】长生殿那一宵，转回廊说誓约[41]。不合对梧桐并肩斜靠，尽言词絮絮叨叨。沉香亭那一朝，按霓裳舞六幺[42]，红牙箸击成腔调，乱宫商闹闹吵吵。是兀那当时欢会栽排下，今日凄凉厮凑着，暗地量度。

（高力士云）主上，这诸样草木，皆有雨声，岂独梧桐？（正末云）你那里知道，我说与你听者。（唱）

【三煞】润濛濛杨柳雨，凄凄院宇侵帘幕；细丝丝梅子雨，装点江干满楼阁；杏花雨红湿阑干，梨花雨玉容寂寞；荷花雨翠盖翩翩，豆花雨绿叶萧条。都不似你惊魂破梦，助恨添愁，彻夜连宵。莫不是水仙弄娇，蘸杨柳洒风飘[43]。

【二煞】咮咮似喷泉瑞兽临双沼[44]，刷刷似食叶春蚕散满箔。乱洒琼阶，水传宫漏，飞上雕檐，酒滴新槽。直下的更残漏断，枕冷衾寒，烛灭香消。可知道夏天不觉，把高凤麦来漂[45]。

【黄钟煞】顺西风低把纱窗哨,送寒气频将绣户敲。莫不是天故将人愁闷搅,前度铃声响栈道[46]。似花奴羯鼓调[47],如伯牙水仙操[48]。洗黄花,润篱落;渍苍苔,倒墙角;渲湖山,漱石窍;浸枯荷,溢池沼;沾残蝶粉渐消,洒流萤焰不着,绿窗前促织叫,声相近雁影高,催邻砧处处捣,助新凉分外早。斟量来这一宵,雨和人紧厮熬,伴铜壶点点敲,雨更多泪不少。雨湿寒梢,泪染龙袍,不肯相饶,共隔着一树梧桐直滴到晓。(下)

题　目　　安禄山反叛兵戈举
　　　　　陈玄礼拆散鸾凤侣
正　名　　杨贵妃晓日荔枝香
　　　　　唐明皇秋夜梧桐雨

注释

[1]《梧桐雨》,全名《唐明皇秋夜梧桐雨》。原文据王文才校注本《白朴戏曲集校注》(人民文学出版社 1984 年版)移录。

[2]六宫提督太监:皇帝后宫太监的总管。郑玄注《周礼·天官·内宰》云:"王后寝宫有六:正寝一,燕寝五,合为六宫。"

[3]逆胡:指安禄山。安禄山始名轧荦山,其母嫁突厥人安延偃,遂冒姓安,改名禄山。营州柳城(今辽宁朝阳)胡人。

[4]马嵬驿:在今陕西兴平西之马嵬坡。

[5]京兆:府名,唐开元元年置,治所在长安、万年二县(今陕西西安)。

[6]甚的是:不知什么是,从不曾。月夜花朝:古以八月十五为月夜,二月十五为花朝。这里代指美时佳节。

[7]打迭:收拾,料理。

[8]荔枝花果:杨贵妃嗜荔枝。见《新唐书·后妃传》。

[9]谩靠:胡乱一靠,随便靠,姑且靠。

[10]待诏:应皇帝征召而随时待命,以备咨询顾问。唐玄宗时以待诏命官,此指宫廷画家。

[11]快染:犹善画。快,能,善。

[12]沉香亭:在唐长安兴庆宫内。回鸾舞:舞曲名。

[13]花萼楼:即花萼相辉楼,也在兴庆宫内。上马娇:图画名,元陶宗仪《南村辍耕录》卷五《题跋》有陈绎曾题《杨妃上马娇图》。

[14]千秋节:开元十七年(729)定唐玄宗诞日八月五日为千秋节。(见《唐会要·节日》)华清宫:唐宫名,旧址在今陕西临潼之骊山上。

[15]长生殿:天宝元年造,在华清宫内。乞巧:七月七日为牛郎织女聚会之夜,富裕之家于庭中结彩楼,谓之乞巧楼,陈设泥塑小童、瓜果、针线等,焚香拜祷,妇女望月穿针,过者谓之得巧之候,谓之乞巧。晋宗懔《荆楚岁时记》等有载。唐宫中也沿此风。见五代王仁裕《开元天宝遗事·乞巧楼》。

〔16〕孤辰限：孤独寡居的时日，是旧时星命家的说法。

〔17〕打着：加上。离恨天：佛教经典所载三十三天中，无离恨天，曲中认为离恨天最高，多用于指男女相思烦恼的境界。

〔18〕海棠花：唐玄宗曾以海棠喻杨贵妃。见宋惠洪《冷斋夜话》卷一等。

〔19〕亭皋：水边平地。上句“那”，同“挪”。

〔20〕上阳宫：本为唐东都洛阳宫殿名，这里泛指宫殿。

〔21〕一灵儿：灵魂。潇洒：凄凉，寂寞。

〔22〕红牙箸：檀木做的用以调节乐曲节拍的拍板。檀木色红质坚，故称红牙。

〔23〕翠盘：供舞蹈用的设施。宋元时称表演技艺的场地为盘子。

〔24〕业眼难交：难合眼。业眼，造孽的眼，自怨自恨之词。

〔25〕殿铎：殿铃。

〔26〕朱箔：朱帘。

〔27〕玉马：即风铃，又叫檐马，房檐下悬挂的小铁片或铃铛，宫中或以玉制成。

〔28〕闷打颏：愁闷的样子。打颏，也作打孩，助词。

〔29〕软兀剌：软软地，无力的样子。兀剌，助词。

〔30〕青衣：古代贱者之服，此指丫鬟，宫女。

〔31〕梨园子弟：唐玄宗知音律，于梨园训练乐伎，称梨园子弟。见《新唐书·礼乐志》。

〔32〕斜軃（duǒ）：斜坠，偏斜。翠鸾翘：镶有珠翠的鸾形首饰。

〔33〕风标：风韵，仪态。

〔34〕“映着”句：用云母装饰的屏风半掩身体，故云“一半儿娇”。

〔35〕窨（yìn）约：苦闷，烦恼。

〔36〕定虐：打搅，扰乱。

〔37〕歇和芭蕉：即雨打芭蕉。歇和，声相应和，行动配合。

〔38〕征鼙：战鼓。

〔39〕兀的不：怎不，好不。也么哥：语尾助词，无义。【叨叨令】曲牌格律要求本句叠用，且用“也么哥”三字结尾。

〔40〕金井银床：华美的井及井栏。常用来指宫廷园林里的井。银床，指井栏。

〔41〕说誓约：指唐明皇对天盟誓，与杨贵妃“今生偕老，百年以后，世世永为夫妇”。见第一折。

〔42〕六幺：亦作绿腰、录要，唐大曲名。

〔43〕“水仙”二句：观音有南海水月观音之称，又有手持杨柳枝往人间蘸洒雨水之说。

〔44〕哴（chuáng）哴：象声词，状水声。瑞兽：指池沼中石雕的瑞兽形喷水口。

〔45〕高凤麦漂：东汉高凤在庭中晒麦，遇暴雨，他专心读书，全然不觉，致雨水漂麦。见《后汉书·逸民传》。

〔46〕前度铃声：唐明皇入蜀经斜谷时，连日淫雨，又闻栈道铃声，悼念杨贵妃，仿其声制《雨霖铃》曲。见唐郑处晦《明皇杂录》。

［47］花奴:唐汝阳王李琎小字花奴,善击羯鼓,宋璟说他"头如青山峰,手如白雨点"。见唐南卓《羯鼓录》,此以"白雨点"状雨声。

［48］伯牙水仙操:春秋时人伯牙,善鼓琴,曾向成连先生学琴曲《水仙操》,三年不成。成连乃置之东海蓬莱山移情,闻海水声、鸟鸣声,乃成天下之妙。见《渊鉴类函》卷一八八"琴二"引《乐府解题》。

（张燕瑾　校注）

墙头马上[1]

白　朴

第二折

(夫人同老旦嬷嬷上,云)老身是李相公夫人。相公左司家唤的去了,不见回来。今日老身东阁下探妗子回来,身子有些不快。天色晚也,梅香,绣房中道与小姐,休教他出来。嬷嬷收拾前后,我歇息去也。(下)(裴舍上,云)我回到这馆驿安下,心中闷倦。那里有心去买花栽子?巴不得天晚了也,我如今与小姐赴期去来。(下)(正旦同梅香上,云)今日因去后园中看花,墙头见了那生,四目相视,各有此心,将一个简帖儿约今夜来赴期。我回到绣房中。梅香,不知夫人睡去也不曾?(梅香云)我去看来。(下)(正旦做睡梅香推科,云)小姐小姐。(正旦醒科,云)我正好做梦哩。(梅香云)你梦见什么来?(正旦唱)

【南吕】【一枝花】睡魔缠缴得慌,别恨禁持得煞。离魂随梦去,几时得好事奔人来。一见了多才,口儿里念,心儿里爱,合是姻缘簿上该。则为画眉的张敞风流,掷果的潘郎稔色。

(梅香云)今夜好歹来也,则管里作念的眼前活现。(正旦唱)

【梁州第七】早是抱闲怨时乖运蹇,又添这害相思月值年灾。(带云)休道是我,(唱)天若知道和天也害。(云)梅香,这早晚多早晚也?(梅香云)是申牌时候了。(正旦唱)几时得月离海峤,才则是日转申牌。(梅香云)小姐,日头下去了,一天星月出来了。(正旦唱)怕露惊宿鸟,风弄庭槐。看银河斜映瑶阶,都不动纤细尘埃。月也你本细如弓一半儿蟾蜍,却休明如镜照三千世界,冷如冰浸十二瑶台。禁垆瑞霭,把剔团圞明月深深拜,你方便我无碍,深拜你个嫦娥不妒色,你敢且半霎儿雾锁云埋。

(梅香云)这场事也非容易哩。(正旦唱)

【牧羊关】待月帘微簌,迎风户半开。你看这场风月规划。(梅香云)怎生规划?(正旦云)你与我接去。(梅香云)怕他不来,倒教我去接他。(正旦唱)就着这风送花香,云笼月色。(梅香云)小姐,为什么着我接他去?(正旦唱)你道为甚着你个丫嬛迎少俊,我则怕似赵杲送曾哀。(梅香云)这里线也似一条直路,怕他迷了道儿?(正旦唱)你道方径直如线,我道侯门深似海。

(梅香云)你两个头目,自说话来。(正旦唱)

【骂玉郎】相逢正是花溪侧,也须穿短巷过长街。(梅香云)到那里便唤你来。(正旦唱)又不比秦楼夜宴金钗客,这的担着利害,把你那小性格,且宁奈。

【感皇恩】咱这大院深宅,幽砌闲阶,不比操琴堂、沽酒舍、看书斋。(梅香云)迟又不是,疾又不是,怎生可是?(正旦唱)教你轻分翠竹,款步苍苔;休惊起庭鸦喧、邻犬吠,怕院公来。

(梅香云)小姐,这来时可着多早晚也?(正旦唱)

【采茶歌】把粉墙儿挨,角门儿开,等夫人烧罢夜香来。月色朦胧天色晚,鼓声才动角声哀。

　　(梅香云)我说与你,夫人已睡了也,一准不来了。今夜嬷嬷又在前面守着库房门哩。天色晚了,我点上灯,就接姐夫去。(裴舍引张千上,云)张千,休大惊小怪的,你只在墙外等着。(做跳墙见科,云)梅香,我来了也。(梅香云)我说去。小姐,姐夫来了也。你两个说话,我门首看着。(裴舍云)小生是个寒儒,小姐不弃,小生杀身难报。(正旦云)舍人则休负心。(唱)

【隔尾】我推粘翠靥遮宫额,怕绰起罗裙露绣鞋。我忙忙扯的鸳鸯被儿盖,翠冠儿懒摘,画屏儿紧挨。是他撒滞殢把香罗带儿解。

　　(嬷嬷上,云)这早晚小姐房里有人说话,在窗下听咱。呀! 果然有人,我去觑破他。(梅香云)小姐,吹灭了灯,嬷嬷来也!(嬷嬷云)吹灭了灯? 我听的多时了也。你待走那里去!(裴舍同旦做跪科,正旦云)是做下来也,怎见父母? 奶奶可怜见,你放我两个私走了罢,至死也不敢忘你。(嬷嬷云)兀的是不出嫁的闺女,教人营勾了身躯,可又随着他去! 这汉子是谁家的?(裴舍云)小生是客寄书生,乞容宽恕。(嬷嬷云)俺这里不是赢奸买俏去处。(正旦唱)

【红芍药】他承宣驰驿奉官差,来这里和买花栽。又不是瀛州方丈接蓬莱,远上天台。比画眉郎多气概,骤青骢踏断章台。(嬷嬷云)都是这梅香小奴才勾引来的!(正旦唱)枉骂他偷寒送暖小奴才,要这般当面抢白。

　　(嬷嬷云)不是这奴胎是谁?(正旦唱)

【菩萨梁州】是这墙头掷果裙钗,马上摇鞭狂客。说与你个聪明的奶奶,送春情是这眼去眉来。(嬷嬷云)好,可羞也那不羞? 眼去眉来,倒与真好真盗一般,教官司问去!(正旦唱)则这女娘家直恁性儿乖,我待舍残生还却鸳鸯债,也谋成不谋败,是今日且停嗔,过后改,怎做的奸盗拿获。

　　(嬷嬷云)你看上这穷酸饿醋什么好?(正旦唱)

【牧羊关】龙虎也招了儒士,神仙也聘与秀才,何况咱是浊骨凡胎。一个刘向题倒西岳灵祠,一个张生煮滚东洋大海。却待要宴瑶池七夕会,便银汉水两分开,委实这乌鹊桥边女,舍不的斗牛星畔客。

　　(嬷嬷云)家丑事不可外扬。兀那汉子,我将你拖到官中,不道的饶了你哩!(裴舍云)嬷嬷,你要了我买花栽子的银子,教梅香唤将我来,咱就和你见官去来。(正旦唱)

【三煞】不肯教一床锦被权遮盖,可不道九里山前大会垓,绣房里血泊浸尸骸。解下这搂带裙刀,为你逼的我紧也便自伤残害,颠倒把你娘来赖。(梅香云)你要他这秀才的银子,教我去唤将他来。便见夫人,也则实说。(嬷嬷云)夫人也则实说。(嬷嬷云)夫人也不信。(正旦唱)你则是拾的孩儿落的摔,你待致命图财。

【二煞】我怎肯掩残粉泪横眉黛,倚定门儿手托腮,山长水远几时来? 且休说度岁经年,只一夜冰消瓦解,恁时节知他是和尚在钵盂在。他凭着满腹文章七步才,管情取日转千阶。

（嬷嬷云）亲的则是亲，若夫人变了心，可不枉送我这老性命？我如今和你商量，随你拣一件做：第一件，且教这秀才求官去，再来取你；不着，嫁了别人。第二件，就今夜放你两个走了，等这秀才得了官，那时依旧来认亲。（正旦云）嬷嬷，只是走的好。（唱）

【黄钟尾】他折一枝丹桂群儒骇，怎肯十谒朱门九不开？（嬷嬷云）若以后泄漏出些风声，枉坏了一世前程，拆散了一双佳配。常言道：一岁使长百岁奴。我耽着利害放您，则要一路上小心在意者。（正旦云）母亲年高，怎生割舍？（嬷嬷云）夫人处有我在此，你自放心去罢。（正旦同裴谢科）（正旦唱）不是我敢为非敢作歹，他也有风情有手策，你也会圆成会分解，我也肯过从肯耽待。便锁在空房嫁在乡外，你道父母年高老迈，那里有女孩儿共爷娘相守到头白？女孩儿是你十五岁寄居的堂上客。（同裴舍、梅香下）

（嬷嬷云）他每去也，若夫人问时，说个谎道，不知怎生走了。料夫人必然不敢声扬。等待他日后再来认亲，也未迟哩。（下）

注释

［1］《墙头马上》，全名《裴少俊墙头马上》。据明臧晋叔《元曲选》（浙江古籍出版社2020年版）移录。

（张燕瑾　校录）

作品选

潇 湘 夜 雨 [1]

杨显之

第 三 折

　　（张天觉领兴儿、祗从上，诗云）一去江州三见春，断肠回首泪沾巾。凄凉唯有云端月，曾照当时离散人。老夫张天觉。自与我孩儿翠鸾在淮河渡翻船之后，可早又三年光景也。谢圣恩可怜，道老夫廉能清正，节操坚刚，常怀报国之心，并无于家之念，加老夫天下提刑廉访使，敕赐势剑金牌，先斩后闻。这圣意无非着老夫体察滥官污吏，审理不明词讼。老夫虽然衰迈，岂敢惮劳。但因想我翠鸾孩儿，忧愁的须鬓斑白，两眼昏花，全然不比往日了。我几年间着人随处寻问，并没消耗。时遇秋天，怎当那凄风冷雨，过雁吟虫，眼前景物，无一件不是牵愁触闷的。兴儿，兀的不天阴下雨了也，行动些！（诗云）一自做朝臣，区区受苦辛。乡园千里梦，鞍马十年尘。亲儿生失散，祖业尽飘沦。正值秋天暮，偏令客思殷。你看那洒洒潇潇雨，更和这续续断断云。黄花金兽眼，红叶火龙鳞。山势嵯峨起，江声浩荡闻。家僮倦前路，一样欲销魂。兴儿，前面到那里也？（兴儿云）老爷，前至临江驿不远了。（张天觉云）若到临江驿，老夫权且驻下者。正是：长江风送客，孤馆雨留人。（同下）（正旦带枷锁同解子上，云）好大雨也！（诗云）我本是香闺少女，可怜见无人做主。遭迭配背井离乡，正逢着淋漓骤雨。哥哥，你只管里将我来棍棒临身，不住的拷打，难道你的肚肠能这般硬，再也没那半点儿慈悲？（做悲科）天阿，天阿！我委实的衔冤负屈也呵！（唱）

　　【黄钟】【醉花阴】忽听的摧林怪风鼓，更那堪瓮瀽盆倾骤雨。耽疼痛，挨程途。风雨相催，雨点儿何时住？眼见的折挫杀女娇姝。我在这空野荒郊，可着谁做主？

　　（解子云）快行动些！这雨越下的大了也。（正旦唱）

　　【喜迁莺】淋的我走投无路，知他这沙门岛是何处鄷都？长吁，气结成云雾。行行里着车辙把腿陷住，可又早闪了胯骨。怎当这头直上急簌簌雨打，脚底下滑擦擦泥淤。

　　（正旦做跌倒科）（解子云）你怎么跌倒了来？（正旦云）哥哥，这里滑。（解子云）千人万人走都不跌，偏你走便跌倒了！我如今走过去，滑呵，万事罢论；若不滑呵，我将你两条腿打做四条腿。（解子走跌倒科，云）快扶我起来！兀那女子，你往那边儿走，这里有些滑。（正旦唱）

　　【出队子】好着我急难移步，淋的来无是处。我吃饭时晒干了旧衣服，上路时又淋湿我这布裹肚，吃交时掉下了一个枣木梳。

　　（解子云）你又怎的？（正旦云）掉了我枣木梳儿也。（解子云）掉了罢，到前面别买个梳子与你。（正旦云）哥哥，你寻一寻，到前面你也要梳头哩。（解子云）你也是个害杀人的。（做脚踏科，云）这个想是了。我就这水里把泥洗去了。如今有了梳子，你快行动些！（正旦唱）

【幺篇】我心中忧虑,有三桩事我命卒。(解子云)可是那三桩事?你说我听。(正旦唱)这云呵他可便遮天映日闭了郊墟,这风呵恰便似走石吹沙拔了树木,这雨呵他似箭簳悬麻妆助我十分苦。

(解子云)你走便走,不走我打你也。(正旦云)哥哥。(唱)

【山坡羊】则愿你停嗔息怒,百凡照觑。怎便精唇泼口骂到有三十句?这路崎岖,水萦纡,急的我战钦钦不敢望前去,况是棒疮发怎支吾,刚挪得半步。(带云)哥哥,你便打杀我呵,(唱)你可也没甚福。

(解子云)你休要多嘴多舌,如今秋雨淋漓,一日难走一日,快与我行动些!(正旦唱)

【刮地风】则见他努眼撑睛大叫呼,不邓邓气夯胸脯。我湿淋淋只待要巴前路,哎,行不动我这打损的身躯。(解子喝科,云)还不走哩!(正旦唱)我挨一步又一步何曾停住?这壁厢那壁厢有似江湖。则见那恶风波,他将我紧当处。问行人踪迹消疏,似这等白茫茫野水连天暮,(带云)哥哥也,(唱)你着我女孩儿怎过去?

(解子云)你又怎的?(正旦云)哥哥,这般水深泥泞,我怎生走的过去?望哥哥可怜见,扶我一扶过去。(解子云)则被你定害杀我也!我扶将你过去。我问你,你怎生是他家梅香,你将他家金银偷的那里去了?他如今着我害你的性命哩,你可实对我说。(正旦云)我那里是他家梅香,偷了金银走来!(唱)

【四门子】告哥哥一一言分诉,那官人是我的丈夫。我可也说的是实,又不是虚。寻着他指望成眷属,他别娶了妻,道是我奴。我委实的衔冤负屈!

(解子云)这等说起来,是俺那做官的不是。如今我也饶不得你,快行动些。(正旦唱)

【古水仙子】他、他、他,忒狠毒,敢、敢、敢,昧己瞒心将我图。你、你、你,恶狠狠公隶监束,我、我、我,软揣揣罪人的苦楚。痛、痛、痛,嫩皮肤上棍棒数,冷、冷、冷,铁锁在项上拴住。可、可、可,干支剌送的人活地狱,屈、屈、屈,这烦恼待向谁行诉?(带云)哥哥,(唱)来、来、来,你是我的护身符。

(解子云)天色晚了也。快行动些,寻一个宵宿的去处。(正旦唱)

【随尾】天与人心紧相助,只我这啼痕向脸儿边厢聚。(带云)天那,天那!(唱)眼见的泪点儿更多如他那秋夜雨。(同下)

注释

[1]《潇湘夜雨》,全名《临江驿潇湘秋夜雨》。据明臧晋叔《元曲选》(浙江古籍出版社2020年版)移录。

(张燕瑾 校录)

作品选

李 逵 负 荆 [1]

康进之

第 一 折

（冲末扮宋江同外扮吴学究、净扮鲁智深领卒子上，宋江诗云）涧水潺潺绕寨门，野花斜插渗青巾。杏黄旗上七个字："替天行道救生民"。某姓宋名江字公明，绰号顺天呼保义者是也。曾为郓州郓城县把笔司吏，因带酒杀了阎婆惜，迭配江州牢城，路经这梁山过，遇见晁盖哥哥，救某上山。后来哥哥三打祝家庄身亡，众兄弟推某为头领。某聚三十六大伙，七十二小伙，半垓来的小偻儸，威镇山东，令行河北。某喜的是两个节令：清明三月三，重阳九月九。如今遇这清明三月三，放众弟兄下山上坟祭扫，三日已了，都要上山，若违令者，必当斩首。（诗云）俺威令谁人不怕，只放你三日严假。若违了半个时辰，上山来决无干罢。（下）（老王林上云）曲律竿头悬草稕，绿杨影里拨琵琶。高阳公子休空过，不比寻常卖酒家。老汉姓王名林，在这杏花庄居住，开着一个小酒务儿，做些生意。嫡亲的三口儿家属。婆婆早年亡化过了，止有一个女孩儿，年长十八岁，唤做满堂娇，未曾许聘他人。俺这里靠着这梁山较近，但是山上头领都在俺家买酒吃。今日烧的旋锅儿热着，看有甚么人来。（净扮宋刚、丑扮鲁智恩上）（宋刚云）柴又不贵，米又不贵，两个油嘴，正是一对。某乃宋刚，这个兄弟叫做鲁智恩。俺与这梁山泊较近，俺两个则是假名托姓，我便认做宋江，兄弟便认做鲁智深，来到这杏花庄老王林家买一钟酒吃。（见王林科，云）老王林，有酒么？（王林云）哥哥，有酒有酒，家里请坐。（宋刚云）打五百长钱酒来。老王林，你认得我两人么？（王林云）我老汉眼花，不认的哥哥们。（宋刚云）俺便是宋江，这个兄弟便是鲁智深。俺那山上头领，多有来你这里打搅，若有欺负你的，你上梁山来告我，我与你做主。（王林云）你山上头领，都是替天行道的好汉，并没有这事。只是老汉不认的太仆，休怪休怪。早知太仆来到，只合远接，接待不及，勿令见罪。老汉在这里，多亏了头领哥哥照顾老汉。（做递酒科，云）太仆请满饮此杯。（宋刚饮科）（王林云）再将酒来。（鲁智恩饮酒科，云）哥哥好酒。（宋刚云）老王，你家里还有什么人？（王林云）老汉家中并无甚么人，有个女孩儿，唤做满堂娇，年长一十八岁，未曾许聘他人。老汉别无甚么孝顺，着孩儿出来与太仆递盏酒儿，也表老汉一点心。（宋刚云）既是闺女，不要他出来罢。（鲁智恩云）哥哥怕什么？着他出来。（王林云）满堂娇孩儿，你出来。（旦儿扮满堂娇上，云）父亲唤我做什么？（王林云）孩儿，你不知道，如今有梁山上宋公明亲身在此，你出来递他一盏儿酒。（旦儿云）父亲，则怕不中么？（王林云）不妨事。（旦儿做见科）（宋刚云）我一生怕闻脂粉气，靠后些。（王林云）孩儿，与二位太仆递一盏儿酒。（旦做递酒科）（宋刚云）我也递老王一盏酒。（做与王林酒科）（宋刚云）你这老人家，这衣服怎么破了？把我这红绢褡膊与你补这破处。（老王林接衣科）（鲁智恩云）你还不知道，才此这杯酒是肯酒，这褡膊是红定。把你这女孩儿与俺宋公明哥哥做压寨夫人。只借你女孩儿去三日，第四日便送来还你，俺回山去也。（领旦下）（王林云）老汉眼睛一对，臂膊一双，只看着这个女孩儿，似这般可怎么了也？（做哭科）（正末扮李逵做带醉上，云）吃酒不醉不如醒也。俺梁山泊上山儿李逵的便是。人见我生得黑，起个绰号叫俺做黑旋风。奉宋公明哥哥将令，放俺三日假限，踏青赏玩。不免下山去老王林家再买几壶酒，吃个烂醉也呵。（唱）

【仙吕】【点绛唇】饮兴难酬，醉魂依旧，寻村酒，恰问罢王留。（云）俺问王留道，那里有酒，那厮不说便走。俺喝道，走那里去？被俺赶上一把揪住张口毛，恰待要打，那王留道，休打休打，爹爹，有。（唱）王留道兀那里人家有。

【混江龙】可正是清明时候，却言风雨替花愁。和风渐起，暮雨初收，俺则见杨柳半藏沽酒市，桃花深映钓鱼舟。更和这碧粼粼春水波纹绉，有往来社燕，远近沙鸥。

（云）人道我梁山泊无有景致，俺打那厮的嘴！（唱）

【醉中天】俺这里雾锁着青山秀，烟罩定绿杨洲。（云）那桃树上一个黄莺儿，将那桃花瓣儿啖阿啖阿，啖的下来，落在水中，是好看也！我曾听的谁说来？我试想咱，哦，想起来了也，俺学究哥哥道来。（唱）他道是轻薄桃花逐水流。（云）俺绰起这桃花瓣儿来，我试看咱，好红红的桃花瓣儿！（做笑科，云）你看我好黑指头也！（唱）恰便是粉衬的这胭脂透。（云）可惜了你这瓣儿，俺放你趁那一般的瓣儿去。我与你赶，与你赶，贪赶桃花瓣儿，（唱）早来到这草桥店垂杨的渡口。（云）不中，则怕误了俺哥哥的将令，我索回去也。（唱）待不吃呵又被这酒旗儿将我来相迤逗，他、他、他，舞东风在曲律竿头。

（云）兀那王林，有酒么？不则这般白吃你的，与你一抄碎金子，与你做酒钱。（王林做擦泪科，云）要他那碎金子做什么！（正末笑科，云）他口里说不要，可揣在怀里。老王将酒来。（王林云）有酒，有酒。（做筛酒科）（正末云）我吃这酒在肚里，则是翻也翻的，不吃更待干罢！（唱）

【油葫芦】往常时酒债寻常行处有，十欠着九。（带云）老王也，（唱）则你这杏花庄压尽他谢家楼，你与我便熟油般造下春醅酒，你与我花羔般煮下肥羊肉。一壁厢肉又熟，一壁厢酒正篘，抵多少锦封未拆香先透，我则待乘兴饮两三瓯。

【天下乐】可正是一盏能消万种愁。（云）老王也，咱吃了这酒呵，（唱）把烦恼都也波丢，都丢在脑背后。这些时吃一个没了休。（带云）我醉了呵。（唱）遮莫我倒在路边，遮莫我卧在瓮头。（做吐科，云）老王俫，（唱）直醉的来在这搭里呕。

（云）老王，这酒寒，快旋热酒来。（王林云）老汉知道。（做换酒科，哭云）我那满堂娇儿也！（正末云）快釃热酒来！（王林又哭云）我那满堂娇儿也！（正末云）老王，我不曾与你酒钱来？你怎么这般烦恼？（王林云）哥哥，不干你事。我自有撇不下的烦恼哩，你则吃酒。（正末唱）

【赏花时】咱两个每日尊前语话投，今日呵为甚将咱佯不俫？（王林云）你不知道，我自嫁我的女孩儿，为此着恼。（正末唱）哎，你个呆老子畅好是忒捣搜。（云）比似你这般烦恼，休嫁他不的？（王林哭科，云）哎哟，我那满堂娇儿也。（正末唱）你何不养着他到苍颜皓首！（云）你晓的世上有三不留么？（王林云）哥，是那三不留？（正末云）蚕老不中留，人老不中留，（唱）呆老子，常言道“女大不中留”。

（云）我问你那女孩儿，嫁了个什么人？（王林云）哥，我那女孩儿嫁人，我怎么烦恼？则是晦气，被一个贼汉夺将去了！（正末做打科，云）你道是贼汉，是我夺了你女孩儿来？（唱）

【金盏儿】我这里猛睁眸，他那里巧舌头。是非只为多开口，但半星儿虚谬，恼翻我怎干休？一把火将你那草团瓢烧成为腐炭，盛酒瓮摔做碎瓷瓯。（带云）绰起俺两把板斧来，（唱）砍折你那蟠根桑枣树，活杀你那阔角水黄牛。

（云）兀那老王，你说的是，万事皆休；说的不是，我不道的饶你哩！（王林云）太仆停嗔息怒，听老汉慢慢的说与你听。有两个人来吃酒，他说我一个是宋江，一个是鲁智深。老汉便道，正是梁山泊上太仆，我无甚孝顺，我只一个十八岁女孩儿，叫做满堂娇，着他出来拜见，与太仆递一杯儿酒，也表老汉的一点心。我叫出我那女孩儿来，与那宋江、鲁智深递了三杯酒，那宋江也回递了我三盅酒。他又把红褡膊揣在我怀里，那鲁智深说这三盅酒是肯酒，这红褡膊是红定，俺宋江哥哥有一百八个头领，单只少一个人哩，你将这十八岁的满堂娇，与俺哥哥做个压寨夫人。则今日好日辰，俺两个便上梁山泊去也。许我三日之后，便送女孩儿来家。他两个说罢，就将女孩儿领去了。老汉偌大年纪，眼睛一对，臂膊一双，则觑着我那女孩儿。他平白地把我女孩儿强抢将去，哥，教我怎么不烦恼！（正末云）有什么见证？（王林云）有红绢褡膊便是见证。（正末云）我待不信来，那个士大夫有这东西？老王，你做下一瓮好酒，宰下一个好牛犊儿，只等三日之后，我轻轻的把着手儿，送将你那满堂娇孩儿来家，你意下如何？（王林云）哥，你若送将我那女孩儿来家，老汉莫要说一瓮酒，一个牛犊儿，便杀身也报答大恩不尽。（正末唱）

【赚煞】管着你目下见仇人，则不要口似无梁斗。一句句言如劈竹，（带云）宋江味，（唱）不争你这一度风流倒出了一度丑。誓今番泼水难收，到那里问缘由，怎敢便信口胡诌！则要你肚囊里揣着状本熟，不要你将无来作有，则要你依前来依后。（云）我如今回去见俺宋公明，数说他这罪过，就着他辞了三十六大伙，七十二小伙，半垓来小偻儸，同着鲁智深一径离了山寨，到你庄上，那时节我若叫你出来，你可休似乌龟一般，缩了头再也不肯出来。（王林云）老汉若不见他，万事休论，我若见了他，我认的他两个，恨不的咬掉他一块肉来，我怎么肯不出见他？（正末云）老王，兀的不是俺宋江哥哥，他道没也，老儿，俺斗你耍哩。（唱）你可也休翻做了镶枪头！（下）

（王林云）李逵哥哥去了，我也收拾过铺面，专等三日之后，送满堂娇孩儿来家。满堂娇孩儿，则被你痛杀我也。（下）

注 释

［1］《李逵负荆》，全名《梁山泊李逵负荆》。据明臧晋叔《元曲选》（浙江古籍出版社2020年版）移录。

（宋江同吴学究、鲁智深领卒子上）（宋江诗云）旗帜无非人血染,灯油尽是脑浆熬。鸦嗛肝肺扎煞尾,狗咽骷髅抖搜毛。某乃宋江是也。因清明节令,放众头领下山踏青赏玩去了,今日可早三日光景也。在那聚义堂上,三通鼓罢,都要来齐。小偻㑩,寨门首觑着,看是那一个先来。（卒子云）理会得。（正末上云）自家李山儿的便是。将着这红褡膊见宋江走一遭来。（唱）

【正宫】【端正好】抖搜着黑精神,扎煞开黄髭髯,则今番不许收拾。俺可也摩拳擦掌,行行里按不住莽撞心头气。

【滚绣球】宋江味这是甚所为,甚道理?不知他主着何意,激的我怒气如雷。可不道他是谁,我是谁,俺两个半生来岂有些嫌隙?到今日却做了日月交食。不争几句闲言语,我则怕恶识多年旧面皮,展转猜疑。

（云）小偻㑩报复去,道我李山儿来了也。（卒子做报科,云）喏。报的哥哥得知,有李山儿来了也。（宋江云）着他过来。（卒子云）着过去。（做见科）（正末云）学究哥哥,诺!帽儿光光,今日做个新郎;袖儿窄窄,今日做个娇客。俺宋公明在那里?请出来和俺拜两拜,俺有些零碎金银在这里,送与嫂嫂做拜见钱。（宋江云）这厮好无礼也!与学究哥哥施礼,不与我施礼。这厮胡言乱语的,有什么说话?（正末唱）

【倘秀才】哎,你个刎颈的知交庆喜,（宋江云）庆什么喜?（正末唱）则你那压寨的夫人在那里?（指鲁智深科,云）秃驴,你做的好事来!（唱）打干净球儿不道的走了你!（宋江云）怎么,智深兄弟,也有你那?（正末唱）强赌当,硬支持,要见个到底。

（宋江云）山儿,你下山去,有什么事,何不就明对我说?（正末做恼不言语科）（宋江云）山儿,既然不好和我说,你就对学究哥哥跟前说波。（正末唱）

【滚绣球】俺哥哥要娶妻,这秃厮会做媒。（宋江云）智深兄弟,说你曾做什么媒来?（鲁智深云）你看这厮,到山下去噇了多少酒,醉的来似端不杀的老鼠一般,知他支支的说什么哩!（正末唱）元来个梁山泊有天无日!（做拔斧斫旗科）（唱）就恨不斫倒这一面黄旗!（众做夺斧科）（宋江云）你这铁牛,有什么事也不查个明白,就提起板斧来,要斫倒我杏黄旗,是何道理?（学究云）山儿,你也忒口快心直哩!（正末唱）你道我忒口快,忒心直,还待要献勤出力。（做喊科,云）众兄弟们都来!（宋江云）都来做什么?（正末唱）则不如做个会六亲庆喜的宴席。（宋江云）做什么宴席?（正末唱）走不了你个撮合山师父唐三藏,更和这新女婿郎君。哎,你个柳盗跖,看那个便宜。

（宋江云）山儿,你下山在那里吃酒?遇着什人?想必说我些什么。你从头儿说,则要说的明白。（正末唱）

【倘秀才】不争你抢了他花朵般青春艳质,这其间抛闪杀那草桥店白头老的。（宋江云）这事其中必有暗昧。（正末唱）这桩事分明甚暗昧,生割舍,痛悲凄。（带云）宋江味,（唱）他其实怨你。

（宋江云）元来是老王林的女孩儿,说我抢将来了,休道不是我,便是我抢将来,那老子可是喜欢也是烦恼?你说我试听。（正末唱）

【叨叨令】那老儿一会家便哭啼啼在那茅店里,(带云)觑着山寨,宋江,好恨也!(唱)他这般急张拘诸的立;那老儿一会家便怒咻咻在那柴门外,(带云)哭道,我那满堂娇儿也!(唱)他这般乞留律曲的气。(宋江云)他怎生烦恼那?(正末)那老儿一会家便闷沉沉在那酒瓮边,(带云)那老儿拿起瓢来,揭开蒲墩,舀一瓢冷酒来,泪泪的咽了。(唱)他这般迷留没乱的醉。那老儿托着一片席头便慢腾腾放在土坑上,(带云)他出的门来,看一看,又不见来,哭道,我那满堂娇儿也!(唱)他这般壹留兀渌的睡。似这般过不的也么哥,似这般过不的也么哥!(宋江云)这厮怎的?(正末唱)他道俺梁山泊水不甜,人不义。

(宋江云)学究兄弟,想必有那依草附木,冒着俺家名姓,做这等事情的,也不可知。只是山儿也该讨个显证,才得分晓。(正末云)自有,有这红褡膊,不是显证?(宋江云)山儿,我今日和你打个赌赛,若是我抢将他女孩儿来,输我这六阳会首。若不是我,你输些什么?(正末云)哥,你与我赌头?罢,你兄弟摆一席酒。(宋江云)摆一席酒到好了你!须要配得上我的。(正末云)罢,罢,罢!哥,倘若不是你,我情愿纳这颗牛头!(宋江云)既如此,立下军状,学究兄弟收着。(正末云)难道花和尚就饶了他?(鲁智深云)我这光头不赌他罢,省得你叫不利市,(做立状科)(正末唱)

【一煞】则为你两头白面搬兴废,转背言词说是非,这厮敢狗行狼心,虎头蛇尾。不是我节外生枝,囊里盛锥。谁着你夺人爱女,逞己风流,被咱都知?(宋江云)你看黑牛这村沙样势那!(正末唱)休怪我村沙样势,平地上起孤堆。

(宋江云)若不是我呵,我不道的饶了你哩!(正末唱)

【黄钟尾】那怕你指天画地能瞒鬼,步线行针待哄谁?又不是不精细,又不是不伶俐。(宋江云)我和你就下山去。(正末唱)下山寨,到那里,李山儿,共质对。认的真,觑的实,割你头,塞你嘴。(宋江云)这铁牛怎敢无礼!(正末唱)非铁牛,敢无礼。既赌赛,怎翻悔?莫说这三十六英雄,一个个都是弟兄辈。(云)众兄弟每都来听着!(宋江云)你着他听什么?(正末云)俺如今和宋江、鲁智深同到那杏花庄上,只等那老王林道出一个是字儿,你那做媒的花和尚,休要怪我一斧分开两个瓢,谁着你拐了一十八岁满堂娇?单把宋江一个留将下,待我亲手伏侍哥哥这一遭。(宋江云)你怎生伏侍我?(正末云)我伏侍你!我伏侍你!一只手揪住衣领,一只手攥住腰带,滴留扑摔个一字,阔脚板踏住胸脯,举起我那板斧来,觑着脖子上,可又!(唱)便跳出你那七代先灵,也将我来劝不得。(下)

(宋江云)山儿去了也,小偻偻鞴两匹马来,某和智深兄弟亲下山寨,与老王林质对去走一遭。(诗云)老王林出乖露丑,李山儿将没做有。如今去杏花庄前,看谁输六阳魁首。(同下)

第 三 折

(王林做哭上,云)我那满堂娇儿也,则被你想杀我也!老汉王林,被那两个贼汉将我那女孩儿抢将去了,今日又是三日也。昨日有那李逵哥哥去梁山上寻那宋江、鲁智深,要来对证这一桩事哩,老汉如今收拾下些茶饭,等候则个。(做哭科,云)我那满堂娇儿！说道今日第三日送他来家，不知来也是不来？则被你想杀我也。(宋江同智深、正末上)(宋江云)智深兄弟，咱行动些，你看那山儿，俺在头里走，他可在后面，俺在后面走，他可在前面，敢怕我两个逃走了那！(正末云)你也等我一等波，听见到丈人家去，你好喜欢也。(宋江云)智深兄弟，你看他那厮迷言迷语的，到那里认的不是，山儿，我不道的饶了你哩。(正末唱)

【商调】【集贤宾】过的这翠巍巍一带山崖脚，遥望见滴溜溜的酒旗招。想悲欢不同昨夜，论真假只在今朝。(云)花和尚，你也小脚儿？这般走不动！多则是做媒的心虚，不敢走哩。(鲁智深云)你看这厮！(正末唱)鲁智深似窟里拔蛇。(云)宋公明，你也行动些儿。你只是拐了人家女孩儿，害羞也，不敢走哩。(宋江云)你看他波！(正末唱)宋公明似毡上拖毛。则俺那周琼姬，你可甚么王子乔，玉人在何处吹箫？我不合蹬翻了莺燕友，拆散了这凤鸾交。

(云)我今日同你两个来这杏花庄上呵。(唱)

【逍遥乐】倒做了逢山开道。(鲁智深云)山儿，我还要你遇水搭桥哩。(正末唱)你休得顺水推船，偏不许我过河拆桥。(宋江做前走科)(正末唱)当不的他纳胯挪腰。(宋江云)山儿，你不记得上山时，认俺做哥哥，也曾有八拜之交哩。(正末唱)哥也，你只说在先时有八拜之交，元来是花木瓜儿外看好，不由咱不回头儿暗笑，待和你争什么头角，辩甚的衷肠，惜甚的皮毛。

(云)这是老王林门首。哥也，你莫言语，等我去唤门。(宋江云)我知道。(正末叫门科)老王，老王，开门来。(王林做打盹)(正末又叫科)(云)老王，开门来，我将你那女孩儿送来了也！(王林做惊醒科，云)真个来了！我开开这门。(做抱正末科，云)我那满堂娇儿也！呸！原来不是。(正末唱)

【醋葫芦】这老儿外名唤做半槽，就里带着一杓。是则是去了你那一十八岁这个满堂娇，更做你家年纪老。(云)俺叫了两三声，不开门。第三声道送将你那满堂娇女孩儿来了，他开开门，搂着俺那黑脖子，叫道，我那满堂娇儿也。(唱)老儿也，似这般烦恼的无颠无倒，越惹你揉眵抹泪哭嚎啕。

(云)哥也，进家里来坐着。(宋江、鲁智深做入坐科)(正末云)他是一个老人家，你可休吓他。我如今着他认你也。老王，你过去认波。(王林云)老汉正要认他哩！(宋江云)兀那老子，你近前来，我就是宋江。我与你说，那个夺将你那女孩儿去？则要你认的是者，我与山儿赌着六阳会首哩。(正末云)老王，你认去。可正是他么？(王林做认科，云)不是他，不是他。(宋江云)可如何？(正末云)哥也，你等他好好认咱，怎么先睁着眼吓他？这一吓，他还敢认你那？兀的老王，只为你那女孩儿，俺弟兄两个赌着头哩！老王，兀那个不是你那女婿，拐了满堂娇孩儿的宋江？(王林做再认摇头科，云)不是，不是。(宋江云)可何如？(正末唱)

【幺篇】你则合低头就坐来，谁着你睁睛先去瞧？则你个宋公明威势怎生豪，刚一瞅早将他魂灵吓掉了。这便是你替天行道？则俺那无情板斧肯担饶！

(云)老王你来。兀那秃厮便是做媒的鲁智深，你再去认咱。(鲁智深云)你快认来。(王林做再认科，云)不是，不是。那两个一个是青眼儿长子，如今这个是黑矮的；那一个是稀头发腊梨,如今这个是剃头发的和尚,不是,不是。(鲁智深云)山儿,我可是哩?(正末云)你这秃厮!由他自认,你先吆喝一声怎么?(唱)

【幺篇】谁不知你是镇关西鲁智深?离五台山才落草,便在黑影中摸索也应着。只被你爆雷似一声先唬倒,那呆老子怕不知名号?(带云)适才间他也待认来。(唱)只见他摇头侧脑费量度。

(宋江云)既然认的不是,智深兄弟,我们先回山去,等铁牛自来支对。(正末云)老王,我的儿!你再认去。(王林云)哥,我说不是他,就不是他了。教我再认怎的?(正末做打王林科)(王林云)可怜见,打杀老汉也。(正末唱)

【后庭花】打这老子没肚皮揽泻药,偏不的我敦葫芦摔马杓。(宋江云)小偻儸,将马来,俺与鲁家兄弟先回去也。(正末云)你道是弟兄每将马来,先回山寨上去。我道哥也,你再坐一坐,等那老子再细认波。(唱)哥哥道辔马来还山寨,(带云)哎!哥也,羞的你兄弟,(唱)恰便似牵驴上板桥,恼的我怒难消。踹匾了盛浆铁落,辘轳上截井索,芭棚下瀽副槽。掷碎了舀酒瓢,砍折了切菜刀。

【双雁儿】就恨不一把火刮刮拶拶烧了你这草团瓢。将人来险中倒,气得咱一似那鲫鱼跳。可不道家有老敬老,家有小敬小。

(宋江云)智深兄弟,咱和你回山寨去。(诗云)堪笑山儿忒慕古,无事空将头共赌。早早回来山寨中,舒出脖子受板斧。(同鲁智深下)(正末做叹科,云)嗨,这的是山儿不是了也。(唱)

【浪里来煞】方信道人心未易知,灯台不自照。从今后开眼见个低高。没来由共哥哥赌赛着,使不的三家来便厮靠,则这三寸舌是俺斩身刀。(下)

(王林云)李逵哥哥去了也。他今日果然领将两个人来,着我认道是也不是。元来一个是真宋江,一个是真鲁智深,都不是拐我女孩儿的。不知被那两个天杀的,拐了我满堂娇儿去,则被你想杀我也!(宋刚做打噎,同鲁智恩、旦上,云)打噎耳朵热,一定有人说。可早来到杏花庄也。我那太山在那里?我每原许三日后送你女孩儿回家,如今来也。(王林做相见抱旦哭科,云)我那满堂娇儿也。(宋刚云)太山,我可不说谎,准准三日,送你令爱还家。(王林云)多谢太仆抬举。老汉只是家寒,急切里不曾备的喜酒,且到我女儿房里吃一杯淡酒去,待明日宰个小小鸡儿请你。(鲁智恩云)老王,我那山寨上有的是羊酒,我叫小偻儸赶二三十个肥羊,抬四五十担好酒送你。(王林云)多谢太仆。只是老汉没的谢媒红送你,惶恐杀人也。(宋刚云)俺们且到夫人房里去吃酒来。(下)(王林云)这两个贼汉元来不是梁山泊上头领,他拐了我女孩儿,左右弄做破罐子,倒也罢了。只可惜那李逵哥哥,一片热心,赌着头来,这须不是耍处。我如今将酒冷一碗,热一碗,劝那两个贼汉吃的烂醉,到晚间等他睡了,我悄悄暮上梁山,报与宋公明知道,搭救李逵,有何不可。(诗云)做什么老王林夜走梁山道,也则为李山儿恩义须当报。但愁他一涌性杀了假宋江,连累我满堂娇要带前夫孝。(下)

第 四 折

（宋江同吴学究、鲁智深领卒子上，云）某乃宋江是也。学究兄弟，颇奈李山儿无礼，我和他打下赌赛，到那里果然认的不是。我与鲁家兄弟先回来了，只等山儿来时，便当斩首。小偻儸，踏着山岗望者，这早晚山儿敢待来也。（正末做负荆上云）黑旋风，你好是没来由也。为着别人，输了自己。我今日无计所奈，砍了这一束荆杖，负在背上，回山寨见俺公明哥哥去也呵。（唱）

【双调】【新水令】这一场烦恼可也奔人来，没来由共哥哥赌赛。袒下我这红纳袄，跌绽我这旧皮鞋，心下量猜。（带云）到山寨上，哥哥不打，则要头。（唱）怎发付脖项上这一块？

【驻马听】有心待不顾形骸，（带云）这碧湛湛石崖，不得底的深涧，我待跳下去，休说一个，便是十个黑旋风也不见了。（唱）两三番自投碧湛崖。敬临山寨，行一步如上吓魂台。我死后，墓顶头谁定远乡牌？灵位边谁咒生天界？怎擘划，但得个完全尸首，便是十分采。

【搅筝琶】我来到辕门外，见小校雁行排。（带云）往常时我来呵，（唱）他这般退后趋前；（带云）怎么今日的，（唱）他将我佯呆不睬？（做偷瞧科，云）哦，元来俺宋公明哥哥和众兄弟都升堂了也。（唱）他对着那有期会的众英才，一个个稳坐抬颏。我说的明白，道莽撞的廉颇请罪来，死也应该。

（见科）（宋江云）山儿，你来了也，你背着什么哩？（正末云）哥哥，您兄弟山涧直下砍了一束荆杖，告哥哥打几下。您兄弟一时间没见识，做这等的事来。（唱）

【沉醉东风】呼保义哥哥见责，我李山儿情愿餐柴。第一来看着咱兄弟情，第二来少欠他脓血债，休道您兄弟不伏烧埋。由你便直打到梨花月上来，若不打这顽皮不改。

（宋江云）我元与你赌头，不曾赌打。小偻儸，将李山儿端下聚义堂斩首报来。（正末云）学究哥，你劝一劝儿。智深哥，你也劝一劝儿。（学究同鲁智深劝科）（宋江云）这是军状。我不打他，则要他那颗头。（正末云）哥，你道什么哩？（宋江云）我不打你，则要你那颗头。（正末云）哥哥，你真个不肯打？打一下是一下疼，那杀的只是一刀，倒不疼哩！（宋江云）我不打你。（正末云）不打？谢了哥哥也！（做走科）（宋江云）你走那里去？（正末云）哥哥道是不打我。（宋江云）我和你打赌赛，我则要你那六阳会首。（正末云）罢，罢，罢！他杀不如自杀。借哥哥剑来，待我自刎而亡。（宋江云）也罢。小偻儸将剑来递与他。（正末做接剑科，云）这剑可不元是我的？想当日跟着哥哥打围猎射，在那官道傍边，众人都看见一条大蟒蛇拦路，我走到根前，并无蟒蛇，可是一口太阿宝剑。我得了这剑，献与俺哥哥悬带，数日前我曾听得支楞楞的剑响，想杀别人，不想道杀害自己也。（唱）

【步步娇】则听得宝剑声鸣，使我心惊骇，端的个风团快。似这般好器械，一㧜来铜钱恰便似砍麻秸。（带云）想您兄弟十载相依，那般恩义，都也不消说了。（唱）还说甚旧情怀？早砍取我半壁天灵盖。

（王林冲上叫科,云）刀下留人！告太仆,那个贼汉送将我那女孩儿来了,我将他两个灌醉在家里,一径的来报知,太仆与老汉做主咱。（宋江云）山儿,我如今放你去,若拿得这两个棍徒,将功折罪；若拿不得,二罪俱罚。你敢去么？（正末做笑科,云）这是揉着我山儿的痒处,管教他瓮中捉鳖,手到拿来。（学究云）虽然如此,他有两副鞍马,你一个如何拿的他住？万一被他走了,可不输了我梁山泊上的气概！鲁家兄弟,你帮山儿同走一遭。（鲁智深云）那山儿开口便骂我秃厮会做媒,两次三番要那王林认我,是甚主意？他如今有本事自去拿那两个,我鲁智深决不帮他。（学究云）你只看聚义两个字,不要因这小忿,坏了大体面。（宋江云）这也说的是。智深兄弟,你就同他去拿那两个顶名冒姓的贼汉来。（鲁智深云）既是哥哥分付,您兄弟敢不同去？（同下）（宋刚、鲁智恩上,云）好酒,俺们昨夜都醉了也。今早日高三丈,还不见太山出来,敢是也醉倒了？（正末同鲁智深、王林上,云）贼汉,你太山不在这里？（做见就打科,宋刚云）兀那大汉,你也通个名姓,怎么动手便打？（正末云）你要问俺名姓,若说出来,直吓的你尿流屁滚。我就是梁山泊上黑爹爹李逵,这个哥哥是真正花和尚鲁智深！（做打科,唱）

【乔牌儿】你顶着鬼名儿会使乖,到今日当天败。谁许这满堂娇压你那莺花寨？也不是我黑爹爹忔性歹。

（宋刚云）这是真命强盗,我们打他不过,走,走,走！（做走科）（正末云）这厮走那里去？（做追上再打科）（唱）

【殿前欢】我打你这吃敲材,直着你皮残骨断肉都开。那怕你会飞腾就透出青霄外,早则是手到拿来；你、你、你好一个鲁智深不吃斋！好一个呼保义能贪色！如今去亲身对证休嗔怪。须不是我倚强凌弱,还是你自揽祸招灾。

（做拿住二贼科）（正末云）这贼早拿住了也。（王林同旦儿做拜科）（鲁智深云）兀那老头儿不要拜。明日你同女儿到山寨来拜谢宋头领便了。（同正末押二贼下）（王林云）他们拿这两个贼汉去了也,今日才出的俺那一口臭气。我儿,等待明日牵羊担酒,亲上梁山去,拜谢宋江头领走一遭。（旦儿做战科,王林云）我儿不要苦,这样贼汉有什么好处！等我慢慢的拣一个好的嫁他便了。（同下）（宋江同吴学究领卒子上,云）学究兄弟,怎生李山儿同鲁智深到杏花庄去了许久,还不见来？俺山上该差人接应他么？（学究云）这两个贼子到的那里。不必差人接应,只早晚敢待来也。（卒子做报科,云）喏,报的哥哥得知,两位头领得胜回来了也。（正末同鲁智深押二贼上,云）那两个贼汉擒拿在此,请哥哥发落。（宋江云）好宋江！好鲁智深！你怎么假名冒姓,坏我家的名目？小偻儸,将他绑在那花标树上,取这两副心肝,与咱配酒；枭他首级,悬挂通衢警众。（卒子云）理会的。（拿二贼下）（正末唱）

【离亭宴煞】蓼儿洼里开筵待,花标树下肥羊宰。酒尽呵拼当再买。涎邓邓眼睛剜,滴屑屑手脚卸,碜可可心肝摘。饿虎口中将脆骨夺,骊龙颔下把明珠握。生担他一场利害。（带云）智深哥哥,（唱）我也则要洗清你这强打挣的执柯人；（带云）公明哥哥,（唱）出脱你这干风情的画眉客。

（宋江云）今日就聚义堂上设下赏功筵席,与李山儿、鲁智深庆喜者。（诗云）宋公

275

明行道替天，众英雄聚义林泉。李山儿拔刀相助，老王林父子团圆。

    题　目　　杏花庄王林告状
    正　名　　梁山泊李逵负荆

（张燕瑾　校录）

倩女离魂[1]

郑光祖

第 二 折

(夫人慌上,云)欢喜未尽,烦恼又来。自从倩女孩儿在折柳亭与王秀才送路,辞别回家,得其疾病,一卧不起。请的医人看治,不得痊可,十分沉重,如之奈何? 则怕孩儿思想汤水吃,老身亲自去绣房中探望一遭去来。(下)(正末上,云)小生王文举,自与小姐在折柳亭相别,使小生切切于怀,放心不下。今舣舟江岸[2],小生横琴于膝,操一曲以适闷咱[3]。(做抚琴科)(正旦别扮离魂上,云)妾身倩女,自与王生相别,思想的无奈,不如跟他同去,背着母亲,一径的赶来。王生也,你只管去了,争知我如何过遣也呵! (唱)

【越调】【斗鹌鹑】人去阳台,云归楚峡[4]。不争他江渚停舟,几时得门庭过马[5]? 悄悄冥冥,潇潇洒洒。我这里踏岸沙,步月华;我觑这万水千山,都只在一时半霎。

【紫花儿序】想倩女心间离恨,赶王生柳外兰舟,似盼张骞天上浮槎[6]。汗溶溶琼珠莹脸,乱松松云髻堆鸦,走的我筋力疲乏。你莫不夜泊秦淮卖酒家? 向断桥西下,疏剌剌秋水菰蒲,冷清清明月芦花。

(云)走了半日,来到江边,听的人语喧闹,我试觑咱。(唱)

【小桃红】我蓦听得马嘶人语闹喧哗[7],掩映在垂杨下,唬的我心头丕丕那惊怕[8],原来是响珰珰鸣榔板捕鱼虾[9]。我这里顺西风悄悄听沉罢,趁着这厌厌露华[10],对着这澄澄月下,惊的那呀、呀、呀寒雁起平沙。

【调笑令】向沙堤款踏,莎草带霜滑;掠湿湘裙翡翠纱,抵多少苍苔露冷凌波袜。看江上晚来堪画,玩冰壶潋滟天上下[11],似一片碧玉无瑕。

【秃厮儿】你觑远浦孤鹜落霞,枯藤老树昏鸦。听长笛一声何处发,歌欸乃[12],橹咿哑。

(云)兀那船头上琴声响,敢是王生? 我试听咱。(唱)

【圣药王】近蓼洼,缆钓槎,有折蒲衰柳老兼葭;傍水凹,折藕芽,见烟笼寒水月笼沙,茅舍两三家。

(正末云)这等夜深,只听得岸上女人声音,好似我倩女小姐,我试问一声波。(做问科,云)那壁不是倩女小姐么? 这早晚来此怎的? (魂旦相见科,云)王生也,我背着母亲,一径的赶将你来,咱同上京去罢。(正末云)小姐,你怎生直赶到这里来? (魂旦唱)

【麻郎儿】你好是舒心的伯牙,我做了没路的浑家。你道我为甚么私离绣榻,待和伊同走天涯。

(正末云)小姐是车儿来,是马儿来? (魂旦唱)

【幺】俭把[13]、咱家、走乏,比及你远赴京华。薄命妾为伊牵挂,思量心几时撒下。

【络丝娘】你抛闪咱,比及见咱,我不瘦杀,多应害杀[14]。(正末云)若老夫人知道怎了也?(魂旦唱)他若是赶上咱,待怎么?常言道:做着不怕。

(正末做怒科,云)古人云:聘则为妻,奔则为妾。老夫人许了亲事,待小生得官回来,谐两姓之好,却不名正言顺!你今私自赶来,有玷风化,是何道理?(魂旦云)王生,(唱)

【雪里梅】你振色怒增加,我凝睇不归家。我本真情非为相吓,已主定心猿意马[15]。

(正末云)小姐,你快回去罢。(魂旦唱)

【紫花儿序】只道你急煎煎趱登程路,元来是闷沉沉困倚琴书,怎不教我痛煞煞泪湿琵琶。有甚心着雾鬓轻笼蝉翅,双眉淡扫宫鸦,似落絮飞花。谁待问出外争如只在家[16],更无多话,愿秋风驾百尺高帆,尽春光付一树铅华[17]。

(云)王秀才,赶你不为别,我只防你一件。(正末云)小姐防我那一件来?(魂旦唱)

【东原乐】你若是赴御宴琼林罢[18],媒人每拦住马,高挑起染渲佳人丹青画,卖弄他生长在王侯宰相家。你恋着那奢华,你敢新婚燕尔在他门下。

(正末云)小生此行,一举及第,怎敢忘了小姐。(魂旦云)你若得登第呵,(唱)

【绵搭絮】你做了贵门娇客,一样矜夸;那相府荣华,锦绣堆压,你还想飞入寻常百姓家?那时节似鱼跃龙门播海涯,饮御酒插宫花。那其间占鳌头、占鳌头登上甲。

(正末云)小生倘不中呵,却是怎生?(魂旦云)你若不中呵,妾身荆钗裙布,愿同甘苦。(唱)

【拙鲁速】你若是似贾谊困在长沙[19],我敢似孟光般显贤达[20]。休想我半星儿意差,一分儿抹搭[21]。我情愿举案齐眉傍书榻,任粗粝淡薄生涯,遮莫戴荆钗[22],穿布麻。

(正末云)小姐既如此真诚志意,就与小生同上京去如何?(魂旦云)秀才肯带妾身去呵,(唱)

【幺篇】把梢公快唤咱,恐家中厮捉拿。只见远树寒鸦,岸草汀沙,满目黄花,几缕残霞。快先把云帆高挂,月明直下;便东风刮,莫消停,疾进发。

(正末云)小姐,则今日同我上京应举去来。我若得了官,你便是夫人县君也。(魂旦唱)

【收尾】各刺刺向长安道上把车儿驾[23],但愿得文苑客当时奋发。则我这临邛市沽酒卓文君,甘伏侍你濯锦江题桥汉司马[24]。(同下)

注释

[1]《倩女离魂》,全名《迷青琐倩女离魂》。原文据臧晋叔《元曲选》(浙江古籍出版社2020年版)移录。

[2]舣(yǐ)舟:泊船。舣,使船靠岸。

[3]适闷:即释闷,解闷。

[4]"人去阳台"二句:用高唐云雨典,喻指情人分离。阳台,传说中楚怀王在高唐和巫山神女欢会之处。见战国时宋玉《高唐赋》。

〔5〕门庭过马:衣锦还乡,车骑过门。

〔6〕张骞天上浮槎(chá):传说西汉人张骞,曾乘浮槎寻黄河之源,最后到了天上,见到牛郎、织女。浮槎,在水上漂行的木筏或竹排。见晋代张华《博物志》卷十。

〔7〕蓦:突然,忽然。

〔8〕丕丕:即扑扑,形容因紧张而心慌、心跳的样子。

〔9〕鸣榔板:一种捕鱼方法,即用长木敲叩船板,其声响可以惊鱼入网。

〔10〕厌厌:浓浓的。

〔11〕"玩冰壶"句:意为看见明月映照水中,波光潋滟,天光水色,交相辉映。冰壶,喻指月亮。潋滟(liànyàn),水光波动的样子。

〔12〕欸(ǎi)乃:行船摇橹的声音,后引申为船夫的棹歌声。见唐代元结乐府《欸乃曲·及序》。

〔13〕崄(xiǎn):险。

〔14〕害杀:害相思病很严重。

〔15〕已主定心猿意马:已经打定主意。心猿意马,佛家用语,喻心神不定,如猿猴跳跃、快马奔驰之难以控制。

〔16〕争如:怎比得上。

〔17〕"愿秋风驾百尺高帆"二句:意为希望王文举高挂云帆,一路顺利,而自己任由红颜消退,宁以青春相伴。尽,任。铅华,妆粉,这里指前面所言"落絮飞花"。

〔18〕御宴琼林:即琼林宴,皇帝赐新科进士的宴会。宋初,太宗太平兴国二年(977)赐宴新科进士于琼林苑,故称。

〔19〕贾谊:西汉人,曾官至太中大夫,因受排挤,贬为长沙王太傅。见《史记·屈原贾生列传》。

〔20〕孟光:见《窦娥冤》第二折注〔8〕。

〔21〕抹搭:怠慢,变心。

〔22〕遮莫:即使。

〔23〕各剌剌:拟声词,车子行进的声音。

〔24〕汉司马:汉代司马相如。

(闵虹　校注)

琵 琶 记 [1]

高 明

第 二 十 出

（旦上唱）【山坡羊】乱荒荒不丰稔的年岁[2]，远迢迢不回来的夫婿。急煎煎不耐烦的二亲，软怯怯不济事的孤身己[3]。衣尽典，寸丝不挂体。几番要卖了奴身己，争奈没主公婆教谁看取？（合[4]）思之，虚飘飘命怎期？难捱，实丕丕灾共危[5]。

【前腔】滴溜溜难穷尽的珠泪，乱纷纷难宽解的愁绪。骨崖崖难扶持的病体[6]，战钦钦难捱过的时和岁[7]。这糠呵，我待不吃你，教奴怎忍饥？我待吃呵，怎吃得？（吃介）苦！思量起来不如奴先死，图得不知他亲死时。（合前）

（白）奴家早上安排些饭与公婆，非不欲买些鲑菜[8]，争奈无钱可买。不想婆婆抵死埋冤，只道奴家背地吃了甚么。不知奴家吃的却是细米皮糠，吃时不敢教他知道，只得回避。便埋冤杀了，也不敢分说。苦！真实这糠怎的吃得？（吃介）（唱）

【孝顺歌】呕得我肝肠痛，珠泪垂，喉咙尚兀自牢嗄住[9]。糠！遭砻被舂杵[10]，筛你簸扬你，吃尽控持[11]。悄似奴家身狼狈，千辛万苦皆经历。苦人吃着苦味，两苦相逢，可知道欲吞不去。（吃吐介）（唱）

【前腔】糠和米，本是两倚依，谁人簸扬你作两处飞？一贱与一贵，好似奴家共夫婿，终无见期。丈夫，你便是米么，米在他方没寻处。奴便是糠么，怎的把糠救得人饥馁？好似儿夫出去，怎的教奴，供给得公婆甘旨[12]？（不吃放碗介）（唱）

【前腔】思量我生无益，死又值甚的！不如忍饥为怨鬼。公婆年纪老，靠着奴家相依倚，只得苟活片时。片时苟活虽容易，到底日久也难相聚。谩把糠来相比，这糠尚兀自有人吃，奴家骨头，知他埋在何处？

（外、净上探白）媳妇，你在这里说甚么？（旦遮糠介）（净搜出打旦介）（白）公公，你看么？真个背后自逼逻东西吃[13]，这贱人好打！（外白）你把他吃了，看是什么物事？（净慌吃介）（吐介）（外白）媳妇，你逼逻的是甚么东西？（旦介）（唱）

【前腔】这是谷中膜，米上皮，将来逼逻堪疗饥。（外、净白）这是糠，你却怎的吃得？（旦唱）尝闻古贤书，狗彘食人食[14]，公公，婆婆，须强如草根树皮。（外、净白）这的不嗄杀了你？（旦唱）嚼雪餐毡苏卿犹健[15]，餐松食柏到做得神仙侣，纵然吃些何虑？（白）公公，婆婆，别人吃不得，奴家须是吃得。（外、净白）胡说！偏你如何吃得？（旦唱）爹妈休疑，奴须是你孩儿的糟糠妻室[16]！

（外、净哭介，白）原来错埋冤了人，兀的不痛杀了我！（倒介）（旦叫介，唱）

【雁过沙】他沉沉向迷途，空教我耳边呼。公公，婆婆，我不能尽心相奉事，番教你为我归黄土。公公，婆婆，人道你死缘何故？公公，婆婆，你怎生割舍抛弃了奴？

（白）公公，婆婆。（外醒介，唱）

【前腔】媳妇，你耽饥事公姑。媳妇，你耽饥怎生度？错埋冤你也不肯辞，我如今

始信有糟糠妇。媳妇,我料应不久归阴府。媳妇,你休便为我死的把生的受苦。(旦叫婆婆介,唱)

【前腔】婆婆,你还死教奴家怎支吾?你若死教我怎生度?我千辛万苦回护丈夫,如今到此难回护。我只愁母死难留父,况衣衫尽解,囊箧又无[17]。(外叫净介,唱)

【前腔】婆婆,我当初不寻思,教孩儿往皇都。把媳妇闪得苦又孤,把婆婆送入黄泉路,只怨是我相耽误。我骨头未知埋在何处所?

(旦白)婆婆都不省人事了,且扶入里面去。正是:青龙共白虎同行[18],吉凶事全然未保。(并下)(末上白)福无双至犹难信,祸不单行却是真。自家为甚说这两句?为邻家蔡伯喈妻房,名唤做赵氏五娘子,嫁得伯喈秀才,方才两月,丈夫便出去赴选。自去之后,连年饥荒,家里只有公婆两口,年纪八十之上,甘旨之奉,亏杀这赵五娘子,把些衣服首饰之类尽皆典卖,籴些粮米做饭与公婆吃,他却背地里把些细米皮糠逼逻充饥。唧唧,这般荒年饥岁,少什么有三五个孩儿的人家,供膳不得爹娘。这个小娘子,真个今人中少有,古人中难得。那公婆不知道,颠倒把他埋冤;今来听得他公婆知道,却又痛心都害了病。俺如今去他家里探取消息则个。(看介)这个来的却是蔡小娘子,怎生恁地走得慌?(旦慌走上介,白)天有不测风云,人有旦夕祸福。(见末介)公公,我的婆婆死了。(末介)我却要来。(旦白)公公,我衣衫首饰尽行典卖,今日婆婆又死,教我如何区处?公公可怜见,相济则个。(末白)不妨,婆婆衣衾棺椁之费皆出于我,你但尽心承值公公便了[19]。(旦哭介,唱)

【玉包肚】千般生受[20],教奴家如何措手[21]?终不然把他骸骨[22],没棺椁送在荒丘?(合)相看到此,不由人不珠泪流。正是不是冤家不聚头。(末唱)

【前腔】不须多忧,送婆婆是我身上有。你但小心承直公公,莫教又成不救。(合前)(旦白)如此,谢得公公!只为无钱送老娘。(末白)娘子放心,须知此事有商量。(合)正是:归家不敢高声哭,只恐人闻也断肠。(并下)

注释

[1]《琵琶记》,又名《蔡伯喈》《蔡伯喈琵琶记》。原文据钱南扬校注《元本琵琶记校注》(上海古籍出版社1980年版)移录。

[2]稔(rěn):庄稼成熟。不丰稔,即庄稼歉收。

[3]身己:身体。

[4]合:戏曲术语,指合头。剧中过曲一般用两支以上的曲子,这些曲子的最后几句相同,称合头。上曲合头处注"合"字,后曲不再重出曲文,仅注"合前",即合头同前之意。合头同唱时多,也有独唱。此处只赵五娘一人,是独唱。

[5]实不不:实实在在,确实。不不,语缀词,起加重语气的作用。

[6]骨崖崖:瘦骨嶙峋的样子。

[7]战钦钦:战战兢兢的样子。

[8]鲑(xié)菜:江南一带对鱼类菜肴的总称,代指好的饭菜。

［9］牢嗄(shà)：牢牢地卡住。

［10］砻(lóng)：去除稻壳的工具，作动词，碾、磨的意思。

［11］控持：颠簸，折磨。

［12］甘旨：美味食物。

［13］逼逻：寻找，张罗。

［14］狗彘食人食：语出《孟子·梁惠王上》："狗彘食人食而不知检。"极言统治者之奢侈。这里可断句为"狗彘食，人食"，指狗和猪才吃的糟糠，人却在吃。

［15］苏卿：汉武帝时出使匈奴的苏武（字子卿），因遭羁押而宁死不降，被囚于大窖并绝以饮食。苏武嚼雪餐毡，得以不死。事见《汉书·苏武传》。

［16］糟糠妻室：贫贱时的妻子，语出《后汉书·宋弘传》："贫贱之知不可忘，糟糠之妻不下堂。"

［17］囊箧：口袋和箱子，代指家中的资财。

［18］青龙共白虎：古时星宿名，星相以青龙为吉星，白虎为凶星。二者同行，即下句所言"吉凶事全然未保"。

［19］承值：承管，照顾，侍奉。

［20］生受：这里为劳驾、麻烦之意。

［21］措手：操办措置。

［22］终不然：难道。

（闵虹　校注）

作品选

宝 剑 记[1]

李开先

第三十七出　林冲夜奔

（生上，唱）

【点绛唇】数尽更筹[2]，听残银漏[3]。逃秦寇[4]，好教我有国难投，那搭儿相求救[5]。

（白）欲送登高千里目，愁云低锁衡阳路[6]。鱼书不至雁无凭[7]，几番欲作悲秋赋[8]。回首西山日又斜，天涯孤客真难度。丈夫有泪不轻弹，只因未到伤心处。念我一时忿怒，杀死奸细，幸得深夜无人知觉，密投柴大官人庄上隐藏。昨闻故人公孙胜使人报知：今遣指挥徐宁领兵沧州地界捉拿。亏承柴大官人怜我孤穷，写书荐达[9]，径往梁山逃命。日里不敢前行，今夜路经济州地界。恰才天明月朗，霎时雾暗云迷，况山路崎岖，高低不辨，教我怎行蓦[10]！那前边黑洞洞的，想是村店，只得紧行几步。呀，原来是一座禅林[11]。夜深无人，我向伽蓝殿前暂憩片时[12]。（生作睡介）（净扮神上，白）生前能护国，没世号伽蓝。眼观十万里，日赴九千坛。吾乃本庙护法之神。今有上界武曲星受难[13]，官兵追急，恐伤他性命。兀那林冲，休推睡梦，今有官兵过了黄河，咫尺赶上，急急起来逃命去罢！吾神去也。凡人心不昧，处处有神灵。但愿人行早，神天不负人。（生醒白）唬死我也！刚才合眼，忽见神像指着道："林冲急急起来，官兵到了！"想是伽蓝神圣指引迷途。我林冲若得一步之地，重修宝殿，再塑金身。撇开脚步去也！（唱）

【双调新水令】按龙泉血泪洒征袍[14]，恨天涯一身流落。专心投水浒，回首望天朝[15]。急走忙逃，顾不的忠和孝。

【驻马听】良夜迢迢[16]，投宿休将门户敲。遥瞻残月，暗度重关，急步荒郊。身轻不惮路迢遥，心忙只恐人惊觉。魄散魂消，魄散魂消，红尘误了武陵年少[17]。

【水仙子】一朝谏争触权豪，百战勋名做草茅，半生勤苦无功效，名不将青史标。为家国总是徒劳。再不得倒金樽杯盘欢笑，再不得歌金缕筝琶络索[18]，再不得谒金门环珮逍遥[19]。

【折桂令】封侯万里班超[20]，生逼做叛国的红巾，背主的黄巢[21]。恰便似脱扣苍鹰，离笼狡兔，摘网腾蛟。救急难谁除正卯[22]？掌刑罚难得皋陶[23]！鬓发萧骚[24]，行李萧条。这一去，博得个斗转天回[25]，须教他海沸山摇。

【雁儿落】望家乡去路遥，想妻母将谁靠？我这里吉凶未可知，他那里生死应难料！

【得胜令】呀！唬的我汗津津身上似汤浇，急煎煎心内类油调。幼妻室今何在？老尊堂恐丧了！劬劳[26]，父母恩难报；悲嚎，英雄气怎消。

【沽美酒】怀揣着雪刃刀，行一步哭号咷。拽长裾急急蓦羊肠路迢[27]，且喜这灿灿明星下照。忽然间昏惨惨云迷雾罩,疏喇喇风吹叶落,振山林声声虎啸,逸溪涧哀哀猿叫,吓得我魂飘、胆消,百忙里走不出山前古庙。

【收江南】呀! 又只见乌鸦阵阵起松梢,数声残角断渔樵[28]。忙投村店伴寂寥。想亲帏梦杳,空随风雨度良宵!

> 故国徒劳梦,思归未得归。
>
> 此身无所托,空有泪沾衣。

(下)

注 释

[1]《宝剑记》,原文据王起《中国戏曲选》(人民文学出版社 1985 年版)移录。

[2]更筹:更为古代夜间计时单位,一夜分为五更,一更约两小时。筹为计时报更的竹牌。

[3]银漏:古代计时工具,在银壶(一般用铜壶)中插上标有刻度的箭,箭随壶中之水匀速下漏而显示刻度,用来指示时间。

[4]秦寇:秦兵,此处指高俅等朝中奸党。

[5]那搭儿:什么地方。

[6]衡阳路:湖南衡阳境内有回雁峰,相传北雁南飞至此而止。此处指通往家乡之路。

[7]鱼书:《古诗十九首》中有"呼童烹鲤鱼,中有尺素书"之句,后来常以鱼书指代书信。

[8]悲秋赋:战国时楚人宋玉《九辩》五首开头均云"悲哉,秋之为气也",以表现其感伤之情,后人便借此指代悲伤的文字。

[9]荐达:即推荐介绍之意。

[10]蓦(mò):穿越,跨过。

[11]禅林:指寺院。

[12]伽(qié)蓝:佛教中护法之神。憩(qì):休息。

[13]武曲星:古代传说掌管武事的上天星宿,此处指林冲。

[14]龙泉:古剑名,后泛指宝剑。征袍:远行人的服装。

[15]天朝:指京都,当时在汴梁(今河南开封)。

[16]迢迢:本是遥远的意思,此指漫长。

[17]红尘:佛教、道教称人世间为红尘,指争夺名利之地。武陵年少:京师富贵子弟。武陵即五陵,是长陵、安陵、阳陵、茂陵、平陵的合称,在今陕西咸阳附近,为西汉五个皇帝的陵墓所在地。汉元帝以前每立陵墓,便迁移四方富豪与外戚之家在此居住,使其供奉园陵,故五陵后来又成为京师富贵之地的代称。

[18]金缕:即《金缕曲》,是古代的曲调。筝琶:即筝与琵琶,都指乐器。络索:指乐器的装饰物。全句意为再不能过那种奏乐歌舞的生活了。

〔19〕谒(yè):晋见。金门:即金马门,本是汉代的宫门,此处泛指皇宫。环珮(pèi):官员所佩戴的玉器饰物。本句意思为再不能进宫朝见皇帝了。

〔20〕班超:汉代大将,曾因巩固汉朝在西域的统治有功而被封定远侯。见《后汉书·班超传》。此句言林冲本有为朝廷建功立业的愿望。

〔21〕红巾、黄巢:元末韩山童、刘福通所领导的义军称红巾军。戏曲用典不守史范,故写宋人事可用元人典。黄巢为唐末义军领袖。在此均指反抗朝廷的造反者。

〔22〕正卯:即少正卯,春秋时鲁国大夫,相传孔子任鲁国司寇时,因少正卯扰乱国政而将其诛杀。见《史记·孔子世家》。

〔23〕皋陶(gāoyáo):相传为虞舜时的司法官,以公正无私著称。

〔24〕萧骚:稀疏零乱貌。

〔25〕斗转天回:北斗转向,指形式改变。

〔26〕劬(qú)劳:《诗经·小雅·蓼莪》:"哀哀父母,生我劬劳。"后专指父母养育儿女的辛劳。

〔27〕拽长裾(jū):提起衣服前边的大襟。

〔28〕残角:远处隐约的角声。断渔樵:已没有打鱼砍柴人的踪迹,比喻幽静凄凉。

(左东岭 校注)

浣 纱 记[1]

梁辰鱼

第四十五出 泛　湖

（净、丑扮渔翁唱渔歌上）我两人都是太湖中的渔翁，昨日范老爷分付要几个渔船，泊在胥口[2]，想要到湖上去耍子，怎么这时候还不见到来？只得在此伺候。（生上）功成不受上将军，一艇归来笠泽云[3]。载去西施岂无意，恐留倾国更迷君。自家范蠡，辅我弱越，破彼强吴，名遂功成，国安民乐，平生志愿，于此毕矣！正当见机祸福之先，脱履尘埃之外，若少留滞，焉知今日之范蠡，不为昔日之伍胥也。向已告过主公，今当远遁。昨日分付渔船，泊在湖口，专等西施美人到来，即便同行。（旦上）双眉蹙处恨匆匆，转眼兴亡一霎中。若泛扁舟湖上去[4]，不宜重过馆娃宫[5]。相公万福[6]！（生）美人少礼。美人，我本楚人，久作越客，昔遇倾城于溪路，常遭患难于邻邦。自分宿世难逢[7]，谁料今生复合。兹具舟中之花烛，聊结湖上之姻盟。事出匆匆，莫嫌草草。（旦）妾乃白屋寒娥[8]，黄茅下妾。惟冀德配君子，不意苟合吴王。摧残风雨，已破荳蔻之梢[9]；断送韶华，遂折芙蓉之蒂。不堪奉尔中馈[10]，未可充君下陈[11]。（生）我实霄殿金童，卿乃天宫玉女，双遭微谴，两谪人间。故鄙人为奴石室[12]，本是凤缘；芳卿作妾吴宫，实由尘劫。今续百世已断之契，要结三生未了之姻[13]。始离迷途，方归正道。（旦）既蒙恩谊，敢不祗承。但旧家姊妹，久缺音书，晚景椿萱[14]，杳无消耗。欲暂返山中之驾，方相从湖上之舟。未知尊意何如？（生）我已差人前往诸暨[15]，令尊令堂，同载舟航，东施北威[16]，并赐金帛。（旦）相公，你既无仇不雪，无恩不报，但有一故人，尚未相酬，君何忘之也？（生）卿但言之。（旦）当初若无溪纱，我与你那有今日。（生）你那纱在何处？（旦）妾朝夕爱护，佩在心胸，君试观之。（生）我的纱也在此。千丛万结乱如堆，曾系吴宫合卺杯[17]；今日两归溪水上，方知一缕是良媒。美人，我和你早早登舟去罢。渔翁那里？（丑、净）相公有何分付？（生）我要下船，过湖中往海上去。（丑、净）不知相公海上要到那一方？若出了海，北风往广东，西风往日本，南风往齐国。今日恰是南风。（生）既是南风，就往齐国去罢！（丑、净）请相公夫人登舟。（生）

【北新水令】问扁舟何处恰才归？叹漂流常在万重波里。当日个浪翻千丈急，今日个风息一帆迟。烟景迷离，望不断太湖水。（旦）

【南步步娇】忆昔持纱溪边洗，正遇春初霁，芳心不自持。谁料多才，忽然相值。住立不多时，急忙里便许成佳配。（生）

【北雁儿落】谢娘行能谐子女姻[18]，羞杀我未有儿夫气[19]。乱丛丛邦家多苦辛，急攘攘军旅常留滞。（旦）

【南沉醉东风】为君家寥寥旦夕[20]，为君家淹淹憔悴。奈彻夜患心疼，奈彻夜患心疼，日高未起，空留下数行珠泪。山深地僻，花飞鸟啼，伤心过处，双双蹙着翠眉。（生）

【北得胜令】呀，非是我冷淡了相识，非是我奚落了新知。只为那国主亲遭辱，只为那夫人尽被羁。奔驰，千里价难相会[21]。栖迟，三年犹未回。(旦)

【南忒忒令】你流落他乡未回，我寂寞深山无倚。莺儿燕子，眼望亲成对。谁知道命飘蓬，谁知道命飘蓬，君恰归，妾又行，做浮花浪蕊！(生)

【北沽美酒】为邦家轻别离，为邦家轻别离。为国主撇夫妻，割爱分恩送与谁？负娘行心痛悲，望姑苏泪沾臆，望姑苏泪沾臆！(旦)

【南好姐姐】路岐，城郭半非。去故国云山千里，残香破玉，颜厚有忸怩。藏深计，迷花恋酒拼沈醉[22]，断送苏台只废基。(生)

【北川拨棹】古和今此会稽，古和今此会稽，旧和新一范蠡。谁知道戈挽斜晖[23]，龙起春雷，风卷潮回，地转天随。霎时间驱戎破敌，因此上喜卿卿北归矣。(旦)

【南园林好】谢君王将前姻再提，谢伊家把初心不移[24]，谢一缕溪纱相系。谐匹配作良媒，谐匹配作良媒。(生)

【北太平令】早离了尘凡浊世，空回首骇弩危机。伴浮鸥溪头沙嘴[25]，学冥鸿寻双逐对。我呵，从今后车儿马儿，好一回辞伊谢伊。呀！趁风帆海天无际。(旦)

【南川拨棹】烟波里，傍汀蘋，依岸苇，任飘飘海北天西，任飘飘海北天西！趁人间贤愚是非，跨鲸游，驾鹤飞，跨鲸游，驾鹤飞！(生)

【北梅花酒】笑燕秦楚共齐，笑燕秦楚共齐。耀干戈整旌旗，军共马露水泥，兵和将釜中食。酒席间森剑戟，庙堂中坐刀笔[26]，一霎时见凶吉。(旦)

【南锦衣香】你看馆娃宫荆榛蔽，响屧廊[27]莓苔翳。可惜剩水残山，断崖高寺[28]，百花深处一僧归。空遗旧迹，走狗斗鸡，想当年僭祭[29]。望郊台[30]凄凉云树，香水鸳鸯去[31]，酒城[32]倾坠。茫茫练渎[33]，无边秋水！(生)

【北收江南】呀！看满目兴亡真惨凄，笑吴是何人越是谁？功名到手未嫌迟。从今号子皮[34]，从今号子皮，今来古往，不许外人知。(旦)

【南浆水令】采莲泾[35]红芳尽死，越来溪[36]吴歌惨凄。宫中鹿走草萋萋，黍离故墟[37]，过客伤悲。离宫废[38]，谁避暑？琼姬墓[39]冷苍烟蔽。空园滴，空园滴，梧桐夜雨。台城[40]上，台城上，夜乌啼！(生)

【北清江引】人生聚散皆如此，莫论兴和废。富贵似浮云[41]，世事如儿戏。唯愿普天下做夫妻，都是咱共你。(合)

        尽道梁郎识见无，反编勾践破姑苏。

        大明今日归一统，安问当年越与吴。

注 释

[1]《浣纱记》，亦名《吴越春秋》。原文据明毛晋《六十种曲》(中华书局 2007 年版)校录。

[2]胥口：太湖东靠胥山处。胥指胥山，在江苏吴县(今苏州)西南。相传伍子胥死后，吴人怜之，为其立祠于山上，因名曰胥山。

［3］笠泽:水名,即太湖。《左传·哀公十七年》:"三月,越子伐吴,吴子御之笠泽。"

［4］扁(piān)舟:小船。有时也写作"偏舟"。《史记·货殖列传》:"范蠡既雪会稽之耻……乃乘扁舟浮于江湖。"

［5］馆娃宫:吴宫名。吴王夫差筑宫于江苏吴县灵岩山上以馆西施,故名。吴人称美女为"娃"。

［6］万福:古时妇女见人行礼,口称"万福"。

［7］自分(fèn):自料。分,意料之辞。

［8］白屋:古代平民住屋不施采,故称白屋。

［9］豆蔻之梢:喻指未嫁少女。唐杜牧《赠别》:"娉娉袅袅十三余,豆蔻梢头二月初。"

［10］中馈:指妇女在家中主管的饮食等事。

［11］充君下陈:做您的婢妾。下陈,陈列于堂下,代指婢妾。

［12］石室:在灵岩山下,相传为吴王囚范蠡之所。

［13］三生:佛教语,指前生、今生和来生。

［14］晚景椿萱:指上了年纪的父母。椿指父(多用"椿庭"),因古代传说大椿长寿。萱指母。《诗经·卫风·伯兮》:"焉得谖(萱)草?言树之背。""背"指北堂,母亲所居。

［15］诸暨:县名,治所在今浙江诸暨市。

［16］东施、北威:据《浣纱记》第十七出《效颦》,知东施与西施同宗,北威与南威同宗,分别住在苎萝东村、西村、北村和南村。

［17］合卺(jǐn):成婚。把瓠分成两个瓢,称卺,新夫妇各执一瓢饮酒,称合卺。

［18］行(háng):指示方位词,这里或那里。

［19］儿夫:丈夫。

［20］寥寥:此处意思是寂寞。

［21］价:语尾助词,无义。也作"家"或"加"。

［22］拼(pīn):豁出去;不顾性命。

［23］戈挽斜晖:指战斗正酣,无法停止。见本书作品选部分《西厢记》第三本第二折的注释［52］。

［24］伊家:伊,第二人称代词,你。家:语尾助词,无义。

［25］伴浮鸥溪头沙嘴:《列子·黄帝》:"海上之人有好沤(鸥)鸟者,每旦之海上,从沤鸟游。"此处指远离政治上的尔虞我诈,过一种毫无心机的隐遁生活。

［26］刀笔:均为古代书写工具,此指朝中文臣。

［27］响屧(xiè)廊:吴王宫中廊名,也作"屧廊"。范成大《吴郡志·迹》卷八:"响屧廊在灵岩山寺。相传吴王令西施辈步屧,廊虚而响,故名。"

［28］断崖高寺:指灵岩寺,在灵岩山上,原为馆娃宫旧址。

［29］僭祭:超越自己身份的祭祀,指诸侯怀有野心。

［30］郊台:指吴王在南郊祭天的台。

〔31〕香水：即香水溪，在江苏吴县西南，传为西施洗浴处。

〔32〕酒城：城名，即苦酒城。在江苏吴县西南。

〔33〕练渎：水名，在江苏吴县西南。

〔34〕子皮：鸱夷子皮的省称，范蠡之号。《史记·货殖列传》："范蠡既雪会稽之耻……乃乘扁舟浮于江湖。变名易姓。适齐，为鸱夷子皮。"《索隐》引大颜曰："若盛酒之鸱夷也，用之，则多所容纳；不用，则可卷而怀之，不忤于物也。"

〔35〕采莲泾：在江苏吴县城内。

〔36〕越来溪：溪名。《吴郡图经续记》："越来溪在吴县之境，自太湖过横山至于郡城之西。盖越王由此水至于吴，故得此名。"

〔37〕黍离故墟：《诗经·王风·黍离》毛序："《黍离》，闵宗周也。周大夫行役至于宗周，过故宗庙宫室，尽为禾黍。闵周室之颠覆，彷徨不忍去而作是诗也。"

〔38〕离宫：古代帝王于正式宫殿之外别建宫室，以备随时游幸，谓之离宫。

〔39〕琼姬墓：在江苏吴县西。琼姬，相传为吴王夫差女。

〔40〕台城：城名，一名苑城。故址在今南京市玄武湖侧。

〔41〕富贵似浮云：《论语·述而》："不义而富且贵，于我如浮云。"比喻富贵虚幻不实。

（王祥　校注）

中山狼院本[1]

王九思

（副末扮赵简子引小卒拿弓箭器械上）寡人赵王简子是也。今早引着这些军卒，来此山中打猎，遇着一个野狼。射了一箭，不曾射得着，往前走了。大小军卒，快往前跟赶去者！（末扮东郭生驴驮书箱上）某东郭生是也。本燕国人氏。平生学墨翟之道，以济人利物为本。前日魏王有书来，请我至魏国讲道。不免要走一遭。行了这数日，不觉来到这赵国中山地方。正行中间，只见远远的许多人马来了。（做远觑科）（生云）看了一会，原来是一伙打猎的人马。似这样打猎的势煞，我平生不曾看见呵！（唱）

【双调新水令】晓风残月到中山，怎生般直恁地马驰人窜？尘烟数十里，器械许多般。咳！原来是打猎的军官，这势煞几曾见！

（外做赵简子并卒子赶上东郭生科）（卒子发科）（问生云）那路旁站的是甚么人？（生答云）我是燕国人东郭生。前往魏国去，从这里经过。（卒子云）恰才有一个狼走将这里来了，你一定看见来。快说！往那厢去了？（生云）不曾见，不曾见。（卒子云）你那箱儿里是甚？我是搜咱。（生云）里面是书册。（唱）

【驻马听】行李孤单，箱内诗书装较满。（卒子云）你不行路，在这里等甚？（生唱）蹇驴迟慢，路途遥远步行难。（卒发科做搜了）（卒子云）你若见狼来，快说，不要哄我！（生唱）见他何又敢欺瞒？狼应有路逃灾难。（卒子云）假若哄了我，就将你杀了！（就拔刀砍地科）（生唱）休太惨，甚来由要杀孤身汉？

（简子云）他不曾见狼，也罢，我们疾忙往前赶将去。（下。生云）造物低！没来由撞着这些乔汉，几乎把我害了。我在此且歇一会儿咱。（军卒又做赶狼科，下）（净扮狼上）我中山狼也。今日赵王打猎，把我射了一箭，不曾射得着，如今则管寻我哩！怎生是好？（狼做指生科）（狼云）兀那远远的有个人坐者里，我投他去。（狼做见生科）（狼云）师父师父！救我一命。（生云）你敢是兀那人马赶的狼么？（狼云）正是，正是，千万望师父救命！（生云）我救你的命？恰才为你，险些儿连我的命弄丢了。我是行路的人，怎么救得你？（狼云）师父，将你那箱儿里的书册，都取出来，把我藏在里面，可不救了我也？（生云）你身子大，箱儿小，放你不下。（狼云）有个法儿。兀那驴鞍子上，有一条欠支绳。拿将来，把我的脚手捆在一处，把头捆在胸前，塞放在箱儿里面，将锁子锁了，驮在驴上。休说是赵王人马，便是千里眼也不知我在里面。（生云）也罢，也罢，我依着你。异日有了性命，不要忘了我！（狼云）师父的厚恩，怎么敢忘了。异日杀身相报！（生做捆狼驴驮走科）（狼在箱子里发科，叫云）师父，你看那人马远近如何？（生云）还看见哩。（狼云）既是这等，你把驴儿赶动些。（生云）我知道，我知道。（又走一会科）（狼云）师父，你看去的远了么？这里面捆死我了。（生云）去的远了，看不见了。（狼云）既是这等，把我取出来罢！（生做开锁取狼出，解绳科）（生云）狼也，狼也，你的性命有了。（狼云）师父的性命也有了。（狼作拜谢科）（狼云）师父的这一场大恩，我何日报得！若我负了师父的恩，天地鉴察，把我万剐凌迟了也不亏。（生云）

我平生以济人利物为本,怎望你报恩?你如今信意走了罢!(狼辞生走了,做寻思科。狼云)我从今早晨被赵王军马追赶,直缠了这一日。如今天色将晚,我肚里饥饿,没处寻些虫蚁来吃。甫能着那师父救出性命,若还饿死了,也是徒然。我见那师父是个慈悲的人,罢!罢!我还寻他去,有个商量。(狼做赶上相见科)(生云)你怎么又来了?(狼云)我有一句话儿要和师父商量。(生云)甚么话?你说。(狼云)我从早晨到如今,饿了一日。肚里没的吃,故来投奔师父。(生云)你来投奔我,教我那里寻些物件与你吃?连我也受饿没的吃哩!(狼云)我有一条妙计,只得碍口不好说。(生云)甚么妙计,只管说将来,大家商量处置。(狼云)计策虽是妙,只是不好说。师父,你试猜。(生云)我急切猜不着,你疾忙说了罢!(狼云)师父,师父,你救了我一场,把我若还饿死了,不如不救哩。(生云)你这等说,你要如何处置?(狼再作难科,叩头云)师父,不如把你着我吃了罢,异日一总报恩。(狼做咬生科)(生躲避发怒科)(生云)天!天!天!这个禽兽好生无礼,我救了他的性命,他到要吃我。这等忘恩背义,是何道理?(狼云)师父,你看世上的人,一个个穿衣戴帽,都说他是好人,他是君子。一旦受了人的厚恩,一切都忘了。遇着讨便宜处,就下手。又有那乱臣贼子,甚么做不出来?我本是个禽兽,怎么责我忘恩背义?我比这些人如何?(生云)你这花言巧语,只是要吃我哩。我淘不得许多气,古人言说道:"若要了,问三老。"咱两个往前边去,遇着甚么人,问他该吃不该吃。(狼云)也罢,也罢,依着师父说。(外扮老杏树立住科)(生做指树科)(生云)兀那远远的似一个站者哩,可同去问他。(生云)来到跟前,却是个老杏树。没奈何须索问他。(生云)老杏,你听着:这个狼被赵王打猎的人马赶的慌了,央我救他,我将他藏在书箱里面,救出他性命,他如今到要吃我。老杏,你说该也不该?(老杏答云)该吃。(生云)如何该吃?(老杏云)主人家将我种下,过了三四年,就结杏儿。一家大小吃,又待客,又送人,知他吃了多少?到今四五十年,见我老了,不结杏儿了,把枝梢先砍将去烧了,不久来砍这孤桩子。我有四五十年厚恩,尚且忘了;你救他只是一时,有甚恩义?该吃,该吃。(狼做咬生科)(生躲避科,唱)

【雁儿落】行道这荒郊野草间,寻了个老杏树为公案。他说道,狼该把我餐。好教我有口难分辩。

【得胜令】呀!都一样平地起波澜。这的是叉手告人难。乌头虫不把恩来报,白面狼直从怀里钻。不由我心酸,却原来狼恶人心善。何处去申冤?吃紧的天高皇帝远!

(生云)遇着个老杏,他也说该吃,如何是好!那狼,你原来说,问三个人,才一个了。我们还往前去。(外扮老牛立住科)(生做指牛科)(生云)兀那前面站者的,不知是甚么人,好同去问他。(生云)来到跟前,却是个老牛。(向前问云)这个狼被赵王打猎的人马赶的慌了,投我救他。我将他藏在书箱里面,救活性命,他如今到要吃我。你公道说,该也不该?(老牛答云)该吃。(生怒云)怎么该吃?(老牛云)你听我说:这主人家将我从牛犊儿喂养着,后来长大了,与他犁地,与他碾场,与他曳车,使的我筋舒力尽了。如今见我老了出不得力,把我丢在这野外。主人公还好,说:"这牛丢出气力，且丢者罢。"他那妇人最是个长舌不良之妇，他说："这个老牛只管喂着做甚么？早早的寻个屠子来杀了，将皮卖与乐人家挣鼓；肉就卖与屠家；杂脏留着家里吃；觚角卖与镟簪儿的；骨头留着烧灰漆家活用，莫不是好！"迟不得三两日，就要来下手我。我有许多厚恩在他家，也都忘了。说你这些恩义儿做甚么？该吃！该吃！（狼做咬生科）（生躲避科，唱）

【川拨棹】怪你个老牛奸，磨着牙，睁起眼，委实该餐，不索留难，一任摧残。天那！吓的我愁眉泪眼。要脱身难上难。

（狼云）师父，这两个都说该吃，早些儿着我吃下罢，饿死我了。（生云）一言既出，须是再问一个人，你吃了我，我也甘心。（又俱走科）（副末扮老人挂杖上，云）我是这中山土地之神。恰才小鬼来报，有一游士，救了狼的性命，反被狼要吃他。这是甚么道理！我因此化作一老人，处置此事去咱。（老人前行科）（生指老人云）兀那来的是个老公公。我们向前去问他，看他怎么说。（生见老人跪云）老公公，这个狼被赵王打猎追赶的慌了，央我救他。我把他藏在书箱里面，救活他性命，他道要吃我。我说：若要了，问三老。前面问那老杏，老杏说该吃。问那老牛，老牛说该吃。如今幸遇老公公，望老公公替小生伸冤！（老人云）唤那狼过来，这秀才原救你来不曾？（狼云）救便救来，不是好意。（老人云）如何不是好意？（狼云）他当时把我着绳子捆了，放在箱子里。他要害我的性命，幸得我的命长，不曾死了。如今要吃他，正为报仇哩，望老公公详察！（老人唤生来前，云）这个东西，你救他做甚的？等我如今与你处置。（老人唤狼云）那狼，你虽是这等说，我只是信不了。你的身子大，箱子小，如何容得你？你实说！果然他要害你性命，你也该报仇，把他着你吃了也相应。（狼云）委实放在箱子里来，不敢说谎。（老人云）虽是这等说，须是将你从新放在箱子里，我才肯信。那秀才他也心服，你吃了他也不抱怨。（狼云）也罢，也罢。（老人唤生云）你照前把他捆了，放在箱子里，我试看。（生做捆放锁科）（老人云）真个是实。这贼狼无礼！就杀了，就杀了，那秀才佩的不是一口剑么？（生答云）是。（老人云）你有这剑如何不杀他？交他这等窨你。（生云）小生读书学道，济人爱物，不忍杀他。（老人笑云）这秀才差了，你学孔孟仁义之道便好，如何学姑息之道？岂不闻当断不断，反受其害。正是你这迂腐之人。（生云）承老公公教诲，小生知道了。只是不忍杀他。（狼在内叫云）不要做耍，早些儿放出我来，把他吃了报仇。（小鬼发科云）秀才，你还不杀他哩。（小鬼夺剑杀狼，狼做叫科）（生云）狼也，你听着！（唱）

【七弟兄】你当初哄咱，靠咱得平安。得平安，忘了遭危难。背着身，弄出巧机关。几乎间险把先生馔。

【梅花酒】呀！我的恩似海宽，你昧了心肝。做的贪残，罪似丘山。不争你忒狡猾，到显得我愚顽，不识恶，不识奸。想当初相遇在路途间，误撞入鬼门关。伤害了我两三番，直攘到这其间。

【收江南】呀！这的是施恩容易报恩难，做时差错悔时难。你道那世人奸巧把心瞒，空安眉戴眼，他与那野狼肺腑一般般！

赵简子大打围,东郭生闲受苦。

土地神报不平,中山狼害恩主。

注释

［1］《中山狼院本》,王九思撰。兹据《王渼陂全集》(明崇祯十三年张宗孟刊)本校录。

（张燕瑾　校录）

四 声 猿[1]

徐 渭

狂鼓史渔阳三弄

（外扮判官引鬼上）咱这里算子忒明白[2]，善恶到头来撒不得赖。就如那少债的会躲也躲不得几多时，却从来没有不还的债。咱家姓察名幽，字能平，别号火珠道人。平生以善断持公，在第五殿阎罗天子殿下[3]，做一个明白洒落的好判官。当日祢正平先生与曹操老瞒对讦那一宗案卷[4]，是咱家所掌。俺殿主向来以祢先生气概超群，才华出众，凡一应文字，皆属他起草，待以上宾。昨日晚衙[5]，殿主对咱家说：上帝旧用一伙修文郎[6]，并皆迁次别用。今拟召劫满应补之人，祢生亦在数中，汝可预备装送之资。万一来召不得，有误时刻。我想起来，当时曹瞒召客，令祢生奏鼓为欢；却被他横睛裸体，掉板掀槌，翻古调作《渔阳三弄》[7]，借狂发愤，推哑装聋，数落得他一个有地皮没躲闪。此乃岂不是踢弄乾坤、提大傀儡的一场奇观！他如今不久要上天去了，俺待要请将他来，一并放出曹瞒，把旧日骂座的情状，两下里演述一番，留在阴司中做个千古的话靶。又见得善恶到头，就是少债还债一般，有何不可？手下，与我请过祢先生，就一面放出曹操，并他旧使唤的一两个人，在左壁厢伺候指挥。（鬼）领台旨。（下）（引生扮祢，净扮曹，从二人上）（曹、从留左边）（鬼）禀上爷，祢先生请到了。（相见介，祢上座，判下陪云）先生当日借打鼓骂曹操，此乃天下大奇。下官虽从鞫问时左证得闻一二[8]，终以未曾亲睹为歉。（判立云）又一件，而今恭喜先生为上帝所知，有请召修文的消息，不久当行，而此事缺然，终为一生耿耿。这一件尚是小事。阴司僚属并那些诸鬼众，传流激劝，更是少此一桩不可。下官斗胆敢请先生权做旧日行径，把曹操也扮做旧日规模，演述那旧日骂座的光景，了此凤愿。先生意下如何？（祢）这个有何不可。只是一件，小生骂座之时，那曹瞒罪恶尚未如此之多，骂将来冷淡寂寥，不甚好听。今日要骂呵，须直捣到铜雀台分香卖履[9]，方痛快人心。（判）更妙，更妙。手下，带曹操与他的从人过来。曹操，今日要你仍旧扮做丞相，与祢先生演述旧日打鼓骂座那一桩事。你若是乔做那等小心畏惧，藏过了那狠恶的模样，手下就与他一百铁鞭，再从头做起。（曹众扮介）（祢）判翁大人，你一向谦厚，必不肯坐观，就不成一场戏耍。当日骂座，原有宾客在座，今日就权屈大人为曹瞒之宾，坐以观之，方成一个体面。（判）这也见教得是。（揖云）先生告罪，却斗胆了也。（判左曹右举酒坐，祢以常衣进前将鼓）（曹喝云）野生，你为鼓史，自有本等服色，怎么不穿？快换！（校喝云）还不快换！（祢脱旧衣，裸体向曹立）（校喝云）禽兽，丞相跟前可是你裸体赤身的所在？却不道驴臁子朝东，马臁子朝西[10]？（祢）你那颓丞相臁子朝南，我的臁子朝北。（校喝云）还不换上衣服，买什么嘴！（祢换锦巾、绣服、扁绦介）（唱）

【点绛唇】俺本是避乱辞家，遨游许下。登楼罢[11]，回首天涯，不想道屈身躯扒出他们胯[12]。

【混江龙】他那里开筵下榻，教俺操槌按板把鼓来挝[13]。正好俺借槌来打落，又合着鸣鼓攻他。俺这骂一句句锋铓飞剑戟，俺这鼓一声声霹雳卷风沙。曹操，这皮是你身儿上躯壳，这槌是你肘儿下肋巴，这钉孔儿是你心窝里毛窍，这板杖儿是你嘴儿上獠牙。两头蒙总打得你泼皮穿，一时间也酬不尽你亏心大。且从头数起，洗耳听咱。(鼓一通)

(曹)狂生，我教你打鼓，你怎么指东话西，将人比畜？我这里铜槌铁刃，好不厉害！你仔细你那舌头和那牙齿！(判)这生果是无礼。(祢唱)

【油葫芦】第一来逼献帝迁都又将伏后来杀，使郗虑去拿[14]。唉，可怜那九重天子救不得一浑家！帝道："后，少不得你先行，咱也只在目下。"更有那两个儿，又不是别树上花，都总是姓刘的亲骨血，在宫中长大，却怎生把龙雏凤种，做一瓮鲊鱼虾。(鼓一通)(曹)说着我那一桩事了？(祢唱)

【天下乐】有一个董贵人，是汉天子第二位美娇娃，他该什么刑罚，你差也不差。他肚子里又怀着两三月小娃娃，既杀了他的娘，又连着胞一搭，把娘儿们两口砍做血虾蟆。(鼓一通)

(曹)狂生，自古道风来树动，人害虎，虎也要害人。伏后与董承等阴谋害俺，我故有此举。终然是俺先怀歹意害他？(判)丞相说得是。(祢)你也想着他们要害你，为着什么来？你把汉天子逼迁来许昌，禁得就是这里的鬼一般，要穿没有，要吃没有，要使用的没有；要传三指大一块纸条儿，鬼也没得理他。你又先杀了董贵人，他们急了，不谋你待几时！你且说，就是天子无故要杀一个臣下，那臣下可好就去当面一把手采将他妈妈过来，一刀就砍做两段？世上可有这等事么？(判)这又是狂生说得有理，且请一杯解嘲。(祢唱)

【那吒令】他若讨吃么，你与他几块歪剌[15]。他若讨穿么，你与他一疋秫麻[16]。他有时传旨么，教鬼来与拿。是石人也动心，总痴人也害怕，羊也咬人家。(鼓一通)

(判)丞相，这却说他不过。(曹)说得他过，我倒不到这田地了。(祢唱)

【鹊踏枝】袁公那两家[17]，不留他片甲。刘琮那一答，又逼他来献纳。那孙权呵，几遍几乎[18]。玄德呵，两遍价抢他妈妈[19]。是处儿城空战马，递年来尸满啼鸦。(鼓一通)

(曹)大人，那时节乱纷纷，非只我曹操一人如此。(判)这个俺阴司各衙门也都有案卷。(祢唱)

【寄生草】仗威风只自假，进官爵不由他。一个女孩儿竟坐中宫驾[20]，骑中郎直做了侯王霸[21]，铜雀台直把那云烟架，僭车旗直按例朝廷胯。在当时险夺了玉皇尊，到如今还使得阎罗怕。(鼓一通)(判低声吩咐小鬼，令扮女乐鼓吹介)(判)丞相，女儿嫁做皇后，造房子大了些，这还较不妨。打鼓的，且停了鼓，俺闻得丞相有好女乐，请出来劳一劳。(曹)这是往事，如今那里讨？(判)你莫管，叫就有。只要你好生纵放着使用他。(曹)领台命，分付手下叫我那女乐出来。(二女持乌悲词乐器上[22])(曹)你两人今日却要自造一个小令，好生弹唱着，劝俺们三杯酒。(祢对曹蹋地坐介)(女唱)[23]那里一个大鹅鹕，呀一个低都，呀一个低都。变一个花猪低打都，打低都，唱鸸鸪。呀一个低都，呀一个低都。唱得好时犹自可，呀一个低都，呀一个低都。不好之时低打都，打低都，唤王屠。呀一个低都，呀一个低都。（曹）怎说唤王屠？（女）王屠杀猪。（进判酒）（又一女唱）丞相做事太心欺，呀一个跷蹊，呀一个跷蹊。引惹得旁人跷打蹊，打跷蹊，说是非。呀一个跷蹊，呀一个跷蹊。雪隐鹭鸶飞始见，呀一个跷蹊，呀一个跷蹊。柳藏鹦鹉跷打蹊，打跷蹊，语方知。呀一个跷蹊，呀一个跷蹊。（曹）这两句是旧话。（女）虽是旧话却贴题。（曹）这妮子朝外叫。（女）也是道其实，我先首免罪。（进曹酒）（一女又唱）抹粉搽脂只一会儿红，呀一个冬烘，呀一个冬烘。（又一女唱）报恩结怨烘打冬，打冬烘，落花的风。呀一个冬烘，呀一个冬烘。（二女合唱）万事不由人计较，呀一个冬烘，呀一个冬烘。算来都是烘打冬，打冬烘，一场空。呀一个冬烘，呀一个冬烘。

（二女各进酒）（判）这一曲才妙。合着咱们天机。（曹）女乐且退，我倦了。（判笑介，祢起立云）你倦了，我的鼓儿骂儿可还不了。（唱）

【六幺序】哄他人口似蜜，害贤良只当耍。把一个杨德祖立断在辕门下[24]，碜可可血唬零喇[25]。孔先生是丹鼎灵砂[26]，月邸金蟆，仙观琼花。《易》奇而法，《诗》正而葩[27]。他两人嫌隙于你只有针尖大，不过是口唠噪有甚争差。一个为忒聪明参透了"鸡肋"话[28]，一个则是一言不洽，都双双命掩黄沙。（鼓一通）

（判）丞相，这一桩却去不得。（曹）俺醉了，要睡了。（打盹介）（判）手下采将下去，与他一百铁鞭，再从头做起。（曹慌介，云）我醒我醒。（判）你才省得哩。（祢唱）

【幺】哎，我的根儿也没大兜搭，都则为文字儿奇拔，气概儿豪达，拜帖儿长拿[29]，没处儿投纳。绣斧金挝[30]，东阁西华，世不曾挂齿沾牙。唉，那孔北海没来由也[31]！说有些缘法，送在他家。井底虾蟆，也一言不洽，怒气相加。早难道投机少话，因此上暗藏刀，把我送与黄江夏。又逢着鹦鹉撩咱，彩毫端满纸高声价。竞躬身持觞劝酒，俺掷笔还未了杯茶[32]。（鼓一通）

（判）这祸从这上头起，咳，仔细《鹦鹉赋》害事！（祢唱）

【青哥儿】白影移窗棂，窗棂一罅，赋草掷金声，金声一下。黄祖的心肠太狠辣，陡起鳞甲，放出槎枒。香怕风刮，粉怪娟搽，士忌才华，女妒娇娃，昨日菩萨，顷刻罗刹。哎，可怜俺祢衡的头呵！似秋尽壶瓜，断藤无计再生发，霜檐挂。（鼓一通）

（判）这贼原来这么巧弄了这生。（曹）大人，这也听他不得，俺前日也是屈招的。（判）这般说，这生的头也是自家掉下来的。（曹）祢的爷，饶了罢么！（判）还要这等虚小心，手下铁鞭在那里！（曹慌作怒介）狂生，俺也有好处来。俺下令求贤，让还三州县[33]，也埋没了俺。（祢唱）

【寄生草】你狠求贤为自家，让三州值什么。大缸中去几粒芝麻吧，馋猫哭一会慈悲诈，饥鹰饶半截肝肠挂，凶屠放片刻猪羊假。你如今还要哄谁人，就还魂改不过精油滑。（鼓一通）

（判）痛快，痛快，大杯来一杯，先生尽着说。（祢唱）

【葫芦草混】你害生灵呵，有百万来的还添上七八。杀公卿呵，那里查，借廒仓的大斗来斛芝麻。恶心肝生就在刀枪上挂，狠规模描不出丹青的画，狡机关我也拈不尽仓猝里骂。曹操，你怎生不再来牵犬上东门，闲听唳鹤华亭坝[34]？却出乖弄丑，带锁披枷。（鼓一通）

（判）老瞒，就教你自家处此，也饶自家不过了。先生尽着说。（祢唱）

【赚煞】你造铜雀要锁二乔[35]，谁想道梦巫峡羞杀，靠赤壁那火烧一把。你临死时和那些歪刺们话离别，又卖履分香待怎么？亏你不害羞，初一十五教望着西陵月月的哭他[36]。不想这些歪刺们呵，带衣麻就搂别家[37]。曹操，你自说么，且休提你一世的贤达，只临了这一桩呵，也该几管笔题跋。咳，俺且饶你吧，争奈我《渔阳三弄》的鼓槌儿乏。

（末扮阎罗、鬼使上）手下，快把曹操等收监。（鬼）禀上老爹，玉帝差人召祢先生。殿主爷说刻限甚急，教老爹这里径自厚赍远饯，记在殿主爷的支应簿上。爷呵会勘事忙[38]，不得亲送，教爹爹上复先生，他日朝天，自当谢过。（判）知道了，你自去回话。（鬼应下）（判）叫掌簿的，快备第一号的金帛，与饯送果酒伺候。（内应介）（小生扮童，旦扮女，捧书节上云）汉阳江草摇春日，天帝亲闻鹦鹉笔；可知昨夜玉楼成，不用陇西李长吉[39]。咱两人奉玉帝符命，到此召请祢衡，不免径入宣旨。那一个是第五殿判官？（判跪介）（二使）有旨召祢衡先生，你请他过来，待俺好宣旨。（祢同判跪，二使付书介）祢先生，上帝有旨召见，你可受了这符册自看，临到却要拜还。就此起行，不得有违时刻。（童唱）

【要孩儿】文章自古真无价，动天廷玉皇亲迓。飞凫降鹤踏红霞[40]，请先生即便登遐[41]。修葺了旧衔螭首黄金阁，准办着新鲜麟羔白玉叉，倒琼浆三奏钧天罢[42]。校书郎侍玉京香案，支机女倚银汉仙槎[43]。（内作细乐）（女唱）

【三煞】祢先生，你挟鸿名懒去投，赋鹦哥点不加，文光直透俺三台下。奇禽瑞兽虽嘉兆[44]，倚马雕龙却祸芽[45]。祢先生，谁似你这般前凶后吉？这好花样谁能搰[46]，待枣儿甜口，已橄榄酸牙。（祢唱）

【二煞】向天门渐不遥，辞地主痛愈加[47]，几时再得陪清话？叹风波满狱君为主，以后呵，倘裘马朝天我即家，小生有一句说话。（判）愿闻。（祢）大包容饶了曹瞒吧。（判）这个可凭下官不得。（祢）我想眼前业景[48]，尽雨后春花。（判唱）

【一煞】谅先生本泰山，如电目一似瞎[49]。俺此后呵，扫清斋图一幅尊容挂。你那里飞仙作队游春圃，俺这里押鬼成群闹晚衙。怎再得邀文驾，又一件，倘三彭诬杠[50]，望一笔涂抹。

这里已到阴阳交界之处，下官不敢越境再送。（祢）就请回。（判）俺殿主有薄赆[51]，令下官奉上，伏望俯纳。下官自有一个小果酒，也要仰屈三杯，表一向侍教的薄意。（祢）小生叨向天廷，要赆物何用？仰烦带回。多多拜上殿主，携榼该领[52]，却不敢稽留天使。（判）这等就此拜别了。（各磕头共唱）

【尾】自古道胜读十年书，与君一席话，提醒人多因指驴说马。方信道曼倩诙谐不是要[53]。（祢下）

（判白）看了这祢正平渔阳三弄，笑得我察判官眼睛一缝。

若没有狠阎罗刑法千条，都只道曹丞相神仙八洞[54]。（下）

注释

[1]《四声猿》，原文据王起《中国戏曲选》(人民文学出版社 1985 年版)移录。

[2] 算子：古时计数用的筹码，又称算筹。这里是计算的意思。

[3] 第五殿：佛道二教均有阎罗王(阎王)之说，谓为阴间之主。二教称冥间阴府有十殿冥王，第五殿即阎罗王，也叫阎罗天子。

[4] 祢正平：祢衡(173—198)，字正平，平原般(今属山东临邑)人，汉末文学家。事迹见《后汉书·祢衡传》。老瞒：曹操小名阿瞒，老瞒是对曹操的蔑称。对讦(jié)：互相揭发攻击。

[5] 晚衙：古时官府早晚两次坐衙理事，傍晚的一次称为晚衙。

[6] 修文郎：传说中在阴曹掌管起草典章文书的官。

[7]《渔阳三弄》：即《渔阳三挝》，古代鼓曲名。

[8] 鞫(jū)问：审问、审讯。

[9] 铜雀台：曹操于建安十五年(210)冬在邺城(今河北临漳)所建，因楼顶铸有大铜雀而得名。分香卖履：曹操临死遗命："余香可分与诸夫人，诸舍中无所为，学作履组卖也。"见陆机《吊魏武帝文·并序》引曹操《遗令》。

[10]"驴脬子"二句：是浙江民间俗语，表示各人应守本分，不要放肆无礼。

[11] 登楼罢：用王粲避难荆州作《登楼赋》事，比拟自己客居无依的情状。

[12]"屈身躯"句：用韩信青年时曾被迫在淮阴恶少胯下爬过的事(见《史记·淮阴侯列传》)，比拟自己屈居人下所受屈辱。扒，同爬。

[13] 挝(zhuā)：鼓槌，敲鼓。

[14]"将伏后来杀"二句：曹操谋杀汉献帝之伏皇后、董贵人事，见《后汉书·皇后纪》《三国志·蜀书·先主传》，《三国演义》也有描写。郗虑：东汉高平人，官至御史大夫，依附曹操。

[15] 歪剌：卑劣下贱的人，多用以骂妇女。

[16] 檾(qǐng)麻：麻类植物，这里指粗布。

[17] 袁公那两家：指袁绍的两个儿子，袁绍死后相互攻战，都被曹操所杀。见《三国志·魏书·武帝纪》。

[18] 几遍几乎：几次差点被灭。

[19] 两遍价抢他妈妈：指两抢刘备夫人，事见《三国志·蜀书·先主传》。妈妈，指妻子。

[20]"一个女孩儿"句：曹操的女儿原为献帝的妃子，伏后死后，曹操逼献帝立其女为皇后。事见《后汉书·皇后纪》。

[21]"骑中郎"句：指曹丕以五官中郎将袭封魏王。

[22] 乌悲词：即"火不思"，一种类似琵琶的乐器。

[23] 女唱：女乐所唱各曲，四句为唱词，其余为衬腔。如第一支曲唱词为："那里一个大鹈鹕(tí hú)，变一个花猪唱鹧鸪。唱得好时犹自可，不好之时唤王屠。"

[24] 杨德祖：杨修，字德祖，曾任曹操的主簿，被曹操借故杀害。见《三国志·魏书·陈思王传》注引《典略》。

〔25〕磣（chěn）可可：悲惨可怕的样子。血唬零喇：形容鲜血淋淋的样子。

〔26〕孔先生：指孔融，因触怒曹操被杀。事见《三国志·魏书·崔琰传》注引《魏氏春秋》。以下"丹鼎灵砂"等三句都是比拟孔融的卓异不凡。

〔27〕"《易》奇"二句：是说《易经》文辞奇突而所讲的道理可为法，《诗经》内容雅正而辞藻华美。语出韩愈《进学解》。

〔28〕"一个为忒聪明"句：杨修因为太聪明悟出曹操"鸡肋"的口令意思。事见《三国志·魏书·武帝纪》注引《九国春秋》。参透，看破、悟出。

〔29〕拜帖儿：拜谒人时投递的名帖，类今日名片。

〔30〕绣斧金挝：涂饰镀金的仪仗，与下句合指贵族门第。

〔31〕孔北海：孔融字文举，鲁国人，东汉末曾官北海相，人称孔北海。他向曹操推荐了祢衡，事见《后汉书·祢衡传》。

〔32〕"又逢"四句：指作《鹦鹉赋》事。江夏（今湖北武汉一带）太守黄祖的长子黄射（yì）大会宾客时，有人献鹦鹉，请祢衡即席作赋。祢衡作《鹦鹉赋》，笔不停辍，文不加点，一气呵成。事见《后汉书·祢衡传》。

〔33〕"俺下令"二句：指建安十五年曹操下令求贤及退还封邑阳夏、柘、苦三县的事。见《三国志·魏书·武帝纪》及注引《魏武帝故事》。

〔34〕"牵犬上东门"二句：分别借用李斯、陆机的故事，讽刺曹操在阴曹伏法的下场。李斯临刑前对他的儿子说："吾欲与若复牵黄犬俱出上蔡东门逐狡兔，岂可得乎？"遂父子相哭。见《史记·李斯列传》。陆机遭诬被杀，临刑前说："华亭鹤唳，岂可复闻乎？"见《晋书·陆机传》。

〔35〕锁二乔：用杜牧《赤壁》"东风不与周郎便，铜雀春深锁二乔"诗意。二乔，指乔玄二女大乔与小乔，分别嫁与孙策、周瑜。

〔36〕"初一十五"句：曹操临死时遗命，诸妾与伎人皆居铜雀台，每月初一、十五在灵帐前奏乐歌唱；诸子时时登铜雀台，瞻望西陵墓田。见陆机《吊魏武帝文·并序》。

〔37〕"带衣麻"句：曹操刚死，他的宫人悉为曹丕占用。见《世说新语·贤媛》。带衣麻，麻衣麻带，穿孝服。

〔38〕会勘：审理案件。

〔39〕李长吉：唐代诗人李贺，字长吉。李商隐《李长吉小传》说，李贺将死，昼见绯衣人传玉帝诏令，谓玉楼成，召他前往作记，遂卒。

〔40〕飞凫降鹤：指祢衡升仙。传说东汉王乔有仙术，能将自己的鞋子变作凫，乘凫而飞。又传"王乔控鹤以冲天，应真飞锡以蹑虚"。见晋孙兴公《游天台山赋》。

〔41〕登遐：成仙、上天。

〔42〕"修葺（qì）三句：是说修理了阁殿，准备下佳肴、美酒仙乐，等你上天。螭（chī）首，古代宫殿、官署等建筑物上的螭形饰件。螭，传说中一种无角的龙。钧天，钧天乐的省称，神话中指天上的音乐。

［43］"支机女"句:《博物志》载:张骞居海上,每年八月,见浮槎(木筏)从水上漂来,遂具衣粮乘之。到一处,见城郭居宇,妇人织机,丈夫牵牛饮。问曰:"此是何处?"曰:"君至蜀,可访严君平。"张还,如其言。君平曰:"某年月日,客星犯牛渚。"计年月,正是张骞到天河时也。

［44］奇禽瑞兽:指鹦鹉。

［45］倚马雕龙:倚马,晋袁宏事,见《世说新语》;雕龙,驺衍驺奭事,见《史记·孟子荀卿列传》。

［46］搨(tà):拓印,此指模仿。

［47］地主:指阎王爷。

［48］业景:作孽造恶的情状。业,孽。

［49］"谅先生"二句:前句颂扬祢衡人格高大,受人敬仰,后句自谦有眼如瞎。

［50］三彭:道家用语,即三尸。传说三尸姓彭,常居人身中,伺察功罪,向玉帝报告。见叶梦得《避暑录话》卷下。

［51］赆(jìn):送别时赠给的财物。

［52］榼(kè):古代盛酒的器具。携榼,带来的酒。

［53］曼倩:东方朔,字曼倩,西汉时人,常以诙谐言辞讽谏汉武帝。

［54］"都只道"句:是说若不是看了这出戏,人们还错以为曹操死后成了八洞神仙。

（李献芳　校注）

歌　代　啸[1]

徐　渭

楔　子

(开场)【临江仙】谩说矫时励俗,休牵往圣前贤。屈伸何必问青天。未须磨慧剑,且去饮狂泉。世界原称缺陷,人情自古刁钻。探来俗语演新编。凭他颠倒事,直付等闲看。且听咱杂剧正名者:

没处泄愤的,是冬瓜走去,拿瓠子出气;

有心嫁祸的,是丈母牙疼,灸女婿脚跟;

眼迷曲直的,是张秃帽子,教李秃去戴;

胸横人我的,是州官放火,禁百姓点灯。

注释

[1]《歌代啸》,作者不详,一说为徐渭作。兹据《徐渭集》(中华书局1983年版)校录。

第一出　用皆来韵

(扮张和尚僧帽僧衣上)谁说僧家不用钱,却将何物买偏衫?我佛生在西方国,也要黄金布祇园。小僧本州三清观张和尚是也。紧人说我等出家人父亲多在寺里,母亲多在庵里。今我等儿孙,又送在观里,何等苦恼!师弟唤做李和尚,颇颇机巧,只是色念太浓。这是他从幼出家,未得饱尝此味,所以如此。但此事若犯,未免体面有伤,不如小僧利心略重,还不十分大犯清规。一向口那肚减,积下些私房,已将师父先年典去的菜园,暗自赎回,未曾说与李和尚知道。昨见他衣衫上带些脂粉气,不知这猫儿又在何处吃腥。想来世上无钱不行,或者他亦有所积,未可知也。不如将他唤出,用些言语,诱出他的钱来,增使在我这菜园上。只说收后除本分利,待临期开些花帐,打些偏手,也是好事。像我这一片公道心,将来愁无个佛做?(唤介)师弟那里?(李和尚僧衣光头应上)来了!自从披剃入空门,独拥孤衾直到今。咳!我的佛,你也忒狠心!若依愚见看来,佛爷爷,你若不稍宽些子戒,那里再有佛子与佛孙?(张背听笑介)开口就是这话,昨日的脂粉气,有些来历了。(见介)(张)弟才说佛子佛孙,几曾见佛有子孙来?(李)既没有佛子佛孙,何名为佛爷佛祖?(张)师弟,你不知道。大凡佛爷佛祖,不过是吾教之尊师。就如你我师弟师兄,也只是异姓之骨肉,何曾是他亲生嫡养的?你听我道来——(唱)

【仙吕点绛唇】我佛西来,教门大无边界。衣钵初开,旋立下这亲支派。

(李)佛爷佛祖,既不生你我佛子佛孙,这些佛子佛孙,却又是何人所生?(张唱)

【混江龙】这皮囊臭袋,都是父精母血种成胎。(李)这胎是怎生样种法?(张唱)因缘情色，(李笑介)妙呀！(张唱)养育婴孩。(李)奇呀！(张唱)投至到今日得为佛弟子，谁知道三年才免母之怀。(李背介)人是父母所生，谁不知道！我特地要诱出他这话来。我且再诱他。(向介)师兄既是父母生的，如何不留在家里？(张)你不知道——(唱)也只因命多关煞有灾危，或是星临孤寡生妨害，才舍他披缁削发，教他延福消灾。

  (李背介)这秃驴，他自因妻死身贫，方才出家，何曾为此两件。等我再去涠他。(向介)师兄，你说的一字不差。我等既自幼为那人父之子，如今这等老大，也该替那人子作个父亲了。(张)阿弥陀佛！(唱)

【油葫芦】你怎生说出这磨研碓捣的话儿来？(李)咱们的父母怎的生咱们来？(张唱)他是理应该。(李)怎见的他便应该？(张唱)他有三般题目忒台垓。(李)那三般？(张唱)一则是生子生孙为祖宗绵血脉，一则是撑门撑户替府县益徭差。(李)现今你我出家，将何生子？至如公徭私役，更是派不到你我。人人如此，眼见的这两件脱空也。(张唱)他怎比咱们解脱五行中，超越三才外？(白)他那一件还说的大着哩！(唱)他说为甚的螽斯衍庆祯祥大，也只是助造化广培栽。

  (李)这道理果然大，与咱佛门中"慈悲方便"四个字，更相符合。正是我们极该尽的。(张)奈僧俗不同何？(唱)

【天下乐】那里见野草昙花一处开，莲台傍楚台？就是这破袈裟也系不拢合欢带。(李背出香囊介)你还不曾见我的此物哩！(张)莫说佛律森严，只那一班拿讹头的，也饶不过你我，一时拿到官司，打了还要枷哩！(唱)四方方一块板，活脱脱长出个大瓜来。(白)当初大和尚原为的是小和尚，谁知小和尚转累了大和尚。(唱)那时节恐那小和尚没佈摆。

  (李背介)到那时节再作道理。(向介)师兄虽说得是，但既名曰道，便该无物不有，尤该无时不然才是。(张笑介)天下可尽之道尚多，何必拘定此道？(李)此外道复何在？(张)难道贤弟尚未尽过？岂不闻《四书》上说得好，瞻之在前，其交也以道；忽焉在后，深造之以道。苟为不得，求之以道。欲有谋焉，得其心有道。非吾徒也，循循善诱人；取诸宫中，绰绰有余裕。如不容，请尝试之。将入门，援之以手，其进锐者，不能以寸已，频蹙曰："有恸乎？"徐徐云："尔无所不至，喜色相告，无伤也。"及其壮也，故进之，故退之，尽心力而为之，未见其止；力不足者，苟完矣，苟美矣，以其时则可矣。将以复进，或问之："乐在其中，有以异乎？"曰："亦人而已矣。"(笑介)得其门，欲罢不能，虽有善者，恶吾不与易也。此道之谓也。(李笑介)妙！妙！是或一道也。(背介)原来这贼秃水路既穷，又要走旱路了。(向张叹介)吾之不得与于彼道，命也。但那些俗子也太便宜了他，既有妻，又有妾，既有妾，又有婢，若与道独亲，那俗妻又吃醋拈酸，偏使他不可以为道，却是为何？(张)这正是他每各尽其道处。一个要博施于人，一个要皆备于我，正所谓道不同，不相为谋也。(李笑介)更妙！弟闻人讲道多矣，未有如此痛快者。妙！妙！昨又有一事，我从本州衙前过，只见州里太爷衣冠不整，慌慌张张，从里面跑将出来，随被奶奶赶上揪着耳朵儿进去。只听得州爷说："奶奶！还与我留体面。"又听的奶奶说："歪材料，谁教你去偷丫头？！"连打带骂，扯进去了。师兄，你说么，道中既有此苦，便不尽他也罢，何必求道太殿？何不望道未见？（张笑介）这还是州爷走得道路差了。他堂上有许多门子，倘肯走我等适间所讲之道，那有此祸？！毕竟是我们的道理好，他不能及。（李）他此一道虽不及咱，(伸手抓介)那把刀，胜你我多着哩！将回去，起屋置田，事事便益，你我拿甚的去比他？（张）任他起甚大房，没有佛殿大；随他买下多少田，没有香火田地多。（李）俺们的香火地在何处？（张唱）

【村里迓鼓】若论起当日田园，可也十分气概，连阡整陌，谁承望一丝不在！（李）却是为何？（张唱）也只因暴殄特多，才生事故，合当颓败。（李）愿闻其详。（张唱）衡一味的酷爱撝蒲，太贪杯斝，死恋裙钗。（李）风流呀！（张唱）光头皮那见他风流骨格。

（李）师兄，适间所讲之道，师父岂有不知，又去恋那裙钗怎的？（张）他不知，如何肯与贤弟盘桓？（李笑介）又写在我的帐上来了。未有弟先有兄来。（张）你师兄是妻死后出家的，难道递不得这张免票？（李背介）这秃驴不打自招也。（向介）师兄，今日也还想那在家的道味么？（张唱）

【元和令】我只为曾饱尝些滋味来，到如今浑不睬。（李）也亏你忘怀。（张唱）我不是死灰槁木硬心怀，也是没机缘无计策。（李）灰不死，恐还要燃；木不槁，恐还要发。（张）起初尚虑如此，如今手头空了，便要学师父去恋一恋，也难了。贤弟比当年也觉得苍古了。（李背介）可恶！这秃驴只管打抹我。（张）人都怕你我和尚狠，又不肯送徒弟来了。渐觉的枪也不疾，马也不快，连那一道也觉得淡了。（唱）因此上恪遵戒律苦持斋，倒清闲了这数载。

（李）如此看来，师兄两道俱废也。还是你，我则不能。难说人就说没些道气儿。（张背介）他真心渐露也。（向介）这也难怪你。你只缘未尝滋味，不免以洒落为先。我因曾久历风霜，故恒以经营为重。（李）师兄又来了。你我僧家，既无田园，又做不得买卖，经营些甚的？（张）如何做不得买卖？（唱）

【上马娇】川中的杉板，口外的松材。他忙时用，我闲时买。做僧鞋，更广制些酱菜。（李）是呀，这都是有利钱的。（张唱）咳！但如今那讨本钱来？

（李）还是种菜园，用的本钱少，还好去凑。可惜菜园已典与人。（张背介）这秃驴渐渐入彀也。（向介）贤弟，既有本钱，何愁无园可种。实不相瞒，我已问舍亲处借贷些须，将园赎回。只是粪米人工，后手不接。贤弟如肯见爱，除了舍亲的本利，再除了贤弟的本钱，余利两份均分。如此积渐趱将起来，虽不能光复旧业，可也着实方便。贤弟以为何如？（李背介）哦，原来此园赎回了。只为我在那个人儿家日子多，在观里日子少，所以一向不曾查考。他也不该瞒我。我几曾见他有个亲戚来？等我要他。（向介）荷兄带携，小弟自当如命。（张背介）这秃驴中计也。（向介）既蒙不拒，望早早见顾，本利一分俱不敢苟。（李）弟是全赖，但不知种那一种菜蔬有利钱？（张）这也要大家商量。（李）燕窝何如？（张）此乃海边之物，种不得。（李）鸡棕何如？（张）此又云南所产，种不得。（李）猴头、羊肚何如？（张）二物皆非土产，种不得。（李）鸡腿蘑菇何如？鹌鹑茄子何如？（张笑唱）

【胜葫芦】呀，你为甚的直管夹荤带素道将来？（李）卖不尽的，也好把来解馋。（张唱）我也做解渴望梅猜。（白）贤弟，此两种亦不过素其实而荤其名，怎解得馋！（李咽唾

303

歌代啸

介)既解不得馋,怎生好?咳!我的鸡腿儿呀,鹌鹑儿呀,几时到口也。这等看来,便种些葱蒜罢。(张)葱蒜乃五荤之二,咱僧家不便种他。若依我,只种些丝瓜儿好。(李)不好,快绵阳。(张笑介)出家人阳便不绵也没干。(李)你莫管他。(张)豆角儿何如?(李)不好。豆蔻含苞时,看了动兴,不如老老成成,径去种了些葱蒜。就是有人问时,我只说卖,不说吃,那个镇日跟着咱们不成!(张拍手介)妙呀!(唱)你可也妙计能言堪喝采。(白)我闻贤弟此论——(唱)好似梦被呼回,痒将手搤,想是天教俺趁这一行财。

　　(李)师兄,趁着咱们闲,去看看菜园何如?(张)使得。(行介)(张)此间已到,请贤弟先行。(李)从未敢僭。(张)此是小圃。(李)大胆了。(背介)此园乃常住公物,你不过赎回,如何便称小圃?莫不就单姓张了。幸我尚未中他道儿。(先行介)(向张指介)这不是葱蒜么?(张唱)

【幺篇】这些都是昔日主人栽。(李)人未必信。(张唱)我也怕人说是吾侪。(白)原说烂贱的卖了。(唱)待货尽畦空疾便改。(李)如今议定了,还要去栽,何必又改?(指介)这茄子是解不得馋的,种他何用?(张)也是那旧主儿种的。本待要摘下这等一个来,你我剖而食之。(唱)只为难解馋喉,姑饶奉客。(李)也罢了。(指介)远远那些架子,想是葫芦架。(张)紧自人说咱僧家是个瓢头,敢种他?不过是些丝瓜子。(李)若是葡萄架,一时倒了怎处?(张)贱累亡故已久,你我又不走州里爷那一道,何妨?(唱)那怕他劈脸倒将来。

　　(张背介)这贼秃一眼便望见许多架子,知道他的银子借的成借不成,架上许多冬瓜,岂可教他看在眼里?不如就此处留住他罢。(向介)那一壁是豆角架,豆蔻正在那里含苞,怕贤弟一时见了动兴,不必去罢。只在此丝瓜架下一凉,何如?(李)正好。(指介)那丝瓜花儿开的真是可爱,太多了,瓜便结的不大,不如摘些儿尝尝。就看这园里的水好也不好。(张)既是弟不怕绵阳,叫长工采来。(叫介)(扮长工上)师父,唤我作甚?(张)你可将这丝瓜花儿摘下一掬儿来,治来与师弟共享。(应下)(李背介)这秃驴,今日只顾把话来颠我,又且十分悭吝,我索性与他一个剪草除根罢。(向介)丝瓜花儿将来白吃了可惜,弟有鲁酒一樽,把来配吃,何如?(张)怎好破钞去买?(李)不消买得,有一人借我钱使,特的把来与我准利钱,故有此酒。(张)愚兄日后利钱,或按月,或总分,一一不爽,断不敢以物折准。(李)师兄多心了。(长工上)丝瓜花儿到。(李取酒奉张,张连饮介。李背介)一个茄子舍不得,酒便三杯下肚也。这是吕太后的筵席,不是中吃的。(张)弟酒因何不干?(李)想一根葱儿下酒,不敢启齿。(张)一根葱何难,便是三四根来,也不打紧。长工听我吩咐者。(唱)

【后庭花】你快先将先那酱碟儿揩,疾便把沟葱采。叶儿要全全的洗,就是那须儿还宜细细去择。(李笑介)吃时如此工夫,卖时那肯烂贱?(张唱)你谩疑猜,这是我如来戒。他说惜福的福自来。(长工持葱上)(李揉头大叫介)罢了罢了,你来看——(指头顶介)此处想有个大窟窿。(张笑介)光光的所在,又有一个窟窿可像个甚的?(长工瞧介)是个马蜂螫的眼子。(李)马蜂呢?(长工指介)那打种儿的瓠子上钉着的,不是他?(李)那像个瓠子种?只好像个赖象的大卵袋。等我去打杀那马蜂,出我这口鸟气!(赶介)(张慌介)他看见冬瓜,怎处?(李背介)哦,原来这几架上,有偌多的冬瓜,怪道他不教我来看。

冬瓜冬瓜,我不因赶蜂,如何遇你?你不久就属小僧了。(回向张介)师兄,那壁厢架上的冬瓜,可也茂盛,亏你怎生种溉来?(张唱)疏与密手亲栽。(李)怪道。(背介)葱蒜还恁小,倒说是旧主栽的。冬瓜已恁大,忽说是自己栽的。一霎时谎便露了也。这秃驴有酒了,正好弄他也。(向介)可有个数儿么?(张)怎的没有?(唱)多共少记明白。(李)却是为何?(张唱)过几日担将去到长街,籴换些米和柴,我与你门谨闭酒频筛,只吃的醉醺醺帽儿歪,醉醺醺帽儿歪。

　　(李)师兄,你有帽子的,便好吃歪了。像我这没帽子的,只好受那畜生的气。(张)你的帽子呢?(李背介)啐!说急了些也。帽子被那人儿留下作当头的,如何好说出来?且诌个谎儿哄他。(向介)再休提起,就是那一日从州前过,恰遇着州太爷与奶奶厮闹,来看的该有多少人?打闹里不知被那个剪去了,气的我这两日不出门,整日价只是吃酒。(张笑介)偏杯了。你头儿上虽丢吊了些子,肚子里倒添入了许多。这等好酒,你就整日价吃,亏你有这等大造化。(李)这未算好酒。他当初问我借债时送来的酒,比此酒更好几分。那酒热吃好,冷吃也好。此酒冷吃不过如此,热吃才觉更佳。(张)如此,何不早说?就热来尝尝。(李背云)中计也。吾有蒙汗药在此。(抖入酒介)(向张介)酒热在此,请速尝之。(张饮介)果然热吃好,愈觉燥辣,妙妙!(李劝长工介)这等香喷喷的,你也吃一杯。(长工饮介)(李自斟饮,吐,假醉倒地介)(长工扶张并倒介,李起指张笑介)秃驴!你如今还会打觑我苍古么?还会揭挑我与师父盘桓么?还会说我磨研碓捣么?我如今把你的冬瓜尽情摘去,寄顿在我婊子家,看你拿甚物去换柴采米?半个茄子儿也舍不的,葱儿,只教拿两三根来,如今架在瓜空,你可心疼么?我把你这钱眼儿里坐的秃弟子孩儿,若伸出头来,就是个带铜枷的秃弟子孩儿。(下)(忙上)瓜已摘完,寄顿已妥。他二人正好未得醒,但醒得迟了,未免生疑。不免用水解之。(灌水介)(李仍假醉睡介)(二人渐醒介)(张)师弟,好酒也!呀!他如今还醉卧在此。噫!这地上吐的这等狼藉,看滚污了衣服。长工,可将他唤醒。(唤介)(李假作梦语介)奶奶饶我!(张笑介)又是那里的话?(推李介)师弟醒来!(李醒,闭目介)奶奶,再不敢也。(睁眼假羞介)(揖张介)多谢师兄救我!(张)贤弟正与奶奶厮缠,是我等不知趣,打涡了,如何反来致谢?(李)不见甚的奶奶。(张)长工在此也听见,如何推得?莫不是梦儿里去寻师娘来?(李)未曾见面,何处寻起?(张)莫不是州衙中奶奶来打和尚?(李摇头介)州里奶奶也没这样狠。若不是师兄唤醒,你师弟正在那里受苦哩。(张)为甚的受苦?(李叹介)有这等事,方才酒醉睡去,便见一个老儿,白须白发,手拄拐杖,不知说些甚的,园子里便走出一个长长大大的妇人来,却穿着一套不青不白的衣服,又走出若干的美人来,都穿着一套不黄不绿的衣裳,又走出许多七大八小的男女来,穿的衣裳或绿或青,颜色不等,都与那老儿磕头,老儿道:"你众人不日都有杀身之灾。"众人便哭啼起来,向老儿求救。(张)求救,那老儿怎样回他?(李)那一班美人们一种柔声娇态,更哭的十分有趣。依着我便被他哭软了,那老儿只是摇头,说道:"那人主意已定,打算已久,不日要将你们上街市卖,采米换柴,去闭门饮酒,我如何救得?"众人益发哭将起来。只见那长大妇人,便一把拉住那老儿,狠叫道:"上街换米,这是我等应受的业!但闭门饮酒，岂是僧家所为？上圣若不垂救，这秃驴们益发肯犯清规，无忌惮了。"那老儿点头道："你便说得是，但教我如何救你？"那妇人道："不如教他每去别家园里脱生，虽不免将来之灾，也不堕奸僧之计。"那老儿欢然道："依你，依你，你就和众美人去罢。"那长大妇人又道："望上圣将这一概众男女，还须一视同仁。"那老儿道："这和尚还知惜福，他每未可全去，你只管你罢。"说毕，扬长去了。（张）众人呢？（李）那众美人一齐向长大妇人施礼道："多亏嫂嫂玉成，请即先行。"那妇人气昂昂的道："你每自顾去，我便不去也。"众美人道："你与我等说了方便，如何你倒不去，受这秃驴的气？"那妇人道："他敢来气我？圣人说得好，吾岂瓠瓜系而不食？他一定是吃我不成，况我腹中有子，他敢轻易将来断了种儿？那秃驴每好渐醒也，众姊妹快去罢！"那众人听说，一时四散。是小弟看上一个最精最妙的，一把抱住。那美人叫一声救人，那长大妇人就大步赶来，将我的头发揪住，尺二金莲只顾乱踢。我便道："自与嫂子无仇。"他道："你还说无仇。你方才不对长工说我是个赖象的卵袋？我教你且受些象卵袋的苦！"（哭介）你看我身上还有青伤没有？再看我头上还有头发没有？（张）头儿越发光了，上面只有小小的一个孔儿。看将起来，那妇人嗔你将他比做象卵，分明是个瓠子精了。（李假惊介）瓠子也会成精？（长工）头里我也疑心。你不该这等粗比。那老儿是谁？（张）一定是园中土地。（长工）怎见的？（张）白须拐杖，众人又呼他是上圣，岂非土地？（李）是了。我见他戴的巾，穿的衣襕，也有些像。那些美人呢？（张）这便一时想不出。（李假想介）莫不是些冬瓜精？（张）怎见的？（李）世上那个美女不把脸搽做冬瓜样子？冬瓜便做个美女，也不定得。（长工）是呀！此想甚是有理。衣服又是不黄不绿的，岂不是冬瓜颜色！据此看来，那些众男女必定是茄豆等精了。（张慌介）美人既散，冬瓜可虞。你我快去看来。（跑看，惊介）呀！果然被他走了。茄子呢？丝瓜、豆角呢？葱蒜呢？长工快去看来！（长工转介）俱各现存，只是龙道边还拾了这个小冬瓜。（李背介）我记得像落了一个的，因回时抄捷路而来，遂此忘了收拾，几乎露出马脚来。（回介）想是这个瓜从此一路走去的，亏我适间将美人一抱，故此粘了人气，变不去了。（接瓜抱介）我的美人呵，谁教你叫喊来？（张指瓜唱）

【柳叶儿】瓜呵！我把你做珍奇般看待，高搭架，那样擎抬。朝浇晚溉辛勤大，实承望车盈载，积盈阶，谁知道你狠心肠化作尘埃。

（张）这还是土地老儿的不是。你既知我惜福，何不免教他去，以为惜福者劝？

（李）还亏这老儿有些正经，若肯信那瓠精的话，把茄豆等菜一齐放去，看你怎处？

（张）是呀。（唱）

【青哥儿】都是你这瓠精瓠精愈赖，把我那瓜儿送在九霄九霄云外。我与你是那一世里冤仇解不开？（白）你不与我将瓜挽留下也罢，还唆调他去，又催促他去。我如今何等心疼！你倒乐意呀？贼瓠精！（唱）你怎的不说个明白，急的我抓耳挠腮。（拔介）拔起你的根荄。（李）伤了你的手了。（张打介，唱）打碎你的形骸。（李）可惜了，种断了。（张唱）直至狼藉纷纷点绿苔，也解不得我愁无奈。

（张哭介，唱）

【寄生草】我时何蹇,运恁乖! 瓜呵,早晨间累垂吊挂真堪爱,一霎时冰消瓦解真奇怪。瓠精呵,一划地谗言冷语真毒害。(李)弟的本钱尚在,师兄将来再种不是? (张唱)就是根芽今向土中生,何时成挑担向街头卖?

(李)酒还未尽,待弟斟一杯,与师兄解恼。(张唱)

【赚煞】便玉液,口难开。(李)如此,请师兄归禅房去罢。(张唱)这残畦步倦踹。(李)谁教你打瓠种时那般用力,直使得如此劳倦。(张唱)不是我好使得这等力惫筋衰,怎禁他猛地将人沉下海。(李)等我二人扶着你走。(张唱)便扶我,也寸步难挨。(白)且住着。长工,你与我拿将锹钁来,替我再把那瓠子根打上千百下。(李)师兄,怎生这等恼他? (张)他该恼处多着哩。他把瓜儿催促去了,也尽勾了,还大刺刺儿的坐着不去,分明欺负我无奈他何。我就断了这瓠子种,又何妨? 我便顶包、化缘、撒钹、说因果,也过了这日子,莫不只有园子好种? (唱)你唆瓜走,使巧夺乖,那更不动巍巍欺诈煞。去了的我没摆划,且做个官打现在,我看你到那里去诉冤来。

(气倒落帽介)(李暗拾帽入袖,与长工扶下)

第二出 用江阳韵

(李和尚持僧帽笑上)人有善愿,天必从之。自从那人儿留住我的帽子,正苦没个帽子戴了出门。幸张和尚昨日被我耍的气倒,径将这个帽子落下,我因暗暗拾来。(戴介)这帽子岂不就姓李了? 昨晚便要出门,被那张和尚一时要寻死觅活,我只得强留了劝解他。他今气已放慢,只是卧病在床。我正好乘闲往那人儿家走走,一来取乐片时;二来出脱我昨日寄的冬瓜,十分难脱虎口,便将香马儿烧他一下,也可了我愿心;三来就取出我的旧帽子。(指头上介)这都是亏你作成也。(下。扮王辑迪妻上)花作丰姿玉作标,云情雨意黯魂消。阿难被摄侬空去,我笑摩登术未高。奴家王辑迪之妻吴氏是也。揽镜自照,容颜颇不后人。不期嫁了王辑迪,偏生得习钻丑陋,异样猥囊。可惜一块好羊肉,倒送在狗口里。这还是俺爹娘的不是。从古道:"相女儿配夫。"你就未曾见那做女婿的大来动静,也该先看你做女儿的从小行藏。你把我当做谁哩! (唱)

【中吕粉蝶儿】我本是花队魔王,逞风流先登骁将。自小儿生的旖旎非常,那更善梳妆,工调笑,有许多情况。堪恨我那懵懂爹娘,把我锦前程全不安排停当。

【醉春风】直教我顾影儿空自怜。若教我系心猿,真是强。等闲的打抹几个有情郎,我彻根儿想想,(白)内外人材,好一时难齐也。(唱)大都来貌雅的才疏,手强的腰软,嘴热的身忙。

看来总不如李和尚好。人说与僧家相处,有三件好:一不说,二不撇,三不歇。我向来不信,今才知一字不差也。(唱)

【脱布衫】他外才儿洒脱清狂,内才儿却雄伟坚刚。饿肚肠煞会涎缠,俏躯老偏多伎俩。

我前日怕他一时负约,将他戴的帽子夺下,做个当头。那时节只见他——(唱)

【小梁州】青郁郁新剃的头皮直恁光,搽来松子芬芳。(白)他留下帽子不好,要帽子又不敢，只得光着头儿去了。（唱）你看他温存博浪忒通行。我留情望，只道是没头发的楚襄王。

他昨日将许多冬瓜慌慌张张的寄在这里，略说一两句话，就去了，晚间又不来，不知是甚的意儿，教我心中委决不下。（唱）

【么篇】恩情料是无疏旷，论光景委是慌张，教我谨掩藏。空惆怅，但露些儿疏放，敢打散锦鸳鸯。

待他来时我细细的问他。此时敢待来也。（李上。敲门入揖，妻不语介。李慌介）想是怪我昨日匆忙而去，未与温存，理该请罪。（跪介）（妻唱）

【上小楼】在咱行做甚趋跄，你自有人儿相傍。（李）小僧再有甚人？此心惟天可表。（妻唱）我为你曾咬牙痕，曾剪青丝，曾与香囊。（李背介）还有香疤未烧。（向出香囊介）青丝牢贮经厨，香囊常存怀袖。（妻唱）你只看这一桩，想那两桩，还将奴撇漾。咳！这世上真没有慈悲和尚。

（李）小僧如敢忘了盛爱，教我入庙见鬼，没饭忍饥。（妻）你既赌这等大誓，想无别心。且起来。（起谢介）（妻）我且问你，昨早为甚不来？（李）因无帽子。（妻）光着头前晚既可去得，昨早就来不得？（李）前晚尚可，昨早甚难。如光头可以往来，前芳卿留帽何用？（妻）你昨日送瓜之时，我也未曾见你戴着帽子。（李）那时节意在冬瓜，径忘了遮盖葫芦。今特地漏了这顶，赶早来看芳卿。（妻笑介）这帽子是那里的？（李）是我师兄的。冬瓜也是他的。（妻）你既弄了他的来，不长不短，丢了就去。幸是那强人昨夜未归，倘归来见了，怎处？（李）料芳卿自能发放。（妻唱）

【么篇】这东西不即溜，又不说短共长，却教我怎的支吾？怎生遮盖？怎样收藏？你也忒莽撞，忒遽忙，全无些智量，尽推与老娘发放。

（觑李帽介）这帽子不好看，不如你自家的。（李）也不差甚的。（妻）哦，想是你戴的不如法，过来，等我替你整整。（李）衣冠不整，情人之过。这才是！（近前）（妻抢帽袖介。李央介）这帽子，便芳卿留下，将前日那一顶赏还罢。（妻）那一顶正好端端正正藏在那里。（李）不肯，仍将这顶见赐罢。（妻）你忙甚的，等临去时我与你。（扮丈母掩口呻吟上）牙疼病又发，发时没处躲，躲到女儿家，那里去寻我。此间已是。（敲门介）（李慌介）（妻）这敲门的又不像他，慌怎的？你且躲在此，听我外边声口。（开门，丈母入介）（妻高声介）原来是母亲！（李）是他么？不妨的。（出介，见介）（丈母）这师父是那里的？（李）是鸳鸯寺住持。（妻）他贩冬瓜到此。（丈母）你便贩冬瓜，莫要掏了我女儿的豆角去看你的葫芦秋儿。（妻）母亲言重。这位师父精于医道，善治牙疼。你女儿正要治斋管待他，问他求个方儿。（丈母喜介）我说躲躲儿好。这一躲，就遇着这位口齿科的师父，真乃傥幸也。（妻唱）

【满庭芳】这师父学多识广，略施手段，立起膏肓。（丢眼色向李介）（李）不敢欺。小僧非惟长于口齿，兼精女科。凡是深闺旷女，多年孀妇，一切蹊蹊病证，手到皆可除根。（妻向李唱）但得根除一笑全无恙，我输心儿多赠斋粮。（李）药医不死病，佛化有缘人，那有索谢的理？（妻唱）不死病现疼了不是一时半晌，有缘人今幸遇敢不倒箧倾囊。（李）谢是小可，小僧只要传名。（妻唱）细端详，真乃如来模样，我就到处去把名扬。

（丈母）师父，这也是我儿的孝心，师父的慈悲，我老人家缘法。把这方儿传了罢。（李背介）我晓得治乌牙！我只记得师父说，凡牙疼者要灸间续骨。我知道间续是甚么？想来或是女婿，得我说与他，也是个阴骘。（沉吟介）且住！这不好。他女婿一身都是骨头，灸他那一处的是？有了！只拣他一块不致命所在灸他娘。（向丈母介）老菩萨，这方儿所用的药品，若说与别一家，他未必就有，可可儿尊府极现成，这是老菩萨尊恙该好也。（妻唱）

【快活三】稀奇的海上方，却怎生在此厢？眼跟前只有小媳妇对着老婆娘。（白）药在那里？（唱）葫芦提可也没处想。

（李）不用别者，只用令婿身上一物。（丈母）莫不是牛膝？（李）不是。（妻）莫不是龟板？（李）也不是。只用将令婿的尊脚请出来。（妻）那臭烘烘的东西，要他作甚？（李）将后跟灸上三壮，老菩萨尊牙情管火息疼止。（妻笑介）灸那一只？（李）丈人病，灸左脚；今是丈母病，灸右脚。（妻）这方儿曾经验过么？（李）这是妻母灸过小僧的，真是奇验。（丈母）师父原是半路出家的。（李背介）又说急了。……（回笑介）师兄便如此，小僧不然。是老菩萨误听了。先年敝邻有个齐母，牙疼的比老菩萨更利害，也是小僧传与此方，把他令侄婿小僧一灸，火息一般疼止，至今数年不发。（妻笑介）亲婿呢？（李）侄婿如此，亲婿益发不同。但既得仙方，还要更知灸法。（妻）灸法如何？（李）小僧此法，灸虽用香，马不用艾。（妻）却以何为马？（李）是小僧咒过的法马。此马过夜不效。灸者但略动动，也就不效。（妻）这马儿有在身边么？（李）医僧医僧，药物随身，如何没有。（丈母）如此，老身有幸了。请即见赐罢！（李）待我取来。（背介）我带将马儿来，原要与他干那事，不期这老婆子来混了。想是今日不能如愿，不如且把来与他罢。知他女婿今日来不来，就来了，也没有顺情伸着脚教灸的理，但略动一动儿，便可推在他身上。他丈母只怨女婿不该动，必不疑我的药不灵。这谎儿何等妙！（出纸包送介）马在此，请好好收之，临期取用，不可教见了风。（妻）怎么有许多忌讳？（李）古方原是如此。不是小僧夸口，此方不但可以治人，兼能治树。当初一家子有株绝大的桃树，半已枯死，是小僧见那主人翁舍不得，赠以此物，在株李树上一灸，原来这李树就是分那桃树枝儿接过的，就如令爱嫁到令婿身边一般。只这一灸，那桃树依然茂盛，李树就未免立刻僵了。（妻背介）难道是真？便灸死那强人，也爽利。（向李介）哦，原来如此奇效！（李）此乃异人授的捉死替生的咒语。经我咒过，便可李代桃僵，就像那摘牌替役。（丈母）我那女婿呵，你几时才回来，可不疼杀我也。（扮女婿上）只为浑家不待见，终日躲在街上串。（连打喷嚏介）缘何连连打喷嚏，想是一时把我念。（敲门介）（妻）这才是他了。你两个坐着。（丈母）他来也，我便好快也。（李）他来也，我也好去也。（婿入见介）丈母拜揖。（李揖介）原来就是令婿。药物已到，小僧就此告辞。（妻）还未及酬谢得。（李）前村也有一家相约，同是主顾，不敢久停。这谢意改日再领。就来看一看药渣儿。（暂下）（婿）此僧何来？（妻）适间门口过，因请来医治母亲的。（婿）母亲何恙？（妻）亏你做女婿，连母亲的牙疼，你也不知道！（婿）此丈母的旧恙，我如何不知。（妻唱）

【朝天子】虽是那旧恙，却来的改样。痛苦也实难状，茶儿也懒尝，床儿也懒躺。

祷告的可是天神降。(婿)原来这等,你女婿失问也。(妻)你终日在外边串,肯到母亲那里看看儿怎的。(唱)幸遇着洁郎,他传个妙方。(婿)病好遇良医。(妻唱)真是病好把良医撞。(婿)是怎样一个方儿? (妻唱)病娘,要康,则除是你把慈悲放。

(婿)我放慈悲,莫不是借你去谢医?(妻笑介)呸!汗邪了你了。是问你身上要一物。(婿)我身边但有一物,也不回家里来了。那有甚的!(妻唱)

【四边静】要你受些苦创。(婿)莫非要我割股?(妻)股便与股相近,却不用割。(婿)莫非教我燃香?(妻)燃也差不多儿,却不是香。(唱)股而不割,燃也非香。(白)只要请出你那经年不洗的右足来。(婿)出题何意?(妻唱)则在踝旁跟上,灸上这等七八壮。(婿)灸这些? (妻笑介)哄你呢。又不吃烧熟的鳖足,灸这许多何用?只小小的灸上三壮儿。(婿)也成不的。(妻唱)医好我的老娘,也不枉与你同鸳帐。

(婿)热巴巴香烧肉,急煎煎火燎皮,疼的紧,成不的。(妻低语介)呸!我当初在你家团养的时节,你老子来扒灰,我不曾疼过?我既为你老子疼得,你就为我娘疼不得?(婿)这是远年的事,从新又要我父债子还了。我还要留脚去走路。(妻)这神针法灸,正好医你的乱走胡行。(婿)罢么!疼的是丈母的牙,管女婿腿事? (妻)怎的不管你事?我是从他肚子里扒出来的,你也有半截子在我肚里串过,难道气脉就不和通了?(婿)说便是这等说,还须择个好日子。看灸坏了我的人神。(妻)那师父说来,他这佛前咒过的香马,过了夜便不效也。(婿)取来我看。(背介)等我丢掉他的就是。(妻)看不得的,怕透了风。(婿)这等说待我寻个避风的所在,自家去灸罢。(妻)谁生的你这等乖,眼睁睁的看着,还只顾推,背地里你又肯灸哩。(婿)其实我有些怕。(妻唱)

【般涉调耍孩儿】你从来生的多慷慨,到今日直恁的猥囊!(丈母拜介)姐夫只当积个阴骘,作成了罢!(妻唱)你看他白头蹀躞老萱堂,为甚的下拜东床?(婿)他只是怕疼。(妻)可又来。(婿)他怕疼,我又不怕疼?(妻唱)你少年精壮还堪忍,他老迈衰残却怎当?你舒舍罢,何须强!倘不施仁义,我也就不避强梁。

(妻按婿倒,婿喊介)(李上窃听,笑介)被我作弄的好。你扯我掖之间,看我的帽子。(敲门介)(丈母)是那个?(李)是小僧。(丈母)你又来作甚?(李)取谢。(丈母)你原说日后来取,缘何就来?(李)我非专为取谢而来,为的还是老菩萨。常言说:"无钱药不灵。"未得谢礼恐老菩萨一时未愈。虽是小僧药马尚然有余,只怕令婿灸过焉肯再灸,若一时不便,就是旧僧帽儿布施两顶也罢了。(丈母)恐也未曾备得。(李背介)他不晓得就里,等我使之闻之。(高喊介)两顶没有,便与一顶儿也罢。(妻放婿。背介)想是他来要帽子。等我打发他去。(众扮街邻男妇上)(李)想拿讹头来了。(惊下)(妻开门,众入见介)(丈母)这列位是谁?(妻指唱)

【五煞】这是赵公公号小桥。(赵)先父别号东桥。(妻唱)这是钱叔叔唤次塘。(钱)家兄也号少塘,从家父柳塘一派起的。(妻唱)这是对门的裁缝孙皮匠。(孙)小人原会吊皮袄。(妻唱)这是精光下颏周胡子。(周)偶被贱荆掯去。(妻唱)这是肚大累堆郑俏娘。(郑)只因有娠在身。(妻唱)为甚的齐来访?(众)为尊府喊叫,特来奉望。(妻)多承了。(唱)原为我薄情的夫婿,并抱恙的娘行。

【四煞】待坐坐凳机稀。(赵)倒是立立儿好。(妻唱)待留茶事又忙。(钱)为甚的?(妻)家母牙疼。(孙)此病最是苦楚。常言道:"牙疼不是病,病杀无人问。"利害着哩!(妻唱)不嫌絮聒听奴讲。(周)愿闻。(妻唱)从来女儿的汉子如亲子,谁家令正的亲娘不是娘?(郑)可不是么,现今小婿管着我叫娘哩。(妻指婿唱)偏他不放在心儿上!(白)教他灸灸脚跟,便好医得母亲的牙痛,打甚么不紧,偏他执拗不依。(唱)只图他自家无事,全不管疼坏了高堂。(赵)想是王辑迪心中有些不顺。(向婿介)兄弟还须勉强从命才是。(妻唱)

【三煞】只因他心不仁,非是咱好用强。(钱向婿介)王哥,你怎的不吐口儿?(妻唱)他抵死的不肯把牙关放。(指母唱)你看他疼的攒眉闭眼惟寻死,(自指)哭的我摘胆剜心泪几行。(指婿)他再不拍着良心想。那里是着亲的骨肉,知疼热的儿郎!

(孙)是那里得此妙方?(妻唱)

【二煞】患多年没药医,幸神僧赠此方。(周)此方出在何处?(妻唱)这方儿他说出在龙宫藏。(郑)原来是海上仙方。(妻)他这般样奇方多着哩。(唱)豆芽菜会教长在滋泥里,(赵)是呀,那个豆儿不从土里长出来?(妻唱)嫩姜芽还能生来柳树上。(钱)是呀,死树上还长出香蕈来,莫说活树。(妻唱)赶面杖把黄花放。(孙)十冬腊月里我见来。(妻唱)他还有带叶儿的胶枣,(周)怎得送我一个儿带与小儿玩。(妻唱)赛芥末的沙糖。

(郑)我老头子凉粉里,正缺此物。记着,明日问他回些儿。(赵)既有此等奇方,王兄弟,你还该做个响情。(婿)响情响情,灸的可也生疼。(妻)我母亲又不白教你灸。(钱)不白灸,莫不是娘儿们家还要谢礼不成?(妻指母唱)

【一煞】他虽是小户家,论私房有几桩。输心的好后将伊饷。(孙)是甚么东西?(妻唱)破箱子贮着几斗金刚钻。(周)有这些?舍下不能,只好有几升儿罢了。(孙)想是黄米。(妻唱)大珍珠还藏着有半破缸。(郑)这个我家倒有,只是没眼儿。(钱)想是豌豆。(妻指婿唱)直恁的无福享,原来是天生的癞狗,怎能够扶上东墙?

(赵向婿介)原有这些好处,只恨我不是你的连襟,若是我就抢着做了。罢,罢!把这等便宜事让你罢,我们去也。(齐下)(妻向婿介)你听么!(唱)

【收尾】常言道:三老当员官。(婿)就是官在此,也成不的。(妻唱)你原来受欺不受奖。(脱衣介)(白)母亲!(唱)你关上门脱了衣,咱们齐齐上,那里有闲工夫和他细细的讲。(婿抢衣跑下)(丈母)他去了怎肯回来,过夜药便不效了。咳!可惜辜负了这好方儿。我的牙几时才好也。(下)(妻)衣被抢去不打紧,左右还有这许多瓜哩。卖来,甚么衣服不会做?但袖子里还有李和尚的帽子,怎处?也不怕他,量他赖不过我。(下)

第三出 用齐微韵

(李和尚光头上)俗妇推不去,可人呼不来。适间与那人儿正调得热闹,美爱幽欢恰动头,不期被那老妇人混了。及至高声索帽之时,又被众男女一搅,便我那人儿出来也是不能见面。因此踊跃而去,萧索而归。今要再往不便,不往却又难熬,此际难为情也。这都是那张和尚昨日说的话不吉利,甚么打哩,枷哩,拿讫头哩,何等扫兴!他那杀材,那里晓得这里头的妙处。(唱)

【越调斗鹌鹑】像我这破戒追欢,可也缘投意美。他爱咱是百炼真钢,咱恋他是三春嫩蕊。一个儿像细蔓缠苞，一个儿像活鳅戏水，占住了色界天，闹了些鸳鸯会。只为这欢喜冤家，成就个风流饿鬼。

　　师兄师兄，像你那些迂阔话，虽说得体面，忒也不近人情。只看你我吃穿居住，是何等的样子？！（唱）

【紫花儿序】俺享的是丰衣足食，住的是梵宇琳宫，守的是那冷帐孤帏。待不干那事呵，又恐怕火腾祆庙；才一干就春满菩提。寻思，这都是前世缘，那管的来生罪！我安排个较计，背地里且磨枪擦剑，生人面权苫眼铺眉。

　　师兄，你只说你种园的好，现今瓜瓢俱空，好处安在？就是种得好，也只是个大粪熏鼻、赤日晒背的和尚。（唱）

【金焦叶】投至你抱蔓时手胼足胝，怎如我与那俊庞儿偎肩贴体。（白）莫说别者，（唱）只像我半刻儿雨握云携，也不说你前半世糟糠的粢糜。

　　我那妙人呵，适间那老婆子来，我何等惊慌。他只高声说了一句原来是母亲，我便将心放下。他又递个眼色儿与我，说是请来医母亲的牙疼，我便将计就计，捣出若干的鬼来，何等光滑！何等圆美！我与你真是偷情的领袖，扯谎的班头，其实罕也！（唱）

【调笑令】论凑趣，我为魁。他见景生情诸事美。若不是调眼色，有口辨，兼多急智，险些儿就蹦泛了消息。只我这光头皮摔手归，真乃是得便宜的到底得便宜。

　　料此时众男女也散了，灸的成也灸了，灸不成那王辑迪想也跑了。我且再去打听一遭来。（暂下）（王辑迪急上）造化，造化！丈母他自牙疼，平白地拿我去灸，教我抢了此衣出门，一气儿跑上三四里。你母子还会灸我么？待我将此衣摺好，送在典铺里收着，也够在外面过上十日半月，那时慢慢的回家未迟。（摺衣介）这袖子里是甚物？呀，原来是顶僧帽！这帽子如何到得袖中？莫不是这和尚非来医丈母牙疼，想是医他小肠风的。（看帽介）原来帽子里有字，写着"三清观张"。哦，原来他是张和尚。我日前醉后归家，只见一人腾窗而走，遗鞋一只，我将来枕着睡，待次日醒来和他算账，谁知醒来却枕着自己的鞋。他硬说夜来跑的是我，鞋既是我的，我也没得说。今此帽入手，难道医丈母的也是我罢？况且帽上有姓名，有住址。我且寻个人，写张状子，到州里告他娘！只这指拨灸我的仇，也不该饶了他。（暂下）（妻同李光头上）（妻）你怎的去得这等早？每常间便不如此，莫非前村里真另有你一个主顾？你遂将前情废了也。（李唱）

【鬼三台】我怎敢把前情废，就该把头颅碎。（妻）去早为何？（李）到此不得不说了。昨日你家的将衣抢去，袖中抖出帽子来，他径寻人写状，今日要到州里去告。幸那写状的是我一个相知。昨日我再来时，恰好遇着他。他说状上虽写告张秃，为是我的师兄，特来透信与我。（妻）你昨夜怎不说？（李）恐怕误了芳卿的欢爱。（妻悲介）（李背介）这一哭，益觉可爱。（唱）泪珠儿似海棠花带雨垂垂，那哭声儿似柳外黄鹂也，去风前呖呖。（妻）这都是我留帽子的不是了。（李）芳卿快不要这等说。当初留下帽子，原是卿的美意。（唱）莫不成将你的好认作非。（妻）莫不成你我从此拆散了？（李唱）也未必喜变作悲。天下事道在人为，和芳卿从长计议。

（妻）快议来。（李）如你我造化，州里爷只根究张和尚，万事俱休。倘说帽子上名姓虽同，医母时面貌非是，少不得要追寻你我。那时节——（唱）

【秃厮儿】只说是这僧家用强凌逼，小妇人并未依随，因此上抢帽子正要告官司。（白）只为治母之病，乱乱的。（唱）那其间，未遑——诉因伊。

（妻悲介）如此，你便要吃亏。我如何下得？（李唱）

【圣药王】便教我吃尽亏，煆作灰，也不肯把玉体儿损毫厘。（妻）此外岂无别计？（李唱）你若有主持，没转回，我管教和你永远做夫妻，这倒是鼠雀作良媒。

（妻笑介）计将安出？（李）芳卿既有心于我，可一口咬住那张和尚。我再把他手上伤痕，并那生时八字，说与你记者，你临期随机应变，也有用得着处。倘官府判你离异，那时我就还俗娶你，岂非永远夫妻？（悲介）只是你当官时，未免要吃些苦，我又如何下得？（妻）这倒不妨。不是一番寒彻骨，那得梅花雪里香？这是你的旧帽子，与了你罢。（李）这是要紧的。（戴介）（妻）你去罢。我如今要到母亲处知会去也。（并下）（王辑迪同差锁张和尚光头上）（张）闭门家里病，祸从天上来。（指王介）这个人不知因甚事将我告在州里，差人把我锁来。前日走了冬瓜，今日又遭官事，真乃祸不单行也。（李上，见欲避介）（张高叫介）李和尚，你来救我！（李）师兄怎的来？（张）我不知道为甚的。（差）为甚的？偷吃腥荤的猫儿，今日被人捉住也。（李叹介）你原说佛律森严，官司利害，今日却又明知故犯也。（唱）

【麻郎儿】你原有些藏头露尾，直恁的口是心非。想一时间马快枪疾，又垂涎那旧锅里滋味。

这也是你自家寻的。像我守清规的，看有何人敢来寻我！我是救不得你。（欲下）（王扯介）你往那里去？你有些面善，昨日像也有你。（李）你如何又缠我起来？（王）昨日在我家的原是个和尚。（李指张介）他是道士么？（王）虽是如此，偏衫也有些相似。（李）头上呢？（王）未曾戴帽子。（李自指头上介）我呢？（王）戴着哩。（李）可又来，我又不曾光着头。（差）只有光着头的是和尚么？你且在官府面前辨辨去！（李指张介）他方才叫我甚的来？（差）是李和尚。（李指王介）他告的是谁？你票上拿的是谁？（差）是张和尚。（李）可又来。（唱）

【么篇】我姓李休提误矣。票无名谁敢罗织？（差）原告现说有你。（李）既有我，何必又告他？（唱）你信他一面虚脾，眼见的全没把臂。

（李拉差背介）差哥放我，我有几枚冬瓜奉送。（差）将不得的东西，要他何用？我只拿去见官！宁可我们错拿，任凭官府错放。（暂下）（州官、吏皂上）（州）只我为官不要钱，但将老白入腰间。脱靴几点黎民泪，没法持归赡老年。下官本州正堂是也。早间准得王辑迪一状，已批下拿人，如何此时未到？（差押张、李上，禀介）犯人到。（州点介）张和尚！（张）有。（州）你就是张和尚？好个风流的佛子，脱洒的僧伽也！吴氏！（差）未到。（州）丈母！（差）也未到。（州）敢是卖放了？（差）不敢。只因路上又遇着这个和尚，原告说也像他，故此先带来见爷，然后再去唤那两个妇人未迟。（州）你会呀，多才多了一个，少倒少了两个。如今快与我拿去！拿不来，讨仔细！（差应下）（李）老爷就是青天！（唱）

【络丝娘】不争他为张捉李,恰像个有天没日。老爷呵,你清水白面般广驰名誉,也索要推详细。

(州)世间清不过水,白不过面。你说的是! (问介)那原告怎样说? (王)小人昨日回家,只见丈母、妻子共个和尚坐着。那和尚打个照面就去了。后来是小人的妻子,脱了衣服赶小人,小人抢了此衣,才见这袖中的帽子。才敢坐名告状。(州)据你说,分明是谎状了。你说和尚去了,你妻才脱衣服,如何告他与人有奸? (王)他行奸在先,脱外衣灸小人在后。(州)又胡说了。他既是要灸你,你倒不脱衣,他倒脱衣,莫不是要灸他不成? (王)只因小人不服灸,他才脱衣,要强灸小人。(州)他是谁? (王)是小人贱累。(州)原来是令正要灸你,为何? (王)要治他母亲的牙疼。(州)哦,你这呆弟子孩儿错看了! 既是口齿科,必定是个太医,如何倒来告和尚? (张、李)老爷就是青天! (王)这灸小人的方儿,就是和尚传的。(州)原来是个医僧。你只说当初请的是那一个? (王)小人不曾请。(州)不去请,莫不是他上门寻人治的? (王)小人正为此疑他。(州)这会子连我也有些疑心。(指张介)原告认来是他么? (王)不像他。帽子却是他的。(州指李介)是他么? (王)面皮便有些像,帽子上却不姓李。(州)是了,想是李和尚问张和尚借了帽子戴去的。(李)小僧现有帽子,为何舍己求人? (州)既不是,或是张和尚问你借了面皮,戴着帽子去的? (李)他干此等歹事,小僧为何肯借与他? (州背介)是呀,貌帽既不归一,教我也没法。我只问出那一个会行医的来,就是他。(问介)张和尚,你想是会行医? (张)小僧不会。(州)却会甚的? (张)只会种菜园。(州)这和尚,不学医倒去学圃。李和尚,你会么? (李)小僧更是不会。(州)休太谦。岂有两个人都一般不会的理? (李)小僧连园子也不会种,莫说是医。(州)你两个既不会,想是他令正请去治你的。(张、李)二僧并不牙疼,何须用治? (州)是呀! 原告你过来,或者令正会做僧帽,他上门去求,因留下这一顶作样子,也未定。(王)作样子,为何袖着? (州)这弟子孩儿益发呆了。人家的物儿,不好好收藏,莫不是丢掉了不成? (王)小人贱累,并不会做针线。(州怒介)你也忒疑心,那和尚也忒口紧。你不认,我不认,想是这顶帽子是你老爷戴去的? 都与我夹起来! (李喊介)不用夹,我认了罢! (州背介)还是用刑好。若教我听音察理的问,便到明年今日也不济事。(向李介)快认来! (李唱)

【小桃红】当日个黄昏一枕黑甜回,先做个狐狸听冰势。(州)怎叫做狐狸听冰? (李)老爷,大凡狐狸过冰,惟恐冰之未坚,故侧耳于冰上听之。(州作听势介)等老爷详情。(李)待小僧自供情状。(作势,唱)脱金蝉且濯沧浪足,鹭窥池,夜叉探海魂惊悸。一个儿学伯牙,把丝桐儿慢推;一个儿妆哑嘘,去支吾敌对。那其间递飞帖,谁敢半声儿嘶。

(州惊介)这都是前日我偷丫的光景,他如何知得这等详细? 他想有些来历,不可惹他。只问那张和尚便了。(向介)李和尚原来是个雏儿,才说夹就吓的胡说了。毕竟那张和尚是个积年,你看他米师父儿是的,且与我先掯起来,(掯介)(差引丈母、妻见介)禀老爷,两个妇人提到了。(州)点丈母。(丈母)不敢呀,老爷! (州)走! 我叫你呢么? (丈母)老爷点那一个? (州笑介)吴氏! (妻)有! (州看介)上来,再上来,着实上来! (皂)看后堂奶奶出来。(州)不妨事。若昨日穿堂后门首未安栅栏,我便怕他,今日不怕了。(戏介)(丈母向张介)张师父,你打问讯儿罢了,又套上这几根小棍儿做甚的?(州)是何人在下边嚷?(李)是这老妇人叫张师父哩。(州)那妇人上来。你怎就认的他是张和尚?(丈母)他与我传方治病,共坐多时,如何认他不得?(州)你女婿现说面貌不像他。你老眼睛,休要认错了。(丈母)妇人虽老眼昏花,尚记得送药之时,掌中尚有一条血路。(州)皂隶看来。(皂看李介)没有。(看张介)右手一条。(州)张和尚,血路何来?(张)是拔弧根伤的。(州)路在掌中,拶时合掌,那老妇如何便见?我说么,打个照面的,不如久坐的看得真。下去!(李背喜介)何如?一计早验也!(州)那小妇人,你丈夫说从你袖中得帽,告你养和尚哩。(妻)老爷,袖帽实有,奸情实无。(张)就是僧帽,也须辨个真假。老爷!(州)取帽子上来我看。(看介)原告,你错了!这帽子是你的,里面头一个字不是"王"字么?(王)老爷多看出一直来了,上面是"三清观张"四个字。(州)是呀,这王辑迪儿倒认得字。(掷帽介)张和尚自家去认!(张看介)帽便是小僧的,但不知如何得到他手。(州)想是风吹去的,猫含去的,也未必就能端端正正的在他袖中。(张想介)有了,是小僧冬瓜走了的那一日,气倒卧床,至今未戴。这不是李和尚拾了去,就是偷了去,嫁祸小僧。(李)老爷!这就是个大谎了。若死冬瓜会走,像小僧们这活葫芦就会飞了。(州)是呀。(指头介)像老爷这头上有翅子的,也就会上天了。这和尚满口胡柴,奸情毕露!(张)瓜走之事,老爷只叫长工来,一问便知端的。(李)长工是他的长工,肯不护他?比如丈母,若是小僧的丈母,也就护小僧了。(张)这是你前日做的梦,怎的今日不认了?(李)我前日做梦你见来?你如今现在这里做梦!不是做梦,如何都是睡语?(州)我只究问那小妇人。把和尚拶子卸了,与我拶起那妇人来!(卸介)(妻)不用拶,小妇人挨不得。(州)我也说你那嫩指头儿挨不得。快供来,免受苦楚。(妻)前日张和尚将许多冬瓜,来小妇人家寄放。(州)你也不该容他放。(妻)小妇人的门,只略有一道缝儿,他就硬往里闯,小妇人如何挡得住!(州笑介)是也挡不住。再呢?(妻)到次日张和尚来取冬瓜钱,我说冬瓜我原未买,如何要钱?他笑嘻嘻的说道,小僧也不是卖瓜的。这瓜,也不要女菩萨费钱买,只求见怜,情愿全送,就向前下跪求欢。(州学介)就如此向前下跪。(皂)老爷请尊重。(州起介)胡说!难道不许老爷详情?(妻)小妇人就势儿抢了这帽子袖了,说等丈夫来时教他拿去告老爷。(州怒介)可恶!何人求欢倒要告老爷?(妻)要投告老爷。(州)"投"字何等要紧,你怎的不放在里面?(妻)张和尚他便慌了,双手紧紧的按住小妇人,不知是求欢,又不知是夺帽。小妇人正在两难之际,我母亲就来了。(州)他不知趣的紧,来作甚的?(妻)他来躲牙疼。张和尚见我母掩口呻吟,便说小僧情愿治牙,将功赎罪。小妇人疑他是脱身之计,他就自道生时八字,跪天说誓,因此才姑忍求方,图医母患。不期丈夫又不服灸,到底不知这方儿效与不效,这罪又不知赎的赎不的,凭老爷天断。(州背介)生时八字,是附会不来的。(向妻介)你上来,低低的说。(妻低说,州耳就听介)(州)下去!李和尚,你说你的生时八字来,我自有妙断。(李说介)(州)不对。张和尚也说来。(张说介)(州)一字不差。亏那小妇人倒有记性也。(李背喜介)何如?又中我一计也。(州)那张和尚,你还要赖甚的?原来那走了的冬瓜,都走向王家去了。我问你:是推着他走来,还是挑着他走来?(王)是了,怪道家里有许多冬瓜。老爷,原来就是他下的食,小人如今省悟也。(州)你头里如何又说像李和尚?(王)小人是两只眼睛,如何比得他母子四只眼睛的亮?(李)到底是真难灭也。老爷,还有一事。(指张唱)

【小桃红】他原是先俗后释的老阇黎,饱谙风情味。(州)这益发定了。你呢?(李唱)小僧离娘怀抱便皈依,念阿弥,只要在色空空色上寻三昧。(州)高僧呀,你可有医嫉妒的方儿么?(李唱)这帽子是定案难移。(白)若不是他亲口供出呵,(唱)那冬瓜便死无招对,果然是贼口里把赦书赍。

(州判介)你众人可听者。(读介)理有一定,事无或然。岂甲之帽也,乃乙之戴焉。清河行者,既失头边之物;陇西班首,宁追带下之欢。吴氏女虽未允奸,而冶色海淫,法宜离异。张和尚既从枷逐,则菜园无主,理合归官。差役捉比丘而非辜,罚谷三石,免其责治。原告视丈母而不救,冬瓜赃物,没入惩惩。李和尚着独作住持,衣与帽,粘连附卷。老妇人且宁家释放,再牙疼,与婿无干。(差背介)早知如此,便不要冬瓜,也该放他。(李)今日才见了天日也。(拜唱)

【东原乐】谢恩官,大护持,早说不得难断家务事。(州)我清官专断家务事。(李唱)你就是昼夜阴阳的包待制。有轮回,老爷呵,你那世里如犯这等奸情,也教你一般开释。

(州)那张和尚为何不语,想是不服么?着与我绷扒起来,待他限满还俗。(李)老爷,小僧念做师兄师弟一场,枷便着张和尚领,小僧情愿替他还俗罢。(州)观里那有这等好僧,但你尚未通靴州的路径,待他限满再议。(李向张介)师兄,你好口灵也。(唱)

【煞尾】活脱脱西瓜果长在方方处。(白)你出家已多年了。(唱)又从新把立禅坐起。我问你那拿讹头的在那厢?这都是你苦持斋挣来底。

我且摘些茄豆,吃欢喜酒儿去也。(下)(张拉州不服介)(众报介)后宅里火起了!
(州惊介)快叫百姓来救!(慌俱下)

第四出 用 家 麻 韵

(扮州衙奶奶上)非我生心好吃酸,男儿水性易情偏。算来不把妻纲整,取次移将阃内权。妾身本州奶奶是也。可恨那歪材料,不来请命,擅去偷丫,亏我直闹出州衙,他才有一二分悔悟。昨日出去升堂问事,我恐怕一时间有那美色妇女前来告状,那歪材料与他挤眉弄眼,未免引的意乱心迷,实为可虑。因此要往屏后一探。不期穿堂后门首陡添新栅,撼之再四,不动分毫。咳,这一定是那歪材料的计较了。你说有此一计,可以禁我上堂。难道我便无计,可以弄你下堂?遂将后宅草屋,放上一把火儿。霎时间,乌烟匝地,烈焰腾空,不怕他不进来领罪。既进来之后,先教他督人救灭,我自去歇息了片时。今已无事,且唤那歪材料过来,发挥他一番,权时消遣。(叫介)歪材料那里?(州便衣急上)有,有。下官在此静候多时,未敢擅离寸步。(奶)歪材料!你割爱偷丫,尚称初犯。我新规方整,又弄乖滑。似这般大胆包天,想要我寸身入土。若不与你见个势下,可也情理难容。(州)奶奶,下官恪守新规,又有何犯?(唱)

【双调新水令】从来未敢犯浑家,但见你俊庞儿我梦中也怕。你新规虽再整,我狂病是旧时发,既已惩罚,把初犯姑饶罢。

(奶)惩罚惩罚,尚弄乖滑。前五百劫和你生死冤家。(州唱)

【驻马听】我弄甚乖滑,你略闪星眸吾吓杀。(奶高骂介)你数日叠犯,好小胆也!(州唱)何劳叱咤,见微开檀口便酥麻。你喜时就是活菩萨,但怒来可也不减真罗刹。(奶)谁许你这等高声!(州)岂敢高声。(唱)悄声儿价,还恐怕气的您心情炸。

(奶)你只说你不曾弄乖,只那穿堂后门首栅栏是几时立的?(州战介)此栅是昨日才立的。上司如此行下,卑职如何敢违?(奶)就是上司行下,你也该禀过我行。(州)奶奶责备的是。是我一时事冗,未及禀明,还望奶奶恕罪。(唱)

【沉醉东风】专擅罪权时恕咱,立法初理合钦他。(奶)我日前方有此闹,那上司昨日就有此行,可可的如此凑巧?(州唱)他久矣普遍行,我才缴遵依罢。(奶)甚么上司,你这等怕他,快快与我拆去!(州唱)他虽没势剑铜铡,立与拆还须会大家,且姑留他一时半霎。

(奶)你原来只怕上司就不怕我,哦,原来只有上司奈何的你。(州怕介)奶奶此言,下官就该死也。下官虽怕上司,料不及怕我奶奶。他不过口说着振纲肃纪,怎比你动便要弄杖拿刀。我只是耳听他激浊扬清,怎比得实受你抓皮咬肉。(奶)你怎生只说这些?我的好处你怎就不提了?(州)何日忘之,也等我慢慢的道来。他见我虽假以温言慈色,怎如你枕席上雨意云情。我见他虽效些婢膝奴颜,也不及在尊前竭力尽命。奶奶岂无耳目?(唱)

【雁儿落】我趋承势有加,但战慄无回谢。他乘骢气焰凶,怎及你乳虎威风大!

(奶)那里信你这一面词。(州)下官怎敢以面词虚奉?只想上司不过是个老大人,奶奶你现是个老夫人,只夫人的"夫"字,比大人的"大"字现多了上面这等一勒,岂非夫人还大似他?(奶微喜介)(州)不但我是如此讲,即孔夫子也说道:出则事公卿,入则事妇凶。孟夫子也说道:庸敬在凶,斯须之敬在上人。下官岂有个不遵孔孟的理?(奶笑介)你今日才醒也。我原不说做官的只如此依着书本儿上行,那得个差错来!(州)领教。(望惊介)下官既已服罪,奶奶你为何又叫人在前衙里放起火来?(奶)你想是见鬼!(州指介)那里不火光烛天哩。(唱)

【得胜令】为甚的前衙火又发,吓的我身躯软兀剌,牙齿儿频相磕,脸皮儿似蜡楂。(白)叫左右快对各衙里说去,快传百姓救火。(唱)传达,若趁早儿扑灭下,我行查,便申文去纪录他。

(左右禀介)老爷,不是失火,是百姓们持灯来救火。(奶)我说只见亮,不见烟。(州)灯便是有这等亮?(左右)人多灯多,所以如此。(州喜介)原来如此。险些儿吓杀我也!(吩咐介)也亏他百姓有此好心。与我吩咐他,暂时回家歇息,待明旦齐来领赏。(背介)我还有去岁的历日,明日便三个人赏他一本,也不多。(奶背介)救火来的,他原来如此欢喜。像我这放火的,他心中必然暗恨,不可容他。(回介)歪材料!你明日要赏那个?(州)赏百姓。(奶)为何赏他?(州)为他来救火。(奶)他为何来救火?救的是那里的火?(州)是从后衙里的。(奶)为何后衙起火?(州不语介)(奶)歪材料!

你为何不语？待我替你说罢。想你这狗肠狗肚里，必定要说是我放的。若上司知道，问我为何放火，我便说为你擅立栅栏。若问为何立此栅栏，我便说你因偷丫俱闹。(州掩奶口介)我的好奶奶，你就活活的害杀人也。(唱)

【乔牌儿】夫人你休当要，这贤否难擎架。(白)明日上堂，我自有处。(奶)你既许了赏他，却怎样处？(州)奶奶不须挂心。(唱)我自是随机应变出名家，肯遗留下做话把！

(奶)着来的，若处的不如法，我便仍旧放起火来。你处之未了，我随即要放。我放之不可胜放，就教你处之不可胜处。(州)下官领教了。天也明了，请奶奶安置。下官即升堂问事去也。(奶)栅栏不许下锁！(州)知道了。(奶下)(州更衣介)险哉！险哉！倒是奶奶自家说出主意来，不然，我一时误赏了，他便疑我有嗅他放火之意，朝夕啰唣起来，那时悔之何及！罢，罢！如今少不得要把背悔心放出些来。正是不恣堂上势，难免后衙灾。(升堂介)叫左右，昨夜那救火的百姓到了么？(左右)原未敢散。(州)未散？有多少人？(左右)约有数百人。(州)先将花名手本来看。(传上看)计开：生员卫官甫等四十七名，坊厢百姓冯愿嘉等五百二十名，僧道李和尚等六十三名，妇女陈妈妈等三十五口。(问介)这李和尚，就是昨日那李和尚么？(左右)是。(州背介)这秃弟子孩儿，昨日我一些儿没难为他。他不短不长，并不提出家兄一字，只寡寡的奉承了我几句。难道这几句话是上得串儿的？可怎的，也有再来见我之时。他今日再不走我靳州一路，我自有处。左右！将手本出去，只把各项下有朱笔点的唤进来。(杂扮生员、百姓同李、妇上)(左右唤进介)(州唱)

【甜水今】只见男的女的，僧的俗的，没上来没下，都闯入我陷人衙。(白)你看他何等欢喜，都只道领赏来也。(唱)我教你来时欢喜，去后嗟呀，嘴搭籍枉受波查。

(卫)生员禀参。(州)不须行礼。(卫)这声口不好也。(众叩头介)(州)除卫生员，余各听点。冯愿嘉！(冯)有。(州)李和尚！(李)有。(州)陈妈妈！(陈)有。(州)住了。你是昨日的丈母，如何冒作陈妈妈？这该问个冒名顶替的罪。(陈)老爷，老妇人原来姓陈，只因女婿告状，故就写作丈母。昨日老爷天断，说明与婿无干，那旧女婿就不敢来认，新女婿又还出家，又有谁来认写丈母？(李背慌介)(州)是了，既经官断，姑准更名。但你的女儿既招惹了一个和尚，今嫁的又是一个和尚，想是吃着和尚的甜头了，还该补问你个主家不正。(李)老爷，他老年人禀的欠清。他新招的女婿尚未进门，因在家之外，故叫他做出家，非是另有一个和尚。(州)和尚不和尚，不管我事，又不曾掺了我甚么分儿，也不必究了。但你这和尚，代人禀事，像有些健讼。(李)小和尚并不好出入这大恭门。(州)你还说不出入公门。(唱)

【折佳今】只这二日便两闹州衙，把我这角道儿旁门，可也走的光滑。(白)你上来。(低问介)靳州路可要走么？(李)怎不要走，但不知路程多少？(州)也不过三二百里。(李)远了。小僧盘缠短少。(州)走！你这秃驴，罪要问也不是一件。(唱)第一罪是知恩不答人。(李)小僧前来救火，正是报恩。(州)胡说！莫不是这些人都是来报恩的？如本州一百年不起火，我的恩就一百年不报罢。(唱)第二罪是贪夜私行。(李)小僧同众至此，并非私行。(州)胡说！不是私行，是那一衙唤你来的？(唱)第三罪是聚众喧哗。(李)众人之来，不约而同，俱是一片好意，谁去聚他？(州)又胡说。那些儿见他好意？既说来救火，便该用水,如何反点将灯来?莫不是以火救火不成?这不是要趁空儿掳劫,就是指望有奔出的妇女,要乘机拐带也。(众)老爷原来嗔不该点灯,夜间却是少灯不得。若是此时间火起,小人们难道也点灯来不成?(州)益发胡说了!就是夜晚间该点灯者,若似你等一手持灯,一手救火,本州的衙门明日还烧着哩。(卫)老父母,他们错禀了。起先火未息时,以扑灭为主,原各拿有麻搭、火钩、木梯、水桶,一切救火之具。(州)既如此,就该交到当官,以防日后再有火起才是。(卫)后因火息,以防范为主,遂将了回去,换了灯笼,惟恐仓与监一时有失。(州)又来扯淡了。仓中米谷,(指袖介)本州俱已收在此间,料得无虞。就是那监禁中有一等慷慨孝顺的,既感老爷宽纵之恩,欲去不忍;像张和尚那一等悭吝刻薄的,正好在那里受桎梏之苦,欲逃不能。这也无劳挂虑。(指卫介)你唤甚名字?(卫)生员是卫官甫。(州唱)论官府何须为他。(指冯介)你唤甚名字?(冯)小人是冯愿嘉。(州唱)你今日直逢着冤家。(众)老爷也忒兜答的紧。(州唱)非是我立意兜答,你们也不谙刑罚。(白)若是老爷恼一恼儿,就都该问个明火执仗的罪。(众)火在那里?杖在那里?(州)我就还你一个火杖,你也没得说。(唱)火是灯笼,杖是钩搭。

(众)明火执仗,所劫何物?(州)还禁得劫出物件来哩。今劫虽未成,业已有其具了,听我判来!(判介)劫既有具,渐不可增,法难加众,量与从轻。为从者问个小小有力,为首者纳个大大不应库收缴。(卫)冤哉!州衙若不失火,吾等胡为乎来?这都是宰父母陷人于罪也。(州)别人这等说尚可,你是个秀才家,如何文理这等欠通?(卫)怎见得?(州)大凡火之一字,他人无心而焚,谓之失,失则未免延烧;本州有意使之谓之放,放则由我起灭。只此"失""放"二字,相去差了多少!(卫)父母之火,然则放之者欤?(州)或曰放焉。(卫)敢问其所以放?(州)不说,你书生可也不知。比如积岁之苞苴,尚存外廓;那更经年之竿牍,徒累行囊。至旧册,至原卷,屡经改洗,宜付之乌有先生。若招稿,若文移,暗倩他人,应使为亡是公子。经从火化,周致风闻。按私橐之宛然,固知无有失也;谅有说而处此,是以吾曰放焉。(卫)火可放矣,人亦可杀欤?(州)我今未问尔真犯,何云杀人?即使杀人,亦未为不可,你切莫轻视本州也。(唱)

【锦上花】俺五马儿轩昂,三刀恶魏,怎比那寻常百姓人家?杀人的县令,还应让咱。灭门的太守,我也谅不大争差。(白)此犹以本州势要言也。若论起理来,不但你们不该点灯前来,就是在家,也不宜点灯也。(卫)为甚?(州)不点灯有三利,点有三害。(卫)愿闻利害。(州)眠晏则起迟,有旷时日,一害也;灯张则油费,财用不节,二害也;防疏则变起,多生事端,三害也。一不点,则适寐兴之宜,省油烛之费,无疏失之虞,岂非三利乎?莫说别者,只此一节呵,(唱)也见我无利也不曾兴,有害也皆除罢。(卫)真乃兴利除害,容生员等建祠立碑去也。(州)是,是。(唱)真该把德政流传,也不枉尸祝酬答。(白)卫斋长,你原来是个好人,今日罪名,便饶你一半。(卫)多谢老父母,但愿灯火之禁,略宽假生员些,道不得个读书人焚膏继晷么?(州)你又痴了。(唱)何不萤人疏囊?(卫)夏间便可,冬夜呢?(州唱)雪映窗纱。(卫)春与秋呢?(州唱)也可去随月读书。(卫)月晦呢?(州)你终年去读,便旷了这日把儿,也不害事。(唱)权当做哀多来益寡。

(冯)他读书的便如此。像小人这般作买卖的,怎处?(州)你做买卖的,益发不

该点灯。古来原说日中为市，未说夜中为市。(唱)

【碧玉箫】白昼生涯，何事篝灯下？(李)买卖犹可。佛爷前，岂不该点一盏长明灯？(州)星星之火，也能烧万顷之田。(唱)琉璃高挂，也是祸根芽。我劝你瞑子里记珠掐，无明尽都消化。(陈)老爷，出家人原该盲修瞎炼。像小的们下户人家，倘要赴些夜作，却怎处？(州)这益发不消了。常言道：欢娱夜短，寂寞更长。你只问你女儿去。他在那里不知怎样的要早睡哩。(唱)你老人家，便缝联补衲，比如你点灯绩麻，且省些白日里踅门的闲话。

你们听者：我午堂就出示禁灯，犯者以三等科罪，在家者责，街行者罚，近州衙者加等。你们仔细者！(众)像这黑暗暗的，如何过得？(州)瞎子不过罢，莫说你们有眼睛。(唱)

【离亭宴带歇拍煞】大睁眼也强似那双睛瞎。(众)古人还要凿壁偷光，偏老爷连自家屋里的灯也不许点。(州唱)论偷光还该去正剜窟罚。(卫)老父母，还有一禁未曾申得。(州)何禁？(卫)并禁月明。(州)是呀！(唱)便问他个夜深沉擅入民家。(卫)既如此，生员也不敢随月读书，恐与同犯。(州)此又有说。他既夜入民家，许见者登时用讫勿论。(指卫介)从今后收拾了那焚膏继晷心。(指冯、陈介)再不许援那宵尔索绹例。(指李介)也休提那宝炬常明话。我还要细草一封疏，远奏重瞳下，一桩桩都依着本衙。直教《戴记》上删抹了"夜行以烛"文，萧何律旋添上元夜张灯禁，你百姓们只当做夜夜寒食罢。(众)奶奶如点灯，爷怎处？(州)你放心。奶奶终日价放火，何须点灯。(唱)我威行在刺史堂，却也先命禀过夫人榻。(众)三刀五马安在？(州唱)这正是万人上，一人低下。(白)你且莫管我。我还有句好话儿对你们说。(众)愿闻。(州正低语介，李躲州后介)(州)你回去，各人买个闷葫芦儿，就从今日起，把那每夜买油的钱攒着，到年终打开来一看，(唱)只我替你们省下的每夜买油钱，便一年间孝顺我三五个鬼薪儿，也不当做耍。

(卫、冯、陈先下)(州)左右，且退。我要往后宅回话去也。(左右下)(州笑介)他百姓们辛苦了这一夜，亏我弄得他无赏有罚，又添出我无边的生意。正是口舌虽费，(伸手介)落得手底丰肥，良心斩收，(指膝介)免他磕膝受苦。我好得意也！(转身介李向作羞脸介。州叫)拿！(李急下。州下)

传来久，几句市井谈，
莫须有，如许跷蹊事。
啸不尽，聊且付歌词，
扮出来，大家打杂剧。

(张燕瑾　校录)

牡 丹 亭[1]

汤显祖

第七出 闺 塾[2]

（末上）吟余改抹前春句，饭后寻思午晌茶。蚁上案头沿砚水，蜂穿窗眼咂瓶花[3]。我陈最良，杜衙设帐，杜小姐家传《毛诗》[4]，极承老夫人管待。今日早膳已过，我且把毛注潜玩一遍[5]。（念介）"关关雎鸠，在河之洲。窈窕淑女，君子好逑。"好者好也，逑者求也。（看介）这早晚了，还不见女学生进馆，却也娇养的凶，待我敲三声云板。（敲云板介）春香，请小姐解书。

【绕池游】（旦引贴捧书上，唱）素妆才罢，款步书堂下，对净几明窗潇洒。（贴）《昔氏贤文》[6]，把人禁杀，恁时节则好教鹦哥唤茶。

（见介）（旦）先生万福。（贴）先生少怪！（末）凡为女子，鸡初鸣，咸盥漱栉笄，问安于父母[7]。日出之后，各供其事。如今女学生以读书为事，须要早起。（旦）以后不敢了。（贴）知道了，今夜不睡，三更时分，请先生上书。（末）昨日上的毛诗，可温习？（旦）温习了，则待讲解。（末）你念来。（旦念书介）"关关雎鸠，在河之洲。窈窕淑女，君子好逑。"（末）听讲。"关关雎鸠"，雎鸠是个鸟，关关鸟声也。（贴）怎样声儿？（末作鸠声）（贴学鸠声，诨介）[8]（末）此鸟性喜幽静，在河之洲。（贴）是了。不是昨日是前日，不是今年是去年，俺衙内关着个斑鸠儿，被小姐放去，一去去在何知州家。（末）胡说！这是兴[9]。（贴）兴个甚的那？（末）兴者，起也，起那下头窈窕淑女，是幽闲女子，有那等君子好好的来求他。（贴）为甚好好的求他[10]？（末）多嘴哩。（旦）师父，依注解书，学生自会。但把《诗经》大意，敷演一番。

【掉角儿】（末）论六经、诗经最葩[11]，闺门内许多风雅：有指证姜嫄产哇[12]；不嫉妒，后妃贤达。更有那咏鸡鸣，伤燕羽，泣江皋，思汉广[13]，洗净铅华。有风有化，宜室宜家。（旦）这经文偌多？（末）诗三百，一言以蔽之，没多些，只"无邪"两字，付与儿家[14]。书讲了，春香取文房四宝来模字。（贴下取上）纸、笔、墨、砚在此。（末）这甚么墨？（旦）丫头错拿了，这是螺子黛[15]，画眉的。（末）这甚么笔？（旦作笑介）这便是画眉的细笔。（末）俺从不曾见，拿去，拿去！这是什么纸？（旦）薛涛笺[16]。（末）拿去，拿去。只拿那蔡伦造的来。这是什么砚？是一个？是两个？（旦）鸳鸯砚。（末）许多眼[17]？（旦）泪眼。（末）哭什么子？一发换了来。（贴背介）好个标老儿[18]！待换去。（下换上）这可好？（末看介）着！（旦）学生自会临书，春香还劳把笔。（末）看你临。（旦写字介）（末看惊介）我从不曾见这样好字，这甚么格？（旦）是卫夫人传下美女簪花之格[19]。（贴）待俺写个奴婢学夫人[20]。（旦）还早哩。（贴）先生，学生领出恭牌[21]。（下）（旦）敢问师母尊年？（末）目下平头六十。（旦）待学生绣对鞋儿上寿，请个样儿。（末）生受了！依《孟子》上样儿，做个"不知足而为屦"[22]罢了。（旦）还不见春香来。（末）要唤他么？（末叫三度介）（贴上）害淋的[23]。（旦作恼介）劣丫头那里来？（贴笑介）溺尿去来。原来有座大花园，花明柳绿，好耍子哩！

（末）哎也，不攻书，花园去。待俺取荆条来。（贴）荆条做甚么？

【前腔】女郎行那里应文科判衙，止不过识字儿书涂嫩鸦[24]。（起介）（末）古人读书，有囊萤的[25]，趁月亮的[26]。（贴）待映月耀蟾蜍眼花，待囊萤把虫蚁儿活支煞[27]。（末）悬梁刺股呢[28]？（贴）比似你悬了梁，损头发；刺了股，添疤纳；有甚光华？（内叫卖花介）（贴）小姐，你听一声声卖花，把读书声差。（末）又引逗小姐哩，待俺当真打一下！（末作打介）（贴闪介）你待打、打这哇哇，桃李门墙，险把负荆人唬煞。（贴抢荆条投地介）（旦）死丫头！唐突了师父，快跪下。（贴跪介）（旦）师父恕他初犯，容学生责认一遭儿。

【前腔】手不许把秋千索拿，脚不许把花园路踏。（贴）则瞧罢。（旦）还嘴，这招风嘴，把香头来绰疤，招花眼把绣针儿签瞎。（贴）瞎了中甚用！（旦）则要你守砚台，跟书案，伴诗云，陪子曰，没的争差。（贴）争差些罢。（旦持贴发介）则问你几丝儿头发？几条背花[29]？敢也怕些些夫人堂上那些家法[30]？（贴）再不敢了！（旦）可知道。（末）也罢，松这一遭儿，起来。（贴起介）

【尾声】（末）女弟子则争个不求闻达[31]，和男学生一般儿教法。你们工课完了，方可回衙，咱和公相陪话去。（合）怎辜负的这一弄明窗新绛纱[32]。（末下）（末作从背后指末骂介）村老牛，痴老狗，一些趣也不知。（旦作扯介）死丫头，"一日为师，终身为父"，他打不的你？俺且问你那花园在那里？（贴作不说）（旦做笑介）（贴指介）兀那不是？（旦）可有什么景致？（贴）景致么？有亭台六七座，秋千一两架，绕的流觞曲水[33]，面着太湖山石，名花异草，委实华丽。（旦）原来有这等一个所在。且回衙去。

（旦）也曾飞絮谢家庭[34]（李山甫），（贴）欲化西园蝶未成[35]（张泌）。

（旦）无限春愁莫相问（赵嘏），（合）绿阴终借暂时行（张祜）。

（同下）。

注释

[1]《牡丹亭》，又称《牡丹亭还魂记》。原文据徐朔方、杨笑梅校注本（古典文学出版社1958年版）移录。

[2] 闺塾：塾为私人办的学堂，闺塾即请人到家里教女儿读书的地方。

[3] 哑：吮吸。

[4]《毛诗》：汉代鲁人毛亨和赵人毛苌所传释的《诗经》。除《毛诗》外，汉代解《诗》的还有鲁人申培、齐人辕固、燕人韩婴三家，魏晋以后，三家诗散亡，《毛诗》独存。

[5] 潜玩：深入玩味。

[6]《昔氏贤文》：书名，用格言编成的一种初学读本。

[7] "鸡初鸣"三句：载《礼记·内则》，是旧时晚辈的生活守则之一。盥（guàn），洗脸、洗手；栉（zhì），梳头；笄（jī），用簪子簪固挽起的头发。

[8] 诨（hùn）介：剧中的滑稽表演。

[9] 兴（xìng）：《诗经》里应用的一种写作手法，即先言他物以引起所咏之词，也就是托物兴辞。

［10］好好求他：这是陈最良对"好逑"的曲解。逑(qiú)，配偶。

［11］葩(pā)：华丽、华美、富有文采。韩愈《进学解》："《诗》正而葩。"

［12］姜嫄(yuán)产哇：姜嫄是帝喾的妃子，传说她在天帝的大脚趾印上踏了一脚，因而怀孕，后生子后稷，就是周人的始祖。哇，通"娃"。

［13］"咏鸡鸣"四句：分别指《诗经》中《齐风·鸡鸣》《邶风·燕燕》《召南·汉广》，这几首诗都是写男女恋情的。《诗序》对这几首诗的解释牵强附会，陈最良墨守旧说，用以训导杜丽娘，这是讽刺他的迂腐。

［14］"诗三百"五句：《论语·为政》："子曰：'《诗》三百，一言以蔽之，曰：思无邪。'"无邪，思想纯正；《诗经》305篇，言其成数，称三百篇，"诗三百"，即指《诗经》；儿家：指"你们"。

［15］螺子黛：古代妇女用以画眉的青黑色矿物颜料。

［16］薛涛笺：唐代名妓薛涛(亦作陶)制作的深红色小诗笺，后世便用以指称妇女用的精致彩笺。

［17］眼：砚石中的天然石斑，圆晕如眼。下句"泪眼"是砚眼中不甚鲜明的一种。

［18］标老儿：土老儿，不知趣的人。

［19］卫夫人：晋代卫桓的侄女，名铄，字茂漪，著名书法家。美女簪花：比喻书法娟秀。格：体式。

［20］奴婢学夫人：指书法绘画中才力不及而刻意模仿，不能得其神似者。也称"婢作夫人"。见张彦远《书法要录》卷二引南朝梁夫人袁昂《古今书评》。

323

［21］出恭牌：明代考场不许考生擅离座位，设有出恭入敬牌，考生上厕所凭牌出入，"出恭"遂成便溺的代称。

［22］不知足而为屦(jù)：语出《孟子·告子》，意思是不知道脚的大小就做鞋。这里是插科打诨。

［23］害淋的：骂人的话。淋，指淋病，一种性病。

［24］"女郎行(háng)"二句：意指女子读书，不过胡乱识几个字，哪里需要去应考做官，审理案件呢？应文科，参加科举考试。判衙，做官坐堂判案。画涂嫩鸦，字写得幼稚拙劣为涂鸦，这里指随便写几个字。

［25］囊萤的：相传晋代人车胤无钱买灯油，夏天便捕捉萤火虫装在绢袋里，借萤光苦读。见《晋书·车胤传》。

［26］趁月亮的：南齐江泌，点不起油灯，在月光下读书。见《南齐书·江泌传》。

［27］活支煞：活活弄死。

［28］悬梁：汉代孙敬常闭户读书，欲睡则以绳系发，悬之梁上。见《太平御览》卷六一一引《楚国先贤传》。刺股：战国时苏秦，读书欲睡，引锥自刺其股(大腿)。见《战国策·秦策一》。

［29］背花：背上的鞭痕。

［30］家法：封建家长责打家人的用具。

［31］争:差。闻达:名声传扬被举荐做官。

［32］一弄:一派。

［33］流觞(shāng)曲水:指能够漂流酒杯的细小弯曲的溪水。古人每逢三月上旬的巳日(魏以后固定为三月三日)集会于环曲的水渠旁。在上游放置酒杯,任其顺流而下,停在谁的面前,谁即取饮,叫"流觞",也叫"流杯"。觞,酒杯。

［34］也曾飞絮谢家庭:自己也像谢道韫一样显示诗才。《世说新语·言语》载,东晋女诗人谢道韫聪明过人,一日遇雪,其叔父谢安问:"白雪纷纷何所似?"道韫以"未若柳絮因风起"应答。

［35］"欲化"句:用《庄子·齐物论》中庄子梦中化蝶的典故,借喻受陈最良束缚,不能自由自在地去花园玩。

（李献芳　校注）

第十出　惊　梦

【绕池游】(旦上)梦回莺啭,乱煞年光遍,人立小庭深院[1]。(贴)炷尽沉烟,抛残绣线[2],恁今春关情似去年[3]。

【乌夜啼】(旦)晓来望断梅关[4],宿妆残。(贴)你侧着宜春髻子[5],恰凭阑。(旦)剪不断,理还乱,闷无端[6]。(贴)已分付催花莺燕,借春看。(旦)春香,可曾叫人扫除花径? (贴)分付了。(旦)取镜台衣服来。(贴取镜台衣服上)"云髻罢梳还对镜,罗衣欲换更添香"。镜台衣服在此。(旦唱)

【步步娇】袅晴丝吹来闲庭院,摇漾春如线[6]。停半晌,整花钿[7],没揣菱花[8],偷人半面[9],迤逗的彩云偏[10]。(行介)步香闺怎便把全身现[11]? (贴)今日穿插的好[12]。

【醉扶归】(旦)你道翠生生出落的裙衫儿茜[13],艳晶晶花簪八宝填[14],可知我常一生儿爱好是天然[15]。恰三春好处无人见[16],不提防沉鱼落雁鸟惊喧[17],则怕的羞花闭月花愁颤[18]。(贴)早茶时了,请行。(行介)你看"画廊金粉半零星,池馆苍苔一片青。踏草怕泥新绣袜,惜花疼煞小金铃[19]"。(旦)不到园林,怎知春色如许! (唱)

【皂罗袍】原来姹紫嫣红开遍,似这般都付与断井颓垣[20]。良辰美景奈何天,赏心乐事谁家院[21]。恁般景致,我老爷和奶奶再不提起。(合)朝飞暮卷[22],云霞翠轩;雨丝风片,烟波画船——锦屏人忒看的这韶光贱[23]。(贴)是花都放了,那牡丹还早。

【好姐姐】(旦)遍青山啼红了杜鹃[24],荼蘼外烟丝醉软[25]。春香呵,牡丹虽好,他春归怎占的先[26]? (贴)成对儿莺燕呵。(合)闲凝眄[27],生生燕语明如剪[28],呖呖莺歌溜的圆[29]。(旦)去罢。(贴)这园子委是观之不足也[30]。(旦)提他怎的! (行介)

【隔尾】观之不足由他缱[31],便赏遍了十二亭台是枉然,到不如兴尽回家闲过遣[32]。(作到介)(贴)"开我西阁门,展我东阁床。瓶插映山紫,炉添沉水香。"小姐,你歇息片时,俺瞧老夫人去也。(下)(旦叹介)"默地游春转,小试宜春面。"春呵,得和你两留连。春去如何遣? 咳,恁般天气,好困人也。春香那里? (作左右瞧介)(又低首沉吟介)天呵，春色恼人，信有之乎！常观诗词乐府，古之女子，因春感情[33]，遇秋成恨，诚不谬矣。吾今年已二八，未逢折桂之夫[34]；忽慕春情，怎得蟾宫之客？昔日韩夫人得遇于郎[35]，张生偶逢崔氏[36]，曾有题红记、崔徽传二书。此佳人才子，前以密约偷期，后皆得成秦晋[37]。（长叹介）吾生于宦族，长在名门，年已及笄[38]，不得早成佳配，诚为虚度青春。光阴如过隙耳[39]。（泪介）可惜妾身颜色如花，岂料命如一叶乎！

【山坡羊】（旦）没乱里春情难遣[40]，蓦地里怀人幽怨[41]。则为俺生小婵娟，拣名门一例、一例里神仙眷。甚良缘，把青春抛的远[42]。俺的睡情谁见？则索因循腼腆[43]。想幽梦谁边？和春光暗流转[44]。迁延，这衷怀那处言！淹煎[45]，泼残生除问天[46]。身子困乏了，且自隐几而眠[47]。（睡介）（梦生介）（生持柳枝上）莺逢日暖歌声滑，人遇风情笑口开。一径落花随水入，今朝阮肇到天台[48]。小生顺路儿，跟着杜小姐回来，怎生不见？（回看介）呀！小姐，小姐！（旦作惊起介）（相见介）（生）小生那一处不寻访小姐来，却在这里。（旦作斜视不语介）（生）恰好花园内折取垂柳半枝，姐姐，你既淹通书史，可作诗以赏此柳枝乎？（旦作惊喜欲言又止介）（背云）这生素昧平生，何因到此？（生笑介）小姐，咱爱杀你哩。（唱）

【山桃红】则为你如花美眷，似水流年。是答儿闲寻遍[49]，在幽闺自怜。小姐，和你那答儿讲话去。（旦作含笑不行）（生作牵衣介）（旦低问）那边去？（生）转过这芍药栏前，紧靠着湖山石边。（旦低问）秀才，去怎的？（生低答）和你把领扣松，衣带宽，袖梢儿揾着牙儿苫也[50]，则待你忍耐温存一晌眠。（旦作羞）（生前抱）（旦推介）（合）是那处曾相见，相看俨然[51]，早难道这好处相逢无一言[52]。（生强抱下）（末扮花神束发冠，红衣插花上）"催花御史惜花天[53]，检点春工又一年。蘸客伤心红雨下[54]，勾人悬梦彩云边。"吾乃掌管南安府后花园花神是也。因杜知府小姐丽娘，与柳梦梅秀才，后日有姻缘之分。杜小姐游春感伤，致使柳秀才入梦。咱花神专掌惜玉怜香，竟来保护他，要他云雨十分欢幸也。

【鲍老催】（末）单则是混阳蒸变[55]，看他似虫儿般蠢动把风情扇[56]，一般儿娇凝翠绽魂儿颤。这是景上缘，想内成，因中见[57]。呀，淫邪展污了花台殿。咱待拈片落花儿惊醒他。（向鬼门丢花介[58]）他梦酣春透了怎留连？拈花闪碎的红如片[59]。秀才，才到的半梦儿，梦毕之时，好送杜小姐仍归香阁。吾神去也。（下）

【山桃红】（生、旦携手上）这一霎天留人便[60]，草藉花眠[61]。小姐可好？（旦低头介）（生）则把云鬟点，红松翠偏。小姐，休忘了呵，见了你紧相偎，慢厮连[62]，恨不得肉儿般团成片也。逗的个日下胭脂雨上鲜。（旦）秀才，你可去呵？（合）是那处曾相见，相看俨然，早难道这好处相逢无一言。（生）姐姐，你身子乏了，将息，将息。（送旦依前作睡介）（轻拍旦介）姐姐，俺去了。（作回顾介）姐姐，你可十分将息，我再来瞧你那。"行来春色三分雨，睡去巫山一片云[63]。"（下）（旦作惊醒低叫介）秀才，秀才，你去了也。（又作痴睡介）（老旦上）"夫婿坐黄堂[64]，娇娃立绣窗。怪他裙衩上，花鸟绣双双。"孩儿，孩儿，你为甚瞌睡在此？（旦作醒，叫秀才介）咳也。（老旦）孩儿怎的来？（旦作惊起介）奶奶到此。（老旦）我儿，何不做些针黹？或观玩书史，舒展情怀？因何昼寝于此？（旦）孩儿适花园中闲玩，忽值春暄恼人，故此回房。无可消遣，不觉困倦少息。有失迎接，望母亲恕儿之罪！（老旦）

325 ·········

牡丹亭

孩儿,这后花园中冷静,少去闲行。(旦)领母亲严命。(老旦)孩儿,书堂看书去。(旦)先生不在,且自消停。(老旦叹介)女孩家长成,自有许多情态,且自由他。正是:宛转随儿女,辛勤做老娘。(下)(旦长叹介)(看老旦下介)哎也天那! 今日杜丽娘有些侥幸也。偶到后花园中,百花开遍,睹景伤情,没兴而回。昼眠香阁,忽见一生,年可弱冠[65],丰姿俊妍。于园中折得柳丝一枝,笑对奴家说:"姐姐既淹通书史,何不将柳枝题赏一篇?"那时待要应他一声,心中自忖,素昧平生,不知名姓,何得轻与交言。正如此想间,只见那生向前,说了几句伤心话儿,将奴搂抱去牡丹亭畔,芍药阑边,共成云雨之欢。两情和合,真个是千般爱惜,万种温存。欢毕之时,又送我睡眠,几声"将息"。正待自送那生出门,忽值母亲来到,唤醒将来。我一身冷汗,乃是南柯一梦[66]。欠身参礼母亲,又被母亲絮了许多闲话。奴家口虽无言答应,心内思想梦中之事,何曾放怀。行坐不宁,自觉如有所失。娘呵,你叫我学堂看书去,知他看那一种书消闷也。(作掩泪介)

【绵搭絮】(旦)雨香云片[67],才到梦儿边。无奈高堂,唤醒纱窗睡不便[68]。泼新鲜,冷汗粘煎。闪的俺心悠步軃[69],意软鬟偏。不争多费尽神情[70],坐起谁忺[71]则待去眠。(贴上)"晚妆销粉印,春润费香篝[72]。"小姐,熏了被窝睡罢。(旦唱)

【尾声】(旦)困春心游赏倦,也不索香熏绣被眠。天呵,有心情那梦儿还去不远。

春望逍遥出画堂[73](张说),间梅遮柳不胜芳(罗隐)。
可知刘阮逢人处(许浑)? 回首东风一断肠(韦庄)。

注释

[1] "梦回"三句:梦醒后于庭院小立,见黄莺鸣叫,处处春光。年光,春光。乱,纷繁。煞,程度副词。

[2] 抛残绣线:丢下未做完的针线活计。

[3] 恁:为什么。关情:牵动情怀,萌生春情。似:胜过。

[4] 望断:极目远望,望尽。梅关:即大庾岭,在南安府南面。

[5] 宜春髻子:古代妇女春天梳的一种发式,以彩绸做成燕子形戴于发上,贴"宜春"二字。

[6] "袅晴丝"二句:袅袅晴丝吹进寂寞的庭院,带进一线春光。暗指逗起杜丽娘一缕情思之意。晴丝,昆虫所吐的飘荡在空中的游丝。摇漾,荡漾。

[7] 花钿(diàn):用金翠珠宝制成的花形首饰。

[8] 揣(chuǎi):想。没揣,没想到。菱花:古代铜镜映日,光影如菱花,故以菱花代指镜。

[9] 偷:偷偷照见。半面:指照镜时一闪而过。

[10] 迤(tuó)逗:挑逗,引惹。彩云:美丽如云的发髻。

[11] "步香闺"句:指深闺少女不应随意置身于花园。

[12] 穿插:穿戴。

[13] 翠生生:形容色彩鲜艳。翠,鲜亮,苏轼《和述古冬日牡丹》曰:"一朵妖红翠欲流,

春光回照雪霜羞。"出落:显现。茜:秀美生动。

[14]花簪八宝填:镶着各种宝石的花簪。

[15]爱好(hǎo):爱美,追求美好。天然:天性、本性。

[16]"恰三春"句:像春光一样美的青春容貌无人赏识。恰,正,正是,正像。三春,春季三个月,故称春为三春。

[17]不提防:没防备。沉鱼落雁:言人之美可使鱼鸟惊避,典出《庄子·齐物论》。

[18]闭月羞花:人之美能令花羞月藏。

[19]"惜花"句:据王仁裕《开元天宝遗事》,唐代天宝初年,宁王为护花防鸟,于后花园中以丝为绳,上缀金铃,有乌鹊翔集则掣铃索惊之。频掣铃索则金铃疼煞。惜,爱。

[20]"原来"二句:是说园中百花盛开却无人观赏,园林破败无人收拾。断井颓垣,荒园断壁。井,指天井,房墙围成的露天空地。断井,一说为荒废的井。颓,坍塌。

[21]"良辰"二句:是说春光明媚景物宜人,我杜丽娘却生活在愁闷无聊之中;游园本是赏心乐事,而园林破败,还成个什么院落! 谢灵运《拟魏太子诗序》有"天下良辰美景、赏心、乐事,四者难并"之说。奈何天,愁闷无聊、伤心抑郁的生活;天,生活,日子。谁家,什么,啥个。

[22]朝飞暮卷:典出唐王勃《滕王阁诗》:"画栋朝飞南浦云,珠帘暮卷西山雨。"言园林无人游赏,画栋珠帘朝朝暮暮只与云雨相伴。

[23]锦屏:本指锦绣屏风;锦屏人,代指富贵人家。

[24]"遍青山"句:言杜鹃花满山开遍。杜鹃鸟鸣声哀切,相传鸣叫后口常出血,见《尔雅·翼·释鸟》,故以杜鹃鸟之啼血喻指杜鹃花之红艳。

[25]荼蘼(túmí):一种春末开白色小花的蔓生植物。烟丝:细软如烟的丝,如晴丝、柳丝。

[26]"牡丹"二句:牡丹有花王之称,但于春末夏初开花,故不得先占春光。春归,春天来临。

[27]凝眄(miàn):注目而视。眄,斜视。

[28]生生:形容声音清脆鲜活。明如剪:燕子的叫声如同剪布之声。明,明晰,清晰;也可通"鸣",鸣叫。这是"通感"手法,使"音亦可观",见钱锺书《旧文四篇·通感》(上海古籍出版社 1979 年版)。

[29]呖呖:声音清脆流利。溜(liū):滑动,指圆转发声。

[30]委是:确实是。观之不足:看它不够。

[31]缱(qiǎn):留恋。

[32]过遣:打发时光,过活。

[33]感情:触动情怀。

[34]折桂:旧称科举及第为折桂,典出《晋书·郤诜传》;因月中有桂树,又称蟾宫折桂、蟾宫之客。

［35］韩夫人遇于郎：唐僖宗时，宫女韩氏题诗于红叶，从御沟流出，为书生于祐拾得，后僖宗放宫女出宫，韩于得成夫妇。见宋刘斧《青琐高议》前集卷五载张实《流红记》。明王骥德传奇《题红记》即演此事。

［36］张生逢崔氏：为张生与崔莺莺恋爱故事，唐元稹《莺莺传》首叙其事，王实甫衍为《西厢记》杂剧。下文《崔徽传》为元稹所撰另一传奇小说，叙裴敬中与蒲州娼女崔徽恋爱故事，与崔、张无涉，当为《莺莺传》之误。

［37］秦晋：春秋时秦晋两国世为婚姻，后称联姻为结秦晋、秦晋之好。

［38］及笄（jī）：笄为簪，古代女子 15 岁以笄束发，表示成年。及笄指 15 岁。

［39］光阴过隙：时光一闪即逝，如少壮的马跃过一条缝隙。典出《庄子·知北游》。

［40］没（mò）乱：心神无主，恍惚烦乱。

［41］蓦（mò）地：忽然间。幽怨：内心深处的愁怨。

［42］"则为"四句：只因是美丽小姐，要联姻名门，正是这所谓"良缘"误了人的青春。生小，生年幼小。婵娟，美女。一例，一并，同别人一样。甚，正，正是。

［43］因循腼腆：凑合着过日子。因循，不认真，迁延，消磨时光。腼腆，害羞，引申为不畅快。

［44］和春光暗流转：青春与春光一起流逝。

［45］淹煎：熬煎，受折磨。

［46］泼残生：苦命人，倒霉人。泼，恶劣、厌恶。

［47］隐：凭靠。

［48］阮肇到天台：东汉人刘晨、阮肇入天台山采药，遇二仙女成其婚配。见刘义庆《幽明录》等。

［49］是答儿：到处里，各地方。

［50］"袖梢"句：牙咬袖梢微微颤动。害羞忍痛之状。揾（wèn），按。苫（shān），颤动。

［51］俨（yǎn）然：宛然，仿佛。意谓好像哪里见过似的。

［52］早难道：怎能，怎么。好处：好时候，好处所。

［53］催花御史：掌管花开的官员。

［54］"蘸（zhàn）客"句：花落在旅人身上，使人伤心。蘸，沾。红雨，落花。

［55］混阳蒸变：混沌之中阳气蒸腾变化。语意双关，既指春天阳气勃兴，也指男女交合中男性从蒙昧中苏醒。

［56］蠢动：虫类从蛰眠中苏醒蠕动。蠢，蠕动。

［57］"这是"三句：以佛家的角度解释杜柳梦中欢会的虚幻和因缘。景，音义并同"影"。因中见，言其有缘。因，事物存在、变化的原因和条件；见，音义并同现。《俱舍论》卷六："因缘合，诸法生。"因缘和合，幻象方生。此言梦中之境乃心（我）与物，客观世界和合而生之幻象。

［58］鬼门：戏台上左右两侧剧中人上场和下场的门，因所演多为古人古事，又称古门。

［59］"拈花"句：拈起花瓣抛撒，红成一片。闪，抛撒。

[60] 天留人便：天给人方便。

[61] 草藉(jiè)花眠：眠卧于花草之上。藉，衬垫，坐卧于某物之上。

[62] 厮连：纠缠。

[63] "行来"二句：形容杜丽娘体态优美，双关幽会之事。宋玉《高唐赋序》及《神女赋序》言巫山神女旦为朝云，暮为行雨，与楚王相会。后以"云雨"代指男女欢会。

[64] 坐黄堂：任太守。太守衙中的正堂称黄堂。

[65] 弱冠：男子20岁左右曰弱，行加冠礼表示成年。

[66] 南柯一梦：唐李公佐传奇小说《南柯太守传》写淳于棼梦入大槐安国为南柯太守，后以南柯为梦的代称。

[67] 雨香云片：梦中短暂的云雨情事。香，言其美好。

[68] 便(pián)：安适，安宁。

[69] 闪：害。心悠步亸(duǒ)：内心忧伤，走路歪斜。

[70] 不争多：差不多。

[71] 坐起谁忺(xiān)：无论坐着和起来都不适意。

[72] 香篝：熏香用的熏笼。

[73] 春望：赏春。

（张燕瑾　校注）

第十二出　寻　梦

【夜游宫】(贴上)腻脸朝云罢盥[1]，倒犀簪斜插双鬟。侍香闺起早，睡意阑珊：衣桁前[2]，妆阁畔，画屏间。伏侍千金小姐，丫环一位春香。请过猫儿师父，不许老鼠放光。侥幸毛诗感动，小姐吉日时良。拖带春香遣闷，后花园里游芳。谁知小姐瞌睡，恰遇着夫人问当[3]。絮了小姐一会，要与春香一场。春香无言知罪，以后劝止娘行。夫人还是不放，少不得发咒禁当[4]。(内介)春香姐，发个甚咒来？ (贴)敢再跟娘胡撞，教春香即世里不见儿郎。虽然一时抵对，乌鸦管的凤凰？一夜小姐焦躁[5]，起来促水朝妆。由他自言自语，日高花影纱窗。(内介)快请小姐早膳。(贴)报道官厨饭熟，且去传递茶汤。(下)

【月儿高】(旦上)几曲屏山展，残眉黛深浅。为甚衾儿里，不住的柔肠转？这憔悴非关爱月眠迟倦。可为惜花，朝起庭院？"忽忽花间起梦情，女儿心性未分明。无眠一夜灯明灭，分煞梅香唤不醒[6]。"昨日偶尔春游，何人见梦[7]，绸缪顾盼，如遇平生。独坐思量，情殊怅悒，真个可怜人也！ (闷介)(贴捧茶食上)"香饭盛来鹦鹉粒[8]，清茶擎出鹧鸪斑[9]。"小姐，早膳哩。(旦)咱有甚心情也！

【前腔】梳洗了才匀面，照台儿未收展[10]。睡起无滋味，茶饭怎生咽？ (贴)夫人分付：早饭要早。(旦)你猛说夫人，则待把饥人劝。你说为人在世，怎生叫做吃饭？ (贴)一日三餐。(旦)咳！甚瓯儿气力与擎拳，生生的了前件[11]。你自拿去吃便了。(贴)"受用余杯冷炙，胜如剩粉残膏。"(下)(旦)春香已去。天呵！昨日所梦，池亭俨然。只图旧梦重来，其奈新愁一段！寻思展转，竟夜无眠，咱待乘此空闲，背却春香，悄向花园寻看。(悲介)哎也！似咱这般，正是：梦无彩凤双飞翼，心有灵犀一点通[12]。(行介)一径行来，喜的园门洞开，守花的都不在。则这残红满地呵！

【懒画眉】(旦)最撩人春色是今年，少甚么低就高来粉画垣[13]，元来春心无处不飞悬[14]。(绊介)哎，睡荼蘼抓住裙衩线，恰便是花似人心好处牵。这一湾流水呵！

【前腔】为甚呵，玉真重溯武陵源[15]？也则为水点花飞在眼前。是天公不费买花钱，则咱人心上有啼红怨。咳，辜负了春三二月天。(贴上)吃饭去，不见了小姐，则得一径寻来。呀，小姐，你在这里！

【不是路】何意婵娟，小立在垂垂花树边？才朝膳，个人无伴怎游园？(旦)画廊前，深深蓦见衔泥燕，随步名园是偶然。(贴)娘回转，幽闺窄地教人见[16]：那些儿闲串[17]？那些儿闲串？

【前腔】(旦作恼介)哇！偶尔来前，道的咱偷闲学少年。(贴)咳，不偷闲，偷淡。(旦)欺奴善，把护春台都猜做谎桃源。(贴)敢胡言！这是夫人命，道春多刺绣宜添线，润逼炉香好腻笺[18]。(旦)还说甚来？(贴)这荒园堑，怕花妖木客寻常见，去小庭深院，去小庭深院！(旦)知道了，你好生答应夫人去，俺随后便来。(贴)"闲花傍砌如依主，娇鸟嫌笼会骂人。"(下)(旦)丫头去了，正好寻梦哩。(唱)

【忒忒令】那一答可是湖山石边，这一答似牡丹亭畔。嵌雕阑芍药芽儿浅，一丝丝垂杨线，一丢丢榆荚钱。线儿春甚金钱吊转！呀！昨日那书生，将柳枝要我题咏、强我欢会之时，好不话长！

【嘉庆子】是谁家少俊来近远[19]，敢迤逗这香闺去沁园[20]？话到其间腼腆，他捏这眼，奈烦也天[21]；咱嗽这口，待酬言[22]。

【尹令】那书生可意呵，咱不是前生爱眷，又素乏平生半面。则道来生出现，乍便今生梦见。生就个书生，恰恰生生抱咱去眠[23]。那些好不动人春意也。

【品令】他倚太湖石，立着咱玉婵娟。待把俺玉山推倒[24]，便日暖玉生烟[25]。挨过雕阑，转过秋千，捎着裙花展[26]。敢席着地，怕天瞧见。好一会分明，美满幽香不可言。梦到正好时节，甚花片儿吊下来也！

【豆叶黄】他兴心儿紧咽咽[27]，呜着咱香肩[28]；俺可也慢揸揸做意儿周旋[29]。等闲间把一个照人儿昏善[30]，那般形现，那般软绵。忒一片撒花心的红影儿[31]，吊将来半天，敢是咱梦魂儿厮缠。

> 咳，寻来寻去，都不见了。牡丹亭，芍药阑，怎生这般凄凉冷落，杳无人迹？好不伤心也！

【玉交枝】(泪介)是这等荒凉地面，没多半亭台靠边，好是咱眯睙[32]色眼寻难见。明放着白日青天，猛教人抓不到魂梦前。霎时间有如活现，打方旋再得俄延[33]。呀，是这答儿压黄金钏匾。要再见那书生呵，

【月上海棠】怎赚骗？依稀想像人儿见。那来时荏苒，去也迁延。非远，那雨迹云踪才一转，敢依花傍柳还重现。昨日今朝，眼下心前，阳台一座登时变。再消停一番。(望介)呀，无人之处，忽然大梅树一株，梅子磊磊可爱。

【二犯幺令】偏则他暗香清远,伞儿般盖的周全。他趁这,他趁这春三月红绽雨肥天[34],叶儿青,偏迸着苦仁儿里撒圆[35]。爱煞这昼阴便,再得到罗浮梦边[36]。罢了,这梅树依依可人,我杜丽娘若死后得葬于此,幸矣。

【江儿水】偶然间心似缱[37],梅树边。这般花花草草由人恋,生生死死随人愿,便酸酸楚楚无人怨。待打并香魂一片,阴雨梅天,守的个梅根相见。(倦坐介)(贴上)"佳人拾翠春亭远[38],侍女添香午院清。"咳,小姐走乏了,梅树下盹。

【川拨棹】(贴)你游花院,怎靠着梅树偃?(旦)一时间望,一时间望眼连天,忽忽地伤心自怜。(泣介)(合)知怎生情怅然?知怎生泪暗悬?(贴)小姐甚意儿?

【前腔】(旦)春归人面,整相看无一言。我待要折,我待要折的那柳枝儿问天,我如今悔,我如今悔不与题笺。(贴)这一句猜头儿是怎言[39]?(合)知怎生情怅然,知怎生泪暗悬?(贴)去罢。(旦作行又住介)

【前腔】为我慢归休,缓留连,(内鸟啼介)听,听这不如归春暮天。难道我再,难道我再到这亭园,则挣的个长眠和短眠[40]!(贴)到了,和小姐瞧奶奶去。(旦)罢了。(唱)

【意不尽】软咍咍刚扶到画阑偏,报堂上夫人稳便。咱杜丽娘呵,少不得楼上花枝也则是照独眠。

(旦)武陵何处访仙郎(释皎然)?　(贴)只怪游人思易忘(杜荀)。

(旦)从此时时春梦里(白居易),(贴)一生遗恨系心肠(张祜)。

注释

[1]朝(zhāo)云:喻面容光鲜。

[2]衣桁(háng):衣架。

[3]问当:问着。当,语助词。

[4]禁当:抵挡,对付。

[5]焦躁:烦躁。

[6]分煞:十分气恼。分,同"忿"。

[7]见(xiàn)梦:出现在梦中。

[8]鹦鹉粒:指大米饭,语出杜甫《秋兴》之八"香稻啄余鹦鹉粒"。

[9]鹧鸪斑:指有鹧鸪斑纹的茶碗。

[10]照台儿:镜台。

[11]"甚瓯儿"二句:哪有气力捧碗吃饭,硬是打断了先前对梦的回想。瓯儿,饭碗;擎拳,举手捧碗;生生,硬是。前件,即先前回忆梦中之事。

[12]"梦无"二句:虽不能与梦中人比翼双飞,心却可以相通。语出唐李商隐《无题》诗。

[13]少甚么:不乏、多的是。

[14]"春心"句:原来处处春景都触动着人的情怀。

[15]"玉真"句:借刘晨、阮肇重访天台山寻找仙女的故事,喻自己到花园寻梦。东汉

刘晨、阮肇入天台山采药,迷路进入桃花源,遇二仙女成其婚配。后思家返乡,见亲旧无存,重又入山寻仙。见刘义庆《幽明录》。玉真,仙人,见陶弘景《真灵位业图》。武陵源,晋人陶渊明《桃花源诗并记》中写晋代武陵人捕鱼所到之桃花源。后世戏曲中常把刘、阮所去浙江天台县天台山之桃花源说成湖南常德市之武陵源。

[16] 窣(sū)地:突然、猛地。

[17] 那些儿闲串:哪里乱跑。这是春香学杜母责问丽娘的声口。

[18] 腻笺:以炉香熏纸,使纸平滑。

[19] 少俊:元白朴《墙头马上》杂剧里的男主人公。

[20] 迤逗:逗引。沁园:东汉明帝女沁水公主的园林,这里泛指园林。

[21] "他捏这眼"句:他眯着眼含情而视。

[22] 嗽(xīn):动、开。

[23] 恰恰生生:怯怯生生,羞羞答答。

[24] 玉山:比拟美好的身躯。

[25] 日暖玉生烟:隐喻欢会的温馨。语出李商隐《锦瑟》。

[26] 揹(kèn):用手按。

[27] 兴心儿:存心,有意地。紧咽咽:紧紧地。

[28] 呜:吻,吮嘬。

[29] 慢掂掂:慢吞吞。做意儿:小心在意,着意。

[30] "等闲间"句:刹那间把一个明白人变得昏迷驯顺了。照人儿,明白人,这里是丽娘自指。

[31] "忑(tè)一片"句:指梦中被花神用花片警醒。忑,受惊。

[32] 眯睽(qī):眼睛微合成缝儿。

[33] 打方旋:盘旋,徘徊。俄延:拖延。

[34] 红绽雨肥天:语出杜甫《陪郑广文游何将军山林十首》之五:"绿垂风折笋,红绽雨肥梅。"即"雨肥红梅绽"的天气。雨肥,雨多滋润。

[35] "偏迸着"句:语意双关,写杜丽娘怨梅子偏偏在她苦命人面前结得圆圆的。苦仁,梅子果仁苦,谐苦人。撒圆,滚圆。

[36] 罗浮梦:隋开皇中,赵师雄被贬罗浮,日暮于松林酒肆旁遇一美女,芳香袭人,师雄邀与饮酒,不觉醉倒,醒后发现自己乃在梅花树下。见柳宗元《龙城录·赵师雄醉憩梅花下》。

[37] 缱(qiǎn):缠绵留恋。

[38] 拾翠:拾取翠鸟的羽毛,这里指游园赏春。

[39] 猜头儿:谜语。

[40] 长眠:指死亡。短眠:指做梦。以上二句意谓难道除了梦中与死后,就再也无从与意中人相会了吗?

(李献芳 校注)

作品选

博笑记[1]

沈 璟

第五出 乜县丞竟日昏眠（上）

（小丑扮官上，唱）

【双调过曲普贤歌】钦承恩命到崇明，耳又聪来眼又明。问来不做声，摸来不见形。人说县丞常好睡。

（末上）阿呀，老爹，倒了韵了！（小丑）哇，狗才！老爹昨日才到任，你说这般不利市的话。叫手下，拿去打！且问你叫什么名字？（末）小的是蒋敬。（小丑）快打！呀，一个人也不来，老爹自家行杖！（咬末介）（末走下介）（小丑）蒋敬这等可恶，禀了大爷，革了他罢。（小生扮秀才上）何故入公门，其接也以礼。（净扮家人持帖上）官人若做官，进县人站起。（小生）送帖儿进去。（净）是了。（介）家主拜访。（小丑看，白）治侍教生长铁顿首拜。（净）如今都用古折柬，不用长帖。（小丑）你每家主姓长么？（净）我家主唤做张铁，不唤做长铁。（小丑）是我眼昏，看差了。请，请，请！（净）家主有请！（小生进介）（小丑）老丈请！（小生）父母请上拜贺。（小丑）免拜。（小生惊看介）（背白）有些可怪！阿，作揖了。（小丑）多劳。（小生）薄礼。（送帖介）（小丑看，白）谨具小书一部，帕金三星，将敬。呀！你原来就是蒋敬？你跑得去，好阿！（小生）写了贺字，只怕不肯受，故此只写将敬。（小丑怒白）胡说！手下拿他下去！（小生）哇，谁敢拿！（径走出，白）是个颠的，不要计较他！仰天大笑出门外，吾辈岂是蓬蒿人。（冷笑下）（净）你多大的官儿，要拿我每家主！见鬼了。（小丑）叫手下，拿住他，替我蒋敬的打罢！（末上）嘎。（拿介）（小丑自行杖介）（末）一五，一十，十五，二十。（小丑）捹起来！（末）嘎。（捹介）（小丑）带在一边！（打盹介）（丑扮官上）（杂扮家人跟上）（丑唱）

【前腔】崇明城内有名声，县佐诸公谁不敬！（杂）闻知新县丞，诸人都去迎，（丑）今日来迟无伴等。（杂）有人么？（末）那个？（杂）乡宦拜贺！（末）老爹，新任老爹是个颠的，又在里面打人乱嚷，倒不劳进去罢？（丑）既如此，收好了帖儿。（末）晓得！（丑）何须亲口回不在，（杂）只要阍人写到厅。（末）晓得了。（丑）正好，正好回去打盹。（与杂同下）（末）老爹！（小丑惊醒，白）怎么说？（末）有一位乡宦来拜，小的说老爹打盹，他就去了。帖儿在此。（小丑）是个知趣的好人。我吃了饭，就去拜他。你也伶俐，我把这花脸的人，赏你领去卖放了罢。（末）老爹，这是学里相公的家人，老爹打差了他，该送去请罪才是。（小丑）既如此，先放了他，待我拜过乡宦，就去请罪。（末）嘎，晓得了。（小丑）蒋敬拿不着，（末背白）谁知在面前。（小丑）张兄虽见怪，乡宦或相怜。

（末）大官，上覆你每相公，不干我事，休要怪我。（净）与你什么相干，且回去看相公怎么说。（哭下）（末）不曾见这样好笑的事。（下）

注 释

[1]《博笑记》,据明天启三年刻本(《古本戏曲丛刊》初集影印,商务印书馆1954年版)校录。出名为编者所加。

第六出　乜县丞竟日昏眠(下)

(丑更衣上)(唱)

【越调过曲梨花儿】今朝曾经县里去,睡犹不醒眼模糊。回来正遇午饭熟也么,嗻,吃得饱来睡得足。

吃饭不眠,不着两边;吃饭不睡,不着两腿。叫小厮。(净上)来了。(丑)有人来拜,只说不在。(净)是了。收下帖儿,推出门外。(丑)好儿子,改日有赏。(净)就见赐了罢。(丑)唗。(净出介)(丑睡介)(小丑领末上)(小丑唱)

【前腔】新任连朝太碌碌,(末)连咱皂隶也忙促。(小丑)特来回拜乡宦府也么,嗻,只在戏场三五步。

(末)到了。(小丑)送帖儿。(末)嘠,有人么?(净)那个?(末)新任乜老爹,帖儿在此。(净)少待。禀老爹,乜县丞老爹来拜。(丑)前厅请坐,待我进去穿大衣服。(下)(净)嘠,请老爹前厅请坐,家主穿了大衣服出来。(小丑)晓得了,从容些。(坐介,打盹介)(丑)我是尹字少半撇,他是也字少一竖。若逢副末拿碜瓜,两个大家没躲处。请了。(净摇手白)乜老爹睡着了。(丑)不要惊他。有兴,我也对了他打盹。(介)(末、净随意闲话介)(小丑)这是那里?我怎么倒在此间?呀,对面的是谁?(末)对面的是乡宦老爹,这是他家里。老爹坐着候他出来,就睡去了。他又不敢惊动,也在此打盹。(小丑)既如此,我怎么好惊动他,再睡。(末、净低唱)

【北双调清江引】古和今不曾闻他这一对,对面沉沉睡,睡着不得醒,醒了还如醉,醉人呵怎如他昏到底。

(丑醒白)呀,昨日那乜老爹来拜,怎么今日还在这里?(净)如今是酉牌时分,还是今日哩。(丑)他既睡着,怎么打动他,我也再睡。(净、末低唱)

【前腔】醉人呵怎如他昏到底,底事常如醉?醉人有日醒,醒者翻常睡,睡魔神不离他双目里。

(小丑醒白)呀,天晚了。(末)晚了。(小丑)乡宦老爹正睡着,我去罢,改日再来。(净)多慢老爹。(小丑)多拜上。(净)谢拜上。(小丑唱)

【前腔】有良言要伊特拜启,(净)有何说话?(小丑)莫道咱相戏,若还少睡时,请我来家内,我是补心丹枣仁和枸杞。(与末同下)(丑醒白)呀,乜老爹那里去了?(净)等得不耐烦去了,说改日来拜。(丑)还有什么呢?(净)他说道要求少睡时,请到乡村内,此时二三月大家(诨介)看狗起。(丑)唗,也来打诨!(俱下)

(张燕瑾　校录)

玉 簪 记 [1]

第十六出 弦里传情

（生扮潘必正上，唱）

【懒画眉】月明云淡露华浓，倚枕愁听四壁蛩[2]。伤秋宋玉赋西风[3]。落叶惊残梦，闲步芳尘数落红。

　　小生看此溶溶夜月，悄悄闲庭。背井离乡，孤衾独枕。好生烦闷。只得在此闲玩片时。不免到白云楼下，散步一番。多少是好。（下）（旦上唱）

【前腔】粉墙花影自重重，帘卷残荷水殿风，抱琴弹向月明中。香袅金猊动[4]，人在蓬莱第几宫[5]。

　　妙常连日冗冗俗事，未得整此冰弦[6]。今夜月明风静，水殿凉生。不免弹《潇湘水云》一曲，少寄幽情，有何不可。（作弹科）（生上听琴科）（唱）

【前腔】步虚声度许飞琼[7]，乍听还疑别院风。凄凄楚楚那声中。谁家夜月琴三弄，细数离情曲未终。

　　此是陈姑弹琴，不免到他堂中，细听一番。（旦唱）

【前腔】朱弦声杳恨溶溶，长叹空随几阵风。（生）仙姑弹得好琴！（旦惊科）仙郎何处入帘栊，早是人惊恐。（生）小生得罪了！（旦）莫不是为听云水声寒一曲中[8]。

　　（生）小生孤枕无眠，步月闲吟。忽听花下琴声嘹呖[9]，清响绝伦，不觉步入到此。（旦）小道亦见月明如洗，夜色新凉，故尔操弄丝桐[10]，少寄岑寂。欲乘此兴，请教一曲如何？（生）小生略知一二，弄斧班门，休笑休笑。（生弹科，吟曰）雄朝雌兮清霜[11]，惨孤飞兮无双，念寡阴兮少阳，怨鳏居兮彷徨[12]。（旦）此曲乃《雄朝飞》也[13]。君方盛年，何故弹此无妻之曲？（生）小生实未有妻。（旦）也不干我事。（生）敢请仙姑，面教一曲。（旦）既听佳音，以清俗耳。何必初学，又乱芳声。（生）休得太谦。（旦）污耳、污耳。（作弹科，吟曰）烟淡淡兮轻云，香霭霭兮桂阴，喜长宵兮孤冷，抱玉琴兮自温。（生）此《广寒游》也。正是仙姑所弹。争奈终朝孤冷，难消遣些儿。（旦）相公，你听我道，（唱）

【朝元歌】《长清短清》[14]，那管人离恨？云心水心，有甚闲愁闷？一度春来，一番花褪，怎生上我眉痕。云掩柴门，钟儿磬儿枕上听。柏子坐中焚[15]，梅花帐绝尘。果然是冰清玉润。长长短短，有谁评论，怕谁评论？（生唱）

【前腔】更深漏深，独坐谁相问。琴声怨声，两下无凭准。翡翠衾寒[16]，芙蓉月印，三星照人如有心[17]。露冷霜凝，衾儿枕儿谁共温。（旦作怒科）先生出言太狂，屡屡讥讪，莫非春心飘荡，尘念顿起。我就对你姑娘说来，看你如何分解！（作背立科）（生）小生信口相嘲，出言颠倒，伏乞海涵！（作跪科）（旦扶科）（生）巫峡恨云深[18]，桃源羞自寻[19]。你是个慈悲方寸，望恕却少年心性、少年心性。

小生就此告辞。肯把心肠铁石坚,(旦背立科)岂无春意恋尘凡。(生)今朝两下轻离别,一夜相思枕上看。(生作下科)(旦)潘相公,花阴深处,仔细行走。(生回转科)借一灯行如何?(旦急闭门科)(生暗云)陈姑十分有情,不免躲在此间,听他说些甚么,便知分晓。(旦)潘郎,(唱)

【前腔】你是个天生后生,曾占风流性。无情有情,只看你笑脸来相问。我也心里聪明,脸儿假狠,口儿里装做硬。待要应承,这差惭、怎应他那一声。我见了他假惺惺,别了他常挂心。我看这些花阴月影,凄凄冷冷,照他孤另,照奴孤另。

夜深人静,不免抱琴进去安宿则个。此情空满怀,未许人知道。明月照孤帏,泪落知多少。(下)(生)小生在此听了半晌,虽不甚明白,(唱)

【前腔】我想他一声两声,句句含愁恨。我看他人情道情,多是尘凡性。妙常,你一曲琴声,凄清风韵,怎教你断送青春。那更玉软香温,情儿意儿,那些儿不动人。他独自理瑶琴,我独立苍苔冷,分明是西厢形境[20]。(揖科)老天老天!早成就少年秦晋、少年秦晋[21]!(诗)

闲庭看明月,有话和谁说。

榴花解相思,瓣瓣飞红血。

(下)

注释

[1]《玉簪记》,原文据明继志斋本(《古本戏曲丛刊》初集影印,商务印书馆1954年版)校录。

[2] 蛩(qióng):蟋蟀的别名。

[3] 宋玉赋西风:战国时宋玉作《九辩》,其中描写悲秋最为著名。

[4] 金猊(ní):铜铸的狮形香炉。

[5] 蓬莱:传说中的仙山。

[6] 冰弦:琴弦。传说杨贵妃所用琵琶之弦为绿冰蚕丝制成,故后称琴弦为冰弦。

[7] 步虚声:即步虚词,乐府杂曲歌名。许飞琼:古代仙人,善音乐。见孟棨《本事诗·事感》。

[8] 云水声寒:形容行云流水,缥缈不定的凄苦琴声。

[9] 嘹呖:即嘹唳,响亮凄清的声音。

[10] 丝桐:指琴。古代多用桐木制琴,练丝为绲。

[11] 雊(gòu):雄鸡叫。《诗·小雅·小弁》:"雉之朝雊,尚求其雌。"

[12] 鳏(guān):男子老而无妻,或妻死独居谓鳏。

[13]《雉朝飞》:琴曲名。相传战国时,齐人牧犊子年五十无妻,在野外打柴时见雉鸣叫,雌雄并飞,意动心悲,乃作此曲。见崔豹《古今注·音乐》。

[14]《长清短清》:琴曲名。

[15] 柏子:一种香料。

〔16〕翡翠衾:绣着翡翠鸟的被子。

〔17〕三星:即参(shēn)星。《诗经·唐风·绸缪》有"三星在天"句,形容新婚的欢乐。

〔18〕巫峡:据宋玉《高唐赋》,楚怀王在巫峡高唐之阳台,曾与神女欢会。后以巫峡、高唐、阳台代指男女欢会之所。

〔19〕桃源:见汤显祖《牡丹亭·寻梦》注释〔15〕。

〔20〕西厢行径:指陈妙常与潘必正的传情,就像《西厢记》中崔莺莺与张生相爱的行为一样。

〔21〕秦晋:春秋时秦晋两国世为婚姻,后人因称联姻为结秦晋、秦晋之好。

(李献芳　校注)

第二十三出　秋 江 哭 别

(生、老旦、丑上)[1](生唱)

【水红花】天空云淡蓼风寒[2],透衣单。江声凄惨,晚潮时带夕阳还。泪珠弹,离愁千万。(生背科)欲待将言遮掩,怎禁他恶狠狠话儿劖[3],只得赴江关也罗。

落木静秋色,残辉浮暮云。不知人别后,多少事关心。(丑)已到关口,梢子看船。(净扮梢子上)船在此。(丑)相公上京赴试,叫你船到临安。这一两银子作船钱。(净)就去,就去。(老旦)就此开船,休得转来。我在阅江楼施主人家看你,明日才回。(生)谨依姑娘严命。叶落眼中泪,风催江上船。(老旦)明年春得意,早报锦云笺[4]。(生、丑下)(老旦立场上高处科)(旦上场,望老旦科)(旦唱)

【前腔】霎时间云雨暗巫山,闷无言,不茶不饭。满口儿何处诉愁烦,隔江关,怕他心淡。顾不得脚儿勤赶。(作惊科)前面楼上,好似我观主模样。又早是我先看见他,若还撞见好羞惭。(作躲科)且躲在人家竹院也罗。

(老旦)我想侄儿去远,不免回观则个。从今割断藕丝长[5],免系鲲鹏飞不去[6]。(下)(旦上哭科)潘郎、潘郎!君去也,我来迟,两下相思只自知。心呆意似痴。行不动,瘦腰肢。且将心事托舟师,见他强似寄封书。梢子那里?(净)听得谁人叫,梢子就来到。到那里去?有何见教?(旦)我要买你一只小船,赶着前面相公,寄封家书到临安。船钱重谢。(净)风大去不得。(旦)不要推辞,趁早行船赶上,宁可多送你些船钱。(净)这等,下船下船!(净歌嘲)风打船头雨欲来,漫天雪浪,那行叫我把船开[7]。白云阵阵催黄叶,惟有江上芙蓉独自开。(旦唱)

【红衲袄】奴好似江上芙蓉独自开。只落得冷凄凄漂泊轻盈态。恨当初,与他曾结鸳鸯带,到如今,怎生的分开鸾凤钗。别时节羞答答怕人瞧,头怎抬。到如今,闷昏昏独自个耽着害。爱杀我一对对鸳鸯波上也;羞杀我哭啼啼今宵独自挨。

(下)(生同艄公上)(艄歌)漫天风舞叶声干,远浦林疏日影寒。个些江声是南来北往流不尽个相思泪[8],只为那别时容易见时难。(生唱)

【前腔】我只为别时容易见时难。你看那碧澄澄,断送行人江上晚。昨宵呵,醉醺醺欢会知多少;今日里,情脉脉离愁有万千。莫不是锦堂欢,缘分浅,莫不是蓝桥倒[9],时运悭?伤心怕向篷窗看也,堆积相思是两岸山。

(生吊)[10](旦与梢子急上)

【侥侥令】忙追赶去人船,见风里正开帆。(梢子叫)潘相公,潘相公!(生)忽听得人呼声声近,住兰桡,定眼看。是何人,且上前。

(旦)是奴家。(对哭科,唱)

【哭相思】半日里将伊不见,泪珠儿湿染红衫。

事无端,恨无端。平白地风波折锦鸳,羞将泪眼对人前。(生)那其间,到其间,我那姑娘呵,恶话儿将人紧紧拦,狠心直送我到江关。(旦)早晨叫我们送你上京。听得一声,好不惊死人也!不知何人走漏消息?敢是你的口儿不紧,以致漏泄如此?(生)小生对着何人说来!平白地风波,痛肠难尽。(旦)别时节,众人面前,有话难提,有情难尽。因此赶来送你。只是我心中千言万语,一时难尽。(生)多谢厚情,感铭肺腑。早晨众姑在前,不曾一言相别,方抱痛伤。今又见你,如得珍宝。我与你同行一程如何?(旦)甚好。(唱)

【小桃红】你看秋江一望泪潸潸。怕向那孤篷看也,这别离中生出一种苦难言。自扳散在霎时间。心儿上,眼儿边,血儿流,把我的香肌减也。恨杀那野水平川,生隔断银河水[11],断送我春老啼鹃。(生唱)

【下山虎】黄昏月下,意惹情牵。才照得个双鸾镜,又早买别离船。哭得我两岸枫林都做了相思泪斑。打叠凄凉今夜眠[12]。喜见我的多情面,花谢重开月再圆。又怕你难留恋,好一似梦里相逢,教我愁怎言。(旦唱)

【醉归迟】意儿中无别见,忙来不为贪欢恋。只怕你新旧相看心变,追欢别院,怕不想旧有姻缘。那其间拼个死口含冤,到鬼灵庙,诉出灯前,和你双双罚愿[13]。(生唱)

【前腔】想着你初相见,心甜意甜;想着你乍别时,山前水前。我怎敢转眼负盟言;我怎敢忘却些儿灯边枕边。只愁你形单影单,只愁你衾寒枕寒。哭得我哽咽喉干,一似西风断猿。

(旦)奴别君家,自当离却空门,洗心待君。君家休得忘了。奴有碧玉鸾簪一枝,原是奴家簪冠之物,送君为加冠之兆[14],伏乞笑纳,聊表别情。(生)多谢多谢。我有白玉鸳鸯扇坠一枚,原是我家君所赐。今日将来赠伊,期为双鸳之兆。(旦唱)

【忆多娇】两意坚,月正圆。执手丁宁苦挂牵。(生)我与你同上临安如何?(旦)我岂不欲,恐人嚷开是非,反害大事。欲共你同行难上难。早寄鸾笺、早寄鸾笺,免得我心肠挂牵。

也罢,就此拜别。(同唱)

【哭相思】夕阳古道催行晚,听江声泪染心寒。要知郎眼赤,只在望中看。(生拜别科)(生先下)(旦)重伫望,更盘桓。千愁万恨别离间。只教我青灯夜雨香销鸭[15],暮雨西风泣断猿。(下)

注 释

〔1〕老旦、丑：老旦扮女贞观主潘法成，丑扮潘必正书僮进安。

〔2〕蓼风寒：蓼花开放在萧瑟秋风中，显出阵阵寒意。蓼，水中植物，秋天开花，花淡红或白色。

〔3〕劖（chán）：嘲笑讽刺。

〔4〕锦云笺：彩笺，代信函，此指喜讯。

〔5〕藕丝：喻感情缠绵。

〔6〕鲲鹏：传说中的大鸟，见《庄子·逍遥游》。这里比喻有远大前程的人。

〔7〕那行（háng）：那里。

〔8〕个些：这些。

〔9〕蓝桥倒：意谓婚姻不谐。蓝桥，即蓝桥驿，传说裴航在这里遇仙女云英，后结为夫妇。见唐裴铏《传奇·裴航》。

〔10〕生吊：吊，指吊场，戏曲术语，指表演到承前启后的情节时，原场上的某角色并不下场，但须靠边，暂不参与表演，让出正场给其他角色表演。生吊，即潘必正吊场。

〔11〕生隔断银河水：活生生隔断在银河两岸。生，偏、硬；银河，又名天河，传说牛郎和织女每年七月七日渡天河相会。隔断银河水即阻碍相会。

〔12〕打叠：收拾、安排、料理的意思。

〔13〕"那其间"四句：王魁与桂英相恋。王魁赶考前，二人同到神庙设誓永不相负，后来王魁变心，桂英到庙里控诉王魁。事本南戏《王魁负桂英》，已佚。王玉峰《焚香记》亦演其事，改成了团圆结局。

〔14〕加冠：谐音"加官"。

〔15〕香销鸭：香料慢慢在鸭形的香炉里销尽。

（李献芳　校注）

娇 红 记 [1]

孟称舜

第四十五出 泣 舟

（老旦上）床头相对病多娇，瘦影棱生骨半销。恰似下弦天上月，五更吹逐楚峰高。俺小慧伏侍小姐，一向见他情思悠悠，欢喜时少，愁闷时多。今害病深沉，看他芳容尽改，幽艳都消，梦里如啼，醒时成醉，好可怜人也！道犹未了，飞红姐也到。（贴上云）花开花落流年度，世间只有愁偏驻。滚滚瞿塘三峡流，终古几曾流恨去？好男好女不成双，月老注书无是处。君不见名花娇艳欲倾城，可怜长被狂风妒。鹃魂啼血已千年，何时叫转回生路？俺小姐多才多貌，更是多情，一见申生，便以终身相托。自奶奶去世之后，我在老爷跟前强捏成婚，不料又为帅家所夺，悔却前言。小姐因而抱恨，病渐伶仃，将次已是九分九了。（老旦）咳！小姐病势沉重，怎生是好？（贴）我听小姐眠思梦语，只要一见申生。我潜书去唤申生，申生已到河下，不敢进见老爷，约小姐扶病悄地往他舟中一见。小慧，你看着绣房，我扶小姐去。咳！小姐呵，你梦随杨柳晓风寒，（老旦）命逐梨花春昼残。（贴）凭将一片贞魂化为石，（合）只愁你不堪重上望夫山。（同下）

（外、丑扮艄公、艄婆上）濯锦江头风浪高，一叶栽岢趁水子摇。摇来摇去把弗子个橹，恰便似昨夜艄婆在舱子里头撅折子腰。（丑）看你好嘴脸。（外）船已傍岸了，舱里相公来瞧着，王爷家在哪里？

（生上唱）

【梅花引】幽情万种和谁说？猛伤嗟，泪成血。走向江头，经过几朝夜。一刻惊魂三四转，盼不的那玉人儿影见也。

　　心似秋来蕉上雨，身如春后树残花。相思滴滴愁难尽，病走天涯何处家。小生为父亲有恙，奔回家里。不料小姐患病将危，飞红潜书唤我。我不敢禀知父亲，黉夜买舟私奔前来，约小姐舟中悄地一会。正是：巫山怯雨逢秋夜，不似西楼待月时。（下）

（旦病容、贴扶上）（旦唱）

【秋蕊香】睡倒愁肠千折，抬身起，半晌痴呆。（贴唱）风里残花几开谢，（合唱）这病儿淹淹害也。

〔乌夜啼〕（旦）新来病染千般，在眉湾。一自春光去后，见时难。（贴）饭不饭，无昏旦，命多艰。（旦）恨杀天边孤雁带愁悭。飞红，我自申郎去后，已近一月，看看病势将沉。闻他到门首候我相见已数日了。今日老爷远出郊外，我则索扶病走一遭也。（贴）姐姐气息如丝，身子瘦怯，却怎生行走的动也。（扶旦慢行介）（贴唱）

【步步娇】看你瘦腰肢剩得无多折，脚步儿行难趄，孤神恁害怯。半点幽魂，似火明灭。姐姐，劝你毕罢了伤嗟，免轻轻的断送您残躯也。

（旦叹介）飞红，你岂不知我心事呵，（唱）

【沉醉东风】我为他香肌瘦怯，痛伤嗟，无明无夜。便做道湘川竭，石灰山裂，俺心儿怎生休歇！（合唱）枕边梦蝶，花边泪血，拼的生生死死，随着天儿共灭。

（贴）那崖下住的船儿是申生的。姐姐，我扶你下了船，我瞧老爷去。（生上，扶旦介）（贴下）（生）姐姐别来几时，怎病已到这等了？（唱）

【好姐姐】自别多情姐姐，不上的三秋周月。怎生病影伶仃，害得直恁劣。（合唱）腰肢怯，剩得翠裙儿刚三褶，较比黄花更瘦些。

（旦）申郎，我和你别离刚月，却胜似三秋了。（执生手恸介）（唱）

【前腔】叹嗟，分离一月，恰胜过数年隔别。命闪残灯，待随着风儿便灭。（合唱）伤情切，觑着这满川上下飘红叶，不似我和你恁相看眼内血。

（旦）妾与郎相见，便以此身许之于郎，不料今日竟不能如愿也！（唱）

【三月海棠】想着那情意惬，荼蘼架底相逢夜，可便似秦楼笑咏，玉管吹彻。伤也，月老注不成鸾凤侣，天公拆散了鸳鸯帖。恨岳高，泪波竭，做的个参辰日月不交接。

（生）这都是小生命薄所致，姐姐休自嗟怨呵。（唱）

【前腔】还不彻前生凤债今生业，恰花开雾障，月满云遮。悲切，自古红颜多命薄，争似我书生命犯十分拙。风月担，早收迭，枉将年少成抛撒。

（旦唱）

【忒忒令】枉辜负星前誓设；空冷落神前香爇。良辰恶夕受过千磨灭，挨不满愁闷劫。破婚书，追魂牒，两般儿厮撞者。

（生唱）

【伍供养犯】菱花碎跌，带解同心，甚日重结？（旦唱）小文君缘分薄，没福儿驾香车。（出断袖介）谢郎厚爱，今日回思此景，可复得乎？交还你香罗翠袖，恁风流今生休说。今此一见，遂成永诀了。你去也终须去，我别也怎生别！（合唱）真乃是颜色如花，命同一叶。

（生）姐姐情意如山，我岂不晓？但既迫严父之命，便暂从他氏也罢了。（旦）申郎，此话再休题了！（唱）

【前腔】姻缘分劣，俺和你不能够生与同衾，死与同穴，也怎做的两鞍鞴一马，单轮跐双辙？三贞七烈，拼残生都是凤缘前业。妾向时与郎拥炉，谓事若不济，当以死谢。如今死不得同伊死，教我撇也怎生撇！（合唱）记取笑掷梨花，拥炉时节。

【玉交枝】拥炉时节，对花前把盟言共设。（生）盟言虽有，也则休题了。（旦）盟言要忘也怎忘得？我如今这红颜拼的为君绝，便死也有甚伤嗟！则一件呵，郎青云万里，厚择佳配。共享荣贵，妾不敢望。但郎气质孱弱，自来多病，身躯薄劣，怎当得千万折？怕误了你，误了你他年锦帐春风夜。（合唱）这情怀教人怎撇；我便向黄泉，如何便贴。

（生泪介）姐姐，你一身兀自不保，直恁顾念小生，小生此心，久已诉之老天了。（唱）

【前腔】伤悲呜咽，你声声言辞痛切。从前旧事都抛舍，怨天公直恁、直恁将人磨折！我如今"富贵"二字早置之度外，泼功名视做春昼雪。那婚姻事一发休提了，业姻缘看比残宵月。（合唱）这衷肠谁行诉说？这冤恨何时断绝！

（贴上）相逢一字一行泪，说与哀猿哀断肠。姐姐，郎君，省可啼哭，老爷将回，须以分手了。（生）飞红姐，我与你姐姐恩情，你所尽知，今此一见，恐成永休，却教怎生分手也！（贴）姻缘成毁，展转无常。安知此后，不可复合？只要俺姐姐善自将觑，保全身子罢了。（旦）休道盟言中变，难以再合，便得再合，今我身子狼狈如斯，谅也不能永延了。（唱）

【江儿水】提起当初事，教人肠寸绝。今后呵，再休想咏梨花坐待南楼月，再休想题锦字流出深沟叶，则落得点翠斑洒遍湘江血。死也波孤眠长夜，冷家荒坟，有的、有的个谁来疼热。

（咽倒倚生怀介）（生叫介）小姐，小姐苏醒。（唱）

【豆叶黄】看香销玉减，病体咛嗻。再休想即世相逢，再休想即世相逢，做了波心捞月，镜中捉影，转转伤嗟。自如今、自如今义销恩断，则这衫上啼痕，积的有万层千叠。

（贴泪介）看了不由人不伤心也。（唱）

【园林好】听一声声，伤者痛者；看一点点，还是血也泪也。（旦醒，生合唱）不信我恶缘恶业，做的来恁周折，干受尽此磨灭。

（外、丑上）相公，今时风顺，正好开船回去了。（贴）老爷要回，姐姐快些上崖罢。（旦扯生衣介）妾昔与郎泣别几次，只今日一别，便是永别了。（唱）

【川拨棹】今日个生离别，比着死别离情更切。愿你此去早寻佳配，休为我这数年间露柳风花，数年间露柳风花，误了你那一生的、一生的锦香绣月。（合唱）一声声，肠寸绝；一言言，愁万叠。

（生）姐姐果为小生而死，小生断也不忍独生了。（唱）

【前腔】掌上珍珠似我心上结，岂料今为了千古别。誓和你共死同生，誓和你共死同生，怎再向别人、别人行同欢共悦。（合唱）一声声，肠寸绝；一言言，愁万叠。

（旦）今生自是休了，只不知来生再得相会也否呵！（唱）

【前腔】今日生离和死别，恰正似花不重开月永缺。我不能够与你，我不能够与你做的片响夫妻，刚博得个三生话说。（合唱）一声声，肠寸绝；一言言，愁万叠。

（贴）千别万别，终须一别。老爷已回，快上崖去罢。（扯旦）（旦扯生哭介）（唱）

【哭相思】是这等苦离恶别，要相逢则除梦中来也。

（贴扶旦下）（生泣望介）哎，小姐去了。罢、罢、罢！古云："乐莫乐兮新相知，悲莫悲兮生别离。"我昔与小姐共会西窗明月之下，指天立誓，岂料到头，如此结果。欲待再留数日，打听小姐病体安否，又恐家中老父知觉，只得疾忙转船回去。（外、丑开船介）（生）你看舟人拨棹，颠浪翻风，彩鹢急飞，征鸿易断，目力有尽，江山无穷。教人怎不痛绝也呵！（唱）

【尾声】归舟满眼伤愁绝，听何处离鸿哀咽？敢则是俺玉人呵，痛煞煞哭声儿还在也。

（生）佳人扶病到江头，（外）渭水生波咽不流。

（丑）一叫一回肠一断，（合）哀猿个个助人愁。

　　　　（同下）

注 释

[1]《娇红记》,全名《节义鸳鸯冢娇红记》。据明陈洪绶评点本《节义鸳鸯冢娇红记》(《古本戏曲丛刊》二集影印,商务印书馆1955年版)校录。

（张燕瑾　校录）

燕子笺[1]

阮大铖

第三十八出 奸 遁

（外上唱）

【生查子】入彀混鱼珠，惭主南宫试。潦草点朱衣，笑破刘蒉齿。

老夫为场中误取了鲜于佶这厮，既负圣恩，兼生物议。连日心下十分懊恼。只这节事终无含糊之理，定须再加复试，自己检举方可。已曾着人唤那狗头去了。门官那里？（门官应介）小人在此。（外）你听我分付：鲜于佶若到了，便请到书房坐下；说我出衙门后，身子不快，到晚间出来相陪。有封口的帖一通，叫他亲自拆看。是要紧的几篇文字，烦他代作代作。他若要回去时，你说我分付的，恐他寓中事多，就在此做了罢。门要上锁，他倘若不容你锁门，你也说是我分付过的，恐闲人来搅扰，定要锁了。凡事小心在意！（门接帖介）理会得。（外）欲防曼倩偷桃手，先试陈思煮豆吟。（下介）

（副净上，唱）

【前腔】酣饮玉堂回，浓抱龙阳睡。相府疾忙催，想订红鸾喜。

今日同年中相邀，饮了几杯，与一两个龛赖莲子胡同的拐子头，睡兴方浓。这些长班连报说郦老爷请讲话，催了数次。我想老师请我，没别的话讲，多分是前日央他亲事一节，接我对面商量。老师也是个老聪明老在行，自然晓得我的意思了。郦飞云，郦飞云，你前日那首词儿，被那燕子衔去的，倒是替我老鲜作了媒了。我好快活快活！（长班）禀爷，到了郦老爷门首了。（门）老爷分付，状元爷到，径请进书房中坐。（副净笑介）这个意思就好起，比往常不同，分明是入幕的娇客相待了。（进书房介）（门）老爷拜上，这一会身子被缠倦了，说晚间出来相陪。有一个封口帖子在此，请状元爷亲行开拆。（唱）

【一盆花】老爷呵，连日衙门有事，刚转回私署，少息勤劬，待晚来剪烛话心期。这封书特烦亲启，便知就里端的。（副净接书，笑介）（唱）自然相体，果然作美。一见了这"亲开"二字，不胜之喜！

怎么说亲手开拆，想必是他令爱庚帖了。我最喜的是这个"亲"字儿，待开来。（开看，做认不得字，惊介）这却不象庚帖，是些什么？唠唠叨叨，许多话说，我一字不懂得。（问门官介）你念与我听听。（门）你中了高魁，倒认不得字，反来问小人。（副净）不是这等说。我因连日多用了几杯了，这眼睛濛濛淞淞的，认得字不清楚。烦你念与我听了，就晓得帖中是甚么话题。（门念介）恭慰大驾西狩表一道，渔阳平鼓吹词一章，笺释先世《水经注》叙一首。老爷分付的，这三样文章是要紧的，烦状元爷大笔代作代作。（副净慌背语）罢了，罢了。我只说今日接来讲亲事，不料撞着这一件飞天祸事来了。这却怎么处？有了，门官，你多多禀上老爷，说我衙里有些事情回去。晚间如飞做就了，明早送来何如？（门）老爷分付过的，恐怕状元爷衙内事多，请在此处做了回去罢。文房四宝现成安排在此。（移桌拂椅介）请，请。（副净叫疼介）不好，不好。我这几时腹中不妥贴，不曾打点得，要去走动走动来方好。（门）不妨事，就是净桶也办得有现成在里面。（作锁门介）（副净嚷介）门是锁不得的！（门）也是老爷分付过，叫锁上门，不许闲人来此搅乱状元的文思。（副净）怎么只管说老爷分付分付的？你们松动些儿也好。（门）可知道，前日该与我们旧规，你也何不松动些儿么？那样大模大样，好不怕杀人，今日也要求咱老子。（作锁介）（门下介）合了黄金锁，单磨白雪词。（副净跌足介）这却怎么处？我从来那里晓得干这桩事的么？苦苦！（唱）

【桂坡羊】从来现世、文章不济。今朝打破砂锅，好待直穷到底。我心中自思，我心中自思，只得踰垣而避。上天无翅。不免爬过墙去罢。（作爬墙，跌下介）爬又爬不过去，怎生好？我想这桩事也忒杀欺心，天也有些不象意我了。知之，青天不可欺。那恩师，变卦为怎的？

（门捧茶酒上介）未见成文字，先请吃茶汤。（敲门介）状元爷，你来你来。（副净喜介）谢天地！造化造化！想是开门放我出去了。（做听介）（门）你来门边来，老爷里面送出茶壶手盒在此。恐怕你费心，拿来润笔，差小人送在此。你可在转盘里接进去。（副净）你说我心中饱闷，吃不下，多谢不用了。（门官）吃了肚子里面有料。（笑介）这样好酒好茶不吃，待我拿去偏背了，如何如何。（笑介）他的放不出来，我的收将进去。（下介）（副净唱）

【前腔】茶汤频至，并无只字。分明识破机关，故作磨砣之计。真无法可施，真无法可施，被龙门误事。我想墙是爬不过去的了、只得往狗洞剥相一剥相何如？（斜视介）腌臜得凶，这里不是我写到所的所在。没奈何，要脱此大难，也顾不得了。把犬门偷觑，且钻之。王婆烟一溜儿。（内犬吠介）（跌足介）偏是这东西，又哼哼吠怎的！

（做钻过，狗咬跌倒，起来又飞跳下介）（门上）怎么狗这样叫得凶，甚么缘故？呀！这洞门口的砖块，缘何塌下许多来了？（作开门寻不见介）状元爷那里去了？想是作不出文章，在这所在溜过去的。老爷有请。（外）不是一番寒彻骨，怎得春魁捉笔慌。状元文字完了不曾？（门跪禀介）【锦堂月】小人传宣台旨，请状元代作文章。见他意思有些慌，说自不曾受这般刑杖。（外笑）做文章怎么是刑杖？可笑，可笑！（门）他脚踏梅花树上，攀枝要跳东墙。吊下来又往大门张，（指大门介）溜走了不知去向。（外）原来竟日不成一字，场中明白是割卷无疑，定要上疏检举了。快叫写本的伺候。（杂上）不寝听金钥，因风想玉珂。小的写本的叩头。（外）我为文场中误取榜首，要上检举疏，可取文房四宝来，起稿则个。（写介）（唱）

【黄莺带一封】造次主春闱，被奸徒赚大魁，自行检举难回避。那霍都梁呵，是扶风大儒，将三场割取，明珠鱼目须更易。售奸欺，负恩私，请罢斥昏庸归故里。

这本稿已写完，你们可分定扣数，连夜写了，明早就拿个帖子，送与管金马门内相，说我有病，叫他上了号簿，作速传进便了。（杂）理会得。

珊瑚铁网网应稀,鱼目空疑明月辉。

不是功成疏宠位,将因卧病解朝衣。

　　　（同下）

注释

　　[1]《燕子笺》,原文据怀远堂本(《古本戏曲丛刊》二集影印,商务印书馆1955年版)校录。

（张燕瑾　校录）

千　忠　戮[1]

李　玉

第十一出　惨　睹

（生缁衣、笠帽，小生道装、挑担上白）大师走吓！（生唱）

【倾杯玉芙蓉】收拾起大地山河一担装，（小生合唱）四大皆空相。历尽了渺渺程途，漠漠平林，垒垒高山，滚滚长江。（生白）我自吴江，别了史徒出门，师弟两人一路登山涉水，夜宿晓行。一天心事，都付浮云；七尺形骸，甘为行脚。身似闲云野鹤，心同槁木死灰。（唱）但见那寒云惨雾和愁织，受不尽苦雨凄风带怨长。（生白）徒弟，前面是那里了？（小生）是襄阳城了。（生）是襄阳城了咳！（生唱）雄城壮，看江山无恙。谁识我一瓢一笠到襄阳？

（内）走吓！（小生）后面有许多车辆兵马来了，且闪过一边，让他们过去。（下。外、末拿枪、哨子帽；杂扮车夫，四辆；净扮将官，押上）（净唱）

【刷子带芙蓉】颈血溅干将，尸骸零落，暴露堪伤。又首级纷纷，驱驰枭示他方（净白）咳！俺想皇爷杀了多少大臣，就在京城号令罢了，又听那都察院陈御史之言，说凡系那处人，把首级发本处号令，把头儿装了数十辆，差咱们各处分解。这样苦差，好不烦恼。快走，快走！（众应。唱）（活门）凄凉，叹魂魄空飘天际，叹骸骨谁埋土壤？（净对内介）咄！你每这些众车儿，打伙儿行走，不要落在后面吓咳！那些众公卿，做什么官！今日呵，（唱）堆车辆，看忠臣榜样，枉铮铮自夸鸣凤在朝阳。

（下。生、小生上）（生）吓，啊呀，我好痛心也！

【锦芙蓉】裂肝肠，痛诛夷盈朝丧亡。郊外血汤汤。好头颅如山，车载奔忙。又不是逆朱温清流被祸，早做了暴赢秦儒类遭殃。（小生白）大师，走罢，不要睬他们的事了。（生）咳！都为我一人，以致连累万民性命，是我害及他们了！（唱）添悲怆，泣忠魂飘扬，羞杀我犹存一息泣斜阳。

（三旦内）苦吓！（小生）后面又有许多兵将，解着囚妇来了。闪在一边。（外、末头袋、拿刀；扮四囚妇；丑扮差官，押后上）走吓！（众旦）

【雁芙蓉】（斜角门）苍苍！呼冤震响，流血泪千行万行。（丑白）这是你家做官的带累你每的，哭他怎么？（众旦连）家抄命丧资倾荡，害妻孥徙他乡。（丑白）那些少夫人小姐，砍的砍，绞的绞，还要发教坊司，赏象奴，不知流徙了千千万万，那在你每这几百个。（众唱）叹匹妇、终作沟渠抛漾。（跌介。丑白）这时候还要装幌子，思想那个来扶你每么？还不起来快走！（众旦扒起，唱）阿呀，天吓！（唱）真悲怆，纵偷生肮脏，倒不如，钢刀骈首丧云阳。

（丑赶介）走吓！（同下，二生上。生白）阿呀，好恼吓，好恼吓！纵然杀戮忠臣，与这些妇女何干？

【桃红芙蓉】惨听着哀号莽，惨睹着俘囚状。（小生）大师，路上来往人多，不要讲了，走罢。(生唱)啊呀！裙钗何罪遭一网？连抄十族新刑创。(小生白)大师，当初刘文成说，尚有三十年杀运未除，这也是天数了。(生)咳！(唱)纵然是天灾降，也消不得诛屠恁广。咳，恨少个裸衣挝鼓骂渔阳。

（付内白）哟，走吓。(小生)后面许多兵将押着无数犯人来了。且闪过一边。(贴、老颠帽、花枪、扮军士、拿军器，四个犯官，付将官，校尉押上)

【普天芙蓉】为邦家输忠说，尽臣职成强项。(付白)为因你每要做忠臣，故此圣上特来奉请。(众)阿呀，我每久不为官，又来拿解，岂不冤枉！(唱)山林隐甘学伴狂，俘囚往誓死翱翔。(付白)快走！快走！有话到圣上面前去讲。(众)讲什么，要砍便砍罢！(付)好一班不知死活的书呆。(内介)走吓！(众)老先生，总是我每不是，当初不能御敌，直至纵虎入山，悔无及矣。(合唱)(一对对走)空悲壮，负君恩浩荡。罢，挤得个死为厉鬼学睢阳。

（同下，二生上。生恨介）咳，一发罢了！吓、吓、吓！我道只独诛戮朝中臣宰，不想又捕捉弃职官员。正人君子，定然无噍类矣！(唱)

【朱奴芙蓉】眼见得普天受枉，眼见得忠良尽丧。(小生白)大师走罢，天色已暮，快赶到前面，寻一寺院歇宿便好。(生)咏(合唱)阿呀！弥天怨气冲千丈，张毒焰古来无两。(生)阿呀！我想忠臣做到这个地位！是哟，(唱)我言言非懑，劝冠裳罢想，倒不如躬耕陇亩卧南阳。

（小生白）大师，此处湖广要道，京中往来公干人多，恐有识认，祸生不测。(生)如此便怎么？(小生)且到前面，过了今夜，明日从小路，急急趱行，赶到武岗州，速往贵州，直入云南深山居住，才可安身。(生)如此，且赶到前途再处。

【尾】路迢迢，心快快。(生执小生肩)(小生唱)且暂宿碧梧枝上。(内作钟声介。生白)吓，钟鸣了。(小生)大师，这是野寺晚钟，非景阳钟也。(生)吓，是野寺晚钟？(小生)是。(生)咳！(唱)错听了野寺钟鸣误景阳。

注释

　　[1]《千忠戮》，又名《千忠录》《千忠会》《千钟禄》《琉璃塔》等。原文据陈古虞等点校《李玉戏曲集》(上海古籍出版社 2004 年版)移录。

（张燕瑾　校录）

清　忠　谱[1]

李　玉

第二十二折　毁　祠

【香柳娘】(净、外、旦扮各色人,奔上)列位阿,走阿,走阿! 向山塘急奔[2],向山塘急奔。冲天公愤,今朝始泄心头闷。我们苏州百姓,只因魏太监这千刀万剐的,要谋王夺位,害了许多忠臣,拽死了周吏部,又屈杀了颜佩韦、杨念如等五人。人人切齿,个个咬牙。如今新皇帝登基[3],杀了魏贼,籍没了家私[4],杀尽了干儿干孙;那毛一鹭、李实都要拿去砍了[5]。我们急急到半塘去,拆毁那逆贼的祠堂,大家出一口气。(净)出了阊门,已是吊桥了。我们再喊些人同去。(二杂同喊介)上塘、下塘、南濠、北濠众朋友,都到半塘拆祠堂去! (内应介)来了,来了! (净众作一路奔喊介)(丑、生、占扮各色人,又作一路奔唱上)(合)急传呼万民,急传呼万民。千万共成群,拆毁如齑粉[6]。(净、丑作奔急撞跌介)(扭住相打相骂介)(外、旦劝介)我们西头一路奔来,要去拆祠堂要紧,何苦斗这样闲气。(生、占劝介)我们也为拆祠堂而来,既是自家人,放手放手,大家去干正经。(净、丑放手笑介)啐! 说个明白,大家不打了。(净)众兄弟,我们如今有六七百人在这里了,快些上了渡生桥,一头奔,一头喊去便了。(丑)我们许多人在这里,就是杀阵也去得的了。(共奔介)(合)似行兵摆阵,似行兵摆阵,好似天将天神,下临苏郡。

(作到介)(净)一奔奔到了,牢门关紧在这里[7],大家打进去。(众)打,打,打! (内喊介)来了,来了! (付、小生、老旦扮农夫,揹锄头家伙上)我们虎丘后席场上,三佛桥长泾庙,长荡头砖场上,庄基上,关上,阳山头许多百姓,人千人万,都赶来拆祠堂了。(净、丑)有兴,有兴[8]! 打进去! 见一个人,打杀一个人! (付)第一要打杀陆堂长要紧[9]。(净、丑)不要放走了他。(众呐喊作打入介)(下)(内乱喊乱打介)(末胡髯、罗帽、大褶,急奔上)

【前腔】(末)忽惊闻丧魂,忽惊闻丧魂。后门逃遁,奔驰急出尿和粪。区区堂长陆万龄[10]。外边风声不好,躲在祠中,不想众人赶进,几乎捉着,只得从后门逃出。身上这样打扮,可不被人看破了,不免脱下衣帽,扯下胡须,面上涂些泥污,逃到他州外府,讨饭过日罢。(脱衣、帽、扯须,将泥涂面介)把泥涂遍身,把泥涂遍身。乞丐讨分文,他乡远投奔。(奔下)(内喊介)不好了,不好了! 走了人了! (净、丑、七杂急奔上,满场奔介)捉逃人要紧,捉逃人要紧,打杀因根[11],方才消恨。

(净)一个陆堂长被他逃走了! 走了猢狲,没什么弄[12],怎么处? (众)我们再赶进去打! (内乱打乱喊介)(净)里边人多得紧,挤不下,不要进去了。(丑)待我到里边拾条大索,扯倒这石牌坊罢。(众)有理,有理! (丑作虚下拿绳上)索在这里了[13]。待我礅上牌坊缚定[14],大家用力拽倒便了。(众)快缚,快缚! (丑作向内高缚介)(净)众兄弟都来搜索! (众)都在这里。(共拿索介)(净)列位朋友,我们做一只骂魏贼的曲子;唱一句,打一声号子,才有气力。(众)有理,有理。大哥起调,我等接应便了。(共

扯索,唱一句打一号子介)

【前腔】(合)恨忠贤贼臣,(打号介)牙牙许牙[15],恨忠贤贼臣,(打号介)逆谋弑狠,(打号介)把忠良假旨都杀尽。(打号介)遣凶徒捉人,遣凶徒捉人,(打号介)打断脊梁筋,五人大名震。(打号介)笑今朝命殒,笑今朝命殒[16],(打号介)杀尽儿孙,祠堂毁烬。(作拽倒,内大声震响介)(众跌倒在地,各作叫痛扒起诨介)(净、丑)我们都进去,拿魏贼浑身打个稀烂!(众)有理,有理!(共奔介)

【前腔】(合)打身躯碎粉,打身躯碎粉,赛过千刀万刃,鱼鳞寸剐刑非峻。(作奔下,扛一无头浑身上)(众)打,打,打!(共打介)打得粉碎了,我们拿来抛在河里,教他日夜淌水面。(作抛河介)(二杂拿火把上)(喊介)大家进去放火烧祠堂!(拿火奔下)(众)还有魏贼的头儿不曾拿得,如今放火了,怎么处?(内丢火介)(众)火大得紧,拿不得阿!(净)不妨,待我冒火进去抢出来。看炎炎火焚,看炎炎火焚,拼命抢头奔,烟火喉间喷。(作奔下,抢头出介)头在这里了。(众)我们大家打个粉碎!(净摇手介)不要打,不要打。(付)头是魏贼的亲儿子舍的,是沉香的,劈碎了,大家分了罢!(净喊介)放屁!那个说分,众人打杀他!(众)若是不分,把这头何用?(净)我们拿去祭了周老爷,再祭了颜佩韦等五人,然后拿到城隍庙里,焚化便了。(众)有理,有理!如今先到上塘桐泾桥林家巷内,请了周公子,同到周老爷坟上祭献便了。(共奔介)向灵前陈进,向灵前陈进,怨气才申,九泉笑哂[17]。(共奔下)

350

注释

[1]《清忠谱》,原文据王毅校注本(人民文学出版社1990年版)校录。

[2]山塘:苏州地名,即下文之半塘,在吴县境内,为白居易守苏州时所开,注入运河。

[3]"新皇帝登基"二句:朱由检(崇祯)于1628年即帝位后,阉党势败,魏忠贤自缢,崇祯下诏戮尸。

[4]籍没:没收犯人家产。

[5]毛一鹭、李实:皆魏忠贤死党。毛一鹭当时任应天府巡抚。

[6]齑(jī)粉:细末,碎屑。

[7]牢门:诅咒语,这里指魏忠贤祠堂门。

[8]有兴:有趣,有意思。

[9]陆堂长:指陆万龄。陆并未做过魏阉生祠堂长,但他曾倡议为魏忠贤建生祠,见《明史·魏忠贤传》。

[10]区区:微小的意思。这里是自称的谦辞。

[11]囚根:骂人的话,天生坐牢的,坐牢胚。

[12]"走了猢狲"二句:跑了猴子,没得要了。猢狲,代指陆万龄。

[13]虚下:戏剧术语,指在场的角色暂时无事,退后背向观众,表示自己已离开某一场合,其实演员并未离开舞台,有事则又转面应场。

[14]碌上:吴语,爬上。

［15］牙牙许牙:拟打号子声。原书眉注:"牙许,俱土音爷虾。"

［16］命殒:死亡。

［17］哂(shěn):微笑。

（李献芳　校注）

十　五　贯 [1]

朱　㿜

第十八出　廉　访

（末上）

【步步入园林】浪逐蝇头江湖上，挣不破英雄网。老夫陶复朱。自从在枫江买货下船，指望到河南脱卸，不想遇着熊友兰之事，老夫怜恤奇冤，助钱十五贯，教他回家。谁想同舟客伴，尽道出门吉日，遇此蹭蹬之事，改舟南往，老夫只得随众到了闽南。一路且喜货物俱有利息，又买了些南货，依旧到苏发卖。讨完账目，赶回家中，不觉又是仲冬了。叹劳生空自忙，喜得故国云山，归来无恙。今日乃是望日，特来城隍庙去进香。办炷心香瞻仰，愿客况履嘉祥，祈晚景获安康。（下）

（外扮术士、臂悬招牌上写："天目山人观枚拆字神数泄天机"，小旦门子扮道童、背包裹随上）

【园林过江儿】海中针寻来渺茫，糊涂事没些主张。下官淮安事竣，返棹南回。打发各役先回浒墅关伺候；自己换过微服，假扮一个拆字先生，唤个小船，到这里无锡地方，停泊上崖，探访游二致死根由。一路行走，只听得那些人纷纷传说，本府即日按临本地，搜缉凶身。只是我想这宗公案，不比前边的事体，有些墙壁，可据踏勘得；如今无影无踪，怎生是了？前面是城隍庙，不免到彼闲坐片时，再作道理。（向小旦）过来！我在庙中闲坐，你可远远伺候，不必前来。（小旦应下）（外）岂大案终无影响，那镜影犀光，照不出山魈伎俩？（下）

（丑上）日间不作亏心事，半夜敲门不吃惊。我娄阿鼠，一生好赌，半世贪财。只因一时动了贪心，杀了游葫芦，把他十五贯铜钱偷回。凑巧得极，正撞着倒运的强遭瘟，恰好也背了十五贯铜钱，同了丫头走路，竟被地方追着，捉到当官，替我打，替我夹，替我坐监铺，替我问斩罪，真正是十足替死鬼！这一掷倒盆，十分得意。咳，只道打发过了铁，再无人来发觉了。不道前日监斩官，竟委着了苏州府太爷况青天，竟要正一掷起来，你道可是玩得的？万一献了底，怎么处？因此这两日心惶胆碎，肉跳心惊。躲在家里，坐不安，睡不稳，竟像掉了魂的一般，心上狐疑不定。今日是月半，到城隍庙里求一条签，看吉凶如何？莫若远去高飞，免得陶气。一路行来，呀，来的是陶大公！（末上）慈悲胜念千声佛，造恶徒烧万炷香。原来娄鼠哥。（丑）陶大公，久违，久违！几时归来的？（末）昨日打从姑苏回来。鼠哥，近日赌钱得采么？（丑）不要说起，竟到了六部衙门——尚书。（末）你每赌场上朋友，输赢常事，为何慌慌张张？（丑）你不晓得，我那敝邻，有这场官司，（低声介）恐防带累乡邻，所以有点着急；特来求一条签，看看吉凶如何？（末）你地方上有何事体？老夫一些也不晓得，就请你讲讲。（丑）说起话长，就是我隔壁游二家的事。

【江儿犯】奸杀奇闻事，乡间到处扬。（末）甚么奸杀事？（丑）就是那游葫芦死入糊涂账。（末）那游二被人杀死了？（丑）是。（末）为甚事？（丑）游二有个拖油瓶女儿。那日游二替他姐姐借了些钱回来做生意，为了这两个牢钱，倒送了性命。（末）多少钱钞就送了性命？（丑）十五贯青蚨将身丧。（末）是那个杀的？（丑）女孩儿认罪谁称枉。（末）不信是他的女儿杀死的！（丑）当夜杀了人，明朝地方晓得，追上去，正在高桥地方。只见女儿呵，和着孤男相傍，俨做出私情勾当。（末）私约汉子同走，有何证见？（丑）囊中十五贯是真赃，招成奸杀罪双双。

（外一面暗上）欲求明鸟语，不惮听狐冰。看门首有人讲话，隐隐听得"十五贯"三字，且走去听他。（上前拱手介）二位要起数？作成作成。（末）用不着。（丑）起数？住了，替我起一数。（末）既如此，你且站一站，我每讲完了话，就总成你。（外）当得奉候。（末）你且说那汉子什么样人？是何名姓？（丑）那人不是本地方人，叫什么熊友兰。（末）熊友兰？（背介）呀！前日那船上当梢那人叫做熊友兰。（外暗听）（末）他是那里人氏？（丑）听得说是淮安人。（末）淮安人？这是几时的事体？（丑）个是旧年秋里个事体。（末）呀吓，这是那里说起！（丑）奇奇！为甚么跳将起来？（末）这熊友兰，乃是淮安胯下桥人。这十五贯钱，是老夫助他回去救兄弟熊友蕙的，怎么是游二家的起来？（顿足）哎！世上有这等样屈事？（丑惊背介）不信有这样。（转介）你且将助钱一事，说与我知道。（末）我旧年在苏州呵，

【五供养交枝】片帆北上，客伴闲谈，话出端详。（丑）也就说这件事了。（末）我每同舟朋友，偶然晓得淮安熊友蕙被屈遭刑，不想舟尾有个当梢之人，就是这个熊友兰了。他偶倾窗外耳，此际好惊惶。（丑）听得兄弟有事，着急了？（末）便是。听兄弟问成大辟，在狱追比十五贯宝钞，痛哭几亡。彼时老夫心怀恻隐，一力赠钱十五贯，教他回去代纳宝钞，以免追比。临歧遣归慰雁行，早难道救冤反把奇冤酿！（外暗点头介）（丑）就是你的钱，也无证据。（末）怎么没有证据？现有客伴船家看见的。也罢，老夫竟到苏州府况太爷处，与他辩明这宗冤狱去。（拜介）神明在上：弟子今日进香，为因急往苏州，辩人冤枉，不能从容瞻礼，改日再来了愿罢。为辩人冤，不辞路忙。（丑）你要到那里去？（末）向黄堂申冤理枉！

（丑作急状，拦末介）呀吓！

【玉交海棠】伊休莽撞，怎出头撩锋拨铓？（末）我为人曝白明冤，也不算什么撩拨。（丑）你还不晓得，我每地方上为出这件事来，见上司，解六院，拖上拖下，不知吃了多少辛苦。况且况太爷有些兜搭，笑你负薪救火招无妄，岂不虑林木贻殃？（末怒）咳，此言差矣！当日指望救他的兄弟，不想反害了哥哥，我陶复朱的罪过也不小。若将他穷骨冤埋，枉却我侠肠雄壮！（欲下）（丑扯住介）住了住了，熊友兰又不是你的亲故，甚么要紧，无事讨事做。常言道："是非只为多开口，烦恼皆因强出头。"倘然况太爷倒来你个身上要起凶身，怎么处？依我说，不要去！（末）咳，我怎肯良心丧？挤做救人从井，同溺何妨！（下）

（丑）不好了！不好了！这件事竟要做出来了。（急乱走介）（外）有这等事？

【海棠姐姐】我自忖量，（看丑介）看他情词窘迫难堪状。为何那人欲去出首，他却如此着忙？其中情弊，却有跷蹊。看他心虚胆怯，露出乖张。（向丑介）老兄！你方才说

要起数，就请说来。(丑)我是来求签的。也罢，就起数罢。怎么样起法？(外指招牌介)请看：观枚拆字，声名播四方。(丑)怎么叫观枚拆字？(外)要问甚么心事，随手写一字来，就可判吉凶了。(丑)区区不识字的，写不出来。(外)随口说一个也罢。(丑)就是学生贱名罢。老鼠的"鼠"字。(外)尊名叫"鼠"字么？(丑)不敢。贱名叫娄阿鼠，赌钱场上有名的。(外背介)呀，且住。野人衔鼠，已应其一；他名唤阿鼠，莫非正是此人么？我私追想，葫芦已有前番样，哑谜须教此际详。

（丑背介)他自言自语，想是拆不来。(外)你这个"鼠"字，是那里用的么？(丑)官司。(外作手写介)一十四画。数遇成双，乃属阴爻。况鼠又属阴，阴中之阴，乃幽晦之象，若占官司，急切不能明白哩。(丑)明白是不曾明白，看可有缠扰累及？(外)自己用，还是代占？(丑支吾介)代占。(外)依数看起来，只怕不是代占。这桩事体，是为祸之首。(丑)何以见得？(外)"鼠"为十二生肖之首，岂非你是造祸之端？(丑惊呆介)(外)况有竟像在里头窃取了东西，构起这桩事的。(丑)有些古怪，偷东西你那里看得出来？(外)鼠性善于偷窃，所以如此断。(丑呆介)(外)还有一说：这个人家可是姓游么？(丑)你是那里晓得？(外)老鼠最喜偷油，故尔晓得。(丑背介)这不是拆字的先生，竟是仙人了！(外点头介)(丑向外介)已先不要管他，只看目下，可有是非口舌连累得着？(外)怎么连累不着？如今正是败露之时了。(丑)怎见得？(外)你是"鼠"字，目下正交子月，当令之时，自然要明白了。(丑)先生，意欲躲避外面度度，可避得过？(外)你只要实对我说，果然是代占，还是自家占？说得明白，我好指引你。(丑)实不相瞒，其实是自家用的。(外)这个好，避得脱的。(丑)避得脱，何以见得？(外)你若自占，本身不落空了。"空"字头，着一个"鼠"字，岂不是个"窜"(窜)字？就是"逃窜"之"窜"。(又思介)咦，逃窜是逃窜得的，只是那老鼠多畏多疑，怕做了首鼠两端，不能出去。(丑)先生妙数，效验非常，其实我疑惑不定，所以起数。今承指点，竟依了先生，外面躲避躲避何如？(外)若能走避，万无一失的。只是今日就走好，若到明日，就走不脱了。(丑)今日天色渐晚，有些不便。(外)又来了。鼠乃昼伏夜动之物，连夜逃最妙的。(丑)有理。还要请教，走到那一方去便好？(外)鼠属巽，巽属东；东南方去最好！(丑)还是水路走？旱路走？(外)鼠属子，子属水，是水路去好。(丑)水路东南方去，只是一时那有便船？(外)你若要去，老夫倒有便船在此，正要今晚下船，到苏、杭一路去赶趁新年。若不嫌弃，同舟如何？(丑)如此极妙。若能逃脱，先生是小子大恩人了！请上，容小子一拜。

【姐姐拨棹】仗伊姑容漏网，那怕他泼天风浪。(外)管前途稳步康庄，管前途稳步康庄，向天涯高飞远翔。(丑)你的船在那里？(外)就在河下。(丑)如此说，待我去拿了行李来。些些薄意相送。(外)这也罢了。快去快来。(丑)我欲归家，胆又慌；待离家，意转忙。(急下)

（外)门子快来！(小旦上)老爷怎么说？(外)少停那人下船，只可称我师父，不可泄露风声。(丑背包裹上)

【尾】逃灾陌路权依傍。(外)来了么？(丑)这是什么人？(外)是小徒。(丑)好个标致小官。江湖上人，专会受用此道。(外)就此下船去罢。匆匆行色送斜阳，(合)远望吴

山路正长。(下)

注释

[1]《十五贯》,又名《双熊梦》。原文据张燕瑾、弥松颐校注本《十五贯校注》(上海古籍出版社 1983 年版)移录。

(张燕瑾　校录)

风 筝 误 [1]

李渔

第二十八出 逼 婚

【天下乐】(生冠带引众上)乘传归来万马迎,漫夸前是一书生。纱笼不自人间定,多少鸿儒到未能。

下官班师复命,蒙圣主不次加升。又见下官未曾婚娶,要把当朝宰相之女,钦赐完婚。下官因为不曾着见,恐怕做了詹家小姐的故事,所以只说家中已定了婚姻,连上三疏,才辞得脱。如今告假还乡,要往扬州择配。来此已是戚府门首了。左右,快通报!(小生冠带上)景升后裔真豚犬,养子当如孙仲谋。(见介)(生)老伯请上,容小侄拜谢教养之恩。(小生)贤侄荣归,老夫也该拜贺。(回拜介)(生)小侄茕茕弱息,委弃尘埃。蒙老伯鞠养扶持,得有今日。恩同覆载,德配君亲。(小生)贤侄芝兰玉树,分种移根。老夫偶尔栽培,即成伟器。清光幸庇,末路增荣。(坐介)(小生)贤侄,老夫起先得你的大魁之信,不胜狂喜。后来又闻得你督师征剿,心上未免担忧。不想你去到那里,立了奇功,又且成了好事,可称双喜。(生听惊介)

【桂枝香】功成婚定,皆堪称庆。婚定处天遂人谋,功成处人徼天幸。把《关雎》笑咏,《关雎》笑咏,贤侄与令岳呵,才名相称,家声相并。互相成,婿润虽如玉,翁清也似冰。

(生背介)他说来的话,好生奇怪!教人摸不着头脑。我何曾定什么婚姻?何曾做什么好事?

【前腔】我低头延颈,将他倾听,先当个哑谜相猜,后认做微言思省。莫不是南柯未醒,南柯未醒,试问他良媒谁倩?良缘谁聘?

是了,我猜着他的意思了。从来督师征剿的人,再没有不掳掠民间妇女的。他疑我在西川带什么女子回来做了宅眷,故此把这巧话试我。他话分明,虑我强娶民间妇,行事欠老成。(转介)老伯,小侄行兵之际,纪律森严,不掳民间一妇,并不曾有什么婚姻之事。老伯休要见疑。(小生)那个说你掳掠民间妇女?我讲的是詹家那头亲事,你怎么自己多心起来?(生)小侄也不曾与什么詹家做什么亲事。(小生)怎么?你与詹烈侯面订过了,要娶他第二位令爱,说不曾禀命于我,不好下聘,央他写书回来,教我行礼。你难道忘了不成?(生大惊介)小侄并不曾有这句话!(小生)你若不曾有这句话,他为什么写书回来?(生)只有那一日与詹老先生同赴太平公宴,他央按院做媒,说起这头亲事,小侄回道:"自幼蒙戚老伯抚养成人,婚姻不能自主。"这是辞婚的话,怎么认做许亲的话来?(小生大笑介)何如?我说詹年兄是何等之人,肯写假书来骗我?据你自己说来的话,与他书上的话,一字也不差,况且这桩亲事,也不曾待他书来,我一向原有此意。只因你在京中,恐怕别有所聘,故此迟迟待你回来。(生)这等还好,既不曾下聘,且再商量。(小生)怎么不曾下聘?

······ 356

作品选

他书到之后,我随即行礼过了。(生大惊,呆视介)(小生)贤侄,你为何这等张惶?这头亲事也聘得不差。他第二位令爱才貌俱全,正该做你的配偶。

【赚】他体态轻盈,姑射仙姿画不成。况与你才相称,正好把彩毫彤笔互相赓。(生)请问老伯,这"才貌俱全"四个字,还是老伯眼见的?耳闻的?(小生)耳闻的。(生)自古道:"耳闻是虚,眼见是实。"小侄闻得此女竟是奇丑难堪,一字不识的。貌堪惊,生平不晓题红字,日后还须嫁白丁。(小生)自古道:"娶妻娶德,娶妾娶色。"娶进门来,若果然容貌不济,你做状元的人,三妻四妾任凭再娶,谁人敢来阻挡?(生)就依老伯讲罢,色可以不要,德可是要的吆?(小生)妇人以德为主,怎么好不要?(生)这等,小侄又闻得此女不但恶状可憎,更有丑声难听。他风如郑,墙头有茨多邪行,不堪尊听,不堪尊听!

(小生)我且问你,他家就有隐事,你怎么知道?还是眼见的,耳闻的呢?(生)眼……(急住,思量介)是……是耳闻的。(小生大笑介)你方才说我"眼见是实,耳闻是虚";难道我耳闻的就是虚,你耳闻的就是实?做状元的人,耳朵也比别人异样些!(生)小侄是个多疑的人,无论虚实,总来不要此女。

【前腔】便做道既美还贞,我与他凤世无缘,也强作成?(小生)我的聘又下过了,回书又写去了,他是何等样的人家,难道好悔亲不成?(生)小侄宁可终身不娶,断不要他过门!便做道难重聘,我情愿无妻、白发守伶仃。(小生大怒介)唉!小畜生!你自幼丧了父母,若不是我戚补臣,你莫说妻子,连身子也不知在何处了!如今养你成人,侥幸得中,就这等放肆起来!婚姻都不容我做主。哦!你说我不是你的父母,不该越职管事么?问狂生,你婚姻不许旁观主,为甚的不褃裸无人自去行?我明日竟备了花烛酒筵,送你到詹家入赘,且看你去不去!你若当真不去,待下官上个小疏,同你到圣上面前去讲一讲!我一面把佳期定,一面把封章写就和衣等。请试我桂姜心性,桂姜心性!

(径下)(生呆介)你说世间有这等的冤孽!先人既曾托孤与他,他的言语就是我的父命了。况且我前日上表辞婚,又说家中已曾定了婚配,他万一果然动起疏来,我不但犯了抗父之条,又且冒了欺君之罪,这怎么了?

【长拍】孽障相遭,孽障相遭,冤魂缠缚,这奇难情谁援拯?我前世与詹家有什么冤仇,他今生只爱死缠着我!有什么冤深难洗,仇深难解,故变个女妖魔苦缠我今生?想我游街那一日,不知相过多少女子,内中也有看得的,便将就娶一个也罢了。只管求全责备,要想什么绝世佳人,谁想依旧弄着这个怪物!都是我把刻眼相娉婷,致红颜咒诅,上干天听。因此上故把丑妻来塞口,问可敢,再嫌憎?老天,我如今悔过了,再不敢求全责备,只求饶了这场奇难,将就些的,任凭打发一个罢了!须念反躬罪己,望穿苍大赦,改祸为祯。

就是当朝宰相之女,纵然丑陋,也料想丑不至此。圣上赐婚的时节,我为什么不依?

【短拍】辞却甜桃,辞却甜桃,来寻苦李。教我这哑黄连,向何处开声?我待要从了呵,鬼魅伴今生,眼见得断送了这条性命;我待要不从呵,怕犯了欺君逆父,不忠孝的万世不祥名。

也罢!我有个两全的法子:他明日送我去入赘,我就依他去;虽然做亲,只不与他同床共枕。成亲之后,即往扬州娶几个美妾,带至京中,一世不回来与他相见便了。

【尾声】准备着独眠衾,孤栖枕。听他哝哝唧唧数长更。丑妇!丑妇!我教你做个卧看牵牛的织女星!

注释

[1]《风筝误》,据湛伟恩校注本(上海古籍出版社1985年版)移录。

(张燕瑾　校录)

长 生 殿^[1]

洪 昇

第二十二出 密 誓

【越调引子】【浪淘沙】(贴扮织女,引二仙女上)云护玉梭儿^[2],巧织机丝。天宫原不着相思,报道今宵逢七夕,忽忆年时^[3]。

【鹊桥仙】"纤云弄巧^[4],飞星传信,银汉秋光暗度。金风玉露一相逢,便胜却人间无数。柔肠似水,佳期如梦,遥指鹊桥前路,两情若是久长时,又岂在朝朝暮暮。"吾乃织女是也。蒙上帝玉敕,与牛郎结为天上夫妇。年年七夕,渡河相见。今乃下界天宝十载^[5],七月七夕。你看明河无浪,乌鹊将填,不免暂撤机丝,整妆而待。(内细乐扮乌鹊上,绕场飞介,前场设一桥,乌鹊飞止桥两边介)(二仙女)鹊桥已驾,请娘娘渡河。(贴起行介)

【越调过曲】【山桃红】【下山虎头】俺这里乍抛锦字,暂驾香辎^[6]。(合)趁碧落无云滓,新凉暮飔^[7],(作上桥介)踹上这桥影参差,俯映着河光净沚^[8]。【小桃红】更喜杀新月纤,华露滋,低绕着乌鹊双飞翅也,【下山虎尾】陡觉的银汉秋生别样姿。(做过桥介)(二仙女)启娘娘,已渡过河来了。(贴)星河之下,隐隐望见香烟一簇,摇飏腾空,却是何处?(仙女)是唐天子的贵妃杨玉环,在宫中乞巧哩^[9]!(贴)生受他一片诚心^[10],不免同了牛郎,到彼一看。(合)天上留佳会,年年在斯,却笑他人世情缘顷刻时。(齐下)

【商调过曲】【二郎神】(二内侍挑灯,引生上)秋光静,碧沉沉轻烟送暝。雨过梧桐微做冷,银河宛转,纤云点缀双星。(内作笑声,生听介)顺着风儿还细听,欢笑隔花阴树影。内侍,是那里这般笑语?(内侍问介)万岁爷问,那里这般笑语?(内)是杨娘娘到长生殿去乞巧哩。(内侍回介)杨娘娘到长生殿去乞巧,故此笑语。(生)内侍每不要传报,待朕悄悄前去。撤红灯,待悄向龙墀觑个分明。(虚下)

【前腔】【换头】(旦引老旦、贴同二宫女各捧香盒、纨扇、瓶花、化生金盆上^[11])宫庭,金炉篆霭,烛光掩映。米大蜘蛛斯抱定^[12],金盘种豆^[13],花枝招飏银瓶。(老旦、贴)已到长生殿中,巧筵齐备,请娘娘拈香。(作将瓶花、化生盆设桌上,老旦捧香盒,旦拈香介)妾身杨玉环,虔心爇香,拜告双星,伏祈鉴祐。愿钗盒情缘长久订,(拜介)莫使做秋风扇冷^[14]。(生潜上窥介)觑娉婷,只见他拜倒在瑶阶暗祝声声。

(老旦、贴作见生介)呀,万岁爷到了!(旦急转,拜生介,生扶起介)妃子在此,作何勾当?(旦)今乃七夕之期,陈设瓜果,特向天孙乞巧^[15]。(生笑介)妃子巧夺天工,何须更乞?(旦)惶愧。(生、旦各坐介)(老旦、贴同二宫女暗下)(生)妃子,朕想牵牛、织女隔断银河,一年才会得一度,这相思真非容易也。

【集贤宾】秋空夜永碧汉清,甫灵驾逢迎,奈天赐佳期刚半顷,耳边厢容易鸡鸣。云寒露冷,又趱上经年孤另。(旦)陛下言及双星别恨,使妾凄然。只可惜人间不知天上的事。如打听,决为了相思成病。

（做泪介）（生）呀，妃子为何掉下泪来？（旦）妾想牛郎织女，虽则一年一见，却是地久天长。只恐陛下与妾的恩情，不能够似他长远。（生）妃子说那里话！

【黄莺儿】仙偶纵长生，论尘缘也不恁争。百年好占风流胜，逢时对景，增欢助情，怪伊底事翻悲哽？（移坐近旦低介）问双星，朝朝暮暮，争似我和卿！

（旦）臣妾受恩深重，今夜有句话儿……（住介）（生）妃子有话，但说不妨。（旦对生呜咽介）妾蒙陛下宠眷，六宫无比。只怕日久恩疏，不免白头之叹[16]！

【莺簇一金罗】【黄莺儿】提起便心疼，念寒微侍掖庭，更衣傍辇多荣幸。【簇御林】瞬息间，怕花老春无剩，【一封书】宠难凭。（牵生衣泣介）论恩情，【金凤钗】若得一个久长时死也应，若得一个到头时死也瞑。【皂罗袍】抵多少平阳歌舞[17]，恩移爱更；长门孤寂[18]，魂销泪零：断肠枉泣红颜命！

（生举袖与旦拭泪介）妃子，休要伤感。朕与你的恩情，岂是等闲可比？

【簇御林】休心虑，免泪零，怕移时，有变更。（执旦手介）做酥儿拌蜜胶粘定，总不离须臾顷。（合）话绵藤，花迷月暗，分不得影和形。

（旦）既蒙陛下如此情浓，趁此双星之下，乞赐盟约，以坚终始。（生）朕和你焚香设誓去。（携旦行介）

【琥珀猫儿坠】（合）香肩斜靠，携手下阶行。一片明河当殿横，（旦）罗衣陡觉夜凉生。（生）惟应，和你悄语低言，海誓山盟。

（生上香揖，同旦福介）双星在上，我李隆基与杨玉环，（旦合）情重恩深，愿世世生生，共为夫妇，永不相离。有渝此盟，双星鉴之。（生又揖介）在天愿为比翼鸟，（旦拜介）在地愿为连理枝。（合）天长地久有时尽，此誓绵绵无绝期。（旦拜谢生介）深感陛下情重，今夕之盟，妾死生守之矣。（生携旦介）

【尾声】长生殿里盟私订。（旦）问今夜有谁折证[19]？（生指介）是这银汉桥边双双牛女星。（同下）

【越调过曲】【山桃红】（小生扮牵牛，云巾、仙衣，同贴引仙女上）只见他誓盟密矢，拜祷孜孜，两下情无二，口同一辞。（小生）天孙，你看唐天子与杨玉环，好不恩爱也！悄相偎倚着香肩，没些缝儿。我与你既缔天上良缘，当作情场管领[20]。况他又向我等设盟，须索与他保护。见了他恋比翼，慕并枝，愿生生世世情真至也，合令他长作人间风月司[21]。（贴）只是他两人劫难将至，免不得生离死别。若果后来不背今盟，决当为之绾合。（小生）天孙言之有理。你看夜色将阑，且回斗牛宫去。（携贴行介）（合）天上留佳会，年年在斯，却笑他人世情缘顷刻时！

何用人间岁月催（罗邺），星桥横过鹊飞回（李商隐）。

莫言天上稀相见（李郢），没得心情送巧来（罗隐）。

注　释

[1]《长生殿》，原文据徐朔方校注本（人民文学出版社1983年版）移录。

[2]玉梭：织女所用的织布梭。

〔3〕年时：去年。

〔4〕"纤云弄巧"十句：系引用宋代秦观《鹊桥仙》词，词句略有改动。鹊桥，相传农历七月七日夜鹊聚成桥，使牛郎、织女渡银河相会。事见《岁华纪丽》卷三引《风俗通》等。

〔5〕天宝十载：751年。天宝，唐玄宗李隆基的年号。

〔6〕香辎（zī）：香车。辎，古代一种围有帷盖可供坐卧的车。

〔7〕暮飔（sī）：晚风。飔，凉风。

〔8〕河光净泚（cǐ）：清澈的河水。泚，清澈。

〔9〕乞巧：旧时民间风俗，妇女于农历七月七日夜（或七月六日夜）在庭院陈设瓜果，向织女星乞求智巧，谓之"乞巧"。见南朝梁宗懔《荆楚岁时记》。

〔10〕生受：难得、多亏的意思。

〔11〕化生金盆：亦称"化生盆"，置有蜡制婴儿偶像的金盆。化生，一种婴儿偶像。古人在七月七日有以"化生"放于水盆中求子的风俗。见明陈继儒《群碎录》。

〔12〕米大蜘蛛斯抱定：古代风俗，于七月七日把蟢子（蜘蛛）放在盒子里，次日早上，看盒中蛛网多少，以占所得智巧的多寡。见五代王仁裕《开元天宝遗事·蛛丝才巧》。

〔13〕金盘种豆：古代乞巧风俗，于七夕前数日，将绿豆、小豆、小麦等浸泡在盆内使之生芽，七夕时芽可长数寸，再用红蓝彩色丝线拴起来，叫作"种生"。见宋孟元老《东京梦华录》卷八。

〔14〕秋风扇冷：典出《文选》载班婕妤《怨歌行》诗。以扇在凉秋季节被弃置，比喻女子被弃。

〔15〕天孙：织女为天帝的孙女，故称天孙。

〔16〕白头之叹：男子变心，女子被弃之叹。晋人葛洪《西京杂记》载：司马相如欲娶茂陵女为妾，他的妻子卓文君作《白头吟》以讽谏，相如于是打消了纳妾的想法。

〔17〕抵多少：超过、胜过的意思。平阳歌舞：指汉武帝的皇后卫子夫。她原是平阳公主（武帝姊）的歌女，后得幸入宫，恩爱有加，被封为皇后，终因年长色衰而失宠。见《汉书·外戚传》。

〔18〕长门：长门宫，汉武帝的皇后陈阿娇被废黜后居住的地方。

〔19〕折证：作证，证明。

〔20〕情场管领：管辖统领恋爱婚姻的神。

〔21〕风月司：掌管风月（男女间情爱之事）的人。

（霍现俊　校注）

第二十四出　惊　变

（丑上）"玉楼天半起笙歌，风送宫嫔笑语和。月殿影开闻夜漏，水晶帘卷近秋河。"咱家高力士[1]，奉万岁爷之命，着咱在御花园中安排小宴，要与贵妃娘娘同来游赏，只得在此伺候。（生、旦乘辇，老旦、贴随后，二内侍引，行上）

【北中吕】【粉蝶儿】天淡云闲，列长空数行新雁。御园中秋色斓斑：柳添黄，蘋减绿，红莲脱瓣。一抹雕阑，喷清香桂花初绽。

（到介）（丑）请万岁爷娘娘下辇。（生、旦下辇介）（丑同内侍暗下）（生）妃子，朕与你散步一回者。（旦）陛下请。（生携旦手介）（旦）

【南泣颜回】携手向花间，暂把幽怀同散。凉生亭下，风荷映水翩翩。爱桐阴静悄，碧沉沉并绕回廊看。恋香巢秋燕依人，睡银塘鸳鸯蘸眼[2]。

（生）高力士，将酒过来，朕与娘娘小饮数杯。（丑）宴已排在亭上，请万岁爷娘娘上宴。（旦作把盏，生止住介）妃子坐了。

【北石榴花】不劳你玉纤纤高捧礼仪烦，子待借小饮对眉山[3]。俺与你浅斟低唱互更番，三杯两盏，遣兴消闲。妃子，今日虽是小宴，倒也清雅。回避了御厨中，回避了御厨中，烹龙包凤堆盘案[4]，呷呷哑哑乐声催趱。只几味脆生生[5]，只几味脆生生蔬和果清肴馔，雅称你仙肌玉骨美人餐。

妃子，朕与你清游小饮，那些梨园旧曲，都不耐烦听他。记得那年在沉香亭上赏牡丹，召翰林李白草《清平调》三章[6]，令李龟年度成新谱[7]，其词甚佳。不知妃子还记得么？（旦）妾还记得。（生）妃子可为朕歌之，朕当亲倚玉笛以和。（旦）领旨。（老旦进玉笛，生吹介）（旦按板介）

【南泣颜回】（换头）花繁、秾艳想容颜，云想衣裳光璨。新妆谁似，可怜飞燕娇懒[8]。名花国色，笑微微常得君王看。向春风解释春愁，沉香亭同倚阑干。

（生）妙哉，李白锦心，妃子绣口，真双绝矣。宫娥，取巨觞来，朕与妃子对饮。（老旦、贴送酒介）（生）

【北斗鹌鹑】畅好是喜孜孜驻拍停歌，喜孜孜驻拍停歌，笑吟吟传杯送盏。妃子干一杯。（作照干介）不须他絮烦烦射覆藏钩[9]，闹纷纷弹丝弄板。（又作照杯介）妃子，再干一杯。（旦）妾不能饮了。（生）宫娥每，跪劝。（老旦、贴）领旨。（跪劝介）娘娘，请上这一杯。（旦勉饮介）（老旦、贴作连劝介）（生）我这里无语持觞仔细看，早只见花一朵上腮间。（旦作醉介）妾真醉矣。（生）一会价软咍咍柳嚲花欹[10]，软咍咍柳嚲花欹，困腾腾莺娇燕懒。

妃子醉了，宫娥每，扶娘娘上辇进宫去者。（老旦、贴）领旨。（作扶旦起介）（旦作醉态呼介）万岁！（老旦、贴扶旦行）（旦作醉态介）

【南扑灯蛾】态恹恹轻云软四肢，影濛濛空花乱双眼，娇怯怯柳腰扶难起，困沉沉强抬娇腕，软设设金莲倒褪，乱松松香肩嚲云鬟，美甘甘思寻凤枕，步迟迟倩宫娥挽入绣帏间。

（老旦、贴扶旦下）（丑同内侍暗上）（内击鼓介）（生惊介）何处鼓声骤发？（副净急上）"渔阳鼙鼓动地来，惊破霓裳羽衣曲。"（问丑介）万岁爷在那里？（丑）在御花园内。（副净）军情紧急，不免径入。（进见介）陛下，不好了。安禄山起兵造反，杀过潼关，不日就到长安了。（生大惊介）守关将士何在？（副净）哥舒翰兵败[11]，已降贼了。（生）

【北上小楼】呀，你道失机的哥舒翰……称兵的安禄山，赤紧的离了渔阳，陷了东京，破了潼关。唬得人胆战心摇，唬得人胆战心摇，肠慌腹热，魂飞魄散，早惊破月明花粲。

卿有何策,可退贼兵?(副净)当日臣曾再三启奏,禄山必反,陛下不听,今日果应臣言。事起仓卒,怎生抵敌?不若权时幸蜀,以待天下勤王[12]。(生)依卿所奏。快传旨,诸王百官,即时随驾幸蜀便了。(副净)领旨。(急下)(生)高力士,快些整备军马。传旨令右龙武将军陈元礼,统领羽林军士三千扈驾前行[13]。(丑)领旨。(下)(内侍)请万岁爷回宫。(生转行叹介)唉,正尔欢娱,不想忽有此变,怎生是了也!

【南扑灯蛾】稳稳的宫庭宴安,扰扰的边廷造反。咚咚的鼙鼓喧,腾腾的烽火颺。的溜扑碌臣民儿逃散,黑漫漫乾坤覆翻,碜磕磕社稷摧残,碜磕磕社稷摧残。当不得萧萧飒飒西风送晚,黯黯的一轮落日冷长安。

　　(向内问介)宫娥每,杨娘娘可曾安寝?(老旦、贴内应介)已睡熟了。(生)不要惊他,且待明早五鼓同行。(泣介)天那,寡人不幸,遭此播迁,累他玉貌花容,驱驰道路,好不痛心也!

【南尾声】在深宫兀自娇慵惯,怎样支吾蜀道难!(哭介)我那妃子呵,愁杀你玉软花柔,要将途路趱。

　　宫殿参差落照间(卢纶),渔阳烽火照函关(吴融)。
　　遏云声绝悲风起[14](胡曾),何处黄云是陇山[15](武元衡)。

注释

[1]高力士:唐玄宗最宠幸的宦官,权势很大。

[2]蘸(zhàn)眼:招眼,引人注目的意思。

[3]子待:只待。眉山:古时女性用黛墨画眉,颜色形状与远山相似,称远山眉。这里代指杨贵妃。

[4]烹龙炰(páo)凤:指精心制作的各种山珍海味。炰,烹煮。

[5]脆生生:很脆。生生,词缀,形容脆的程度。

[6]"记得"二句:据唐人李濬《松窗杂录》云,唐玄宗和杨玉环在兴庆宫内沉香亭前观赏牡丹花,乐师李龟年手捧檀板,率梨园弟子欲歌,明皇说:"赏名花,对妃子,焉用旧乐词为?"遂宣供奉翰林的李白进《清平调》词三首。杨贵妃在这出戏里所唱的《南泣颜回》,即是据李白的《清平调》词句改编而成的。

[7]李龟年:唐玄宗时宫廷著名乐师,颇受唐玄宗宠幸,安史之乱后流落江南,不知所终。

[8]飞燕:赵飞燕,汉成帝的皇后,有美色,善歌舞。这里借指杨贵妃。

[9]射覆藏钩:古代的两种游戏。射覆,类似现代猜字谜的一种酒令,见清人俞敦培《酒令丛钞·古令》。一说为猜器具覆盖之物的游戏,见《汉书·东方朔传》。藏钩,猜测物品藏在谁那里的一种游戏,见晋人周处《风土记》。

[10]一会价:一会儿。软咍(hāi)咍:软绵绵。柳軃(duǒ)花欹(qī):和下句的"莺娇燕懒"都是比喻杨贵妃的醉态。軃,下垂貌。欹,倾斜。

[11]哥舒翰:突厥族人。安禄山叛乱时,唐玄宗委命他统军20万守潼关,后兵败被俘。

［12］勤王:朝廷有难,各地起兵去救援皇帝。

［13］羽林军:皇帝的禁卫军。

［14］遏云:即响遏行云。谓美妙的音乐声,把流动的云彩也阻止了。语出《列子·汤问》。

［15］陇山:山名,在陕西、甘肃一带。

（霍现俊　校注）

桃　花　扇[1]

孔尚任

第七出　却　奁[2]

癸未三月[3]

（杂扮保儿掇马桶上）[4]龟尿龟尿，撒出小龟。鳖血鳖血，变成小鳖。龟尿鳖血，看不分别。鳖血龟尿，说不清白。看不分别，混了亲爹。说不清白，混了亲伯[5]。（笑介）胡闹，胡闹！昨日香姐上头[6]，乱了半夜；今日早起，又要刷马桶，倒溺壶，忙个不了。那些孤老、表子还不知搂到几时哩[7]。（刷马桶介）

【夜行船】（末扮杨文骢上）人宿平康深柳巷[8]，惊好梦门外花郎。绣户未开，帘钩才响，春阳十层纱帐。

下官杨文骢[9]，早来与侯兄道喜。你看院门深闭，侍婢无声，想是高眠未起。（唤介）保儿，你到新人窗外，说我早来道喜。（杂）昨夜睡迟了，今日未必起来哩。老爷请回，明日再来罢。（末笑介）胡说！快快去问。（小旦内问介）[10]保儿！来的是那一个？（杂）是杨老爷道喜来了。（小旦忙上）倚枕春宵短，敲门好事多。（见介）多谢老爷，成了孩儿一世姻缘。（末）好说。（问介）新人起来不曾？（小旦）昨晚睡迟，都还未起哩。（让坐介）老爷请坐，待我去催他。（末）不必，不必。（小旦下）

【步步娇】（末）儿女浓情如花酿，美满无他想，黑甜共一乡[11]。可也亏了俺帮衬，珠翠辉煌，罗绮飘荡，件件助新妆，悬出风流榜。

（小旦上）好笑，好笑！两个在那里交扣丁香[12]，并照菱花[13]，梳洗才完，穿戴未毕。请老爷同到洞房，唤他出来，好饮扶头卯酒[14]。（末）惊却好梦，得罪不浅。（同下）（生、旦艳妆上）[15]

【沉醉东风】（生旦）这云情接着雨况[16]，刚搔了心窝奇痒，谁搅起睡鸳鸯。被翻红浪，喜匆匆满怀欢畅。枕上余香，帕上余香，消魂滋味，才从梦里尝。

（末、小旦上）（末）果然起来了，恭喜！恭喜！（一揖，坐介）（末）昨晚催妆拙句[17]，可还说的入情么。（生揖介）多谢！（笑介）妙是妙极了，只有一件。（末）那一件？（生）香君虽小，还该藏之金屋[18]。（看袖介）小生衫袖，如何着得下？（俱笑介）（末）夜来定情，必有佳作。（生）草草塞责，不敢请教。（末）诗在那里？（旦）诗在扇头。（旦向袖中取出扇介）（末接看介）是一柄白纱宫扇。（嗅介）香的有趣。（吟诗介）妙！妙！只有香君不愧此诗。（付旦介）还收好了。（旦）（收扇介）

【园林好】（末）正芬芳桃香李香，都题在宫纱扇上。怕遇着狂风吹荡，须紧紧袖中藏，须紧紧袖中藏。

（末看旦介）你看香君上头之后，更觉艳丽了。（向生介）世兄有福，消此尤物[19]。（生）香君天姿国色，今日插了几朵珠翠，穿了一套绮罗，十分花貌，又添二分，果然可爱。（小旦）这都亏了杨老爷帮衬哩。

【江儿水】送到缠头锦,百宝箱,珠围翠绕流苏帐[20],银烛笼纱通宵亮,金杯劝酒合席唱。今日又早早来看,恰似亲生自养,赔了妆奁,又早敲门来望。

(旦)俺看杨老爷,虽是马督抚至亲[21],却也拮据作客,为何轻掷金钱,来填烟花之窟?在奴家受之有愧,在老爷施之无名。今日问个明白,以便图报。(生)香君问得有理,小弟与杨兄萍水相交,昨日承情太厚,也觉不安。(末)既蒙问及,小弟只得实告了。这些妆奁酒席,约费二百余金,皆出怀宁之手。(生)那个怀宁?(末)曾做过光禄的阮圆海。(生)是那皖人阮大铖么?(末)正是。(生)他为何这样周旋?(末)不过欲纳交足下之意。

【五供养】(末)羡你风流雅望,东洛才名,西汉文章[22]。逢迎随处有,争看坐车郎[23]。秦淮妙处,暂寻个佳人相傍,也要些鸳鸯被、芙蓉妆。你道是谁的,是那南邻大阮[24],嫁衣全忙[25]。

(生)阮圆老原是敝年伯[26],小弟鄙其为人,绝之已久。他今日无故用情,令人不解。(末)圆老有一段苦衷,欲见白于足下。(生)请教。(末)圆老当日曾游赵梦白[27]之门,原是吾辈。后来结交魏党,只为救护东林,不料魏党一败,东林反与之水火。近日复社诸生,倡论攻击,大肆殴辱,岂非操同室之戈乎?圆老故交虽多,因其形迹可疑,亦无人代为分辨。每日向天大哭,说道:"同类相残,伤心惨目,非河南侯君,不能救我。"所以今日谆谆纳交。(生)原来如此,俺看圆海情辞迫切,亦觉可怜。就便真是魏党,悔过来归,亦不可绝之太甚,况罪有可原乎?定生、次尾,皆我至交[28],明日相见,即为分解。(末)果然如此,吾党之幸也。(旦怒介)官人是何说话,阮大铖趋附权奸,廉耻丧尽,妇人女子,无不唾骂。他人攻之,官人救之,官人自处于何等也?

【川拨棹】不思想,把话儿轻易讲。要与他消释灾殃,要与他消释灾殃,也提防旁人短长。官人之意,不过因他助俺妆奁,便要徇私废公。那知道这几件钗钏衣裙,原放不到我香君眼里。(拔簪脱衣介)脱裙衫,穷不妨;布荆人[29],名自香。

(末)阿呀!香君气性,忒也刚烈。(小旦)把好好东西,都丢一地,可惜!可惜!(拾介)(生)好!好!好!这等见识,我倒不如,真乃侯生畏友也[30]。(向末介)老兄休怪,弟非不领教,但恐为女子所笑耳。

【前腔】(生)平康巷,他能将名节讲。偏是咱学校朝堂,偏是咱学校朝堂,混奸贤不问青黄。那些社友平日重俺侯生者,也只为这点义气。我若依附奸邪,那时群起来攻,自救不暇,焉能救人乎?节和名,非泛常;重和轻,须审详。

(末)圆老一段好意,也还不可激烈。(生)我虽至愚,亦不肯从井救人[31]。(末)既然如此,小弟告辞了。(生)这些箱笼,原是阮家之物,香君不用,留之无益,还求取去罢。(末)正是:"多情反被无情恼[32],乘兴而来兴尽还。"(下)(旦恼介)(生看旦介)俺看香君天姿国色,摘了几朵珠翠,脱去一套绮罗,十分容貌,又添十分,更觉可爱。(小旦)虽如此说,舍了许多东西,到底可惜。

【尾声】金珠到手轻轻放,惯成了娇痴模样,辜负俺辛勤做老娘。

(生)些须东西,何足挂念,小生照样赔来。(小旦)这等才好。

（小旦）花钱粉钞费商量[33]，（旦）裙布钗荆也不妨。

（生）只有湘君能解佩[34]，（旦）风标不学世时妆。

注 释

[1]《桃花扇》，原文据云亭山人评点《桃花扇》（上海古籍出版社 2016 年版）移录。

[2]却奁（lián）：拒绝嫁妆。奁，嫁女时陪送的财物器具。

[3]癸未：此指崇祯十六年（1643）。

[4]保儿：妓院里供使唤的男子。掇（duó）：提。

[5]"龟尿" 12 句：骂嫖客是龟鳖。

[6]上头：女子 15 岁束发插簪，表示成年叫上头。妓女初次接客也叫上头，此指后者。

[7]孤老：与女子暗中亲热的男子，如嫖客、姘夫等。此指嫖客。

[8]平康、柳巷：均为妓女聚居的地方。

[9]杨文骢：字龙友，贵阳人。崇祯时任知县，弘光朝官至右佥都御史，督军防御。后从明宗室唐王朱聿键起兵援衢州，兵败为清兵所俘，不降，被杀。善书画，有文才，为人豪侠自喜，颇推奖名士。《明史》有传。

[10]小旦：扮李香君假母李贞丽。

[11]黑甜：熟睡。

[12]丁香：即丁香结。本指丁香的花蕾，这里指衣服纽扣。

[13]菱花：古代铜镜，背面常有菱花图案，故以菱花称镜子。

[14]扶头：即扶头酒，易醉的酒。卯：早晨 5:00 至 7:00 的时光。

[15]生、旦：分别扮演本剧的男女主人公侯方域和李香君。侯方域，河南商丘人，著有《壮悔堂文集》《四忆堂诗集》。李香君事见《壮悔堂文集·李姬传》。

[16]云情、雨况：此处暗用宋玉《高唐赋·序》中楚怀王高唐梦的典故，指男女欢爱。

[17]催妆拙句：指催妆诗。新婚之夜，新郎作诗催促新娘梳妆成婚礼，或他人作诗促妆祝贺。剧中杨龙友催妆诗有"生小倾城是李香，怀中婀娜袖中藏"句，故下文有"小生衫袖如何着得下"云云。

[18]金屋：汉武帝小时候，其姑母问他："儿欲得妇不？"并指着自己的女儿阿娇说："阿娇好不？"汉武帝笑对曰："若得阿娇作妇，当作金屋贮之。"见《汉武故事》。

[19]尤物：珍奇之物，常用以指特美之女。

[20]流苏：古代用五彩羽或丝制做的下垂的饰物。流苏帐即装饰有流苏的帐子。

[21]马督抚：即马士英，曾任凤阳督抚。事见《明史》卷三〇八《奸臣传》。

[22]"东洛"二句：以左思、司马迁比喻侯方域文章、才名。前句指西晋左思作《三都赋》一时轰动，人争传写，顿使洛阳纸贵。因其家居洛阳（东都）故称东洛才名。后句指司马迁、司马相如都是西汉人，以文章著称。

[23]争看坐车郎：晋潘安才高貌美，每次坐车出洛阳道，妇女争看，以果品掷之盈车（见《晋书·潘岳传》）。此处借指侯方域风流美貌。

[24] 南邻大阮:晋代有南北阮,阮籍阮咸居道南,贫而好道;诸阮居道北。有北阮富南阮贫之说。见《世说新语·任诞》。大阮即阮籍,这里借指阮大铖。

[25] 全忙:成全帮忙。

[26] 敝年伯:敝是自谦辞。同榜考取的士子称作同年;父辈的同年世称年伯。

[27] 赵梦白:赵南星,字梦白,明末高邑人。见《明史》卷二四三《赵南星传》。

[28] 定生、次尾:陈贞慧字定生,吴应箕字次尾,都是复社的领袖人物。

[29] 布荆人:穿布裙、插荆钗的妇人。意为安于贫寒生活,不羡慕荣华富贵的人。

[30] 畏友:指方正刚直,能够严格要求别人、敢于当面批评朋友的人,因被朋友所敬畏,故称畏友。

[31] 从井救人:跳下井去救人,救不上来,也害了自己。

[32] 多情反被无情恼:意思是自作多情。改自苏轼《蝶恋花·春景》中的"多情却被无情恼"。

[33] 花钱粉钞:指花费在花粉装饰上面的钱钞。

[34] 湘君解佩:湘君本为湘水之神;佩指古人衣带上所系的玉类饰物。湘君解佩,见屈原《九歌·湘君》,这里取香君拔簪脱衣却奁作比。

(李献芳 校注)

续四十出 余 韵

戊子九月[1]

【西江月】(净扮樵子挑担上)"放目苍崖万丈,拂头红树千枝;云深猛虎出无时,也避人间弓矢。建业城啼夜鬼[2],维扬井贮秋尸;樵夫剩得命如丝,满肚南朝野史。"在下苏昆生,自从乙酉年同香君到山[3],一住三载,俺就不曾回家,往来牛首、栖霞[4],采樵度日。谁想柳敬亭与俺同志,买只小船,也在此捕鱼为业。且喜山深树老,江阔人稀;每日相逢,便把斧头敲着船头,浩浩落落,尽俺歌唱,好不快活。今日柴担早歇,专等他来促膝闲话,怎的还不见到。(歇担盹睡介)(丑扮渔翁摇船上)"年年垂钓鬓如银,爱此江山胜富春[5];歌舞丛中征战里,渔翁都是过来人。"俺柳敬亭送侯朝宗修道之后,就在这龙潭江畔,捕鱼三载,把些兴亡旧事,付之风月闲谈。今值秋雨新晴,江光似练,正好寻苏昆生饮酒谈心。(指介)你看,他早已醉倒在地,待我上岸,唤他醒来。(作上岸介)(呼介)苏昆生。(净醒介)大哥果然来了。(丑拱介)贤弟偏杯呀[6]!(净)柴不曾卖,那得酒来。(丑)愚兄也没卖鱼,都是空囊,怎么处?(净)有了,有了,你输水,我输柴,大家煮茗清谈罢。(副末扮老赞礼,提弦携壶上)江山江山,一忙一闲,谁赢谁输,两鬓皆斑。(见介)原来是柳、苏两位老哥。(净、丑拱介)老相公怎得到此?(副末)老夫住在燕子矶边[7],今乃戊子年九月十七日,是福德星君降生之辰[8];我同这山中社友,到福德神祠祭赛已毕,路过此间。(净)为何挟着弦子,提着酒壶?(副末)见笑见笑!老夫编了几句神弦歌[9],名曰【问苍天】。今日弹唱乐神,社散之时,分得这瓶福酒。恰好遇着二位,就同饮三杯罢。(丑)怎好取扰。(副末)这叫做"有福同享"。(净、丑)好,好!(同坐饮介)(净)何不把神弦歌领略一回?(副末)使得!老夫的心事,正要请教二位哩。(弹弦唱巫腔)(净、丑拍手衬介)

【问苍天】新历数,顺治朝,岁在戊子;九月秋,十七日,嘉会良时。击神鼓,扬灵旗,乡邻赛社[10];老逸民,剃白发,也到丛祠。椒作栋,桂为楣[11],唐修晋建;碧和金,丹间粉,画壁精奇。貌赫赫,气扬扬,福德名位;山之珍,海之宝,总掌无遗。超祖祢[12],迈君师,千人上寿;焚郁兰[13],奠清醑[14],夺户争堰[15]。草笠底,有一人,掀须长叹:贫者贫,富者富,造命奚为[16]?我与尔,较生辰,同月同日;囊无钱,灶断火,不啻乞儿。六十岁,花甲周,桑榆暮矣[17];乱离人,太平犬,未有亨期[18]。称玉斝[19],坐琼筵,尔餐我看;谁为灵,谁为蠢,贵贱失宜。臣稽首,叫九阍[20],开聋启聩;宣命司,检禄籍,何故差池[21]。金阙远,紫宸高,苍天梦梦[22];迎神来,送神去,舆马风驰。歌舞罢,鸡豚收,须臾社散;倚枯槐,对斜日,独自凝思。浊享富,清享名,或分两例;内才多,外财少,应不同规。热似火,福德君,庸人父母;冷如冰,文昌帝[23],秀士宗师。神有短,圣有亏,谁能足愿;地难填,天难补,造化如斯。释尽了,胸中愁,欣欣微笑;江自流,云自卷,我又何疑。

(唱完放弦介)出丑之极。(净)妙绝!逼真《离骚》、《九歌》了。(丑)失敬,失敬!不知老相公竟是财神一转哩。(副末让介)请干此酒。(净咂舌介)这寡酒好难吃也。(丑)愚兄倒有些下酒之物。(净)是什么东西?(丑)请猜一猜。(净)你的东西,不过是些鱼鳖虾蟹。(丑摇头介)猜不着,猜不着。(净)还有什么异味?(丑指口介)是我的舌头。(副末)你的舌头,你自下酒,如何让客。(丑笑介)你不晓得,古人以《汉书》下酒[24];这舌头会说《汉书》,岂非下酒之物?(净取酒斟介)我替老哥斟酒,老哥就把《汉书》说来。(副末)妙妙!只恐菜多酒少了。(丑)既然《汉书》太长,有我新编的一首弹词,叫做【秣陵秋】[25],唱来下酒罢。(副末)就是俺南京的近事么?(丑)便是!(净)这都是俺们耳闻眼见的,你若说差了,我要罚的。(丑)包管你不差。(丑弹弦介)六代兴亡,几点清弹千古慨;半生湖海,一声高唱万山惊。(照盲女弹词唱介)

【秣陵秋】陈隋烟月恨茫茫,井带胭脂土带香[26];骀荡柳绵沾客鬓[27],叮咛莺舌恼人肠。中兴朝市繁华续[28],遗孽儿孙气焰张;只劝楼台追后主,不愁弓矢下残唐[29]。蛾眉越女才承选,燕子吴歈早擅场[30];力士签名搜笛步,龟年协律奉椒房[31]。西昆词赋新温李,乌巷冠裳旧谢王[32];院院宫妆金翠镜,朝朝楚楚雨云床。五侯阃外空狼燧,二水洲边自雀舫[33];指马谁攻秦相诈[34],入林都畏阮生狂。春灯已错从头认,社党重钩无缝藏[35];借手杀仇长乐老,胁肩媚贵半闲堂[36]。龙钟阁部啼梅岭[37],跋扈将军噪武昌[38]。九曲河流晴唤渡,千寻江岸夜移防。琼花劫到雕栏损[39],玉树歌终画殿凉[40];沧海迷家龙寂寞,风尘失伴凤彷徨。青衣衔璧何年返[41],碧血溅沙此地亡[42];南内汤池仍蔓草[43],东陵辇路又斜阳[44]。全开锁钥淮扬泗[45],难整乾坤左史黄[46]。建帝飘零烈帝惨[47],英宗困顿武宗荒[48];那知还有福王一[49],临去秋波泪数行。

(净)妙!妙!果然一些不差。(副末)虽是几句弹词,竟似吴梅村一首长歌[50]。(净)老哥学问大进,该敬一杯。(斟酒介)(丑)倒叫我吃寡酒了。(净)愚弟也有些须下酒之物。（丑）你的东西，一定是山肴野蔌了。（净）不是，不是。昨日南京卖柴，特地带来的。（丑）取来共享罢。（净指口介）也是舌头。（副末）怎的也是舌头？（净）不瞒二位说，我三年没到南京，忽然高兴，进城卖柴。路过孝陵，见那宝城享殿，成了刍牧之场。（丑）呵呀呀！那皇城如何？（净）那皇城墙倒宫塌，满地蒿莱了。（副末掩泪介）不料光景至此。（净）俺又一直走到秦淮，立了半晌，竟没一个人影儿。（丑）那长桥旧院，是咱们熟游之地，你也该去瞧瞧。（净）怎的没瞧，长桥已无片板，旧院剩了一堆瓦砾。（丑捶胸介）咳！恸死俺也。（净）那时疾忙回首，一路伤心；编成一套北曲，名为【哀江南】。待我唱来！（敲板唱弋阳腔介）俺樵夫呵！

【哀江南】【北新水令】山松野草带花挑，猛抬头秣陵重到。残军留废垒，瘦马卧空壕；村郭萧条，城对着夕阳道。

【驻马听】野火频烧，护墓长楸多半焦。山羊群跑，守陵阿监几时逃[51]。鸽翎蝠粪满堂抛，枯枝败叶当阶罩；谁祭扫，牧儿打碎龙碑帽。

【沉醉东风】横白玉八根柱倒，堕红泥半堵墙高，碎琉璃瓦片多，烂翡翠窗棂少，舞丹墀燕雀常朝[52]，直入宫门一路蒿，住几个乞儿饿莩。

【折桂令】问秦淮旧日窗寮[53]，破纸迎风，坏槛当潮[54]，目断魂消。当年粉黛，何处笙箫。罢灯船端阳不闹，收酒旗重九无聊。白鸟飘飘，绿水滔滔，嫩黄花有些蝶飞，新红叶无个人瞧。

【沽美酒】你记得跨青溪半里桥，旧红板没一条。秋水长天人过少，冷清清的落照，剩一树柳弯腰。

【太平令】行到那旧院门，何用轻敲，也不怕小犬哰哰[55]。无非是枯井颓巢，不过些砖苔砌草。手种的花条柳梢，尽意儿采樵；这黑灰是谁家厨灶？

【离亭宴带歇指煞】俺曾见金陵玉殿莺啼晓，秦淮水榭花开早，谁知道容易冰消。眼看他起朱楼，眼看他宴宾客，眼看他楼塌了。这青苔碧瓦堆，俺曾睡风流觉，将五十年兴亡看饱。那乌衣巷不姓王，莫愁湖鬼夜哭，凤凰台栖枭鸟。残山梦最真，旧景丢难掉，不信这舆图换稿[56]。诌一套哀江南，放悲声唱到老。

（副末掩泪介）妙是绝妙，惹出我多少眼泪。（丑）这酒也不忍入唇了，大家谈谈罢。（副净时服[57]，扮皂隶暗上）"朝陪天子辇，暮把县官门；皂隶原无种，通侯岂有根。"自家魏国公嫡亲公子徐青君的便是[58]，生来富贵，享尽繁华。不料国破家亡，剩了区区一口。没奈何在上元县当了一名皂隶，将就度日。今奉本官签票，访拿山林隐逸，只得下乡走走。（望介）那江岸之上，有几个老儿闲坐，不免上前讨火，就便访问。正是：开国元勋留狗尾，换朝逸老缩龟头[59]。（前行见介）老哥们有火借一个？（丑）请坐！（副净坐介）（副末问介）看你打扮，像一位公差大哥。（副净）便是！（净问介）要火吃烟么？小弟带有高烟[60]，取出奉敬罢。（敲火取烟奉副净介）（副净吃烟介）好高烟！好高烟！（作晕醉卧倒介）（净扶介）（副净）不要拉我，让我歇一歇，就好了。（闭目卧介）（丑问副末介）记得三年之前，老相公捧着史阁部衣冠，要葬在梅花岭下，后来怎样？（副末）后来约了许多忠义之士，齐集梅花岭，招魂埋葬，倒也算千秋盛事，但不曾立得碑碣。（净）好事！好事！只可惜黄将军刎颈报主，抛尸路旁，竟无人埋葬。（副末如今好了,也是我老汉同些村中父老,检骨殡殓,起了一座大大的坟茔,好不体面。(丑)你这两件功德,却也不小哩。(净)二位不知,那左宁南气死战船时,亲朋尽散,却是我老苏殡殓了他。(副末)难得!难得!闻他儿子左梦庚袭了前程[61],昨日扶柩回去了。(丑掩泪介)左宁南是我老柳知己。我曾托蓝田叔画他一幅影像,又求钱牧斋题赞了几句[62];逢时遇节,展开祭拜,也尽俺一点报答之意。(副净醒,作悄语介)听他说话,像几个山林隐逸。(起身问介)三位是山林隐逸么?(众起拱介)不敢,不敢,为何问及山林隐逸?(副净)三位不知么,现今礼部上本,搜寻山林隐逸。抚按大老爷张挂告示,布政司行文已经月余,并不见一人报名。府县着忙,差俺们各处访拿,三位一定是了,快快跟我回话去。(副末)老哥差矣,山林隐逸乃文人名士,不肯出山的。老夫原是假斯文的一个老赞礼,那里去得。(丑、净)我两个是说书唱曲的朋友,而今做了渔翁樵子,益发不中了。(副净)你们不晓得,那些文人名士,都是识时务的俊杰,从三年前俱已出山了。目下正要访拿你辈哩。(副末)啐,征求隐逸,乃朝廷盛典,公祖父母俱当以礼相聘[63],怎么要拿起来。定是你这衙役们奉行不善。(副净)不干我事,有本县签票在此,取出你看。(取看签票欲拿介)(净)果有此事哩。(丑)我们竟走开如何?(副末)有理,避祸今何晚,入山昔未深。(各分走下)(副净赶不上介)你看他登崖涉涧,竟各逃走无踪。

【清江引】大泽深山随处找,预备官家要。抽出绿头签[64],取开红圈票[65],把几个白衣山人吓走了。

　　(立听介)远远闻得吟诗之声,不在水边,定在林下,待我信步找去便了。(急下)(内吟诗曰)

　　　　渔樵同话旧繁华,短梦寥寥记不差。
　　　　曾恨红笺衔燕子,偏怜素扇染桃花。
　　　　笙歌西第留何客,烟雨南朝换几家。
　　　　传得伤心临去语,年年寒食哭天涯。

注释

[1] 戊子:此指清顺治五年(1648)。

[2] “建业城”二句:指清兵南下时南京人、扬州人被屠杀的情景。建业,南京;维扬,扬州。

[3] 乙酉年:即1645年。这年清兵攻陷南京,南明亡。

[4] 牛首:山名,在南京城南。栖霞:山名,在今南京市东北。

[5] 富春:地名,在浙江富春江西,东汉严光曾在这里隐耕。

[6] 偏杯:自己先喝了酒。偏,客套话,谓自己已先享用。

[7] 燕子矶:在南京市观音山上,俯瞰大江,形如飞燕,故名。

[8] 福德星君:即传说中的财神。

[9] 神弦歌:娱神的歌曲。古乐府有“神弦曲”。

〔10〕赛社:祭神的庙会。

〔11〕"椒作栋"二句:椒与桂皆是香木,用以形容屋宇栋梁的富丽芳洁。楣,房屋的次梁,即二梁。

〔12〕祢(nǐ):父庙。《公羊传·隐公元年》:"惠公者何,隐之考也。"何休注:"生称父,死称考,入庙称祢。"

〔13〕郁兰:浓香。

〔14〕醑(xǔ):美酒。

〔15〕墀(chí):台阶,台阶上的空地。

〔16〕造命奚为:老天爷为什么这样不公平?

〔17〕桑榆暮矣:比喻晚年。

〔18〕"乱离人"三句:意本"宁作太平犬,莫作乱离人"。亨期,通达顺利的时候。

〔19〕称玉斝(jiǎ):举玉杯。玉斝,玉制的酒器。

〔20〕九阍(hūn):阍指宫门,九阍言宫门之深。

〔21〕"宣命司"三句:意即要上帝宣司命之神,检查记载他福禄命运的簿册,看是否弄错了。意思是自己与福德星君生辰全同而命运竟如此不济。

〔22〕"金阙远"三句:金阙、紫宸,都是天帝的宫殿。梦梦(méng méng),昏乱不明。

〔23〕文昌帝:主管文士命运的神,见《历代神仙通鉴》。

〔24〕以《汉书》下酒:北宋诗人苏舜钦,每夜读书则饮酒一斗,一次读到《汉书·张良传》,不断干杯,岳丈杜衍大笑说:"有如此下酒物,一斗诚不为多也。"见宋龚明之《中吴纪闻·苏子美饮酒》。下酒,佐酒的食物。

〔25〕秣(mò)陵:地名,今南京市,秦朝称为秣陵。

〔26〕井带胭脂:即胭脂井,在陈朝景阳宫内。隋灭陈时,陈后主和张、孔二妃,躲在井中被捉,故称辱井。见宋程大昌《演繁露》卷五。

〔27〕骀(dài)荡:形容春色宜人。

〔28〕"中兴"句:指南明王朝继续了六朝的繁华。

〔29〕弓矢下残唐:指北宋大军下江南灭取南唐。下,攻克、征服。

〔30〕燕子吴歈(yú):燕子,指阮大铖所作的《燕子笺》传奇。吴歈,吴歌,指昆曲。歈,歌。

〔31〕"力士签名"二句:指太监按照名单去旧院搜寻教演《燕子笺》的歌伎、清客,演给弘光和后妃看。力士,高力士,唐明皇的内监,这里借指皇帝的内监。笛步,南京地名,教坊所在地,这里指旧院。龟年,即李龟年,唐代宫廷乐师,这里指教曲的清客。协律,调和音律,使音律和谐。椒房,以椒和泥涂壁的宫殿,代指后妃所住宫殿。

〔32〕"西昆"二句:喻指南明朝廷腐朽依旧,与六朝似曾相识。宋朝杨亿、刘筠、钱惟演等人作诗,模仿晚唐诗人李商隐、温庭筠,并把他们自己相互唱和的诗编成一个集子叫《西昆酬唱集》,世称西昆体。乌衣巷,地名,在南京城内,为南朝王、谢大族所居。

〔33〕"五侯"二句:南明君臣不顾边将告急,仍在游山玩水。五侯,泛指权贵,此指武将;

阃（kǔn）外，门槛外，此指朝廷以外，京城以外；二水洲，指南京西长江中的白鹭洲，把长江分为二股，故称二水洲；雀航，一种华美的游船。

〔34〕"指马"句：无人敢揭露批评马士英的奸诈，都惧怕阮大铖的猖狂。指马，秦赵高指鹿为马，秦大臣无人敢言，见《史记·秦始皇本纪》。

〔35〕"春灯"二句：阮大铖作《春灯谜》剧，承认了投靠阉党的过错；后来得势又不遗余力地搜捕东林党、复社人士。言其反复无常。钩，牵连。

〔36〕"借手"二句：用冯道、贾似道比拟马士英、阮大铖的阴险以及阮大铖等对马士英的谄媚。长乐老是指五代时冯道，历仕唐、晋、汉、周四朝，丧君亡国却自号"长乐"，其借手杀仇事不详。半闲堂是南宋奸相贾似道在西湖葛岭修建的院宅名，其当政时朝野争媚。

〔37〕"龙钟"句：指史可法梅花岭誓师。见本剧第三十五出《誓师》。龙钟，形容老态，这里形容悲泣。

〔38〕"跋扈"句：指左良玉传檄东下事。

〔39〕琼花劫：指扬州被清兵攻破屠城十日。琼花，指扬州琼花观（蕃厘观）。

〔40〕玉树歌终：指荒淫的南明王朝灭亡。玉树歌，即陈后主的《玉树后庭花》曲，历代传为亡国之音。

〔41〕青衣衔璧：古代亡国之君被俘，着青衣，口衔玉璧，这里指弘光帝被掳。青衣，晋怀帝被前赵刘聪掳去，叫他穿着青衣斟酒，表示对他的侮辱。见《晋书·孝怀帝纪》。

〔42〕"碧血"句：指黄得功因弘光帝被掳北去而自刎。

〔43〕南内：南京的明故宫。

〔44〕东陵：南京城东的孝陵。辇路：天子车驾经行的路。

〔45〕全开锁钥淮扬泗：指淮阴、扬州、泗阳等镇相继失守。

〔46〕左史黄：即左良玉、史可法、黄得功。此三人忠于明室却无力挽回颓局。

〔47〕建帝：即明建文帝。明成祖攻破南京后，相传他在外流亡，李玉《千忠戮》即演其事。烈帝：明崇祯皇帝的谥号。惨，指自缢身亡。

〔48〕"英宗"句：明英宗正统十四年（1449）瓦剌入侵，英宗亲自出征，兵败被俘。武宗宠用刘瑾，是明代有名的荒淫皇帝。

〔49〕福王一：意思说福王在位只有一年。应喜臣《青磷屑》："思宗御极之元年，五凤楼前获一黄袱，内袭小画一卷，题云：'天启七，崇祯十七，还有福王一。'"

〔50〕吴梅村：即吴伟业，字骏公，号梅村，江苏太仓人。明末清初著名诗人，尤工七律和七言歌行。有《梅村家藏稿》。

〔51〕阿监：即太监，指看守明孝陵的太监。

〔52〕丹墀：是群臣朝见天子的地方。

〔53〕问：考察探看。秦淮：河名，是当时歌楼妓馆汇聚之地。窗寮（liáo）：房舍。寮，房舍。

〔54〕槛（kǎn）：门限。当潮：对着秦淮河水。

〔55〕哱（lào）哱：犬吠声。

［56］舆图换稿:江山易主。舆图,地图,疆土。

［57］时服:清代满族服装。

［58］徐青君:徐青君是明代开国元勋徐达的后代,袭封魏国公;入清后当了皂隶,因此下文中以"开国元勋留狗尾"自嘲。

［59］换朝逸老缩龟头:是说那些明代的遗老都归隐山林,不肯出仕。缩龟头,形容怕事不肯出头。

［60］高烟:上好的烟草。

［61］左梦庚:左良玉的儿子,曾为左良玉副将,降清。袭前程:继承官爵。

［62］钱牧斋:钱谦益,号牧斋,所著《牧斋有学集》中有《为柳敬亭题左宁南画像》诗。

［63］公祖父母:明清时代对地方官的尊称。

［64］绿头签:是当时官府捕人的签,签头深似绿漆。

［65］红圈票:是当时官府捕人的文据,在要逮捕的人姓名上加红圈。

(李献芳　校注)

雷　峰　塔[1]

方成培

第二十六出　断　桥

【商调山坡羊】(旦、贴上)(旦)顿然间鸳鸯折颈,奴薄命孤鸾照镜。好教我心头暗哽,怎知他一旦多薄幸。(贴)娘娘,吃了苦了。(旦)青儿,不想许郎听信法海言语,竟不下山。我和他争斗,奈他法力高强,险被擒拿,幸借水遁,来到临安。哎呀,不然险遭一命。(贴)娘娘,仔细想将起来,都是许宣那厮薄幸。若此番见面,断断不可轻恕! (旦)便是。(贴)如今我每往那里去藏身才好? (旦)我向闻许郎有一姐姐,嫁与李仁,在此居住。我和你且投奔到彼。(贴)只是从未识面,倘不相留,如何是好? (旦)我每到彼,再作区处。(贴)如此,娘娘请。(旦行作腹痛介)哎哟! (贴)娘娘为甚么呵? (旦)青儿,我腹中疼痛,寸步难行,怎生挨得到彼。(贴)只怕要分娩了。前面已是断桥亭,待我且扶到亭内,少坐片时,再行便了。(旦)咳,许郎呵,我为你恩情非小,不想你这般薄幸,阿呀,好不凄惨人也! (贴)可怜。

(旦)歹心肠铁做成,怎不教人泪雨零。奔投无处形怜影,细想前情气怎平? (合)凄清,竟不念山海盟;伤情,更说甚共和鸣。(同下)

(生随外上)(外)许宣,你且闭着眼。

【前腔】一程程钱塘将近,蓦过了千山万岭。锦重重遥望层城,虚飘飘到来俄顷。

许宣,来此已是临安了。(生惊介)果然是临安了。奇呵! (外)你此去若见此妖,不必害怕。待他分娩之后,你可到净慈寺来,付汝法宝收取便了。(生)是。待弟子相送到彼。(外)不消。你可作速归家,方才之言不可忘了!

记此行漏言祸匪轻。(下)(生)前情往事重追省,只怕他怨雨愁云恨未平。萍梗,叹阽危命欲倾;伤情,痛遭魔心暗惊。

(旦、贴内)许宣,你好狠心也! (生跌介)阿呀,吓吓死我也。你看那边,明明是白氏青儿。哎哟,我今番性命休矣!

【仙吕宫引五供养】今朝蹭蹬。(旦、贴内)许宣,你好薄情也! (生)忽听他怒喊连声,遥看妖孽到,势难撄。空叫苍天,更没处将身遮隐。怎支撑? 不如拼命向前行。(奔下)

【仙吕过曲玉交枝】(贴扶旦上)(旦)轻分鸾镜,那知他似狼心性。思量到此真堪恨,全不念伉俪深情。

(贴)娘娘,你看许宣见了我每,略不回头,潜身逃避,咦,好不可恨! (旦)不必多言,我和你急急急赶上前去!

恶狠狠装航翻欲绝云英,喘吁吁叹苏卿赶不上双渐的影。(闪介)(贴)娘娘看仔细。(旦)哎哟,望长堤疾急前征,顾不得绣鞋帮褪。(同下)(生上)阿呀! 阿呀!

【川拨棹】真不幸,共冤家狭路行。吓得我气绝魂惊,吓得我气绝魂惊。

且住,方才禅师说:此去若遇妖邪,不必害怕。那,那,那,看他紧紧追来,如何是好？也罢，我且上前相见，生死付之天命便了！

我向前时，又不觉心中战兢。(旦、贴上)(旦)谢伊家曩日多情，恨奴家平日无情。

　　(见生扯住介)许宣，你还要往哪里去？你好薄幸也！(哭介)(生)阿呀娘子，为何这般狼狈？(旦、贴)你听信谗言，把夫妇恩情，一旦相抛，累我每受此苦楚，还来问甚么？(生)娘子，请息怒。你且坐了，听卑人一言相告。(贴)那，那，他又来了。(生)那日上山之时，本欲就回，不想被法海那厮，将言煽惑，一时误信他言，致累娘子受此苦楚，实非卑人之故嘘！(哭介)(贴)啐！你且收了这假慈悲。走来，听我一言。(生)青姐，有何说话？(贴)我娘娘何等待你？(生)娘子是好的呵。(贴)可又来，也该念夫妻之情，亏你下得这般狠心！(生)阿呀冤哉！(贴)于心何忍呢？(生)青姐，这都是那妖僧不肯放我下山。(贴回头不理介)(生)娘子，望恕卑人之罪！(旦)咳，许郎呵！(贴代旦挽发介)

　　【商调集曲】【金落索】【金梧桐】(旦)我与你嗈嗈弋雁鸣，永望鸳交颈。不记当时，曾结三生证。如今负此情，【东瓯令】背前盟。(生)卑人怎敢？(旦)贝锦如簧说向卿，因何耳软轻相信？(拭泪起唱介)【针线箱】摧挫娇花任雨零，【解三醒】真薄幸。【懒画眉】你清夜扪心也自惊。(生)是卑人不是了。【寄生子】(旦)害得我飘泊零丁，几丧残生，怎不教人恨、恨！

　　(转坐哭介)(贴揉旦背介)娘娘，不要气坏了身子。

　　【前腔】(生)愁烦且暂停，念我诚堪悯。连理交枝，实只愿偕欢庆。风波意外生，望委曲垂情。(旦)你既知夫妇之情，怎么听信秃驴言语？(生)叵耐妖僧忒煞狠，教人怎不心儿惊。听他一划胡言，我合受惩。(旦)阿哟，气死我也！(生)只看平日恩情呵，求容忍。(旦)啐！(贴)这时候陪罪，可不迟了？(生)善言劝解全赖你娉婷，蹙眉山泪雨休零，且暂消停。

　　(跪介)(旦)下次可再敢如此？(生)再不敢了。(旦)起来，起来，起来耶。(生)多谢娘子。(贴气介)咳！(旦)只是如今我每向何处安身便好？(生)不妨，请娘子权且到我姐夫家中住下，再作区处。(旦)此去切不可说起金山之事，倘若泄漏，我与你决不干休！(贴)与你定不干休！(生)谨依尊命。青姐，我和你扶娘娘到前面去。(贴不应介)(生)娘子，你看青姐，总是怨着卑人，怎么处？(旦)青儿，青儿！(贴)娘娘。(旦)我想此事，非关许郎之过，都是法海那厮不好，你也不要太执性了。(贴)娘娘，你看官人，总是假慈悲，假小心，可惜辜负娘娘一点真心。(旦)咳。(生)娘子请。(旦)哎哟，只是我腹中十分疼痛，寸步难行。(生)不妨，我和青姐且扶到前面，唤乘小轿而行便了。

　　【尾声】(旦)此行休似东君泄漏柳条青，(生)还学并蒂芙蓉交映。(合)再话前欢续旧盟。

　　(旦)还恐添成异日愁(温庭筠)，(贴)朝成恩爱暮仇雠(翁绶)。

　　(生)当年顾我长青眼(许浑)，纵杀微躯未足酬(方干)。

注 释

[1]《雷峰塔》,据玩花主人编、钱德苍续编《缀白裘》(中华书局 1955 年版)移录。

（张燕瑾　校录）

打 渔 杀 家 [1]

无名氏

（旦内唱）

【倒板】太湖石上海水发，（末、旦同上，旦唱）

【西皮】江水照得满眼花，青山绿水难描画，那个渔翁得在家？（末唱）父女们打鱼在江下，贫穷那怕人笑咱。松篷忙把网来下，（白）噯吓，（旦白）爹爹看仔细！（末唱）怎奈我年迈苍苍，气力不加。

  （旦白）爹爹年迈了，河下生意难做了。（末白）是吓，为父年迈了，河下生意也做不得了。儿吓，把那几尾鲜鱼收拾熟了，为父饮酒。（旦白）是。（生、付同上，生唱）

闲来无事江边走，（付唱）海水滔滔往东流。（生唱）钓竿须得南山竹，（付唱）不钓鳌鱼誓不休。

  （生白）来此已是河下了，知那是萧兄的船，待我叫他一声，萧兄！（旦白）爹爹，岸上有人叫你。（末白）吓，是那一个叫我吓？岸上可是李俊贤弟么？（生白）正是。（末白）莫非要到小舟上坐坐么？（生白）正是。（末白）少待，等我将船摇过来。搭上扶手，顺下跳板。（生白）有礼。（末白）还礼。（付白）这就是萧兄么？（生白）正是。（付白）久闻萧兄是好的，待我试他一试，试他的武艺如何。（末白）贤弟，这是何人？（生白）这就是卷毛虎倪荣。（末白）吓，这就是倪荣贤弟吆！（付白）这就是萧兄，请来见礼。（末白）还礼。（付白）吓，招打！（末、付打介，末白）呔！（付白）哈，他的的的……（末白）儿吓，这是你二位叔父，上前见礼。（旦白）二位叔父，这厢有礼。（生、付同白）还礼。吓，萧兄，这是何人？（末白）这就是小女。（生、付同白）吓，原来就是令爱。（末白）不敢，就是小女。吓，二位贤弟来在小舟，无物可敬，只有小鱼美酒奉上。（生、付同白）吓，到此就要叨扰了。（旦白）爹爹，酒菜好了。（末白）看酒来！二位贤弟，在小舟上饮酒，比不得岸上，不许说"干旱"二字呢。如说"干旱"二字，是要罚酒一大杯。（生、付同白）使得呢。（末白）请！（生白）请！（末白）请！（付白）干！（末白）罚酒！（笑介）（丑上，唱）

昨日一梦到西霞，酒不酒来茶不茶。一步来在河崖下，船头上坐定一枝花。

  （白）吓，船头上坐着这个女子真好，待我仔细瞧瞧他。（瞧介）（付白）呔，作什么的？（丑白）我是问路的。（末白）问的那一家？（丑白）问的丁家。（末白）那厢就是。（付白）去罢。（丑白）噯呀，这个人好威势吓。（付白）他是作怎么的？（末白）他是问路的。（付白）我的哥，他那里是问路的，分明是观他的。（末白）那是什么话！（丑上白）走吓，（唱）离了家中到河下，急忙寻他把话答。

  （白）来此已是，呔，那可是萧恩的船吓？（末白）是那个吓？原来是丁府大叔。（丑白）不敢。（末白）做什么来了？（丑白）做什么？取渔税银子。（末白）吓，这几日天旱水浅，鱼不上网，等到河下有了生意，改日将银子送上府去。（丑白）你这个改日改得太多了，我来得有些不耐烦了。（末白）怎奈无有么，明日一准送去。（丑白）你要不送去，又待我来。（末白）有劳大叔的驾。（丑白）罢了。（生白）呔，走回来！（丑白）你瞧,叫我走过去走过来的,做什么?(生白)你是哪里来的?(丑白)你问我么?丁府上来的。(生白)来做什么?(丑白)做什么?要渔税银子的么!(生白)回去拜上你家爷,说萧恩乃是我好友,将这渔税银子免了便罢。(丑白)如不免,(生白)如若不免,下次与他个大大的不便。(丑白)嗳呀,你说这话,吓了我一跳。你叫什么名字?(生白)你问我?我就是混江龙李俊。(丑白)那个混江龙李俊就是你!(付白)呔!滚回来!(丑白)又一个!(付白)你是那里来的?(丑白)你大叔是丁府上来的!(付白)呔!作什么的?(丑白)我是要渔税银子的么。(付白)你回去拜上那扒山虎,说别人的渔税任他讨取,惟有萧兄是个好友,叫他将这渔税免了便罢。(丑白)要不免呢?(付白)要不免,挖他的眼,剥他的皮!(丑白)呵,好利害!你叫甚名字?(付白)我就是卷毛虎倪荣,是你爷爷!(丑白)你什么凑的?(付白)待我打这王八入的!(生、末拦介)(末白)贤弟,不要跟那小人一般见识。(付白)看在二位哥哥,饶了这个狗娘养的。(生、付同白)萧兄,令爱可曾许配人家无有?(末白)许配神箭手花荣之子,名叫花逢春。(生、付同白)吓,门户倒也相对。萧兄年纪迈了,河下的生意不做也罢。(末白)二位贤弟,不做河下生意,家中如何度日?(生白)小弟送来。(末白)何劳贤弟费心。(生、付同白)我等告辞了。(末白)奉送。(生、付同白)不敢。(生唱)

听说令爱许花家,(付唱)久闻此人也不差。(生唱)待到令爱来岳家,(白)萧兄,(唱)准备彩礼来送嫁。(生、付同下)(旦白)爹爹,他是何人?(末白)儿呀,你若问他们,听了:(唱)

【西皮】他本是水浒人豪杰,独擒方腊就是他;金带紫袍他不要,情愿江河做生涯。(白)儿吓,天色已晚,将船摇回去罢。(旦白)是。(末白)摇往太湖不到家,(旦白)打渔父女做生涯;(末唱)恋醉不知红尘路,(旦唱)日出扶桑万里华。(同下)

379 ⋯⋯⋯⋯

(郭上,白)自己丢别事,专与人儿忙。来此已是,里边有人么?(众杂白)来了,是那个?吓,原来是先生到了。(郭白)劳烦通报。(杂白)郭先生,老爷有请。(净白)家有万户粉,前合与后仓。何事?(杂白)郭先生求见。(净白)请。(郭白)小弟有礼。(净白)请坐。(郭白)告坐。(净白)到此何事?(郭白)今有杭州太守催讨渔税。(净白)也曾差人去讨,想必就回。(丑白)走吓!参见老爷。(净白)回来了。(丑白)回来了。(净白)催讨渔税怎么样了?(丑白)小人前去催讨税银,萧恩说这几日天旱水浅,鱼不上网,再等几日差人送来。(净白)这还罢了。(丑白)然后又走两个人来,他问我:"你是那里来的?"我说:"丁府上的。"他说:"回去拜上你家爷,说萧恩是他好友,将这渔税免了便罢。"我说:"不免呢?"那一个就说:"与你个大大的不便。"那一个就说:"要挖你的眼,还要剥你的皮。"(净白)呀,他叫什么名字?(丑白)一个叫混江龙李俊,一个叫卷毛虎倪荣。(净白)吓,有这等事,待我前去会他。(郭白)些些小事,待小弟前去。(净白)怎敢劳动。(郭白)理当效劳。(净白)你们同郭先生前去打仗。(众白)是。(郭白)走罢。(众白)等等我邀教习哪。(郭白)请你师父。(众白)有请师父。(杂白)叫我怎么?(众白)郭先生请你。(杂白)郭先生在那里?(众白)先生,我师父来了。(郭白)吓,教习爷么?(杂白)吓,你是郭先生?有礼。(郭白)还礼。(杂白)请我做什么?(郭白)请教习爷打仗。(杂白)怎么,打仗也用我们么?(众白)打仗就是打架。(郭白)吓,就是打架。(众白)提起了打架,是我们的本事,一天不滚蛋,如同无吃饭的一般。(杂白)

这个事须要托付你了。(郭白)是交给我了。(众白)走吓。(郭白)擒你们的,你们要上那里去?(众白)找萧恩去。(杂白)找萧恩你去罢,我不去。(众白)师父不去,我们也不敢去了。(郭白)吓,是了,你们不敢去,叫师父挨打去。(众白)师父去给我们大个胆子,也是好的。(郭白)那个自然。徒弟们,跟着师父走,找萧恩去。(众白)走吓。(同下)(末上唱)

【西皮】昨夜晚吃醉酒和衣而卧,架上鸡惊醒了梦里南柯。二贤弟在河下相劝于我,他劝我打鱼事一旦去却。我本当不打鱼在家中闲坐,怎奈是家贫寒无计奈何。清早起推柴扉乌鸦飞过,飞过来叫过去却是为何?将身儿来至在草堂闷坐,叫英儿端茶来为父解渴。(旦上,唱)我的母去了世丢儿难过,流落在江河上打鱼为活,见了人我只得藏藏躲躲,还是我女孩家对着谁说?我爹爹在草堂呼唤于我,急忙忙上前去问是为何?

(白)爹爹请茶。(末白)唔,为父的言过,不叫你渔家打扮,又是这样打扮。(旦白)孩儿生在渔家,长在渔家,怎么不叫孩儿渔家打扮?(末白)哦,你这不遵为父,就为不孝。(旦白)爹爹莫要生气,孩儿从今以后改了。(末白)好,看茶来。(旦白)是。(众上白)走吓,吓,到了。(杂白)到了那里啦?(众白)到了萧恩这里。(杂白)这就是他家么?(众白)是他家。(杂白)前去叫门。(众白)谁去叫门?(杂白)你们去叫门。(众白)我们不敢去。(杂白)这块骨头石胎子么?你们都走开,瞧师父的。(叫介,小声)萧恩那,萧恩那。(众白)你那大声的叫。(杂白)大声的叫,他听见呢?(众白)为的是叫他听见呢。(杂白)徒弟们都拿起架子来,要大声叫。吓,萧恩师哪!(末白)来了。(杂白)提防着,来了。(末白)你们是那里来的?(杂白)你问我们哪?丁府上来的。(末白)到此作甚?(杂白)要渔税么,做什么!(末白)昨日言道,这几日天旱水浅,鱼不上网,再等几日有了生意,差人送上府去。怎么今日又来了。(杂白)我们来一趟说送去,来二趟说送去,左一趟右一趟,到底是有没有?(末白)没有。(杂白)我们今日要定了。(末白)且慢,我且问你,你们这要渔税,可有圣上的旨意?(杂白)无有。(末白)六部的公文?(杂白)无有。(末白)一无圣上旨意,二无六部公文,尔等凭着何来?(杂白)凭县太爷所断。(末白)那狗官俱是你们一党。(杂白)吓,萧恩哪!你今日不给渔税银子,我们今要打架。(末白)幼年之间提起了打架,好有一比。(杂白)比作何来?(末白)好比小娃娃穿新鞋的一般。(杂白)怎么讲?(末白)越发的欢喜。(众白)如今呢?(末白)如今年迈了,是打不动架了。(杂白)徒弟们把家伙拿出来!(拿锁介,白)吓,萧恩,你看这是什么东西!(末白)吓,这是什么吓?(杂白)这是你姥姥怕你活不长,给你打来的百家锁,要锁你!(末白)你要锁那个?(杂白)要锁你。(末白)当真的要锁?(杂白)当真的要锁。(末白)果然的要锁?(杂白)果然的要锁。(末白)来锁!(杂白)徒弟们,锁这东西!(打介,锁杂介。众拉介,白)锁上了,拉着走。(杂白)得啦,得啦,你们怎么把师父锁上了!(众白)如何把师父锁上了?快放开罢!(杂白)说不得,徒弟上手。一同闪开了。(末打杂介,唱)

提起来不由人七孔冒火。(众白)太爷八孔冒烟。(杂白)走开,瞧这一手!(打介,末唱)你在那江河上打探于我,(杂白)我亦早知道你。(末唱)俺萧恩最不怕虎狼一窝。(杂白)

你也不认得太爷。(末唱)你本是奴下奴敢来欺我!(众白)师父,他骂咱们奴下奴。(杂白)咱们奴下奴是丁府上的,不是他萧恩的。(末白)呸!(唱)休得要闹嚷嚷倚仗人多。怒起来我这里一拳一个,管叫你臭屎蛋命见阎罗!(打介,众下。杂白)打了半天,也打不出了个名儿来。(末白)怎么叫名儿?(杂白)你瞧这儿抱写。(旦上,打介,下)(末唱)想不到遇见他们这是怎说?

(白)儿吓,看为父的衣帽来!(旦白)爹爹要上那里去?(末白)为父的要前去告他们。(旦白)爹爹,常言道,"贫不与富斗,民不与官斗",不去也罢。(末白)不要管为父,看衣帽过来。(旦白)吓,爹爹要小心了。(末白)好好看守门户。(末下)(众上,杂白)走吓。(众白)那里去?(杂白)回去养伤去。(众下)(旦上,唱)

恨只恨扒山虎势大皆犬,结交那狗赃官欺压黎民。我的父前去将他告,但不知那赃官怎样发落?(末上唱)到公堂原被告一概不讲,责打我四十板推出衙门,想起了扒山虎令人痛恨,今夜晚过江去杀他满门。(白)哎吓!

(旦白)爹爹回来了。(末白)回来了。(旦白)爹爹前去告他,怎么样了?(末白)哎呀,儿吓,为父上得堂去,那赃官不由分说,将为父责打四十。(旦白)哎呀,爹爹吓!(末白)儿吓,这还罢了,还叫为父过江赔罪。(旦白)吓,爹爹,还是去吓不去呢?(末白)为父的恨不能插翅飞过江去,我要刺……(旦白)吓,爹爹要刺什么?(末白)我要刺杀了丁家满门的!(旦白)孩儿也要前去。(末白)儿吓,只知闺中刺绣,如何知道杀人?不要前去。(旦白)儿虽不能杀人,与爹爹壮胆也是好的吓。(末白)儿,快收拾家伙,随为父前去。(旦白)是。(末白)儿吓,你将那婆家聘礼,还有那"庆顶珠",一并带在身旁。(旦白)孩儿知道。爹爹,戒刀在此。(末白)儿吓,随为父走罢。(旦白)门还未关呢。(末白)那门关也罢,不关也罢。(旦白)还有家伙呢。(末白)那些家伙都不要了。(旦白)爹爹,孩儿还要回来呢。(末白)嗐,这不省事的冤家,他还要回来呢!儿吓,将铁锚倒上来。(旦白)是。(末白)儿吓,夜晚开船,比不得白天,儿要仔细了,随为父走。(旦白)孩儿知道。(末白)儿吓,那"庆顶珠"可曾带好了?(旦白)带好了。(末白)走!(唱)

扒山虎有银钱买官欺我,恨不能飞过江把他结果!船行在半江中因何不走,问桂英船不行却是为何?

(白)儿吓,船行半江之中,因何不走?(旦白)爹爹要刺杀丁家满门,还是真是假?(末白)为父恨不能飞过江去,杀了他的满门,方解我心头之恨,怎么问"真假"二字。(旦白)孩儿心中害怕,我不去了。(末白)吓,先前言道不叫你去,儿一定要去,如今行至半江之中,敢是又要回去吓?(旦白)孩儿也不回去。(末白)却是为何?(旦白)儿舍不得爹爹年迈了。(末白)哎吓!(唱)

听儿说这句话如同刀割,他说我年纪迈发鬓皆白。思量起为父的却犯的过,可叹他无娘儿无倚无托。

(白)到了。儿吓,将衣放在岸上。(旦白)是。(末白)儿吓,撒下铁锚,上岸来罢。那"庆顶珠"可曾带好了?(旦白)带好了。(末白)为父杀人,儿要是害怕,带着"庆顶珠"从水路逃往花家去罢。(旦白)爹爹呢?(末白)为父呢,哎,少要你管。到了,

开门来。(杂上,唱)

萧恩的武艺真不错,揍的教习赔膏药。

(白)吓,萧恩么,你又干什么来了？ (末白)前来赔罪。(杂白)你还懂的赔罪呢！我说你不敢来。(末白)怎么不敢来？(杂白)既来了,我与你通报。(末白)你到容我进去。(杂白)随我进来,有请家主。(净上,唱)

昨夜一梦大不祥,有人请我见阎王。

(白)何事？(杂白)萧恩前来赔罪。(净白)传他进来。(杂白)老爷传你进去。(末白)儿随为父进去吓。(旦白)是。(末白)请了。(净白)萧恩,你是何等之人,敢与我拱手？(末白)我且问你,你要渔税,可有圣上旨意？(净白)无有。(末白)可有六部公文？(净白)无有。(末白)一无圣上旨意,二无六部公文,要渔税凭自何来？(净白)知州太爷所断。(末白)呵,就是那丁子地！(净白)你还不付？(末白)嗐！(唱)

丁子地他为官多有不正,把着那三江口欺压黎民。

(白)儿吓,你与我骂！(旦白)奸贼子吓,(唱)

骂一声贼子太欺心,为什么把我父要税银？你仗着官宦家行事霸道,全不想贫民人怎度光阴？

(末白)闪开了！(唱)

提起了扒山虎令人可恨,今夜晚管叫你命见阎君！

(净白)大胆的萧恩敢来骂我,来吓,将他父女捆起来！(众白)呀！(末白)且慢！我在江中捞得一物,我父女前来献宝。(净白)拿来我看！(末白)夫奴甚多,不敢献出。(净白)你等退下。(末白)儿,还不动手,更待何时！(旦白)是。(末白)你来看宝刀！(杀净,众上打介,杀众下介)(末白)儿吓,将贼杀死,你我逃回去罢！(旦白)走！(末白)这才消我心头之火吓！走！(同下)

注释

[1]《打渔杀家》,无名氏撰,又名《庆顶珠》《讨渔税》。此以王起主编《中国戏曲选》(人民文学出版社1985年版)为底本,个别字句据李少春、朱慕家整理本(《京剧丛刊》第九集,新文艺出版社1953年版)校改。

(张燕瑾　校录)

郑重声明

高等教育出版社依法对本书享有专有出版权。任何未经许可的复制、销售行为均违反《中华人民共和国著作权法》，其行为人将承担相应的民事责任和行政责任；构成犯罪的，将被依法追究刑事责任。为了维护市场秩序，保护读者的合法权益，避免读者误用盗版书造成不良后果，我社将配合行政执法部门和司法机关对违法犯罪的单位和个人进行严厉打击。社会各界人士如发现上述侵权行为，希望及时举报，我社将奖励举报有功人员。

反盗版举报电话 （010）58581999 58582371

反盗版举报邮箱 dd @ hep.com. cn

通信地址 北京市西城区德外大街 4 号 高等教育出版社法律事务部

邮政编码 100120

读者意见反馈

为收集对教材的意见建议，进一步完善教材编写并做好服务工作，读者可将对本教材的意见建议通过如下渠道反馈至我社。

咨询电话 400-810-0598

反馈邮箱 gjdzfwb@pub.hep.cn

通信地址 北京市朝阳区惠新东街 4 号富盛大厦 1 座 高等教育出版社总编辑办公室

邮政编码 100029